Penelope Douglas
Birthday Girl

PENELOPE DOUGLAS

BIRTHDAY GIRL

Roman

Aus dem Amerikanischen
von Christina Kagerer

Mehr über unsere Autorinnen, Autoren und Bücher:
www.everlove-verlag.de

Von Penelope Douglas liegen bei everlove vor:
Punk 57
Birthday Girl
Credence
Five Brothers
Devil's Night (4 Bände und 2 Novellas)

Hellbent-Reihe:
Band 1: Falls Boys

Wir behalten uns eine Nutzung des Werks für Text- und Data-Mining
im Sinne von § 44b UrhG vor.

Liebe LeserInnen,
dieses Buch enthält potenziell triggernde Inhalte.
Um euch das bestmögliche Leseerlebnis zu ermöglichen,
findet ihr deshalb auf Seite 431 eine Contentwarnung.
Euer *everlove*-Team

ISBN 978-3-492-06413-2
7. Auflage 2026
© Penelope Douglas 2018
Titel der amerikanischen Originalausgabe:
»Birthday Girl« bei Penelope Douglas LLC, Las Vegas 2018
© der deutschsprachigen Ausgabe 2023:
everlove, ein Imprint der Piper Verlag GmbH, Georgenstraße 4,
80799 München, *www.piper.de*
Für einen direkten Kontakt und Fragen zum Produkt
wenden Sie sich bitte an: *info@piper.de*
Redaktion: Svenja Kopfmann
Satz: psb, Berlin
Druck und Bindung: CPI Books GmbH, Leck
Printed in the EU

»Wenn du erwachsen wirst, stirbt dein Herz.«
Allison Reynolds, *The Breakfast Club*

KAPITEL 1

Jordan

Er geht nicht ran. Das ist jetzt schon das zweite Mal in fünfzehn Minuten, dass ich ihn angerufen habe. Geschrieben habe ich ihm auch – ohne Erfolg. Ob er wohl daran denkt, um 2 Uhr hier zu sein?

Ich lege auf, und mein Blick wandert zur Uhr über der Bar. Es ist schon fast Mitternacht. Also noch zwei Stunden, bis ich offiziell Feierabend habe und mein Freund denkt, dass ich abgeholt werden muss.

Und ich dachte, es wäre eine schöne Überraschung, dass ich heute früher rauskomme.

Scheiße. Ich muss unbedingt mein Auto reparieren lassen. Ich kann mich nicht immer darauf verlassen, dass er mich abholt.

Musik schallt durch den Raum, rechts von mir lachen Gäste, und auf meiner linken Seite füllt einer der anderen Barkeeper die Eiswürfel nach.

Ein mulmiges Gefühl überkommt mich. Wenn er nicht ans Handy geht, heißt das, dass er entweder schläft oder das Handy ausgegangen ist. Beides könnte bedeuten, dass er erst wieder an mich denkt, wenn es zu spät ist. Es ist nicht so, dass er immer unzuverlässig ist, es wäre aber auch nicht das erste Mal.

Das ist wahrscheinlich das Problem daran, wenn man seinen platonischen Freund zum festen Freund macht. Er denkt immer noch, dass er mit allem davonkommt.

Ich nehme mein Oberteil und meine Unitasche aus dem Schrank unter den Zapfhähnen heraus und stecke mein Handy in die Tasche. Dann ziehe ich mir ein Flanellhemd über mein Tanktop, knöpfe es zu und stecke es mir vorne in die Hose. Für das Trinkgeld ziehe ich mich immer etwas sexy an, aber so werde ich definitiv nicht hier rausgehen.

7

»Wohin gehst du?«, fragt Shel und schaut mich an, während sie ein Bier nachschenkt.

Ich werfe einen Blick auf meine Chefin. Kleine Herzchen sind auf ihrem Unterarm tätowiert, und ihr schwarzes Haar mit den blonden Strähnen hat sie hochgebunden.

»Im Kino läuft eine Mitternachtsvorstellung von *Evil Dead*«, antworte ich, als ich die Schranktür schließe und mir den Lederriemen meiner Tasche über den Kopf ziehe. »Ich werde die Zeit totschlagen und dort auf Cole warten.«

Sie schenkt das Bier fertig ein und schaut mich an, als würde sie eine Million Dinge zu mir sagen wollen, wüsste aber nicht, wo sie anfangen soll.

Ja, ja, ich weiß.

Ich wünschte, sie würde aufhören, mich so anzusehen. Es kann gut sein, dass Cole um 2 Uhr nicht hier sein wird, wenn er jetzt nicht ans Handy geht. Das ist mir bewusst. Er könnte bei irgendeinem Freund und schon ordentlich dicht sein.

Oder er könnte zu Hause im Bett sein und sich tatsächlich den Wecker gestellt haben, um mich um 2 Uhr abzuholen. Und dabei könnte er das Handy im anderen Raum liegen gelassen haben. Es ist nicht sehr wahrscheinlich, aber es ist möglich. Er hat noch zwei Stunden Zeit. Die werde ich ihm geben.

Außerdem arbeitet meine Schwester, und hier kann niemand weg, um mich nach Hause zu fahren. Heute Abend ist nicht viel los, und meine Schicht wurde früher beendet, weil ich die Einzige bin, die kein Kind durchzufüttern hat. Obwohl ich das Geld genauso dringend brauche.

Ich ziehe am Riemen meiner Tasche über meiner Schulter und fühle mich, als wäre ich sehr viel älter als achtzehn. Also neunzehn, wenn man bedenkt, was für ein Tag heute ist.

Ich hole tief Luft und schiebe die Sorgen für heute Nacht beiseite. Viele Leute in meinem Alter haben Geldprobleme, können Rechnungen nicht zahlen und müssen sich auf Mitfahrgelegenheiten verlassen. Ich weiß, es ist zu viel verlangt, sein Leben jetzt schon im Griff zu haben, aber trotzdem ist es mir peinlich. Ich hasse es, hilflos zu sein.

Und Cole kann ich auch keine Schuld geben. Es war meine Entscheidung, ihm den Rest meines Studiendarlehens zu geben, damit er sein Auto reparieren lassen kann. Es gab auch Zeiten, in denen er für mich da war. Eine Hand wäscht die andere.

Als ich mich umdrehe, stellt Shel gerade das Bier vor Grady ab – einer der Stammgäste – und nimmt sein Geld entgegen. Sie geht zur Kasse und wirft mir noch einen Blick zu. »Du hast kein Auto«, sagt sie. »Und draußen ist es dunkel. Du kannst nicht zum Kino laufen. Mädchenhändler warten nur auf heiße Teenagermädchen mit blonden Haaren.«

Ich schnaube. »Du musst aufhören, dir *Lifetime Movies* anzuschauen.«

Zwar sind durchaus ein paar größere Städte in der Nähe, und Chicago liegt auch nur ein paar Stunden entfernt, aber wir befinden uns immer noch mitten im Nirgendwo.

Ich hebe die Absperrung zum Tresenbereich hoch und komme hinter der Bar hervor. »Das Kino ist nur einen Block entfernt«, erwidere ich. »Wenn ich renne, bin ich in zehn Sekunden da.«

Ich klopfe Grady auf den Rücken, als ich gehe, und das graue Haar seines Pferdeschwanzes wippt, als er sich umdreht und mir zuzwinkert. »Mach's gut, Kleine«, sagt er.

»Gute Nacht.«

»Jordan, warte«, ruft Shel hinter der Jukebox hervor, und ich drehe meinen Kopf in ihre Richtung.

Ich beobachte, wie sie eine Schachtel aus der Kühlung hervorholt und sie mir zusammen mit einer Flasche Wein über die Bar zuschiebt.

»Alles Gute zum Geburtstag.« Sie grinst, als wüsste sie, dass ich dachte, sie hätte es vergessen.

Ich lächle und öffne die kleine Schachtel, in der sich sechs Donuts befinden.

»Das war alles, was ich in der Eile besorgen konnte«, erklärt sie mir.

Hey, es ist Kuchen. Na ja, fast. Ich werde mich auf jeden Fall nicht beschweren.

Ich schließe die Schachtel wieder, öffne meine Tasche und verstecke meine Beute – inklusive Wein – darin. Zugegeben, ich habe nicht erwartet, dass mir jemand etwas schenkt, aber es freut mich trotzdem, dass jemand an mich gedacht hat. Meine Schwester Cam wird mich, wenn wir uns morgen sehen, bestimmt mit einem schönen Oberteil oder einem Paar hübscher Ohrringe überraschen. Und mein Dad wird mich wahrscheinlich diese Woche irgendwann anrufen.

Shel weiß, wie sie mich zum Lachen bringen kann. Ich bin alt genug, in einer Bar zu arbeiten, aber nicht alt genug, um Alkohol zu trinken. Mir eine Flasche Wein zuzustecken, die ich außerhalb der Bar genießen kann, macht meine Nacht zu einem kleinen Abenteuer.

»Danke«, sage ich, lehne mich über die Bar und gebe ihr einen dicken Schmatzer auf die Wange.

»Pass auf dich auf«, sagt sie.

Ich nicke, drehe mich um und trete durch die Holztür nach draußen auf den Gehweg.

Als die Tür hinter mir zufällt, ist die Musik dahinter nur noch ein gedämpftes Dröhnen. Meine Brust senkt sich, als ich den Atem freilasse, den ich – ohne es zu merken – die ganze Zeit angehalten habe.

Ich habe sie wirklich lieb, aber ich wünschte, sie würde sich nicht solche Sorgen um mich machen. Sie sieht mich immer an, als wäre sie meine Mom und würde alles für mich hinbiegen wollen.

Ich hätte mich wirklich glücklich schätzen können, eine Mutter wie sie zu haben.

Frische Luft hüllt mich ein, die Kühle der Nacht erzeugt Gänsehaut auf meinen Armen, und der angenehme Duft von Maiblumen dringt in meine Nase. Ich lege den Kopf zurück, schließe die Augen und atme tief ein, während mein langer Pony in der leichten Brise meine Wangen kitzelt.

Die warmen Sommernächte sind im Anmarsch.

Ich öffne die Augen, blicke nach links und rechts und sehe, dass die Gehwege leer sind, aber Autos immer noch beide Straßenränder säumen. Der Parkplatz des Seniorenzentrums ist ebenfalls voll. Die Bingo-Abende hier verwandeln sich später immer in Barnächte, und anscheinend sind die älteren Herrschaften immer noch gut dabei.

Ich drehe mich nach links, ziehe den Haargummi aus meinem Haar, lasse die Locken fallen und stülpe mir den Haargummi über das Handgelenk, als ich loslaufe.

Die Nacht fühlt sich gut an, auch wenn es draußen noch ein bisschen kalt ist. Aus jeder Ecke und Nische strömt der Geruch von Alkohol in meine Nase.

Für meinen Geschmack viel zu viel Lärm – und auch viel zu viele Augen.

Ich werde schneller und freue mich darauf, für eine Weile im dunklen Kino untertauchen zu können. Normalerweise gehe ich nicht allein ins Kino, aber wenn sie einen älteren Streifen aus den Achtzigern wie *Evil Dead* zeigen, dann bleibt mir nichts anderes übrig. Cole steht total auf Special Effects und traut keinen Filmen, die vor 1995 gedreht wurden.

Ich muss grinsen, als ich an seine Eigenheiten denke. Er weiß ja gar nicht, was er verpasst. Die Achtziger waren fantastisch. Ein ganzes Jahrzehnt voller Spaß pur. Nicht alles musste eine tiefere Bedeutung haben.

Für mich ist das eine willkommene Ablenkung, vor allem heute Nacht.

Schließlich laufe ich um eine Ecke und komme zum Kartenschalter. Ich bin ein paar Minuten zu früh. Perfekt! Ich hasse es nämlich, die Vorschau am Anfang zu verpassen.

»Eine bitte«, sage ich zu der Kassiererin.

Ich fische das Trinkgeld, das ich heute Abend bekommen habe, aus meiner Tasche und zähle die sieben Dollar fünfzig für das Ticket ab. Nicht, dass ich Geld zum Ausgeben hätte, vor allem nicht angesichts der Tatsache, dass die Miete bevorsteht und sich diverse Rechnungen auf dem Schreibtisch in Coles und meiner Wohnung stapeln, die wir noch nicht zahlen können. Aber sieben Dollar werden mich nicht in den Ruin treiben.

Außerdem habe ich heute Geburtstag …

Ich gehe an dem Getränkestand vorbei auf eine Doppeltür zu. Es gibt nur einen Kinosaal, und überraschenderweise hat dieses Kino seit sechzig Jahren überlebt, obwohl in den umliegenden Städten größere Kinos mit zwölf Sälen entstanden sind. Das *Grand* musste entsprechend kreativ werden und setzt auf Mitternachtsvorstellungen von alten Klassikern wie heute, veranstaltet aber auch Events und private Partys. Ich komme nicht oft hierher, da ich mit dem Studium und meinem Job genug zu tun habe. Das Kino ist aber ein schöner, dunkler Ort und somit perfekt, wenn man sich für eine Weile verlieren will. Privat und ruhig.

Ich trete durch die Tür, schaue noch mal auf mein Handy, um zu sehen, ob Cole angerufen oder geschrieben hat, und mache dann den Ton aus, bevor ich das Telefon wieder in die Tasche stecke.

Auf dem Bildschirm läuft Werbung, aber das Licht ist immer noch an. Schnell lasse ich den Blick durch den Saal schweifen und sehe ein paar einsame Gestalten in den Sitzen. In der hinteren Reihe rechts von mir sitzt ein Pärchen, und in der Mitte sehe ich eine Gruppe von Jungs – dem Klang ihres unangebracht lauten Gelächters nach zu urteilen, sind sie noch ziemlich jung. Von den ungefähr dreihundert Plätzen sind immer noch zweihundertfünfundachtzig frei, und ich kann mir einen Platz aussuchen.

Ich gehe fünf oder sechs Reihen nach vorne und setze mich in der Mitte auf einen freien Sitz. Dort stelle ich meine Tasche auf den Boden, hole leise die lila Tüte mit der Flasche Wein heraus und lese das Etikett in dem schummrigen Licht.

Merlot. Ich hatte gehofft, es wäre Weißwein, aber wahrscheinlich muss Shel dieses Zeug loswerden. Diesen Wein servieren wir nur, wenn es eine Veranstaltung im Freien gibt, bei der wir keine Gläser draußen haben wollen.

Ich schraube den Deckel auf und rieche daran. Aber ich kann keines dieser edlen Aromen ausmachen, die Sommeliers immer beim Wein entdecken. Kein Anzeichen von »kräftigem Aroma mit süßen Kirschen« oder Ähnliches. Ich klappe das Tischchen vor mir herunter, nutze es aus, dass die Reihe vor mir leer ist, und stelle meine Füße zwischen den leeren Sitzen auf den Armlehnen ab.

Ich stelle die Flasche wieder ab, hole mein Handy aus der Tasche – für den Fall, dass Cole anruft – und lege es auf das Tischchen neben den Wein.

Blöderweise fällt es mir herunter, zwischen meine Beine auf den Boden. Schnell presse ich die Knie zusammen, um es aufzufangen, wobei ich gegen das Tischchen stoße. Und schon segelt die offene Weinflasche zu Boden.

Ich schnappe nach Luft. »Scheiße!«, rufe ich leise.

So ein Mist.

Ich stelle meine Füße wieder auf den Boden, klappe das Tischchen hoch und bücke mich, um nach meinem Handy zu suchen. Meine Finger tauchen in den verschütteten Wein, und ich zucke zusammen, als ich merke, was für ein Chaos ich angerichtet habe. Als ich einen Blick über die Sitze vor mir werfe, sehe ich, dass der Wein auf eine Gruppe von drei Kerlen ein paar Reihen weiter unten zuläuft.

Ich stöhne auf. Klasse, einfach klasse.

Ein leichter Schweißfilm bildet sich auf meiner Stirn. Ich stehe auf, ziehe meinen Schal aus der Tasche und trockne mir daran die Finger ab. Ich bin nicht gerade begeistert, meinen Schal zu ruinieren, aber ich habe keine Taschentücher dabei.

Was für ein Schlamassel.

So viel dazu, ein paar Stunden der Realität zu entfliehen.

Ich blicke mich nach einem Platzanweiser mit einer Taschenlampe um, obwohl ich mir ziemlich sicher bin, dass sie so jemanden hier nicht beschäftigen – schon gar nicht um diese Uhrzeit. Das einzige Licht, das ich demnach habe, ist die Taschenlampe meines Handys, das irgendwo auf dem stockdunklen Fußboden liegt.

Als ich niemanden sehe, stecke ich meinen Schal in die Tasche und gehe in die nächste Reihe. Dort bücke ich mich, schaue unter die Sitze und taste nach meinem Handy. Als ich nichts finde, gehe ich in die nächste Reihe und dann in die nächste. Ich bin mir ziemlich sicher, dass ich gehört habe, wie es vor mir runtergefallen ist. Da die Reihen steil nach unten gehen, könnte es weit gefallen sein. Verdammt.

In der nächsten Reihe stelle ich meine Tasche ab, gehe auf alle viere und schaue unter die Sitze links und rechts von mir, während ich mit den Händen den Boden abtaste. Vor mir sitzt ein Paar langer Beine in einer Jeans, und als ich aufblicke, sehe ich einen Mann, der gerade dabei ist, sich eine Handvoll Popcorn in den Mund zu stecken. Er starrt mich mit gerunzelter Stirn an.

»Tut mir leid«, flüstere ich und streiche mir das Haar hinter die Ohren. »Ich habe mein Getränk fallen lassen, und gleichzeitig ist mir mein Handy weggerutscht, und das muss jetzt hier irgendwo liegen. Würden Sie vielleicht …?«

Er zögert einen Moment, blinzelt und richtet sich dann auf. »Ja klar.« Er klappt sein Tischchen hoch, steht auf und holt etwas aus seiner Tasche. »Mal schauen.«

Er schaltet die Taschenlampe seines Handys ein und leuchtet damit unter die Sitze.

Sofort sehe ich mein Handy unter dem Sitz neben ihm und hebe es auf. Gott sei Dank. Wir stehen beide auf, und meine Schultern entspannen sich. Ich kann mir momentan wirklich kein kaputtes Handy leisten und fahre mit meinen Fingern über das Display, um sicherzugehen, dass es keinen Sprung hat.

»Haben Sie es?«, fragt er.

»Ja, danke.«

Er macht seine Taschenlampe aus, fährt aber mit seinen Fingern über mein Handy und hält sie dann an seine Nase, um daran zu riechen.

»Ist das …« Er zuckt zusammen. »Wein?«

Ich schaue auf den Boden und sehe, dass der Wein sich seinen Weg bis zu ihm gebahnt hat und er jetzt mittendrin steht.

»O Mann!« Ich schaue zu ihm auf. »Es tut mir so leid. Der ist ja überall!«

»Nein, nein, ist schon gut.« Er lacht leise, und seine Mundwinkel verziehen sich zu einem Lächeln, als er aus der Pfütze tritt. »Ich wusste nur nicht, dass sie hier Alkohol verkaufen.«

Ich nehme meinen Schal und wische damit mein Handy ab. »Tun sie auch nicht«, erwidere ich leise, damit ich die anderen Leute im Kino nicht störe. »Ich habe gerade Feierabend gemacht, und meine Chefin hat mir den Wein mitgegeben, um … ähm …« Ich schüttle den Kopf und ringe nach Worten. »… um zu feiern.«

»Feiern?«

»Pst«, zischt jemand.

Wir schauen den Kerl eine Reihe weiter hinten ganz rechts an, der uns einen bitterbösen Blick zuwirft. Weder die Vorschauen noch der Film haben begonnen, und wir verdecken ihm nicht mal die Sicht, aber anscheinend stören wir ihn trotzdem. Ich gehe zu meiner Tasche zurück.

Der Mann, der mir geholfen hat, nimmt sein Getränk und sein Popcorn und folgt mir. Dabei steigt mir der Duft seines Duschgels in die Nase. »Ich werde nur etwas rüberrutschen – raus aus dieser Sauerei«, sagt er.

Er setzt sich ein paar Plätze weiter hin, schaut erst mich an und dann zurück zu dem Platz, auf dem ich vorhin gesessen habe, als ich den Wein verschüttet und das Handy fallen gelassen habe. »Sie können sich gerne zu mir setzen.« Er deutet auf den Platz neben sich. Offensichtlich hat er realisiert, dass ich auch alleine hier bin.

»Danke, ich werde einfach …« Ich beende den Satz nicht, sondern nehme meine Tasche und will mich gerade umdrehen, um zu meinem eigenen Platz zurückzugehen, als ich sehe, wie ein Kerl mit einem Mädchen den Kinosaal betritt. Ich erstarre mitten in der Bewegung und beobachte, wie sie nach links in die letzte Reihe gehen und sich auf der anderen Seite des Saals in ihre Sitze fallen lassen.

Scheiße.

Jay McCabe. Der einzige andere Freund, den ich außer Cole je hatte. Und er lässt Cole wie den reinsten Prinzen aussehen. Leider zieht er mich immer noch bei jeder Gelegenheit, die sich ihm bietet, auf. Auf keinen Fall werde ich mich heute Nacht mit ihm rumschlagen!

»Alles in Ordnung?«, fragt der Kerl mit der Handytaschenlampe, als ich mich nicht bewege. »Ich verspreche, Sie nicht anzumachen. Sie sind eh zu alt für mich.«

Ich werfe ihm einen erstaunten Blick zu und vergesse Jay und seine Freundin für einen Moment. Zu alt für ihn? Wie bitte? Ich mustere ihn: ungefähr ein Meter achtzig groß, Muskeln, die sich unter seinem T-Shirt abzeichnen, und Tätowierungen auf dem rechten Unterarm, die sich bis unter den Ärmel ziehen. In der Bar habe ich schon viele Typen gesehen, und er sieht definitiv nicht aus wie neunzehn, zumindest nicht wie die Neunzehnjährigen, die mir bisher über den Weg gelaufen sind.

Er muss mindestens dreißig Jahre alt sein.

Er prustet los. »Das war nur ein Scherz«, sagt er, und sein Mund verzieht sich zu einem breiten Lächeln, das meine Gesichtszüge etwas entspannen lässt. »Wenn Sie den Film nicht alleine anschauen wollen, können Sie sich gerne neben mich setzen. Das ist alles, was ich sagen wollte.«

Ich sehe zu Jay und seine Begleitung rüber, aber dann kommt plötzlich eine Gruppe von Typen durch die Tür und macht dabei einen Riesenlärm. Ich sehe, dass Jay von dem Mädchen weg und in die Richtung schaut, aus der der Lärm kommt. Um sicherzugehen, dass Jay mich nicht sieht, lasse ich mich instinktiv auf den Sitz neben dem Mann fallen.

»Danke.«

Ich spüre die Gegenwart meines Ex-Freundes im Kino, und die alten Erinnerungen kommen wieder hoch. Ich erinnere mich daran, wie er mir einmal das Gefühl vermittelt hat, ihm gegenüber völlig hilflos zu sein.

Dabei will ich doch nur einen Abend nicht über alles nachdenken müssen.

Ich lehne mich zurück und versuche, mich zu entspannen, aber dann sehe ich im Augenwinkel den Mann neben mir sitzen, den ich überhaupt nicht kenne, und werde mir seiner Nähe plötzlich nur allzu sehr bewusst.

Ich drehe meinen Kopf zu ihm und schaue ihn fragend an. »Sie sind kein Serienmörder, oder?«

Er runzelt die Stirn und blickt mich an. »Sind Sie einer?«

»Serienmörder sind normalerweise asoziale, weiße Männer.«

Ein gut aussehender Mann alleine im Kino? Hmmm …

Er zieht eine Augenbraue nach oben. »Und sie sehen aus wie jeder andere«, fügt er mit skeptischer Stimme hinzu, während er mich von oben bis unten mustert.

Das Licht der Werbung auf der Leinwand spiegelt sich in seinen Augen, und keiner von uns blinzelt.

Doch dann kann ich ein Lachen nicht mehr zurückhalten und strecke ihm meine Hand entgegen. »Ich bin Jordan. Tut mir leid wegen dem Wein.«

»Jordan?«, wiederholt er und nimmt meine Hand. »Ein untypischer Name für ein Mädchen.«

»Nicht wirklich.« Ich entspanne mich in meinem Sitz, verschränke die Arme vor der Brust, ziehe meine Knie an und lege meine Füße in den Spalt zwischen die zwei leeren Sitze vor mir. »Das war der Name von Tom Cruises Geliebter in *Cocktail*. Erinnern Sie sich?«

Er runzelt fragend die Stirn.

»*Cocktail*?«, wiederhole ich. »Ein Film von 1988 über einen Barkeeper?«

»Ach ja, richtig.« Aber dabei schaut er mich so unsicher an, dass ich nicht weiß, ob ihm klar ist, wovon ich eigentlich rede.

»Mögen Sie Filme aus den Achtzigern?«, frage ich und deute auf die Leinwand vor uns.

»Ich mag Gruselfilme«, stellt er klar und hält mir das Popcorn entgegen. »Und der hier ist ein Klassiker. Und Sie?«

»Ich liebe die Achtziger.« Ich nehme mir eine Handvoll und stecke mir eins in den Mund. »Mein Freund hasst meinen Film- und Musikgeschmack, aber ich kann einfach nicht anders. Ich gehe immer hierher, wenn sie einen Film aus diesem Jahrzehnt zeigen.«

Ich komme mir etwas seltsam vor, weil ich meinen Freund erwähnt habe, aber ich will keinen falschen Eindruck erwecken. Schnell schaue ich auf seine linke Hand und stelle erleichtert fest, dass er keinen Ehering trägt. Es wäre falsch gewesen, hier mit einem verheirateten Mann zu sitzen.

Aber er blickt mich nur wissend an. »*Breakfast Club* ist Ihr Lieblingsfilm, stimmt's?«, fragt er. »Und jeder andere von John Hughes?«

»Haben Sie etwas gegen *Breakfast Club?*«

»Nicht die ersten zehn Male, die ich ihn gesehen habe.«

Ich muss grinsen. Er hat recht, er läuft wirklich oft im Fernsehen.

Dann beugt er sich vor. »Die Achtziger waren das Jahrzehnt der Actionhelden«, sagt er mit leiser und tiefer Stimme. »Das vergessen die Leute immer. *Lethal Weapon*, *Stirb Langsam*, *Terminator*, *Rambo*…«

»Jean-Claude Van Damme«, sage ich.

»Genau.«

Ich beiße mir auf die Lippe, um nicht zu lachen, aber mein Magen verkrampft sich trotzdem, und ich pruste los.

Er sieht mich fragend an. »Worüber lachen Sie?«

»Nichts«, antworte ich schnell und nicke. »Van Damme. Ein toller Schauspieler. Mit vielen bedeutenden Filmen.«

Aber ich kann mir das Lachen nicht verkneifen, und er runzelt die Stirn, weil er weiß, dass ich Blödsinn rede.

Da höre ich hinter mir ein Kichern, und als ich mich umdrehe, sehe ich, wie Jay die Leinwand völlig ignoriert und stattdessen heftig mit dem Mädchen rumknutscht.

»Kennen Sie sie?«, fragt mich der Mann neben mir.

Ich schüttle den Kopf. Das geht ihn nichts an.

Wir werden leise, und ich esse das Popcorn in meiner Hand auf. Ich lege den Kopf in den Nacken und betrachte die hohe Decke und die antiken Goldbögen über mir. Er sitzt neben mir, und ich atme langsam ein und aus, während mein Puls rast.

Warum bin ich nervös? Ist es wegen Jay?

Ziemlich sicher nicht. Momentan denke ich nicht mal an ihn.

Die Leute um uns herum unterhalten sich und warten darauf, dass der Film beginnt, aber ich kann nicht verstehen, was sie sagen – und es interessiert mich auch nicht wirklich. Meine Haut fühlt sich warm an.

»Was studieren Sie denn an der Doral State?«, fragt er.

Ich schaue ihn überrascht an. Er weiß, auf welche Uni ich gehe? Serienmörder.

Aber dann deutet er auf meine Tasche auf dem Boden, und ich sehe den Schlüsselanhänger mit dem Emblem der Uni heraushängen.

Ah, stimmt ja.

Ich richte mich auf. »Landschaftsdesign«, sage ich. »Ich will Plätze im Freien schöner machen.«

»Klingt gut. Ich arbeite in der Baubranche.«

Ich lächle ihn halbherzig an. »Dann machen Sie also Plätze im Innern schöner.«

»Nein, nicht wirklich.«

Ich muss wegen dem tristen Klang seiner Stimme lachen, als wäre er gelangweilt von dem, was er tut.

»Ich mache sie *praktischer*«, korrigiert er mich.

Dabei schaut er mich mit seinen braunen Augen warm und eindringlich an, bevor sein Blick für einen kurzen Moment auf meinen Mund fällt. Sofort kribbelt es in meinem Bauch. Schnell schaut er wieder weg, und auch ich wende meinen Blick von ihm ab und versuche, langsam zu atmen.

Ich räuspere mich, bücke mich und hole die Schachtel mit den Donuts aus meiner Tasche. Ich stelle sie auf das Tischchen vor mir und öffne sie. Sofort strömt mir der süße Duft in die Nase, und mein Magen knurrt. Ich blicke zum Projektionsfenster zurück. Ob der Film wohl bald beginnt? Dafür habe ich mir die Donuts nämlich eigentlich aufgehoben. Aber jetzt bin ich wirklich kurz vorm Verhungern.

Ich spüre den Blick des Mannes auf mir und schaue ihn an. »Ich habe heute Geburtstag«, erkläre ich. »Meine Chefin hat mir deshalb die hier und den Wein geschenkt, weil sie keinen Kuchen bekommen hat.«

Ich nehme einen heraus und lehne mich zurück, bevor ich meine Füße wieder auf die Armlehne vor mir lege.

»Essen Sie alle sechs Donuts?«, fragt er.

Ich halte zwei Zentimeter vor meinem Mund in der Bewegung inne und starre ihn an. »Finden Sie das etwa ekelerregend oder so?«

»Nein, ich frage mich nur, ob ich auch einen bekomme.«

Ich grinse und gebe ihm mit einer Handbewegung Richtung Schachtel zu verstehen, dass er sich bedienen kann.

Er nimmt den mit dem einfachen Zuckerguss. Ob er das wohl tut, weil er eher der bodenständige Typ ist oder weil er mir die Donuts mit den bunten Streuseln lassen möchte? Beides fände ich irgendwie nett. Wir lehnen uns zurück und essen schweigsam.

Und ich kann mich einfach nicht davon abhalten, ihm immer wieder verstohlene Blicke zuzuwerfen. Sein braunes Haar ist hell, und seine Augen sehen mal blau, grün oder braun aus, je nachdem, welches Licht gerade über die Leinwand flackert. Sein ovales Gesicht ist von Bartstoppeln überzogen, und er hat eine markante Nase. Ich verfolge mit meinem Blick, wie sich sein kantiges Kinn beim Kauen bewegt. Um seine Augen herum kann ich ganz feine Fältchen erkennen, was bedeutet, dass er wahrscheinlich schon älter als dreißig ist, aber er könnte auch einfach nur die ganze Zeit in der Sonne arbeiten. Er ist groß, stark, fit und braun gebrannt, und …

Plötzlich fällt sein Blick auf mich, als ob er spürt, dass ich ihn gerade eingehend mustere.

Schnell schaue ich nach vorn zur Leinwand. Verdammt.

Das ist schon okay, oder? Es ist normal, andere Leute attraktiv zu finden. So was kommt vor. Scarlett Johansson ist zum Beispiel attraktiv. Das heißt aber nicht, dass ich an ihr interessiert bin.

Ich nehme einen weiteren Bissen von meinem Donut, und mein Blick wandert wieder zur Seite auf seine Arme mit den verschiedenen Tattoos. Schwarze Zahnräder und Schrauben wie bei einem Roboterskelett, ein paar Tribals, die mir verraten, dass er definitiv ein Kind der Neunziger war, und etwas, das aussieht wie eine Taschenuhr, die versucht, sich aus seiner Haut zu befreien. Die Tattoos scheinen kein bestimmtes Thema zu haben, aber sind wunderschön gestochen. Welche Geschichte wohl hinter ihnen steckt?

Ich beiße noch mal in meinen Donut, und der rosa Zuckerguss und die bunten Streusel verursachen ein angenehm fast schon elektrisierendes Gefühl an meinem Gaumen, weswegen ich am liebsten das ganze Ding auf einmal in den Mund nehmen würde.

»Ich stehe ja wirklich auf Bauchmuskeln«, sage ich kauend, »aber die sind einfach zu gut.«

Er lacht laut auf und schaut mich kopfschüttelnd an.

»Was?«

»Nichts. Sie sind nur …« Er schaut weg, als suche er nach den richtigen Worten. »Sie sind irgendwie … interessant … oder so.« Er schüttelt wieder den Kopf. »Tut mir leid, ich weiß nicht, was ich meine.« Und dann ruft er, als wäre es ihm gerade eingefallen: »Niedlich. Sie sind niedlich.«

Mein Magen macht einen Satz, und meine Wangen werden warm, als wäre ich wieder in der fünften Klasse, als es noch ein Kompliment war, wenn ein Junge dich niedlich findet. Ich weiß, dass er meine Persönlichkeit meint und nicht mein Aussehen, aber irgendwie gefällt mir das.

Er isst seinen Donut auf und nimmt einen Schluck von seinem Getränk. »Wie alt sind Sie?«, fragt er. »Dreiundzwanzig? Vierundzwanzig?«

»Ja, irgendwann mal.«

Er muss erneut lachen.

»Neunzehn«, antworte ich schließlich.

Er holt tief Luft und seufzt, während sein Blick in die Ferne schweift.

»Was?« Ich nehme den letzten Bissen von meinem Donut und reibe meine Hände aneinander. Dann lehne ich meinen Kopf wieder zurück an die Sitzlehne.

»Noch mal so jung zu sein«, sinniert er. »Es kommt mir wie gestern vor.«

So alt ist er jetzt auch wieder nicht, oder? Neunzehn Jahre können noch nicht allzu lange her sein bei ihm. Zehn Jahre? Vielleicht zwölf?

»Würden Sie denn was anders machen, wenn Sie noch mal in dem Alter sein könnten?«, frage ich ihn.

Er verzieht seine Mundwinkel zu einem schiefen Grinsen und schaut mich dann ernst an. »Ich gebe Ihnen jetzt mal einen kleinen Ratschlag, okay?«

Ich höre ihm gespannt zu und lasse ihn dabei nicht aus den Augen.

»Starten Sie immer mit voller Kraft durch?«

Hä?

Offensichtlich sieht er an meinem Blick, wie verwirrt ich bin, denn er fährt fort: »Die Zeit rast an einem vorbei«, sagt er. »Und Angst gibt einem all die Ausreden, die man sucht, um die Dinge nicht zu tun, die man eigentlich tun sollte. Zweifeln Sie nicht an sich selbst, hinterfragen Sie sich nicht, lassen Sie sich nicht von Ihrer Angst zurückhalten, seien Sie nicht faul und treffen Sie keine Entscheidungen basierend darauf, wie zufrieden andere damit wären. Trauen Sie sich einfach, okay?«

Ich starre ihn an, unfähig, irgendwas anderes zu tun. Ich würde gerne lächeln, denn mein Herz schwillt gerade an, was sich wirklich gut anfühlt. Gleichzeitig spüre ich aber auch etwas in mir, das ich nicht richtig einordnen kann. Es ist, als überfluteten mich ein Dutzend Emotionen auf einmal. Und alles, was ich tun kann, ist, in kurzen, knappen Zügen einzuatmen.

»Okay«, flüstere ich.

Ich bin mir nicht sicher, ob ich das, was er gesagt hat, hören wollte oder musste, aber ich spüre, wie sich meine Schultern etwas straffen und mein Kinn sich bereits nach vorne reckt. Keine Ahnung, wie lange es anhält, aber ich bin gerade etwas mutiger geworden, und er ist mein neuer Held.

Ich beobachte, wie er eine kleine Schachtel hervorzieht, ein Streichholz anzündet und es schließlich in einen der Donuts steckt. Der rosa Zuckerguss, nach dem Shel gefragt hat, weil sie weiß, dass es meine Lieblingsfarbe ist, glänzt hell in der kleinen Flamme. Mir wird warm ums Herz.

Ich nehme die Füße runter, beuge mich vor, schließe die Augen und frage mich selbst, was ich will, bevor ich die Flamme auspuste.

Aber ich habe mir nicht das Übliche gewünscht. Mein Kopf ist plötzlich ganz leer, und mir fällt nichts mehr ein, was ich außerhalb dieses Kinos brauche oder will. Ich kann nur an eins denken.

Wir lehnen uns beide zurück und essen noch einen Donut, als die Lichter endlich ausgehen und der Filmsound von beiden Seiten des Saals ertönt.

Die nächsten neunzig Minuten essen und lachen wir, und ich verstecke ein paarmal mein Gesicht, wenn ich weiß, was gleich kommt. Hier und da zucke ich zusammen und muss lachen, als er ebenfalls vor Schreck zusammenzuckt, was ihm peinlich zu sein scheint. Nach einer Weile bemerke ich, dass mein Kopf in seine Richtung geneigt ist, und er hat seinen Fuß auf dem leeren Sitz vor uns liegen, während sein Kopf ebenfalls zurückgelehnt ist. Wir haben es uns beide total gemütlich gemacht, und es ist mir nicht mal in den Sinn gekommen, eine gewisse Distanz zu wahren.

Ich sehe mir nicht oft Filme mit anderen Menschen an. Ich bin es nicht gewohnt, still neben jemand anderem zu sitzen. Coles und meine Terminpläne passen nicht immer zusammen, und meine Schwester Cam hat eigentlich gar keine Freizeit mehr. Die meisten meiner Freundschaften aus der Highschool haben den Abschluss nicht überdauert. Es ist schön, einfach nur abzuhängen.

Schließlich startet der Abspann, und ich glaube nicht, dass ich mich an viel von dem Film erinnern kann. Aber ich war schon lange nicht mehr so entspannt. Ich habe gelacht und gegrinst, Witze gemacht und alles vergessen, was da draußen vor sich geht. Und das habe ich gebraucht. Ich will noch gar nicht wirklich nach Hause.

Das Licht geht an, und langsam richte ich mich auf und stelle die Füße wieder auf den Boden, während ich den Kloß in meinem Hals hinunterschlucke und ihn anschaue. Er folgt meinem Beispiel, blickt mir aber nicht in die Augen.

Ich stehe auf, hänge mir meine Tasche über die Schulter und hebe meinen Müll auf.

»In ein paar Wochen kommt *Poltergeist*.« Er steht auf und nimmt seinen Müll. »Wenn ich Sie wiedersehe, werde ich mir einen Platz in den hinteren Reihen suchen.«

Ich muss lachen und denke an den Wein. Als wir die Reihe verlassen und in Richtung Ausgang gehen, fällt mir auf, dass Jay und sein Date nicht mehr auf ihren Plätzen sitzen. Sie müssen früher gegangen sein, aber ehrlich gesagt, habe ich schon lange vergessen, dass sie überhaupt hier waren.

Poltergeist. Ist das seine Art, mich beiläufig zu fragen, ob ich auch kommen möchte?

Aber nein, er weiß, dass ich einen Freund habe.

Allerdings kann ich mir nicht verkneifen, mich zu fragen, ob ich wiederkommen würde, falls Cole und ich aus irgendeinem Grund in einem Monat nicht mehr zusammen wären.

Ich blinzele mehrmals, und Schuldgefühle übermannen mich, als ich den Gang hochgehe. Wahrscheinlich würde ich kommen. Es gibt nicht viele interessante Männer in der Stadt, und ich hatte heute Spaß. Dieser Typ ist interessant.

Und gut aussehend.

Und er hat einen Job.

Ich sollte ihn mit meiner älteren Schwester verkuppeln. Mir ist es sowieso ein Rätsel, wie er es die ganze Zeit geschafft hat, nicht auf ihrem Radar aufzutauchen.

Wir verlassen als Letzte den Kinosaal. In der Lobby bleiben wir stehen und werfen unseren Abfall weg.

Ich blicke zu ihm auf, und mein Herz macht einen Sprung, als ich ihn in hellem Licht und in voller Größe vor mir stehen sehe. Braune Augen. Er hat definitiv braune Augen. Aber grüner um die Iris herum.

Sein Haar ist nur wenig gestylt und gerade lang genug, um mit den Fingern durchfahren zu können. Mein Blick fällt auf seinen weichen, braun gebrannten Hals. Ich kann allerdings nicht sehen, ob er unter dem Kragen seines T-Shirts auch so braun ist. Oder am restlichen Körper. Wie auf Kommando erscheint ein Bild von ihm oben ohne beim Holzhacken vor meinem inneren Auge, und ich …

Schnell schließe ich die Augen und schüttle den Kopf.

Ja, okay …

»Ähm, ich gehe jetzt besser zurück.« Ich ziehe meine Tasche fester an mich. »Hoffentlich wartet mein Freund mittlerweile in der Bar, um mich abzuholen.«

»Bar?«

»Das *Grounders*?«, sage ich. Denn den Laden kennt er mit Sicherheit. Es ist nur eine von drei Bars in der Stadt, auch wenn viele das *Poor Red's* oder den Stripclub der Kneipe vorziehen, in der ich arbeite. »Ich hatte heute unerwartet früher Feierabend, aber er muss mich heimfahren, und ich konnte ihn nicht erreichen. Aber jetzt ist er bestimmt da.«

Er hält mir die Tür auf, als wir das Kino verlassen, und folgt mir nach draußen.

»Ich hoffe, Sie hatten einen schönen Geburtstag, obwohl Sie arbeiten mussten«, sagt er.

Ich drehe mich nach rechts, wo sich das *Grounders* befindet, während er sich nach links wendet.

»Danke für die Gesellschaft, ich hoffe, ich habe den Film für Sie nicht ruiniert.«

Sein Blick ruht einen Moment lang auf mir, und er atmet schwer ein, als er mich gequält ansieht. Schließlich schüttelt er den Kopf und wendet den Blick ab. »Überhaupt nicht«, sagt er.

Wir schweigen einen Augenblick und gehen langsam auseinander, ohne dass wir uns voneinander abwenden.

Das Schweigen wird länger, die Distanz weiter, und schließlich hebt er eine Hand und winkt mir zu, bevor er beide Hände in die Hosentaschen steckt. »Gute Nacht«, sagt er.

Ich starre ihn einfach nur an. Ja, gute Nacht.

Dann drehe ich mich um und spüre, wie mein Magen sich zusammenzieht.

Ich weiß nicht mal, wie er heißt. Es wäre nett gewesen, ihn begrüßen zu können, falls ich ihm mal wieder über den Weg laufe.

Aber ich habe keine Zeit, mich weiter damit zu befassen, weil mein Handy genau in dem Moment klingelt. Als ich es aus der Tasche hole, sehe ich Coles Name auf dem Display.

Ich bleibe stehen und gehe ran. »Hey, bist du im *Grounders*?«, frage ich ihn. »Ich bin gleich da.«

Aber er sagt nichts, und ich rufe seinen Namen. »Cole? Bist du dran?«

Nichts.

»Cole?«, sage ich lauter.

Aber die Leitung ist tot. Ich will ihn gerade zurückrufen, als ich hinter mir eine Stimme höre.

»Ihr Freund heißt Cole?«, fragt der Mann aus dem Kino. »Cole Lawson?«

Ich drehe mich um und sehe, dass er langsam auf mich zukommt. »Ja«, sage ich. »Kennen Sie ihn?«

Er zögert einen Moment, als müsse er etwas verarbeiten, aber dann streckt er mir die Hand entgegen und stellt sich mir endlich vor. »Ich bin Pike. Pike Lawson.«

Lawson?

Er hält kurz inne und fügt dann hinzu: »Sein Vater.«

Mir bleibt die Luft weg. »Was?«, keuche ich.

Sein Vater?

Ich öffne den Mund, schließe ihn aber schnell wieder, als ich den Mann jetzt mit völlig anderen Augen sehe.

Cole hat seinen Vater beiläufig erwähnt – ich wusste, dass er in der Gegend lebt –, aber sie stehen sich nicht nahe, so wie ich es verstanden habe. Der Eindruck, den ich von Coles Vater bekommen habe, wenn er ihn kurz erwähnt hat, passt überhaupt nicht zu dem Mann, mit dem ich mich heute Abend im Kino unterhalten habe. Er ist nett.

Und man kann gut mit ihm reden.

Und er sieht verdammt noch mal nicht alt genug aus, um einen neunzehnjährigen Sohn zu haben.

Er lächelt mich kurz an, und ich weiß, dass er diese Wendung der Ereignisse auch nicht erwartet hat.

Ich höre, wie sein Handy in der Tasche vibriert, und er holt es raus, um nachzusehen, wer anruft.

»Und wenn er mich jetzt anruft, steckt er in Schwierigkeiten«, sagt er und starrt auf das Handy. »Soll ich Sie mitnehmen?«

»Wohin?«

»Aufs Polizeirevier vermutlich.« Er seufzt, geht ans Handy und bedeutet mir, ihm zu folgen. »Gehen wir.«

KAPITEL 2

Jordan

»Ich glaube nicht, dass das eine gute Idee ist«, sage ich und ziehe meine gestapelten Holzkisten aus seinem Kofferraum. »Ich komme mir wie ein Schmarotzer vor.«

Cole verzieht seine Mundwinkel auf diese schrullige Weise, dass man nur noch die linke Seite seiner Zähne sieht. »Was willst du denn sonst machen?« Er schaut mich an und zieht mein zusammenklappbares Zeichenbrett zu sich und nimmt es hoch. »Bei deinen Eltern wohnen?«

Seine blauen Augen sind verschleiert – wahrscheinlich vom Schlafmangel –, als wir unsere Sachen auf die Verandastufen von Pike Lawsons Haus stellen.

Unser neues Zuhause.

Die letzten Tage waren verrückt, und ich kann nicht fassen, dass dieser Kerl sein Vater ist. Was ist das bitte für ein Zufall? Ich wünschte, wir hätten uns anders kennengelernt. Nicht um 2 Uhr morgens bei der Fahrt aufs Polizeirevier, um seinen Sohn – meinen Freund – aus dem Knast zu holen.

»Komm schon, ich hab's dir doch gesagt«, sagt Cole und geht zum Auto zurück, um noch eine Ladung zu holen. »Mein Dad war derjenige, der angeboten hat, dass wir hier wohnen können. Wir können seine Hausarbeiten übernehmen, und das gibt uns die Chance, Geld für eine neue Wohnung zu sparen. Eine bessere Wohnung.«

Richtig. Und wie viele Kinder ziehen zu ihren Eltern zurück, um genau das zu tun, und bleiben dann doch wieder drei Jahre dort? Sein Dad muss doch wissen, worauf er sich da eingelassen hat.

Ich werde mir alle Mühe geben, so schnell wie möglich hier wegzukommen, aber Cole kann nicht sparen. Eine neue Wohnung zu finden und Kaution zu bezahlen – die wir von der vorherigen Wohnung wegen Schäden an den Teppichen nicht mehr zurückbekommen haben –, wird einen Haufen Kohle kosten. Wenn wir erst mal eine Wohnung gefunden haben, kann Cole schon helfen, die Miete zu zahlen. Aber sowohl Kaution als auch Einrichtung wird komplett an mir hängen bleiben.

Es ist jetzt drei Tage her, seit ich Pike Lawson im Kino getroffen habe. Wir haben Cole vom Gefängnis abgeholt und sind nach Hause gefahren, wo ich meine Wohnung völlig verwüstet vorfinden durfte. Cole wollte eine Überraschungsparty für mich schmeißen, aber unsere Freunde – *seine* Freunde – haben nicht gewartet, bis ich nach Hause gekommen bin. Um 23 Uhr war jeder bereits betrunken, die Pizza war weg – aber, hey, man muss ihnen zugestehen, dass sie mir zumindest ein Stück Kuchen übrig gelassen haben.

Ich musste ins Badezimmer gehen, um nicht vor ihnen loszuheulen, als ich die Wohnung gesehen habe.

Anscheinend ist es während der Party zu einem Streit gekommen, die Nachbarn haben sich über den Lärm beschwert, Cole hat die Klappe zu weit aufgerissen, und er und einer seiner Freunde wurden von der Polizei mitgenommen. Unser Vermieter Mel hat uns unmissverständlich klargemacht, dass er genug hat und Cole ausziehen muss. Ich hätte bleiben können, was aber nicht mal ansatzweise infrage kam – die Miete und die Nebenkosten könnte ich nie alleine stemmen. Vor allem nicht, nachdem ich meine Ersparnisse dafür ausgegeben habe, ihm letzten Monat bei der Reparatur von Coles Wagen auszuhelfen.

Zum Glück haben die Cops ihn dieses Mal ohne Kaution gehen lassen, denn ich hätte keine hundert Dollar irgendwo herzaubern können, geschweige denn zweitausendfünfhundert.

»Du bist sein Sohn«, erinnere ich Cole und nehme meine Stehlampe – eines der wenigen Dinge, die wir nicht haben einlagern lassen, weil Coles Dad bereits ein möbliertes Schlafzimmer für uns hat. »Aber dass ich auch hier wohne, während er die Rechnungen bezahlt? Das ist nicht richtig.«

»Und ich denke, es wäre nicht richtig, wenn ich das hier nicht jeden Tag für mich haben könnte«, sagt er mit einem verschmitzten Grinsen, während er mich an sich zieht und seine Arme um mich legt. Ich lasse die Lampe los und lächle, weil ich seine Neckereien genieße, obwohl ich etwas von der Rolle bin. Es ist schon eine Weile her, dass ich so entspannt war, um all den Stress zu vergessen, den wir haben. Wir haben schon lange nicht mehr zusammen gelacht, und langsam fällt es mir immer schwerer.

Aber in diesem Moment hat er dieses spitzbübische Funkeln in den Augen, als wäre er der charmanteste Kerl auf Erden, den man einfach lieben muss.

Er legt seine Stirn an meine, und ich fahre mit den Fingern durch sein blondes Haar und schaue ihm in die dunkelblauen Augen, die einem immer den Eindruck vermitteln, als wäre ihm gerade eingefallen, dass ein ganzer Kuchen im Kühlschrank auf ihn wartet.

Er nimmt meine rechte Hand in seine und zieht unsere Hände zwischen uns hoch. Ich weiß, was er da tut. Unsere Finger umfassen jeweils die Hand des anderen, und unsere Daumen liegen nebeneinander. Er schaut mir in die Augen, während wir dieselben Erinnerungen teilen.

Für Außenstehende mag es aussehen wie ein Wrestling-Griff, aber als wir runterschauen, sehen wir die kleine, birnenförmige Narbe, die wir beide auf unseren Daumen haben und die wir nur mit einem anderen Menschen teilen. Es klingt dämlich, wenn wir anderen Leuten die Geschichte erzählen – eine Nerf-Gun vom kleinen Bruder eines Freundes, die zu klein für unsere Hände war und uns die Haut aufgerissen hat, als wir versucht haben, sie zu benutzen. Wir drei haben alle gelacht, als wir gesehen haben, dass sie uns die exakt gleichen Narben an den Daumen beschert hat.

Jetzt sind es nur noch Cole und ich. Nur noch wir zwei. Zwei Narben, nicht mehr drei.

»Bleib bei mir, okay?«, flüstert er. »Ich brauche dich.«

Und für einen kurzen Augenblick sehe ich diese Verwundbarkeit.

Ich habe ihn auch mal gebraucht, und er war da für mich. Wir haben viel zusammen durchgemacht, und er ist wahrscheinlich mein bester Freund.

Deshalb verzeihe ich ihm auch immer wieder. Ich will ihn nicht verletzen.

Und deshalb habe ich mich von ihm auch hierzu überreden lassen. Ich will wirklich nicht bei meinem Dad und meiner Stiefmutter einziehen, und es ist ja auch nur noch bis zum Ende des Sommers. Wenn meine Studiendarlehen für den Herbst kommen und ich über den Sommer durchs Arbeiten Geld ansparen konnte, kann ich mir wieder meine eigene Wohnung leisten. Glaube ich zumindest.

Cole hält mich fest und bleibt ganz still. Er weiß, dass ich immer noch sauer auf ihn bin, weil er verhaftet worden ist und mein Apartment zerstört wurde, aber er weiß auch, dass er mir wichtig ist. Ich frage mich langsam, ob das einer meiner Fehler ist. Definitiv eine meiner Schwächen.

Er fasst nach unten und greift mir an den Hintern, dann küsst er mich auf den Hals. Ich schnappe nach Luft, als er sich an mich drückt, und lachend winde ich mich aus seinen Armen.

»Hör auf!«, tadle ich ihn flüsternd, während ich nervös zu dem zweistöckigen Haus hinter mir blicke. »Wir haben jetzt keine Privatsphäre mehr.«

Er grinst. »Mein Dad ist noch bei der Arbeit, Babe. Er wird nicht vor fünf zu Hause sein.«

Oh. Das ist schon mal gut. Ich werfe einen Blick die Straße rauf und runter und sehe Haus an Haus mit offenen Vorhängen und spielenden Kindern in den Gärten. Hier ist es nicht wie in den Wohnblöcken, wo man sich über den Weg läuft, aber sich nicht füreinander interessiert, weil man unsichtbar ist und sowieso nicht lange genug bleiben wird, um die Aufmerksamkeit wert zu sein. Hier, in einer echten Nachbarschaft, investieren die Menschen Zeit in diejenigen, die nebenan wohnen.

Ich hole tief Luft und atme den Geruch von Grills ein, während die Rasenmäher brummen. Es ist eine wirklich schöne Nachbarschaft. Ob ich eines Tages wohl auch so wohnen werde? Und einen tollen Job finden? Ein schönes Haus haben? Werde ich glücklich sein?

Cole lehnt seine Stirn wieder an meine. »Es tut mir wirklich leid.« Er schaut mich nicht an, sondern sieht zu Boden. »Ich vermassele es immer wieder, und ich weiß nicht, warum. Ich bin einfach so ruhelos. Ich kann einfach nicht …« Aber er beendet den Satz nicht, schüttelt nur seinen Kopf.

Doch ich weiß, was er meint. Ich weiß es immer. Cole ist kein Versager. Er ist neunzehn. Impulsiv, wütend und verwirrt. Aber anders als ich musste er nie erwachsen werden. Es gab immer jemanden, der sich um ihn gekümmert hat.

»Du weißt, wer du mal sein willst«, sage ich. »Dorthin zu kommen, ist für jeden ein anderer Prozess. Aber du wirst es schaffen.«

Er schaut mir in die Augen, und für einen Moment erkenne ich ein Zögern in seinem Blick, als würde er etwas sagen wollen. Aber dann ist es verschwunden. Stattdessen legt er wieder sein schiefes Grinsen auf. »Ich verdiene dich nicht.« Er gibt mir einen Klaps auf den Hintern.

Ich zucke zusammen, und wir lassen voneinander ab. Stimmt, tust du nicht. Aber du bist süß, und du kannst echt gut massieren.

Wir laden das Auto weiter aus und tragen alles ins Haus. Ich stelle ein paar Einkäufe, die ich vorher besorgt habe, in der Küche ab und trage dann den letzten Karton durch das Wohnzimmer die Treppe rauf in unser Zimmer, das hinter der ersten Tür auf der linken Seite liegt.

Ich atme tief durch die Nase ein, als ich durch den Türrahmen in unser neues Schlafzimmer gehe, und kann mir ein Grinsen nicht verkneifen, als ich den Geruch von frischer Farbe wahrnehme. So, wie es aussieht, ist Coles Vater gerade dabei, das Haus, in das wir einziehen, zu renovieren. Allerdings scheint die meiste Arbeit schon erledigt zu sein. Die Fußböden im Erdgeschoss sind aus glänzendem Holz, in jedem Raum gibt es passende Kranzprofile, die Arbeitsflächen in der Küche sind aus Granit mit jeder Menge neu aussehender Edelstahlvorrichtungen, und der schwarze Möbelbau aus Glas hat meinen Puls leicht in die Höhe getrieben. Ich habe noch nie in einem annähernd so schönen Haus wie diesem gewohnt. Für einen Bauunternehmer ist Pike Lawson definitiv kein schlechter Designer.

Es ist ohne Zweifel ein schönes Haus. Ein wirklich schönes Haus. Nicht, dass es eine Villa ist – einfach nur ein typisches zweistöckiges Holzhaus mit einer kleinen Veranda, die zur Eingangstür führt –, aber es ist renoviert, wunderschön, gut erhalten, und hinten und vorne gibt es einen Garten.

Ich stelle die Kiste ab, gehe zum Fenster und spähe durch die Vorhänge. *Ein richtiger Garten.* Die Lebenssituation von Coles Mom war nicht immer gut – es ist also schön zu wissen, dass er hier ein sauberes, sicheres Zuhause hat, wann immer er es braucht. Ich frage mich, warum er einem immer das Gefühl vermittelt hat, jemanden zu brauchen, der sich um ihn kümmert, obwohl er doch die ganze Zeit das hier haben konnte. Was ist zwischen ihm und Pike Lawson los?

Eines Tages werde ich auch so ein Haus haben. Mein Vater hingegen wird leider in dem Wohnwagen sterben, in dem ich aufgewachsen bin.

Cole kommt rein, legt ein paar Koffer aufs Bett und geht sofort wieder aus dem Zimmer, während er sein Handy aus der Tasche zieht.

»Meinst du, deinem Dad macht es was aus, wenn ich die Küche benutze?«, rufe ich und folge ihm aus dem Zimmer. »Ich habe ein paar Zutaten gekauft, um Burger zu machen.«

Er bleibt nicht stehen, aber ich höre sein kratziges Lachen. »Ich kann mir nicht vorstellen, dass irgendein Mann – auch nicht mein Dad – einer Frau verbieten würde, seine Küche zu benutzen, um ihm etwas zu essen zu machen, Babe.«

Na klar. Ich schaue ihm hinterher, als er rechts durch das Wohnzimmer und nach draußen geht. Ich gehe weiter geradeaus in die Küche.

Früher habe ich gerne was für Cole getan. Ich wollte besser für ihn da sein, als meine Mutter es für meinen Vater war. Sein Haus – oder seine Wohnung – sauber halten und ihn lächeln sehen, wenn ich sein Leben ein bisschen leichter machen oder ihm das geben konnte, was er braucht. Aber in den letzten Monaten ist das etwas einseitig geworden.

Sein Vater allerdings tut viel für uns, und Teil der Abmachung ist, an einigen Abenden in der Woche zu kochen. Ich habe kein Problem, meinen Teil des Deals einzuhalten. Nun ja, *unseren* Teil des Deals, aber Cole wird nicht kochen, also überlasse ich ihm die Gartenarbeit. Sein Vater ist ebenfalls der Meinung, dass das in Coles Verantwortung liegt.

Pike Lawson. Ich musste mir Mühe geben, nicht an den Abend im Kino zu denken. Die Willkürlichkeit dieser ganzen Situation ist für mich immer noch schwer zu begreifen.

Ich muss immer wieder an das Streichholz im Donut und an

den Ratschlag denken, den er mir gegeben hat – das zu tun, was ich will. Irgendwie glaube ich, dass er diese Dinge auch zu sich selbst gesagt hat. In seiner Stimme haben Erfahrung und auch etwas Enttäuschung mitgeschwungen, und ich will mehr über ihn wissen. Zum Beispiel, wie er als junger Vater war.

Und ich fand ihn süß. Na und? Ich finde auch Chris Hemsworth süß. Und Ryan Gosling, Tom Hardy, Henry Cavill, Jason Mamoa und die Winchester-Brüder … Herrgott noch mal, ich hatte schließlich keine sexuellen Absichten. Es gibt absolut keinen Grund, dass mir das unangenehm ist.

Nichts wird passieren. Ich bin mit seinem Sohn zusammen.

Ich bleibe neben einem der Stühle am Küchentisch stehen, hole mein Handy raus und mache Musik an. Sofort ertönt *Jessie's Girl*, was ich heute Morgen nach dem Laufen angehört habe. Schnell werfe ich einen Blick durch die Küche und das Wohnzimmer, um sicherzugehen, dass keine Sachen von uns rumliegen. Ich will nicht, dass wir Coles Dad mehr Umstände machen, als wir es sowieso schon tun.

Dann mache ich zum Kühlschrank auf und berühre im Vorbeigehen die Arbeitsfläche in der Mitte des Raums. Während die anderen Arbeitsflächen aus Granit mit schwarzen Akzenten sind, besteht die Fläche in der Mitte aus einem Schneidebrett. Das weiche Holz fühlt sich unter meinen Fingerspitzen warm an, und ich kann keine Kratzer vom Schneiden spüren. Die ganze Küche sieht aus, als wäre sie vor Kurzem erst neu gemacht worden, vielleicht wurde das Schneidebrett also noch nicht oft benutzt. Oder Pike ist einfach kein großer Koch.

Über der Kücheninsel hängt eine praktische Vorrichtung aus Bronze, und ich drehe mich um die eigene Achse, bevor ich weiter zum Kühlschrank gehe. Dabei lache ich vor mich hin. Es ist schön, sich bewegen zu können, ohne irgendwo anzustoßen. Das Einzige, was dieser Küche noch fehlt, das statt anerkennendem Nicken ausufernde Bewunderung in mir auslösen würde, wären ein paar Fliesenspiegel. Fliesenspiegel sind cool.

Beim Kühlschrank angekommen, hole ich Rinderhackfleisch, Butter und geriebenen Mozzarella heraus, schließe die Kühlschranktür mit meinem Fuß, drehe mich um und lege alles auf die Arbeitsfläche. Ich nehme die zwei Zwiebeln, die ich vorher dort abgelegt habe, wippe mit meinem Kopf im Takt zur Musik und bewege mich hin und her, während ich ein Messer aus dem Messerblock nehme und beginne, die zwei Zwiebeln in dünne Ringe zu schneiden.

Die Musik in meinen Ohren steigert sich, die Härchen an meinen Armen stellen sich auf, und ich spüre Energie durch meine Beine strömen, weil ich am liebsten tanzen würde, was ich aber nicht tue. Ich hoffe, Pike Lawson hat nichts gegen gelegentliche Musik aus den Achtzigern in seinem Haus. Im Kino hat er nicht gesagt, dass er sie nicht mag, aber da hatte er auch noch keine Ahnung, dass wir bei ihm einziehen würden.

Ich belasse es dabei, meine Lippen zum Text zu bewegen und mit dem Kopf zu wippen, während ich mit den Händen fünf große Frikadellen forme und sie in eine Pfanne lege, in der ich bereits Butter erhitzt habe.

Meine Hüften bewegen sich von einer Seite zur anderen, als mich plötzlich jemand an der Hüfte kitzelt. Ich zucke zusammen, das Herz rutscht mir in die Hose, und ich schnappe nach Luft.

Als ich mich umdrehe, sehe ich meine Schwester hinter mir. »Cam!«, rufe ich.

»Erwischt«, zieht sie mich auf, grinst von einem Ohr zum anderen und pikst mir noch mal in die Rippen.

Ich mache die Musik auf meinem Handy aus. »Wie bist du reingekommen? Ich habe die Klingel gar nicht gehört.«

Sie geht um die Kücheninsel herum, setzt sich auf einen Barhocker, stützt sich auf die Ellbogen und nimmt sich einen Zwiebelring. »Ich habe Cole draußen getroffen«, erklärt sie. »Er hat gesagt, ich soll einfach reingehen.«

Ich werfe einen Blick aus dem Fenster und sehe ihn und ein paar seiner Freunde um den alten VW meiner Großmutter herumstehen, den Coles Dad hierherbringen lassen, da er gerade nicht fährt. Ich hätte ihn nicht beim Apartment lassen können, und jetzt sieht es fast so aus, als würde Cole endlich sein Versprechen einlösen und ihn reparieren, damit ich wieder ein Auto habe.

Das Brutzeln des Fleisches in der Pfanne dringt mir in die Ohren, und ich drehe mich um, um die Burger zu wenden. Etwas heißes Öl spritzt auf meinen Unterarm, und ich zucke zusammen, als sich ein stechendes Gefühl darauf ausbreitet.

Ich weiß, dass Cam hier ist, um nach mir zu sehen. Alte Gewohnheiten und so.

Meine Schwester ist nur vier Jahre älter als ich, aber sie hat schon immer Moms Job übernommen. Ich habe bis zu meinem Abschluss im Trailerpark gewohnt, aber Cam ist mit sechzehn Jahren ausgezogen und seitdem auf sich allein gestellt. Nur sie und ihr Sohn.

Ich schaue auf die Uhr – es ist kurz nach 17 Uhr. Mein Neffe ist wahrscheinlich gerade bei der Babysitterin und sie auf dem Weg zur Arbeit.

»Also, wo ist der Vater?«, fragt sie mich.

»Vermutlich noch bei der Arbeit.«

Aber er müsste bald zu Hause sein. Ich lege die Frikadellen aus der Pfanne auf einen Teller und öffne die Packung mit den Brötchen.

»Ist er nett?«, fragt sie schließlich zögerlich.

Ich habe ihr den Rücken zugewandt, also kann sie meinen Unmut nicht sehen. Meine Schwester ist eine Frau, die kein Blatt vor den Mund nimmt. Die Tatsache, dass sie sich mit ihrem Tonfall zurückhält, sagt mir, dass sie wahrscheinlich Gedanken hat, die ich nicht hören möchte. Zum Beispiel, warum ich den besser bezahlten Job nicht einfach annehme, den ihr Chef mir letzten Herbst angeboten hat, damit ich in der Wohnung bleiben kann.

»Er scheint nett zu sein.« Ich nicke und werfe ihr einen schnellen Blick zu. »Etwas still, glaube ich.«

»Du bist still.«

Ich korrigiere sie grinsend. »Ich bin ernst. Das ist ein Unterschied.«

Sie kichert und setzt sich aufrecht hin. Dabei zieht sie den Saum ihres weißen Oberteils runter, und der rote Spitzen-BH, den sie darunter trägt, kommt zum Vorschein. »Irgendjemand musste bei uns zu Hause ja ernst sein.«

Damit meint sie »beim Aufwachsen«.

Sie wirft sich das braune Haar über die Schulter, und ich sehe die langen Silberohrringe, die perfekt zu ihrem Make-up, den Smokey Eyes und dem glänzenden Lippenstift passen.

»Wie geht es Killian?«, frage ich, und das Bild meines Neffen taucht vor meinem inneren Auge auf.

»Ach, wie immer ein verwöhnter Fratz«, sagt sie. Aber dann hält sie inne, als falle ihr etwas ein. »Nein, warte. Heute hat er mir erzählt, dass er seinen Freunden sagen wird, ich sei seine ältere Schwester, wenn ich ihn von der Tagesmutter abhole.« Sie schnaubt auf. »Der kleine Satansbraten schämt sich für mich. Aber trotzdem war ich stolz darauf, dass die Leute ihm das glauben würden.« Sie fährt sich übertrieben mit den Fingern durch ihr Haar. »Ich schaue schließlich immer noch gut aus, oder?«

»Du bist erst dreiundzwanzig.« Ich bestreue eine Frikadelle mit Mozzarella und lege noch eine zweite obendrauf, auf die ich noch mehr Mozzarella gebe. »Natürlich siehst du gut aus.«

»Hm.« Sie schnippt mit den Fingern. »Das muss ich ausnutzen, solange ich noch kann.«

Ich blicke ihr in die Augen, und für einen kurzen Moment kann ich einen Riss in ihrer humorvollen Fassade erkennen. Ihr amüsiertes Lächeln sieht eher wie eine Entschuldigung aus, und sie blinzelt schnell, um die Stille zu überbrücken, während ihre Worte in der Luft hängen bleiben.

Cam zieht den Saum ihres Oberteils herunter, um in der Gegenwart ihrer kleinen Schwester so viel wie möglich von ihrem Bauch zu verdecken.

Meine Schwester hasst ihren Job, aber die Liebe zum Geld überwiegt.

Dann wendet sie sich mit fast anschuldigendem Tonfall wieder an mich. »Was machst du da eigentlich?«

»Abendessen.«

Sie schüttelt den Kopf und verdreht die Augen. »Nicht nur, dass du es nicht schaffst, den Typen, mit dem du zusammen bist, in die Wüste zu schicken, jetzt kümmerst du dich auch noch um einen anderen?«

Ich lege ein paar Zwiebelringe auf den Double-Cheeseburger und packe ihn zwischen zwei Brötchenhälften. »Tue ich nicht.«

»Doch.«

Ich starre sie böse an. »Wir wohnen hier – in diesem fantastischen Viertel –, ohne Miete zu zahlen. Das Mindeste, was ich tun kann, ist, unseren Teil der Abmachung einzuhalten. Wir kümmern uns um den Haushalt und kochen hin und wieder. Das ist alles.«

Sie zieht ihre rechte Augenbraue streng nach oben und verschränkt die Arme vor der Brust. Offensichtlich nimmt sie mir das Ganze nicht ab.

Mein Gott, ziemlich sicher sind wir bei dem Deal besser weggekommen als Pike Lawson. Kabelfernsehen, WLAN, ein begehbarer Kleiderschrank …

Ich gehe um die Kücheninsel herum und ziehe die Rollläden hoch, um sie zu überzeugen. »Er hat einen Pool, Cam! Sieh dir das an.«

Jetzt macht sie große Augen. »Im Ernst?«

Sie springt von ihrem Stuhl auf, kommt zu mir und sieht nach draußen. Der Pool ist perfekt. Geformt wie eine Sanduhr, bunte Fliesen im mediterranen Stil und Mosaikboden im Einstiegsbereich. Coles Dad muss aber immer noch daran arbeiten, da sich am Ende des Pools Blumenbeete ohne Blumen und Rohre für kleine Wasserfälle befinden, die noch nicht laufen. Um den Pool herum stehen Tisch und Stühle, und auf der Rasenfläche im Garten warten einige Gartenmöbel darauf, aufgebaut zu werden. Rechts neben einem Schlauch liegt ein Sonnenschirm am Boden, und links steht ein Grill unter einem Sonnensegel.

Meine Schwester nickt anerkennend. »Hübsch. Du warst schon immer dafür bestimmt, in so einem Haus zu wohnen.«

»Sind wir das nicht alle?«, gebe ich zurück. Jeder sollte so ein Glück haben.

Auch wenn es sich nicht richtig anfühlt, hier zu sein. Aber Cole ist mir wichtig, und ich bin lieber bei ihm als bei meinem Dad.

Ich mache die restlichen Burger fertig, während Cam sich umdreht, beide Hände auf die Arbeitsfläche legt und mich anstarrt. »Bist du sicher, dass du für ihn nur Hausarbeiten erledigen und kochen sollst?«, fragt sie. »Männer, egal in welchem Alter, sind alle gleich. Wenn jemand das weiß, dann bin ich das.«

Ja, und du kannst jetzt den Mund halten.

Ich kann auf mich selbst aufpassen. Wenn mich die Freunde in der Highschool und meine Arbeit in einer Bar das noch nicht gelehrt haben …

Aber sie spricht weiter und hält mich vom Arbeiten ab. »Hör mir bitte einen Moment zu.« Ihr Tonfall wird ernst. »Es ist ein schönes

Haus und eine nette Nachbarschaft. Und ja, du kannst somit Geld sparen. Aber du musst nicht hierbleiben.«

»Ich gehe nicht zu Dad und Corinne, also bleibe ich hier«, erwidere ich. »Und bei dir kann ich auch nicht wohnen. Ich weiß dein Angebot zu schätzen, aber ich kann nicht auf der Couch schlafen und ständig im Weg sein. Und außerdem kann ich nicht lernen, wenn ein vierjähriges Kind um mich herum ist.«

Ich belege donnerstags einen Sommerkurs und brauche Platz und Ruhe zum Lernen.

»Das habe ich nicht gemeint«, entgegnet sie schnell. »Du hättest in der Wohnung bleiben können. Du hättest es dir leisten können.«

Ich öffne den Mund, schließe ihn aber wieder und drehe mich um, um die Burger noch ein paar Minuten in den Ofen zu legen.

Nicht schon wieder. »Ich kann das nicht, okay?« Wann wird sie es endlich sein lassen? »Ich will nicht. Ich mag meinen Job, und ich will nicht dort arbeiten, wo du arbeitest.«

»Natürlich willst du das nicht.« Sie wirft mir einen gelangweilten Blick zu. »Das ist ja unter deiner Würde.«

»Das habe ich nicht gesagt.«

Ich halte nicht weniger von meiner Schwester, weil sie tut, was sie tut. Sie muss nicht nur ihren, sondern auch den Unterhalt ihres Kindes bestreiten. Sie hat also ihren Stolz runtergeschluckt und getan, was sie tun musste. Und dafür liebe ich sie. Aber – und das würde ich ihr nie ins Gesicht sagen – es ist keine Karriere, für die sie sich entschieden hätte, wenn sie die Wahl gehabt hätte.

Und *ich* habe noch die Wahl.

Cam tanzt im *The Hook*, seit sie achtzehn ist. Am Anfang war es nur ein Nebenjob, um durchzukommen, nachdem ihr Freund sie und ihren Sohn verlassen hatte. Aber das College und ein Kind sind ihr zu viel geworden, und schließlich hat sie das Studium geschmissen. Der Plan war, wieder aufs College zu gehen, sobald Killian in den Kindergarten kommt, aber das ist schon ziemlich bald, und ich glaube nicht, dass sie vorhat, bald zu kündigen.

Vor fast einem Jahr hat mir ihr Chef einen Barkeeper-Job angeboten, und seitdem lässt sie mir keine Ruhe damit. Ich könnte mehr als genug verdienen, um mein Leben zu finanzieren, und müsste auch nicht mehr so hohe Studiendarlehen aufnehmen. »Ein paar

Jahre, und dann war's das«, hat sie gesagt. Dann wäre ich fein raus.

Aber ich weiß, dass ihr Chef den Job als Barkeeperin nur zum Vorwand nimmt, um die Mädchen letztlich dazu zu überreden, auf der Bühne zu tanzen.

Und das tue ich nicht. Und ganz sicher sehe ich meiner Schwester nicht jeden Abend dabei zu.

Mein Körper ist privat. Er gehört mir und demjenigen, dem ich ihn zeigen will. Ich werde im *Grounders* bleiben, basta.

»Mir geht's gut, ich kriege das hin.«

Sie seufzt. »Na schön«, sagt sie und gibt fürs Erste auf. »Aber mach dich darauf gefasst, dass es nicht funktionieren könnte, okay?«

Mit *es* meint sie, dass Cole und ich im Haus seines Vaters wohnen.

Ich gehe um sie herum, um Limonade aus dem Kühlschrank zu holen, und höre plötzlich ein näher kommendes Motorengeräusch. Ich halte inne und schaue Richtung Fenster. Ein schwarzer Truck fährt die Einfahrt hinauf. Derselbe '71 Chevy Cheyenne, in dem ich nach dem Kinofilm mitgefahren bin, um Cole aus dem Gefängnis zu holen.

Mein Herz klopft schneller, aber ich ignoriere es und schließe schnell den Kühlschrank.

»Sein Vater kommt heim.« Hastig schiebe ich ihre Handtasche über die Arbeitsplatte zu ihr. »Du musst gehen.«

»Warum?«

»Weil das nicht mein Haus ist«, zische ich und schiebe sie Richtung Wäschekammer und Hintertür. »Gib mir zumindest noch eine Woche, bevor ich sein Zuhause mit all meinen Freunden belagere.«

»Ich bin deine Schwester.«

Ich höre eine Tür zuschlagen.

Ich dränge sie weiter Richtung Hintertür, aber sie stemmt sich dagegen. »Und du hältst mich besser auf dem Laufenden«, sagt sie. »Ich werde nicht zulassen, dass ein bierbäuchiger Perversling mittleren Alters, der mit Sicherheit nichts dagegen hat, dass ein scharfes Teenagermädchen in sein Haus zieht, anfängt, ein paar extra Dienstleistungen von seiner neuen Haushälterin zu verlangen.«

»Halt die Klappe.« Aber ich muss lachen.

Ja klar, weder hat er einen Bierbauch, noch ist er mittleren Alters oder ein Perversling. Denke ich zumindest.

Sie dreht sich um, pikt mir spielerisch in den Bauch und flüstert mir mit heiserer Stimme ins Ohr: »Komm schon, Süße.« Dann versucht sie, verführerisch ihre Arme um mich zu legen. »Zeit, deine Miete abzuzahlen.«

»Sei leise!«, flüstere ich halb lachend und versuche, sie aus der Küche zu schieben.

»Hab keine Angst«, macht sie weiter und spielt den ekligen Kerl, fängt an zu sabbern und versucht, mich zu küssen. »Kleine Mädchen kümmern sich um ihre Daddys.«

Dann versucht sie, mit ihrer extrem schmalen Taille einen Bierbauch zu imitieren, und presst sich an mich.

»Hör auf!«, flehe ich und werde ganz rot.

Sie begrapscht mich an den Hüften und grinst, während ich versuche, sie aus der Küche zu schieben.

Aber dann hört sie plötzlich auf, ihre Gesichtszüge entgleisen, und ihr Blick richtet sich auf etwas – oder jemanden – hinter mir.

Ich schließe für einen Moment die Augen. Klasse.

Langsam drehe ich mich um. Coles Vater steht im Türrahmen zwischen Wohnzimmer und Küche und starrt uns an. Bei seinem Anblick wird mir sofort ganz heiß.

Ich höre, wie meine Schwester scharf die Luft einzieht, trete von ihr zurück und räuspere mich. Ich glaube nicht, dass er etwas gehört hat. Das hoffe ich zumindest.

Sein Blick wandert zwischen uns beiden hin und her und bleibt schließlich auf mir liegen. Sein kurzes Haar ist etwas zerzaust und am Ansatz feucht vom Schweiß. Unter seinen Augen sind Schatten zu sehen – typisch für einen langen Arbeitstag. Er hat Schrammen an den Unterarmen, und die Sehnen seiner gebräunten Hände bewegen sich, als er seinen Werkzeuggürtel und die Lunchbox umfasst.

Er holt tief Luft, macht einen Schritt nach vorn und legt seine Sachen auf die Kücheninsel. »Alles eingeräumt?«, fragt er mich und fährt sich mit einer Hand durchs Haar.

Ich nicke. »Jep«, rufe ich. »Ich meine, ja.«

Mein Herz schlägt, als würde ich auf einer Welle surfen, und ich weiß nicht, was ich tun soll. Also nicke ich noch mal und blinzle, bis meine Schwester neben mir in sein Blickfeld tritt und ich aus meiner Trance erwache.

»Pike. Mr Lawson«, korrigiere ich mich. »Tut mir leid. Das ist meine Schwester Cam.« Ich deute auf sie. »Und sie wollte gerade gehen.«

Er mustert sie. »Hi.«

Zu meiner großen Überraschung landet sein Blick dann noch mal kurz auf mir, bevor er die Post auf der Arbeitsfläche liegen sieht und sie durchgeht, als wären wir nicht anwesend.

Ich blinzle etwas verwundert.

Cam ist eine Granate von einer Frau. Sie mag zwar jünger sein als er, aber sie ist eine erwachsene Frau, und die meisten Männer lassen ihren Blick länger auf ihr ruhen. Vor allem auf ihren langen Beinen und den teuren Brüsten, die sie unter ihrem engen Oberteil zur Schau stellt.

Er nicht.

»Ja, schön, Sie kennenzulernen«, erwidert sie. »Danke, dass Sie sie aufgenommen haben.«

Er schaut sie kurz an und lächelt halbherzig, bevor er die ganzen Briefe nimmt und sie in einen Postordner legt.

Cam geht aus der Küche, und ich folge ihr, als sie ins Wohnzimmer geht.

Als sie außerhalb seines Blickfeldes ist, dreht sie sich auf dem Absatz um und formt mit ihren Lippen ein erstauntes »O mein Gott«, während ihre aufgerissenen Augen teuflisch funkeln.

Ich beiße die Zähne zusammen und bedeute ihr mit dem Kinn, dass sie gehen soll. Jetzt wird sie jeden Tag vorbeikommen, um mit ihm zu flirten.

Ich höre, wie Pike hinter mir den Ofen öffnet, und drehe mich um.

»Ich habe gerade Abendessen gemacht«, erkläre ich ihm. »Für uns drei. Ist das okay?«

Er schließt den Ofen wieder, und ich sehe Erleichterung in seinem Blick. »Ja, das ist fantastisch.« Er seufzt. »Danke. Ich bin am Verhungern.«

»Es dauert nur noch fünfzehn Minuten.«

Er greift in den Kühlschrank und holt eine Flasche Corona heraus. Dann öffnet er das Bier an dem Flaschenöffner unter der Arbeitsplatte der Kücheninsel und wirft den Deckel in den Müll. »Noch genug Zeit für eine Dusche«, erwidert er und schaut uns an. »Entschuldigt mich.«

Mit der Flasche in der Hand verlässt er die Küche, wobei er nur knapp durch den Türrahmen passt. Ich halte inne, und mir wird wieder klar, wie groß er ist. Es ist auch ein großes Haus, keine Frage, aber trotzdem wird es unmöglich sein, ihn in einem Raum nicht zu bemerken.

»Jetzt verstehe ich«, flüstert mir meine Schwester neckend ins Ohr. »Und ich habe mir Sorgen gemacht, dass du dich vor einem verschwitzten, alten Sack in Acht nehmen musst.«

»Halt die Klappe.« Ich schließe genervt die Augen.

Sie öffnet die Hintertür und sagt mit belustigter Stimme: »Jetzt kümmere dich um deine *Männer*.«

Ich wirble herum, um ihr die Tür ins Gesicht zu schlagen, aber sie quietscht auf und zieht sie zu, bevor ich die Chance dazu habe.

»Oh, ich mag keine Zwiebeln.«

Bei Pike Lawsons Worten halte ich inne und starre auf die BBQ-Soße, die von meinen mit Zwiebelringen bedeckten Meisterwerken tropft. Sie warten quasi nur darauf, auf Instagram gepostet zu werden. Wenn ich die wunderschönen, goldenen Zwiebelringe runternehmen würde, wären die Burger nur noch ein Lacher auf Pinterest.

»Wollen Sie es nicht zumindest probieren?«, frage ich mit einem schüchternen Lächeln. »Es wird Ihnen schmecken, versprochen.«

Meiner Erfahrung nach essen Männer, was vor ihnen steht.

Er scheint einen Augenblick lang darüber nachzudenken, schließt dann den Kühlschrank und schaut mich an. Seine Gesichtszüge werden weicher. »Okay.«

Wahrscheinlich denkt er, er schuldet es mir, weil ich das Abendessen gemacht habe. Ich belege den Burger und reiche ihm den Teller, den er zur Kücheninsel trägt. Noch bevor er sich setzt, nimmt er einen Bissen. Ich werfe einen verstohlenen Blick über meine Schulter. Sein Kiefer hält in der Bewegung inne, er blinzelt ein paarmal, und die Muskeln in seinen Wangen bewegen sich. Dann höre ich ein Stöhnen.

Ich drehe mich wieder zum Ofen um, damit er mein Grinsen nicht sehen kann.

»Der ist tatsächlich gut«, sagt er. »Richtig gut.«

Ich nicke nur, spüre aber einen Hauch von Stolz in der Brust. »Wenn man in der Kindheit nur billiges Zeug isst, findet man Mittel und Wege, das Essen etwas aufzupeppen.«

Er sagt ein paar Sekunden lang nichts, dann erwidert er leise: »Ja.«

Ich weiß nicht, ob das bedeutet, dass er mir einfach nur zugehört hat oder dass er mir zustimmt. Wenn er meinen Nachnamen herausgefunden hat, muss er meinen Vater kennen. Jeder in der Stadt kennt Chip Hadley. Dann kann er sich sicherlich auch vorstellen, wie wir gelebt haben.

Ich weiß nicht viel über Coles Familie, auch nicht, ob sie schon immer in dieser Stadt gewohnt haben. Pike Lawson ist nicht reich, aber seinem Haus nach zu urteilen, ist er definitiv auch nicht arm.

»Der schmeckt wirklich gut. Das meine ich ernst«, betont er noch mal.

»Danke.« Ich drehe mich um, stelle einen Teller für Cole gegenüber von ihm auf die Arbeitsfläche und daneben meinen.

Wir sagen nichts, und ich frage mich, ob ihm auch unbehaglich zumute ist. An dem Abend im Kino, als wir noch nicht wussten, wer der andere ist, haben wir uns so locker miteinander unterhalten. Aber das hat sich jetzt geändert.

Ich höre eine Bewegung aus dem Wohnzimmer, und als ich mich umdrehe, sehe ich, wie Cole in die Küche kommt. Ich lächle ihn an. Sein T-Shirt ist ölverschmiert, und auch unter seiner Lippe ist ein wenig Schmutz zu sehen. Er kann sich völlig danebenbenehmen, aber er kann auch einen Charme versprühen wie kein anderer.

Er nimmt mit einer Hand den Burger von seinem Teller und klemmt sich mit der anderen ein schmutziges, rostiges Autoteil unter den Arm. Dann wendet er sich mir zu. »Hey, Babe. Wir arbeiten gerade an deinem VW. Es macht dir doch nichts aus, wenn ich draußen esse, oder?«

Ich starre ihn an.

Meint er das ernst? Mein Blick schweift zwischen ihm und seinem Vater hin und her. »Doch«, sage ich ruhig und versuche, ihn mit meinem Blick zum Bleiben zu bewegen. Ich will nicht alleine mit seinem Vater essen.

»Komm schon.« Cole legt seinen Kopf schief und versucht, mich mit seinem verschmitzten Gesichtsausdruck einzuwickeln. »Ich kann sie doch nicht alleine da draußen lassen. Du könntest dich ja zu uns setzen.«

Na, vielen Dank auch. Mit zusammengepressten Lippen drehe ich mich zum Kühlschrank um und nehme die Kanne mit Limonade heraus. Es ist unhöflich, zu gehen. Sein Vater ist nicht unsere Essensausgabe. Ich sollte mir etwas Mühe geben, ihn kennenzulernen.

Aber bevor ich zu Cole sagen kann, dass er draußen essen soll, mischt sich sein Vater ein. »Setz dich doch zehn Minuten zu uns. Ich habe dich schon ewig nicht mehr gesehen.«

Erleichterung überkommt mich, und ich bin dankbar für die Rückendeckung. Schließlich höre ich, wie Cole einen der Barhocker über den Boden zieht, während er sich vor seinen Teller an die Kücheninsel setzt.

Ich vergewissere mich, dass der Ofen aus ist, schnappe mir mein Getränk und folge Coles Vater, als er sich hinsetzt und dabei den Stuhl zwischen sich und Cole leer lässt. Ich nehme ihn, greife über die Arbeitsplatte und ziehe meinen Teller zu mir.

»Wie läuft es auf der Arbeit?«, fragt Mr Lawson, und ich vermute, dass er mit Cole redet.

Cole legt seine rechte Hand auf meinen Oberschenkel, während er mit der linken den Burger an seinen Mund führt. Mein Blick schießt augenblicklich zu seinem Vater, und ich sehe, dass er auf Coles Hand auf meinem Bein schaut. Seine Kiefermuskeln bewegen sich, als er wieder wegblickt.

»Es ist halt Arbeit.« Cole zuckt mit den Schultern. »Aber jetzt, wo es wärmer wird, ist es schon viel leichter.«

Cole arbeitet beim Straßenbau, seit wir vor etwa neun Monaten zusammengezogen sind. Seit ich ihn kenne, hatte er schon jede Menge Jobs, aber bei diesem hat er durchgehalten.

»Denkst du noch übers College nach?«, fragt sein Dad.

Aber Cole schnaubt nur auf. »Ich hatte schon Mühe, die High-school zu beenden. Das weißt du doch.«

Ich hebe mein Glas an die Lippen, nehme einen Schluck, und mein Magen zieht sich zusammen, weil ich gerade nichts essen will. Coles Vater kaut, setzt seinen Burger ab und hebt dann seine Flasche an.

»Die Zeit vergeht schneller, als du denkst«, erwidert er ruhig und fast zu sich selbst. »Ich wäre fast zur Navy gegangen, als ich herausgefunden habe …« Aber er hält inne und beendet den Satz anders. »… als ich achtzehn war.«

Ich weiß, was er sagen wollte. *Als ich herausgefunden habe, dass ich Vater werde.* Pike Lawson sieht nicht alt genug aus, um Vater eines erwachsenen Sohnes zu sein. Er muss also selbst sehr jung gewesen sein, als Cole geboren wurde. Nicht älter als achtzehn oder neunzehn. Dann wäre er jetzt ungefähr achtunddreißig.

»Ich konnte einfach nicht fassen, dass ich sieben Jahre meines Lebens aufgeben sollte«, fährt er fort. »Aber die sieben Jahre vergingen ziemlich schnell. Für eine gute Zukunft braucht es Investition und Verpflichtung, Cole. Aber das ist es wert.«

»War es das für dich?«, erwidert dieser, nimmt einen Bissen von seinem Burger und drückt mit der Hand leicht die Innenseite meines Oberschenkels. Das ist eine unterschwellige Geste, die ich liebe – trotz der Anspannung im Raum. Es ist seine Art, mich wissen zu lassen, dass er zwar wütend sein könnte, aber nicht auf mich. Und er hasst den Gedanken, dass mir gerade wahrscheinlich unwohl ist.

Coles Vater nimmt einen Schluck aus seiner Flasche und stellt sie ruhig wieder ab. Seine Stimme klingt jetzt härter. »Na ja, ich hatte das Geld, um dich aus dem Gefängnis zu holen«, betont er. »Letztes Mal und das Mal davor.«

Coles Griff um meinen Oberschenkel wird fester, und mein Hals fühlt sich plötzlich so heiß an, dass ich wünschte, ich hätte mir die Haare zusammengebunden. Tausend Fragen gehen mir im Kopf umher. Warum verstehen sie sich nicht? Was ist passiert? Coles Dad scheint in Ordnung zu sein, so wie ich das sehe. Aber Cole hat eine Mauer zwischen ihnen errichtet, und sein Dad scheint fast so schnell sauer zu werden wie sein Sohn.

Mit dem Cheeseburger in der Hand schiebt Cole seinen Teller weg, den Stuhl nach hinten und steht auf. »Ich esse draußen«, sagt er und lässt mein Bein los. »Komm, wenn du uns Gesellschaft leisten willst, Babe. Und lass den Abwasch liegen. Das erledige ich nachher.«

Ich öffne den Mund, um was zu sagen, halte mich dann aber zurück und beiße mir stattdessen auf die Zunge. Das kann ja heiter werden.

Cole dreht sich um und verlässt das Zimmer. Einen Moment später höre ich, wie die Eingangstür zufällt. Gedämpfte Stimmen dringen von draußen nach drinnen, und auf der Straße ertönt ein Hupen. Aber in der Küche ist es plötzlich so still, dass ich den Atem anhalte. Hoffentlich vergisst Pike Lawson, dass ich hier bin.

Wie soll ich denn bitte schön hier wohnen? Ich kann für keinen Partei ergreifen, wenn sie sich so benehmen.

Aber dann sagt Pike mit weicher Stimme: »Ist schon okay.« Aus dem Augenwinkel sehe ich, wie er seinen Kopf zu mir dreht. »Du kannst zu ihm rausgehen, wenn du willst.«

Ich schaue ihm in die Augen und lächle ihn schulterzuckend an. »Draußen ist es zu heiß«, sage ich.

Ich verbrenne schon fast durch die Anspannung hier drinnen.

Außerdem sind Coles Freunde nicht meine Freunde, und draußen wird es nicht besser werden.

»Das alles tut mir leid«, sagt er und nimmt seinen Burger wieder in die Hand. »Aber es wird nicht oft vorkommen. Cole ist gut darin, die Orte zu meiden, an denen ich mich befinde.«

Ich nicke und weiß nicht, was ich sonst tun soll. Ich habe so ein Gefühl, dass ich sowieso nicht lange hier sein werde. Ich komme mir jetzt schon vor wie auf einem Drahtseil.

Ich zwinge mich, zu essen, weil es morgen nicht mehr schmecken wird. Musik dringt von außen ins Haus, in der Entfernung geht ein Rasenmäher an, und der Geruch von Gras dringt durch die offenen Fenster in meine Nase. Die einfachen Sonnenrollos von Pikes Haus mildern die Brise von draußen etwas ab. Ich kriege eine Gänsehaut.

Sommer.

Ein Telefon klingelt, und ich sehe, wie Pike sein Handy von der Arbeitsfläche nimmt. »Hi«, sagt er.

Am anderen Ende der Leitung höre ich eine männliche Stimme, aber ich kann nicht verstehen, was sie sagt.

Pike steht auf, trägt mit einer Hand seinen Teller zum Waschbecken und hält in der anderen sein Handy. Ich blicke ihn verstohlen an, als er abgelenkt ist, und Cams Neckereien über ihn kommen mir wieder in den Sinn. Meine Wangen werden heiß. Aber so ist das nicht.

Pike ist ein Mysterium.

Ich habe Fotos von Cole im Wohnzimmer gesehen – als Baby und als Kind –, aber sonst entdecke ich in diesem Haus nicht viel Persönliches von seinem Vater. Ich weiß, dass er alleine lebt, aber es gibt auch keinen Couchtisch, auf dem Bücher liegen, die seine Interessen verraten würden. Keine Souvenirs aus Urlauben, keine Tiere, keine Kunst, kein Schnickschnack, keine Zeitschriften, keine Dinge, die seine Hobbys wie Sport, Spiele oder Musik verraten könnten. Es ist ein wunderschönes Haus, aber es kommt mir vor wie ein Ausstellungsstück, in dem nicht wirklich eine Familie lebt.

»Nein, ich brauche noch einen weiteren Bagger und mindestens hundert weitere Säcke Zement«, sagt er zu dem Mann am Telefon. Dabei klemmt er das Handy zwischen sein Ohr und seine Schulter und krempelt die Ärmel hoch, als er das Wasser aufdreht.

Ich grinse in mich hinein. Er erledigt den Abwasch. Ohne darum gebeten worden zu sein? Ich erhebe mich seufzend von meinem Barhocker. Er wohnt halt normalerweise allein. Wer sollte den Abwasch sonst erledigen?

Er lacht über etwas, das der Mann sagt, und schüttelt den Kopf, während ich die Reste auf meinem Teller in den Müll werfe.

»Sag dem Idioten, dass ich weiß, dass er nicht krank ist«, sagt er in sein Handy. »Und wenn er morgen nicht erscheint, werde ich ihn eigenhändig aus dem Bett ziehen. Ich will nicht in Verzug geraten.«

Ich trete neben ihn und stelle leise meinen Teller auf die Arbeitsfläche, bevor ich die Limonade und die restlichen Zutaten zurück in den Kühlschrank stelle.

»Ja, ja …«, höre ich ihn sagen, als er Wasser über die Teller laufen lässt und sie dann in die Spülmaschine räumt. »Okay, wir sehen uns morgen.«

Er beendet das Gespräch und legt sein Handy weg.

Ich werfe ihm einen schnellen Blick zu. »Die Arbeit?«, frage ich.

Er nickt, lässt Wasser in ein Glas laufen und leert es wieder. »Immer. Wir errichten gerade ein Bürogebäude an der Zweiundzwanzigsten, kurz bevor es in den Park geht.« Er schaut mich an. »Egal, wie gut man plant und kalkuliert, es gibt immer Überraschungen, die versuchen, einen aus der Bahn zu werfen.«

Highway 22. Das ist dieselbe Straße, die ich nehme, um zu meinen Kursen an der Doral University zu kommen. Ich muss schon oft an seiner Arbeitsstelle vorbeigefahren sein.

»Nichts verläuft immer nach Plan«, sinniere ich. »Das weiß ich sogar schon in meinem Alter.«

Er lacht, und seine Mundwinkel verziehen sich zu einem Grinsen, als er mich anschaut. »Genau.«

Plötzlich habe ich ein Déjà-vu und sehe den Kerl aus dem Kino wieder vor mir.

Ich blinzle und versuche, wegzuschauen. Seine haselnussbraunen Augen sehen unter dem Licht, das über unseren Köpfen hängt, grüner aus, sein Haar ist nach der Dusche schon getrocknet, und plötzlich kommt er mir eher wie Coles älterer Bruder als wie sein Dad vor. Ich zwinge mich, den Blick von seinem Lächeln abzuwenden, und sehe im Augenwinkel, wie sich die Sehnen seines Unterarms bewegen, während er das Geschirr im Spülbecken abspült.

Ich nehme mein Handy vom Küchentresen und will schon gehen, als mir etwas einfällt.

»Könnte ich vielleicht Ihre Nummer haben?«, frage ich, als ich mich zu ihm umdrehe. »Für den Fall, dass es hier ein Problem gibt oder ich meinen Schlüssel vergesse oder so.«

Er schaut mich über die Schulter hinweg an, hat aber die Hände immer noch im Wasser. »Ja, richtig.« Er dreht den Wasserhahn ab und nimmt sich ein Handtuch, um die Hände abzutrocknen. »Gute Idee. Hier.«

Er nimmt sein Handy, entsperrt es und reicht es mir. »Gib deine hier auch ein.«

Ich reiche ihm mein Handy und nehme seines, wo ich meinen Vornamen und meine Telefonnummer eingebe. Ich bin froh, dass mir das noch eingefallen ist. Schließlich könnte alles Mögliche passieren, während ich hier bin. Der Keller könnte überflutet werden, Päckchen, die nicht an mich adressiert sind, könnten geliefert werden, ich könnte es eines Abends nicht schaffen, das Essen vorzubereiten, und müsste ihn informieren … Das ist nicht mein Zuhause, in dem ich alle Entscheidungen alleine treffe.

Ich gebe ihm sein Handy zurück, und er gibt mir meins. Da geht die Musik auf meinem Handy an, und er wirft einen Blick aufs Display. Er muss aus Versehen auf meine Musik-App gekommen sein, sodass sie sich geöffnet hat.

Scheiße.

George Michaels *Father Figure* erklingt, und als der zweideutige Refrain anfängt, zieht er die Augenbrauen hoch.

Ich kriege einen trockenen Mund, als ich den Text höre.

Schnell schnappe ich mir das Handy und schalte es aus.

Er lacht auf.

Fantastisch.

Dann richtet er sich auf und räuspert sich. »Achtziger-Musik, hm?«

Ich fahre mir mit den Fingern durch das Haar und stecke das Handy in die hintere Tasche meiner Hose. »Ja, das war mein Ernst.«

Nach einem Moment blicke ich auf und sehe, dass er mich amüsiert anschaut.

Sein Blick schweift wieder zur Seite, er bückt sich und nimmt ein Haus- und Gartenmagazin in die Hand, das aus meiner Tasche auf den Tisch gefallen sein muss.

»Und ich bin Pike.« Er gibt mir die Zeitschrift. »Nicht Mr Lawson, okay?«

Er steht so nah bei mir, dass es in meinem Bauch kribbelt und ich ihm nicht in die Augen schauen kann.

Ich nehme das Magazin und nicke mit gesenktem Blick.

Er wendet sich wieder seiner Aufgabe zu, und ich drehe mich um, um zu gehen, halte dann aber inne und schaue ihn an.

»Das musst du nicht machen. Das weißt du, oder?« Ich deute auf das Geschirr. »Cole hat gesagt, dass er es macht.«

Ich sehe, wie sein Körper vor Lachen zusammenzuckt. Dann bückt er sich und räumt das Besteck in die Spülmaschine, bevor er mich anschaut. »Ich war auch mal neunzehn«, erwidert er. »*Nachher* bedeutet *irgendwann*. Und *irgendwann* heißt nicht heute Abend.«

Ich pruste los, und meine Schultern entspannen sich etwas. Wie wahr.

Ich weiß nicht, wie oft ich morgens aufgewacht bin und das Waschbecken voller Geschirr war. Natürlich hilft mir das nicht mit Cole weiter, wenn sein Vater jetzt seine Aufgabe übernimmt. Aber ich beschließe, dass das nicht mein Problem ist.

Solange ich es nicht tun muss.

»Danke«, sage ich und drehe mich zum Kühlschrank um, um mir eine Flasche Wasser mitzunehmen.

Aber dann kommt mir etwas in den Sinn.

»Hast du noch andere Kinder?«, frage ich. Ich sollte vielleicht wissen, ob noch andere Leute in diesem Haus ein und aus gehen.

Aber als ich ihn anschaue, sehe ich, wie sich sein Kiefer anspannt und er mit ernstem Blick die Stirn runzelt.

»Ich denke, Cole hätte es dir erzählt, wenn er Geschwister hätte, oder?«

Gegen meinen Willen verspannen sich meine Schultern sofort wieder. Sein Tonfall klingt tadelnd. Natürlich hätte Cole mir erzählt, wenn er Geschwister hätte. Ich kenne ihn lange genug.

»Stimmt«, sage ich schnell und schüttle den Kopf, als wäre ich benebelt und hätte deswegen so eine dumme Frage gestellt.

»Außerdem war ich nie verheiratet«, fügt er hinzu, und sein Adamsapfel hüpft auf und ab. »Mehrere Kinder von mehreren Frauen zu kriegen, war ein Fehler, den ich nicht machen wollte.«

Ich sage nichts, schaue ihn nur an und fühle mich irgendwie schlecht. Cole kam völlig ungeplant und zum Teil auch ungewollt von seinen jugendlichen Eltern. Das bringt etwas Licht in das Geheimnis ihrer Beziehung.

Aber ich weiß auch seinen Pragmatismus zu schätzen. Der junge Pike Lawson hat nicht lange gebraucht, um zu erkennen, dass es nicht das Richtige für ihn war, mit irgendeiner Frau Kinder zu bekommen. Das war eine Konsequenz, die ich nie selbst erleben wollte. Auch nicht nur einmal.

Ihm scheint bewusst zu werden, was er gesagt hat und wie es geklungen haben muss, denn er hält inne und schaut mich entschuldigend an. »Das habe ich nicht so gemeint. Ich ...«

»Ich weiß, was du gemeint hast. Schon okay.« Ich trete einen

Schritt zurück. »Ich muss jetzt lernen. Ich habe ein paar Sommerkurse belegt, also … gute Nacht.«

Er dreht sich um, befüllt die Spülmaschine mit Geschirrspülpulver und startet sie.

»Danke noch mal, dass wir hier wohnen dürfen«, sage ich.

Er schaut mich an. »Danke für das Abendessen.«

Bevor ich mich auf den Weg nach oben mache, gehe ich noch zu der Duftkerze auf dem Tisch, die ich angezündet habe. Ich hätte ihn fragen müssen. Vielleicht mag er gar keine Düfte in seinem Haus.

Ich beuge mich über den Tisch, schließe die Augen, atme tief ein und wünsche mir dasselbe wie immer: *Lass morgen besser werden als heute.* Dann puste ich, und augenblicklich steigt mir der Rauch in die Nase.

Es ist immer derselbe Wunsch. Bei jeder Kerze. Jedes Mal. Ich will ein Leben, von dem ich nie Urlaub machen möchte. Das ist mein Ziel.

Außer bei dem Streichholz im Kino. Da habe ich mir etwas anderes gewünscht.

Als ich die Augen öffne, sehe ich, dass Pike mich anschaut. Schnell richtet er sich auf und dreht sich weg.

Als ich die Küche verlasse und auf die Treppe im Wohnzimmer zusteuere, lasse ich meine Zeitschrift auf den Tisch neben der Couch fallen.

Jetzt lebt hier jemand.

KAPITEL 3

Pike

Ich blinzle. Meine Augenlider sind schwer und öffnen sich nur langsam, während ich den schummrigen Raum erblicke.

Es ist noch dunkel. Normalerweise wache ich nicht vor halb sechs auf. Warum bin ich …

Nein, Moment. Ich stöhne, öffne die Augen noch ein bisschen weiter und bemerke den schwachen Lichtschein an meiner Schlafzimmerwand tanzen.

Regentropfen. Ach Mist. Es ist nicht dunkel draußen. Es ist bewölkt.

Ich drehe mich auf den Rücken und starre an die Decke, als ich einen Moment lang warte und lausche. Dann höre ich es fast augenblicklich: das leise, aber stetige Klopfen in der Regenrinne.

Ich seufze auf. Verdammt, das ist nicht gut. Ich reibe mir den Schlaf aus den Augen, bevor ich auf die Uhr auf meinem Nachttisch blicke. 05:29 Uhr.

Jawohl, wie ein Uhrwerk.

Ich brauche schon seit Jahren keinen Wecker mehr, da mein Körper sich daran gewöhnt hat, jeden Tag zur selben Zeit aufzuwachen. Trotzdem stelle ich ihn mir – nur für den Fall. Ich greife zur Seite und schiebe den Regler am Wecker nach unten, bevor er losgehen kann.

Der Regen könnte uns einen Tag zurückfallen lassen. Ich muss erst in eineinhalb Stunden auf der Baustelle sein, aber wahrscheinlich wird die Hälfte der Mitarbeiter anrufen, weil sie denken, dass wir sowieso keinen ganzen Tag arbeiten und genauso gut im Bett bleiben können.

Aber das wird nicht passieren. Wir werden heute etwas tun –

irgendwas. Ich habe nämlich keine Lust, den ganzen Tag der schlechten Laune und den bösen Blicken meines Sohnes aus dem Weg zu gehen. Da gehe ich lieber arbeiten.

Als er jünger war, war es anders. Er war voll auf mich fixiert. Wir haben viel miteinander unternommen und geredet, und er wollte in meiner Nähe sein. Aber jetzt…

Sie hat ihn um den Finger gewickelt. Das Einzige, was man gegen mich in der Hand haben kann, ist mein Kind, und seine Mutter wusste, wie sie das ausnutzen konnte. Sie hat ihn wie eine Schachfigur herumgeschoben, bis er alles geglaubt hat, was aus ihrem Mund kam – und dass sie in jeder Situation das Opfer und ich der Feind war. Sie konnte nichts falsch machen und ich nichts richtig.

Nach einer Weile habe ich beschlossen, einfach nur noch für ihn da zu sein. Irgendwann wird er reifer, und wir werden das durchstehen. Er wird ihre Lügen durchschauen. Ich muss einfach nur abwarten. Egal, wie viel Geduld ich bis dahin aufbringen muss oder wie viele Diskussionen wir führen werden.

Wenigstens ist Jordan ziemlich cool. Sie wird ein willkommener Puffer zwischen uns sein.

Auch wenn es mich von den Socken gehauen hat, als ich herausgefunden habe, wer sie ist.

Ich schließe die Augen, bedecke sie mit der Rückseite meiner Hand und denke an diesen Abend zurück. Es hat mir Spaß gemacht mit ihr im Kino. Ihre Retourkutschen, ihr Humor, wie leicht ich mit ihr reden konnte… Sie hat sich während des Films neben mir so entspannt, und es kam mir so gemütlich und natürlich vor.

Wie ihr Lächeln Gefühle in mir hervorgerufen hat…

Ich hätte sie nicht nach einem Date gefragt. Sie ist viel zu jung, und ich wusste, dass sie einen Freund hat.

Aber es war nicht gerade einfach, nicht zumindest kurz darüber nachzudenken. Sie ist cool.

Und als ich herausgefunden habe, wer sie ist, war ich fast wütend.

Ich erinnere mich daran, wie ich sie telefonieren gehört habe, dass ich meine Zähne so fest zusammengebissen habe, dass es wehgetan hat, als mir klar geworden ist, wer sie war. Ich war wütend, weil ich in diesem Moment neidisch auf meinen Sohn war. Ich war neidisch auf jeden neunzehnjährigen Kerl, der die Chance haben könnte, mit ihr zusammen zu sein.

Ihre makellose Haut und die kecke Nase. Ihre wunderschöne Unterlippe, die ich angestarrt habe – wobei sie mich hundertprozentig ertappt hat.

Die Art, wie sie ihren Kopf zurück- und die Füße hochgelegt hat und wie sie einfach neben mir sitzen konnte.

Alles hat sich so leicht angefühlt.

Aber das Mädchen meiner Träume ist tabu. Sie ist Coles Freundin, und sie ist neunzehn. Ein ganz klares Nein.

Sie ist ein Kind, und meine flüchtigen, schäbigen Gedanken bleiben in meinem Kopf verborgen.

Mein Handy vibriert auf dem Nachttisch, und ich greife danach und schaue auf das Display.

Dann stöhne ich auf. Nicht jetzt.

Aber ich nehme trotzdem ab, schließe die Augen und halte mir das Handy ans Ohr. »Ist es nicht ein bisschen früh für dich?«

Lindsay, meine Ex, lacht leise mit ihrer sexy Stimme. Die Frau ist es gewohnt, von jedem zu kriegen, was sie will.

Von fast jedem.

»Nicht, wenn man noch nicht im Bett war«, sagt sie neckisch.

Ich behalte mein Lachen für mich. Einige Frauen, die jung Mutter geworden sind, haben später das Gefühl, in ihrer Jugend etwas verpasst zu haben. Aber Lindsay Kenmont, die Mutter meines Sohnes, hat nichts verpasst. Die neun Monate Schwangerschaft haben sie genauso wenig von etwas abgehalten wie die Zeit später, als Cole ein Kleinkind war.

»Wie geht es ihm?«, fragt sie.

Ich werfe die Decke zurück, setze mich aufrecht hin, schwinge die Beine aus dem Bett und gähne. »Warm, gefüttert und in Sicherheit.« Ich reibe mir mit der Hand über den Kopf. »Das ist alles, was ich im Moment weiß.« Aber dann füge ich hinzu: »Ich bin übrigens überrascht, dass du damit einverstanden bist.«

»Deshalb hast du also angeboten, dass er bei dir wohnen kann? Weil du gedacht hast, dass es gar nicht dazu kommen wird?«, fragt sie. »Ich habe kein Problem damit, dass er bei dir ist. Es ist an der Zeit, dass du etwas Verantwortung für ihn übernimmst.«

Es ist an der Zeit, dass ich … mein Gott. Ich lache und stehe kopfschüttelnd auf. »So will ich meinen Tag nicht beginnen, Lin. Das weißt du. Also, was willst du?«

Sie ist einen Moment lang still, und dann nimmt ihre weiche Stimme wieder diesen verführerischen Tonfall an. »Ach komm schon, du weißt, was ich will.«

Und trotz der Abscheu, die ich ihr gegenüber mittlerweile empfinde, strömt mir sofort das Blut in den Unterleib – sehr zu meinem Verdruss. Aber schließlich hatten wir oft Spaß miteinander. In der Vergangenheit.

Und daran erinnert mein Körper sich sehr genau.

Außerdem hatte ich schon eine ganze Weile keinen Sex mehr.

Aber ich bin nicht verzweifelt genug, mich benutzen zu lassen. Zumindest *noch* nicht.

»Ist das alles?« Ich klemme das Handy zwischen Schulter und Ohr, während ich meine Jeans von der Bank am Bettende nehme und hineinschlüpfe. »Glaubst du, dass ich jedes Mal bereitstehe, wenn du mit einem Kerl Schluss machst, dich betrinkst und Sex haben willst?«

»Warum nicht?«, erwidert sie. »Egal, wer in dein Leben tritt oder meines verlässt – es gab immer eine Sache, in der wir zusammen richtig gut waren, oder?«

»Klar, Lindsay.« Ich versuche gar nicht erst, den Sarkasmus in meinem Tonfall zu verbergen.

»Aber du triffst dich doch gerade mit niemandem, oder?«, fragt sie, obwohl sie bereits weiß, dass sie recht hat. »Und schließlich sind wir über die Jahre hinweg immer mal wieder miteinander ins Bett gehüpft, um Dampf abzulassen. Ich kann mich nicht daran erinnern, dass es dir jemals nicht gefallen hat.«

»Ja.« Ich seufze laut auf. »So was nennt man Mangel an Optionen. Das ist eine kleine Stadt.«

»Arschloch.«

Jetzt muss ich doch lachen. Eins muss ich ihr lassen – diese Frau kann mit Beleidigungen umgehen.

Die Wahrheit ist, dass sie recht hat. Nachdem wir uns getrennt haben, als Cole zwei Jahre alt war, haben wir immer noch hin und wieder miteinander geschlafen. Aber was ich gesagt habe, ist auch wahr. Der Sex war gut, sie hat immer noch einen tollen Körper, und das Bett war der einzige Ort, an dem wir uns nicht gehasst haben. Aber ich bin immer nur zurückgekommen, weil es einfach war. Jede andere Frau in dieser Stadt ist die Schwester oder Tochter von jemandem, und man kann nicht einfach nur mit ihnen rummachen, ohne dass sie irgendwann einen Ring am Finger erwarten. Und dafür war ich noch nicht bereit. Nicht nach dem Schlamassel, in das ich mich mit neunzehn Jahren hineingeritten habe. Wenn ich je eine andere Frau schwängere, dann soll es meine Ehefrau sein. Und meine Ehefrau wird ein Mensch sein, von dem ich nicht genug kriegen kann.

Ich will mehr Kinder. Ich habe schon immer mehr gewollt. Aber mit achtunddreißig – kurz vor den vierzig – ist es ziemlich wahrscheinlich, dass Cole mein einziges Kind bleiben wird. Ich werde langsam zu alt, um noch mal von vorne anzufangen.

»Komm schon«, drängt sie. »Was hast du denn zu verlieren? Ich weiß, dass du dich erinnerst. Und ich weiß, dass dir alles gefällt, an das du dich erinnerst, Pike. Dieser Sommer, als ich siebzehn war? Daran habe ich immer noch die besten Erinnerungen meines Lebens.«

Ja, aber nicht an das, was danach kam.

»Du und ich unter einer Decke auf der Couch, während meine Eltern oben geschlafen haben?«, sagt sie, als würde ich mich nicht daran erinnern. »Ich weiß, dass du immer noch einen sehr gesunden Appetit hast.«

Meine Haut beginnt zu glühen, und ich halte inne.

»Also komm schon her und treib es mit mir.«

Ich zögere einen kurzen Moment, schüttle dann aber den Kopf. Es ist verlockend. Mein Körper will es. Und wenn ich ehrlich zu mir selbst bin, bin ich ziemlich alleine, wenn ich lange genug zur Ruhe komme, um diese Gefühle zuzulassen. Es gibt so viele Morgen, an denen ich es hasse, alleine aufzuwachen.

Aber nein. Mein Stolz hat genug davon, jedes Mal zu springen, wenn sie denkt, dass ich auf Abruf bereitstehe.

»Ich muss zur Arbeit.« Ich lege auf, bevor ich es mir anders überlegen kann, und stecke mein Handy in die hintere Hosentasche. Dann gehe ich zum Schrank rüber, um ein T-Shirt herauszuholen.

Da vibriert mein Handy wieder.

»Sie ist so verdammt stur«, murmle ich und ziehe es aus der Hosentasche.

Aber dieses Mal sehe ich Dutchs Name auf dem Display.

Ich gehe ran und halte das Telefon an mein Ohr. »Was?«

»Es regnet.«

»Wirklich? Sag bloß.« Lachend ziehe ich mir das T-Shirt über den Kopf. »Du bist ja ein echtes Genie.«

»Sieh nach draußen.«

Sofort spannen sich alle meine Muskeln an. Verdammt. Wenn ich seinen Tonfall richtig deute, weiß ich, was ich sehen werde. Aber ich gehe trotzdem zum Fenster, ziehe einen der Vorhänge zurück und schaue in das Unwetter hinaus.

»Scheiße.«

Auf beiden Seiten der Straße fließt der Regen in Sturzbächen in Richtung der Gullys und dringt dann schäumend in die Kanalisation ein. Ein dröhnender Lärm dringt mir in die Ohren, als die Regentropfen auf die Straße und auf die Autodächer prasseln, und ich kann kaum die Häuser gegenüber sehen.

»Ich treffe mich mit den Jungs im Laden«, sagt Dutch. »Wir laden ein paar Regenplanen und Sandsäcke ein und treffen dich dann auf der Baustelle.«

»Ich bin in zwanzig Minuten da«, sage ich, und wir legen beide auf.

Ich nehme mir Socken aus einer Schublade und stecke das Handy wieder in die Tasche, bevor ich mir im Badezimmer schnell die Zähne putze. Dann gehe ich den Flur entlang, vorbei am leeren Schlafzimmer, am großen Bad und dann an einer geschlossenen Tür, die zu dem anderen Schlafzimmer führt, das jetzt nicht mehr leer ist, wie mir wieder einfällt.

Aber als ich an der Treppe ankomme, steigt mir ein süßer, berauschender Duft in die Nase und lässt meine Haut kribbeln. Ich bleibe stehen und atme tief ein. Plötzlich verspüre ich ein leichtes Ziehen in der Magengegend und zucke zusammen. Sie hat gestern eine Kerze ausgeblasen. Hat sie die ganze Nacht eine andere brennen lassen? Vielleicht sollten wir uns mal unterhalten. Nicht nur, dass es gefährlich ist – nein, ich stehe auch wirklich nicht auf diese ganze Sache mit der Aromatherapie, die dem Körper weismacht, dass es Heidelbeermuffins gibt, obwohl das gar nicht stimmt.

Ich gehe die Treppe runter, und die Stufen knarzen unter meinem Gewicht. Aber als ich unten ankomme und mich umsehe, bemerke ich, dass die Lampen im Wohnzimmer an sind und leise Musik aus der Küche kommt.

Ich trete ein und sehe Jordan im Dunkeln an der Kücheninsel sitzen. Ihr Laptop steht geöffnet vor ihr, und sie wärmt sich die Hände an einer Tasse Kaffee.

Für den Bruchteil einer Sekunde zögere ich, weil sie in diesem Moment so anders aussieht. Das Licht vom Bildschirm lässt ihre Augen schimmern, während der Dampf der Kaffeetasse vor ihrem Gesicht aufsteigt. Dann schürzt sie die Lippen und bläst, um das Getränk erkalten zu lassen, und eine blonde Haarsträhne fällt ihr aus dem locker zusammengebundenen Dutt auf ihrem Kopf ins Gesicht.

Die schlanken Gesichtszüge, die langen Wimpern, die weiche Spitze ihrer kleinen Nase und … mein Blick wandert nach unten, bevor ich es verhindern kann, und ich bewundere ihre makellosen, glatten und gebräunten Beine, die sichtbar sind, weil sie immer noch ihr Schlafshirt anhat. Hitze bildet sich in meinem Unterleib, und ich drehe mich schnell weg und reibe mir die Schläfen.

Sie können nicht im selben Alter sein. Mein Sohn ist ein Kind, und sie ist …

… auch ein Kind, nehme ich an.

Es ist verrückt. Das letzte Mal, als ich eine seiner Freundinnen getroffen habe, hatte das Mädchen Zöpfe. Es ist schwer vorstellbar, dass er jetzt mit Mädchen zusammen ist, die damals auch mein Typ waren.

»Morgen«, sage ich, als ich an ihr vorbei zur Kaffeemaschine gehe.

Ich sehe, wie ihr Kopf hochschnellt und sie mich aus den Augenwinkeln anschaut. »Oh. Hey. Guten Morgen.«

Ihre Stimme klingt leise und verunsichert, und ich höre, wie sie den Laptop schließt, während ich eine Kaffeekapsel in die Maschine lege und einen Kaffeebecher zum Mitnehmen unterstelle. Ich werfe einen Blick über meine Schulter und sehe, wie sie leise vom Stuhl aufsteht und ihren Computer und den Block nimmt.

»Du musst nicht gehen, ich bin sowieso fast auf dem Weg.«

Sie lächelt mich schüchtern an, schaut mir aber nicht in die Augen, als sie ihre Sachen und ihre Kaffeetasse nimmt.

»Bist du schon länger wach?«, frage ich.

»Ich habe einen leichten Schlaf.« Endlich schaut sie mich an und lacht über sich selbst. »Unwetter sind hart für mich.«

Ich nicke verständnisvoll. Das kenne ich von der Hitze. Ich muss die Klimaanlage jede Nacht auf achtzehn Grad stellen, damit ich schlafen kann. Es liegt mir auf der Zunge, sie zu fragen, ob es ihr letzte Nacht zu kalt war, aber das bringt nichts. Ich muss schlafen können, ich werde es nicht ändern, und sie weiß, wo die Extradecken sind, falls sie eine braucht.

Wir stehen einen Moment lang schweigend da, bis sie schließlich blinzelt und auf den Ofen hinter mir deutet. »Es gibt ... ähm ... Heidelbeermuffins, falls du Hunger hast«, sagt sie. »Sie sind nicht selbst gemacht, schmecken aber ziemlich gut.«

Ich drehe meinen Kopf, und tatsächlich steht eine Muffinpfanne, die nicht meine ist, auf dem Herd, und in jedem Förmchen befindet sich ein gold-braun gebackener Muffin. Ich nehme mir einen und muss mir das Grinsen verkneifen. Also keine Duftkerzen, die falsche Hoffnungen wecken. Ich glaube, ich mag sie.

Sie dreht sich um und will den Raum verlassen, aber ich rufe ihr hinterher: »Glaubst du, du könntest Cole schnell für mich wecken, bitte? Der Regen durchkreuzt mir heute meine Pläne, und wir sind immer noch beim Fundament. Also brauche ich heute Hilfe bei den Sandsäcken.«

Sie schaut mich neugierig über ihre Schulter hinweg an. »Fundament?«

»Auf der Baustelle, auf der ich gerade arbeite«, erkläre ich. »Wir können heute wegen dem Wetter nicht weiterarbeiten, aber wir müssen sichergehen, dass der Regen den Keller nicht überflutet. Ich könnte Coles Hilfe brauchen.«

Sie scheint zu begreifen, und der verwirrte Ausdruck verschwindet aus ihrem Gesicht. »Ach ja, richtig.« Sie nickt und geht schnell aus dem Zimmer. Ihre Schritte hallen laut auf der Treppe.

Wenn sie nicht schon wach gewesen wäre, wäre ich wahrscheinlich nicht auf den Gedanken gekommen, Cole um Hilfe zu bitten, aber die Gelegenheit, sie mit der Aufgabe zu betrauen, war zu günstig. Wenn ich ihn frage, ist er nur sauer. Wenn sie ihn fragt, könnte es vielleicht besser laufen.

Und außerdem weiß er, dass das Teil der Vereinbarung ist. Er und Jordan räumen ihre Sachen selbst auf, helfen beim Kochen, erledigen die Gartenarbeit und helfen bei allem, bei was ich sonst noch Hilfe gebrauchen könnte. Und ich zahle die Rechnungen, damit sie genug Geld sparen können, um wieder auf eigenen Füßen zu stehen. Das ist nicht zu viel verlangt.

Ich verschließe meinen Kaffeebecher und lege noch zwei weitere Kaffeekapseln ein, um eine Thermoskanne zu füllen, bevor ich beides zur Eingangstür trage, wo meine Arbeitsstiefel stehen. Ich setze mich auf die Bank neben der Tür, ziehe die Schuhe an, nehme meine Schlüssel und die schwarze Regenjacke, die im Garderobenschrank hängt, und ziehe sie mir an.

Dann nehme ich den Kaffeebecher und die Thermoskanne.

»Cole!«, rufe ich und bin bereit zu gehen.

Die Decke über mir knarzt, und ich höre schnelle Schritte. Dann wird eine Tür zugeschlagen, und endlich kommt jemand die Treppe runter.

Ich nehme die Türklinke in die Hand und werfe einen Blick über meine Schulter. »Ich habe mehr Kaffee gemacht. Wir können auch noch kurz irgendwo anhalten, falls du noch etwas zum Essen willst.«

Aber es ist nicht Cole, der um die Ecke kommt. Es ist Jordan, gekleidet in einer engen, schwarzen Jeans, die unten umgeschlagen ist und einen Blick auf ihre Chucks freigibt. Das Haar hat sie zu einem Pferdeschwanz zusammengebunden, und sie hält einen gelben Regenmantel unter dem Arm.

Ich runzle die Stirn. »Wo ist Cole?«

»Er ... ähm ... er fühlt sich nicht so gut.« Sie zieht sich ihren Regenmantel an. »Ich komme aber mit und helfe dir.«

Er fühlt sich nicht gut. Ist das ein Code für Kater?

»Nein, ist schon okay, bleib hier. Es ist ... sicherer. Aber danke.«

Sie schaut mich vielsagend an und kneift ihre Augen zusammen. »Sicherer?«, wiederholt sie, als hätte ich gerade gesagt, dass ich zur Pediküre gehe. »Oder hast du nur Angst, dass du mehr Zeit damit verbringen musst, mich an der Hand zu führen, als zu arbeiten?«

Ich versuche, ein neutrales Gesicht zu machen. Sie ist ziemlich clever.

Okay, ja, sorry. Stimmt. Cole hat wenigstens etwas Erfahrung – nur wenig, aber immerhin –, weil er mir in den Sommerferien und an Wochenenden schon geholfen hat. Ich brauche heute niemanden an meiner Seite, dem ich meine Befehle erklären muss, bevor er sie ausführen kann.

»Ich sag dir was …« Sie knöpft ihren Regenmantel zu, und ihr niedliches, schüchternes Verhalten wird langsam durch ein bestimmteres Auftreten ersetzt. »Wenn die feine Dame den Regen in ihrem Haar und den Dreck unter ihren Fingernägeln nicht mehr aushalten kann, dann wird sie in den Truck zurückgehen und auf dich warten. Wo es *sicherer* für sie ist. Okay?«

Dann schaut sie mich mit hochgezogenen Augenbrauen herausfordernd an.

Ich weiß nicht, was ich antworten soll. Mein Gehirn ist gerade völlig blank, und ich habe im Moment nicht mal eine Ahnung, warum ich eine Thermoskanne in der Hand halte.

Ich schüttle meinen Kopf, um wieder klar denken zu können, und öffne dann die Tür. »Na schön. Dann steig ein.«

Dieses verdammte Unwetter ist praktisch aus heiterem Himmel gekommen.

Ich schaue mir immer die Wettervorhersage an, weil es uns dabei hilft, vorherzusehen, ob wir den ganzen Tag arbeiten können oder nicht. Es ist also sehr wichtig. Vor allem im Sommer.

Allerdings habe ich gedacht, dass dieses Unwetter an uns vorbei in Richtung Norden ziehen würde. Ich mache den Motor aus, ziehe den Reißverschluss meiner Jacke hoch und schaue durch die Windschutzscheibe. Durch den strömenden Regen kann ich kaum was erkennen, aber ich sehe ein paar Schritte vor uns etwas Oranges und einen gelben Hut, was mir sagt, dass ein paar Jungs schon hier sein müssen.

Jordan zieht sich neben mir ihre Kapuze über den Kopf, aber ich schaue sie nicht an und sage ihr auch nicht, was sie tun soll. Wenn sie unbedingt hier sein will, soll sie mir einfach folgen.

Ich springe aus dem Truck, und sofort prasselt der Regen hart auf meinen Kopf und meine Schultern, was mich instinktiv zusammenzucken lässt, während ich die Tür zuschlage und zum Gebäude laufe. Meine Stiefel platschen durch kleine Pfützen, und ich renne zur Ladefläche eines Lastwagens, wo ich sofort die Ladeklappe öffne und so viele Sandsäcke, wie ich tragen kann, in die Arme nehme. Neben mir erscheint eine hellgelbe Gestalt, und ohne ein Wort folgt Jordan meinem Beispiel, lädt sich schnell ein paar Sandsäcke auf die Arme und folgt mir zur Seite des Gebäudes, wo die Jungs warten.

Ich lasse die Säcke fallen und werfe einen Blick durch das Stahlgerüst des Gebäudes. Auf dem Boden entdecke ich die unbedeckte Palette mit Zement. Verdammt noch mal. Neun Männer, darunter auch mein bester Freund, starren mich an und warten auf Anweisungen. Der Wind bläst den Regen von hinten gegen meine Jeans, und der Stoff klebt sofort pitschnass an meiner Haut. »Ich will, dass die Säcke um alles herumliegen!«, schreie ich durch den Sturm hindurch. »Drei Reihen hoch! Verstanden?«

Schnelles Nicken folgt.

»Und deckt den verdammten Zement ab!«

Ich deute mit dem Kinn auf die offene Palette, auf der der Zement gerade ruiniert wird. Regen oder nicht, das muss immer abgedeckt sein, nur für den Fall. Und das hat bei der letzten Schicht irgendjemand vergessen.

Dutch, mein bester Freund seit der Highschool, lässt seine braunen Augen rechts zu meiner Seite schweifen, und sein Gesichtsausdruck wird augenblicklich weicher. Ich schaue zu Jordan rüber, die ihre Haare unter die Kapuze ihres Regenmantels gesteckt hat, aber zum Glück steht sie nicht nur herum und wartet auf Anweisungen. Sie geht zum Laster zurück und holt noch mehr Sandsäcke. Ich drehe mich wieder zu Dutch um, der mich neugierig anschaut.

Ich schüttle den Kopf. Nicht jetzt.

Es ist nicht ungewöhnlich, dass die Freundin meines Sohnes mir helfen will, um ihren Aufenthalt in meinem Haus zu bezahlen, aber es ist seltsam, dass er nicht ebenfalls hier ist. Weiß er nicht, dass sie gerade seinen Platz einnimmt? Was für ein Mann findet das in Ordnung? Ich habe ihn doch verdammt noch mal dazu erzogen, zu seinen Verpflichtungen zu stehen.

Oder vielleicht wollte er einfach nicht mit mir mitkommen.

Ich muss etwas tun, aber ich weiß nicht, was. Diese ganze »Abwarten und Tee trinken«-Taktik funktioniert nicht. Er braucht einen Tritt in den Hintern.

Die Männer machen sich an die Arbeit und tragen stapelweise Sandsäcke zu den Seiten des Gebäudes, während ich mein Messer aus dem Werkzeugkasten im Truck hole und rechteckige Stücke aus der blauen Plane schneide, die ich um das Gerüst herum befestige. Ehe ich mich versehe, ist eine Stunde vergangen, die Regenplane ist befestigt, die Sandsäcke machen ihren Job, und abgesehen von mir scheint jeder verschwunden zu sein.

Ich lege mein Messer und meinen Tacker zurück in den Truck, schließe die Tür und sehe mich nach Jordan um.

Ich habe sie schon eine Weile nicht mehr gesehen. Plötzlich steigen Schuldgefühle in mir auf. Mist, ich hätte ihr irgendwelche Anweisungen geben sollen. Sie kennt sich hier nicht aus, und man kann sich hier leicht verletzen, wenn man nicht richtig eingearbeitet wurde.

Ich gehe um die Ecke und sehe, dass alle Säcke so gestapelt sind, wie sie sein sollen, die Regenplanen sind immer noch intakt und halten dem Wind stand, und die Palette mit Zement ist sorgsam abgedeckt. Dann höre ich Stimmen und gehe um das Gebäude herum. Sofort sehe ich Jordan, die dabei hilft, Fenstereinsätze zum Bauwagen zu tragen, während einer der Jungs dafür sorgt, dass sie ebenfalls abgedeckt sind.

Sie lächelt. Und wie. Ihre Augen funkeln aufgeregt, und sie wippt mit den Füßen auf und ab.

Das gibt's doch nicht. Macht ihr das etwa *Spaß*?

Ihre Kapuze ist runtergerutscht, ihr Pferdeschwanz hängt triefend nass runter, Haarsträhnen kleben ihr im Gesicht. Die Chucks sind durchnässt, ihre Jeans ist voller Schlamm, und zum Glück trägt sie kein weißes T-Shirt, denn der Regenmantel hilft nicht gerade viel gegen die Blicke, die ihr die Jungs zuwerfen.

Ich sehe, wie Dale, Bryan und Donny, die gerade Baumaterial zum Container tragen, sie anstarren, grinsen und dann über etwas lachen, was ich nicht hören kann.

»Beeilt euch«, rufe ich ihnen zu und lenke ihre Aufmerksamkeit auf mich.

Jordan kommt zu mir auf die Seite der Baustelle, bückt sich und steckt die Plane unter einen Balken.

»Du bist also der Boss hier, oder?« Sie schaut mich fragend an. Etwas an ihrem Gesichtsausdruck kommt mir weicher vor als heute Morgen. Glücklicher. Entspannter.

Hat Cole ihr nicht erzählt, dass mir eine Baufirma gehört? Redet er überhaupt mal von mir?

Ich spüre einen leichten Schmerz in der Magengegend.

»Na ja, er versucht es zumindest«, scherzt Dutch und beantwortet damit ihre Frage.

Ich werfe ihm einen bösen Blick zu, muss aber grinsen. Wir ziehen uns gerne gegenseitig auf, aber ich wünschte, dieses Arschloch würde es nicht bei der Arbeit tun. Das untergräbt meine Autorität, verdammt.

»Scheiße!«, ruft Jordan plötzlich.

Mein Blick schießt wieder zu ihr, und ich sehe, wie sich Regenwasser wie ein Wasserfall über ihren Kopf ergießt. Die Plane über ihr hat sich gelöst, und jetzt kommt das ganze Wasser, das sich darin gesammelt hat, in einem Schwall runter. Sie springt zur Seite und versucht, die Plane wieder an ihren Platz zu stecken.

Aber sie kommt nicht ran.

Ich trete hinter sie, fasse um sie herum und halte die Plane hoch, während ich mit dem Kinn zu Dutch deute. Er nickt und geht, um den Tacker zu holen.

Jordan lässt die Plane los und tritt kichernd aus meinen Armen hervor.

»Alles okay?«, frage ich.

Sie nickt, wischt sich das Gesicht ab und schüttelt ihren Mantel aus. »Ja. Aber der Regenmantel war ziemlich nutzlos, oder?«

Mein Blick fällt auf ihr blaues T-Shirt, das an ihrem Körper klebt und jede Rundung ihrer Brust und ihres Bauches betont. Ich kann ein kleines Stück nackter Haut auf ihrer Hüfte und dem Bauch sehen. Ihre Haut ist makellos, und ihre Rundungen sind wunderschön. Ich muss schlucken und drehe mich schnell weg.

Sie hat definitiv einen Körper, den ich mir nicht bei einer Neunzehnjährigen vorgestellt hätte. Aber trotzdem ist sie erst neunzehn.

Und sie gehört zu Cole. *Nicht zu mir.* Ich darf sie nicht so anschauen.

Dutch kommt zurück und gibt mir den Tacker. Dann beginne ich, die Plane wieder zu befestigen. Sie tritt wieder unter meine ausgestreckten Arme, legt ihre Hände unter meine und hält die Plane fest, während ich sie befestige.

Etwas Warmes bildet sich unter meiner Haut, aber ich schüttle das Gefühl ab. »Muss ich dich … ähm … nach Hause bringen?«, frage ich sie. »Hast du heute keine Kurse?«

»Sommerstundenplan«, antwortet sie und schaut zu mir auf. »Ich habe dieses Semester nur einen Kurs, und der ist erst morgen. Aber ich muss später in der Bar arbeiten.«

Ich frage mich, wie sie zur Arbeit und nach Hause kommt – oder zur Uni –, da Cole um 10 Uhr zu arbeiten anfängt und nicht vor 18 Uhr aufhört. Und sie hat kein funktionierendes Auto. Was mich wieder daran erinnert … ich werde ein paar Werkzeuge von hier mit nach Hause nehmen, die ich selbst nicht habe. Vielleicht kann ich Cole heute dabei helfen, an ihrem VW zu arbeiten.

Nach einer weiteren Stunde ist alles so gut befestigt und geschützt, wie es nur geht, die Ausrüstung ist gesichert, und alle sind bis auf die Knochen nass. Ich hasse es, Zeit zu verlieren, aber die Sommer sind nun mal verregnet, und wir haben getan, was wir konnten.

Die Hälfte der Mitarbeiter ist sowieso gar nicht erst erschienen.

Ich steige mit Jordan in den Truck ein, ziehe meine nasse Jacke aus, und sie schnallt sich neben mir an. Ich starte den Motor und warte, bis sich der Parkplatz etwas leert, bevor ich auch losfahre und die stille Fahrt nach Hause antrete.

Es ist plötzlich so leise, dass mir klar wird, dass der Regen die letzten Stunden so einen Lärm gemacht hat, dass ich Stimmen nur hören konnte, wenn geschrien wurde. Ich konnte auch keine Bewegungen hören, außer es waren meine eigenen. Aber jetzt suchen meine Ohren instinktiv nach etwas, an dem sie sich festhalten können.

Der Regen, der wie Gummigeschosse auf meinen Truck knallt. Das Knirschen des Lenkradleders in meinen Fäusten. Das Spritzen des Wassers unter den Reifen, während ich den Highway entlangdüse. Mein Motor, der wie ein Kätzchen schnurrt.

Aber es ist trotzdem noch zu leise.

Sie macht einen tiefen Atemzug durch ihre Nase.

Ihr Regenmantel quietscht, als sie ihre Hände unter ihre Oberschenkel steckt.

Ich höre ein leises, klackendes Geräusch, und mein Blick fällt auf den Boden, wo sie ihre Chucks leicht gegeneinanderschlägt.

Sie benetzt sich ihre Lippen, und ich zucke zusammen. Mein Gott.

Schnell schalte ich das Radio an. Ich brauche irgendwas, was mich ablenkt.

Ich weiß nicht, warum ich heute so gereizt bin. Doch, eigentlich schon. Ich bin aufgewacht und musste direkt mit Lindsay telefonieren. Sie ist der letzte Mensch, mit dem ich meinen Tag beginnen möchte.

Ich kann mich noch gut daran erinnern, wie glücklich ich in Coles und Jordans Alter war und Spaß an allem hatte, was ich in die Finger bekommen habe. Ich musste noch nicht über jede Entscheidung, die ich getroffen habe, nachdenken. Aber nicht lange nachdem ich Lindsay kennengelernt hatte, musste ich den Preis für all den Spaß zahlen. Ich habe ein Kind gezeugt mit einem Mädchen, das ich kaum kannte. Mit einer pathologischen Lügnerin, die manipuliert, als wäre es ein Leistungssport.

Und als ich sie verlassen habe, habe ich ihn bei ihr gelassen. Cole hatte nie eine Chance.

Natürlich habe ich sie vor Gericht gezogen und wollte das Sorgerecht haben, aber damals haben die Richter die Mütter oft als bessere Option gesehen. Und sie wusste, wie sie Mitleid erwecken konnte. Sie wollte Cole, weil Cole Geld für sie bedeutete. Und das hat sie mir so was von aus den Taschen gezogen.

Es war für mich immer wie im Gefängnis, wenn ich ihn nach meinen Wochenenden zu ihr zurückbringen musste. Sie wickelt jeden um ihren Finger, und das hat sie auch mit Cole getan. Als er zehn Jahre alt war, hat er sich immer vor sie gestellt, wenn ich ihr etwas zu sagen hatte, und ich hatte immer unrecht.

Als er vierzehn war, wollte er die Wochenenden nicht mehr mit mir verbringen, und jetzt kennen wir uns kaum noch. Er ruft mich nur noch an, wenn er Geld braucht.

Ich schüttle den Kopf und schiebe die Gedanken beiseite. »Willst du ein Tape einlegen?«, frage ich Jordan.

Ich sehe ihre Augen nicht, aber ich sehe, wie sie ihren Kopf ruckartig in meine Richtung dreht. »Ein Tape? Meinst du eine Kassette?«

Plötzlich fällt ihr Blick auf mein Autoradio, und ihre Augen werden groß. Sie sieht so überrascht aus, dass ich fast lachen muss.

Hat sie das bei der Hinfahrt nicht bemerkt?

»Ist das ein richtiges Kassettendeck?«, ruft sie.

Sie streckt ihre Hand aus und berührt das alte Autoradio, als wäre es eine wertvolle Vase. Dann drückt sie auf *Eject*. Eine durchsichtige Kassette mit weißen Buchstaben kommt heraus, die ich nie angehört habe.

Sie dreht sie um und liest die Aufschrift. »Guns n' Roses.« Sie legt sich die Hand auf den Mund und sieht aus, als würde sie gleich zu weinen anfangen. »O mein Gott.«

Dann greift sie zum Handschuhfach, öffnet es und starrt auf die sorgfältig aufeinandergestapelten Kassetten darin.

»Deep Purple«, liest sie. »Rolling Stones, Bruce Springsteen, John Mellencamp, ZZ Top …«

Dann scheint sie etwas entdeckt zu haben, das sie wirklich begeistert, denn sie greift hinein und zieht die schwarze Def-Leppard-Hülle heraus. »*Hysteria?*«, ruft sie, als sie den Albumtitel vorliest. »Dieses Album wird gar nicht mehr produziert. Man bekommt nur noch die Live-Version!«

Ich runzle die Stirn und weiß gar nicht, warum sie so aufgeregt ist. »Das glaube ich dir gerne«, sage ich etwas belustigt über ihre Begeisterung. »Der Truck hat meinem Vater gehört. Das sind seine Kassetten. Ich bin nie dazu gekommen, sie auszusortieren, als er … als er vor ein paar Jahren gestorben ist.«

Mir wird klar, dass sie wahrscheinlich die Erste ist, die die Guns-n'-Roses-Kassette berührt, seit er sie hineingesteckt hat.

Sie schaut wieder auf die Sammlung. »Also, das ist wirklich gut«, murmelt sie. »Du weißt anscheinend nicht, was du hier vor dir hast. Und sie wären alle auf dem Boden einer Mülltonne gelandet. Um Gottes willen! Dein Dad war ein cooler Typ.«

Ich lächle zustimmend. Vorsichtig steckt sie die Kassette in ihre Hülle und holt die Def-Leppard-Kassette heraus.

»Darf ich?«, fragt sie und deutet auf die Kassette.

Ich lache und schalte einen Gang höher, als wir die Straße entlangfahren. »Klar.«

Wir hören auf dem Heimweg zwei Songs an, während wir in die Stadt kommen und eine Abkürzung an der Eisenbahnbrücke über dem Fluss zu unserer Rechten nehmen.

»Wow, sieh dir das an.«

Ich werde langsamer und folge ihrem Blick nach rechts durch das Beifahrerfenster. Der Fluss ist enorm angestiegen. Statt der üblichen sechs Meter zwischen Fluss und Brücke ist das Wasser jetzt bis kurz unterhalb der Brücke angestiegen. Zum Glück lässt der Regen langsam nach, sodass das Wasser nicht weiter steigen sollte.

Ich trete aufs Gas und bringe uns nach Hause.

»Das hat Spaß gemacht«, sagt sie. »Heute, meine ich.«

Ich ziehe die Augenbrauen nach oben und schaue sie an.

»Ich meine …« Sie blinzelt und korrigiert sich schnell. »Ich meine nicht, dass es lustig war. Ich meine, hoffentlich hast du dadurch kein Geld verloren oder so, aber …« Sie atmet ein und aus und schaut aus dem Fenster. »Ein paarmal hatte ich sogar fast das Gefühl, in Lebensgefahr zu sein.«

Sie klingt, als würde sie auch das belustigen, und ihr Tonfall sagt mir, dass sie lächelt.

»Und das hat auch Spaß gemacht?«, frage ich.

Sie schaut wieder durch die Windschutzscheibe und zuckt mit den Schultern. Um ihre Mundwinkel herum spielt ein amüsiertes Lächeln.

Ich muss lachen. »Ja, es hat Spaß gemacht. Danke, dass du uns geholfen hast. Ich lasse dich auf jeden Fall wissen, wenn das nächste Unwetter vorhergesagt ist, damit du bei der Aktion dabei sein kannst.«

»Cool.«

Ich fahre weiter den Highway entlang durch unser ruhiges Städtchen, biege erst links ab und dann scharf nach rechts in mein Viertel. Zum ersten Mal bin ich heute zufrieden. Sie ist ein toller Mensch. Ich hoffe, Cole versaut es nicht, denn ich kann jetzt schon sagen, dass sie die Art Mädchen ist, die einmal eine gute Mutter sein, mit einem zusammenarbeiten und ein Leben aufbauen wird, anstatt einen Mann völlig auszuquetschen.

Und aus irgendeinem Grund freut es mich, dass sie heute Spaß hatte. Niemand in meiner Familie hat sich je sehr dafür interessiert, was ich arbeite – oder war stolz darauf. Meine Mutter liebt mich natürlich, genau wie mein Vater es getan hat, bis er gestorben ist, aber sie haben so sehr darauf hingearbeitet, dass ich aufs College gehe. Und dann kam Cole.

Es war immer eine Enttäuschung für sie, dass ich in der Stadt geblieben und eine Arbeit angenommen habe, die mehr Muskeln als Verstand erfordert.

Als ich meine eigene Firma Lawson Constructions gegründet und mir mein eigenes Haus gebaut habe, haben sie mich immer noch angesehen, als würden sie etwas Besseres erwarten, aber wussten, dass es sinnlos war, etwas zu sagen. Sie haben aufgegeben.

Sie haben das, was ich getan habe, nicht gehasst und waren auch nicht unglücklich darüber, zu welchem Mann ich mich entwickelt habe. Sie haben immer nur meinen verpassten Möglichkeiten nachgetrauert und sich Sorgen um das Glück ihres Sohnes gemacht. Was ihnen aber nicht bewusst geworden ist, ist, dass ich jetzt meinen eigenen Sohn habe und sein Glück für mich an erster Stelle steht.

Und es gibt tatsächlich viele Dinge, die mir an meiner Arbeit Spaß machen. Ich bekomme jeden Tag viele Stunden frische Luft, Sonne, körperliche Tätigkeit … Es ist ein gutes Leben. Ich schlafe nachts gut. Und es ist schön, jetzt jemanden zu sehen, der das genauso genießt wie ich.

»Jetzt ist mein Tag ruiniert«, sagt Jordan. »Nichts kann das mehr übertreffen.«

»Was übertreffen?«, will ich wissen. »Vollkommen durchnässt zu werden?«

»Und im Schlamm zu spielen.«

Ich grinse und schüttle den Kopf, als wir in die Einfahrt biegen. »Das ist kein Spielen im Schlamm.«

Sie dreht sich zu mir um. »Ach, du meinst Schlamm-Bogging? Wo man mit dem Auto durch Dreck fährt? Sieht dein Truck deshalb so schlimm aus?«

Ich schnaube auf, schalte den Motor aus und schaue sie an.

»Wenn man sagen kann, welche Farbe sein Truck hat, dann benutzt man ihn nicht richtig. Klar so weit?«

Sie verdreht die Augen und öffnet die Beifahrertür. Wir steigen beide aus und gehen zur Veranda.

Mir kommt der Gedanke, dass ihr Schlamm-Bogging wahrscheinlich gefällt, wenn es ihr heute nichts ausgemacht hat, nass und dreckig zu werden. Ich habe es schon lange nicht mehr gemacht. Mein Truck sieht nur deshalb so schlimm aus, weil ich ihn nie wasche. Das ist alles.

»Hast du Cole mal mitgenommen?«, fragt sie und geht die Stufen hoch.

»Ein paarmal, als er noch klein war, ja.«

Ich öffne vor ihr die Tür und halte sie ihr auf, damit sie zuerst eintreten kann.

Aber sie dreht sich um und schaut mich an, bevor sie reingeht. »Vielleicht könntest du uns nächstes Mal beide mitnehmen«, schlägt sie vor. »Solange ich fahren darf. Du bist nicht übervorsichtig mit deinem Truck, oder?«

»Nein. Ein Truck ist dazu da, benutzt zu werden. Du kannst gerne fahren. Ich werde mich einfach anschnallen.«

Sie lächelt fast unmerklich und schaut mich einen Moment mit einem Blick an, den ich nicht deuten kann. Habe ich etwas Falsches gesagt?

Ich erwidere ihren Blick, und mir fällt auf, dass ihre Augen fast die Farbe von Wasser haben. Mitternachtsblau, aber um die Pupille herum heller werdend. Ich wende meinen Blick ab und räuspere mich.

»Jordan!«, ruft Cole plötzlich von oben. »Baby, bist du zu Hause? Komm her!«

Unsere Blicke treffen sich erneut, und sie wendet sich mit einem entschuldigenden Lächeln ab. »Ich muss mich für die Arbeit fertig machen. Danke, dass ich heute helfen durfte.«

Ich nicke, bleibe aber im Türrahmen stehen und schaue ihr nach, wie sie durchs Wohnzimmer und die Treppe raufgeht. Ein seltsames Gefühl überkommt mich, als ich ihr nachschaue. Wie ist sie mit Cole zusammen? Wie ist er mit ihr? Ist er gut zu ihr?

Ich stehe in der Eingangstür und höre, wie sich oben die Schlafzimmertür schließt. Sie ist mit ihm im Schlafzimmer. Plötzlich fühlt sich das Haus schwer an, stickig und eng, und ich kann nicht atmen. Ich will nicht reingehen, ganz egal, wie sehr ich trockene Klamotten bräuchte.

Ich lege die Schlüssel auf den Tisch neben mir, wo auch die Schlüssel ihres VWs liegen. Ich nehme sie, schließe die Haustür und gehe die Stufen der Veranda hinunter, um mich auf den Weg zur Garage rechts vom Haus zu machen.

»Du hast Gäste, wie?«, höre ich jemanden rufen.

Ich blicke auf und sehe Kyle Cramer mit einer Tasse Kaffee in der Hand auf seiner Veranda stehen. Er steht unter dem Dach, das ihn vor dem jetzt nur noch leichten Regen schützt.

Ich nicke nur knapp, erwidere aber nichts. Ich habe den Kerl nie gemocht und war nie besonders freundlich zu ihm. Das muss er mittlerweile gemerkt haben.

Aber das ist mir egal. Ihn nur anzuschauen, macht mich nervös. Es ist nichts Bestimmtes, das ich nicht mag, nur die kleinen Dinge, die sich über die Jahre hinweg summiert haben. Wie er seine Frau behandelt hat. Wie er sie betrogen hat und nie zu Hause war. Wie er nach der Scheidung das Haus behalten und sie und die Kinder zum Leben in eine Wohnung geschickt hat. Wie er ständig Babysitter anheuert, wenn seine Kinder am Wochenende Zeit mit ihm verbringen sollten.

Aber wer weiß? Vielleicht hat sie ihn zuerst betrogen und er versucht, das Sorgerecht zu bekommen. Man weiß nie wirklich, was im Haus eines anderen vor sich geht. Man muss nur mich anschauen und wie mein Kind aufgewachsen ist. Wer bin ich schon, um zu urteilen?

Aber ich mag den Kerl immer noch nicht. Er denkt, seine makellose Karriere und seine Triathlons machen ihn zum Helden.

Und jetzt klinge ich auch noch neidisch. *Großartig.*

Ich gebe den Code an der Seite des Garagentors ein und trete zurück, während es sich öffnet. Ich habe keine Autos hier drin, also dient sie eher als Rumpelkammer und Werkstatt.

Die Garage ist voll mit Werkzeug, einem Kompressor, einem extra Kühlschrank, ein paar Werkbänken und einem ganzen Tisch voller Autoteile, die sich hier über die Jahre angesammelt haben.

Jordans Auto steht in der Einfahrt, aber ich weiß, dass ich es hier reinbringen muss, um die Motorhaube öffnen zu können. Cole kennt sich einigermaßen mit Autos aus, aber ich weiß, dass Geld nötig ist, um diese Karre wieder zum Laufen zu bringen. Und Geld haben sie nicht. Ich will wenigstens einen Blick darauf werfen, damit ich sagen kann, wie schlimm es ist.

»Hey, Mann.«

Ich werfe einen Blick über meine Schulter und sehe Dutch die Einfahrt entlanglaufen. Er hat trockene Klamotten an und ein Bier in der Hand. Nicht unüblich für ihn. Er hat eine Kühlbox im Kofferraum.

»Hey.« Ich ziehe mir das immer noch nasse T-Shirt über den Kopf und werfe es auf eine Werkbank. Dann hole ich einen Wagenheber unter einem der Tische hervor und gehe aus der Garage raus zu dem verblassten, grünen VW. Dutch zieht einen Gartenstuhl hervor und stellt ihn in das Gras neben Jordans Auto.

»Morgen um fünf?«, fragt er.

»Ja.«

Da wir heute Zeit verloren haben, weiß er, dass ich morgen früh anfangen will.

»Die Jungs wollten nachher vielleicht ins *Grounders* und ein paar Bierchen trinken, Musik hören …«, sagt er. »Bei dem Wetter gibt es nichts anderes zu tun.«

Ich drehe den Schraubenschlüssel um und werfe ihm dabei einen Blick zu. »Ins *Grounders*? Seit wann geht ihr dahin? Hat das *Poor Red* zugemacht?«

»Nein«, antwortet er schulterzuckend. »Ihnen ist nur klar geworden, dass es im *Grounders* mittlerweile was fürs Auge gibt.«

Ich schaue zu ihm und sehe, dass er grinst und mit dem Kopf in Richtung Haus deutet.

»Ja klar, halt die Klappe.« Ich drücke den Schraubenschlüssel runter. »Das ist die Freundin von meinem Sohn. Ihr lasst sie in Ruhe.«

»Ich werde gar nichts machen!« Er hält abwehrend beide Hände hoch. »Ich bin verheiratet.«

»Ich will auch nicht, dass ihr auch nur *schaut*«, verdeutliche ich, stelle mich aufrecht hin und werfe das Werkzeug auf den Boden.

Ja, ich habe auch geschaut, aber ich wusste nicht, wer sie war, als ich sie zum ersten Mal gesehen habe.

Ich wische mir die Hände an einem Lumpen ab. »Verstanden? Lasst das Mädchen in Ruhe.«

Er schnaubt auf, rutscht auf seinem Stuhl umher und legt den Kopf in den Nacken. »Das *Mädchen* – da bin ich mir sicher – hatte schon mit viel männlicher Aufmerksamkeit zu tun, wenn sie in dieser Bar arbeitet. Und ich denke nicht, dass ihr ein bisschen extra Arbeit heute Abend etwas ausmachen würde.«

Er lässt sie wie eine Prostituierte klingen. Aber wahrscheinlich hat er recht. Ungewollte Aufmerksamkeit abzuwehren, ist mittlerweile bestimmt eine ihrer herausragendsten Fähigkeiten – besonders, wenn sie in einer Spelunke wie dem *Grounders* arbeitet.

Aber ich kann es mir immer noch nicht vorstellen. Ja, sie hat eine große Klappe, aber sie ist auch noch ziemlich süß und unschuldig. Ich kann sie mir schlecht in so einer Umgebung vorstellen.

»Hi«, ertönt eine weibliche Stimme.

Ich schaue um die Motorhaube herum und sehe dieselbe junge Frau, die gestern Abend hier war. Wie hieß sie noch gleich?

»Pike, stimmt's?«, sagt sie und legt sich eine Hand auf die Brust. »Cam. Erinnerst du dich? Ich bin Jordans Schwester.«

Dutch starrt sie mit leicht geöffnetem Mund an.

»Ich bin nur hier, um sie zur Arbeit zu fahren«, erklärt mir Cam, und ihr Blick fällt auf meinen Oberkörper und meine Arme. »Nette Tattoos, Mann.«

Ihre Augen funkeln, als sie anerkennend nickt. Mir fällt auf, dass sie auch ein paar hat – den Oberarm hinunter und einen Phoenix an der Seite. Den ich nur sehen kann, weil sie praktisch keine Klamotten anhat. Sie trägt einen schwarzen Minirock und ein schwarzes Tanktop, das knapp unter ihren Brüsten endet.

Wo zur Hölle ist dein Vater, Mädchen? Ernsthaft …

Hinter ihr steht ein neu aussehender, weißer Mustang-Cabrio am Randstein geparkt, in dem zwei andere Frauen sitzen, die ähnlich angezogen sind, wenn ich es richtig erkenne. Sie haben gestyltes Haar, und ich kann praktisch einen Luftzug bis hierher spüren, wenn sie mit den Wimpern klimpern.

Dann kommt mir plötzlich etwas in den Sinn. Ich blicke wieder zu Cam. »Arbeitet ihr alle zusammen? Mit Jordan?«

»Nein, wir arbeiten im *The Hook*.«

Dutch macht ein gurgelndes Geräusch und verschluckt sich fast an seinem Bier. Er hustet und lacht gleichzeitig, während er sich räuspert.

Cam nickt und zieht ihn auf. »Da kennt wohl jemand *The Hook*?« Er lacht, und ich sehe, wie er errötet. »Ich war eventuell früher mal dort.«

The Hook ist ein Stripclub im Ortszentrum, nicht weit vom *Grounders*, wo Jordan arbeitet.

»Aber Jordan arbeitet dort nicht, oder?«, frage ich. Ich meine, sie könnte durchaus zwei Jobs haben, aber wenn ich sie mir schon schlecht hinterm Tresen im *Grounders* vorstellen kann, dann will ich sie mir wirklich nicht im *The Hook* vorstellen.

Aber zum Glück antwortet Cam schnell: »O nein, aber mein Chef hat ihr einen Job als Barkeeperin angeboten«, sagt sie. »Er versucht sie jetzt schon seit einem Jahr zu überzeugen. Aber sie ist schüchtern.«

Letzteres sagt sie augenzwinkernd, und ich bin mir nicht sicher, was das bedeuten soll. Schüchtern wobei? Müsste sie hinter der Bar dasselbe tragen wie die Tänzerinnen?

O mein Gott. Sie mir im *The Hook* vorzustellen, wie sie die Kerle abwehren muss, die alle nur das eine wollen, stresst mich. Weiß Cole von dem Jobangebot? Ich kann mir nicht vorstellen, dass es ihm gefallen würde, wenn sie dort arbeitet.

Aber ich habe keine Zeit, weiter darüber nachzudenken, denn Jordan kommt die Verandastufen herunter und geht über den Rasen zu ihrer Schwester.

»Hör auf, über mich zu reden«, warnt sie und zieht den Riemen ihrer Tasche fester über die Schulter. Cam wirft ihr nur einen neckischen Blick zu.

Jordan verdreht die Augen, aber dafür habe ich kaum einen Blick. Mein Herz klopft schneller, als ich ihren Aufzug sehe.

Ich muss wegschauen.

Aus irgendeinem Grund verurteile ich Jordan nicht so wie Cam für ihre Klamotten, obwohl sie ein paar Jahre jünger ist. Sie hat eine dunkelblaue kurze Jeans an, die nur knapp bis zum Bauchnabel geht und nicht viel von den Oberschenkeln bedeckt. Sie ist nicht abgeschnitten, sondern nur hochgekrempelt. Das lockere, schwarze T-Shirt ist bauchfrei und hängt über eine Schulter. Ihre Haare fallen in langen, losen Locken über ihren Rücken, und ihre Augen sind mit schwarzem Make-up umrandet, wobei das Mitternachtsblau wie ein Mondstrahl auf dem Meer hervortritt.

Ich frage mich, ob sie wieder ihre Chucks anhat, aber das würde bedeuten, dass ich mir ihre Beine anschauen müsste. Stattdessen wende ich lieber den Blick ab und arbeite weiter an dem Auto.

Schuldgefühle überkommen mich. Sie ist Coles Freundin. Er küsst sie. Er hält sie in den Armen. Er bringt sie zum Lachen. Ich darf mir kein Urteil über sie erlauben, vor allem nicht, wenn es darum geht, wo sie arbeitet oder wie sie sich anzieht. Aber ich habe immer noch das Gefühl, das ich im Kino hatte. Sie ist eine junge Frau, die ich kennengelernt habe und mit der ich mich gerne unterhalten habe. Und kein anderer hatte etwas damit zu tun. Ein Teil von mir hat das Gefühl, sie zuerst gekannt zu haben, auch wenn ich weiß, dass das nicht stimmt.

»Ich habe heute eine Doppelschicht«, sagt sie, und ich nehme an, sie redet mit mir. »Ich werde also spät heimkommen, aber ich habe meinen Schlüssel.«

Ich nicke, schiebe meine Kappe zurecht und schaue wieder weg.

Sie hält kurz inne, bevor sie sich wegbewegt. »Okay, dann bis später.«

»Danke für die Hilfe heute, Süße«, ruft Dutch ihr nach.

Er hebt seinen Arm und winkt den beiden nach. Ich höre ein Kichern, bevor das Auto losfährt, und mache mit meiner Arbeit weiter. Ein Glück ist diese Gegend bei Nacht ziemlich sicher. Und der Vorteil beim Arbeiten hinter dem Tresen ist der, dass die Gäste sie nicht anfassen können. Das ist gut. Eigentlich ist ihr Job ziemlich toll. Sie verdient dort mehr Geld als zum Beispiel bei Burger King oder als Telefonverkäuferin. Sie und Cole werden schnell wieder ausziehen können.

Kein Wunder, dass dieses Arschloch Mike versucht, sie dazu zu bringen, im *The Hook* zu arbeiten. Verdammt, so wie sie heute

Abend rausgeputzt ist? Männer zahlen viel Geld für junge, scharfe Mädels.

Ich schraube, putze und montiere die Radkappen, bis ich merke, dass meine Hand schmerzt und meine Muskeln müde sind. Da höre ich auf, stehe auf und knacke mit den Knöcheln.

Aber als ich sehe, dass Dutch mich aus dem Augenwinkel beobachtet, schaue ich zu ihm und erwidere seinen Blick. »Was?«, frage ich.

Warum starrt er mich so an?

Aber er lächelt nur milde und schüttelt den Kopf. »Nichts.«

KAPITEL 4

Jordan

»Kriege ich einen Fuzzy Navel?«

Ich schaue auf und sehe April Lester zwischen Grady Jones und Rich Hensburg an der Bar stehen. Erwartungsvoll schaut sie mich an. Ich nicke und räume schnell die letzten Cocktailgläser, die ich gerade abgespült habe, ein und greife nach der Schnapsflasche.

»Also, kommst du jetzt mit mir nach Hause?«, fragt Rich April und wirft ihr einen skeptischen Blick zu.

Grady lacht leise auf, während ich in mich hineingrinse. April dreht sich nur weg und sieht genervt aus.

All diese Leute sind Stammgäste. April geht normalerweise nie alleine nach Hause, und jeder weiß das. Rich macht halbherzige Witze darüber, um sein Gesicht zu wahren, wenn sie ihn immer wieder abblitzen lässt. Anscheinend sind ihr einziges Limit ältere Männer. Alle anderen sind Freiwild für sie. Aber es schadet ja nichts, wenn er es weiterhin versucht. Vielleicht hat er eines Abends Glück.

Nicht, dass ich sie dafür verurteile. Was weiß ich schon? Sie ist eine gute Kundin und gibt viel Trinkgeld. Ich muss nur ein Auge auf sie haben, wenn Cole in der Nähe ist. Ich habe sie schon mit verheirateten Männern flirten sehen, also wird sie vor dem festen Freund einer anderen nicht haltmachen.

Ich gieße den Orangensaft ein, lege eine Serviette vor sie auf den Tresen und stelle das Glas darauf. Sie nimmt sich einen Strohhalm und das Glas. »Danke«, trällert sie und dreht sich dann sofort um, um zu ihrem Tisch zurückzugehen.

Ich schaue ihr nach und sehe, wie sie sich zu zwei Männern setzt, die ich hier auch schon mal gesehen habe.

Manchmal erinnert sie mich an meine Mom. Ich bin mir nicht

sicher, warum, denn sie sehen sich überhaupt nicht ähnlich. Meine Mom war blond – *ist* blond –, und April hat braune Haare. So dunkelbraun, dass sie fast schwarz aussehen.

Aber sie müssten im selben Alter sein. April muss auf die vierzig zugehen und zieht sich an, wie meine Mom es in meiner Erinnerung getan hat. Kurze Röcke, flatternde Seidenoberteile, Schmuck und hohe Absätze.

Wie Cam. Meine Schwester hat den sexy Stil meiner Mom geerbt.

Ich frage mich, ob meine Mom mittlerweile mit einem Mann zusammen ist oder ob sie immer noch ihre Freiheit braucht, die sie gebraucht hat, als ich sieben Jahre alt war. Ich vermisse sie nicht. Ich kann mich kaum an sie erinnern. Aber ich frage mich trotzdem, was sie jetzt macht.

Ich schreibe Aprils Drink auf ihre Karte und nehme mir ein Handtuch, um die Gläser abzutrocknen.

Aber dann geht die Eingangstür auf, und eine Stimme ertönt dröhnend: »Scheiße, hier ist ja tote Hose.«

Ich schaue auf, und sofort stellen sich die Härchen auf meinen Armen auf. Mein Freund kommt mit ein paar Kumpels im Schlepptau rein, aber es ist die allzu vertraute Stimme, die mir eine Gänsehaut verursacht.

Jay McCabe, mein Ex-Freund, schlendert langsam durch die Tür und nimmt sich sehr viel Zeit, als wäre er immer noch der Star-Quarterback der Highschool und warte auf seinen Applaus. Es ist schon irgendwie lustig, wie unattraktiv er geworden ist, je besser ich ihn kennengelernt habe. Mein Rückgrat versteift sich, und ich bin sofort auf der Hut.

Cole kommt mit ein paar Jungs und Elena Barros in die Bar, und ich sehe, wie er die Stirn runzelt und sich seine Miene verfinstert, als er erst zu Jay und dann zu mir schaut.

Sie unternehmen nichts zusammen, aber manchmal sind sie zufällig auf denselben Partys. Ich nehme an, Jay ist mit seinem Gefolge hierhergekommen, und Cole ist ihm gefolgt, um sicherzugehen, dass ich okay bin.

Jay lässt seinen Blick durch den Raum schweifen, bis er auf mir haften bleibt. Ein leichtes Lächeln legt sich um seine Mundwinkel. Sofort wende ich meinen Blick ab, und mein Magen verkrampft sich.

Ich versuche, so zu tun, als würde er mich nicht mehr interessieren, aber ich glaube, er weiß, dass er gewonnen hat. Er sollte in einem verdammten Gefängnis sitzen, nach dem, was er mir angetan hat. Aber das tut er nicht, weil ich vor zwei Jahren zu verängstigt und einfach erbärmlich war.

Ich wünschte, jemand würde ihm wehtun.

Und noch besser wäre es, wenn ich diese Person sein könnte.

Cole kommt auf mich zu, während seine Freunde mit Leuten reden, die sie kennen. Er öffnet die Klappe und kommt hinter die Bar. Mit einem entschuldigenden Blick tritt er hinter mich und legt seine Arme um meine Hüfte.

»Was tust du da?«, frage ich, während ich mit einem Handtuch ein Glas trocken reibe.

Ich spüre, wie er mit den Schultern zuckt. »Ich habe dich lange nicht gesehen und vermisst.«

Ich muss lachen und versuche, mich zu entspannen. »Mir geht's gut. Du musst dir um mich keine Sorgen machen, wenn ich arbeiten bin.«

Er vergräbt seine Nase in meinem Nacken, und wir wissen beide, dass er sich nur Sorgen macht, weil Jay hier ist.

Ich lege meine Hand über seine und spüre die kleine Narbe auf seinem Daumen. Dann atme ich seinen Geruch ein. Er sieht frisch und gut aus, definitiv besser als heute Morgen. Keiner kann einen Kater so gut auskurieren wie er.

»Du weißt, dass es schlecht fürs Geschäft ist, wenn ihr Freund hier abhängt«, sagt Shel tadelnd, als sie vor der Bar vorbeigeht und ein Tablett mit Gläsern abstellt.

Shel benimmt sich wie die Clubbesitzerin in *Coyote Ugly*. »Man muss verfügbar erscheinen, aber niemals verfügbar sein« … oder so. Das Problem ist, dass das *Grounders* eine dreckige Bar in einer Kleinstadt ist, also wird das Trinkgeld so oder so keine Rekorde brechen. Egal, ob mein Freund hier ist oder nicht.

Cole kuschelt sich an meinen Hals, und ich muss lächeln, weil ich mich so sicher an seinem Körper fühle. Die Stimmen seiner Freunde klingen zu uns rüber, während es immer lauter wird im Raum. Ich schaue auf die Uhr und sehe, dass es fast Mitternacht ist.

Und es ist Mittwochabend. Cole muss morgen arbeiten.

Ich hole tief Luft und drehe meinen Kopf, um ihn anzuschauen. »Du weißt, dass wir uns diese fehlenden Stunden heute nicht wirklich leisten konnten.« Und wenn er heute Abend feiert, ist die Wahrscheinlichkeit groß, dass er sich morgen auch wieder krankmeldet und noch mehr Geld verliert. Wir müssen immer noch Rechnungen von der alten Wohnung bezahlen, und ich werde meinen Anteil übernehmen. Aber er muss mir auch dabei helfen. Wenn er noch einen Tag blaumacht, dann werde ich laut.

Aber er blickt nachdenklich zu mir runter. »Ich bin nicht dumm, Baby«, versichert er mir. »Ich weiß schon, was du mir sagen willst, okay?«

»Und du weißt auch, dass du verdammtes Glück hast, deinen Führerschein noch zu haben, oder?«, schimpfe ich noch ein bisschen mehr. Ein Eintrag wegen Trunkenheit am Steuer ist das Letzte, was wir jetzt noch brauchen können. Und er fordert sein Schicksal ständig heraus.

Besonders nach alldem, was passiert ist. Wie kann er nur so leichtfertig sein?

Ich blicke gedankenverloren auf unsere Narben.

»Was täte ich nur ohne dich?«, sagt er, und sein Atem kitzelt mich am Ohr.

Ich ziehe mich zurück. »Deine Wäsche selbst waschen, zum Beispiel.«

Aber er lacht nur und hält mich noch ein bisschen fester. »Es tut mir leid, dass ich so ein Loser bin.«

»Das warst du nicht immer.«

Er zieht eine Augenbraue hoch und drückt mich grinsend gegen die Bar. »Es gibt ein paar Dinge, in denen ich gut bin, richtig?«

Er hebt mein Kinn hoch und küsst mich auf den Hals.

Ich spüre ein Kribbeln auf meiner Haut und schnappe nach Luft. »Cole ...«

Okay, ja. Du bist nicht in allem schlecht.

Er hat es immer geschafft, mich zum Lachen zu bringen, und er kann gut küssen. Ich wünschte nur, er würde es zu Hause öfter tun. Er hat mich in letzter Zeit kaum angefasst.

Und heute will er gleich schon wieder weggehen.

Ich drehe meinen Kopf zu ihm und küsse ihn gierig, aber dann ziehe ich mich schnell zurück und grinse. »Nicht hier«, tadle ich ihn.

Ich drehe mich um und räume ein paar leere Bierflaschen vom Tresen.

»Es tut mir wirklich leid, weißt du?«, flüstert er mir ins Ohr. »Ich wollte nicht, dass wir aus der Wohnung fliegen und jetzt bei meinem Dad wohnen müssen.«

Ich nicke und bin mir sicher, dass er es ernst meint. Er ist ein guter Kerl, und ich kenne seine besten Seiten. Im Moment ist er neben der Spur, aber er hat mir zur Seite gestanden, als es kein anderer getan hat. Also will ich daran glauben, dass er sich wieder fängt.

Ich schaue zu Jay und erinnere mich daran, wie Cole mein einziger Freund war, als ich mit diesem Arschloch Schluss gemacht habe. Alle anderen waren auf Jays Seite.

»Ist mein Dad nett zu dir?«, fragt er und lässt mich los.

»Natürlich. Warum sollte er nicht?«

Er zuckt mit den Schultern. »Ich will nur sichergehen. Er war schon mal ein richtiges Arschloch. Hat meine Mom oft betrogen und so. Deshalb verstehen wir uns nicht gut.« Er hält inne und fügt dann hinzu: »Nur um die Anspannung zu erklären, die du sicherlich zwischen uns spürst.«

Betrogen? Warum hat er mir das nicht vorher erzählt? Mein Gott.

Aber das hört sich gar nicht nach Pike an. Er kommt mir nicht so oberflächlich vor.

Aber Menschen verändern sich. Vielleicht war er vor zwanzig Jahren ein anderer Mann.

Aber Moment …

»Ich dachte, du hättest gesagt, deine Eltern haben sich getrennt, als du zwei warst?«, frage ich.

Wenn er so jung war, wie kann er sich dann daran erinnern?

»Ja.« Er geht langsam zum Ende des Tresens. »Ich weiß nur, was sie mir erzählt hat. Es war anscheinend nicht schön, also glaub ihm nichts. Er schubst Frauen gerne herum. Wahrscheinlich ist er deswegen immer noch Single.«

Nun ja, sein Dad hat heute Morgen verblüfft ausgesehen, als er versucht hat, mir zu sagen, dass ich zu Hause bleiben soll, ich ihm aber nicht gehorcht habe. Wahrscheinlich ist er es gewohnt, dass die Leute seinen Befehlen folgen. Coles letzte Bemerkung macht also irgendwie Sinn.

»Wir gehen ins *Cue*«, sagt Cole zu mir, klappt die Schranke hoch und tritt auf die andere Seite der Bar. »Wir sehen uns zu Hause.«

»Komm nicht so spät heim«, sage ich leise.

Seine Schicht fängt morgen erst um zehn an, aber ich will ihn sehen, wenn er nach Hause kommt. Wir hatten heute nicht viel Zeit zusammen.

Er und seine Freunde verlassen die Bar, um im *The Cue* Billard zu spielen. Jay wirft mir noch einen letzten Blick zu, bevor er ebenfalls zur Tür geht und einen Arm um Shawna Abbot legt. Sein Blick fällt auf meine Brust, bevor er mich teils gierig, teils bedrohlich anschaut.

So geht das schon seit zwei Jahren. Aus Angst, ihn zu reizen, nehme ich all seine ekelhaften Blicke in Kauf. Aber solange er mich in Ruhe lässt, kann ich versuchen, ihn zu meiden und so zu tun, als wäre er nicht da.

Beide Grüppchen verlassen die Bar, um irgendwo anders ihren Spaß zu haben, aber bevor sich die Eingangstür wieder schließen kann, kommt meine Schwester mit ein paar ihrer Kolleginnen herein. Alle Blicke im Raum richten sich auf die scharfen Frauen in ihren knappen Oberteilen und den Stöckelschuhen.

Sammy Hagars *The Girl Gets Around* tönt aus der Jukebox, und Cam geht zur Bar. Sie hält sich an der Kante fest, vollführt einen kleinen Tanz und singt lippensynchron mit.

Sie ist eben eine echte Partyqueen.

»Schon Feierabend?«, frage ich sie über die Musik hinweg und schaue auf die Uhr an der Wand. »Ich bin hier noch mindestens eine Stunde beschäftigt.«

»Das passt schon.« Cam winkt ab, greift über den Tresen und holt sich den Rum und ein Cocktailglas. »Wir müssen sowieso noch ein bisschen chillen, bevor wir ins Bett gehen.«

Sie gießt sich etwas Rum ein und füllt den Rest des Glases mit Diet Coke.

Ich gebe ihr ein paar Eiswürfel ins Glas, bevor ich mich anderen Kunden am Tresen zuwende.

Ich gebe Grady und Rich frisches Bier aus, fülle das Glas von Shels Ehemann, der Videopoker spielt, auf und mixe drei Cosmopolitan für ein paar Ladys, die ihre Ausgaben von Deepak Chopras *The Book of Secrets* auf dem Tisch liegen gelassen haben, die sie jede Woche mitnehmen, damit ihre Ehemänner denken, dass sie wirklich zu einem Treffen des Buchclubs gehen.

»Willst du hier kurz einspringen?«, ruft Shel Cam zu. »Ich muss mal eben Bier aus dem Lager holen.«

Cam wirft Shel einen genervten Blick zu, kommt aber dann zu mir hinter die Bar. Shel geht den Flur entlang Richtung Kühllager.

»Leer das Trinkgeld aus und stell das Glas wieder hin«, rufe ich meiner Schwester am anderen Ende des Tresens zu. »Meinen Anteil bekommst du nicht.«

Sie lacht und grinst mich süffisant an, während sie ihre Hände in die Hüften stemmt. Ich drehe mich um, um einen Screwdriver für einen weiteren Gast zu mixen, und in dem Augenblick wedelt sie mit einem dicken Geldbündel vor meinem Gesicht herum.

»Als ob ich deine Münzen brauchen würde, Baby«, erwidert sie spöttisch.

Meine Augen werden groß, und mir klappt die Kinnlade runter, als ich, nach Luft schnappend, auf das Geldbündel starre. »Was zum Teufel …?« Ich reiße es ihr aus der Hand und blättere die Scheine durch. Ich sehe viele Ein-Dollar-Scheine, aber auch eine beeindruckende Menge an Zehn- und Zwanzig-Dollar-Scheinen.

»So sieht es aus, wenn man die Miete an einem Abend verdient, Süße.« Sie reißt es mir wieder aus der Hand. »Wir hatten einen Junggesellenabend.«

Viele betrunkene Kerle, die mit Geld nur so um sich werfen. Ich beobachte, wie sie das Geld zurück in ihre Tasche schiebt, und runzle die Stirn über das Funkeln in ihren Augen. Es macht Sinn, dass sie viel mehr Trinkgeld bekommt als ich. Ich arbeite in einer Bar. Sie arbeitet in einem Club. Sie unterhält die Leute, ich schenke Drinks aus.

Aber es muss schön sein, jeden Abend nach Hause zu gehen und zu wissen, dass man morgen die Rechnungen bezahlen kann. Dass man in den Supermarkt gehen und alles in den Einkaufswagen laden kann, was man will.

Ich schaue ihr in die Augen und kann sehen, dass sie dasselbe denkt. Ich könnte es leichter haben, wenn ich das Angebot ihres Chefs annehmen würde.

Ich würde dort als Barkeeperin nicht so viel Trinkgeld machen wie meine Schwester, aber auf jeden Fall mehr als hier.

Aber obwohl *The Hook* schnelles Geld verspricht, ist der Club kein schöner Ort. Die Männer betrachten Cam als Freiwild, und sie muss viel Scheiße aushalten.

Trotzdem ... ich bin es langsam leid, mir jeden verdammten Tag Sorgen ums Geld zu machen.

Ich mache mich wieder an die Arbeit, kann aber ihren Blick in meinem Rücken spüren. Ich weiß, dass sie denkt, ich bin ein Hamster im Laufrad.

»Sag nichts«, murmle ich.

Sie schnaubt auf. »Ich habe gar nichts gesagt. Kein Wort.«

»Danke«, sage ich, als ich eine Stunde später aus Cams Mustang steige. Ich klappe den Beifahrersitz nach vorn und hole meine Handtasche vom Rücksitz. Dabei werfe ich einen schnellen Blick über die Schulter, um zu sehen, ob Coles Auto in der Einfahrt steht.

Nope. Nur Pikes Truck.

Ich schüttle den Kopf.

»Morgen arbeitest du nicht, oder?«, fragt Cam.

Ich drehe mich zu ihr um. »Nein, aber am Samstagabend. Ich schreib dir meinen Plan.«

»Okay.«

Dann schließe ich die Autotür und suche den Hausschlüssel in meiner Tasche. »Hab dich lieb, mach's gut«, rufe ich noch.

»Ach, ich hab dir übrigens was gekauft!«, ruft Cam durch das geöffnete Beifahrerfenster. »Schau in deinen Rucksack, wenn du in deinem Zimmer bist. Probier's aus. Wart ab, wie es sich anfühlt.«

Ich bleibe stehen und drehe mich mit skeptischem Blick zu ihr um. »Nicht schon wieder ein Vibrator ...«, stöhne ich.

Sie wirft ihren Kopf in den Nacken und lacht über das Geschenk, das sie mir letztes Jahr zum achtzehnten Geburtstag gemacht hat. Es wäre nicht so schlimm gewesen, wenn sie es mich nicht vor den ganzen Partygästen hätte öffnen lassen.

»Nicht so was«, sagt sie. »Aber es ist definitiv was, das Cole und du zusammen genießen könnt.« Dann deutet sie mit dem Kinn auf das dunkle Haus hinter mir. »Oder vielleicht auch … ähm … der Herr des Hauses. Der andere Mann in deinem Leben.«

Sie wackelt mit den Augenbrauen, und ich werfe ihr einen bösen Blick zu. »Jetzt will ich das Geschenk gar nicht erst öffnen.«

»Nacht!«, ruft sie und fährt aus der Einfahrt.

Miststück. Ich liebe meine Schwester, aber sie weiß, wie sie mich in peinliche Situationen bringen kann.

Nachdem ich die Tür aufgesperrt habe und eingetreten bin, schließe ich sie wieder hinter mir, drehe den Schlüssel im Schloss um und blicke mich im dunklen, aufgeräumten Wohnzimmer um. Ich gehe weiter in die Küche, das kleine Ofenlicht wurde angelassen, wie ich es gerne mag. Im Spülbecken steht kein Geschirr, und ich atme aus und genieße das Gefühl, in ein ordentliches Haus zurückzukommen.

Ich schleiche die Treppe hoch, und das Haus um mich herum hüllt mich in unheimliches Schweigen. Als ich den dunklen Flur entlanggehe, sehe ich Pikes Schlafzimmertür direkt vor mir. Sie ist geschlossen, und es scheint kein Licht durch den Türspalt.

Ich öffne die erste Tür links, mache das Licht an und finde das vor, was ich erwartet habe. Das Bett ist leer. Cole ist immer noch weg.

Ich stelle meine Tasche und den Rucksack ab, schließe leise die Tür und ziehe das Handy aus meiner hinteren Hosentasche und beginne zu tippen:

Ich bin zu Hause. Wo bist du?

Dann warte ich darauf, dass die drei kleinen Punkte erscheinen, die mir zeigen, dass er antwortet.

Aber als nach ein paar Minuten immer noch nichts kommt, werfe ich das Handy aufs Bett.

Er muss in acht Stunden in der Arbeit sein, und er sollte besser dort erscheinen. Sonst werde ich ihn nicht mitnehmen, wenn ich genug Geld gespart habe, um hier wieder auszuziehen.

Ich kicke die Schuhe von den Füßen, gehe Richtung Bett und bin bereit, mich darauf fallen zu lassen, als mir plötzlich wieder einfällt, was meine Schwester gesagt hat. Ich drehe mich um, nehme meinen Rucksack und setze mich damit aufs Bett. Ganz oben liegt eine rosa Geschenktüte, die ich nicht dort reingetan habe. Sie ist von Victoria's Secret.

Ich packe das Geschenk aus und habe sofort Stoff in den Händen. Ich unterdrücke ein Stöhnen, als meine Hoffnung zunichtegemacht wird. Ich ziehe den cremefarbenen Spitzenslip und das dazugehörige Mieder heraus, das nicht groß genug aussieht, um viel zu verhüllen. Der Ausschnitt ist tief, und das Top ist nicht mal lang genug, um meinen Bauch zu bedecken.

Es ist definitiv hübsch. Und sexy. Verdammt sexy. Cole hätte seine wahre Freude daran, wenn er mich darin vorfinden würde.

Er wäre ohne Vorspiel sofort auf mir.

Aber warum hat sie mir das gekauft? Es ist ja nicht so, als würde ich keine sexy Unterwäsche anziehen. Ich brauche keine Nachhilfe darin, wie man einen Kerl auf sich aufmerksam macht, vielen Dank auch.

Aber dann bemerke ich einen Zettel auf dem Bett, der bei der Unterwäsche dabei gewesen sein muss. Ich nehme ihn und lese, was darauf steht.

AMATEUR-ABEND!
Mach dich nass! (Oder zumindest dein T-Shirt)
27. Mai, 21 Uhr
The Hook in der Jamison Lane
Hauptgewinn 300 $!!!

»Super.« Ich lache leise auf und lasse den Flyer und die Unterwäsche kopfschüttelnd fallen. Meine eigene Schwester will, dass ich mich ausziehe. Was ist nur los mit ihr?

Ich werde nicht jedem alten Sack in der Stadt meine Brüste zeigen, nur um vielleicht dreihundert Dollar zu gewinnen. Ich kann im *Grounders* arbeiten, wo ich einige Leute mag, wo ich Musik hören kann und einen Job habe, bei dem ich Trinkgeld bekomme, das ich nach jeder Schicht in meine Tasche schiebe. Aber es gibt nichts, das ich an einem Wet-T-Shirt-Contest genießen würde – außer ich bin betrunken. Vielleicht.

Ich gehe sicher, dass die Rollläden geschlossen sind, dann ziehe ich mein Oberteil aus und knöpfe meine Jeans auf. Ich lasse alles auf den Boden fallen, greife an meinen Rücken, um den BH zu öffnen, und hole mir ein T-Shirt aus der Kommode.

Aber dann halte ich inne und werfe einen Blick auf die neue Unterwäsche auf dem Bett. Cole könnte bereuen, dass er so lange weggeblieben ist, wenn er nach Hause kommt und sieht, was er verpasst hat.

Ich ziehe meine Unterhose aus und die neue Wäsche an. Auf der Kommode steht meine Tasse mit Stiften, aus der ich eine Schere nehme und die Etiketten abschneide.

Ich stehe vor dem Spiegel, fahre mir mit den Fingern durch das Haar und zupfe die Wäsche über meiner Hüfte und an den Brüsten zurecht. Dann drehe ich mich um und betrachte mich von hinten im Spiegel.

Ich kann mir ein Grinsen nicht verkneifen. Cam ist nicht dumm. Es ist der perfekte Farbton an mir, da meine Bräune schon sichtbar ist. Der Slip sitzt perfekt auf meiner Hüfte, und auch ohne Bügel im BH kommen meine Brüste forsch und schmeichelhaft zur Geltung. Ich fahre mit der Hand über meinen glatten, flachen Bauch und die Kurven meiner Hüften entlang, während ich mir wünschte, dass jemand hier wäre, um den Anblick zu genießen und mich zum Lächeln zu bringen.

Mir wird ganz warm zwischen den Oberschenkeln, und ich muss daran denken, was für einen Unterschied andere Klamotten machen. Ich streife mir einen Träger über die Schulter und genieße es, dass ich mich so sexy fühle. Meine Klit beginnt zu pochen, und jetzt bin ich definitiv in Stimmung.

Schnell streife ich mir den Träger wieder über die Schulter, nehme mein Handy und schreibe Cole erneut, der immer noch nicht geantwortet hat.

*Ich brauche dich jetzt hier, Baby. *Zwinker, zwinker**

Ich warte, aber die drei kleinen Punkte tauchen nicht auf. Also öffne ich die Spotify-App auf meinem Handy und mache leise *Run to You* an, während ich mich aufs Bett fallen lasse.

Jetzt bin ich hellwach.

Und angetörnt.

Ich schließe die Augen, lasse die Musik unter meine Haut kriechen und fahre langsam mit den Fingerspitzen über die Innenseiten meiner Oberschenkel, bis ich ein angenehmes Kribbeln auf der Haut verspüre. Sanft fasse ich mir zwischen die Beine, kreise meine Hüften und reibe an mir. Mein Blut erhitzt sich, und mein Puls geht schneller, als meine Klit prickelt.

Ich stöhne auf und spüre, wie meine harten Nippel gegen den Stoff drücken. Mit der anderen Hand umfasse ich eine Brust und drücke sie, während ich meinen Kopf zur Seite lege und mir das Haar ins Gesicht fällt.

Manchmal frage ich mich, ob ich das tun könnte, was meine Schwester tut. Wenn ich das ganze Geld sehe, das sie nach Hause bringt, und wenn ich die Geldsorgen und den Stress satthabe – könnte ich es dann einfach tun?

Ich drehe mich um, gehe auf meine Knie und beuge mich mit den Händen zwischen den Oberschenkeln nach vorne. Meine Brüste presse ich mit den Armen zusammen, sodass sie üppig aus dem Mieder hervorquellen. Als ich mit dem Kopf kreise, liebkost mein Haar meinen Rücken, und mit geschlossenen Augen beginne ich, mich zur Musik zu bewegen.

Nein, ich kann nicht tun, was sie tut. Ich will nicht, dass mir all diese Männer zusehen.

Aber ein Mann? Mein Freund zum Beispiel? Ein Mann, der mich begehrt und der mich mit gierigem Blick verschlingen würde, wenn ich für ihn tanze …

Er beobachtet mich. Ich bin in einem dunklen Raum, habe eine glänzende, weiße Bühne unter mir und sanftes, lila Licht über mir. Ich bewege mich auf allen vieren, schlängle mich über den Boden und beiße mir auf die Unterlippe, während ich mich nach vorn beuge, meine Oberschenkel spreize und meine Knie in den Boden drücke.

Er ist ganz weit dahinten, aber er ist hier. Er ist der Einzige. Ich gehöre ganz ihm. Er versteckt sich im Schatten und lehnt seine Schulter gegen die Wand, während er mir zuschaut. Ich kreise langsam meine Hüften, necke und reize ihn, bevor ich wieder auf die

Knie gehe, mich am Bettgestell festhalte und mich bewege und tanze.

Der Träger meines Mieders fällt mir über die Schulter, und ich nehme meine nackte Brust in die Hand, während ich ihn ansehe. Die Zigarette – oder Zigarre – hängt locker in seiner Hand, und der Rauch steigt in die Luft empor. Er scheint sie völlig vergessen zu haben und starrt mich nur an.

Mir fällt ein, dass Cole nicht raucht, aber der Gedanke verschwindet, so schnell er gekommen ist.

Ich will, dass er mir zuschaut. Ich will, dass er mich begehrt. Ich spüre, dass er mich will, und das gefällt mir. O ja, und wie es mir gefällt. Sieh mir weiter zu. Ich frage mich, wie sein Mund schmeckt. Wie sich seine Zähne anfühlen. Meine Nippel werden noch härter und sehnen sich nach einem Mund.

Ich werde dich zum Höhepunkt bringen. Sieh mir einfach nur zu. Immer weiter und weiter.

Ich lehne mich auf meine Hände zurück, kreise schneller und härter mit den Hüften, und ich kann spüren, wie meine Haut mit Schweiß bedeckt ist, während ich meine Klit reibe und meinen Hintern für ihn bewege.

Nur für ihn.

»O Gott«, stöhne ich und fühle, wie sich mein Orgasmus aufbaut. »Ich komme. Ich komme …«

Aber dann hallt ein lauter Knall durchs Haus, und ich reiße meinen Kopf hoch und öffne die Augen. Scheiße!

Ich erstarre und lausche. Der Boden im Flur knarzt, und jemand geht den Gang entlang und dann die Treppe runter. Ich springe hastig aus dem Bett, für den Fall, dass es Cole ist.

Ich habe doch nicht seinen Vater aufgeweckt, oder? Das war so dumm! Was, wenn das Bett geknarzt hat?

Mein Gesicht brennt vor Scham, und ich schleiche zur Schlafzimmertür und öffne sie einen Spalt. Im Flur ist es immer noch dunkel, aber ich höre jemanden reden und dann unten eine Tür zuschlagen.

Stirnrunzelnd überquere ich den Flur, verstecke mich im Bad und schließe die Tür. Ohne das Licht anzumachen, gehe ich ans Fenster und öffne eine Seite.

»Nein, mach dir keine Gedanken. Es macht mir nichts aus, dass du mich deswegen geweckt hast«, höre ich Pike sagen. Er steht neben dem Pool und telefoniert. »Babys sind unberechenbar. Nimm dir alle Zeit, die du brauchst. Wir kommen die nächsten Tage schon klar.«

Er hat eine graue Jogginghose, aber kein Oberteil an, streicht sich mit der Hand über den Kopf und gähnt. Meine Schultern entspannen sich etwas. Wahrscheinlich hat ihn der Anruf geweckt.

Er nickt und sagt zu wem auch immer: »Schreib uns, wenn das Kind geboren ist. Gratuliere, Mann.«

Dann lacht er, und meine Muskeln entspannen sich vollends. Das wäre vielleicht peinlich gewesen, wenn er mich gehört hätte.

Ich will gerade das Fenster wieder schließen, da sehe ich, wie er etwas von einem der Gartentische nimmt und es in seinen Mund steckt, während er weiter seinem Gesprächspartner lauscht.

Ich halte inne und mache große Augen, als ich sehe, wie er sich eine Zigarre ansteckt. Meine Nackenhaare stellen sich auf, und mein Puls rast. Schnell schließe ich das Fenster, ohne darüber nachzudenken, ob er mich hört.

Was zum Teufel ...? Ich habe ihn nie rauchen sehen. Warum sollte mir das in den Sinn gekommen sein ...?

Hastig gehe ich in mein Zimmer zurück, schließe die Tür und ziehe mir die Unterwäsche aus. Mit einem T-Shirt und Shorts bekleidet mache ich die Musik und das Licht aus und klettere ins Bett.

Cam und ihre blöden, unterschwelligen Botschaften. Vielen Dank auch.

»Hey, Corinne! Ist Dad zu Hause?«, frage ich ins Telefon.

Ich höre, wie sich meine Stiefmutter am anderen Ende der Leitung bewegt und wie eine Tür quietschend geöffnet wird. »Chip!«, schreit sie – durch das jahrelange Rauchen ist ihre Stimme mittlerweile ziemlich heiser. »Es ist Jordan!«

Die Tür quietscht erneut, und ich glaube zu hören, wie die Fritteuse in der Küche angeht. Fast kann ich das körnige Linoleum bis hier unter meinen Füßen spüren. Ich bin so froh, dass ich nicht mehr in diesem Wohnwagen lebe, auch wenn das bedeutet, dass ich Coles Dad auf der Tasche liegen muss.

»Brauchst du Geld?«, fragt sie, während sie darauf wartet, dass mein Dad ans Telefon kommt. »Wir haben nämlich keins. Dein Dad hat sich vor ein paar Wochen den Rücken verrenkt und konnte seitdem nicht arbeiten. Es ist also gerade wirklich knapp.«

Ich blinzle. »Nein, ich …«, stammle ich und ärgere mich über ihre Frage. »Ich brauche kein Geld.«

Und wenn, dann wären sie die letzten Menschen, die ich fragen würde. Mein Vater hat nie Geld für mich, außer es brennt ihm ein Loch in die Tasche. Einer der vielen Gründe, warum meine Mutter weggelaufen ist.

Aber zumindest ist mein Dad bei uns geblieben.

»Chip?«, ruft sie wieder, wendet sich dann aber den Hunden zu. »Aus dem Weg, ihr zwei.«

Ich schüttle den Kopf und komme zu dem Schluss, dass eine einfache Textnachricht besser gewesen wäre. Wenn mein Dad es zum Telefon schafft, werde ich nur auflegen und mich darüber ärgern, dass er genauso gefühlskalt ist wie diese Frau. Zum Glück musste ich nicht allzu viel Zeit mit meiner Stiefmutter im Wohnwagen verbringen. Ich bin gegangen, sobald ich konnte.

»Ich wollte euch nur wissen lassen, dass ich umgezogen bin, falls ihr meine neue Adresse braucht.«

»O ja, richtig.« Ich höre, wie sie einatmet, und weiß, dass sie raucht. »Du bist mit Cole ins Haus seines Vaters gezogen. Das haben wir gehört.«

»Ja, ich …«

»Chip!«, schreit sie wieder und unterbricht mich mitten im Satz.

»Ist schon gut.« Erschöpft reibe ich mir die Augen. »Das war der einzige Grund, warum ich angerufen habe. Du musst Dad nicht holen, wenn er es sowieso schon weiß. Wir hören uns … ein andermal.«

»Okay.« Sie bläst Rauch aus. »Dann pass mal gut auf dich auf, und ich rufe dich in einer Woche oder so mal an. Dann kannst du zum Abendessen kommen oder so.«

Ich verkneife mir ein verbittertes Lachen. Es ist nicht lustig. Eigentlich ist es traurig. Aber sie legt auf, ohne darauf zu warten, dass ich mich verabschiede, und ich lege seufzend das Handy aufs Bett.

Weder mein Dad noch meine Stiefmutter sind schlechte Menschen, auch wenn mich keiner von beiden an meinem Geburtstag angerufen hat.

Ich wurde nie geschlagen oder verbal misshandelt. Einfach nur irgendwie vergessen. Sie haben immer was Schönes in ihrem Leben gewollt, und es war zu viel verlangt, sich von der Verantwortung oder der Fürsorge für ihre Kinder die kleinen Freuden verderben zu lassen, die ihnen Bier und Bingo-Abende verschafft haben.

Nachdem Cam in ihre eigene Wohnung gezogen ist, hatte ich keinen mehr zum Reden. In dem Wohnwagen war ich ein Niemand, und ich will mich nie wieder so alleine fühlen.

Ich nehme meinen Block vom Bett und widme mich wieder den Hausaufgaben für meinen Sommerkurs heute. Mein Buch liegt geöffnet vor mir, und ich klicke auf meinen Bleistift, um die Mine zu verlängern.

Es klopft an der Tür, und ich hebe angespannt den Kopf.

»Herein?«, sage ich, aber es klingt eher wie eine Frage. Cole würde nicht klopfen. Also muss es sein Vater sein. Habe ich Wäsche im Trockner gelassen? Den Ofen nicht ausgeschaltet? Schnell gehe ich im Kopf meine Checkliste durch.

Die Tür schwingt auf, und Pike steht im Türrahmen, die Hand immer noch am Türgriff.

»Ich bestelle Pizza zum Abendessen«, sagt er. »Kommt Cole bald heim?«

Ich spiele mit dem Stift in meinen Händen. »Einer seiner Freunde wurde befördert«, erkläre ich. »Sie veranstalten eine Party auf der Farm seines Vaters. Er wird mit Sicherheit erst spät heimkommen.«

Er bleibt einen Moment dort stehen, und seine große Statur nimmt den ganzen Türrahmen ein. Mein Blick fällt auf die Tattoos auf seinen Armen, also schaue ich schnell nach unten und tue so, als wäre ich in meine Hausaufgaben vertieft.

»Gehst du nicht hin?«, fragt er weiter.

Ich deute auf die Unibücher vor mir.

Er nickt verständnisvoll. »Na gut ...« Er schaut mich einen Moment lang unsicher an und fährt dann fort: »Aber du musst auch was essen, oder? Welche Pizza magst du?«

»Nein, ist schon okay«, sage ich kopfschüttelnd zu ihm. »Ich habe schon gegessen.«

Sein Blick fällt auf den Teller mit dem zur Hälfte aufgegessenen Erdnussbuttersandwich, und ich weiß, was er jetzt denkt. »Okay.«

Er will gerade die Tür schließen, hält aber dann inne. »Du weißt, dass du dich nicht hier oben verstecken musst, oder?«

Ich blicke auf und spanne mein Rückgrat an. »Ich verstecke mich nicht.« Ich lache halbherzig, aber ich glaube nicht, dass er es mir abnimmt.

»Du hilfst im Haushalt«, sagt er. »Du revanchierst dich dafür, in diesem Haus wohnen zu dürfen. Wenn du also den Pool nutzen willst oder Freunde einladen … dein Zimmer verlassen … dann ist das in Ordnung.«

Ich benetze meine Lippen. »Ja, ich weiß.«

»Okay«, sagt er schließlich. »Dann werde ich wohl meine Pizza alleine essen. Und wie immer noch tagelang Reste übrig haben.«

Er seufzt theatralisch auf.

»Dann bestell besser keine zu große«, murmle ich und schaue wieder auf meinen Block.

Aber sein leises Lachen, bevor er die Tür schließt, sagt mir, dass er meine schnippische Bemerkung gehört hat.

Mit Sicherheit hat er in all den Jahren, in denen er hier schon alleine gelebt hat, schon viele Pizzen bestellt. Er versucht also nur, nett zu sein und mir das Gefühl zu vermitteln, willkommen zu sein. Was toll von ihm ist, und ich weiß es zu schätzen, aber deswegen fühle ich mich nicht weniger wie eine Schmarotzerin. Ich kann ihn nicht auch noch eine Pizza für mich kaufen lassen.

Und dann denke ich daran, wie alleine ich mich im Wohnwagen meines Vaters gefühlt habe und wie alleine ich mich manchmal mit Cole fühle. Vielleicht ist Pike Lawson es leid, alleine zu sein, alleine zu essen, alleine fernzusehen. Und ich bin Gast in seinem Haus, und vielleicht möchte er die Leute kennenlernen, die unter seinem Dach leben? Das klingt nur logisch.

Und vielleicht bin ich es auch leid, und vielleicht habe ich immer noch Hunger, und Pizza klingt eigentlich ziemlich gut.

Ich atme tief aus und schiebe den Block von meinem Schoß, bevor ich aufstehe. Schnell gehe ich zur Schlafzimmertür, mache sie auf und schaue hinaus.

»*Joe's Pizza*?«, rufe ich ihm hinterher.

Er bleibt kurz vor dem Treppenabsatz stehen, dreht sich um und schaut mich an. »Natürlich.«

Es ist die beste Pizzeria der Stadt, also ist die Frage eigentlich völlig überflüssig. Ich verlasse mein Zimmer und schließe die Tür hinter mir. »Halbe-halbe?«

KAPITEL 5

Pike

Auf keinen Fall wird sie die Hälfte der Pizza bezahlen. Ich habe sie schließlich eingeladen. Und der Grund, warum sie hier wohnt, ist doch der, Geld zu sparen. Ich trage die Pizza an ihr vorbei zur Mülleninsel und ignoriere ihre ausgestreckte Hand mit dem Geld darin.

Sie seufzt und brummt leise vor sich hin. Ich muss lachen. »Hör mal, die Pizza geht auf mich, okay? Pass aber auf, dass dein labbriger Salat nicht auf meiner Hälfte landet.«

»Haha.« Sie geht zum Kühlschrank und holt zwei Wasser raus.

Ich bin ein einfacher Peperoni-Mann, und auch Taco-Pizza kann ich noch verkraften, aber nicht diesen warmen, schlaffen und in Fetzen gerissenen Salat, der dabei ist. Den kann sie ganz für sich alleine haben.

Wir verteilen die Stücke auf zwei Tellern, aber bevor wir ins Wohnzimmer gehen, legt sie mir mit dem Salatbesteck etwas von dem Salat auf meinen Teller.

»Vielen Dank auch.«

»Wenn du das Gemüse zuerst isst«, sagt sie, »dann hast du weniger Platz für die Pizza. Ein kleiner Trick, den ich auf Pinterest gesehen habe.«

Pinter-was?

»Dann isst du weniger Pizza«, fährt sie fort. »Nimmst weniger Kalorien zu dir und fühlst dich nach dem Essen besser.«

Ja, okay. Wenn mich Kalorien interessieren würden, wahrscheinlich.

Na ja, was soll's. Ich gehe zum Kühlschrank und hole das Ranch-Dressing aus der Tür.

»Nein«, ruft sie und hält mich davon ab. »Da ist schon Dressing drauf. Himbeer-Vinaigrette.«

Ich richte mich auf und werfe ihr einen bösen Blick zu.

Sie grinst nur und dreht sich um.

Ich nehme zwei Gabeln, gebe ihr eine und trage meinen Teller und mein Wasser ins Wohnzimmer. Sie folgt mir.

Als wir uns gesetzt haben, stochere ich seufzend mit der Gabel im Salat. Mir fällt wieder ein, was meine Mom in meiner Kindheit über Gemüse gesagt hat. Dass es besser schmeckt, wenn man hungrig ist. Ich werde es also hinter mich bringen und zuerst essen, wie Jordan es vorgeschlagen hat.

Ich schiebe mir eine Gabel mit Salat darauf in den Mund, und der bittere Geschmack der Salatblätter wird nur wenig von dem süßen Dressing abgemildert.

»Gut, oder?«

»Nein.« Ich schüttle den Kopf. »Du bringst mich um.«

Sie lacht. »Aber danke, dass du es probiert hast. Du kannst aufhören, wenn du willst.«

Aber ich esse weiter. Es ist ja nicht so, dass mir eine Dosis Gemüse schaden würde.

Ich hasse Gemüse ja nicht. Ich mag Maiskolben und ... Kartoffeln und so. Das ist doch auch Gemüse, oder?

»Was schaust du an?«, fragt sie.

Ich blicke zum Fernseher, und mir wird klar, dass die Lautstärke runtergedreht ist. Ich nehme die Fernbedienung und mache lauter. »*Fight Club.*«

»Cool. Ich wurde in dem Jahr geboren, in dem der Film rauskam.«

Ich ziehe eine Augenbraue nach oben, sage aber nichts.

Aber ich fange im Kopf zu rechnen an und erinnere mich daran, dass es mein letztes Jahr auf der Highschool war. Ja, das könnte hinkommen.

Scheiße, ich werde alt. Wenn ich an all das denke, was in meinen Leben passiert ist, als sie noch nicht auf der Welt oder alt genug war, um sich zu erinnern ... Ich werfe ihr einen Blick zu und bewundere ihre junge Haut und den hoffnungsvollen Blick in den Augen.

Vor einem Jahr war sie noch auf der Highschool.

Die nächsten Stunden verbringen wir damit, schweigend zu essen und uns in einen meiner Lieblingsfilme zu vertiefen. Ich weiß nicht, ob sie ihn schon gesehen hat, aber nach einer Weile sehe ich, dass ihr Teller noch halb voll und vergessen auf dem Couchtisch steht, während sie am anderen Ende des Sofas mit angezogenen Beinen angestrengt den Film schaut.

»Bei denen sieht das Rauchen so appetitlich aus«, sagt sie schließlich und betrachtet Marla Singer auf dem Bildschirm.

»Appetitlich?«

Sie räuspert sich und setzt sich aufrecht hin. »Na ja, es ist wie bei Bruce Willis«, erklärt sie. »Ich könnte ihm tagelang beim Rauchen zusehen. Es ist, als würde er essen. Ein schönes, saftiges …«

»Steak«, beende ich den Satz für sie und verstehe genau, was sie meint.

»Genau.« Sie lächelt mich an. »Es gehört einfach zu ihnen.«

»Na ja«, seufze ich, nehme unsere Teller und stehe auf. »Fang nicht mit dem Rauchen an.«

»Du rauchst.«

Ich halte inne und schaue sie an. Ich habe erst einmal geraucht, seit sie hier sind, und das nicht im Haus. Ich glaube, nicht einmal Cole weiß, dass ich rauche.

Sie muss meinen verwirrten Gesichtsausdruck bemerkt haben, denn sie fährt erklärend fort: »Ich habe den Zigarrenstummel draußen im Aschenbecher gesehen.«

Ah. Ich gehe weiter in die Küche und trage die Teller um den Tisch herum. »Manchmal, ja. Ich mag den Geruch.«

»Warum?« Sie steht von der Couch auf, nimmt die leeren Wasserflaschen und Servietten und folgt mir.

»Er gefällt mir einfach.« Ich lasse Wasser über die Teller laufen und stelle sie in die Spülmaschine. »Mein Großvater hat geraucht, also …«

Erst hat es sich normal angefühlt, ihr das zu erzählen, aber plötzlich kommt es mir dumm vor.

»Also …?«, will sie wissen.

Aber ich schüttle nur den Kopf, schließe die Spülmaschine und mache sie an. »Ich mag einfach den Geruch, das ist alles«, sage ich knapp.

Ich weiß nicht, warum es mir schwerfällt, mit ihr darüber zu reden. Es ist kein Geheimnis. Mein Großvater war toll, und ich hatte eine schöne Kindheit, aber je älter ich werde, desto weiter entferne ich mich von diesem Gefühl, das ich mit acht Jahren hatte. Das Gefühl, an einem Ort zu sein, den ich liebte. Das Gefühl, das mich damals erfüllt hat.

Glück.

Manchmal rauche ich eine Zigarre, um mich wieder an diesen Ort zurückzubringen. Aber das ist nichts, was ich anderen unbedingt erzählen würde.

Allerdings ist es seltsam, wie nah dran ich war, genau das vor einer Minute zu tun. Ich kann ihren Blick auf mir spüren und habe ein ungutes Gefühl.

»Willst du ein Bier?«, frage ich, öffne den Kühlschrank und hole zwei Flaschen raus. Ich muss definitiv das Thema wechseln.

»Ähm ... klar.«

Ich mache die Flaschen auf, gebe ihr ein Corona und schaue ihr schließlich in die Augen. In ihre sehr jungen, sehr blauen und sehr neunzehnjährigen Augen. Scheiße. Ich habe mal wieder vergessen, dass sie noch keinen Alkohol trinken darf.

Egal. Ich nehme mein Bier und gehe aus der Küche. Sie arbeitet schließlich in einer Bar. Ich bin mir sicher, die Gäste dort haben ihr schon den ein oder anderen Schnaps ausgegeben.

Ich setze mich wieder auf die Couch, lege meinen Arm über die Rückenlehne und nehme einen Schluck. Der Film dauert noch ein paar Minuten, und sie setzt sich ans andere Ende, um weiterzuschauen, aber ich kann mich nicht mehr konzentrieren.

Und ich glaube, dass sie auch nicht mehr richtig hinschaut.

Irgendwas ist jetzt anders. Unser Gespräch war eigentlich locker, und jetzt ist es das nicht mehr. Was meine Schuld ist. Ich mauere total. Irgendwann nach Lindsay und dem ganzen Chaos konnte ich mich anderen gegenüber nicht mehr öffnen. Und jetzt habe ich mich daran gewöhnt, alleine zu sein.

Ich runzle die Stirn. Verdammt, ich will nicht, dass sie mich meidet, weil ich keine normale Unterhaltung mehr führen kann. Sie ist Coles Freundin, und ich will keine Mauern mehr zwischen ihm und mir. Sie könnte mir dabei helfen.

»Planst du, nach dem Studium in der Stadt zu bleiben?«, frage ich.

Sie schaut mich an und zuckt mit den Schultern. »Ich weiß es nicht. Ich habe ja noch ein paar Jahre«, sagt sie. »Mir macht es nicht wirklich was aus, hierzubleiben, solange ich mir ab und zu Urlaube leisten kann.« Sie lacht leise. »Ich will nur nicht ewig einen aussichtslosen Job haben, verstehst du? Wenn ich in der Gegend einen Job finde, wäre es schön, eine Zeitlang in der Nähe meiner Schwester und meines Neffen bleiben zu können.«

In dieser Gegend und den umliegenden Gemeinden gibt es jede Menge Bauprojekte, deshalb war es für mich all die Jahre einfach, hierzubleiben. Wenn sie als Landschaftsdesignerin arbeitet, könnte sie in der Gegend wahrscheinlich auch gute Aussichten haben.

»Bist du je gereist?«, frage ich und schaue zu ihr rüber.

Im selben Moment vergesse ich plötzlich, was ich gesagt habe. Gerade lehnt sie sich nach vorne, um ihr Bier abzustellen, und mein Blick fällt auf ihren Hintern. Ihre kurze Shorts betont jede einzelne Kurve, und ihre Knie sind etwas gespreizt. Für einen Moment verliere ich mich in dem Anblick der Senke zwischen ihren Oberschenkeln.

Hitze steigt mir in den Unterleib, und mein Penis zuckt.

Scheiße.

Ich schaue weg und schnappe nach Luft. Schweiß bricht mir im Nacken aus. Was zur Hölle soll das?

Sie wirkt vielleicht nicht jung, aber sie ist es. Sie ist noch ein Mädchen. Was zum Teufel tue ich da?

Sie setzt sich wieder zurück, und ich nehme einen weiteren Schluck aus der Flasche, um meine Nerven zu beruhigen.

»Nicht wirklich«, antwortet sie.

Moment, was habe ich sie noch mal gefragt? Ach ja – Reisen.

»Ich bin mit meiner Schwester nach New Orleans gefahren, als ich fünfzehn war. Und ich habe ein Stipendium für ein Sommercamp in Virginia gewonnen, als ich zwölf war«, sagt sie. »Das war's eigentlich.«

»New Orleans mit fünfzehn?«, scherze ich. Das war bestimmt interessant.

Ein wissendes Lächeln breitet sich auf ihrem Gesicht aus, verschwindet aber schnell wieder. »Dort wohnt meine Mom.«

Ach ja, richtig. Ihr Dad ist Chip Hadley. Ich gebe nicht viel auf das Geschwätz der Leute, aber ich weiß, dass er ein paarmal verheiratet war.

Jordan räuspert sich und setzt sich auf. »Sie hat uns verlassen, als ich vier war.«

Vier? Was für ein Mensch tut so was?

Sie sitzt ruhig da und scheint nachzudenken. Plötzlich verspüre ich das dringende Bedürfnis, sie in den Arm zu nehmen.

Jetzt.

»Als meine Schwester ihren Highschoolabschluss gemacht hat, haben wir sie aufgespürt«, erklärt sie. »Und wir haben damals im Sommer einen Roadtrip gemacht, um sie zu besuchen.«

»Wie ist es gelaufen?«

Sie zuckt mit den Schultern. »Ganz gut, denke ich. Sie hat gekellnert, hatte eine kleine Wohnung und hat ihr Leben gelebt. Sie hat sich gefreut, uns zu sehen. Vermutlich, weil wir fast erwachsen waren und sie nicht mehr gebraucht haben«, fügt sie hinzu und lächelt mich dabei traurig an.

»Habt ihr sie gefragt, warum sie euch verlassen hat?«, will ich wissen.

Aber sie schüttelt nur den Kopf. »Nein. Früher wollte ich das wissen, aber als ich sie getroffen habe, hat es mich nicht mehr wirklich interessiert.« Sie hält inne und fügt dann hinzu: »Ich mochte sie nicht.«

Ich betrachte sie ruhig. Denkt Cole auch so über mich?

»Warst du je verheiratet?« Ihre Stimme klingt fröhlich, und ich weiß, dass sie versucht, das Thema zu wechseln.

Ich setze mich aufrecht hin, hole tief Luft und verdrehe die Augen. »Coles Mom und ich waren nicht mehr lange zusammen, nachdem er geboren wurde«, erzähle ich ihr. »Und … keine Ahnung … ich war irgendwie damit beschäftigt, meinen Lebensunterhalt zu verdienen, eine Zukunft aufzubauen. Ich habe mich daran gewöhnt, alleine zu sein.«

Ich fahre mir mit den Fingern durchs Haar und schaue sie an. Aber sie sieht skeptisch aus, als würde sie nicht glauben, dass das der Grund ist, warum ich noch single bin.

»Es gab durchaus die ein oder andere Chance, zu heiraten«,

versichere ich ihr. »Aber schon in der Highschool wollte ich nie einer von vielen sein und das tun, was man von mir erwartete. Den Abschluss machen, einen Job finden, heiraten, Kinder bekommen … sterben.«

Ich lache leise auf, aber überraschenderweise kommen mir die Worte jetzt leichter von den Lippen.

»Mein Großvater – der, der Zigarren geraucht hat«, erkläre ich ihr, »ist gestorben, als ich neun war. Aber ich erinnere mich noch an diese Hausparty, die meine Eltern veranstaltet haben, als mein Dad das College beendet hat. Er war schon über dreißig, aber der Erste in der Familie mit einem Collegeabschluss. Es war also eine große Sache.«

Sie lehnt sich zurück, hält die Flasche mit beiden Händen und hört mir gespannt zu.

»Ich glaube, damals war ich ungefähr sechs Jahre alt«, sage ich. »Meine Großeltern waren da, und alle haben sich unterhalten und gelacht. Aber am besten erinnere ich mich an meinen Großvater, der mit seinen sechzig Jahren, einem Meter fünfundneunzig und hundertfünfundzwanzig Kilo die Wände zum Wackeln gebracht hat, als er zu *Jump* von den Pointer Sisters getanzt hat.«

Ein Lächeln breitet sich wieder über ihr Gesicht aus.

»Meine Großmutter hat vom Tisch aus zugeschaut und mit den anderen gelacht. Alle hatten diesen fröhlichen Gesichtsausdruck.« Ich muss schlucken und erinnere mich an die strahlenden Gesichter von damals. »Alle waren einfach glücklich, und sogar in ihrem Alter wollten sie mehr, sie wollten Spaß haben und Quatsch machen …« Ich schweife ab. »Keine Ahnung. Ich glaube, das hat mir gefallen.«

»Es *gefällt* dir«, sagt Jordan leise.

Ich denke an meine Großeltern, die sich ständig gegenseitig zum Lachen gebracht haben. Und an all die Frauen, mit denen ich zusammen gewesen bin und bei denen ich nie dieses Gefühl hatte. Nicht einmal mit Lindsay. Wahrscheinlich war ich nicht imstande dazu.

»Es kam mir einfach nicht gezwungen vor«, fahre ich fort und drehe mich zu ihr um. »Sie haben einen hohen Standard gesetzt. Es ist schwer, diese eine Person zu finden, die dieselbe Sprache spricht wie du.«

Sie senkt gedankenverloren den Blick.

Ich fahre fort und wechsle das Thema. »Was ist mit dir?«, will ich wissen. »Hast du eine Idee, wie dein Leben eines Tages aussehen soll? Ehe, Hochzeit, der perfekte Tag, das perfekte Kleid …?«

Sie seufzt nur und nimmt einen Schluck aus der Flasche. »Ich mache mir nichts aus einer Hochzeit«, sagt sie und starrt auf den Fernseher. »Ich will einfach nur leben.«

Leben.

Die Worte treffen mich hart, und ich weiß nicht, warum.

Vielleicht, weil ich immer noch auf dasselbe warte.

Über eine Woche später hat sich im Haus eine gewisse Routine eingestellt – dank unserem Pizza- und Filmabend.

Jordan ist normalerweise schon wach, wenn ich morgens die Treppe runterkomme. Und mir fällt auf, dass alle Oberflächen schöner glänzen als noch am Abend zuvor. Die Böden fühlen sich sauber an, der Kühlschrank ist auf magische Weise immer von abgelaufenem Essen und drei Tage alten Resten befreit, und die Küchengeräte sind poliert.

Alles duftet, und manchmal sind es die Muffins oder Pancakes, die sie gemacht hat, aber manchmal sind es auch die Duftkerzen, die mir plötzlich nichts mehr ausmachen. Sie benutzt eine Cafetière für ihren Kaffee, und deshalb nehme auch ich die herkömmliche Maschine nicht mehr her.

Alles, was Cole am Vorabend im Wohnzimmer liegen gelassen hat – Schuhe, Limodosen –, ist plötzlich verschwunden, und ich kann mich nicht mehr daran erinnern, wann ich zum letzten Mal die Geschirrspülmaschine ausräumen musste.

Ich glaube nicht einen Moment, dass das mein Sohn war. Er ist anscheinend ziemlich faul geworden, und mir ist gar nicht aufgefallen, wie sehr er sich verändert hat.

Je älter er geworden ist, desto weniger Zeit wollte er mit mir verbringen, und ich kann Ähnlichkeiten mit seiner Mutter entdecken – er behandelt Jordan so, wie Lindsay mich damals behandelt hat. Er ist gleichgültig, und ich muss mir immer wieder auf die Zunge beißen, um meine Meinung für mich zu behalten.

Ich liebe meinen Sohn, aber es fällt mir immer schwerer zu verstehen, warum gerade er sie verdient hat.

Er kommt fast nur zum Schlafen nach Hause, und wenn er da ist, arbeitet Jordan bis 2 Uhr morgens. Als ich ihnen angeboten habe, hier zu wohnen, hatte ich schon Angst, ich würde sie beim Sex auf der Couch erwischen oder so. Aber zum Glück lassen das ihre Terminpläne nicht zu, und sie sind kaum gleichzeitig zu Hause. Und wenn sie es sind, bin ich auf der Arbeit und muss nichts hören oder sehen.

Aber sie ist viel allein. Er bleibt nicht mal an ihren freien Abenden zu Hause, und ich frage mich, warum sie das mitmacht. Sie scheint tüchtig und willensstark zu sein. Eine Frau, die für sich selbst sorgen kann. Was hat sie zusammengebracht? Sie scheint außer Cole und ihrer Schwester niemanden zu haben. Niemand sonst – keine Freunde oder Familienmitglieder – besucht sie hier.

Aber ich genieße es, sie um mich zu haben, auch wenn ich wünschte, dass Cole öfter zu Hause wäre. Ich muss grinsen, sobald ich nachmittags durch die Tür komme und Musik aus den Achtzigern durch das Haus klingen höre. Irgendwie fühlt sich das wie Sommer an. Es ist zur Abwechslung mal ganz nett, nicht in ein leeres Haus zu kommen, und ich ertappe mich sogar dabei, jeden Tag pünktlich Feierabend zu machen, weil ich mich richtig auf zu Hause freue.

Wir haben uns in den letzten Tagen öfter unterhalten. Sie hat mich gefragt, wie es bei der Arbeit war, ich wollte von ihr wissen, wie es an der Uni läuft. Sie hat ein richtiges Talent, mich zum Reden zu bringen, macht gerne Scherze und zieht mich auf, um mich aufzulockern.

Ich könnte zwar gut auf ihre Auberginen-Lasagne verzichten, aber wenn sie nicht hier wäre, würde Cole mich noch mehr meiden, als er es sowieso schon tut. Und ich könnte mich ihm gegenüber nicht so gut zurückhalten. Ich bin froh, dass sie hier ist.

Mit dem Wäschesack über der Schulter gehe ich die Treppe runter, umrunde das Geländer und gehe in die Waschküche.

Nachdem ich meine Klamotten aus dem Trockner geholt habe, räume ich die Waschmaschine aus, belade sie und den Trockner neu und starte beide Maschinen erneut. Mir fällt auf, dass mein T-Shirt, mit dem ich heute Morgen in der Garage gearbeitet habe, dreckig ist. Ich ziehe es aus und stecke es noch in die Waschmaschine, bevor ich die Klappe schließe.

Ich lege den Wäschesack auf die trockenen Klamotten, nehme den Wäschekorb in die Hand und gehe wieder nach oben. In meinem Zimmer leere ich den Korb auf dem Bett aus und durchsuche die Wäsche nach einem frischen T-Shirt.

Aber dann halte ich inne und fahre mit den Fingern über einen winzigen Fetzen roten Stoffs, den ich nicht erkenne. Er liegt zwischen meiner Jeans, und ich muss nicht zweimal überlegen, um zu wissen, was das ist.

Erschrocken richte ich mich auf.

Scheiße.

Ich betrachte den fast durchsichtigen, roten Stringtanga, der an meinem Finger hängt.

»Was zur Hölle …?«, keuche ich und überprüfe noch mal, dass es auch wirklich meine Wäsche ist, die ich gerade durchwühle. »Wie ist das zwischen meine Klamotten gekommen?«

»Jord…!«, rufe ich, halte aber abrupt inne, als mir klar wird, wie seltsam das aussehen muss, wenn ich ihre Unterwäsche habe. Es lässt mich wie einen alten Sack aussehen, der mit ihrem Slip erwischt wurde. Mein Gott.

Ich lasse den Tanga fallen, als würde ich mich daran verbrennen.

Dann reibe ich mir den Nacken und spüre einen leichten Schweißfilm auf meiner Haut. Meine Gedanken schweifen ab.

Es ist schon lange her, seit die Unterwäsche einer Frau auf meinem Bett lag. Oder in meinem Bett.

Und es war definitiv kein Stringtanga. Ich stelle mir die unschuldige, kleine Freundin meines Sohnes in dieser Unterwäsche vor, und mir wird kurz schwindelig. »Verdammt, ich komme in die Hölle.«

Ich sammle die ganze Wäsche wieder ein und verstecke den Tanga zwischen meinen Klamotten, damit ich den Wäschekorb wieder nach unten tragen kann. Ich werde ihre Unterwäsche einfach auf den Trockner legen, damit sie ihn findet.

Aber als ich den Korb nehme, höre ich das leise Brummen des Rasenmähers im Garten. Ich stelle ihn wieder ab und gehe zum Fenster.

Jordan ist im Garten und geht mit meinem grünen Craftsman-Rasenmäher auf und ab. Was tut sie …

Ich knirsche verärgert mit den Zähnen. Ich habe Cole gesagt, dass er den verdammten Rasen mähen soll. Die Gartenarbeit ist seine Aufgabe.

Ich sehe, wie sie mit dem Kopf hin und her wiegt, und da fällt mir der Klang von hohen Gitarrentönen und der Beat eines Schlagzeugs auf. Sie hört anscheinend Musik.

Ich muss grinsen. Welche fürchterliche Band aus den Achtzigern hört sie sich heute wohl an?

Schweiß verdunkelt ihr graues T-Shirt am Rücken, und ich kann sehen, wie die Haare, die sich aus ihrem Pferdeschwanz gelöst haben, in ihrem Nacken kleben. Ihre kurze weiße Hose gibt den Blick auf das Muskelspiel ihrer Oberschenkel frei, während sie den Rasenmäher schiebt. Ihre feuchte Haut glänzt vor Schweiß in der Sonne.

Mir wird ganz warm in der Magengegend, und mein Lächeln verschwindet, als ich sie betrachte.

Ich bin wie versteinert. Ich will nicht wegschauen.

Aber schließlich blinzle ich, wende doch den Blick von ihr ab und schlucke.

Arbeitet sie nicht gerade an einem Projekt für ihren Sommerkurs oder so? Das hat sie doch vor ein paar Tagen erwähnt. Cole kann doch den verdammten Rasen mähen.

Ich öffne das Fenster, stecke den Kopf hinaus und will ihr gerade was zurufen, als sie plötzlich die Griffe des Rasenmähers loslässt, ihren Kopf vor und zurück wirft und so tut, als würde sie Gitarre spielen.

Ich halte inne und betrachte sie mit gerunzelter Stirn, muss aber fast laut loslachen.

»*Pour some sugar on me!*«, ertönt es aus dem Bluetooth-Lautsprecher. »*Ooooh, in the name of love!*«

Ihre Lippen bewegen sich zum Text, sie beugt sich nach hinten und tanzt zu dem Song, der sie völlig mitzureißen scheint.

Dann nimmt sie den Griff wieder in die Hände und stützt sich daran ab, während sie ihren Kopf von einer Seite zur anderen wirft, ihre Haare schüttelt und mit den Hüften kreist. Der Haargummi löst sich, ihre Haare flattern jetzt wild umher, und Strähnen fallen ihr ins Gesicht.

Sie sieht wunderschön aus.

Meine Lunge sehnt sich nach Luft, als ein Verlangen in mir aufsteigt, das sie mit ihren Bewegungen hervorruft. Mein Gott, wie kann man dieses Mädchen nicht vierundzwanzig Stunden am Tag berühren wollen, wenn man mit ihr zusammen ist?

Aber ich reiße mich von dem Gedanken los und ziehe meinen Kopf zurück. Dabei sehe ich, wie Kyle Cramer nebenan auf dem Balkon seines Schlafzimmers steht.

Er starrt Jordan an und schaut ihr beim Tanzen zu.

Meine Finger krallen sich um den Fensterrahmen.

Arschloch. Wahrscheinlich sind seine Kinder gerade bei ihm, und er benimmt sich wie ein perverser Stalker.

Ich versuche, nicht darüber nachzudenken, dass ich eigentlich dasselbe tue, aber plötzlich verspüre ich den Drang, sie mit einem Gewehr zu beschützen. Das ist nicht deine Babysitterin, du Mistkerl.

Da geht der Rasenmäher aus, und als ich mich zu Jordan umdrehe, sehe ich, wie sie zum Rand des Pools geht und schweißbedeckt nach Luft schnappt. Sie streicht sich das Haar aus dem Gesicht, atmet tief ein, macht dann einen Schritt nach vorn und lässt sich in den tiefen Bereich des Beckens fallen, wo sie samt Klamotten unter der Wasseroberfläche verschwindet.

Ich halte den Atem an.

Es ist heiß. Wir haben heute über dreißig Grad, und sie muss sich abkühlen. Aber als ich meinen Blick wieder zu Kyle schweifen lasse, sehe ich, wie er sich streckt, um besser sehen zu können. Da kommt Jordan wieder an die Oberfläche und lässt sich auf dem Rücken treiben. Das T-Shirt klebt ihr wie eine zweite Haut am Körper. Harte, kleine Knospen strecken sich unter ihrem Oberteil in Richtung Himmel, und ich sehe, wie Kyle grinst.

»Verdammt noch mal«, zische ich. Ich ziehe mich ins Schlafzimmer zurück und knalle das Fenster zu.

Dann verlasse ich das Zimmer, renne den Flur entlang und die Treppen runter. Ich gehe durch die Küche und die Wäschekammer zur Hintertür raus. Jordan schwimmt gerade zum Beckenrand, um wieder rauszukommen.

Ich schaue nach oben und sehe, dass Kyle sie immer noch anstarrt, während sie aus dem Pool steigt. Die Klamotten kleben an ihr, und das Wasser rinnt über jeden Zentimeter ihrer Haut.

Sein Blick landet auf mir, und ich zeige ihm den Mittelfinger. Er lacht nur, schüttelt den Kopf und geht zurück ins Haus.

Jordan nimmt ihr Haar in die Hand, legt es über die Schulter und wringt es aus. Mein Blick fällt auf ihre Beine, wo das Wasser über ihre gebräunten Oberschenkel und die Shorts, die an ihrem Hintern kleben, tropft.

Ich reiße mich zusammen und rufe mit verärgerter Stimme: »Jordan!«

Sie dreht sich um, sieht mich und zögert einen Moment, bevor sie zu mir kommt. Sie muss sich der Tatsache bewusst sein, dass sie im Moment nicht ganz angemessen gekleidet ist, denn sie verschränkt ihre Arme vor der Brust.

»Ich dachte, ich hätte Cole gebeten, den Rasen zu mähen.« Ich versuche, den Ärger hinunterzuschlucken, der in mir aufsteigt.

Sie nickt und nimmt sich ihr Eiswasser vom Tisch. »Solange es gemacht wird.« Dann schaut sie mich fragend an. »Habe ich was falsch gemacht?«

»Nein, natürlich nicht«, versichere ich ihr schnell und ärgere mich darüber, wie leicht sie mir das Gefühl geben kann, ein undankbares Arschloch zu sein. »Es sieht gut aus, aber du tust schon genug. Mehr als genug. Die Gartenarbeit ist seine Aufgabe. Er muss sich verdammt noch mal die Zeit dafür nehmen.«

»Ist schon in Ordnung.« Sie winkt ab, stellt ihr Wasserglas ab und wendet sich wieder dem Rasenmäher zu. »Ich brauche sowieso ein bisschen Sonne und Bewegung.«

»Ich werde weitermachen.« Ich halte sie auf und gehe zum Rasenmäher.

Aber sie hält mich am Arm fest. »Ich mach das schon«, beharrt sie mit einem wütenden Funkeln in den Augen. »Wirklich. Wir wollen hier nicht umsonst wohnen. Ich kann ein paar Hausarbeiten übernehmen.«

»Aber nicht in dem Aufzug.«

Sie runzelt die Stirn. »Wie bitte?«

Ich gehe auf sie zu und senke meine Stimme. »Mein Nachbar

stand wie versteinert auf seinem Balkon und hat jede deiner Bewegungen mit seinem Blick verfolgt«, zische ich. »Gott weiß, was er denkt.«

»Das ist nicht mein Problem«, entgegnet sie. »Mir war heiß. Ich bin in den Pool gesprungen. Ich hatte Klamotten an.«

»Ja, wie eine zweite Haut«, fahre ich fort und knirsche mit den Zähnen. »So eine Show kannst du hier nicht abziehen. Das ist eine familiäre Wohngegend, nicht der Stripclub deiner Schwester.«

»Ich bin im Garten auf der Rückseite des Hauses!«, knurrt sie, während sich ihr Unterkiefer anspannt. »Wen interessiert es, wie ich hier hinten angezogen bin?«

»Ihre Ehefrauen wird es interessieren!«

Sie zieht eine Augenbraue hoch, und ihre Brust hebt und senkt sich mit jedem erregten Atemzug.

Ich blicke auf sie hinab und sage mit ruhiger Stimme: »Die Frauen in dieser Gegend schätzen es gar nicht, dass hier jemand so aufreizend herumläuft und ihre Ehemänner verführt, okay?«, erkläre ich ihr deutlich, damit sie es auch in ihren Kopf bekommt.

Aber sie lacht nur bitter auf, als könne sie nicht fassen, dass ich das ernst meine. »Ähm … ja … wow.« Sie nickt und holt tief Luft. Dann streckt sie ihr Kinn nach vorne und schaut mir in die Augen. »Also okay, die Sache ist die … ich weiß, dass die Dinge anders waren, als du ein Teenager warst, so ungefähr vor ACHTZIG JAHREN!«, schreit sie mich an.

»Das war vor zwanzig Jahren, danke.«

»Aber heutzutage«, fährt sie fort, »machen wir Frauen uns nicht mehr für das Verhalten von Männern verantwortlich.« Sie funkelt mich an und verzieht spöttisch die Mundwinkel. »Wenn er schauen will, dann kann ich ihn nicht aufhalten. Wenn er sich zurückziehen und sich einen runterholen will, dann werde ich das nie erfahren. Nicht mein Problem!«

Ich balle die Hände zu Fäusten. Verdammte Göre.

Ich ringe nach Luft, halte ihrem Blick aber stand.

Sie hat recht.

Ich weiß, dass sie recht hat. Sie hat nichts Falsches getan. Ich will nur …

Ich will nicht, dass er sie angafft.

Nicht sie.

Nach ein paar Sekunden reiße ich mich zusammen, richte mich auf und genieße die Tatsache, dass ich fünfzehn Zentimeter größer bin als sie. »Cole macht die Gartenarbeit. Oder ich.« Ich gehe an ihr vorbei zum Rasenmäher. »Verstanden?«

Ich warte nicht auf ihre Antwort, als ich den Motor starte.

Aber hinter mir höre ich ihre leise, süße Stimme: »Jawohl, Daddy.«

Ich schließe kurz die Augen, und meine Hand kribbelt, weil ich zum ersten Mal in meinem Leben das Bedürfnis verspüre, jemandem den Hintern zu versohlen.

KAPITEL 6

Jordan

Seit unserem Streit gestern habe ich nicht mehr mit Pike gesprochen. Aber eigentlich will ich es gar nicht Streit nennen. Wir kennen uns kaum. Wie kann man da streiten?

Ich habe auch seit gestern nicht mehr mit Cole gesprochen, aber aus irgendeinem Grund ist mir das egal. So läuft es zwischen uns beiden. Er war gestern weg und hat einem Freund mit seinem Auto geholfen, und als er wieder heimgekommen ist, war ich in der Bar. Heute habe ich lange geschlafen, um Pike am Morgen nicht über den Weg laufen zu müssen, und bin erst aufgewacht, als Cole mir einen Abschiedskuss auf die Wange gegeben hat, bevor er zur Arbeit gefahren ist.

Ich hatte den ganzen Vormittag ein schlechtes Gefühl im Magen. Warum war Pike so wütend? Ich habe gedacht, wir kämen miteinander klar. Ich habe nichts Falsches getan. Ich habe seinen verdammten Rasen gemäht, und dann fährt er mich an, als würde ich oben ohne vor seinem Haus in der Sonne liegen, während Sechsjährige mit ihren Rädern an mir vorbeifahren.

Er ist so empfindlich. Ganz anders als sein Sohn, der nie etwas ernst nimmt.

Ich steige aus Coles Auto, da er heute Morgen bei einem Freund mitgefahren ist, damit ich zur Bibliothek komme. Dann nehme ich Pikes Lunchbox, die er zu Hause vergessen hat, und schaue mich auf der Baustelle um. Es ist mehr los als beim letzten Mal, als ich hier war.

Arbeiter mit Sicherheitshelmen auf den Köpfen und braunen Werkzeuggürteln um die Hüften laufen herum, und die Laster, die auf das Gelände fahren, wirbeln Staub auf. Hämmer treffen auf

Stahl, und Männer mit dreckigen Stiefeln und abgewetzten Jeans tragen hoch oben Balken und tun das, was auch immer sie tun, um Materialien in ein Gebäude zu verwandeln. Nicht viele Menschen bekommen solche nackten Knochengerüste zu sehen. Ich frage mich, warum Cole nicht für seinen Vater arbeitet. Dieser Job muss gutes Geld einbringen. Ich kenne schließlich einige dieser Kerle. Sie können ihre Familien mit diesem Job ernähren.

Ich suche nach jemandem, bei dem ich die Lunchbox abgeben kann, aber gleichzeitig bin ich auch auf der Hut vor Pikes Tattoos. Ich will ihn gar nicht wirklich sehen. Als ich heute Morgen gesehen habe, dass er seinen Lunch vergessen hat, habe ich gedacht, ich würde eine gute Tat vollbringen, wenn ich es ihm vorbeibringe, und dann wäre er an der Reihe mit dem nächsten Schritt nach unserer Diskussion gestern. Ich will nicht, dass etwas zwischen uns steht.

Ich bahne mir einen Weg durch den ganzen Dreck und Schutt, der auf dem Boden liegt, und gehe auf das Gebäude zu, wo ich seinen Freund Dutch sehe, der gerade etwas herausholt. Er bemerkt mich und richtet sich auf.

»Hey, Dutch.« Ich lächle. »Ist Pike hier irgendwo?«

Sein Blick fällt auf die schwarze Box in meiner Hand. »Sein Mittagessen?«

»Er hat es auf dem Küchentisch vergessen.« Ich halte die Box hoch. »Ich dachte, ich bringe es auf dem Weg zum Einkaufen hier vorbei.«

»Das ist nett von dir.« Aber statt die Box zu nehmen, legt er ein Werkzeug in einen Werkzeugkasten und winkt mich zu sich. »Komm, ich bringe dich zu ihm rauf.«

»O nein, ist schon in Ordnung«, erwidere ich. »Ich will ihn nicht stören. Du kannst sie ihm geben.«

»Wenn du das Essen bei mir lässt, esse ich es entweder auf oder vergesse es.« Er lacht und führt mich zu einer Treppe.

Ich lasse die Schultern hängen. Na toll.

Wir steigen die Feuertreppe hoch – zumindest gehe ich davon aus, dass sie das mal sein wird, sobald die Aufzüge eingebaut sind – in den zweiten Stock und gelangen auf eine Ebene, auf der lediglich der Ansatz von Wänden zu sehen ist, sodass zumindest erkennbar ist, wie die Büros und Arbeitsbereiche einmal aussehen werden, wenn sie fertig sind.

Pike ist der Einzige auf dieser Etage. Er steht ganz hinten links über ein Klemmbrett gebeugt.

Er hört uns kommen und blickt von seiner Arbeit auf.

Als er mich sieht, runzelt er die Stirn. Ich blinzle mehrmals und komme mir blöd vor.

Er trägt ein dunkelblaues T-Shirt, und ich merke, wie meine Wangen heiß werden. Es gefällt mir, wie die Farbe an seinen gebräunten Armen und den Kurven seines Bizeps aussieht.

»Was machst du hier?«, fragt er.

Aber er klingt nicht verärgert, wie ich es befürchtet hatte. Nur erstaunt.

Ich hebe die Box hoch. »Du hast dein Mittagessen auf dem Tisch vergessen.«

Sein Gesichtsausdruck entspannt sich, genau wie der Rest seines Körpers. »Oh, danke.« Er kommt zu mir, und ich überreiche ihm seinen Lunch. »Du hättest sie mir nicht extra bringen müssen. Ich hätte auch etwas vom Foodtruck holen können.«

Vom Foodtruck? »Na ja, ich konnte wohl kaum zulassen, dass du diesen Mist vom Foodtruck essen musst«, sage ich.

Und zu meiner großen Erleichterung lächelt er ein bisschen. »Hier drin ist eigentlich so ziemlich dasselbe.« Er legt die Box auf eine Werkbank.

Aber ich bin ihm einen Schritt voraus. »Ich habe dir auch noch einen Truthahn-Käse-Wrap dazugeschmuggelt, falls du mal was anderes willst.«

Seine Gesichtszüge entgleisen ihm.

»Keine Sorge«, ziehe ich ihn auf. »Dein Mittagessen ist immer noch drin. Ich habe nur zu viel für mich gemacht und musste dir was abgeben.«

Die leichte Angst in seinem Blick verschwindet, und er holt tief Luft. »Du wirst erst glücklich sein, wenn ich auch Hummus esse, oder?«

Ich versuche, nicht zu lachen. »Ich werde dich langsam daran gewöhnen.«

Er verdreht die Augen, und jetzt bin ich es, die tief Luft holt. Ich nehme an, unsere Auseinandersetzung ist vergessen.

Ich stehe da und spüre seinen Blick auf mir, höre das Schlagen von Hämmern, und eine leichte Brise weht durch das Gebäude.

Dann wird mir klar, dass Dutch noch immer im selben Raum ist.

Wir schauen beide zu ihm rüber, und sein Blick wandert zwischen uns hin und her.

»Ich gehe mal …« Er schluckt und räuspert sich. »Und erledige irgendwas«, sagt er und geht. Dann sind wir alleine.

Ich schaue wieder zurück zu Pike. Wahrscheinlich sollte ich auch gehen und ihn in Ruhe lassen. Aber stattdessen stecke ich beide Hände in die Hosentaschen und blicke mich um. »Die Sägespäne riechen gut.«

Ein Lächeln breitet sich auf seinem Gesicht aus, und seine Augen funkeln. Er nickt, als er sich ebenfalls umsieht. »Ja. Das ist wie ein Zuhause für mich.«

Als unsere Blicke sich erneut treffen, wird mir ganz warm in der Magengegend, und für einen Augenblick vergesse ich, zu atmen. Schnell schaue ich weg.

»Es tut mir leid, dass ich gestern so ausgeflippt bin«, sagt er. »Du hast nichts Falsches gemacht. Cramer hat dir anzügliche Blicke zugeworfen, und das war einfach scheiße. Ich bin wütend geworden, wütend auf ihn«, fügt er dann noch hinzu. »Es tut mir leid, dass ich es an dir ausgelassen habe.«

»Ich arbeite in einer Bar«, erwidere ich. »Ich bin lüsterne Blicke gewohnt. Damit kann ich umgehen.«

Ich kann wirklich auf mich selbst aufpassen. Und Cole passt auch auf mich auf. Wenn er mal daran denkt. Pike soll sich nicht für mich verantwortlich fühlen. Er muss sich nicht um mich kümmern.

»Na ja, ich geh dann mal«, sage ich und will den Rückzug antreten.

Aber er hält mich auf. »Soll ich dich ein wenig rumführen?«, fragt er.

Ich habe schon viel von der Baustelle gesehen, als ich neulich mit den Sandsäcken geholfen habe, aber ich nicke trotzdem. »Ja, klar.«

Er führt mich zur Rückseite des Gebäudes, und ich frage mich, ob ich einen Sicherheitshelm tragen sollte. Aber er hat auch keinen auf, also schlucke ich die Frage runter.

»Es soll das Bürogebäude für dieses Casino-Boot werden, das in die Gegend kommt«, erklärt er. »Am Pier wird es einen Pavillon mit Restaurants und Veranstaltungsräumen geben, aber von hier wird alles geleitet. Bewerbungen, Finanzen, Werbung …«

Er lächelt mir zu, und ich schaue wieder weg.

»Es ist wie ein Skelett«, sage ich. »Wann werden die Wände errichtet?«

»Wenn die Installateure und Elektriker alles angeschlossen haben«, antwortet er, »installiere ich die Isolierung, und dann beginnen wir, die Wände hochzuziehen. Dann erkennt man auch wirklich die Räume statt nur das Gerippe.«

Wir kommen in einen großen Raum in der hinteren Ecke des Gebäudes, und anders als in den anderen Räumen gibt es hier eine ganze Wand ohne Balken. Als würde nur ein riesiges Fenster reinkommen. Ich trete auf die kleine Fläche nebenan und schaue über einen Balken vor meinem Gesicht.

»Was wird das?«

Er wirft mir einen vielsagenden Blick zu. »Das wird ein privates Badezimmer für dieses Büro.«

Muss nett sein. Ich gehe ohne ihn zurück ins Büro und schaue über den Rand hinweg auf das unbearbeitete Land und die Grünfläche in der Ferne.

»Schöne Aussicht.« Ich grinse und werfe mein Haar nach hinten, drehe mich um mich selbst und tue so, als wäre das mein Büro. »Ja, Christopher, würden Sie mich bitte mit Japan verbinden? Wir müssen über die Produktionslinie in Malaysia reden«, scherze ich.

Er lacht. »Du hast einen männlichen Sekretär?«

»Ein Mann kann alles sein, was er will«, entgegne ich. »Lass dich nicht von deinem Geschlecht unterdrücken.«

Er schüttelt den Kopf und schaut mich amüsiert an.

Jetzt ist es zwischen uns wieder so entspannt wie an dem Abend, an dem wir ferngesehen und Pizza gegessen haben. Ich folge ihm durch das Gebäude und lasse mir von ihm den monate-, vielleicht auch jahrelangen Prozess des Baus eines Gebäudes von Grund auf erklären. Er hat mit seinem Job angefangen, bevor Cole geboren wurde, und schließlich seine eigene Firma gegründet. Dadurch konnte er seine eigenen Regeln aufstellen und mehr Kontrolle haben über die Projekte, die er annimmt. Aber es muss eine große Verantwortung sein, zwei Dutzend Arbeiter unter sich zu haben und dafür zu sorgen, dass sie genug Gehalt bekommen, um ihre Familien zu ernähren.

Trotzdem … er hilft unserer Stadt, zu wachsen, bringt Arbeit in die Gegend und schafft damit Jobs.

»Du musst stolz darauf sein, Dinge zu bauen, die du jeden Tag sehen wirst«, sage ich, als wir wieder im Erdgeschoss sind. »Orte, an denen Menschen ihr Leben verbringen und ihren Lebensunterhalt verdienen.«

»Darüber habe ich nie richtig nachgedacht.« Er bleibt im hinteren Bereich des Gebäudes stehen. Dieser Teil ist riesig, und ich kann bereits einen Marmorbrunnen sehen, der später aufgestellt werden soll.

»Wird das der Innenhof?«, will ich wissen, als ich feststelle, dass es kein Dach gibt. »Das ist eine schöne Idee. Errichtest du den auch?«

»O nein«, antwortet er. »Ein Landschaftsbaubetrieb kommt, wenn das Gebäude fast fertig ist, und kümmert sich um den Rasen, die Bäume und alles, was dazugehört.«

Genau mein Bereich. Ich liebe es, zu sehen, wie sich eine Außenfläche von vorher zu nachher verändert.

»Ich sage dir Bescheid, wenn sie anfangen«, bietet er mir an, als könne er meine Gedanken lesen. »Dann kannst du ab und zu mal herkommen und sehen, wie weit sie sind.«

Ich lächle. »Danke.«

Das würde mir tatsächlich gefallen. Abgesehen von meinen Dozenten interessiert sich nicht wirklich jemand für das, was ich tue. Unsere Blicke treffen sich, und mir wird bewusst, dass ich das hier vermisst habe. Ich habe nicht viel mit den Menschen in meinem Leben gemeinsam.

Einen Moment lang scheinen wir in Gedanken versunken. Erst als ein paar Bauarbeiter mit Balken auf den Schultern vorbeigehen, richtet sich Pike plötzlich auf, bricht den Augenkontakt zu mir ab und nickt ihnen grüßend zu.

»Na ja, ich sollte …« Ich deute mit dem Daumen hinter mich.
»… wahrscheinlich gehen.«

»Ja«, antwortet er. »Ich auch.«

Ich trete den Rückzug an. »Wir sehen uns zu Hause. Das Abendessen ist um fünf fertig.«

Er nickt nur und wendet sich wieder seiner Arbeit zu.

Zu Hause. Nicht *im Haus*? Es ist schließlich nicht mein Zuhause. Ich gehe zum Auto, steige ein und bin verwirrter als vorher. Abendessen um fünf? Cole muss bis sechs arbeiten. Habe ich plötzlich vergessen, dass er existiert?

Ich schlinge das Handtuch um meinen Körper und sammle meine benutzten Klamotten ein. Im Badezimmer ist es immer noch dampfig. Vorsichtig öffne ich die Tür und werfe einen Blick in den Flur, um sicherzugehen, dass niemand da ist. Dann laufe ich schnell in mein Zimmer und schließe die Tür hinter mir.

Ständig vergesse ich, saubere Klamotten mitzunehmen, damit ich mich direkt nach dem Duschen anziehen kann. Ich bin immer noch daran gewöhnt, alleine zu wohnen und mir keine Gedanken darüber machen zu müssen, ob ich den Flur in einem Handtuch eingewickelt durchquere. Wenigstens denke ich daran, eine Schlafanzughose anzuziehen, wenn ich mitten in der Nacht nach unten gehe, um mir Wasser zu holen. Es wäre mehr als peinlich, wenn mich Coles Dad in Unterwäsche und T-Shirt sehen würde.

Ich nehme meine Bürste, kämme mir die nassen Haare und hole etwas zum Anziehen fürs Bett hervor. Draußen sehe ich Licht, und als ich zum Fenster gehe und durch den Rollladenschlitz gucke, sehe ich Pike noch immer an meinem VW arbeiten. Es ist nach neun und schon dunkel draußen, aber er ist immer noch in der Einfahrt.

Er ist einfach toll. Cole war zu beschäftigt mit den Autos von allen anderen, um sich um meines zu kümmern. Aber ich nehme an, das ist nur eine Ausrede für ihn, um aus dem Haus zu kommen.

Eine helle Lampe hängt an meiner geöffneten Motorhaube, und Pike umrundet den VW, bückt sich und schraubt etwas auf. Er ist direkt nach dem Abendessen rausgegangen. Eigentlich wollte er, dass Cole ihm hilft, aber der ist natürlich schon wieder weg. Wahrscheinlich wartet Pike auf ihn.

Dann sehe ich, wie ein paar Frauen in Trainingsklamotten den Bürgersteig entlanggehen. Sie halten bei Pike an, um ihm grinsend etwas zuzurufen.

Die Brünette auf der linken Seite joggt auf der Stelle, obwohl sie gerade noch gegangen ist, und die Rothaarige stemmt ihre Arme in die Hüften und lächelt ihn flirtend an.

»Echt jetzt?«, murmle ich. Wer zum Teufel geht denn um diese Zeit laufen? »Ganz clever, Ladys. Wirklich clever.«

Ziemlich sicher haben sie Pike aus ihren Küchenfenstern gesehen, wie er oben ohne mit seinen straffen Muskeln unter der gebräunten Haut an dem Auto gearbeitet hat. Dann hat eine die andere angerufen, und sie haben vereinbart, ihre Trainingsklamotten anzuziehen, um ganz *zufällig* an ihm vorbeizulaufen. Da wäre es ja auch viel zu unhöflich, nicht stehen zu bleiben und Hallo zu sagen, oder?

Ich verdrehe die Augen. Ehefrauen in der Vorstadt, die gelangweilt von ihren Ehemännern sind, sehen jemanden wie Pike Lawson als eine willkommene Ablenkung an.

Ich trete vom Fenster zurück.

Irgendwie bin ich schon ein bisschen gemein. Sie flirten. Na und?

Ich war immer stolz darauf, dass ich ein ziemlich vernünftiger, besonnener Mensch bin, aber mein Verhalten ist in letzter Zeit ziemlich sprunghaft. Der Umzug, die Rechnungen, Cole … ich bin ziemlich erschöpft und durcheinander. Das gefällt mir nicht.

Ich öffne eine Playlist auf meinem Handy und mache *Pity Party* an, was zu meiner miesen Laune passt, als die Schlafzimmertür hinter mir geschlossen wird. Ich halte beim Haarekämmen inne und drehe mich um.

Cole steht plötzlich gegen die Tür gelehnt im Zimmer und schaut mich mit einem Blick an, den ich nur allzu gut kenne. Wann ist er nach Hause gekommen?

Eine Hitzewelle durchfährt mich, und ich wickle mein Handtuch fester um mich, weiß aber gar nicht, warum.

Er verschränkt die Arme vor der Brust, als er meinen Körper von oben bis unten mustert.

»Was?«, frage ich, als er nichts sagt.

»Lass das Handtuch fallen.«

Jetzt? Aber sein Vater ist noch wach und …

»Komm schon«, widerspreche ich, versuche aber, meine Stimme ruhig und freundlich klingen zu lassen. »Es wird spät, und ich bin erschöpft.«

»Ich bringe dich schon in Stimmung.« Er drückt sich von der Tür ab und geht leichten Schrittes durch das Zimmer auf mich zu. »Ich seh dich überhaupt nicht mehr. Du fehlst mir.«

Er legt seine Arme um meine Hüften und blickt auf mich herab. Ich muss ein bisschen lächeln.

Ich beiße mir neckisch auf die Unterlippe, packe ihn an seinem blonden Haar und ziehe ihn für einen schnellen Kuss zu mir runter. »Ich war letzte Nacht zu Hause«, entgegne ich. »Du nicht.«

Dann ziehe ich mich zurück und wickle das Handtuch fester um mich.

»Ich habe dich eingeladen, mitzukommen«, sagt er.

»Ich war müde«, rechtfertige ich mich, aber ich spüre, dass alles, was sich die letzten Tage in mir aufgestaut hat, auszubrechen droht. »Und ich musste deine Hausarbeiten erledigen. Also …«

»Ich habe dich nicht darum gebeten, das zu tun.«

»Jemand musste es tun.«

Das Verlangen, das ich noch vor einem Moment für ihn empfunden habe, ist weg, und jetzt baut sich eine Mauer zwischen uns auf.

Aber er versucht, sie zu umgehen. »Mein Dad wird mich nicht gleich rausschmeißen, wenn ich den Rasen ein paar Tage zu spät mähe, Jordan.« Er versucht, seine Arme wieder um mich zu legen. »Du nimmst das viel zu ernst.«

»Nein, du hast es nicht getan, weil du wusstest, dass ich es tun würde.« Ich wende mich von ihm ab. »Wie immer. Du musst dich wirklich mal zusammenreißen und aufhören, immer nur das absolut Nötigste zu tun.«

Er seufzt laut auf und dreht sich zur Tür.

»Wohin gehst du?«

»Ich kann mir das jetzt nicht anhören«, zischt er. »Weißt du, warum ich immer weg bin? Deswegen.« Er deutet auf mein Gesicht. »Wegen der Art, wie du mich immer ansiehst. Ich bin es leid, mich nicht gut genug für dich zu fühlen.«

»Ach, das ist ja super«, gebe ich sarkastisch zurück und nehme mir eine seiner kurzen Hosen aus der Schublade und eins seiner Flanellhemden vom Stuhl. »Ich bin nur hier, weil ich mit dir zusammen sein will, und du bist immer weg. Ich verbringe mehr Zeit mit deinem Dad als mit dir! Denkst du nicht, dass er das ein bisschen seltsam findet?«

»Du kannst ja woanders hingehen, wenn es dir hier nicht gefällt.«

Mir bleibt die Luft weg, und ich starre ihn an. »Echt jetzt? Hast du das jetzt wirklich gerade zu mir gesagt?«

Ich fühle mich schon als erbärmliche Schmarotzerin, obwohl ich nicht diejenige bin, wegen der wir aus der Wohnung geflogen sind. Ich war immer für ihn da. Wir sind Freunde, verdammt noch mal. Wir haben immer aufeinander aufgepasst. Ich würde ihm nie das Gefühl geben … *Mistkerl!*

Ich ziehe mir die kurze Hose an, werfe das Handtuch auf den Boden, schlüpfe in das braun-rote Flanellhemd und knöpfe es zu. Tränen treten mir in die Augen.

Meine Schwester hatte recht. Ich hätte mich ein paar Wochen zusammenreißen und im *The Hook* arbeiten sollen. Dann hätte ich in meiner Wohnung bleiben können. Zumindest würde ich mich dann nicht so unwillkommen fühlen.

Er kommt auf mich zu und sagt mit sanfterer Stimme: »Ich sage ja nur, dass es schön wäre, ab und zu mal den Stress zu vergessen und uns gegenseitig Aufmerksamkeit zu schenken. Ich kann mich nicht daran erinnern, wann wir das letzte Mal Sex hatten.«

Und nach dem Sex? Alles, was falsch war, wird dann immer noch falsch sein.

»Vielleicht wäre ich nicht so müde, wenn ich nicht die ganze Zeit deine Aufgaben übernehmen und dann noch bis 2 Uhr morgens arbeiten müsste«, sage ich. »Und vielleicht könnten wir uns unsere eigene Wohnung leisten, wenn du mir beim Sparen helfen und nicht das wenige Geld, das du hast, jeden Abend in irgendeiner verdammten Kneipe versaufen würdest. Dann hätten wir auch nicht so viel Stress und Sorgen wegen dem Geld. Ich fühle mich alleine. Wo bist du?«

Er schüttelt nur den Kopf, und ich kann nichts dagegen tun, dass sich die Tränen in meinen Augen ansammeln. Aber ich weigere mich, zu weinen. Wir müssen reden, und er will nicht. Er ist nicht bereit, das Einzige zu tun, was uns helfen würde.

Er tritt auf mich zu und nimmt mein Gesicht in seine Hände. »Halt für einen Moment den Mund und schlaf mit mir.«

Als er mich küsst, schließe ich die Augen, und die Tränen rinnen jetzt über meine Wangen. Verdammter Idiot. Er raubt mir den Atem, weil er seinen Mund so energisch auf meine Lippen drückt. Am liebsten würde ich nachgeben. Der Stress und die Sorgen sind schon so lange in meinem Kopf, und es wäre schön, wenn ich das Ganze für eine Weile vergessen und mich gut fühlen könnte.

Er packt meinen Hintern mit beiden Händen, hebt mich hoch, legt meine Beine um seine Hüfte, und wir fallen beide rückwärts aufs Bett, wobei er auf mir liegen bleibt.

Aber irgendwas hält mich zurück. Als wäre ich wieder in der Wohnwagensiedlung bei meinem Dad und meiner Stiefmutter. Die mich nicht sehen.

Cole sieht mich nicht. Ich könnte gerade jede x-beliebige Frau sein.

Ich drehe meinen Kopf zur Seite und drücke ihn von mir weg. »Geh runter von mir.«

»Baby, bitte.« Er küsst mich auf den Hals, und ich kenne diesen Klang seiner Stimme nur allzu gut. Er ist auch sauer. »Sei heute Abend einfach mal nur eine gute Freundin. Wir hatten doch so viel Spaß zusammen. Lass uns wieder Spaß haben.«

»Nein.« Ich schüttle angespannt den Kopf. »Ich bin sauer auf dich. Ich brauche frische Luft.«

Und wenn es vorbei ist, würde ich mich nur schlechter fühlen.

Er küsst mich weiter, und ich schiebe ihn knurrend weg. Endlich lässt er mich los und lässt sich neben mir aufs Bett fallen. Nach einem kurzen Zögern springt er auf, öffnet die Schlafzimmertür und stürmt aus dem Raum.

Einen Moment später höre ich schon den Motor seines Autos, die Reifen quietschen, und dann ist er fort.

Arschloch.

Aber jetzt kann ich auch wieder besser atmen.

Ich habe das Gefühl, eher hierherzugehören, wenn er *nicht* da ist.

So hat er mich früher nicht behandelt. Die Tränen steigen mir wieder in die Augen, aber ich blinzle sie weg.

Dann stehe ich vom Bett auf, gehe zum Fernsehtischchen rüber und nehme den Stapel unbezahlter Rechnungen, der darauf liegt. Eine Wasserrechnung von der alten Wohnung, eine noch nicht komplett bezahlte Arztrechnung, weil ich letzten Sommer dachte, ich hätte mir den Knöchel gebrochen, und zwei von Coles Kreditkartenrechnungen, um die Sammlung vollständig zu machen. Ich bin nicht krankenversichert, und jeden Tag habe ich Angst, dass mir was passiert, weswegen ich ins Krankenhaus muss und das mich dann zwanzigtausend Dollar oder so kosten wird.

Ich habe kein funktionierendes Auto, und selbst wenn ich eins hätte, könnte ich mir die Versicherung von dem Studentendarlehen, das ich im Herbst bekommen werde, sowieso nicht leisten. Ich könnte noch ein zweites Darlehen aufnehmen, aber ich will nicht für den Rest meines Lebens Schulden abzahlen müssen. Also versuche ich, so über die Runden zu kommen.

Und jedes Mal, wenn ich in den Briefkasten schaue, wartet schon die nächste böse Überraschung auf mich.

Ich öffne die obere Schublade des Schreibtischs und hole den Umschlag mit dem Trinkgeld heraus, das ich letzte Woche verdient und noch nicht eingezahlt habe. Ich breite die Scheine vor mir aus.

Einhundertzweiundvierzig Dollar. Das Loch, in das ich mich gegraben habe, wird immer tiefer, weil ich nicht genug Geld verdiene, um mich selbst rauszugraben.

Ich stecke das Geld zurück in die Schublade und nehme den Flyer für den Wet-T-Shirt-Contest heraus, den ich auch darin versteckt habe. Nachdenklich betrachte ich ihn. Dreihundert Dollar sind nicht genug, um überhaupt zu erwägen, daran teilzunehmen. Aber als Barkeeperin im *The Hook* zu arbeiten oder das zu tun, was meine Schwester tut, würde genug Geld einbringen.

Einen Moment lang kann ich es mir sogar vorstellen. Einmal Geld in der Tasche haben, das nicht sofort wieder weg ist, sobald ich es verdient habe. Sich schöne Sachen kaufen, ein Auto haben.

Aber dann denke ich an Cole und Jay und die Jungs, mit denen ich auf die Highschool gegangen bin, die reinkommen und mich sehen werden. Schnell stecke ich den Flyer wieder in die Schublade und würde mich am liebsten übergeben. Fremde wären vielleicht noch zu ertragen, aber ich werde nicht vor den Augen der Typen tanzen, mit denen ich zur Schule gegangen bin.

Und dort als Barkeeperin zu arbeiten, wäre fast genauso schlimm. Die Klamotten, die ich anziehen müsste, die Gäste, dich ich bedienen würde ...

Ich verlasse das Schlafzimmer, gehe die Treppe hinunter um das Geländer herum, weiter in die Küche und durch die Wäschekammer zur Hintertür raus.

Draußen kann ich plötzlich wieder atmen. Der Duft der Bäume und des frisch gemähten Grases dringt in meine Nasenflügel, und abgesehen von dem erleuchteten Pool ist es hier draußen vollkommen dunkel.

Ich gehe an den tiefen Bereich des Beckens und lasse die Beine bis zur Hälfte der Waden ins Wasser hängen. Das kühle Nass legt sich wie eine Umarmung um meine Haut und beruhigt sofort mein erhitztes Gemüt.

Cole wird spät zurückkommen. Aber wenn er wieder da ist, werden wir uns beide beruhigt haben. Er wird ins Bett steigen, ich werde ihn umarmen, und er wird meine Hände mit seinen umschließen, was unser geheimes Zeichen dafür ist, dass alles gut werden wird.

Ich muss mich entspannen. Ich bin neunzehn und habe Geld- und Beziehungsprobleme. Wer hat das nicht in meinem Alter? Ich bin zu hart zu mir selbst. Pike scheint es nichts auszumachen, dass ich hier bin, also kann ich weiterhin meinen Teil der Abmachung erfüllen, und er wird keinen Grund haben, sich zu beschweren.

Und wenn es hart auf hart kommt, würde mich mein Vater auch nicht von der Türschwelle jagen. Alles wird gut. Es ist vielleicht im Moment nicht leicht, aber das wird es sein.

Fast überzeugt davon, lächle ich ein bisschen. Als ich auf die blaue Wasseroberfläche blicke und das weiße Licht am Grund des Beckens sehe, verspüre ich plötzlich den Drang, mir genau das zu beweisen.

Ich kann es schaffen.

Alles wird gut.

Dann hole ich tief Luft, schließe meine Augen, stoße mich vom

Beckenrand ab und tauche in das Wasser ein. Bläschen steigen aus meinem Mund, als ich die Luft rauslasse und auf den Grund des Beckens sinke. Mein Haar schwebt um mich herum, das Wasser liebkost meinen Schädel, und das Flanellhemd bläst sich auf, als ich im Schneidersitz auf dem Poolboden zu sitzen komme.

Ich weiß nicht, wann ich damit begonnen habe. Ich bin natürlich nicht mit einem Pool aufgewachsen, aber vielleicht war es im Sommercamp, als ich zwölf war. Oder als Cam mich mit ins öffentliche Schwimmbad genommen hat. Als Kind bin ich mir plötzlich dessen bewusst geworden, wie viel Angst mir das Unbekannte machen kann. Ich mag es, diesen Teil von mir herauszufordern, weil es jedes Mal, wenn ich es schaffe, mein Selbstvertrauen steigert.

In der alten Wohnung meine Wäsche selbst in den unheimlichen Keller zu tragen. In der Nacht ohne Licht im Gang zu schlafen. Um 2 Uhr morgens nach meiner Schicht nach Hause zu fahren und nicht auf den Rücksitz zu schauen, ob ich auch wirklich alleine im Auto bin.

Ich sehe mich um, drehe meinen Kopf in beide Richtungen und erkenne nichts als Wasser. Aber mein Blick reicht nicht weit, und alles, was weiter von mir entfernt ist, wird vom Nichts verschluckt. Aus der Ferne könnte jetzt weiß Gott was auf mich zugeschwommen kommen. Alles Mögliche könnte hinter mir lauern, aus den Rohren auftauchen oder durch die Wasseroberfläche ins Becken springen.

Ich schließe die Augen.

Wenn ich das schaffe, wird es Cole und mir gut gehen. Alles wird gut, und ich werde einfach weitermachen.

Meine Lunge beginnt zu brennen, aber ich halte die Augen geschlossen und bleibe still. Etwas starrt mich an. Und etwas taucht ins Wasser ein und schwimmt direkt auf mich zu. Ich kann es fühlen. Es kommt zu mir.

Ich weiß, dass das nur meine Angst ist, also lasse ich die Augen zu und zwinge mich, weiterzumachen. Ich weiß, dass alles gut werden wird. Das ist alles nur in meiner Einbildung.

Ich kann es schaffen. Ich kann es schaffen. Meine Lunge zieht sich schmerzhaft zusammen, und mein Hals brennt, aber ich balle die Hände zu Fäusten. Nur noch eine Sekunde. Nur noch eine Sekunde mehr.

Aber plötzlich wird das Wasser um mich herum aufgerüttelt, und ich reiße die Augen auf, weil ich weiß, dass ich mir das diesmal nicht einbilde. Ich blicke auf und sehe, wie Pike nach mir greift. Er packt mich unter den Armen, und ich versuche, ihn kopfschüttelnd abzuwehren.

Aber meine Lunge ist am Ende, und ich kann nicht mehr. Ich stoße mich mit den Füßen vom Boden ab und schieße durch die Wasseroberfläche nach oben.

Meine Haare kleben mir im Gesicht, als ich hustend auftauche. Neben mir höre ich, wie Pike Wasser ausspuckt.

»Was zum Teufel tust du da?«, frage ich böse.

»Ich dachte, du ertrinkst! Was sollte das? Was tust *du* da?«

Ich huste erneut und schnappe nach Luft, als ich tief einatme.

»Ich stelle mich meinen verdammten Ängsten«, brumme ich, als ich zum Beckenrand schwimme.

»Alles okay?«

»Mir geht's gut.« Ich lege meine Arme auf den Beckenrand ab, aber meine Muskeln sind zu schwach von der Aktion eben.

»Bist du sicher?«

Er klettert aus dem Pool und streckt mir eine Hand entgegen.

Ich ignoriere ihn und seine Frage und drücke mich selbst hoch, um aus dem Wasser zu kommen.

Wenn er gesehen hat, wie ich ins Wasser gesprungen bin, dann hat er sich wahrscheinlich gefragt, warum ich das tue, aber trotzdem …

Ich hätte die Herausforderung fast geschafft.

Das Hemd klebt schwer und nass an mir, aber ich kann es nicht ausziehen, weil ich nichts drunter habe. Ich huste erneut, räuspere mich und hole tief Luft. Er steht still neben mir.

»Ich habe dich und Cole streiten gehört«, sagt er schließlich.

Von draußen? Klasse.

Er setzt sich neben mich und schaut ebenfalls aufs Wasser. Ich möchte mir nicht vorstellen, was er gedacht haben muss. Ich streite mit seinem Sohn, und dann springe ich in voller Montur in den Pool. Okay …

Ich hole tief Luft und versuche, ruhig zu klingen. »Ich stelle mir selbst Herausforderungen«, erkläre ich, schaue ihm aber dabei nicht in die Augen. »Wenn ich etwas schaffe, das ich nicht tun will, dann wird alles gut. Wenn ich etwas tue, vor dem ich Angst habe, dann kann ich alles andere auch schaffen.« Ich lächle ihn schwach an. »Ich schwimme nicht gerne alleine. Das macht mich nervös. Vor allem nachts.«

Schließlich schaue ich zu ihm rüber. Er starrt auf den Pool und hört zu.

»Es ist ein Spiel, das ich mit mir selbst spiele«, sage ich.

Er nickt verständnisvoll.

»Cole will mich nicht hier haben«, sage ich und senke den Blick, als meine Augen zu brennen beginnen. »Ich glaube nicht, dass er mich überhaupt noch will.«

Ich weiß nicht, warum ich ihm das erzähle, aber er hört zu. Bei den seltenen Gelegenheiten, bei denen wir geredet haben, schien er immer hören zu *wollen*, was ich sage. Mit ihm ist es einfach.

»Er ist jung«, sagt er. »Wir alle tun und sagen egoistische Dinge, wenn wir denken, dass die Welt uns gehört.«

»Ich auch?«, entgegne ich.

Ich bin kein Engel, aber ich weiß, dass ich Cole besser behandle als er mich.

Pike sagt nichts, aber ich weiß, dass er mich gerade anschaut.

Ich bin ein Schwächling. Ich bin vor meinem Ex und meinen Eltern davongelaufen, aber ich habe ihnen nie die Meinung gesagt. Ich habe mich nie gewehrt. Ich bin einfach gegangen.

Abgesehen von meiner Schwester ist Cole alles, was ich habe. Und ich lasse ihm alles durchgehen, weil er mehr für mich ist als nur ein Freund.

»Kann ich dich was fragen?«

Ich schaue Pike an, und mein Herz macht einen Sprung, als ich sehe, wie sein Blick auf mir haftet. Die Reflexion des Wassers lässt seine Augen wolkenblau erscheinen.

»Wie habt ihr euch kennengelernt, du und Cole?«, fragt er.

Und trotz meines Ärgers lächle ich ein bisschen.

Mein Blick fällt auf die Narbe an meinem Daumen, und ich benetze mir die Lippen. »Als ich sechzehn war, habe ich in einer

Autowaschanlage gearbeitet«, erzähle ich ihm. »Dort haben keine anderen Mädchen gearbeitet, aber es war das Einzige, was ich finden konnte. Also hatte ich es mit einem Team aus lauter Jungs zu tun.«

Ich spüre die Hitze seines Körpers neben mir, und meine Atmung passt sich dem Heben und Senken seiner Brust an.

»Ich habe viel Mist zu hören gekriegt«, fahre ich fort und erinnere mich an die abfälligen Bemerkungen, die jedes Mal kamen, wenn ich mich über eine Motorhaube gebeugt habe. »Jungs können …«

»Ja, ich weiß«, unterbricht Pike mich wissend und klingt etwas belustigt.

Wir grinsen uns an. Er war schließlich auch mal ein Teenager.

»Da gab es diesen Kerl namens Nick, der mich immer beschützt hat«, fahre ich mit meinen Erinnerungen fort. »Er war nett zu mir und hat mit mir geredet. Er hat nicht gespannt oder sich unreif verhalten.«

Gedankenverloren reibe ich über meine Narbe.

»Eines Tages hat er mich eingeladen, mit ihm abzuhängen, und er hat Cole mitgebracht.« Ich schaue Pike an, und die Wut von vorhin ist plötzlich wie weggeblasen. »Wir drei wurden Freunde, hatten viel Spaß, und ich glaube, ich habe ihnen nähergestanden als jedem anderen zuvor. Abgesehen von meiner Schwester natürlich.«

Er nickt und sieht nachdenklich aus. Dann fragt er: »Und dann bist du mit Cole zusammengekommen? Wie hat Nick das aufgenommen?«

Ich wende meinen Blick wieder dem Pool zu und hole tief Luft. »Er hat es nicht gewusst«, sage ich leise.

Pike bleibt still, und ich spüre, wie die Spannung wächst. Ich habe gesagt: »er hat es nicht gewusst«. Nicht: »er weiß es nicht«.

Ich räuspere mich. »Eines Abends vor ein paar Jahren, noch bevor Cole und ich zusammengekommen sind«, erzähle ich ihm, »waren er und Cole zusammen weg. Cole hat zu viel getrunken und ist eingeschlafen. Nick ist mit einem anderen nach Hause gefahren.«

Tränen steigen mir in die Augen, und mein Mund wird trocken.

»Der Fahrer hat die Kontrolle über den Wagen verloren, er hat sich überschlagen, und alle auf dem Rücksitz wurden nach draußen geschleudert.«

»O mein Gott«, sagt Pike mit angehaltenem Atem und lässt den Kopf hängen.

Ich beende die Erzählung. »Nick wurde von den Rädern erfasst und ist ein paar Tage später gestorben.«

Ich balle die Hände zu Fäusten, um nicht weinen zu müssen. Er war der einzige Mensch, den ich kannte, der gestorben ist. Es war nicht so wie damals, als unsere Mom uns verlassen hat. Nickt wollte nicht gehen. Er hat für Videospiele gelebt, und sein Haar ist ihm immer über die Brille gehangen. Ich vermisse seine ganzen Eigenheiten.

Manchmal frage ich mich, was mit der Nerf-Gun seines kleinen Bruders geschehen ist, an der wir uns alle diese Narbe zugezogen haben.

»Mein Gott«, murmelt Pike. »Warum wusste ich davon nichts? Ich kann mich vage an die Geschichte erinnern, aber ich wusste nicht, dass Cole mit jemandem von dem Unfall befreundet war.«

Ich setze mich aufrecht hin und nicke. »Ja, Cole ...« Ich halte inne und versuche, die richtigen Worte zu finden. »Es ist ihm schwergefallen, darüber hinwegzukommen.«

Pike schaut mich mit zusammengekniffenen Augen an.

»Er hätte Nick an diesem Abend nach Hause fahren sollen«, erkläre ich. Jetzt scheint er zu verstehen, und ich bin mir sicher, er denkt, dass er das hätte wissen müssen. Aber es macht Sinn, dass Cole es nicht vielen Menschen erzählen wollte. Er hat sich schuldig gefühlt. »Danach haben wir uns nicht mehr aus den Augen gelassen.«

Ich habe getrauert, Cole hat getrauert, und ich war die Einzige, die wusste, dass er sich verantwortlich fühlt. Also war ich auch die Einzige, mit der er reden konnte.

Nach einer Weile wurde es zur Gewohnheit. Wir zwei, Seite an Seite. Wir zwei, die zusammenstehen. Wir zwei, die sich nach etwas Vertrautem, Konstantem und Sicherem gesehnt haben.

Wir zwei, die an Nick festgehalten haben, indem wir uns gehalten haben. Wir haben uns beide nach einem wahren Freund gesehnt. Wir haben beide um Nick getrauert, aber ich habe zur gleichen Zeit meinen Ex-Freund verlassen. Es war so einfach, sich beim anderen fallen zu lassen und der Realität zu entfliehen. So einfach.

»Es tut mir so leid, Jordan«, sagt Pike. »Geht's dir gut?«

Ich blicke zu ihm auf.

»Sorry.« Er schaut weg. »Das ist wahrscheinlich eine dumme Frage.«

Nein, überhaupt nicht dumm. Es ist schön, mit jemandem reden zu können.

»Alles ist gut – oder wird gut werden«, sage ich. »Das muss es einfach.«

Er sieht wieder zu mir, und ich deute auf den Pool. »Ich habe am Grund eines dunklen Pools gesessen und hatte die Augen geschlossen, bis ich die Luft nicht länger anhalten konnte. Es muss alles gut werden, oder?«

Er lächelt mich an.

Dann steht er auf, streckt mir seine Hand entgegen, und diesmal nehme ich sie. Er zieht mich hoch, und wir gehen Richtung Haus. Aber dann bemerke ich, dass die Kerze auf dem Holztisch noch brennt.

Ich beuge mich über den Tisch, schließe die Augen und puste die Kerze aus. Dann drehe ich mich um und folge ihm die Verandatreppe rauf.

»Kann ich dich noch was fragen?«

»Schieß los.«

»Warum tust du das?« Er wirft mir einen Blick über die Schulter zu.

»Was?«

»Deine Augen schließen, wenn du eine Kerze ausbläst«, erklärt er. »Ich habe jetzt schon ein paarmal gesehen, wie du das tust.«

Ich zucke mit den Schultern. Mir war nicht bewusst, dass es ihm aufgefallen ist. Ich habe gedacht, ich sei ziemlich gut darin geworden, es schnell und heimlich zu tun.

»Nur eine Masche.« Ich folge ihm durch die Fliegengittertür. »Geburtstagswünsche gehen nicht immer in Erfüllung, also lasse ich keine Gelegenheit aus, wenn ich eine Kerze ausblase.«

KAPITEL 7

Jordan

»Hey, kannst du mich um zwei abholen?« Ich klemme das Handy zwischen Schulter und Ohr, während ich mein Geld abzähle und es in die Kasse lege. »Ash ist heute nicht gekommen. Ihr Baby ist krank, und jetzt habe ich keine Mitfahrgelegenheit.«

»Ja, ja«, sagt Cole. »Natürlich. Ich werde da sein.«

Nach unserem letzten Streit ist es genau so abgelaufen, wie ich prophezeit habe. Er ist betrunken und entspannt nach Hause gekommen und ins Bett gekrochen, und wir haben gekuschelt. Danach war es fast wieder normal zwischen uns – so normal, wie es bei uns eben sein kann –, und es hat mir sogar nichts ausgemacht, als er heute Morgen versucht hat, mich in die Dusche zu ziehen. Aber als wir in unser Bad gegangen sind, haben wir gesehen, dass sein Dad das Waschbecken rausgerissen und damit begonnen hat, die Fliesen in unserer Dusche zu entfernen, da dieses Badezimmer der nächste Punkt auf seiner Renovierungsliste war.

Wie konnten wir dabei schlafen? Und wann ist er heute Morgen aufgestanden?

»Ich bin um zwei fertig«, sage ich wieder und schließe die Kasse.

»Jep, verstanden. Ich liebe dich.«

»Ich liebe dich auch«, antworte ich und lege auf.

Pike hat an meinem Auto gearbeitet, und heute hat Cole ihm tatsächlich dabei geholfen. Wahrscheinlich, um die Wogen etwas zu glätten. Ich habe keine Ahnung, wie ich das seinem Dad zurückzahlen soll, denn ich weiß, dass er Geld für Autoteile ausgibt. Auch wenn er sagt, dass er den neuen Auspuff günstig bekommen hat oder die neuen Reifen herumgelegen sind. Ich habe versucht, mich im Haushalt selbst zu übertreffen, habe heute Morgen für alle Frühstück gemacht und unter den Kissen auf der Couch gesaugt. Ich habe sogar ein paar Blumen entlang der Gartengrenze gepflanzt, um es schöner aussehen zu lassen. Pike war damit einverstanden, solange ich keine Blumen ins Haus bringe. Ich muss lachen, wenn ich daran denke, wie mürrisch er manchmal sein kann. Extrem witzig.

Stunden später bin ich völlig erschöpft, und meine Chucks drücken. Ich kann es kaum erwarten, nach Hause zu kommen. Nach Hause und ins Bett. Ich bin so müde.

Ich binde mir das Haar zu einem Pferdeschwanz, zähle das Geld aus der Kasse und lege es dann in den Safe. Nachdem ich die Flaschen mit Alkohol abgedeckt, das Geschirr verräumt und die Lichter ausgemacht habe, werfe ich einen Blick durchs Fenster und sehe Coles Auto am Straßenrand stehen. Ich lächle und freue mich, dass er dieses Mal pünktlich ist.

Ich blase die letzten Kerzen auf dem Tresen aus, schließe die Augen und sage in Gedanken wieder meinen Wunsch auf: Ich hoffe, dass morgen besser wird als heute. Das ist mein üblicher Wunsch, wenn mir nichts anderes einfällt, und mit jedem Tag, der vergeht, versuche ich, der Erfüllung des Wunsches näher zu kommen.

Ich nehme meine Tasche, stecke das Trinkgeld ein und gehe durch die Tür, die ich hinter mir abschließe. Die frische Luft fühlt sich gut an, und ich werfe die Tasche durch das geöffnete Rückfenster, bevor ich die Beifahrertür aufmache. Ich setze mich auf den Beifahrersitz und will Cole müde, aber dankbar anlächeln.

»Hey ...« Ich halte mitten im Satz inne, und mein Lächeln gefriert auf der Stelle.

Jay, mein Ex-Freund, sitzt auf dem Fahrersitz. Ich werfe einen Blick über die Schulter, ob Cole auf der Rückbank schläft, aber die ist leer.

Meine Hände zittern. »Wo ist Cole?«

Jay legt den Kopf schief und schaut mich entschuldigend an. »Er ist betrunken, Babe. Die Jungs wollten ihn nicht fahren lassen.« Sein Arm liegt über meiner Rückenlehne und ist nur ein paar Zentimeter von meinem Haar und meinem Nacken entfernt. »Er schläft seinen Rausch in Bentleys Haus aus. Sie haben ihm gesagt, sie würden dafür sorgen, dass du nach Hause kommst. Ich habe mich freiwillig gemeldet.«

Nein. Auf keinen Fall.

Ich zögere keine Sekunde. Blitzschnell reiße ich die Tür auf, springe raus, greife auf den Rücksitz und hole meine Tasche. »Ist schon in Ordnung, Shel kann mich nach Hause fahren. Sie ist immer noch in der Bar.«

»Nein, ist sie nicht. Du hast gerade abgesperrt.«

Ich wusste, dass er mir das nicht abnimmt. Ihm entgeht nichts.

Eine unheimliche Ruhe klingt in seiner Stimme mit, aber ich weiß, dass sie nur oberflächlich ist. »Komm schon, jetzt bin ich doch hier«, drängt er mich. »Du willst doch nicht, dass ich umsonst hierhergefahren bin, oder?«

Ich beuge mich runter und schaue in seine dunkelbraunen Augen, während ich die Schlüssel der Bar aus meiner hinteren Hosentasche ziehe. »Ich habe dich nicht gebeten, herzukommen. Und wie ich schon sagte, ich habe eine andere Mitfahrgelegenheit.«

Ich drehe mich um, gehe schnell zum Eingang des *Grounders* und sperre hastig die Tür auf.

»Jordan!«

Ich reiße die Tür auf, trete ein und werfe ihm einen strengen Blick zu, während er immer noch im Auto sitzt. »Fahr nach Hause.«

Dann ziehe ich schnell die Tür zu, drehe den Schlüssel im Schloss um und trete zurück, als würde er versuchen, die Tür einzutreten. Nach Luft schnappend und zitternd bleibe ich stehen.

Das wird er nicht auf sich beruhen lassen. Heute Nacht wird er nichts mehr tun, sonst wäre er schneller aus dem Auto gesprungen, um mich daran zu hindern, es bis zur Bar zu schaffen. Aber er wird wütend genug sein, das nicht zu vergessen.

Er war ein sechs Monate langer Fehler, den ich auf der Highschool gemacht habe, aber so dumm bin ich nicht noch mal. Jetzt bin ich auf der Hut.

Und er ist heute Nacht nicht gekommen, um mich nach Hause zu fahren. Nicht auf direktem Wege jedenfalls. Vielleicht, nachdem er mit mir fertig gewesen wäre.

Ich schließe die Augen und versuche, die Erinnerung daran auszublenden, wie er eines Nachts wütend gegen mein Autofenster geschlagen hat, während ich panisch versucht habe, den Schlüssel in der Zündung umzudrehen. Ich kann immer noch den brennenden Schmerz fühlen, wo er mich an den Haaren gerissen hat.

Ich drehe mich um, öffne die Augen und schiebe die Gedanken beiseite. Einen Moment später höre ich ein Auto an der Bar vorbeifahren, Reifen quietschen auf der Straße.

Er ist weg.

Ich stelle meine Tasche auf den Tresen, renne den Gang entlang an den Toiletten vorbei und überprüfe die Schlösser an der Hintertür. Ich drücke die Klinke runter, um sicherzugehen, dass die Tür nicht aufgeht, dann renne ich wieder in den vorderen Bereich, überprüfe die Vordertür und die Fenster.

Ich nehme mein Handy aus der Tasche, setze mich auf einen Barhocker und balle meine Hände zu Fäusten.

Wen soll ich jetzt bloß anrufen?

Jay sagt wahrscheinlich die Wahrheit. Cole ist wieder betrunken. Warum macht er so was? Er wusste, dass ich mich darauf verlasse, dass er mich abholt. Ich bin mir ziemlich sicher, dass er nicht wusste, dass Jay an seiner Stelle fahren würde, aber trotzdem …

Ich könnte ihn umbringen!

Ich schlucke die Galle runter, die in meiner Kehle aufsteigt.

Dann rufe ich meine Schwester an, aber wie erwartet, geht nur die Mailbox ran. Sie kommt wahrscheinlich gerade erst aus der Arbeit oder ist schon zu Hause und schläft.

Mein Dad? Meine Stiefmutter?

Sie haben sich nicht mehr gemeldet, seit ich sie vor einer Woche angerufen habe. Sie würden auch nichts für mich tun, ohne mir klarzumachen, dass es eine große Unannehmlichkeit für sie wäre. Wenn man sie um etwas bittet, schuldet man ihnen was. Es ist eine Last.

Ich bin eine Last.

Pike kommt mir in den Sinn. Ich zweifle nicht daran, dass er kommen würde.

Aber es würde Cole nur sauer machen, wenn sein Vater herausfindet, dass er heute Nacht wieder Mist gebaut hat. Und ich will auch nicht, dass Pike es erfährt. Es ist absolut peinlich. Wir sind erwachsen und können selbst für uns sorgen. Er tut genug für mich, und ich will ihn nicht aufwecken, wenn er frühmorgens zur Arbeit muss. Damit werde ich auch für ihn zu einer Last.

Die einzige andere Person, die ich anrufen könnte, ist Shel. Aber sie wohnt am anderen Ende der Stadt.

Ich will Cole nicht anrufen, weil er natürlich nicht fahren kann. Aber vielleicht könnte er einen anderen Freund schicken.

Nein. Ich werde ihn nicht anrufen. Ich bin gerade zu wütend auf ihn.

Und in dieser Stadt gibt es auch keine Taxis.

Mein Blick fällt auf den Billardtisch mit den überfüllten Aschenbechern an den Rändern und den Kratzern auf dem Filz.

Verdammt noch mal. In ein paar Stunden wird es hell, dann kann ich nach Hause laufen. Ich werde mich einfach zusammenreißen und niemanden um etwas bitten.

Ich hüpfe vom Barhocker, gehe wieder hinter den Tresen und hole zwei Stapel frischer Geschirrtücher hervor, die ich zum Billardtisch trage und damit die dreckige Oberfläche auslege.

Ich habe den Ventilator schon vor ein paar Stunden ausgeschaltet, also hat es angenehme vierundzwanzig Grad hier drin. Aber ich ziehe trotzdem den Kapuzenpulli aus meiner Tasche, falls ich mich später damit zudecken will. Dann nehme ich mein Handy, lasse das Licht im Gang an, klettere auf den Billardtisch und rolle mich zusammen, damit ich genug Platz habe. Ich lege meinen Arm unter den Kopf, gähne und überprüfe den Akku von meinem Handy. Er sollte noch eine Zeitlang halten, falls etwas schiefläuft, während ich hier die ganze Nacht alleine bin.

Falls Jay zurückkommt.

Ich öffne meine Musik-App und hoffe, ein bisschen schlafen zu können, mache mir aber nicht allzu große Hoffnungen. Ich fühle mich nicht sicher, also kann ich mich nicht entspannen.

Als ich die Augen schließe, spüre ich das Gewicht der Müdigkeit auf meinen Lidern und das angenehme Gefühl von Erschöpfung. Die Art Müdigkeit, die man sich verdient, weil man den ganzen Tag gearbeitet hat.

Aber nach zwanzig Minuten kreisen meine Gedanken noch immer. Mein Körper ist fertig, mein Gehirn ist es nicht.

Als mein Handy klingelt, bin ich mir ziemlich sicher, dass das ein Zeichen ist, dass ich heute Nacht nicht schlafen soll.

Ich blicke auf das erleuchtete Display.

Pike.

Stirnrunzelnd und gähnend gehe ich ran. »Hallo?«

»Hey«, sagt er, als wäre er überrascht, dass er mich erreicht. »Ich ... ähm ... ich habe nur gesehen, dass es schon nach drei und noch keiner zu Hause ist. Also wollte ich sichergehen, dass alles okay ist.«

Ich drehe mich auf die Seite und benutze meinen Arm immer noch als Kissen. Mit der anderen Hand halte ich das Handy ans Ohr.

»Mir geht's gut.« Ich muss über seine Besorgnis lächeln und scherze: »Habe ich eine Sperrstunde oder so?«

»Nein«, antwortet er, und ich kann die Belustigung in seiner Stimme hören. »Habt ihr nur euren Spaß. Macht euer Ding. Ich wollte nur ...« Er hält einen Moment inne und fährt dann fort: »Man macht sich keine Sorgen über Dinge, von denen man nichts weiß. Als Cole noch nicht bei mir gewohnt hat, wusste ich nie, wo er war oder was er getan hat, also habe ich auch nicht die ganze Zeit darüber nachgedacht. Aber jetzt, da ihr zwei in meinem Haus wohnt, mache ich mir irgendwie ständig Gedanken.« Er lacht auf. »Diese Bar ist eine Spelunke. Ich wollte nur sichergehen, dass du sicher aus der Arbeit gekommen bist und alles cool ist. Ich habe nur ... nachgefragt.«

Seine Bemerkung trifft mich nicht. Es ist schließlich nicht meine Bar, und ja, sie ist schäbig.

Ich bin versucht, zu fragen, ob er mich abholen will, aber mein Stolz verbietet es mir. Ich will keine Umstände machen. Und ich will auf keinen Fall dafür verantwortlich sein, dass es zwischen ihm und Cole Krach gibt. Ich kann meine eigenen Kämpfe austragen.

»Ja, alles gut«, lüge ich und versuche, gelassen zu klingen. »Ich bin kein Kind mehr.«

»Na ja, irgendwie schon.«

Ich schnaube auf. Kind oder nicht, wahrscheinlich ist es trotzdem schön, jemanden zu haben, der sich um einen sorgt.

»Hast du Cole auch angerufen?«, frage ich.

Aber er antwortet nicht. Stattdessen höre ich einen lauten Knall und Rascheln. »Scheiße«, ruft er.

Ich reiße alarmiert die Augen auf. »Was ist los?«

»Die verdammte Mikrowelle funktioniert nicht richtig«, knurrt er. »Ich wusste, ich hätte sie nicht austauschen sollen, nur damit sie zu den anderen Geräten passt, verdammt. Sie macht einfach kein Popcorn.«

Ich runzle die Stirn, würde aber am liebsten laut auflachen. Er ist ziemlich aufgebracht. »Es gibt eine Popcorn-Taste«, erinnere ich ihn.

»Die habe ich gedrückt!«

»Zweimal?«

»Warum sollte ich sie zweimal drücken?«, entgegnet er, als wäre das ein dummer Vorschlag.

»Weil die Größe der Tüten, die du benutzt, dreieinhalb Minuten braucht«, sage ich.

»Das weiß ich.«

»Aber wenn du auf deiner neuen Mikrowelle nur einmal drückst, dann sind es nur *zwei* Minuten. Für die kleineren Tüten«, erkläre ich. »Du musst zweimal drücken, um die richtige Zeit einzustellen.«

Erst herrscht am anderen Ende der Leitung Stille, dann kommt ein »Oh«.

Ich presse die Lippen aufeinander, um nicht laut loszulachen. Seine Hilflosigkeit ist ungeheuer witzig. Ich wünschte, ich wäre jetzt da.

»Okay«, sagt er nach einer kurzen Pause. »Dann lass ich dich wohl mal wieder in Ruhe.«

»Hey, warte«, halte ich ihn auf.

Ich denke kurz darüber nach, wie ich das jetzt ausdrücken soll. »Darf ich dich was fragen?«, sage ich schließlich.

»Ich denke schon.«

Ich benetze meine trockenen Lippen und zögere. Ich will ihn nicht beleidigen, aber ich bin neugierig. »Wo ist all das Zeug in deinem Haus?«, frage ich.

»Hä?«

Ich hole tief Luft und fahre fort: »Du hast Möbel, aber nicht viele andere Sachen. Es sieht nicht so aus, als würdest du dort leben. Warum?«

Am anderen Ende der Leitung ist es still, und ich halte den Atem an, um nicht zu verpassen, wenn er weiterspricht.

War die Frage unhöflich? Das war nicht meine Absicht. Mir ist nur gerade bewusst geworden, dass er so viel über mich weiß, aber ich kaum was über ihn. Er weiß, wer meine Eltern sind, er weiß, was mit Coles und meinem Freund passiert ist, dass ich die Achtzigerjahre mag, dass ich ohne Mutter aufgewachsen bin, was ich studiere …

Aber er ist für mich immer noch ein Mysterium.

»Tut mir leid, wenn das blöd klingt«, sage ich, als er nicht antwortet. »Es ist ein wunderschönes Haus. Es ist nur … Cole hat erwähnt, dass du und seine Mom euch auf der Highschool kennengelernt habt, wo du eine Art Baseballstar warst. Du musst diesen Sport also lieben. Ich bin nur neugierig, warum ich keine Trophäen oder Fotos im Haus sehe. Es gibt auch keine neueren Fotos von dir und Cole, keine Musik, keine Bücher … nichts, das verrät, wer du bist oder was du magst.«

Er holt tief Luft und räuspert sich. Leichter Schweiß bricht mir im Nacken aus.

»Das ist alles im Keller verpackt«, sagt er. »Ich habe es einfach nie ausgepackt, nachdem ich in das Haus gezogen bin.«

»Wie lange wohnst du schon in dem Haus?«

»Ähm …« Er schweift ab. »Ich glaube, ich habe es vor zehn Jahren gekauft.«

Zehn Jahre?

»Pike …«, sage ich und versuche, nicht zu lachen.

Aber er lacht mir plötzlich ins Ohr, und ich muss grinsen und schüttle den Kopf.

»Das klingt seltsam, oder?«, fragt er.

Dass du immer noch nicht alles ausgepackt hast? Ja.

Ich drehe mich auf den Rücken, lasse meinen Arm aber unterm Kopf liegen. »Ich verstehe ja, dass wir Dinge hinter uns lassen, wenn wir älter werden«, sage ich. »Aber du hattest ja auch ein Leben, seit du in dieses Haus gezogen bist, oder? Ich sehe überhaupt nichts Persönliches. Orte, an denen du gewesen bist, Krimskrams, den du über die Jahre angesammelt hast …«

»Ja, ich weiß. Ich … ähm …«

Er zögert wieder, seufzt dann auf, und der Klang seines Atems vibriert in meinem Ohr und lässt meine Haut kribbeln.

Ich wünschte, ich könnte jetzt sein Gesicht sehen. Es ist so schwer, ihn übers Telefon zu deuten. Ich kann mir nur vorstellen, wie er manchmal seine Augen schließt, als würde er nicht wollen, dass jemand seine Gefühle errät. Oder wie er manchmal nickt, als hätte er Angst davor, was rauskommt, wenn er spricht.

Endlich fährt er fort: »Cole wurde einfach wichtiger«, gibt er zu. »Irgendwann wurde das, was ich war, und das, was ich werden wollte, unwichtig.«

Das verstehe ich. Wenn man Kinder hat, verlagern sich die eigenen Hoffnungen auf sie. Das Leben tritt in den Schatten von dem, was sie brauchen. Ich verstehe das wirklich.

Aber Cole ist jetzt erwachsen, und Pike hat schon eine ganze Weile alleine gelebt. Was macht er, wenn er nicht arbeitet?

»Ich würde die Sachen gerne sehen«, sage ich. »Wenn du je auspacken willst, helfe ich dir.«

»Nein, ist schon gut.«

Seine schnelle Antwort macht mich nachdenklich.

»Du meinst, ich könnte nicht einmal alte Jahrbücher anschauen, um zu sehen, ob Cole und du in dem Alter gleich ausgesehen habt?«, ziehe ich ihn auf.

Er lacht leise auf. »Auf keinen Fall. Damals war das einzig Wichtige für mich, wie meine Haare aussehen.«

Ich grinse, aber das kann er natürlich nicht sehen. War er auf der Highschool eher der Typ für eine feste Freundin, oder hatte er viele Mädchen wie Cole vor mir?

Ich erinnere mich daran, dass Cole mir erzählt hat, dass er seine Mom betrogen hat. Aber irgendwie kann ich mir das nicht vorstellen.

»Jordan, die Wahrheit ist«, sagt er, »wenn man jung ist, kann man wirklich dumme Dinge tun. Ich will mich nicht an diese Zeit meines Lebens erinnern. Ich will nach vorne schauen.«

Aber so wie die Dinge stehen, schaust du gar nicht nach vorne.

»Du brauchst etwas Pepp in deinem Leben«, rate ich ihm. »Du solltest eine Frau finden.«

»Ja, und du solltest wieder zu deinen Freunden zurückgehen«, entgegnet er.

Ich lache. »Ach, komm schon.«

»Warum denkst du, dass ich nicht schon eine Frau habe, Jordan?«

Er klingt neckisch, und ich kann es bis in meine Zehen spüren. Mein Mund wird ganz trocken. »Hast du?«, frage ich.

Das war natürlich nur ein Scherz. Wäre es nicht seltsam, zwei Frauen im Haus herumlaufen zu haben? Ich übernehme schon meine Hausarbeiten und koche meistens. Die Kücheninsel mit dem Messerblock und ich führen jetzt sogar eine Beziehung. Ich könnte schon ein bisschen eifersüchtig werden, wenn eine andere Frau ihn anfasst.

»Du kennst mich noch nicht lange«, sagt er. »Meine Bedürfnisse müssen auch ab und zu befriedigt werden. Ich bin schließlich auch nur ein Mensch.«

Mein Magen zieht sich zusammen, und ich reiße die Augen auf. Seine Bedürfnisse?

Ich stelle mir vor, wie er aussieht, wenn er diese Bedürfnisse bekommt. Schnell schiebe ich den Gedanken beiseite.

Ähm, ja. Okay.

Da lacht er plötzlich auf. »Ich verarsche dich nur«, sagt er. »Ja, ich gehe manchmal aus. Aber ich bin gerade mit niemandem zusammen. Du musst dir keine Sorgen machen, dass du im Haus plötzlich einer Frau über den Weg läufst, die du nicht kennst.«

»Oder Frauen?«, sage ich. »Richtig?«

Er schnaubt auf, und ich kann mir sein Gesicht vorstellen. »Traust du mir wirklich zu, dass ich mehrere Frauen gleichzeitig haben könnte?«

»Nein, du kommst mir eigentlich wie ein monogamer Typ vor.«

»Genau.«

Mir wird ganz warm ums Herz, und ich wusste, dass ich recht hatte. Coles Mom hat ihrem Sohn Blödsinn über seinen Vater erzählt.

Ich will fast was über Cole sagen, aber wenn Pike ihn mit den Lügen konfrontiert, die ihm seine Mutter wahrscheinlich erzählt hat, wird es Cole so vorkommen, als hätte ich sein Vertrauen missbraucht. Und es wäre Pike peinlich. Sie sind nicht meine Familie. Das ist nicht meine Angelegenheit.

Ich muss gähnen, und meine Augen werden schwer.

»Ich glaube, ich lasse dich jetzt in Ruhe«, sagt Pike. »Habt Spaß, okay? Und passt auf euch auf.«

»Das werden wir.« Die Augen fallen mir zu, während ich seine Stimme im Ohr habe. »Und vergiss nicht – die Taste zweimal drücken.«

Er lacht. »Jawohl, Ma'am.«

»Bis dann«, sage ich.

Nach einem kurzen Moment antwortet er: »Gute Nacht, Jordan.«

Er legt auf, und ich lege mein Handy weg. Dann gähne ich erneut und mache meine Musik-App gar nicht erst wieder an.

Ein Lächeln umspielt meine Lippen. Wie kann ein achtunddreißigjähriger Mann nicht wissen, wie man in der Mikrowelle Popcorn macht? Das ist normalerweise idiotensicher.

Ich kichere vor mich hin und werde müde, ohne an Jay und Cole zu denken – und daran, wie unbequem dieser Billardtisch ist oder wie unausgeschlafen ich morgen wahrscheinlich sein werde. Pike geht mir durch den Kopf – alles, was er gesagt hat, und wie tief seine Stimme geklungen hat, als er mir eine gute Nacht gewünscht hat. Und wie ich dabei eine Gänsehaut auf den Armen bekommen habe.

Und ich denke daran, dass es die dritte Nacht diese Woche ist, in der er der letzte Mensch war, mit dem ich gesprochen habe, bevor ich eingeschlafen bin.

KAPITEL 8

Pike

Am nächsten Morgen bin ich überrascht, dass ich der Erste bin, der auf ist. Normalerweise ist Jordan immer schon wach, duscht oder arbeitet an ihrem Laptop, bevor ich überhaupt runterkomme. Aber das Haus scheint leer zu sein. Ich öffne die Eingangstür und sehe, dass Coles Auto nicht in der Einfahrt steht.

Es ist Sonntagmorgen. Er wäre noch nicht wach. Sind sie gar nicht nach Hause gekommen?

Ich kümmere mich um meine eigenen Angelegenheiten, aber als es fast 10 Uhr ist, würde ich gerne im großen Badezimmer weitermachen – die alte Wanne und die Bodenfliesen ausreißen. Aber das wird viel Lärm machen. Ich klopfe an Coles und Jordans Tür, um sicherzugehen, dass sie nicht hier sind.

Keiner antwortet, und ich öffne die Tür einen Spalt und sehe, dass das Bett immer noch unberührt und das Zimmer leer ist. Wahrscheinlich haben sie letzte Nacht bei Freunden übernachtet. Ich schließe sie wieder und mache mich an die Arbeit.

»Hey«, sagt Cole, als er eine Stunde später in die Küche kommt.

Ich schließe den Kühlschrank mit einer Wasserflasche in der Hand und drehe mich zu ihm um, als er die Schlüssel auf die Arbeitsplatte wirft. Er sieht völlig fertig aus, seine Haare sind fettig und die Augen gerötet.

»Hey.« Ich deute auf das Regal links von ihm. »Da ist Aspirin drin. Hol dir ein Wasser und dann geh unter die Dusche. Du kannst mir im Bad helfen.«

Er nickt, sieht aber so aus, als würde er sich jeden Moment übergeben müssen. Seine Haut ist blass, und er tut mir tatsächlich leid. Ich vermisse dieses Gefühl nicht im Geringsten.

»Du trinkst viel«, sage ich.

Er ignoriert mich und nimmt eine Aspirin.

Aber ich lasse nicht nach. »Du trinkst zu viel.«

Er sagt immer noch nichts, aber seine Kiefermuskeln zucken, also weiß ich, dass er mich gehört hat.

Ich wünschte, er würde mit mir reden. Auch streiten wäre besser als nichts. Ich will, dass er mir von seinem Job und seinem Leben erzählt. Von dem Freund, den er verloren hat. So was hätte ich nicht erst von Jordan erfahren dürfen.

Ich hätte mir mehr Mühe geben sollen, als er angefangen hat, mich aus seinem Leben auszuschließen. Viel mehr Mühe.

Aber ich weiß, wer für den Graben zwischen uns verantwortlich ist. »Ich war immer gut zu deiner Mutter.«

Er schnieft, nimmt noch einen Schluck Wasser und schaut mich immer noch nicht an. Er wird ihr glauben. Er ist noch nicht bereit, mich anzuhören. Aber ich werde es trotzdem sagen.

»Ich habe hart gearbeitet, ich habe euch unterstützt, und ich war treu.« Ich erhebe mich von meinem Stuhl und schaue auf ihn hinunter. »Du kannst mich alles fragen. Ich werde nicht lügen.«

Aber er schüttelt nur den Kopf, leert sein Glas und stellt es ab. »Ich gehe jetzt duschen.«

Er wendet sich von mir ab, aber ich bin noch nicht fertig.

»Habe ich je etwas nicht getan, worum du mich gebeten hast?«, frage ich ihn.

Er bleibt stehen, dreht sich aber nicht um.

Immer, wenn er Geld gebraucht hat, habe ich es ihm gegeben. Immer, wenn er jemanden gebraucht hat, der ihn fährt, bin ich gekommen. Immer, wenn er irgendwo hinwollte, sich mit jemandem treffen, zum Karatekurs oder einfach nur bei mir sein wollte, war ich für ihn da. Ich spüre einen Schmerz in der Brust, als ich seinen Rücken anstarre.

Ich war ein guter Vater. Wenn er mich um sich haben wollte.

»Hast du mich bei einer Lüge ertappt?«, fahre ich fort.

Eine Lüge, die sie ihm nicht über mich aufgetischt hat.

Er sieht mich über die Schulter hinweg an, und ich kann die Unsicherheit in seinem Blick sehen. Er will auf etwas oder jemanden wütend sein, und ich war lange Zeit das Ziel, aber jetzt weiß er gar nicht mehr, warum. Er muss beginnen, zu sehen, wer seine Mutter wirklich ist und was sie Menschen antut. Er muss aufhören, sich von ihr beeinflussen zu lassen.

»Ich bin hier«, sage ich. »Okay?«

Ich höre, wie er tief Luft holt, und seine Brust hebt und senkt sich. Schließlich nickt er. Zwar zögerlich, aber das ist ein Anfang.

Dann dreht er sich um und verlässt das Zimmer Richtung Treppe. Aber plötzlich blicke ich wieder zur Eingangstür, und etwas kommt mir komisch vor.

»Wo ist Jordan?«, rufe ich ihm nach und gehe ins Wohnzimmer.

Er ist schon fast die Treppe oben, schaut mich aber noch mal an und schüttelt wortlos den Kopf.

»Hast du sie letzte Nacht nicht von der Arbeit abgeholt?«, frage ich. »Wart ihr nicht zusammen unterwegs?«

»Nein.« Er gähnt und fährt sich mit einer Hand durch sein Haar. »Ich habe zu viel getrunken, also habe ich einen meiner Freunde geschickt, um sie abzuholen und nach Hause zu bringen. Sie ist vielleicht joggen gegangen, und du hast sie verpasst.«

Ich bleibe stehen und versuche, mich an meine Unterhaltung von letzter Nacht mit ihr zu erinnern, während Cole oben verschwindet.

Als ich mit ihr telefoniert habe, war sie also gar nicht mit Cole zusammen.

Und sie war auch nicht zu Hause. Das Bett ist unbenutzt.

Ich rufe Cole gerade noch hinterher: »Benutz mein Badezimmer!«

Die Arbeit an ihrem wird noch eine Weile dauern, und das große Badezimmer hat die einzige Dusche im Haus.

Ich kehre in die Küche zurück und denke immer noch nach.

Warum sollte sie mich anlügen? Wenn sie bei einer Freundin oder ihrer Schwester war ... das wäre in Ordnung. Aber sie hat mich glauben lassen, dass sie und Cole zusammen sind. Deshalb habe ich sie ja auch angerufen – um sicher zu sein, dass es *beiden* gut geht.

Ich habe einen meiner Freunde geschickt, um sie abzuholen.

Ja, aber dein Freund hat sie nicht nach Hause gebracht. Ich würde mir beinahe Sorgen machen, aber sie hat aus einem guten Grund gelogen.

Und obwohl ich Jordan sehr mag, kann ich nichts dagegen tun, dass die alten Gefühle wieder in mir hochkommen, die ich schon lange nicht mehr hatte. Ich werde nicht gerne angelogen.

Besonders nicht von Frauen.

Eine Stunde später gehe ich ins *Grounders*, wo bereits ein paar Leute zum Mittagessen sitzen. Ein paar Kellnerinnen in Jeans, engen Oberteilen und kurzen Schürzen tragen Teller zu Motorradfahrern, die einen Zwischenstopp auf ihren Sonntagstouren machen, und zu Jägern, die von ihrer morgendlichen Jagd zurückkommen. Die Bar ist voller Senioren, die aussehen, als hätten sie letzte Nacht in ihren Klamotten geschlafen, und das kalte, fluoreszierende Licht lässt alles dreckig aussehen, trotz des Geruchs von Reinigungsmitteln, der mir in die Nase steigt.

Die Sohlen meiner Arbeitsstiefel bleiben bei jedem Schritt, den ich durch den Raum mache, am Boden kleben. Ich habe nie verstanden, warum diese Bar so beliebt ist.

Ich sehe Jordan am anderen Ende des Tresens, wo sie gerade ein Glas abtrocknet. Ich war mir nicht sicher, ob sie hier sein würde, aber wenn sie nicht zu Hause ist, kann sie eigentlich nur bei der Arbeit sein.

Sie hat immer noch dieselben Klamotten an, in denen sie gestern Abend das Haus verlassen hat, und gähnt. Ihr Haar ist zu einem hohen Pferdeschwanz zurückgebunden, und sie trägt einen Hauch von rosa Lippenstift.

Gestern war sie noch hübsch. Heute trübt mein Verdacht meinen Blick. Plötzlich bin ich wieder zwanzig Jahre alt und frage mich, wo Coles Mutter die ganze Nacht war.

Aber so ist Jordan nicht. Sie ist ein gutes Mädchen.

Es macht nur einfach keinen Sinn, dass sie gesagt hat, sie sei mit Cole zusammen gewesen, wenn es nicht so war.

Außer sie hat was getan, was sie nicht hätte tun sollen.

Ich will nicht, dass Cole das mit Jordan durchmacht. Nicht, wie ich es mit seiner Mutter durchgemacht habe. Was, wenn sie schwanger wird und er immer an so eine Person gebunden ist? Ich will nicht, dass er sein Leben lang alleine ist, weil er denkt, dass er nicht gut genug für sie war.

Ich atme tief ein, um mich zu beruhigen. Ich ziehe voreilige Schlüsse und muss mich definitiv entspannen.

Sie sieht mich näher kommen, und ihr Blick hellt sich fast unmerklich auf. Sie öffnet den Mund, um etwas zu sagen, aber ich komme ihr zuvor.

»Geht's dir gut?«, frage ich. »Hattest du eine gute Nacht?«

Sie legt ihren Kopf schief und schaut mich fragend an. »Ähm, ja. Ich denke schon.«

Es ist also nichts Schlimmes passiert. Sie ist noch in einem Stück und scheint gut drauf zu sein.

»Hatten Cole und du eine gute Zeit?«, will ich wissen, und mein Puls geht schneller.

Sie senkt ihren Kopf, weicht meinem Blick aus und stellt das Glas unter den Tresen. »Ja.« Sie nickt.

Mein Kiefer zuckt, und ich werde sauer. Sie hat schon wieder gelogen.

»Komisch. Cole denkt anscheinend, dass er dich gar nicht abgeholt hat.« Ich lege meine Hände auf den Tresen und beuge mich vor. »Er sagt, einer seiner Freunde hat dich abgeholt, aber er hat dich den Rest der Nacht nicht mehr gesehen. Und du bist nicht nach Hause gekommen.«

Sie starrt mich an und wird rot. »Ähm ... ja, ich ... ich war ...«

Sie stammelt nervös vor sich hin, und ich stehe da und warte auf die einfache Erklärung, die folgen wird, aber ...

... es kommt keine.

Sie öffnet wieder den Mund, um etwas zu sagen, schließt ihn dann aber wieder und sieht so aus, als wäre ihr klar, dass sie bei etwas ertappt worden ist.

Ich versuche, ruhig zu klingen. »Wo warst du die ganze Nacht, Jordan?«

Ihr Blick fällt auf alles außer auf mich, ihre Schultern verspannen sich, und ihr Atem geht schneller. Sie kann die Frage beantworten. Sie will es nur nicht.

»Jordan?«

»Ist Cole jetzt zu Hause?«, fragt sie.

»Ja.«

»Dann ist ja alles gut. Der Rest geht dich nichts an«, sagt sie.

Ich kneife meine Augen zusammen. »Und mein Haus ist kein Hotel, junge Dame.«

Sie könnte auch bei ihrer Schwester oder einer Freundin übernachtet haben, aber warum sollte sie mir das nicht erzählen? Sie verbirgt was.

Dann fährt sie mit gerecktem Kinn fort: »Wo ich letzte Nacht geschlafen habe, geht nur Cole und mich etwas an.«

Ich versuche, mir nichts anmerken zu lassen, aber in meinem Kopf habe ich nur Bilder von meinem sehr jungen und dummen Ich, wie es seine Freundin um 3 Uhr morgens beim Sex mit einem Kerl in einem Auto vor unserer Wohnung erwischt. Wenn es aussieht wie eine Ente und läuft wie eine Ente …

Ja.

Ich drücke mich vom Tresen ab und verschränke die Arme vor der Brust. »Es interessiert mich wirklich nicht, was du tust, Jordan.« Ich spüre, wie ich wütend werde. »Aber ich bin auch nicht dumm. Cole mag vielleicht abgelenkt sein, aber ich bin es nicht. Wer auch immer dich letzte Nacht abgeholt hat, hat dich nicht nach Hause gebracht. Wenn du also meinen Sohn verarschst, dann nehme ich das sehr persönlich«, sage ich warnend zu ihr. »Und dann werde ich dich bitten, mein gottverdammtes Haus zu verlassen. So etwas unterstütze ich nicht. Hast du das verstanden? Lüg mich nie wieder an.«

Ihre Kiefermuskeln zucken, als wäre sie genauso wütend wie ich. Ich erwarte fast, dass sie mir schnippisch etwas entgegnet, was aber nicht passiert. Stattdessen werden ihre Augen feucht, und ihr Kinn beginnt zu zittern, während sie kleine, schnelle Atemzüge macht. Dann schaut sie blinzelnd weg.

»Ja, verstanden«, sagt sie leise. Dann legt sie das Geschirrtuch weg und kommt hinter dem Tresen hervor. »Entschuldige mich bitte.«

Sie eilt den Flur entlang und verschwindet aus meinem Blickfeld. Ich starre ihr hinterher.

Vielleicht irre ich mich. Aber ich habe mein Bauchgefühl so viele Male ignoriert, und ich weiß es besser. Ich dachte, sie wäre eine von den Guten, aber ich werde mich nicht noch mal verarschen lassen. Wenn sie nichts Falsches getan hat, hätte sie die Frage beantwortet.

Ich drehe mich um und will zur Tür gehen, aber eine Stimme hält mich auf.

»Deinen Sohn verarschen …«, sagt eine weibliche Stimme spöttisch. »Deinen *tollen* Sohn.«

Ich bleibe stehen und sehe Shel Foley, die Besitzerin des Ladens, hinter der Bar stehen. Sie hat eine Zigarette in der Hand, und ihr Gesicht wird von Rauch umnebelt.

»Hast du was zu sagen?«

Sie schiebt sich vom Tresen weg und zieht noch mal an ihrer Zigarette, bevor sie sie im Aschenbecher ausdrückt und ihre Hände auf den Tresen legt. Dann starrt sie mich an. »Dein dämlicher Sohn sollte sie eigentlich gestern Nacht von der Arbeit abholen, nachdem sie eine Zehn-Stunden-Schicht hatte«, erklärt sie mir. »Er hat sich auf einer Party betrunken, und rate mal, wer stattdessen kam? Jay McCabe – ihr Ex –, der auf der Highschool der Meinung war, dass es lustig sei, sie zu verprügeln, wenn er ein Spiel verloren hat.«

Was?

»Sie hat sich geweigert, zu ihm ins Auto zu steigen«, zischt Shel mich an. »Stattdessen habe ich sie heute Morgen zusammengekauert auf dem verfilzten Billardtisch gefunden, weil sie niemanden hatte, den sie letzte Nacht anrufen konnte.« Dann kneift sie ihre Augen zu Schlitzen zusammen. »Sie wollte nicht, dass *du* herausfindest, was für ein Loser dein Sohn ist.«

Kein Wort kommt mir über die Lippen, und ich kann mich nicht bewegen.

Ich halte die Luft an, kann nicht blinzeln, und die Wut in mir droht überzuschäumen.

Er hat sie geschlagen. Er hat sie verdammt noch mal geschlagen? Ich balle die Hände zu Fäusten, und meine Lunge tut weh. Jeder Muskel in mir brennt.

Scheißkerl.

Und Cole war auf derselben Party? Hat er ihn geschickt, um sie abzuholen? Was zum Teufel …? Wie kann er es auch nur in der Nähe dieses Arschlochs aushalten?

Ein Bild von einem dahergelaufenen, kleinen Dreckskerl, der Jordan wehtut, erscheint vor meinem inneren Auge. Der sie zum Weinen bringt. Ich …

Ich schließe die Augen. *Ich* habe sie gerade zum Weinen gebracht.

»Sie ist ein guter Mensch mit einem Herz aus Gold«, fährt Shel fort. »Und sie verdient sehr viel mehr als die Arschlöcher in dieser Stadt, deinen Sohn eingeschlossen. Ich hoffe, dass sie das alles hier hinter sich lässt und nie wieder zurückblickt.«

Mein Gott. Was habe ich mir nur dabei gedacht?

Ich drehe mich auf dem Absatz um und gehe in den Flur, in dem Jordan verschwunden ist. Ich muss mit ihr reden. Jetzt. Mein Bauchgefühl, das vor ein paar Minuten noch Sinn gemacht hat, kommt mir jetzt lächerlich vor. Warum habe ich voreilige Schlüsse gezogen ohne jegliche Beweise?

Verdammt, Cole! Ich kann es nicht fassen.

Ich schreite den Gang entlang und sehe Toiletten, ein Büro und einen weiteren Raum, dessen Tür einen Spalt geöffnet ist. Vielleicht ist sie in der Toilette, aber bevor ich unnötig warte, öffne ich zuerst die angelehnte Tür ganz, um hier nachzusehen.

Sie steht in der Mitte eines kleinen Raums mit dem Rücken zu mir, aber ich kann erkennen, dass sie ihre Augen abwischt. Die Wände sind vom Boden bis zur Decke mit Regalen gesäumt, auf denen sich Flaschen, Mixer, Säfte und andere Dinge wie Servietten, Strohhalme und Kerzen stapeln.

Ich stehe im Türrahmen und höre sie schniefen.

»Jordan?«, sage ich zögerlich.

Sie versteift sich sofort und dreht sich nur leicht zu mir um. »Echt jetzt?«, sagt sie, wobei sie versucht, ihrer Stimme einen harten Tonfall zu verleihen. »Geh einfach. Du willst, dass ich verschwinde? Das tue ich, okay? Ich bin schon weg.«

Ich mache einen Schritt auf sie zu. »Jordan, es tut mir wirklich leid. Ich weiß nicht, was ich mir dabei gedacht habe.«

»Geh einfach.«

»Du hättest *mich* anrufen sollen.« Ich mache noch einen Schritt nach vorne. »Ich hätte dich sofort abgeholt. Es tut mir leid. Ich habe nur …«

Aber dann dreht sie sich plötzlich ganz zu mir um und funkelt mich böse an. »Weißt du was?«, fragt sie und trocknet sich mit angespanntem Kiefer die Augen. »Männer denken, sie können dich schlecht behandeln, weil du es hinnimmst. Du gewinnst erst, wenn du nicht zulässt, dass sie es je wieder tun.« Sie macht einen Schritt vor und fügt hinzu: »Du kannst mich mal am Arsch lecken.«

Dann stürmt sie an mir vorbei und verlässt den Raum.

Ich sacke innerlich zusammen. Ich will ihr folgen. Ich will das zwischen uns klarstellen und ihr sagen, dass ich unrecht hatte. Ich will es wiedergutmachen, aber …

Keine Ahnung. Das ist das zweite Mal, dass wir gestritten haben, und beide Male war es meine Schuld. Wir sollten nicht streiten. Das tut eine Frau mit ihrem Freund, nicht mit seinem Vater.

Und das bin ich. Der Vater ihres Freundes.

Mehr nicht.

Aber tief in meinem Herzen weiß ich, dass das eine Lüge ist. Denn dort befindet sich ein glühendes Stück Kohle, das mit jedem Tag größer wird.

Es ist *mehr*. Ich bin nicht wegen Cole ausgerastet. Ich bin wegen mir selbst wütend geworden.

Sie ist mir ans Herz gewachsen, und zum ersten Mal seit langer Zeit habe ich es tatsächlich genossen, mit jemandem zu reden. Ich habe meine Fassade langsam bröckeln lassen.

Es fühlt sich gut an, sie um mich zu haben.

Und jetzt habe ich sie vertrieben.

KAPITEL 9

Jordan

Shel versucht, mich vor Ende meiner Doppelschicht nach Hause zu schicken, aber nach der Begegnung mit Pike ist sein Haus der letzte Ort, an dem ich jetzt sein kann. Ich kann überhaupt nirgendwo hingehen, und außerdem brauche ich das Geld.

Wie konnte er das heute Vormittag nur tun? Zu mir in die Bar stürmen, als wüsste er alles? Ich bin nicht sein Eigentum.

Und wenn er sich Sorgen macht, warum kann er das nicht nett ausdrücken? Nicht jede Lüge wird erzählt, um jemanden zu verletzen. Ich wollte Coles Arsch retten.

Ja, ich verstehe seine Zweifel. Er kennt mich nicht gut, und er macht sich Sorgen um seinen Sohn, aber warum können beide Lawson-Männer keine vernünftigen, erwachsenen Gespräche führen?

Ich reibe mir die Augen und muss wieder daran denken, wie er gesagt hat, er würde so eine Person nicht unterstützen und dass ich aus seinem Haus verschwinden soll. In diesem Moment habe ich mich unwillkommen gefühlt. Wieder. Nicht willkommen an einem anderen Ort. Bei einem anderen Menschen. Ich bin mir wie eine Last vorgekommen. Wie es bei meinen Eltern war und wie es manchmal sogar bei Cole und Cam der Fall ist.

Warum bekomme ich immer das Gefühl, dass ich nichts Besseres verdient habe? Ich dachte, er wäre nett. Ich dachte, wir kämen gut miteinander klar, und habe angefangen, mich zu entspannen.

Ich gähne und versuche, die Tränen zu unterdrücken. Ich hasse es, dass ich vor ihm geweint habe.

Ich arbeite, bis die Nachtschicht um sechs ankommt, und bleibe noch lange genug, um mein halbes Sandwich zu Abend zu essen, das ich mir vom Mittagessen aufgehoben habe. Dann stecke ich mein Trinkgeld ein und zähle das Geld, bevor ich mir mein Sweatshirt anziehe und meine Tasche hole.

Ich habe seit vierundzwanzig Stunden nicht mehr geduscht, und wegen dem Schlafmangel bekomme ich so langsam Kopfschmerzen direkt über meinen Augen. Ich will mich einfach nur unter eine heiße Dusche stellen und alles andere vergessen.

Mein Magen verkrampft sich etwas, als mir wieder einfällt, dass ich nirgendwo hingehen kann, um mich unter eine Dusche zu stellen. Ich werde nie wieder etwas von Pike Lawson annehmen. Und auf Cole bin ich auch noch sauer. Er hat mir geschrieben, um sicherzugehen, dass es mir gut geht, und um sich erneut zu entschuldigen. Aber ich habe ihm nicht geantwortet.

Ich winke Shel und den anderen zum Abschied zu, verlasse die Bar und trete in die willkommene Abendluft hinaus. Die Sonne ist schon untergegangen, aber es ist noch nicht ganz dunkel, als ich meinen Rucksack schultere und nach links die Straße runtergehe.

Ich brauche meine eigene Wohnung. Die nur mir gehört und niemand anderem. Ich brauche mein eigenes Zuhause, wo ich ganz ich selbst sein kann und nicht rausgeschmissen werde oder mich nicht willkommen fühle. Wo ich mich sicher fühle.

Und das bedeutet, dass ich Geld brauche.

Ohne nachzudenken, tragen meine Beine mich die Cornell Street entlang und hinüber zur Lambert Street. Der Himmel wird dunkler, und in den Bäumen über mir leuchten Glühwürmchen. Der Verkehr ist weniger geworden, wird aber in der nächsten Stunde wieder mehr, als ich immer weiter in Richtung Stadtrand gehe. Häuser säumen die Straßen, ich komme an ein paar kleinen Läden und Tankstellen vorbei. Aber es gibt kaum Licht hier draußen, also bleibe ich auf dem Gehsteig, wo links und rechts Verandalichter brennen.

Nach fast einer Stunde sehe ich die Lichter vom *The Hook* und den immer voller werdenden Parkplatz davor. Ich war schon mal hier, aber heute ist es mir unangenehm, in Klamotten, die ich schon seit über einem Tag trage, und nach Rauch riechenden Haaren hier aufzukreuzen.

Ich werfe einen Blick über den Parkplatz und sehe den Mustang meiner Schwester auf der Seite des Gebäudes stehen. Jede Nacht bringt ein Türsteher die Frauen zu ihren Autos, für den Fall, dass ein verrückter Gast versucht, an eine von ihnen ranzukommen, wenn sie alleine sind.

Als ich den Club betrete, bin ich plötzlich von Dunkelheit umgeben, und die harten Klänge der Musik vibrieren auf dem Boden unter meinen Füßen. Es ist warm und riecht nach Nebel und Parfüm. Anders als im *Grounders* gibt es hier keinen Raucherbereich, und statt alten Holzböden mit Dreck in den Ritzen und Ecken quietscht unter meinen Turnschuhen ein glänzend schwarzer Boden.

»Hey, Peaches!«, ruft eine Frau. »Was machst du denn hier?«

Ich drehe mich um und sehe Malena durch das Fenster eines kleinen Kassenhäuschens. Von mir verlangt sie natürlich nie Eintritt. Ich komme hier ja nicht her, weil ich etwas sehen will.

»Ist Cam in der Nähe?«, frage ich.

»Sie war gerade auf der Bühne«, antwortet sie. »Wahrscheinlich läuft sie jetzt unten irgendwo rum. Geh ruhig rein.«

»Danke.« Ich lächle sie an und gehe in den Club, wobei der Knoten in meinem Magen immer fester wird. Ich habe Cam hier noch nie aufgesucht, wenn es nicht unbedingt sein musste. Einige der Schwestern oder Freunde der Frauen setzen sich oft mit den anderen Tänzerinnen zusammen in einen ruhigen Bereich und unterhalten sich, aber das fällt mir schwer. Ich habe kein Problem damit, meine Schwester nackt zu sehen, aber ich habe ein Problem damit, dass andere sie nackt sehen. Väter von Freunden aus der Schule, Ex-Freunde … sogar Frauen aus der Stadt, die hier in Grüppchen einen Mädelsabend verbringen, um mal »etwas anderes« zu tun. Aber ich weiß, dass sie hier rausgehen und am nächsten Tag bei jedem, der es hören will, über die Tänzerinnen lästern. Hinter dem Vorhang hervorzuschauen und meinen alten Busfahrer aus der Grundschule zu sehen, würde mich total aus der Fassung bringen. Ich weiß nicht, wie sie das schafft.

Der Raum ist in Neonlicht getaucht, das hin und her flackert, während in den Ecken der Bühne, die ins Publikum hinausragt, Glühbirnen hängen. Auf beiden Seiten der Bühne stehen Tische. Es ist kein großer Club, aber es gibt zwei getrennte Podeste mit

Pole-Stangen und eigenen Lichtern, wo die Tänzerinnen abseits der Hauptbühne tiefer in die Menge eintauchen können.

Ich bleibe an der Bar direkt neben dem Eingang stehen und schaue mich nach Cams braunem Haar um, das wahrscheinlich so aufgestylt ist, dass jede Frau aus Texas neidisch werden könnte. Heute Abend sind viele Gäste hier. Einzelne Personen, ein paar Pärchen, Tische voller Männer, die Steaks und Burger verschlingen und so aussehen, als ob sie direkt aus dem Büro gekommen wären, und eine größere Gruppe von jüngeren Männern, die ich nicht erkenne.

Gwen, eine von Cams Freundinnen, legt ihre Hände auf die Lehnen eines Stuhls und setzt sich darauf.

Und damit direkt auf den Schoß des Mannes, der bereits auf dem Stuhl sitzt.

Sie stützt sich mit den Armen ab, während sie ihre Hüften kreisen lässt und ihren Kopf an seine Schulter legt. Mir wird ganz heiß, und mein Atem geht flacher. Das habe ich sie und die anderen Mädchen schon Dutzend Mal tun sehen. Aber es ist der Typ, der mich hypnotisiert.

Ihr Kunde scheint Ende zwanzig zu sein und trägt Jeans und T-Shirt. Er sieht gut aus und ist ziemlich fit. Sein Blick fällt über ihre Schulter auf ihren Körper hinunter, während sie sich auf ihm bewegt. Seine Hände, mit denen er sie nicht anfassen darf, umkrallen die Stuhllehne, und sein Kiefer zuckt.

Verführerisch und neckisch erregt sie seine Aufmerksamkeit und setzt ihm etwas vor die Nase, das er will, aber nicht kriegen kann. Dann entzieht sie sich ihm wieder.

In diesem kurzen Moment frage ich mich, ob ich so gut wäre.

»Ich sehe schon ein paar Blicke auf dir.«

Als ich mich umdrehe, stehe ich Mick Chan gegenüber, der Besitzer des *The Hook*, der gerade an der Ecke des Tresens lümmelt. Mick ist ein ehemaliger Wrestler im mittleren Alter, der eine Stripperin geheiratet und dann beschlossen hat, dass er den Rest seines Lebens in einer Bar verbringen will. Also haben er und seine Frau diesen Club eröffnet und leben seither glücklich und zufrieden.

Er grinst mich an, und sein schwarzes T-Shirt liegt eng an seiner muskulösen Brust. »Das Geld, das wir zusammen machen könnten ...«, sagt er zwinkernd.

Ich wende meinen Blick wieder dem Raum zu und verkneife mir ein Lachen. Der Typ sollte wirklich einen Stand beim Karrieretag an der Highschool aufstellen, damit er Frauen umwerben kann, sobald sie volljährig sind, anstatt mich ständig zu belästigen.

»Deine Schwester sagt, du hast dafür keinen Kopf und ich soll dich in Ruhe lassen, aber Jordan …«

»Ich bin nicht deswegen hier«, sage ich schroff. »Ich muss mit ihr reden.«

Ich werfe noch einen Blick durch den Raum und will gerade in den Backstage-Bereich gehen, da kommt er auf mich zu und sagt ruhig, aber ernst zu mir: »Diese Gäste siehst du auch im *Grounders*, oder?« Er schaut in die Menge und dann wieder zu mir. »Es sind dieselben Kerle, die du dort bedienst, richtig?«

Ich lasse meinen Blick über die Tische und Stühle schweifen und erkenne ein paar Leute. Aber es ist eine kleine Stadt, also ist das nicht ungewöhnlich.

»Warum, denkst du, kommen sie alle hierher?«, fragt er und schaut mich stirnrunzelnd an. »Ich habe hier einen Koch und eine bessere Speisekarte. Geschulte Barkeeper. Sauberere Toiletten. Warum kommen sie nicht immer hierher, wenn sie in eine Bar gehen?«

»Weil das *Grounders* billiger ist.«

»Weil im *Grounders* genauso Sex verkauft wird«, entgegnet er. »Diese Typen gehen wegen dir, Shel, Ashley und Ellie ins *Grounders* … nicht wegen dem billigen Bier und den Erdnussschalen überall am Boden. Warum, denkst du, arbeitet dort kein einziger Mann? Shel hat dich wegen deinem Aussehen eingestellt.«

Ich erwidere nichts, sondern konzentriere mich wieder auf die Bühne, wo meine Schwester gerade hinter dem Vorhang hervorkommt. Mick schaut mich an, und ich kann fast seinen Atem in meinem Nacken spüren, obwohl er ein paar Schritte entfernt steht.

»Mach dir doch nichts vor, sie betrachten dich dort auch alle nur als Stück Fleisch, selbst wenn du deine Klamotten anhast.« Dann wirft er einen Blick auf die Bühne, wo meine Schwester sich jetzt an der Polestange windet. »Sie verdient hier nur viel, viel mehr Geld.«

Am nächsten Tag fragt meine Schwester mich nicht, warum ich bei ihr auf der Couch geschlafen habe. Sie lädt ihren Sohn und mich zum Frühstück ein, und dann gehen wir zum Bauernmarkt, um einzukaufen. Wir reden über den Jahrmarkt, der bald in die Stadt kommt, über die neuen Filme im Kino und darüber, was für eine Party Killian will, wenn er im September Geburtstag hat.

Meine Schwester zieht mich gerne auf, aber sie sieht auch, wenn es mir nicht gut geht. Sie weiß, wann sie sich zurückhalten muss.

Nach ihrem letzten Tanz gestern Nacht bin ich ihr in den Backstage-Bereich des Clubs gefolgt und habe sie um ihren Autoschlüssel gebeten, damit ich zu ihr nach Hause fahren kann. Ich wusste nicht, welchen Grund ich dafür nennen sollte, warum ich bei ihr schlafen muss, also habe ich gar nichts erklärt. Wo hätte ich anfangen sollen? Damit, dass Cole mich in der Nacht davor nicht abgeholt hat? Dass ich mitten in der Nacht in einer verlassenen Straße alleine mit Jay im Auto saß – zum ersten Mal seit zwei Jahren? Dass ich auf einem Billardtisch geschlafen habe? Dass Pike mir vorgeworfen hat, ich würde seinen Sohn verarschen und seine Großzügigkeit ausnutzen?

Dass ihr Chef mich wieder bedrängt hat, für ihn zu arbeiten?

Dass Cole fast so tut, als würde ich nicht mehr existieren?

Ich spüre ein Schluchzen in meinem Hals aufsteigen. Ich kann nicht mehr dorthin zurück. Lieber schlafe ich in meinem Auto. Die Dreijährige in mir, die einen Stolz von der Größe des Pazifiks hat, wird es ihnen schon zeigen! Ich werde in meinem kaputten Auto ohne Klimaanlage und mit kaputten Türgriffen hausen, weil ich keinen von ihnen brauche.

Ich versuche, durch meine verschwommenen Augen hindurch zu lächeln, als ich mit dem Auto meiner Schwester die Straße entlangfahre. So schlimm ist es auch nicht. Ich habe noch meinen Dad in seinem Wohnwagen. Meine Stiefmutter wäre nicht begeistert, aber sie würden mich nicht im Stich lassen.

Es wird nicht immer so sein.

Ich biege in Pikes Viertel ein, schalte die Gänge des Mustangs runter und fahre zu seinem Haus. Meine Schwester muss heute nicht arbeiten, also hat sie mir das Auto gegeben, damit ich meine Sachen aus Pikes Haus holen kann.

Als das Haus in Sicht kommt, sehe ich seinen Truck in der Einfahrt stehen, und mir wird mulmig zumute.

Ich will ihn jetzt nicht sehen. Vielleicht wäre es besser, wenn ich später wiederkomme.

Aber ich brauche meine Klamotten und meine Unibücher. Den Rest kann ich ein anderes Mal holen, aber ein paar Dinge brauche ich jetzt.

Ich parke und steige aus dem Auto. Mit dem kleinen Koffer in der Hand, den mir meine Schwester geliehen hat, gehe ich über den Rasen und die Stufen zur Veranda hoch. Ich nehme meinen Schlüssel aus der Tasche und will aufsperren. Aber die Tür ist bereits offen. Vorsichtig trete ich ein.

Das Wohnzimmer ist leer, und als ich durch die Küche gehe, sehe ich, dass er hier auch nicht ist. Meine Schultern entspannen sich ein bisschen. Ich gehe zur Treppe und umfasse das Geländer.

»Jordan.«

Ich erstarre, und meine Nackenhaare stellen sich auf. Scheiße.

Ich drehe mich um, mache ein ernstes Gesicht und recke mein Kinn empor, als ich Pike ansehe. Er steht zwischen Küche und Wohnzimmer und wischt sich die Hände mit einem Lumpen ab. Seine Arme und Finger sind schmutzig. Auf seinem grauen T-Shirt sind Schweißflecken zu sehen, und sein Gesicht ist brauner als beim letzten Mal, als ich ihn gesehen habe. Als wäre er in den letzten vierundzwanzig Stunden viel draußen gewesen.

»Ich will nur meine Sachen holen«, sage ich und drehe mich wieder zur Treppe.

Aber er hält mich auf. »Jordan.«

»Es ist schon gut, okay?«, sage ich schroff und wende mich ihm zu. »Ich sollte überhaupt nicht hier sein. Cole ist auch die Hälfte der Zeit weg. Also lass mich einfach nur meine Sachen holen.«

Er macht einen Schritt auf mich zu. »Wohin willst du gehen?«

»Zu meinem Dad nach Meadow Lakes.« Am liebsten würde ich weinen. »Ich bin nicht dein Problem, okay?«

So, jetzt ist es raus. Es macht keinen Sinn, so zu tun, als hätte ich andere Optionen. Ich gehe. Ich hasse den Gedanken, wieder im Wohnwagen zu leben, aber es wird nicht für immer sein. Ich werde leben.

Ich will wieder die Treppe hochgehen, aber er hält mich hastig davon ab.

»Bitte«, sagt er und stoppt mich. »Komm für eine Minute mit raus. Es gibt da was, was ich dir zeigen will.«

Er muss meinen skeptischen Blick sehen, denn er wiederholt seine Aufforderung noch mal und bestimmender: »Bitte, Jordan. Nur für eine Minute.«

Er dreht sich um und geht zurück in die Küche. Ich zögere einen Moment, bevor ich ihm folge. Ich kann nicht verhindern, dass meine Neugierde siegt.

Ich betrete die Küche und sehe, wie er durch die Hintertür in den Garten geht. Was ist da draußen, das ich sehen muss?

Die Fliegengittertür öffnet sich, und ich hole tief Luft, als ich ihm folge.

Er steht neben einer rechteckigen Fläche, die vor vierundzwanzig Stunden einfach noch Teil des Gartens war. Jetzt ist das Gras weg, eine Umrandung zäumt die Fläche ein, und reichhaltige, schwarze Erde ist aufgetürmt. Ein Gartenschlauch hängt an einem Rohr, das im Boden vergraben ist und mehrere Sprinkleröffnungen aufweist.

Er schaut mich an, als wäre er nervös wegen meiner Reaktion.

»Was ist das?«, frage ich.

Er wirft einen Blick hinter sich und schaut dann wieder mich an. »Das wird ein Garten«, antwortet er. »Ich hatte gehofft, du würdest mir dabei helfen.«

Ich bin sprachlos. Mein Herz schlägt plötzlich schneller, und die Sonne fühlt sich so heiß an. Was …? Aber dann fällt es mir wieder ein. Er weiß, dass ich Landschaftsdesign liebe. Er weiß, dass ich all die Magazine lese. Er weiß, was mir gefällt.

Mir wird ganz warm ums Herz. Das hat er alles an einem Tag gemacht?

Aber ich werde nicht nachgeben. Mit harter Stimme sage ich: »Seit wann willst du einen Garten?«

Er kommt auf mich zu, und ich verschränke die Arme vor der Brust, um meine Fassade aufrechtzuerhalten.

»Jordan, ich war ein Arschloch«, sagt er. »Ich habe voreilige Schlüsse gezogen, weil ich sauer war und weil ich alt und verbraucht bin. Ich vermute bei jedem das Schlimmste.« Er hält kurz inne und runzelt die Stirn. »Aber ich war es, der sich falsch verhalten hat. Du bist anders, und ich habe wirklich Mist gebaut. Das wird nicht wieder vorkommen. Ich kann nicht glauben, dass ich all diese Dinge gesagt habe.«

Plötzlich sehe ich ihn nur noch verschwommen, weil mir Tränen in die Augen schießen, obwohl ich die Zähne fest zusammenbeiße.

»Ich will, dass du bleibst«, fährt er fort. »Ich habe dich gerne hier. Es ist schön, nach Hause zu kommen und Leben im Haus zu haben. Einen Menschen, mit dem man reden kann. Es ist schön, Hilfe zu haben und …« Seine Kiefermuskeln zucken, und er sieht wütend aus. »Und du hättest nicht auf einem verdammten Billardtisch schlafen sollen. Du kannst hierbleiben, solange du willst, verstanden? Ich will nicht, dass du gehst.«

Mein Kinn zittert, und ich kann nichts dagegen tun. Die Tränen laufen mir die Wangen hinab, und ich drehe meinen Kopf zur Seite, um sie zu verbergen.

»Bitte, nicht wieder weinen«, fleht er mich an. »Sonst muss ich den Pool ausheben und dir einen Pavillon oder so bauen.«

Ich lache schniefend auf und reibe mir die Augen. »Nein, bitte lass den Pool. Ich mag ihn.«

Ich gehe zu dem neuen Teil des Gartens und sehe erst jetzt, wie groß er ist und wie viel Arbeit das gewesen sein muss. Es entschuldigt sein Verhalten nicht, aber es hilft zu wissen, dass er sich den Arsch aufgerissen hat, um etwas zu tun, von dem er wusste, dass es mich freut. So was hat noch nie jemand für mich getan.

Ja, meine Schwester hat mir Klamotten gekauft und mich eingeladen, aber Pike hat was getan, von dem er wusste, dass ich es lieben werde. Etwas, das mir sehr viel bedeutet.

»Das ist fantastisch«, sage ich und meine es auch so. »Aber ich glaube trotzdem, dass es das Beste ist, wenn ich gehe.«

»Das hier ist auch dein Zuhause«, erwidert er. »Du gehörst so lange hierher, wie du willst. Cole und du, ihr könnt Freunde einladen, Musik hören, deine Kerzen anzünden …«

»Wie sieht's mit Toilettensitzbezügen aus?«, ziehe ich ihn auf.

»Auf keinen Fall.«

Wir grinsen uns an, und mein Blick fällt wieder auf das Stück Erde. Wir könnten dort so viel Gemüse anpflanzen.

»Ich habe jede Menge Samen gekauft«, sagt er, nimmt eine Tüte und fasst hinein. »Aber ich bin mir nicht sicher, wie man alles pflanzt oder wie viel Platz jedes Gemüse braucht. Also dachte ich, du könntest das vielleicht planen?«

Unsere Blicke treffen sich für einen Moment. Ich glaube, er will mich vielleicht lieber hier haben, als er sich eingesteht. Als eine Art Puffer zwischen ihm und Cole. Und wie er gesagt hat, genießt er es, Menschen im Haus zu haben.

Er gibt mir die Tüte mit den Samen und nimmt mir langsam den Koffer aus der Hand. »Ich stelle ihn in die Garage«, sagt er. »Dann werde ich duschen gehen. Und vielleicht können wir morgen anfangen?«

Er sucht wieder meinen Blick, und mir stockt kurz der Atem.

Schließlich nicke ich und schaue weg.

Er geht in Richtung Haus davon, aber dann höre ich seine Stimme hinter mir. »Und wenn du mehr Material brauchst, dann lass es mich einfach wissen. Ich muss morgen sowieso zum Baumarkt fahren.«

»Okay«, flüstere ich.

Dann werfe ich ihm einen Blick über die Schulter zu. »Und nur damit du es weißt, du bist nicht alt«, rufe ich.

Er schaut mich amüsiert an. »Alt genug, um meinen Blick vernebeln zu lassen. Und das war falsch von mir.«

»Danke.«

Seine Armmuskeln zucken, als er meinen Koffer hält, und ich kann nicht anders, als auf die Tattoos auf seinen Armen zu starren. Sie sehen leicht verblasst aus, als hätte er sie sich als Teenager stechen lassen.

Wie war er in Coles Alter? Ich kann ihn mir kaum als Jugendlichen vorstellen. Er ist so ernst. Fast zu ernst.

Aber er ist ehrlich.

»Nächstes Mal, wenn du jemanden brauchst, der dich abholt oder so«, ruft er mir zu, »dann versprich mir, dass du mich anrufst, okay?«

Ich nicke erneut, wende mich meinen Samen zu und freue mich auf den Sommer, der vor uns liegt.

KAPITEL 10

Pike

»Zwei«, sage ich zu Dutch und schiebe die Karten, die ich nicht will, zu ihm zurück.

Nach einem Blick auf seine eigenen Karten gibt er mir zwei andere, die ich in die Hand nehme und mir anschaue. Sie sind scheiße, aber ich habe zwei Siebener, also ist es keine komplette Katastrophe.

Nicht, dass mir das was ausmachen würde. Ich bin kein wetteifernder Typ, zumindest nicht, wenn es um Poker geht. Aber bei den Treffen in meinem Haus, die wir einmal im Monat veranstalten, gibt uns das Kartenspielen etwas zu tun, während wir reden. Ich schaue erst zu Dutch und in die Runde. Mit am Tisch sitzen Todd, einer meiner Vorarbeiter, Eddie, John und Schuster, die ihre Karten entweder ansehen oder tauschen. Jeder legt ein paar Münzen in die Mitte, und Todd überbietet uns um drei Dollar. Alle gehen auf den Bluff ein – und hoffen, dass es auch wirklich ein Bluff ist.

»Ich freue mich gar nicht darauf, wenn meine Mädchen aufwachsen, das kann ich dir sagen«, verkündet Dutch und schaut mich amüsiert an.

»Warum nicht?«

Er schüttelt den Kopf und seufzt. »Dieser Lärm würde mich wahnsinnig machen. Momentan muss ich nur ab und zu mal eine Gruppe von kichernden, achtjährigen Mädchen bei Übernachtungspartys ertragen.«

Ich lache leise auf. Der Lärm von oben fühlt sich langsam so an, als würden die Wände einstürzen. Ich zucke zusammen. Es ist erst halb zehn. Aber wenn es in einer Stunde immer noch so laut ist, werde ich Cole bitten müssen, die Musik leiser zu machen, sonst sitzt mir bald die ganze Nachbarschaft im Nacken. Ich hatte nicht unbedingt eine Party im Sinn, als ich ihn und Jordan dazu ermutigt habe, ein paar Freunde einzuladen. Aber ich nehme an, das ist meine Schuld.

»Es ist noch gar nicht so lange her, da mochten wir diesen Lärm«, sage ich und grinse ihn an.

Die Jungs lachen und stimmen mir murmelnd zu. Wir haben alle zusammen unseren Abschluss gemacht, und es war eine glückliche Fügung des Schicksals, dass ein paar von uns jetzt zusammenarbeiten. Nur John und Schuster sind Polizist und Dachdecker geworden.

Es ist noch nicht so lange her, seit wir genau wie Cole waren – wir haben Chaos veranstaltet und uns mächtig über unsere Fehler amüsiert. Ich war der Erste, der erwachsen werden musste, aber wir sind über die Jahre hinweg Freunde geblieben. Ehen, Kinder, Scheidung – wir alle haben irgendwas durchgemacht. Als ich eines Tages erkannt habe, dass ich immer noch darauf warte, dass mein wahres Leben endlich beginnt, war das der reinste Weckruf für mich. Aber schnell musste ich mir eingestehen, dass es schon begonnen hatte, als ich nicht aufgepasst habe.

Der Zug, auf den ich aufspringen wollte, ist, ohne zu halten, an mir vorbeigefahren. Wahrscheinlich wird es keine Ehefrau mehr geben, und ich werde nie wissen, wie es ist, seine Kinder jeden Tag aufwachsen zu sehen. Mittlerweile bin ich zu sehr daran gewöhnt, für mich alleine zu sein – wie ein Einzelkind.

Ein Einzelkind, das nicht weiß, wie man seine Sachen teilt.

Todd wirft einen weiteren Dollar hin, und ich bin raus. Gefolgt von John, Schuster, Dutch und Eddie. Todd sammelt das Geld ein, und Dutch mischt die Karten neu.

Die gedämpfte Musik von oben wird plötzlich lauter und deutlicher, und ich höre Schritte auf der Treppe, gefolgt vom Schlagen einer Tür. Ein paar nackte Füße tauchen auf den Stufen auf, und dann kommen die dazugehörigen Beine immer mehr ins Blickfeld.

Jordan beugt sich runter und schaut zu uns in den Keller. »Hey, kann ich die Eis-Lollis aus der Gefriertruhe holen?«

Alle Köpfe drehen sich in ihre Richtung, aber ich blicke nur kurz von meinen Karten auf. »Ja, klar«, antworte ich schnell.

Mir wird plötzlich ganz heiß, und ich starre auf meine Hände, um mich zu konzentrieren, denn sie ist jetzt das Einzige, was ich im Kopf habe.

Sie läuft schnell und leichtfüßig die Treppen runter, als würde sie versuchen, nicht gesehen oder gehört zu werden, während sie zur Wand rechts von mir geht und den Deckel der großen Gefriertruhe öffnet.

Im Raum ist es ganz still geworden, und ich bin mir nicht sicher, ob die Jungs Hemmungen haben, normal weiterzureden, weil eine Frau im Raum ist, oder weil sie abgelenkt sind. Ich starre auf meine Karten und krame in meinem Gehirn. Worüber haben wir vor einer Minute noch geredet?

Ach ja, Kinder. Richtig.

Ich höre, wie Dinge in der Gefriertruhe umhergeschoben werden, und drehe mich um. Mein Blick fällt sofort auf ihre Füße. Sie steht auf Zehenspitzen vornübergebeugt und hält mit einer Hand den Deckel auf, während sie mit der anderen in die Truhe greift. Sie scheint sich ihrer kurzen Hose und der Tatsache, dass sie vornübergebeugt dasteht, bewusst zu sein, denn alle paar Sekunden zieht sie die Shorts, so gut es geht, nach unten.

Ihre Zehennägel sind hellrosa lackiert, und ich kann sehen, dass sie unter dem grauen T-Shirt ein Bikini-Oberteil trägt. Die Träger sind in ihrem Nacken zusammengebunden, und da das T-Shirt unter den Achseln ausgeschnitten wurde, kann ich noch mehr von dem Stoff sehen, der ihre samtige, sonnengebräunte Haut bedeckt. Ihre Oberschenkelmuskeln zucken, und in meinem Magen beginnt es zu kribbeln.

Ich will wieder auf meine Karten schauen, aber da streift sie sich die Haare hinter die Ohren, und ich sehe die kleinen Löcher in dem T-Shirt. Oben auf der Schulter an der Naht.

Ist das …?

»Ist das nicht dein T-Shirt?«, flüstert Dutch und beugt sich vor.

Ich kneife die Augen zusammen und erkenne meine Baseballnummer in verblasstem Grün unter ihren Haaren. Ich wusste, dass diese Löcher mir bekannt vorkommen.

Schnell schaue ich weg. Ich muss es irgendwo liegen gelassen haben, und sie hat es wahrscheinlich genommen, weil sie gedacht hat, es sei Coles. Er hat schließlich auch Baseball gespielt.

Und sie hat es unter den Achseln ausgeschnitten? Ich wäre gerne sauer auf sie, schließlich habe ich dieses T-Shirt seit der Highschool, aber …

Es war sowieso zu abgenutzt, um es in der Öffentlichkeit zu tragen. Und sie sieht darin besser aus, als ich es je getan habe. Ich werfe ihr wieder einen Blick zu, sehe, wie das T-Shirt auf ihrer weichen, gebräunten Haut liegt, und plötzlich verspüre ich eine tiefe Befriedigung, weil sie etwas von mir an sich trägt.

Ich rutsche auf meinem Stuhl umher und blinzle auf meine Karten, um meine Gedanken zu ordnen.

»Brauchst du Hilfe?«, bietet Eddie ihr an.

Ich blicke wieder zu Jordan, die immer noch halb in der Gefriertruhe hängt, und runzle die Stirn.

Aber Todd sagt mit leicht belustigter Stimme: »Ach, lass sie doch. Sie macht das da drüben sehr gut.«

Die Jungs kichern und genießen den Anblick sichtlich. Schließlich richtet sich Jordan auf und klemmt sich die Schachtel mit dem Eis unter den Arm. Sie sieht Todd mit hochgezogenen Augenbrauen an, als sie den Deckel der Truhe schließt.

Ich mache mich schon auf ihr loses Mundwerk gefasst, als sie zum Tisch rübergeht und ihm über die Schulter in seine Karten blickt. »Na, sieh sich das einer an«, sagt sie mit zuckersüßer Stimme. »Du hast ja alle Könige auf der Hand. Das nenne ich mal Glück.«

Dutch schnaubt auf, und ich und die anderen müssen ebenfalls laut lachen. Alle außer Todd, der jetzt seine Karten in die Mitte wirft und aufgibt.

Sie setzt ein selbstzufriedenes Grinsen auf und geht in Richtung Treppe. Ich will ihr schon fast hinterherrufen, dass sie aufpassen soll, dass keiner das Eis im Pool isst, aber ich versuche, sie und Cole nicht so zu behandeln, als wären sie Kinder.

»Ach, kann ich dich was fragen?« Sie bleibt mitten auf der Treppe stehen.

Ich schaue sie an.

»Da ist ein kleiner Kuchen im Kühlschrank«, fährt sie fort. »Cole bettelt die ganze Zeit, dass er ihn essen darf, aber ich habe ihn nicht gekauft und weiß nicht, wo er herkommt. Ich wollte erst dich fragen, bevor er ihn verschlingt.«

Verdammt. Ich versuche, einen neutralen Gesichtsausdruck aufzusetzen, während ich die Blicke der Jungs auf mir spüre.

»Äh, das ist … ein …«, murmle ich, schüttle den Kopf und tue so, als ob ich meine Karten betrachten würde. »Ich … äh … Den habe ich für euch gekauft. Heute, im Laden. Für euch beide.«

Sie sagt nichts, und nach einem Moment unangenehmen Schweigens blicke ich auf. Sie hat den Kopf schief gelegt und sieht verwirrt aus.

Ich werfe Dutch drei Karten hin, um sie zu tauschen, aber ich weiß gar nicht wirklich, welche Karten ich ihm gegeben habe.

Sie schaut mich immer noch an. Ich kann es spüren.

Ich gebe mehr Infos preis und hoffe, dass sie dann einfach verschwindet. »Ich war gerade im Supermarkt, und da ist mir eingefallen, dass du gar keinen Kuchen zu deinem Geburtstag hattest«, sage ich betont beiläufig zu ihr. »Oder die Chance, ihn richtig zu feiern. Ich dachte, ihr freut euch vielleicht.« Ich nehme mir selbst drei neue Karten vom Stapel, weil Dutch mir keine gibt. »Ich war sowieso dort, ist also keine große Sache.«

Wenn es keine große Sache gewesen wäre, dann wäre ich mir zu Hause nicht plötzlich so dumm vorgekommen. Es war eine blöde Idee, den Kuchen zu kaufen. Sie ist nicht meine Tochter.

Aber aus irgendeinem Grund musste ich an sie denken, als ich den dreistöckigen Kuchen mit pinken Rosen im Schaufenster gesehen habe. Wahrscheinlich wollte ich mich noch immer für mein unfaires Verhalten ihr gegenüber entschuldigen.

Und als sie mir erzählt hat, dass sie sich jedes Mal etwas wünscht, wenn sie eine Kerze ausbläst … an ihrem Geburtstag konnte sie das auch nicht richtig tun. Donuts zählen nicht als Kuchen. Also hat sie mir leidgetan, auch wenn es nicht meine Schuld war. In dem Moment erschien es mir jedenfalls als eine gute Idee, den Kuchen zu kaufen.

Aber ihn nach Hause zu bringen, hat sich sentimental angefühlt. Zu sentimental. Ich habe die rosa Schachtel hinten im Kühlschrank versteckt und wollte abwarten, ob ich wieder in Stimmung dazu kommen würde, bevor ich ihn einfach wegwerfe.

»Aber ja, er gehört dir. Also schlagt zu«, sage ich schließlich und werfe ihr einen schnellen Blick zu, bevor ich mich wieder meinen Karten widme.

»Wolltest du mir gar nicht sagen, dass er im Kühlschrank ist?« Ich zucke mit den Schultern. »Das habe ich wohl vergessen.«

Die Lüge klingt nicht besonders überzeugend, aber ihre aufgeregte Stimme rettet mich vor den glühenden Blicken der anderen.

»Also wenn das so ist«, sagt sie schließlich, »dann darf er ihn nicht essen. Es ist mein Kuchen.«

Ich kann nichts dagegen tun, dass mir ganz warm ums Herz wird. Ich blicke langsam auf und sehe sie lächelnd den Rest der Treppe hochgehen.

»Danke!«, ruft sie, und dann höre ich, wie eine Tür geöffnet wird und die Musik laut zu uns in den Keller dringt, bevor die Tür sich wieder schließt.

Rosa. Ich habe ihr einen rosa Kuchen gekauft, als wäre sie sieben Jahre alt. Mit Rosen darauf. Hat sie den Kuchen schon gesehen? Sieht er aus wie ein Kuchen für ein kleines Mädchen? Oder noch schlimmer – ist er romantisch? Sie hatten Kuchen mit Luftballons. Sie hatten einfache Kuchen. Verdammt, ich bin ein Idiot. Ich habe nicht nachgedacht.

Ich werfe die Karten auf den Tisch, schließe die Augen und fahre mir mit den Händen durchs Haar.

»Ich bin gleich wieder da, Jungs«, sage ich, schiebe meinen Stuhl zurück und gehe um den Tisch herum zur Treppe.

Als ich den Keller verlasse, um ihr nachzulaufen, höre ich hinter mir Gelächter.

Vor nicht allzu langer Zeit konnte ich noch klar denken. Ich habe nicht jeden Schritt hinterfragt, den ich mache, und darüber nachgedacht, wie Jordan wohl darauf reagieren wird. Ich war schon lange nicht mehr so durcheinander wie in letzter Zeit.

Oben an der Treppe angekommen, gehe ich durch die Tür und höre lautstark *I Love Rock 'n' Roll* aus den Boxen im Garten dröhnen. Gleichzeitig springt jemand platschend in den Pool. Ich habe Jordan gebeten, von jedem, der trinkt, die Autoschlüssel einzusammeln, aber wenn die Nachbarn beschließen, wegen dem Lärm die Cops zu rufen, werden mich meine Sicherheitsvorkehrungen, betrunkene Jugendliche vom Autofahren abzuhalten, nicht davor bewahren, ein Problem zu kriegen, weil ich Jugendlichen überhaupt erst erlaubt habe, hier Alkohol zu trinken.

Aber da in meinem Keller selbst ein Cop sitzt, mache ich mir darüber nicht allzu viele Gedanken.

Ich gehe in die Küche, erhasche einen Blick auf die Partygäste draußen und sehe, wie Jordan die rosa Schachtel aus dem Kühlschrank zieht.

Sie dreht sich um, stellt sie auf die Kücheninsel ab und schaut mir in die Augen. »Ich werde ihn jetzt nicht essen«, sagt sie. »Sonst muss ich ihn nur teilen. Ich will nur sehen, wie er ausschaut.«

Nervös sehe ich ihr zu, wie sie den Deckel anhebt, und habe schon eine Entschuldigung auf den Lippen, obwohl sie erwartungsvoll lächelt.

Ich gehe zum Kühlschrank und hole mir was zu trinken raus, als wäre ich deshalb hochgekommen. »Tut mir leid, wenn das kindisch war, ich weiß nicht, was ich mir dabei gedacht habe.«

Sie verschränkt die Arme und versucht, ihr Lächeln zu verbergen, was ihr aber nicht gelingt. Obwohl es in der Küche dunkel ist, sehe ich, wie ihre Wangen erröten und ihr Atem schneller geht.

Dann dreht sie sich zu mir um. »Ich glaube nicht, dass ich jemals einen so schönen Kuchen bekommen habe«, sagt sie. »Danke, dass du an mich gedacht hast. Das ist eine nette Überraschung.«

Sie blickt wieder auf den Kuchen und sieht irgendwie gerührt aus.

Na toll. Jetzt fühle ich mich noch schlechter. Sie sieht aus, als wäre das das Netteste, was je ein Mensch für sie getan hat. Und das wäre wirklich traurig.

Aber es ist wirklich ein schöner Kuchen. Die Rosen aus Zuckerguss sind unten noch ganz weiß und werden immer dunkler, je höher der Kuchen ist, bis sie obendrauf ein dunkles Pink angenommen haben.

Es war also doch keine dumme Idee. Ich wusste, dass sie rosa mag.

»Er ist auch innen rosa«, sage ich.

Ihr Grinsen wird noch breiter.

Und jetzt fällt mir wieder ein, dass es kein Kuchen für Kinder ist. Er ist mit Champagner gemacht, wie mir die Verkäuferin gesagt hat.

Okay, das habe ich gut gemacht. Langsam habe ich wieder das Gefühl, das mich überkommen hat, als ich den Kuchen gekauft habe, und mir geht es wieder besser.

Sie steckt ihren Finger in eine Rose, hält ihn sich an den Mund und schleckt den Zucker ab. Mein Blick erstarrt, und ich beobachte, wie ihre Lippen sich formen und ihre Zunge aus dem Mund kommt, um auch noch das letzte bisschen Zuckerguss von ihrem Finger zu lecken.

Innerlich stöhne ich auf und kann nicht anders, als mich zu fragen, wie warm wohl ihr Mund sein mag.

Ich räuspere mich. »Sorry, ich habe die Kerzen ganz vergessen.« Ich greife in die Schublade hinter mir. »Aber ich weiß, dass du das machen musst, also ...«

Ich hole eine Schachtel Streichhölzer, die neben den Topflappen liegt, aus der Schublade, zünde eines an und will es in den Kuchen stecken, als mir etwas einfällt. »Sollen wir Cole reinholen?«

Sie wirft einen Blick aus dem Fenster, winkt dann aber ab. Also stecke ich das Streichholz in den Kuchen.

Ich beobachte sie dabei, wie sie ihre Augen schließt, tief ein- und ausatmet, ihre Schultern entspannt und wie sich langsam ein zaghaftes Lächeln auf ihre Lippen legt. Instinktiv muss ich auch lächeln. Ich weiß zwar nicht, was sie gerade denkt, aber ich glaube, ich weiß, was sie in diesem Moment fühlt.

Sie bläst das Streichholz aus, öffnet ihre Augen wieder, und der Rauch steigt vor ihrem Gesicht auf.

Einen Moment lang bleibe ich neben ihr stehen, will mich nicht bewegen.

Jemand sollte sie jetzt umarmen. Jemand sollte sich vor sie stellen, beide Hände an ihre Seiten legen und ihren Atem auf seinem Gesicht spüren.

Mein Atem geht schneller, als ich mir vorstelle, wie sie schmeckt.

Dann greife ich schnell nach meiner Getränkedose, die ich auf die Arbeitsfläche gestellt habe, und drücke so fest zu, dass sich das Blech verbiegt.

Diese Gedanken sind nicht gut. Überhaupt nicht gut.

Ich trete zur Seite, muss dreimal schlucken, um meinen Hals zu befeuchten, und nehme die Kassettenbox aus meinem Truck, die auf dem Regal steht. Ich schiebe sie ihr über die Kücheninsel zu.

»Und das ist für dich, Birthday Girl«, sage ich, um von meiner momentanen Verfassung abzulenken. »Bitte sehr.«

Ihr Blick fällt auf die schwarze Box, und als sie erkennt, was es ist, reißt sie staunend die Augen auf. »Was? Ist das dein Ernst? Auf keinen Fall!« Sie grinst übers ganze Gesicht. »Das kann ich nicht annehmen! Die haben deinem Dad gehört.«

Ich nicke und fühle mich sicherer mit der Kücheninsel zwischen uns. »Mein Dad hätte gewollt, dass sie jemandem gehören, der sie liebt. Und du liebst sie, oder?«

Ich höre mir die Kassetten nie an. Ich höre eigentlich nur Radio. Sie schien ziemlich begeistert von ihnen zu sein, also war es die einzige Sache, die mir eingefallen ist, die sie sich wünschen könnte.

Sie hält die Hände hoch und schaut mich an, als wüsste sie nicht, was sie mit mir machen soll. »Aber ...« Sie hält inne und schnaubt. »Pike, ich ...«

»Du willst sie, oder?«, frage ich.

Sie schnaubt erneut auf und verzieht das Gesicht. Ich kann in ihrem Blick sehen, wie sie mit sich selbst kämpft. Für sie ist das ein wertvolles Geschenk, und sie denkt, dass sie die Kassetten nicht verdient. Aber sie würde sie so gerne haben.

»Ist das dein Ernst?«, fragt sie wieder und legt ihre Hände ans Gesicht.

Ich muss lachen. Es freut mich, sie glücklich zu machen.

Dann nimmt sie die Box und umarmt sie. »Ich habe Kassetten. Ich habe eine Sammlung. Scheiße!«, bricht es aus ihr heraus. »Ich komme mir so schlecht vor, aber ... ich will sie so sehr. Ich nehme sie.«

Sie schaut mich entschuldigend an, lacht aber gleichzeitig, was mich noch mehr amüsiert.

»Gut«, sage ich.

Und jetzt fühle ich mich auch besser. Zumindest habe ich – hoffentlich – mein Verhalten von letzter Woche wiedergutgemacht. Dieses Geschenk und der Garten scheinen sie in richtig gute Stimmung zu versetzen.

Ich entferne mich von der Kücheninsel, aber sie hält mich auf. »Oh, warte.«

Sie dreht sich um und holt ein Tablett aus dem Kühlschrank. Während sie auf mich zugeht, stellt sie noch eine Tüte Tortilla-Chips auf das Brett und reicht es mir. »Ich habe einen speziellen Taco-Dip für dich und deine Freunde gemacht.«

Ich blicke auf das Tablett, und sofort knurrt mein Magen. »Oh, das hättest du nicht tun müssen.« Normalerweise bestellen wir Chicken Wings und Pizza. Aber das hier sieht wirklich gut aus. »Danke. Das wird ihnen gefallen.«

Sie lächelt, und wir schauen uns drei lange Sekunden in die Augen. Es ist fast so, als stünde was zwischen uns, das wir nicht so recht greifen können.

Schließlich hole ich tief Luft und trete zurück. »Sieh zu, dass sie aufräumen, wenn sie fertig sind, okay?« Nicht, dass sie dich alles alleine machen lassen, will ich fast hinzufügen, tue es aber nicht.

Sie verdreht nur die Augen und wendet sich dann wieder ihren Kassetten zu.

Ein dumpfes Geräusch reißt mich aus dem Schlaf, und ich schrecke auf. Blinzelnd schaue ich in die Dunkelheit. Was zum Teufel …? Ich könnte schwören, das Bett hat vibriert. Ich brauche einen Augenblick, um all die Geräusche von draußen einzuordnen, und dann höre ich die gedämpfte Musik, die durch meine geschlossenen Fenster dringt.

Mein Gott, sind sie immer noch wach? Ich werfe einen Blick auf die Uhr und sehe, dass es erst kurz nach eins ist. Ich schiebe die Decke zurück, gähne und fahre mir mit den Fingern durchs Haar.

Es ist verdammt heiß hier drin.

Ich setze mich aufrecht hin, schwinge die Beine über die Bettkante und stehe auf.

Ich gehe durchs Zimmer, öffne die Tür, trete in den Flur und steige die Treppe runter. Unten werfe ich einen Blick auf das Thermometer und mache die Klimaanlage an. Sechsundzwanzig Grad. Ich bin ja bereit, Kompromisse einzugehen, aber das ist unerträglich. Die Tatsache, dass ich jetzt in Schlafanzughose schlafen muss, weil ich Leute im Haus habe, macht die Sache auch nicht besser. Aber ich habe Angst, dass ich aufwache und vergesse, dass ich nackt bin.

Ich betrete die Küche, lasse aber das Licht aus und bleibe am Waschbecken stehen. Dort schaue ich durch das Fenster auf die Veranda. Es überrascht mich, dass noch niemand die Cops gerufen hat. Es ist zwar nicht mehr so laut wie vorhin, aber es ist immer noch zu laut für diese Uhrzeit.

Dann schaue ich in den Garten, um zu sehen, was das laute Geräusch verursacht hat. Ich reiße erstaunt die Augen auf und drehe mich schnell zur Seite. Ernsthaft, Cole – welche Freunde ziehen so eine Scheiße im Haus eines Fremden ab?

Mindestens zwei Mädchen haben ihre Bikini-Oberteile ausgezogen. Eins von ihnen wird aufs Gröbste von einem Typen begrapscht, von dem ich annehme, dass es einer von Coles Freunden ist, während die beiden im Pool rummachen. Das andere Mädchen liegt auf einem Liegestuhl und hat einen Arm hinter ihren Kopf gelegt, auf dem trotz der Dunkelheit eine Sonnenbrille sitzt.

Ich drehe mich um und taste in meiner Hose nach meinem Handy. Er muss diese Leute jetzt aus meinem Garten werfen, aber ich kann nicht rausgehen. Ich weiß nicht, ob es ihnen unangenehm wäre, aber *mir* wäre es definitiv peinlich. Wahrscheinlich kenne ich sogar ihre Väter.

Wo zum Teufel ist Jordan? Ich weiß nicht, warum mir dieser Gedanke kommt, aber aus irgendeinem Grund bin ich überzeugt davon, dass sie auch ein Problem mit dem Ganzen hätte. Wo ist mein Handy?

Mir fällt ein, dass ich es neben meinem Bett zum Laden eingesteckt habe. Also gehe ich wieder hoch, betrete mein Zimmer und ziehe das Kabel aus dem Handy.

So wie es aussieht, ist der Großteil der Partygäste schon gegangen. Es sollte nicht schwer sein, die restlichen ungefähr acht Leute loszuwerden. Aber der Garten sieht aus wie ein Schlachtfeld, und ich habe sowieso schon ein Auge zugedrückt. Cole sollte mich lieber für eine lange Zeit nicht mehr fragen, ob er eine Party feiern darf.

Ich gehe wieder runter, bleibe in der Küche stehen und wähle Coles Nummer. Ich halte mir das Handy ans Ohr und höre, wie es läutet.

Aber plötzlich höre ich das Klingeln hinter mir aus dem Wohnzimmer kommen, und als ich mich umdrehe, sehe ich etwas auf der Couchlehne leuchten. Coles Handy. Verdammt.

Ich lege auf und scrolle zu Jordans Name, um sie anzurufen. Aber bevor ich den grünen Hörer drücke, schaue ich auf und halte plötzlich inne.

Da ist sie. Sie steht am flachen Ende des Pools bis zu den Oberschenkeln im Wasser, hat ihre Arme vor der Brust verschränkt und versucht, ihr Bikinioberteil festzuhalten, das Cole ihr im Nacken löst. Er steht vor ihr und schaut auf sie hinab, während sie abwehrend ihren Kopf schüttelt. Obwohl sie dabei lächelt, kann ich von hier aus sehen, dass es ihr peinlich ist.

Eine Welle an Emotionen überrollt mich, und mir gehen tausend Gedanken durch den Kopf, während ich versuche, wegzuschauen, was mir aber nicht gelingt.

Schau sie nicht an, befehle ich mir selbst.

Meine Faust ballt sich um mein Handy, weil ich will, dass Cole sie in Ruhe lässt. Ganz offensichtlich gefällt es ihr nicht.

Und mir gefällt es auch nicht.

Aber ich kann den Blick nicht von ihr abwenden. Ich sehe den rosafarbenen Schalenbikini, den sie trägt, und wie die dünnen Träger langsam über ihre Schultern rutschen.

Mein Gott, sie ist wunderschön.

Ein schmerzhafter Stich durchfährt mich, als ich ihr langes Haar bewundere, das über ihren nackten Körper und ihre Arme fällt, die das Einzige, was sie noch bedeckt, festhalten.

Ich fahre mir mit der Hand über das Gesicht, als versuche ich, die Scham wegzuwischen. Denn wenn ich Cole wäre, würde ich so ziemlich dasselbe mit ihr machen, nur in privater Atmosphäre. Ich würde nicht wollen, dass jeder sieht, was ich sehen werde.

Ich atme tief aus und wende meinen Blick ab. Das muss aufhören. Vielleicht sollte ich den Strom abstellen, damit alle verschwinden.

Aber bevor ich die Gelegenheit habe, mich zu bewegen, sehe ich, dass Jordan aus dem Pool steigt und Richtung Fenster geht. Sie hält mit einer Hand ihren Bikini fest und zieht sich mit der anderen mein altes T-Shirt über den Kopf, bevor sie die Riemen des Bikinis darunter schließt.

Ihre Stirn ist gerunzelt, als wäre sie sauer, und als ich hinter sie blicke, sehe ich, dass Cole einem Freund lachend einen Football zuwirft.

Sie geht um das Haus herum durch die Hintertür, und ich reiße mich zusammen, als sie die Küche betritt. Ich stecke mein Handy an das Kabel auf dem Küchentresen, damit es so aussieht, als hätte ich was zu tun.

»Oh, hey.« Sie hält inne, als sie mich entdeckt.

Ich sehe sie an und räuspere mich. »Hey. Alles in Ordnung?«

»Ja, ich wollte nur …« Sie zögert, als würde sie nach der richtigen Antwort suchen. » … eine Wassermelone aufschneiden.«

Ich nicke und gehe zum Kühlschrank, wo ich die Melone für sie heraushole.

Sie nimmt sich ein Schneidebrett und ein Messer, und ich vergesse, sie zu bitten, die Party aufzulösen. Sie scheint im Moment nicht draußen sein zu wollen.

Ich nehme mir ein zweites Schneidebrett, lege es auf die Arbeitsplatte neben ihr und halbiere die Wassermelone für sie.

Die eine Hälfte lasse ich auf meinem Brett liegen, die andere gebe ich ihr, und wir beginnen beide zu schneiden.

Die übrig gebliebenen Partygäste rennen durch den Garten, ein Typ fängt ein quietschendes, halb nacktes Mädchen, und ich wende wieder den Blick ab. Ich komme mir so vor, als wäre das nicht mein verdammtes Haus und als wäre ich ein siebzigjähriger Spanner, der den Teenagern hinterhergafft, die durch meinen Garten rennen.

Aus dem Augenwinkel sehe ich, dass sie ebenfalls durch das Fenster schaut und mir dann schnell einen Blick zuwirft, als würde sie meine Verärgerung spüren. Schließlich rennen Frauen oben ohne durch meinen Garten, und ich bin schon ausgeflippt, als sie in ihrem nassen T-Shirt den Rasen gemäht hat.

Aber stattdessen beschließe ich, mit Sarkasmus zu reagieren. »Denkst du, Cramer von nebenan genießt die Aussicht?«

Sie schnaubt auf und hört kurz zu schneiden auf. Dann folgt ein Lachen.

Nach einem Moment fragt sie herausfordernd: »Tust du es?«

Ich reiße erstaunt die Augen auf und schaue sie an. Sie grinst mich frech an.

»Du bist immer noch jung«, zieht sie mich auf. »Siehst immer noch fit aus. Warum gehst du nicht mehr aus?«

Wer sagt, dass ich nicht ausgehe? Meine Kneipenzeiten sind vorbei, aber ich hatte gestern Abend auch Freunde hier. Das kann man nicht als ausgehen bezeichnen, okay. Aber ich bin kein Einsiedler.

»Du bist doch nicht schwul, oder?«

Ich werfe ihr einen erstaunten Blick zu. Wie bitte? Haben wir nicht erst über meine Frauengeschichten gesprochen?

Aber sie schüttelt gleich den Kopf. »Vergiss es. Das hätte ich auch nicht gedacht.«

Mein Gott.

Zugegeben, ich habe kein so ausgeprägtes Sozialleben, wie ich es haben könnte. Das weiß ich. Ich bin noch nicht mal vierzig, und meine Freizeitaktivitäten gleichen denen meines Großvaters, als er in Rente war.

Ich denke kurz nach und suche nach einfachen Worten, um es ihr zu erklären. »Ich mag mein langweiliges Leben.« Was beinahe wie eine Entschuldigung klingt. »Die meisten Frauen nicht.«

»Mädchen vielleicht nicht«, erwidert sie, und ich weiß den belustigten Tonfall zu schätzen. »Ich finde dich überhaupt nicht langweilig. Du solltest mehr ausgehen. Es gibt zu wenige Männer in dieser Stadt. Zu viele Jungs.«

Ich grinse in mich hinein. Sie sieht mich als einen Mann, nicht als den Vater von jemandem. Das sollte mir eigentlich gar nicht so gefallen.

Und ja, hier mag es viele Jungs geben, aber es gibt auch viele Frauen, und keine davon ist was für mich. Wenn meine zukünftige Frau in dieser Stadt leben würde, hätte ich sie mit Sicherheit schon gefunden.

Sie schneidet ihren Teil der Wassermelone in zwei Hälften und legt sie auf die Seite, um zwei Dreiecke herauszuschneiden. Ich folge ihrem Beispiel.

Draußen läuft eine junge Frau mit braunem Pferdeschwanz um den Pool herum, und ihr oranger Bikini lässt ihre gebräunte Haut noch dunkler erscheinen.

Ich deute mit dem Kinn in ihre Richtung. »Soll ich sie anmachen?«

Jordan wirft einen Blick durch das Fenster und wendet sich dann wieder ihrer Wassermelone zu. »Sie ist zu scharf für dich.«

»Denkst du, ich kann nicht mit ihr mithalten?«, scherze ich und schneide zwei weitere Dreiecke aus der Melone. »Ich habe schließlich auch mal gedatet.«

»Wahrscheinlich schon mehrmals, so alt, wie du bist. Brauchst du jetzt ein Päuschen?«

Moment, du kleine …

Ich lasse die Messerklinge durch die Frucht gleiten und schneide mich an der Innenseite meines linken Mittelfingers.

»Scheiße!« Ich lasse das Messer fallen, halte die Hand nach oben, und der Schmerz dringt bis auf den Knochen vor. Ich ziehe scharf die Luft ein. Verdammt.

»Oh«, ruft Jordan, lässt ebenfalls ihr Messer fallen und trocknet sich die Hände ab. »Das tut mir leid.« Sie lacht reumütig auf. »Komm her.«

Ich sauge das Blut von meinem Finger und kriege kaum mit, dass sie mich auf einen Barhocker neben der Kücheninsel drückt, während sie eine antibakterielle Wundkompresse und Pflaster aus dem Schrank holt.

Habe ich die dahin gelegt? Sicher nicht.

Dann kommt sie zu mir zurück und reißt die Kompresse auf.

»Ich kann das schon.« Ich strecke meine Hand aus.

Aber sie inspiziert den erbsengroßen Blutstropfen an meinem Finger. »Ich weiß«, sagt sie. »Aber ich habe ein schlechtes Gewissen. Ich wollte dich nicht aufregen und ablenken. Ich habe dich nur aufgezogen.«

Ich schnappe nach Luft, als sie meine offene Wunde desinfiziert. »Du hast mich nicht aufgeregt«, erwidere ich, aber es klingt eher wie ein Knurren. »Na ja, irgendwie schon. Das tust du immer. Aber auf eine gute Art und Weise.«

»Auf eine gute Art und Weise?« Sie runzelt fragend die Stirn.

Ja, es macht Spaß. *Du* machst Spaß. Und bist irgendwie lustig. Und ziemlich interessant. Ich weiß nicht, wie sie es schafft, mich so schnell aus der Fassung zu bringen wegen jeder Kleinigkeit. Ich kann es mir nicht erklären, aber es gefällt mir.

Allerdings weiß ich nicht, wie ich ihr das sagen soll. Es hört sich einfach seltsam an.

Als ich nicht auf ihre Frage antworte, fährt sie mit ruhiger und ernster Stimme fort: »Weißt du«, sagt sie, schaut mich aber nicht an. »Wenn du an ihr interessiert bist, kann ich sie öfter einladen. Wenn du willst.«

Das Mädchen in dem orangenen Bikini?

»Sie einladen?«

Sie nickt und wischt noch mal über meinen Finger. »Vielleicht zum Übernachten. Du müsstest sie gar nicht anmachen. Sie würde über dich herfallen.«

Obwohl sie wegschaut, starre ich sie an. Sie will, dass ich Sex habe?

Ich spüre, wie mir leichter, warmer Schweiß über den Rücken rinnt, als mir die Wärme ihres Körpers zwischen meinen Beinen bewusst wird. Ich beobachte, wie sie sich das Haar aus dem Gesicht bläst, das aber sofort wieder zurückfällt.

Das Mädchen im orangenen Bikini ist nicht diejenige, die über mich herfallen soll.

Gedankenverloren streiche ich ihr die Haarsträhne aus dem Auge und stecke sie hinter ihr Ohr. Ihr Blickt trifft auf meinen, als meine Hand über ihr weiches Haar gleitet, und mein Herz macht einen Sprung, während wir beide wie angewurzelt dastehen.

Ich kann ihr Gesicht fast in meinen Händen spüren. Das Verlangen zu wissen, wie es sich anfühlt, einen Teil von ihr zu halten, ist riesengroß.

Fuck. Ich lasse meine Hand fallen und schaue wieder auf die kleine Wunde an meinem Mittelfinger.

»Willst du, dass ich es tue?«, sagt sie leise und klingt fast so, als hätte sie Angst vor meiner Antwort.

Ich schüttle den Kopf. »Nein«, sage ich schließlich. »Sie ist nicht schlecht, aber sie ist nicht das, was ich will.«

Sie öffnet ein Pflaster und klebt es um meinen Finger. Dann streicht sie es langsam glatt.

Meine Finger kribbeln an der Stelle, an der sie sie berührt. Ich betrachte ihr Gesicht, aber sie schaut immer noch hoch konzentriert auf meine Hand.

Dann flüstert sie plötzlich: »Was willst du denn?«

Sie benetzt sich die Lippen, und ihr Atem geht schneller. Ich spüre ein Ziehen im Unterleib und bin kurz davor, etwas mit meinen Zähnen zu zermalmen.

Was macht sie nur mit mir?

»Frauen, die alt genug sind, um Alkohol zu trinken, zum Beispiel«, erwidere ich und ziehe meine Hand weg.

Sie zieht eine Augenbraue nach oben. »Ja genau, weil du so oft in Bars gehst.«

Sie hat recht. Ich trinke zu Hause.

»Aber gut.« Sie seufzt und stemmt ihre Hände in die Hüften. »Ich wollte dich auch gar nicht mit ihr verkuppeln.«

»Warum nicht?«

»Ich denke nicht, dass sie dein Typ ist.« Sie wirft die Verpackungen des Pflasters und der Kompresse weg und kneift die Augen zusammen. »Außerdem wäre ich dann eifersüchtig. Es gefällt mir, die einzige Frau im Haus zu sein.«

»Und wenn ich Ja gesagt hätte?«

Sie zuckt mit den Schultern und schaut mich entschuldigend an. »Dann würde ich dir deinen neuen Lieblingsburger nicht mehr machen.«

Ich grinse kopfschüttelnd. So berechenbar.

Aber ja, ihre Burger schmecken wirklich besser.

Sie nimmt erneut meine Hand und inspiziert sie.

»Ist schon gut. Danke.« Ich stehe auf und dränge sie etwas zurück. »Geh wieder zurück zu deinen Freunden.«

Sie blickt über ihre Schulter hinweg nach draußen, sieht aber nicht so aus, als wäre sie in der Stimmung, sich wieder der Party anzuschließen.

»Was machst du jetzt?«, fragt sie, während sie die Wassermelonenstücke in eine große Schüssel legt.

»Ich werde versuchen, etwas Schlaf zu bekommen.«

Hoffentlich dreht sie nicht wieder die Klimaanlage runter, sodass ich durchschlafen kann.

Als ich aus der Küche gehe, reibe ich über meine Finger, der immer noch schmerzt.

Ich werfe einen Blick zu ihr zurück und sehe, dass sie mich anschaut. Dann dreht sie sich schnell wieder weg, und ich würde am liebsten bei ihr bleiben.

Nach einem Augenblick schlucke ich. »Gute Nacht.« Aber bevor ich im Wohnzimmer bin, höre ich ihre Stimme hinter mir. »Was hast du damit gemeint? Auf eine gute Art und Weise?«

Ihr Blick liegt wieder auf mir, und ich lächle sie an. Ich bin mir nicht sicher, was ich sagen soll, das nicht völlig unangemessen klingt.

Schließlich entscheide ich mich für die einfachste Antwort, drehe mich um und gehe zur Treppe. »Ich unterhalte mich gerne mit dir«, sage ich über meine Schulter hinweg.

KAPITEL 11

Jordan

Ich unterhalte mich gerne mit dir?

Was habe ich denn je so Faszinierendes gesagt? Ich seufze und schüttle den Kopf, während ich die Kartoffeln fürs Abendessen schäle.

Vielleicht ist es der Mangel an Möglichkeiten. Er hat so lange alleine gelebt, und jetzt findet er jedes Gespräch interessant? Wir haben absolut nichts gemeinsam.

Aber ehrlich gesagt … hat es mir gefallen, dass er das gesagt hat. Warum will ich so sehr, dass er mich mag? Und warum war die gestrige Party im Garten der letzte Ort, an dem ich sein wollte, als mir bewusst wurde, dass er nicht auch draußen sein würde?

Ich blicke auf und sehe ihn durch das Fenster vor mir im Garten. Er schneidet den Baum am Zaun, der seinen Garten von Cramers trennt, und hält eine lange Astschere in der Hand. Ich habe erwähnt, dass der Garten nicht genügend Sonnenlicht bekommt, also hat er sich selbst des Problems angenommen. Ohne dass ich ihn darum gebeten hätte.

Ich liebe den Garten mehr, als ich zugeben will. Es ist mein eigener kleiner Ort, und er wird immer noch da sein, wenn ich weg bin. Das ist irgendwie tröstlich.

Die Samen sind gesät, und die Sprinkler bewässern den Boden jeden Morgen und Abend automatisch. Ich mag es, zu hören, wenn sie in den frühen Morgenstunden angehen. Wenn es noch dunkel ist und ich die Einzige bin, die wach ist und mit ihrem Kaffee in der Küche sitzt.

Alles hier fühlt sich langsam so vertraut und warm an. Wie ein richtiges Zuhause.

Ich schneide rabiat und aggressiv in die Kartoffelschale. Typisch. Ich gewöhne mich immer an Dinge, die nicht für immer sein werden. Als ich klein war, war es die Hoffnung, dass meine Mutter wieder zurückkehrt. Dann Nick, Jay, meine Wohnung und der Wunsch, ein eigenes Zuhause zu haben. Es ist schon erstaunlich, wie bemitleidenswert ich bin. Ich stecke das Messer in das Schneidebrett und hole mehr Kartoffeln aus der Tüte.

Und um dem Ganzen noch eins draufzusetzen, konnte ich den ganzen Tag nicht aufhören, an letzte Nacht zu denken. Und dabei ging es nicht um die Party.

Der Geburtstagskuchen, die Kassetten, das Rumgealbere mit ihm ... dass er mich daran erinnert hat, dass ich eine Kerze ausblasen und mir was wünschen muss. Mein Herz macht einen Satz, und ich muss lächeln. Dann runzle ich verwirrt die Stirn, weil ich diese Gefühle nicht haben will.

Als ich gestern das Streichholz ausgeblasen habe, habe ich mir das Gleiche gewünscht wie damals im Kino. Ich habe das Gefühl geliebt, das ich in diesem Moment hatte, und ich habe gehofft, dass ich jeden Tag so fühlen könnte. Das ist alles, was ich wollte.

Ich wollte nicht, dass etwas anders ist oder ich etwas bekomme, das ich nicht habe. Aber ich wollte mich am nächsten Tag wieder genauso fühlen. Und am Tag danach auch.

Besonders, nicht vergessen, glücklich.

Er macht mich glücklich.

Glücklich auf eine Art und Weise, die mich mein Freund machen sollte.

Ich schäle eine weitere Kartoffel und sehe aus dem Augenwinkel, wie er sich draußen bewegt. Ich kann nicht anders, als ihn anzuschauen.

Er hebt die Arme, zieht sich das blaue T-Shirt über den Kopf und steckt es in seine hintere Hosentasche. Dann nimmt er wieder die Astschere zur Hand.

Ich erstarre für einen Moment. Meine Hände halten inne, und die Geräusche der Astschere, des Rasenmähers auf der anderen Straßenseite und der Musik, die in der Küche läuft, verschwimmen langsam.

Seine Haut – golden und gebräunt – sieht warm und weich aus, seine Bauchmuskeln und die Sehnen an den Unterarmen stehen hervor und zeugen davon, wie lange und hart er in seinem Leben gearbeitet hat. Schweiß glänzt in seinem Nacken und auf seinem Rücken, und ich kann sehen, wie sich seine Rückenmuskeln bewegen. Sogar durch die Tattoos hindurch.

Lange Beine in verwaschenen Jeans, aus deren Tasche das T-Shirt hängt und einen Teil seines … Ich benetze mir die Lippen, als ich meinen Blick von seinem Hintern abwende, und bewundere stattdessen, wie seine Jeans an seinen Hüften hängt.

Jeder Muskel seines Körpers zuckt, als er einen Zweig nach dem anderen abschneidet. Mein Atem geht immer schneller, als ich bewundere, wie seine Hosenbeine über seinen Arbeitsstiefeln hängen.

Mr Lawson ist scharf. Er ist geschickt und stark, und ich frage mich, wie er sich anfühlt. Wie er mit einer Frau umgeht.

Schnell senke ich wieder meinen Blick.

»Oh, das ist heiß«, höre ich eine Stimme hinter mir.

Ich blinzle und drehe abrupt den Kopf. *Cam.*

Sie steht neben der Kücheninsel, ist anscheinend durch die Vordertür gekommen, ohne dass ich sie gehört habe. Sie lehnt mit einem Unterarm auf der Granitplatte und schaut mich amüsiert an.

Ich widme mich wieder meiner Arbeit. Das Herz pocht mir bis zum Hals. Es ist schlimm genug, dass ich jemanden angestarrt habe, der nicht Cole ist, aber es musste auch ausgerechnet sie sein, die mich dabei ertappt.

»Ich habe noch nie gesehen, dass du Cole so angeschaut hast.«

Wie lange steht sie schon da?

Ich beschließe, es direkt im Keim zu ersticken. »Bitte?«, sage ich schnippisch. »Fang nicht mit irgendeiner Scheiße an.«

Ich höre, wie sie auf mich zugeht und sich neben mich ans Waschbecken stellt. Ich schaue kurz zu Pike raus, der immer noch arbeitet und nicht weiß, dass wir ihn beobachten.

»Ihr zwei habt es sehr gemütlich hier«, zieht sie mich auf, wäscht die geschälten Kartoffeln und legt sie in den Topf. »Er macht die Gartenarbeit, du kochst. Als wärt ihr ein Paar.«

»Halt den Mund. Ich bin jung genug, um seine Tochter zu sein.«

»Aber du bist nicht seine Tochter«, entgegnet sie und beugt sich zu mir. »Du bist eine scharfe, junge Blondine, die unter seinem Dach lebt, und du weißt, dass er darüber nachgedacht hat. Er mag Coles Vater sein, aber er ist auch ein Mann.« Sie dreht sich wieder weg, sieht aus dem Fenster und betrachtet ihn. »Ein gut aussehender, starker Mann.«

»Ich habe einen Freund. *Sein Sohn.*«

Genau, Jordan. Das hättest du dir mal sagen sollen, als du ihn vor einer Minute noch angeschmachtet hast.

Aber meine Schwester zuckt nur mit den Schultern. »Bloß heißer.«

Ich lache bitter auf. »Wenn du ihn willst, bitte.«

»Nein, nein.« Sie verzieht amüsiert die Mundwinkel. »Ich habe jetzt diese Fantasie im Kopf. Ich will den Vater meines eigenen Freundes.«

O Mann ... Ich werde rot.

»Du bist unmöglich. Und du hast keinen Freund«, sage ich.

»Dann sollte ich mir einen zulegen. Einen mit einem scharfen Dad.«

Ich schüttle den Kopf. Darüber werde ich nicht weiter sprechen. Sie ist davon überzeugt, dass ich ihn angeschmachtet habe, und jetzt will sie mich aufziehen. Dazu werde ich sie nicht ermutigen.

»Außerdem bist du meine Schwester«, sagt sie. »Ich will nicht, dass du eifersüchtig wirst, weil ich mit ihm rummache.«

»Warum sollte ich eifersüchtig werden?«, frage ich und schäle die letzte Kartoffel. »Im Ernst. Ich habe einen Freund. Mit wem Pike Lawson rummacht oder nicht, interessiert mich nicht. Nur zu.«

Ich drehe mich weg, trockne mir die Hände ab und greife an ihr vorbei nach dem Topf mit den Kartoffeln, um ihn auf den Herd zu stellen. Die Schweinekoteletts sind mariniert. Der Biskuitteig ist fertig. Ich gehe so schnell wie möglich meine gedankliche Checkliste durch, um mich abzulenken. Um nicht an ihn zu denken.

Er kann sich treffen, mit wem er will. Das ist sein Haus.

»Na dann«, höre ich Cam sagen. »Wenn es dir nichts ausmacht, dann ...«

Ich bleibe am Herd stehen und tue so, als würde ich die Herdplatte überprüfen, aber meine Hand krallt sich um den Knopf, und in mir brodelt es.

Dann höre ich, wie die Tür gegen den Rahmen schlägt, und sehe, dass sie die Küche verlassen hat.

Verdammt …

Ich gehe wieder ans Waschbecken, schaue aus dem Fenster und sehe, wie Cam über den Rasen auf Pike zugeht. Sie wirft mir grinsend einen Blick über die Schulter zu, weiß, dass ich sie beobachte.

Ich runzle die Stirn. Das habe ich nicht ernst gemeint. Der Gedanke daran, dass ihre Hände auf ihm liegen … seine Arme um sie herum … das will ich nicht sehen. Sie ist meine Schwester.

Er spürt ihre Anwesenheit und blickt auf sie hinab. Dann legt er die Astschere weg, und ich sehe, wie er ihr zuhört. Wahrscheinlich fragt er sich, was sie von ihm will.

Meine Schwester ist scharf, und nicht viele Männer würden sie abweisen, wenn sie sie anmacht. Vielleicht fühlt Pike sich zu ihr hingezogen? Er ist schließlich ein Mann, wie er gesagt hat.

Und sie ist älter, hat ihre eigene Wohnung, ein Auto, ist sesshaft in der Stadt. Sie ist immer noch deutlich jünger als er, aber sie ist kein Kind mehr.

Sie ist kein »kleines Mädchen«.

Sie verschränkt die Arme vor der Brust, rutscht mit den Füßen auf dem Boden herum und vermittelt den Eindruck von Sittsamkeit. Ich schüttle den Kopf, weil Cam alles andere als sittsam ist. Nicht im Geringsten.

Sie kann Menschen nur sehr gut lesen. Sie weiß, dass es ihn abschrecken würde, wenn sie zu forsch rüberkommt.

Nach einem Augenblick berührt sie seinen Arm, und ich halte die Luft an, als ich sehe, wie sie ihren Kopf schief legt und seine Tattoos bewundert. Dann hebt sie ihren Arm hoch und zeigt ihm den schwarzen Phönix, den sie auf die Seite ihres Oberkörpers tätowiert hat.

Er sieht sie an, als sie ihr weißes Tanktop hochzieht, und mir rutscht das Herz in die Hose. Ich erwarte, dass er rot wird oder beschämt aussieht, weil Pike so ist, aber das tut er nicht. Stattdessen begutachtet er sie, als sie wild gestikulierend redet. Dann lächelt er plötzlich und lacht laut über etwas, das sie gesagt hat.

Mir schnürt es die Kehle zu, und ich habe ein schlechtes Gefühl. Er schaut sie immer noch an. Seit sie zu ihm gegangen ist, hat er den Blick noch nicht von ihr abgewendet. Will er sie? Törnt sie ihn an?

Ich will ja, dass er sie mag, aber ich mag nicht, dass er sie *will*.

Das ist nicht richtig. Ich will sie nicht die ganze Nacht lang durch den Flur stöhnen hören.

Außerdem ist er nicht ihr Typ. Er ist viel zu ernst. Ziemlich langweilig sogar.

Aber sie würde ihn definitiv für eine Weile glücklich machen.

Ich schließe die Augen und habe das Gefühl, als würden fünf Tonnen auf meinen Schultern lasten.

Sie dreht sich um und beginnt, Äste vom Boden aufzuheben. Dann widmet er sich wieder dem Schneiden, und beide arbeiten Seite an Seite in trauter Zweisamkeit. Aber ich sehe, wie sie mit ihren Lippen Worte formt, während sie mich herausfordernd angrinst.

Ich brauche einen Moment, um zu erkennen, was sie sagt.

Schon eifersüchtig?

Ich schnaube auf und zeige ihr den Mittelfinger. Dann drehe ich mich um und gehe vom Fenster weg. Scheiß drauf. Sie wird nichts unternehmen. Weil sie glaubt, dass er mir gefällt, und mich nur ärgern will.

Ich zupfe am Kragen meines T-Shirts – jeder Zentimeter meiner Haut fühlt sich gereizt an. Ich brauche eine Pause.

Also schalte ich den Herd aus, verlasse die Küche und laufe nach oben. In Coles und meinem Schlafzimmer nehme ich mir saubere Klamotten aus dem Schrank und gehe über den Flur zu unserem Badezimmer.

Aber als ich es betrete, halte ich inne und sehe das Chaos, das Pike hier veranstaltet hat. Die Badewanne ist immer noch rausgerissen, das Waschbecken ist nicht mit den Rohren verbunden, und die weißen Bodenfliesen sind schmutzbedeckt.

Er ist noch am Renovieren. Was ich ganz vergessen habe.

Seine Schlafzimmertür steht offen, und ich kann sein Bett an der gegenüberliegenden Wand sehen, als ich auf sein Zimmer zusteuere. Jedes Mal, wenn ich letzte Woche hier durchgegangen bin, hat es sich seltsam angefühlt – alleine in seinem Zimmer zu sein.

Ich schnüffle nicht herum, aber es ist durchaus verlockend.

Sein Bett ist immer gemacht. Die Decke ist zwar etwas schlampig drübergeworfen, aber es erstaunt mich trotzdem. Wenn meine Stiefmutter nicht wäre, wäre das Bett meines Vaters nie gemacht.

Als ich zum Badezimmer gehe, sehe ich Fotos von Cole von seiner Geburt bis zum Highschoolabschluss, die um den Spiegel über seiner Kommode angebracht sind. An der Wand hängt ein Flachbildschirm, dessen Kabel aber nicht angeschlossen ist. Ein mit einer dünnen Staubschicht bedecktes Modellschiff mit weißem Segel steht auf seinem Schreibtisch.

Auf der Kommode liegt eine alte Armbanduhr mit einem abgenutzten Lederband, die ich noch nie an ihm gesehen habe. Sonst gibt es keinen Schmuck.

Abgesehen vom Bett, den zwei Kommoden, dem Fernseher und den Nachttischen ist das Zimmer sehr spartanisch eingerichtet, nichts hängt an den Wänden, außer natürlich einer schwarzen Lampe mit grauem Schirm. Durch die Schlitze in den halb geöffneten Rollos scheint die Nachmittagssonne.

Der Gedanke, dass er hier so lange alleine gelebt hat, gefällt mir nicht. Jemand muss dieses Haus zum Leben erwecken. Aber nicht meine Schwester.

Ich schließe die Badezimmertür hinter mir, sperre ab und drehe das Wasser in der Dusche auf. Dann lege ich meine Klamotten auf den Rand des Waschbeckens, ziehe mich aus und nehme ein Handtuch aus dem Regal, das ich vor die Dusche hänge.

Schon eifersüchtig?

Ich schüttle den Kopf, und Wut steigt in mir auf, als ich in die Dusche steige und die Glastür schließe.

Ich bin nicht eifersüchtig. Ich will nur nicht, dass sie mit ihm spielt, wie sie es definitiv tun würde. Für meine Schwester ist alles ein Spiel, und sie versteckt ihre Unsicherheit hinter flatterhaftem Verhalten und Sarkasmus.

Aber Pike ist nicht so. Er braucht einen ruhigen Menschen. Jemanden, der weiß, wie man *ihn* beruhigt.

Jemanden, der die Arme um seinen Hals legt und den Rest der Welt verschwinden lässt.

Ich lege meinen Kopf in den Nacken, mache mein Haar nass, schließe die Augen und spüre die Hitze des Wassers auf meinen

Schultern und im Nacken. Gänsehaut breitet sich auf meinen Armen aus, und mein Kopf fühlt sich durch die Wärme des Wassers plötzlich ganz wohlig an.

Ich drehe mich zur Wand um, drehe meinen Kopf unter dem Wasserstrahl und lehne mich dann gegen die Wand, während ich mir die Haare hinter den Kopf streiche.

Mein Magen kribbelt. Wenn Cole nicht wäre und Pike eines Abends in die Bar käme, sich auf einen Barhocker setzen und mit mir reden würde … er würde mir gefallen. Ich würde ihn wirklich mögen.

Ich würde ihn wollen.

Ich presse meine Auge zusammen. Meine Gott, meine Schwester hat recht. Irgendwas passiert hier. Schon die ganze Zeit. Bemerken das auch alle anderen? Bemerkt er es?

Scheiße.

Ich öffne die Augen, und mein Blick fällt sofort auf sein Duschgel, das über mir steht. Cole verwendet normalerweise *Axe*, aber er hat sein Zeug aus unserer Dusche noch nicht hierhergebracht, also benutzt er wahrscheinlich auch das *Irish Spring* von seinem Dad.

Ich werfe einen schnellen Blick durch die Glastür, um sicherzugehen, dass ich alleine bin, dann nehme ich die Tube und öffne sie.

Kleine Seifenblasen bilden sich um die Öffnung herum, die noch von der Morgendusche der Männer übrig geblieben sind, und ich schließe die Augen und halte mir Pikes Duschgel unter die Nase. Der berauschende Duft steigt mir in die Nase, und auf meiner Haut kribbelt es überall. Es ist ein billiges Duschgel, nichts Besonderes. Aber es erfüllt seinen Zweck und erinnert mich an Jeans, Holz und den Dreitagebart bei einem Mann.

Es erinnert mich an ihn.

Meine Kehle verengt sich, als würde ich einen Schluck Wasser nehmen. Aber als ich schlucke, bin ich fast enttäuscht, dass nichts da ist. Ich benetze meine Lippen und atme schwer.

Ich vergrabe die Realität irgendwo in meinem Hinterkopf und drücke etwas von dem Duschgel in meine Hand. Dann rieche ich wieder daran, mein Atem geht schneller, meine Augenlider fallen zu, und meine Klit beginnt zu pochen.

Soll ich sie anmachen?

Mir kommt sein freches Grinsen in den Sinn, das mich letzte Nacht so erregt hat. Ich wollte nicht, dass er irgendeine Frau anmacht, aber ich würde wirklich gerne sehen, wie er ist, wenn er mit einer Frau zusammen ist.

Denkst du, ich kann nicht mit ihr mithalten? Ich habe schließlich auch mal gedatet.

Die Hand mit dem Duschgel gleitet über meinen Nacken, mein Schlüsselbein, über meine Brüste hinab über meinen Nippel. Mit ihr mithalten?

»Nicht mit ihr«, murmle ich.

Meine Finger fahren über meinen Bauch, als ich mich gegen die Wand lehne, und ich lege meine Hand zwischen meine Beine und beiße mir auf die Unterlippe, während ich bei der Berührung zittere.

Langsam beginne ich, an mir zu reiben. Meine Finger umkreisen meine härter werdende Klit.

»Nein«, flüstere ich und öffne die Augen. »Hör auf, hör auf, hör auf…«

Ich zwinge mich dazu, an Cole zu denken. An seine Hände auf meinem Körper. Seine Lippen an meinem Ohr. Daran, wie er sein Gesicht in meinem Hals vergräbt, damit ich seine Augen nicht sehen kann.

O Baby.

Verdammt, Baby. Fuck.

Du fühlst dich so gut an. So gut.

Seine Hände umfassen meinen Hintern, und ich reibe fester. Schneller. Ich will das Gefühl, das ich gerade hatte, wieder hervorrufen. Der Orgasmus tief in meinem Unterleib will freigelassen werden.

»Cole«, sage ich und schließe wieder die Augen. »Fester.«

Ich drehe mich um, schaue die Wand an und drücke mich an sie, während sich meine Hand immer noch zwischen meinen Beinen befindet. Er steht hinter mir und will in mich eindringen. Er will Sex mit mir.

Ich dringe mit einem Finger in mich ein und beginne, ihn zu bewegen. Ich presse meine Wange gegen die Wand und versuche, so schnell wie möglich zu reiben, damit ich nicht nachdenken kann. Vielleicht komme ich, wenn ich nur an Sex denke.

Mein Finger ist feucht, und ich ziehe ihn raus, um wieder meine Klit zu reiben. Ich will kommen. Ich bin kurz davor. Aber ich kann nicht. Die Muskeln in meinem Arm verkrampfen sich, und ich schnappe nach Luft.

Bitte.

Aber es geht nicht. Meine Finger werden langsamer, ich atme tief aus, und Tränen schießen mir in die Augen.

Ich beiße mir erneut auf die Unterlippe und bin vor Verlangen ganz feucht.

Dann schalte ich meinen Verstand aus und verberge ihn an einer Stelle in meinem Kopf, an der nur ich ihn sehen kann.

Ich verstecke mich und gebe nach, weil keiner es wissen muss. In diesem Moment. In meinen Gedanken und meiner heißen Fantasie will ich ihn. Ich will für ihn da sein. Unser kleines Geheimnis.

Versteckt.

»So ein braves Mädchen«, flüstert mir eine neue Stimme ins Ohr.

Pikes Stimme.

Jetzt ist sein Körper hinter mir, größer und stärker, und drückt mich gegen die Wand. Seine Hand packt mein Haar, und er zieht meinen Kopf langsam nach hinten, damit er mit seiner Zunge über meine Lippen lecken kann. Ich stöhne auf.

»Du kümmerst dich um das Haus, wie es mir gefällt«, sagt er, und meine Hand wird in meinem Kopf zu seiner, als er weitermacht, mich zu reiben. »Du kochst so, wie es mir schmeckt. Du bist schön anzusehen. Du machst deine Sache gut, Jordan.«

Ich lasse meine Augen geschlossen, spüre seine Lippen, und mein ganzer Körper steht unter Strom, als ich seinen warmen Mund auf mir schmecke und das heiße Wasser mir über die Haut rinnt. Ich kann seinen harten Penis an meinem Hintern fühlen. Er ist bereit.

»Ich will, dass du jetzt alles tust, was eine Frau tun soll«, befiehlt er mir. »Alles, was ein braves Mädchen für einen Mann tut. Kannst du das?«

Ich nicke keuchend. »Ja.«

Mein Orgasmus baut sich erneut auf, meine Nippel sind schmerzhaft gegen die gefliese Wand gepresst, und es fühlt sich so gut an zwischen meinen Beinen. Ich will ihn. Ich will ihn auf mir. Ich will wissen, wie er sich anfühlt.

Ohne nachzudenken, greife ich hinter mich und nehme mir einen Massagehandschuh, den ich zwischen meine Beine schiebe. Das grobe Material berührt meine Klit auf eine Art und Weise, die mich in den Wahnsinn treibt. Ich kreise mit den Hüften und will alles spüren, weil ich an ihn denke – und das ist genug. Sein Geruch umgibt mich, sein Mund saugt an meinem Hals, und er hebt mich hoch, damit er in mich eindringen kann. Hart und fest. Seine Hände umfassen im einen Moment meine Brüste, im nächsten raubt mir sein Mund den Atem. Mein Gott, seine Zunge schmeckt so gut.

Der Orgasmus kommt aus meinem tiefsten Innern, baut sich immer mehr auf, und Coles Vater nimmt mich hart.

Ich komme. Die Welle überrollt mich, und ich schreie innerlich auf. Ich schnappe nach Luft, gebe aber keinen Laut von mir. Mein Gott. Ich lasse mich gegen die Duschwand fallen und breche fast auf dem Boden zusammen, als der Orgasmus mir in die Beine fährt und meine Knie weich werden. Ich presse die Augen immer noch fest zu und zittere am ganzen Körper, bis das Gefühl abebbt. In meinem Kopf dreht sich alles.

Als die Dusche sich nicht mehr um mich dreht und mein Atem wieder normal geht, öffne ich die Augen, und eine Welle an Emotionen überkommt mich.

Scheiße. Ich könnte heulen. Was zum Teufel stimmt nicht mit mir? Warum sollte ich das wollen? Und mit seinem Vater? Ich … ich bin verwirrt und durcheinander und suche Trost bei einem Kerl, weil er ein paarmal nett zu mir war. O mein Gott.

Egal, wie sich die Sache zwischen Cole und mir entwickelt, Pike Lawson ist tabu. Das darf ich nicht vergessen. Da draußen gibt es Hunderte Männer wie ihn. Er ist nichts Besonderes.

Ich kann nicht mit ihm zusammen sein. Niemals.

Ich reiße mich zusammen und hole tief Luft. Dann blicke ich nach unten und sehe, dass der Massagehandschuh in meiner Hand nicht mein rosafarbener ist. Es ist Pikes silberner.

»Scheiße.«

Es haften immer noch ein paar Duschbläschen von ihm daran.

Und ich habe ihn dazu benutzt, mich zu befriedigen. Klasse.

Ich stöhne innerlich auf.

Dann steige ich aus der Dusche, verstecke ihn unter ein paar Taschentüchern im Müll und nehme mir vor, Pike bei nächster Gelegenheit einen neuen zu kaufen.

Und vielleicht auch ein anderes Duschgel.

KAPITEL 12

Pike

»Jordan?«

Ich lasse meinen Blick nach links und rechts schweifen, während ich an einem Gang nach dem anderen vorbeigehe. Vor fast zehn Minuten habe ich sie verloren – wo zum Teufel ist sie hingegangen?

Die Jungs und ich haben heute auf der Baustelle früher Schluss gemacht, und als ich heimgekommen bin, war es noch hell und Jordan hat im Garten gearbeitet. Sie wollte einen Maschendrahtzaun für ihre Tomatenpflanzen besorgen. Und da ich noch um den Baum im Garten eine Art Steinbegrenzung ziehen möchte, sind wir ins Auto gestiegen und zum Baumarkt gefahren.

Aber nachdem ich die Bestellung für die Steine aufgegeben habe, habe ich sie verloren.

Schließlich sehe ich, wie sie am Ende eines Gangs in einer flachen Kiste, die in einem Regal steht, herumwühlt. Als sie sich wieder aufrichtet, zieht sie eine Art Brett aus Fliesen hervor, hält es vor sich und begutachtet es eingehend. Ich nehme die zwei neuen Gartenwerkzeuge, die ich ausgesucht habe, gehe auf sie zu und versuche, mich zusammenzureißen.

Sie sieht heute wunderschön aus, und jedes Mal, wenn ich sie anschaue, passiert etwas mit meinem Körper. Als würden sich elektrische Drähte direkt unter der Haut durch meinen Körper ziehen. Schwarzes T-Shirt, weiße Shorts, offenes Haar, wenig Make-up – einfach schlicht, und das wirkt auf mich. Das einfache Mädchen von nebenan und damals genau mein Typ.

Ich schüttle den Kopf, um ihn klar zu bekommen.

»Was ist das?«, frage ich sie.

Sie schaut mich an. »Das ist ein Fliesenspiegel.«

Ich strecke meine freie Hand aus und streiche mit dem Daumen über die hellbraunen Steinstreifen, die auf ein Stück Pappe geklebt sind. »Fliesenspiegel?«

»Du arbeitest auf dem Bau!« Vorwurfsvoll sieht sie mich an. »Schaust du nie den Heim- und Gartensender? Fliesenspiegel sind ein absolutes Muss bei der Hausgestaltung.«

»Ja, das habe ich schon mal gesehen«, versichere ich ihr und lasse meine Hand sinken. »Ich habe nur … keine Ahnung. Für mich ist das Schnickschnack.«

Sie verdreht die Augen und blickt wieder auf die Fliesen. »Es sind die kleinen Dinge, die einem Haus Charakter verleihen«, erklärt sie mir. »Ein verschnörkelter Kronleuchter, der richtige Teppich und Fliesenspiegel.« Sie dreht die Platte um und hält sie mir vors Gesicht. »Das bist *so* du. Die Fliesen würden perfekt zu dem passen, was du mit der Küche gemacht hast.«

»*So* ich?« Ich lache auf und schaue sie an. »Wie bin ich denn genau?«

Ihr Lächeln erstirbt, und sie schaut mich überrascht an.

Ich blinzle. »So habe ich das nicht gemeint.«

Nicht, was ich gesagt habe, sondern *wie* ich es gesagt habe, ist viel zu anspielend.

Aber sie übergeht es, dreht die Platte wieder um und betrachtet sie eingehend. »Der Fliesenspiegel erinnert mich an eine Höhle«, sagt sie schließlich. »*Du* bist wie eine Höhle. Du gibst deine Geheimnisse nicht alle auf einmal preis. Wer weiß schon, wie tief du gehst?«

Ich ziehe die Augenbrauen hoch. *Was?*

Wie tief ich gehe? Hat sie gerade …

Ihre Augen werden plötzlich groß, und sie schaut mich entsetzt an. »Ich meine«, sagt sie schnell, »also … im Innern. Deine Persönlichkeit.« Ihre Wangen werden rot. »Ich meinte nicht … äh …«
Sie lässt die Schultern hängen, legt die Platte zurück in die Kiste und gibt auf. »Ich werde mir jetzt die Badeinrichtungen anschauen. Tschüss.«

Dann geht sie schnell davon und verschwindet in einem anderen Gang.

Meine Mundwinkel verziehen sich zu einem Grinsen, dann muss ich leise lachen, als ich ihr hinterherblicke.

»Was halten Sie davon?« Ein junger Mann mit orangefarbener Schürze tritt in mein Blickfeld.

Aber ich schaue ihn nicht an, sondern blicke immer noch den Gang entlang, in dem sie gerade verschwunden ist. »Wir nehmen drei Kisten davon. Für den Anfang.« Ich deute auf die Fliesen im Regal. »Mal schauen, wie es aussieht ...«

Er beginnt, die Kisten auszuräumen. »Gute Wahl. Glückliche Ehefrau, glückliches Leben, richtig?«

Glückliche Ehefrau ...

Ich blicke ihm nach, als er eine Kiste davonträgt, und mein Puls geht plötzlich schneller.

Er denkt, dass sie meine Frau ist?

Ich muss grinsen, und ich kann nicht genau sagen, was es für ein Gefühl ist, das in meiner Brust aufsteigt. Aber es fühlt sich gut an. Und es ist mächtig.

Später am Abend sitze ich mit einem Bier in der einen Hand und der anderen Hand hinter dem Kopf auf der Couch und schaue fern. Aus einer Sendung wurden fünf, und das Fernsehprogramm hat mich richtig eingelullt.

Ich stelle das Bier ab, nehme die Fernbedienung und schalte den Heim- und Gartensender aus. Dann blinzle ich wahrscheinlich zum ersten Mal seit drei Stunden. »Sie hat recht«, murmle ich. »Die sind ja richtig besessen von Fliesenspiegeln.«

Als wir vom Baumarkt zurück waren, habe ich in einem Moment der Neugier den Sender eingeschaltet, und irgendwie bin ich danach in eine Art Trance verfallen. Aus der ich nur mal kurz erwacht bin, um mir ein Sandwich zu machen und zu versuchen, mit Cole zu reden.

Jetzt ist er wieder weg – hat nur schnell geduscht, nachdem er nach Hause gekommen ist, und als er festgestellt hat, dass Jordan nicht da ist, hat er wieder einen Abgang gemacht. Ich habe eigentlich gedacht, wir könnten zusammen essen, aber anscheinend hatte er andere Pläne.

Oder er hat Angst davor, mit mir alleine zu sein. Es ist ja nicht so, als würde ich streiten wollen. Zusammen fernzusehen wäre auch schon völlig in Ordnung. Wir haben es schließlich in der Vergangenheit auch geschafft, uns nicht an die Gurgel zu gehen. Und er hat mich auch mal gemocht.

Woher hat er eigentlich all das Geld für seine Feierei? Das kann er sich doch nur leisten, wenn er praktisch alles ausgibt, was er verdient.

Nicht, dass ich darauf drängen würde, dass er Geld spart und die beiden schnell wieder ausziehen. Aber wahrscheinlich sollte ich mit mir genauso hart ins Gericht gehen, wie ich es mit Jordan getan habe.

Je mehr man für jemanden tut, desto weniger tun sie für sich selbst.

Ich bin genauso schuld wie sie. Cole wird nicht erwachsen werden, wenn er nicht dazu gezwungen wird.

Ich trinke mein Bier aus, stehe auf und trage die leere Flasche in die Küche.

Mein Handy klingelt in der Hosentasche, und ich hole es heraus. *Dutch.*

»Hey«, antworte ich und werfe die Flasche in den Müll.

»Hey. Du solltest ins *Grounders* kommen.«

Was?

»Jetzt«, fügt er hinzu, bevor ich etwas erwidern kann.

»Warum?«

»Weil …« Er hält inne, und ich höre, wie er leise lacht. »Jordan benimmt sich … ähm … unanständig, würde ich sagen.«

Ich straffe die Schultern und runzle die Stirn. »Unanständig?«, wiederhole ich. »Was soll das heißen? Und warum denkst du, dass mich das interessiert? Ich bin nicht ihr Dad.«

Im Hintergrund höre ich Musik und Leute, die laut reden und lachen. Einer meiner Jungs heiratet in ein paar Wochen, und die anderen laden ihn heute ein. Da wir mindestens eine Person brauchen, die morgen keinen Kater hat, bin ich zu Hause geblieben.

»Wenn du meinst«, erwidert er, als würde er mir nicht glauben. »Aber deinem Sohn wird auch nicht gefallen, was ich hier gerade sehe. Was *jeder* hier gerade zu Gesicht bekommt.«

»Wovon redest du?«, will ich wissen.

»Das musst du schon selbst rausfinden. Ich hoffe nur, du kommst nicht zu spät.«

In der Leitung klickt es – er hat aufgelegt.

»Dutch«, rufe ich ins Handy. »Dutch!«

Dann seufze ich auf, nehme das Handy vom Ohr und schließe den Deckel der Mülltonne.

Aber da fällt mir etwas auf, und ich öffne den Deckel wieder. Ich ziehe ein rosa Blatt Papier heraus, auf dem ein Pin-up-Girl zu sehen ist, und sehe mir den Flyer etwas genauer an.

AMATEUR-ABEND!
Mach dich nass! (Oder zumindest dein T-Shirt)
27. Mai, 21 Uhr
The Hook in der Jamison Lane
Hauptgewinn 300 $!!!

Ich versteife mich, aber als ich das Datum sehe, entspanne ich mich wieder. Bis dahin ist noch ein bisschen Zeit, also kann es nicht das sein, was Dutch meint. Es ist nicht heute Abend, und es ist nicht im *Grounders*.

Wahrscheinlich ist es Coles Flyer.

Aber wie aus einem Reflex heraus drehe ich ihn um und sehe, dass jemand etwas auf die Rückseite geschrieben hat.

Schnapp dir die Kohle, Süße!

Ich runzle die Stirn.

Gehört er Jordan? Er ist vom *The Hook*. Hat ihre Schwester ihr den Flyer gegeben? Mein Gott, was stimmt nicht mit dem Mädchen? Wer würde denn seine kleine Schwester dazu ermutigen, bei einem Wet-T-Shirt-Contest mitzumachen?

Egal, es ist nicht heute Abend, und sie hat ihn weggeschmissen. Alles ist gut.

Aber jetzt bin ich beunruhigt.

Ich mag sie, und ich will nicht, dass sie denkt, so was tun zu müssen, um Geld zu verdienen. Ich werde schließlich keinen von beiden aus meinem Haus werfen.

Ich zerknülle den Flyer und raufe mir genervt die Haare. Dutch liebt es, andere zu verarschen, besonders mich. Aber sie hat schon auf einem Billardtisch geschlafen, weil sie zu stolz war, nach Hilfe zu fragen. Sie trifft nicht immer die besten Entscheidungen.

Ich stöhne auf und weiß, dass ich mich jetzt nicht mehr entspannen werde. Also stecke ich mein Handy in die Tasche, nehme die Autoschlüssel und mache die Lichter aus, bevor ich das Haus verlasse.

Ich steige in meinen Truck, mache den Motor an und drehe das Radio so laut wie möglich auf, um mich von dem unguten Gefühl in meinem Bauch abzulenken. Er verarscht mich doch, oder? Er hat eher amüsiert als gestresst geklungen, also muss er mich verarschen. Will mich bestimmt nur aus dem Haus locken.

In weniger als zehn Minuten bin ich beim *Grounders* und finde an einer Ecke in der Nähe einen Parkplatz. Von hier aus kann ich die Musik schon hören. Ob es heute wohl ein Baseballspiel in der Stadt gab, und deswegen feiern alle noch?

Unanständig. Ich schüttle den Kopf und öffne die Tür. Sie kennt nicht einmal die Bedeutung dieses Wortes. Sie hat ein Herz aus Gold.

Ich hole tief Luft und trete ein. Bei dem Lärm, der mir entgegenschlägt, zucke ich unwillkürlich zusammen. Kaum zu glauben, dass das mal genau meine Szene war.

Addicted to Love dröhnt aus den Boxen, die auch schon mal bessere Tage gesehen haben. Die Bar ist rappelvoll, es gibt keinen einzigen freien Barhocker mehr, und als ich mich umschaue, sehe ich, dass auch alle Tische belegt sind. Ein paar Frauen und Männer stehen vor den Toiletten an, der Billardtisch ist von Zuschauern umgeben, und die Luft ist verraucht und aufgeladen. Ich spüre bereits alle Blicke auf mir.

Ich nicke, als Calista Mankin mich anstrahlt und winkt, und im Augenwinkel sehe ich James Lowry. Beide habe ich seit der Highschool wahrscheinlich fünfmal gesehen, und ich komme mir jetzt schon fehl am Platz vor.

Schließlich fällt mein Blick auf Jordan, die an der Jukebox steht und durch das Glas hinweg die Playlist durchsucht. Durch die Menge kann ich nur ihren Hinterkopf sehen, aber ihre Haare würde ich überall erkennen.

Meine Schultern entspannen sich etwas. Ich wusste, dass es nur ein Trick war, um mich hierherzulocken. Ihr geht es gut.

Ich bahne mir einen Weg durch die Menge und will gerade nach Dutch und den Jungs suchen. Doch dann sehe ich, wie Jordan sich von der Jukebox abwendet und wieder zur Bar geht. Jetzt kann ich durch die Menge hindurch erkennen, was sie anhat.

Meine Augenlider flattern. *Mein Gott, Jordan …*

Ihre Jeans liegt so eng wie immer an und betont ihren perfekten Hintern. Aber ihre Brüste springen gleich aus ihrem … Korsett heraus. Warum zum Teufel trägt sie Unterwäsche?

Es ist ein weißes, glitzerndes Korsett, das vorne herzförmig geschnürt ist und Rüschen an den Rändern hat. Mein Blick fällt auf ihren tiefen Ausschnitt, und meine Gedanken rasen, als ich mir vorstelle, was darunter zum Vorschein kommt, wenn sie es heute Nacht auszieht.

Das Korsett reicht ihr nicht mal bis zur Jeans, sondern endet über ihren Hüften. Ihre schmale Taille und ihr Bauch ziehen die Blicke aller Männer auf sich, an denen sie vorbeigeht. Das Korsett ist so eng geschnürt, dass es ihrer Taille die Form einer Sanduhr verleiht. Es schreit geradezu danach, von den Händen eines Mannes berührt zu werden. Ich balle meine Hände zu Fäusten.

Die Haut an ihren nackten Schultern, das Haar, das über ihren Rücken fällt, ihre schwingenden Hüften, während sie … Ich reiße meinen Blick los, bevor es zu spät ist. Sie geht wieder hinter die Bar, und ich ignoriere das selbstgefällige Grinsen einiger Männer im Raum, als sie sie mit ihren Blicken ausziehen. Ich versuche, mich nicht zu fragen, was sie sich jetzt wohl gerade zuflüstern.

Eine winkende Hand in der Ecke erregt meine Aufmerksamkeit, und als ich aufblicke, sehe ich Dutch mit den Jungs an einem Tisch sitzen. Ich gehe zu ihnen rüber.

»Was zum Teufel trägt sie da?«, brumme ich und stelle mich an ihren Tisch.

Dutch dreht seinen Kopf in meine Richtung und hält mit seinem Glas in der Hand inne. »Heute ist Unterwäsche-Show«, erklärt er mir. »Wie jeden Donnerstagabend. Die Barkeeperinnen und Kellnerinnen bedienen die Gäste teils in Unterwäsche. Ist super.«

Nein, nicht wirklich.

Aber als ich mich umschaue, sehe ich, dass von den anderen

Frauen einige in ziemlich knappem Aufzug Essen und Getränke servieren. Dagegen sieht Jordans Korsett fast anständig aus.

»Aber Jordan hat das vorher noch nie gemacht«, fährt Dutch fort. »Das hat mich überrascht, und ich hab gedacht, du solltest das wissen.«

»Warum zur Hölle sollte mich das interessieren?« Ich nehme mir ein Bier aus dem Eiswürfelbehälter am Tisch.

»Stimmt«, murmelt er in sein Glas hinein. »Du siehst aus, als würde dir das total am Arsch vorbeigehen.«

Ich werfe ihm einen bösen Blick zu und höre die Belustigung in seinen Worten.

Dann stelle ich die Flasche Bier unberührt wieder in den Kübel zurück und mache mich in Richtung Bar auf. Hinter mir höre ich Gelächter, aber das ist mir egal. Irgendwie bin ich schließlich für sie verantwortlich, und ich will nicht, dass sie solche Dinge tut, weil sie denkt, dass sie Geld braucht.

Abgesehen von Jordan steht heute nur noch eine andere Frau hinter der Bar. Die Besitzerin Shel. Ich bin mir sicher, dass sie sich noch an mich erinnert, also gehe ich ans andere Ende der Bar und mache Jordan auf mich aufmerksam, während sie gerade sechs Bierflaschen öffnet.

»Was zum Teufel hast du da an?« Ich beuge mich vor und spreche, so ruhig ich kann.

Sie dreht ihren Kopf in meine Richtung, schaut mir in die Augen und blickt dann schnell wieder weg, als wäre ich die letzte Person, mit der sie jetzt gerade reden möchte.

Sie gibt die Bierflaschen aus, sammelt das Geld ein, dreht sich um und tippt die Getränke auf dem Display vor sich ein. »Alles in Ordnung«, versichert sie mir. »Es ist nur ein Korsett, Pike.«

»Sie gaffen dich alle an.«

Sie nickt und grinst mich ironisch an. »Das ist der Sinn der Sache.«

»Jordan«, seufze ich und versuche, zu flüstern, während ich mich um einen alten Kerl an der Bar herumdrücke. »Das ist eine Kleinstadt. Was, wenn dein Vater hier reinkommt?«

»Er kommt nie hierher.« Sie schließt die Kasse und schaut mich endlich an. »Und du normalerweise auch nicht.« Sie errötet leicht.

»Außerdem bin ich nicht dumm. Ich würde nichts machen, von dem ich denke, dass ich mich damit erniedrigen würde.«

Sie dreht sich wieder um, gibt dem Kunden das Wechselgeld, aber er winkt ab und überlässt es ihr. Sie lächelt, dreht sich um und wirft das Geld in eine bereits überquellende Büchse.

»Was tust du überhaupt hier?«, sagt sie und beginnt, einen neuen Drink zu mixen. »Ich dachte, du würdest den Junggesellenabschied sausen lassen, weil …« Sie stellt eine Flasche ab und malt Anführungszeichen in die Luft, als sie mich zitiert: »Weil morgen bei der Arbeit wenigstens einer nüchtern sein muss.«

Ich runzle die Stirn. So klinge ich definitiv *nicht*.

Ich greife in meine Hosentasche, ziehe den Flyer hervor und lege ihn vor ihr auf den Tresen.

Sie erstarrt und wird plötzlich ganz blass. »Wo hast du den gefunden?«

Schnell nimmt sie ihn und steckt ihn irgendwo unter die Bar. Wahrscheinlich in einen Abfalleimer.

Dann legt sie eine Serviette vor einen Kunden auf den Tresen und gibt ihm den frischen Drink, den sie gerade gemixt hat.

»Wenn du Geld brauchst«, sage ich, als sie sich wegdreht, um etwas auf einen Zettel zu schreiben, »dann leihe ich dir, so viel du willst, okay?«

Sie hält in der Bewegung inne und wendet sich mir langsam zu. Sie schaut mich wütend an, als ob sie kurz davor ist, mich anzuschreien. Dann dreht sie sich auf dem Absatz um, geht den Tresen entlang und durch die Absperrung. Kurz blickt sie noch einmal über die Schulter zu mir, um mir den Mittelfinger zu zeigen, bevor sie im Gang verschwindet.

Mein Magen verkrampft sich. Es ist wirklich nicht meine Absicht, sie ständig zu verärgern. Was habe ich denn jetzt wieder gesagt?

Dann bahne ich mir meinen Weg durch die Menge in den leeren Gang und gelange schließlich zu demselben Raum, in dem sie geweint hat, als ich sie das letzte Mal verärgert habe.

Ich trete durch die geöffnete Tür und stehe ihr direkt gegenüber. Mit den Händen in die Hüften gestützt, funkelt sie mich böse an.

»Ich würde lieber aus einer Mülltonne essen, als von dir Geld anzunehmen«, zischt sie.

Ich sollte meinen Mund halten, kann aber nicht anders. »Ich sag es ja nicht gerne, aber das tust du bereits«, erwidere ich. »Du lebst in einem Haus, wo du keine Miete oder sonst was zahlst, junge Dame.«

»Ich koche und putze für dich!«, schreit sie, aber ich glaube nicht, dass uns jemand hier hinten und durch die Musik hindurch hört. »Ich bezahle für meine Unterkunft, du arroganter Mistkerl!«

»Schon gut, schon gut« brumme ich und blinzle mehrmals. »Du hast recht, okay? Aber Jordan, die Männer da draußen werden auf Ideen kommen. Sie werden denken, du bist Freiwild und dass sie dich anfassen dürfen, obwohl du zu meinem Sohn gehörst. Du demütigst ihn.«

»Dein Sohn?« Sie lacht. »Den hast du gerade verpasst. Er hat mich bereits so gesehen, und es ist ihm egal, Pike. Er hat gesagt, ich sehe gut aus, dann ist er mit seinen Freunden abgehauen. Es ist ihm scheißegal!«

»Aber mir nicht.«

Die Worte kommen aus meinem Mund, bevor ich sie zurückhalten kann, und mir stockt der Atem.

O Scheiße. Was habe ich gerade gesagt?

Sie öffnet leicht den Mund, sagt aber nichts. Wahrscheinlich ist sie zu geschockt von meinem Ausbruch. Ohne zu blinzeln, sieht sie mir direkt in die Augen. Verwirrung und Überraschung stehen ihr ins Gesicht geschrieben.

Doch statt Mitleid steigt Wut in mir auf. Wie zum Teufel kann ihm das egal sein?

Und warum ist es mir nicht egal?

Fuck.

Sie ist erwachsen, richtig? Und wenn es ihrem Freund egal ist, dann sollte ich ihre Entscheidungen erst recht nicht anzweifeln. Das ist nicht meine Sache.

Es ist nichts falsch an dem, was ihre Schwester tut, um ihren Lebensunterhalt zu verdienen. Und daran, wie Jordan heute angezogen ist, auch nicht. Sie sieht absolut fantastisch aus.

Ich will nur nicht … dass jeder ihren Körper sieht.

»Du bist etwas Besonderes, Jordan.« Ich mache einen Schritt auf sie zu. »Das weißt du, oder?«

Ihre Augen fangen an zu glänzen, sie blinzelt und schaut weg.

Mein Gott, weiß sie eigentlich, wie unglaublich sie ist?

Ich kann meinen Blick nicht von ihrer weichen, glänzenden Haut lösen oder von den Kurven ihrer Hüften, die mich geradezu dazu einladen, sie zu berühren. Nur *ein* Mann sollte sie so angezogen sehen. Und es sollte *der* Mann sein, der zu schätzen weiß, was er an ihr hat.

»Tu nichts für Geld, was nicht in deiner Natur liegt«, sage ich. »Du bist perfekt, so wie du bist. Bleib so.«

Bitte ändere dich nicht!

»Es ist nur ein Korsett, Pike.«

»Ja, und dann ist es nur ein Wet-T-Shirt-Contest und ein Job im *The Hook*«, entgegne ich.

Sie verdreht die Augen und dreht sich um. Dann nimmt sie eine Kiste Bud Light und drückt sie mir in die Arme. Ich fange sie gerade noch so auf. Sie selbst greift nach einer Kiste Budweiser, geht aus dem Raum und beendet damit unser Gespräch.

Ich hieve die Kiste auf meine Schulter und folge ihr. »Du wirst nicht im *The Hook* arbeiten!«

»Und du bist nicht mein Dad.«

Ich hätte ihr fast einen anzüglichen Blick zugeworfen, aber das wäre kindisch. Warum sollte ich das perfekte Bild eines vernünftigen, verantwortungsbewussten Erwachsenen zerstören, das ich abgebe, seit sie in mein Haus gezogen ist?

Sie stellt die Kiste auf den Tresen, dreht sich zu mir um und nimmt mir die andere Kiste aus der Hand.

Ich will irgendwas sagen, um die Wogen zwischen uns wieder zu glätten, aber sie trotzdem dazu bringen, sich umzuziehen.

Aber bevor ich was sagen kann, befiehlt sie mir über ihre Schulter hinweg: »Ich brauche noch eine Kiste Bud Light.«

Ich schüttle leicht den Kopf. Wie sie verdammt noch mal ständig ausweicht …

Doch dann drehe ich mich um, gehe zurück in die Vorratskammer und hole noch eine Kiste Bier. Nachdem ich sie auf dem Tresen abgestellt habe, begebe ich mich zu dem Tisch, an dem die anderen sitzen, und nehme mir dieselbe Flasche Busch Light, die ich vorhin schon in der Hand hatte.

»Bleibst du noch?«, fragt Dutch.

Ich zucke mit den Schultern und schaue überallhin, nur nicht zur Bar. »Ein bisschen.«

Ich leere die Flasche innerhalb einer Minute, dabei ist es nicht gerade mein Lieblingsbier. Aber es ist mir zu peinlich, wieder an die Bar zu gehen und sie nach einem Corona zu fragen. Ich hätte mir eins mitnehmen sollen, als ich dort war.

Als sich uns eine Kellnerin nähert, will ich sie gerade herbeiwinken, aber dann sehe ich, dass sie schon mit einem Tablett voller Shots auf uns zukommt. Sie sieht niedlich aus in ihrem schwarzen Minirock und der schwarzen Weste, aber sie kann nicht viel älter als Jordan sein.

Sie grinst. »Hey, Jungs.« Dann stellt sie ihr Tablett ab und serviert uns eine Runde Shots. Sie sind unten rosa oder orange und werden nach oben hin gelb.

»Was ist das?«, fragt Jason Bryant, einer meiner Freunde.

»Das nennt sich *Pineapple Upside Down Cake*«, sagt sie. »Geht aufs Haus. Jordan sagt, das ist Pikes Lieblingsdrink.«

Um mich herum brechen alle in schallendes Gelächter aus, weil sie denken, dass ich diesen »Weiber-Drink« mag. Ich werfe Jordan einen strengen Blick zu.

Sie grinst mich stolz an.

Jetzt weiß ich, dass zwischen uns wieder alles in Ordnung ist.

Ich nehme das Glas, leere es in einem Zug, und der Alkohol rinnt süßlich meine Kehle hinunter. Obwohl es nicht schlecht schmeckt, weiß ich nicht, was das bringen soll. Da kann unmöglich genug Alkohol drin sein, um irgendwas zu spüren.

Ich bin mir aber sicher, es wird zu einem Running Gag, wenn ich je beschließe, wieder mit den Jungs etwas trinken zu gehen.

Nach ungefähr einer Stunde und einem weiteren Bier ist es in der Kneipe etwas leerer geworden, und ich schwelge in der Achtzigerjahre-Musik. Jordan scheint es gut zu gehen, und ich weiß gar nicht, warum ich gedacht habe, sie beschützen zu müssen.

Ich sollte heimfahren.

Aber in diesem Moment taucht eine Flasche Corona vor mir auf, und als ich den Kopf hebe, sehe ich Jordan neben mir stehen.

»Hey«, sagt sie und lächelt mich freundlich an.

Ich glaube, so könnte es zwischen uns immer sein, wenn ich nicht immer so ausflippen würde.

»Alles in Ordnung, Süße?«, fragt Dutch sie.

Sie schaut ihn an, lächelt und wendet sich dann wieder mir zu. »Ich wollte dich eigentlich sowieso anrufen«, sagt sie und senkt ihre Stimme. »Ich weiß nicht, ob du länger bleibst, aber ich habe mich gefragt, ob du mich vielleicht heute Nacht heimfahren könntest. Allerdings komme ich nicht vor zwei hier weg. Ist das zu spät?«

Sie schaut mich entschuldigend an, als würde sie mir Unannehmlichkeiten bereiten, aber ich habe ihr ja gesagt, dass sie mich fragen soll, wenn sie wieder jemanden braucht, der sie nach Hause fährt. Das mache ich gerne.

»Kein Problem. Ich warte.«

Aber Dutch stupst mich am Ellbogen an. »Denk dran, dass wir morgen um fünf auf der Baustelle sein müssen.«

»Ist schon in Ordnung«, sage ich schroff und schaue ihn gar nicht an.

Natürlich würde ich gerne länger als nur ein paar Stunden schlafen, aber das ist gar keine Frage.

Jordan macht einen Schritt zurück. »Bist du sicher?«, fragt sie wieder. »Ich könnte auch Shel fragen. Es wäre ein kleiner Umweg für sie, aber ich will nicht, dass dir der Schlaf fehlt.«

»Ist schon okay«, versichere ich ihr. »Ich bleibe hier.«

»Warum gibst du ihr nicht deine Schlüssel?«, mischt Dutch sich ein. »Ich fahre dich heim, und sie nimmt deinen Truck. Ich bleibe auch nicht mehr lange.«

Mein Gott – was ist sein Problem?

Aber Jordan ist sofort dabei, sich zu entschuldigen. »Nein, nein, ist schon okay. Ich kann …«

»Verdammt, ich habe gesagt, es ist in Ordnung«, rufe ich und bringe alle anderen zum Schweigen. Dann funkle ich Dutch böse an. »Warum hältst du nicht einfach deinen Mund?«

Er dreht sich weg und verzieht die Mundwinkel zu einem Grinsen, als würde er irgendwas wissen.

Einen Moment lang sagt keiner ein Wort. Dann schüttle ich den Kopf und ziehe meine Autoschlüssel aus der Tasche. Es gibt keinen logischen Grund, warum ich auf sie warten sollte, wenn Dutch anbietet, mich früher nach Hause zu fahren.

Ich reiche ihr die Schlüssel. »Bitte sehr. Das passt doch perfekt.«

»Bist du ...«

»Ja, ich bin mir sicher, kein Problem.«

Sie steckt den Schlüssel in ihre Tasche. »Danke.«

»Der Truck parkt direkt um die Ecke.«

Sie nickt und geht zurück zur Bar, dreht sich aber noch mal nach mir um. Ich schaue auf die Uhr und sehe, dass es fast Mitternacht ist. Wenn Dutch mich heimfahren will, dann sollten wir gehen.

Ich nehme noch einen langen Schluck von meinem Corona und trinke die Flasche zur Hälfte aus. Mir ist nicht entgangen, dass sie sich gemerkt hat, was meine Lieblingsbiermarke ist. Ich werfe ein paar Scheine auf den Tisch, das sollte für das, was ich getrunken habe, reichen. »Packen wir's, Dutch.«

Er steht gähnend auf, sein ungepflegter Igelschnitt ist ganz zerzaust. Auf dem Weg Richtung Ausgang kommen wir an der Bar vorbei, und ich lege ein paar Scheine vor Jordan auf den Tresen.

Sie wirft mir einen vielsagenden Blick zu. »Darüber haben wir doch gesprochen.«

»Ich bin nur ein Kunde.«

Der Blick in ihren Augen sagt mir, dass sie mir das nicht abnimmt, aber gleichzeitig bedeutet sie mir, dass sie es durchgehen lässt. Dieses Mal.

Wir verlassen die Kneipe und gehen über die Straße zu Dutchs Chevrolet Tahoe.

»Du wolltest nicht wirklich bis 2 Uhr bleiben, oder?«, fragt er, während wir einsteigen und uns anschnallen.

Eigentlich schon ...

»Nein«, antworte ich und beschließe, dass ich keine Energie mehr für irgendwelche Erklärungen habe. »Danke fürs Mitnehmen.«

Er fährt los. Ich lasse mich weiter in den Sitz sinken und stelle ihn ein bisschen zurück, damit ich mehr Beinfreiheit habe. Normalerweise sitzt hier seine Frau. Ich lege den Kopf zurück und schließe die Augen.

Ich spüre, wie der Wagen umdreht und dann auf der Straße

Richtung Zuhause beschleunigt. Es ist ein paar Minuten ruhig, bis er einen Radiosender findet, und das Leuchten der Straßenlaternen dringt durch meine geschlossenen Lider. Es ist nur eine kurze Fahrt bis zu meinem Haus, aber trotzdem hätte ich sie gerne heimgebracht. Was, wenn ihr bescheuerter Ex-Freund in der nächsten Stunde in die Bar kommt? Würde sie jemanden haben, der mit ihr zum Auto geht?

Aber ich mache mir nicht nur Sorgen um ihre Sicherheit. Ich habe dieses starke Bedürfnis, auf sie aufzupassen, und obwohl ich versucht habe, das als eine Art väterliche Verantwortung zu sehen, weiß ich, dass das nicht der Fall ist.

Das wird es auch nie sein.

Ich mag das Gefühl, das ich habe, wenn ich sie sehe, mit ihr rede und an sie denke. Selbst wenn wir streiten. Und wenn ich ehrlich zu mir selbst bin, weiß ich, dass ich mich zu ihr hingezogen fühle.

Ich hasse es, aber ich kann es auch nicht mehr länger ignorieren. Ich muss damit klarkommen.

Es ist ja keine große Sache. Wir treffen im Leben ständig Leute, zu denen wir uns hingezogen fühlen. Das passiert, und man kann nichts dagegen machen. Es bedeutet nicht, dass ich was versuchen würde. Ich fühle mich nur schuldig, dass es ausgerechnet bei ihr so ist.

Und die Tatsache, dass sie in meinem Haus wohnt, macht es nur schwerer.

Cole hat es wirklich blöd erwischt mit seinen Eltern. Was bin ich doch nur für ein Wrack?

Ich kann es nicht ändern, aber ich kann dafür sorgen, dass ich mich nicht so verhalte.

Allerdings macht sie es mir nicht gerade einfach, weil sie so unbefangen mit mir umgeht. Sie weiß, welche Knöpfe sie bei mir drücken muss. Es ist fast, als wäre sie dafür gemacht.

»Sie scheint ein nettes Mädchen zu sein«, bricht Dutch das Schweigen.

Ich öffne die Augen, meine Lider sind schwer vom langen Tag. »Ja.« Ich seufze. »Sie ist ruhig und sauber. Ich merke kaum, dass sie im Haus ist.«

»Das ist toll.« Ich sehe, wie er mich immer wieder ansieht.
»Kommt ihr gut miteinander aus?«
»Ja. Warum?«
Aus dem Augenwinkel sehe ich ihn mit den Schultern zucken.
»Sie scheint in deiner Gegenwart nervös zu sein.«
Ich muss lachen. Dasselbe könnte er von mir auch sagen, wenn
er nur genau hinsehen würde.
»Na ja, ich kann Furcht einflößend sein«, scherze ich.
»Ja klar. Sie hat in der Bar so ausgesehen, als würde sie sich am
liebsten auf deinen harten, Furcht einflößenden Penis setzen.«
Ich reiße die Augen auf und starre ihn an. »Willst du mich ver-
arschen? Was soll das?«
»Ach bitte«, entgegnet er. »Sag jetzt nicht, dass du nicht bemerkt
hast, wie nervös sie bei deinem Anblick war und wie sie auf ihrer
Unterlippe herumgekaut hat, als sie dir dein *Lieblingsbier* gebracht
hat.«
Sie hat was?
»Wie ein kleiner Welpe, dem die Zunge aus dem Mund hängt«,
fügt er noch hinzu.
Wirklich?
Ich schüttle mich und schaue verwirrt aus dem Fenster.
Egal.
»Sprich nicht so über sie«, erwidere ich. »Sie ist die Freundin von
meinem Sohn, Mann.«
Sich auf meinen …
Wieder schüttle ich den Kopf. Unmöglich.
»Dann ist sie also tabu?«
»Ja!«
»Warum hast du sie dann so angesehen, als ob dir ihr Aufzug
gefallen hätte und du ihr Korsett am liebsten heute Nacht auf dei-
nem Schlafzimmerboden liegen sehen würdest?«
»So habe ich sie überhaupt nicht angesehen«, zische ich durch
meine Zähne.
Aber er lacht nur.
Arschloch.
»Hey, ich sage ja nur, was …«
»Halt die Klappe«, unterbreche ich ihn.

Verdammt. Das ist nicht richtig. Es ist schlimm genug, dass ich sie als attraktive Frau betrachte und nicht als die Freundin meines Sohnes. Aber das darf auf keinen Fall jemand bemerken.

»Ich will ja nur sagen, dass sie genau dein Typ ist«, sagt er mit ruhiger Stimme. »Ist dir das noch nicht aufgefallen? Auf der Highschool hast du immer Mädchen wie ihr hinterhergeschaut. Jedenfalls bevor Lindsay, die Naturkatastrophe, gekommen ist.«

»Halt einfach die Klappe.«

Aber das tut er nicht. »Ich sage ja nicht, dass du irgendwas unternehmen sollst. Deshalb bin ich auch eingesprungen und habe nicht zugelassen, dass du sie nach Hause fährst.« Er hält kurz inne und fährt dann mit ernster Stimme fort: »Spaß beiseite, Pike. Sie ist *exakt* dein Typ. Du solltest nicht mit ihr allein sein.«

Ja, ich weiß. Hoffentlich ist er der einzige Mensch, dem das aufgefallen ist.

»Danke für die Hilfe«, sage ich schließlich. »Aber selbst wenn ich mich zu ihr hingezogen fühlen würde, bin ich doch immer noch in der Lage, mich unter Kontrolle zu halten.«

»Du siehst dich nicht aus meiner Perspektive.« Er schaut gedankenverloren durch die Windschutzscheibe. »Du siehst aus, als ...«

»Als was?«

Er schluckt und runzelt die Stirn, was sehr untypisch für ihn ist. »Als würdet ihr zwei eure ganz eigene Sprache sprechen.«

KAPITEL 13

Jordan

Ich biege in die Einfahrt, und mein Körper ruckelt hin und her, als die Scheinwerfer auf das geschlossene Garagentor vor mir fallen. Ich parke, ziehe die Bremse an und stelle den Motor ab.

Die Bar ist heute früher leer geworden, und Shel und ein paar der anderen Mädels sind geblieben, um abzusperren, also bin ich schon vor 2 Uhr rausgekommen. Pike ist erst vor einer Stunde gefahren, aber er ist bestimmt schon im Bett. Er ist nicht gerade eine Nachteule.

Ich sehe, dass Coles Challenger auf dem Platz neben mir steht. Er ist zu Hause.

Ich runzle die Stirn und merke, wie ich mich plötzlich anspanne.

Die Distanz zwischen uns wird immer größer, und ich habe mittlerweile das Gefühl, dass er meilenweit von mir entfernt ist. Das Verlangen, das er vor ein paar Wochen noch nach mir hatte, existiert praktisch nicht mehr, und mittlerweile frage ich mich, warum ich überhaupt noch hier bin.

Aber ich habe keinen blassen Schimmer.

Schuldgefühle überkommen mich, als ich daran denke, was vor ein paar Tagen in der Dusche passiert ist und wie meine Gedanken plötzlich eine ganz andere Wendung genommen haben, als ich wollte. Oder als ich dachte, dass ich wollte.

Es war nur der Stress. Ich habe kurz die Kontrolle verloren, und Pike ist kurzzeitig in den Fokus gerückt. Mehr nicht. Er war nett und fürsorglich, und ich habe mich nach etwas Aufmerksamkeit gesehnt, also habe ich mich auf ihn konzentriert. Das ist alles.

Genau genommen habe ich momentan überhaupt keinen Grund mehr, hier zu sein. Aber trotz der Probleme zwischen Cole und mir gefällt mir der Gedanke nicht, auszuziehen. Dieses Haus ist mir mittlerweile so vertraut. Ein Zuhause. Auch wenn sich Pike manchmal zu sehr in meine Angelegenheiten einmischt, mag ich ihn. Er kümmert sich um mich. Okay, er kann seine Bedenken nicht gerade eloquent zum Ausdruck bringen, aber ich weiß, dass er nur gute Absichten hat. Es ist schön, jemanden zu haben, der auf mich aufpasst und dem es nicht egal ist, was ich tue.

Und ich gebe es nur sehr ungern zu, aber es gefällt mir, welche Gefühle er in mir hervorruft. Wie er mich ansieht, als wäre ich das Wertvollste auf der Welt.

Ich steige aus dem Truck und nehme meine Tasche mit dem Korsett darin vom Beifahrersitz. Bevor ich die Bar verlassen habe, habe ich mir ein T-Shirt angezogen, und obwohl ich mich mit den vielen Blicken auf mir den ganzen Abend ziemlich entblößt gefühlt habe, muss ich grinsen, als ich an das Trinkgeld in meiner Tasche denke. Es ist nicht annähernd so viel, wie Cam verdient oder wie ich beim Kellnern im *The Hook* verdienen würde, aber es ist mehr, als ich normalerweise in einer ganzen Woche verdiene.

Und ehrlich gesagt hat mir die Aufmerksamkeit auch irgendwie gefallen. Ich habe seinen Blick sofort auf mir gespürt, als er in die Bar gekommen ist und mich neben der Jukebox entdeckt hat. Aus dem Augenwinkel konnte ich ihn sehen, als ich zum Tresen zurückgegangen bin. Ich kenne diesen Blick: besitzergreifend.

Ich sperre die Autotür ab, und mein Herz klopft, als ich zum Haus gehe. Ich muss mit Cole reden. Ich muss ihm in die Augen schauen, seine Hand in meine nehmen und unsere identischen Narben sehen, um zu spüren, ob das alles noch irgendwohin führt. Vor ein paar Monaten hatte er immer seinen Arm um mich gelegt. Jetzt kann ich mich nicht mehr erinnern, wann er mich zum letzten Mal angefasst hat. Ich betrete das Haus, schließe die Tür, lasse meine Tasche fallen und schlüpfe aus meinen Sandalen. Ich bewege die Zehen, weil mir meine Füße nach dem langen Tag wehtun.

Das Wohnzimmer liegt im Dunkeln. An der Treppe spitze ich die Ohren und lausche, doch von oben dringt kein Geräusch. Cole und Pike schlafen wahrscheinlich beide schon. So leise wie möglich gehe ich in die Küche und nehme ein Glas aus dem Schrank. Dann halte ich es unter den Wasserspender des Kühlschranks.

Aber als ich aufblicke, sehe ich Cole im Garten und erstarre.

Ich lasse die Hand sinken, und das Wasser spritzt über den Holzboden. Mir wird heiß im Nacken, meine Lunge fühlt sich leer an. Ich kann nicht wegsehen. Alles bricht auf einmal über mich herein, und ich habe das Gefühl, neben mir zu stehen und mich selbst von außen zu beobachten.

Cole.

Und Elena Barros.

Ich muss zweimal schlucken, weil mein Hals so trocken ist. Elenas Ellbogen liegen hinter ihr auf dem Beckenrand, während er sich eng an sie presst und seine Stirn an ihre legt, wie er es mit mir immer getan hat. Ihr nackter Körper glänzt im Wasser und bewegt sich in Wellen, um sich seinem Rhythmus anzupassen, während er sie am Hintern festhält und es mit ihr treibt. Ihre Brüste berühren immer wieder seinen Oberkörper.

Abwesend gehe ich einen Schritt auf das Waschbecken zu und versuche, zu verarbeiten, was ich da sehe. Das würde Cole mir nie antun. Er ist nicht mein Ex. Er ist nicht wie meine Eltern.

Meine Brust hebt und senkt sich, und ich kriege kaum Luft. Mir wird ganz schlecht, und die Galle kommt mir hoch.

Er nimmt ihr Gesicht in seine Hände, küsst sie und bewegt rhythmisch seinen starken Körper. Sie lassen sich nicht aus den Augen, während er immer und immer wieder in sie eindringt. Ich kann sie nicht stöhnen hören, aber ich weiß, dass sie es genießt.

Tränen treten mir in die Augen, ich balle meine Hand um das Glas und beiße die Zähne zusammen. Ich bin wütender auf mich als auf ihn. Ich hätte es beenden sollen, als wir aus unserer Wohnung geschmissen wurden. Ich wusste, dass er mich nur wollte, weil er nicht allein sein wollte. Ich konnte es spüren.

Aber so ist es jetzt, und er hat das letzte Wort.

Mein Kinn zittert, und Tränen laufen über meine Wangen. Meine Mom, Jay, Cole ...

Ich werde bis in die Scheißewigkeit hinein die bemitleidenswerte Person sein, die ich bin. Mir immer wünschen, dass die schlechtesten Menschen überhaupt mich wollen.

Warum?

»Hey«, sagt jemand, aber die Stimme klingt weit entfernt. »Bist früher rausgekommen? Schön, dass du nicht mehr dieses Korsett trägst. Hast du es für mich verbrannt?«

Der Kühlschrank wird geöffnet, und ich sehe, wie jemand etwas herausholt, aber ich starre weiter aus dem Fenster, während etwas Kaltes und Dickes meinen Magen wie Sirup umhüllt.

Ich kann mich in dem Moment ändern, indem ich es beschließe.

»Jordan?«, höre ich Pike sagen. »Alles okay?«

Da erst wird mir klar, dass er neben mir steht. Die Kühlschranktür wird wieder geschlossen, und ich drehe mich zu ihm um – die Tränen rinnen mir immer noch über die Wangen.

Seine haselnussbraunen Augen, die jetzt fast bernsteinfarben sind, verengen sich augenblicklich zu Schlitzen und schauen mich besorgt an. Aber dann fällt sein Blick durch das Fenster, und jegliche Farbe entweicht seinem Gesicht.

»Scheiße«, knurrt er, packt mich am Arm und zieht mich weg.

Jetzt verliere ich die Fassung und fange zu schluchzen an. Ich atme tief und schwer ein, als er um mich herumgeht und aus der Hintertür eilt. Verletzt, aber vor allem wütend wische ich mir die Tränen aus dem Gesicht. Cole ist allerdings nicht der Einzige, auf den ich wütend bin. Ich habe mir das selbst angetan. Ich tue mir immer so was selbst an.

»Was zum Teufel machst du da?«, ruft Pike.

Ich höre Wasser spritzen, überraschte Stimmen und ein Schnappen nach Luft.

»Scheiße!«, ruft Cole. »Ich hab gedacht, du schläfst.«

»Niemand schläft hier, verdammt!«

»Was?«, sagt Cole.

Niemand. Ich glaube, jetzt wird ihm bewusst, dass ich auch zu Hause bin.

Ich trockne meine Augen, gehe durch die Küche und überlasse meinen Beinen das Denken.

Sie tragen mich durch die Hintertür, die Holzstufen hinunter, und ich sehe, wie Elena ihren nackten Körper hinter Cole versteckt, der immer noch hüfthoch im Wasser steht.

»Was ist nur los mit dir?« Pike geht zu ihnen rüber, nimmt die Handtücher und wirft sie seinem Sohn zu.

Cole fängt sie, und Elena schnappt sich eins, um es schnell um sich zu wickeln, obwohl sie immer noch halb im Wasser steht. Sie wirft mir einen verängstigten Blick zu.

»Ich hab gedacht, sie arbeitet bis zwei.« Schuldgefühle schwingen in seiner Stimme mit. Dabei spricht er mit seinem Vater, als wäre ich gar nicht da. Sein Kopf ist gesenkt, und er schaut niemandem in die Augen.

»Es hinter ihrem Rücken zu tun, ist also okay?«

»Nein, ich …«

»Ich kläre das selbst«, unterbreche ich beide und gehe auf sie zu.

Es überrascht mich, wie ruhig meine Stimme ist und dass es mir gelingt, nicht zu weinen. Vor Cole zu weinen, würde mir nichts ausmachen, aber vor *ihr* werde ich nicht zusammenbrechen.

Pike schaut mich an und zögert einen Moment. Schließlich dreht er sich um, und ich höre, wie die Fliegengittertür geschlossen wird.

Als er weg ist, steigt Elena schnell aus dem Pool, zieht das Handtuch enger um sich und schnappt sich ihre Klamotten, die auf einem Liegestuhl liegen.

»Ich verschwinde mal lieber.« Entschuldigend blickt sie zwischen mir und Cole hin und her. »Es tut mir wirklich leid, Jordan.«

Mit gesenktem Kopf huscht sie an mir vorbei in Richtung Haus, wo sie sich wahrscheinlich im Badezimmer anziehen will.

Ich wende mich Cole zu. Sein blondes Haar klebt feucht am Kopf, und er schaut mich mit demselben Blick an, mit dem er mich angesehen hat, als er mir gesagt hat, dass Nick es nicht geschafft hat.

Ich wünschte, ich könnte wütender auf ihn sein.

Aber in erster Linie bin ich enttäuscht.

»Geht das schon eine Weile?«, frage ich.

Er senkt seinen Blick und nickt langsam. »Seit deiner Geburtstagsparty.«

Die Geburtstagsparty, auf der ich nicht anwesend war?

Er holt tief Luft, strafft die Schultern, steigt aus dem Pool und wickelt sich das Handtuch um die Hüften.

»Ich kenne dich schon lange«, sagt er. »Und wir beide haben uns sehr gebraucht, als es zwischen uns angefangen hat. Aber du wärst immer weitergezogen, das weißt du.«

»Warum bin ich dann überhaupt hierhergekommen?«, frage ich ihn. »Warum wolltest du mich in deiner Nähe haben?«

Dieselben Fragen könnte ich auch mir stellen. Wir waren beide schwach und haben uns an das einzig Gute geklammert, das wir hatten. Und wir haben beide ignoriert, dass wir das ruinieren würden, wenn wir zusammenblieben.

Ich liebe ihn. Er ist mein Freund. Wie konnte er mich so demütigen?

»Ich habe gedacht, du wärst anders als er«, sage ich, und wieder treten mir Tränen in die Augen.

Er blickt auf und weiß genau, von wem ich rede. Jay war ein Stück Scheiße. Nicht Cole. Cole wusste, was ich durchgemacht hatte. Hat er versucht, mir wehzutun?

»Du warst erst mein Freund«, fahre ich fort. »Und ein Freund sollte gut zu einem sein.«

Aber er sagt nichts. Es gibt auch nichts zu sagen. Es ist nicht seine Schuld, dass es geendet hat. Es ist nur seine Schuld, dass es so schlimm geendet hat.

»Auch in unserem Bett?«, frage ich ihn. »In den Nächten, in denen ich gearbeitet habe?«

Sein Schweigen sagt mir, dass ich recht habe, und plötzlich werde ich wütend. Hat Pike gewusst, dass sie hier war? Oder vielleicht auch andere Mädchen?

Aber nein – ich verwerfe diesen Gedanken gleich wieder, und der Knoten in meinem Magen lockert sich etwas. Er schien genauso geschockt zu sein wie ich.

Ich nicke, und mir wird klar, dass Cole sich nicht nur alleine mit Elena getroffen hat. Er ist mit Sicherheit auch auf Partys mit ihr aufgetaucht. »Und all unsere Freunde wussten es«, sage ich und fühle mich zutiefst hintergangen.

Jetzt bin ich ganz allein. Abgesehen von Cam und den Mädels in der Bar habe ich meinen letzten Freund verloren.

Er kommt auf mich zu, bleibt aber vor mir stehen. »Ich werde eine Weile bei Elena wohnen«, sagt er. »Du kannst hierbleiben, bis ...«

»Fick dich.« Ich hebe meinen Blick und spreche die Worte mit derselben Gleichgültigkeit aus, mit der ich »gern geschehen« sagen würde.

Als ich zurück ins Haus gehe, bleibe ich nicht stehen, um zu sehen, ob Elena gegangen ist oder ob sie bei Coles Auto wartet. Ich nehme meine Tasche, gehe ins Schlafzimmer, ziehe mein Handy hervor und lasse mich gegen die Tür gelehnt auf den Boden gleiten.

Ich wähle, und beim vierten Klingeln wird abgenommen. Ich wische mir still eine Träne weg, als ich mit fester Stimme sage: »Hey, Dad.«

Am nächsten Tag schaue ich mich in Coles und meinem Zimmer um. Sein Zeug liegt immer noch da, wo er es liegen gelassen hat, und meine Sachen sind alle gepackt und in meinem VW.

Ich kann froh sein, dass ich nicht so viel mitgebracht habe. Die meisten meiner Klamotten passen in die zwei Koffer, die ich habe – der eine, den ich vor ein paar Wochen hergebracht habe, als ich dachte, ich würde ausziehen, gehört Cam.

Aber dann hat Pike Lawson mir einen Garten gemacht, und das zeigt wieder mal, dass kein Mann sich besonders stark ins Zeug legen muss, damit ich zurückkomme.

Ich lache leise über mich selbst. Den Garten werde ich vermissen.

Ich trage die letzte Kiste durch das Wohnzimmer und widerstehe dem Drang, einen letzten Blick durch das Küchenfenster in den Garten zu werfen. Dann gehe ich durch die Haustür und sehe, dass Pikes Truck gerade in die Einfahrt biegt.

Mein Herz klopft schneller. Verdammt. Es ist noch nicht einmal fünf. Ich habe die Mittagsschicht extra früher beendet, damit ich packen kann und vorher hier wegkomme. Warum ist er schon so früh zu Hause?

»Was tust du da?« Er folgt mir um den Truck herum, wo ich die Kiste auf meinem Rücksitz auf die andere hieve. Das Auto ist gerade groß genug für alles, was ich mitgebracht habe. Es passt alles in zwei Koffer und drei Kisten. Alles andere ist in einem Lagerraum. Und ich glaube auch nicht, dass ich es in naher Zukunft dort herausholen kann. Das »Haus« meines Vaters hat auch keinen Platz für einen Schreibtisch – genauso wenig wie hier.

»Danke für alles.« Mir ist klar, dass er genau weiß, was ich hier tue. »Du warst wirklich toll.«

»Du ziehst aus?« Er sieht verwirrt aus.

Ich schließe die Autotür und drehe mich zu ihm um. Mein

Magen verkrampft sich, als ich den Kloß in meinem Hals runterschlucke.

»Da Cole weg ist und wir uns getrennt haben, gibt es für mich keinen Grund mehr, hierzubleiben«, sage ich. »Du hättest mir nicht helfen müssen, aber du hast es getan, und dafür kann ich dir nicht genug danken. Das weiß ich wirklich zu schätzen.« Dann muss ich sogar ein bisschen grinsen. »Vor allem meine neue Kassettensammlung.«

Ich schaue in seine beunruhigten Augen. Das Grün der Iris ist jetzt dunkler. Ich spüre einen Stich in der Brust, wende mich ab und gebe vor, mich zu vergewissern, ob die Tür verschlossen ist, damit ich mich kurz sammeln kann.

»Mein Dad lässt mich für eine Weile bei sich wohnen.« Ich drehe mich wieder zu ihm um. »Mir geht's gut.«

»Aber …«

»Mist, ich habe meine Handtasche vergessen«, unterbreche ich ihn, fahre mir mit den Fingern durchs Haar und eile zum Haus zurück.

Ich will nicht mit ihm diskutieren, und ich habe Angst, dass ich zu weinen anfange, wenn er etwas sagt.

Ich will hier nicht weg, aber ich weiß, dass ich kein Recht habe, hier noch länger zu wohnen. Und vielleicht kommt er ja ab und zu mal in die Bar, um Hallo zu sagen. Vielleicht sehe ich ihn jetzt öfter, jetzt, da ich ihn kenne.

Natürlich bin ich auch traurig wegen Cole. Ich habe die letzten drei Jahre praktisch jeden Tag mit ihm gesprochen.

Aber von ihm *will* ich weg. Pike will ich nicht wirklich zurücklassen.

Wer wird ihn jetzt dazu bringen, mit Menschen ins Gespräch zu kommen? Und wer wird ihm den Vanilleextrakt und den Zimt in seinen Kaffee mischen, von dem er gar nicht weiß, dass er es mag?

Ich blinzle, als meine Augen wieder zu brennen beginnen, und stöhne über mich selbst. Es wird ihm gut gehen. Er hat schließlich achtunddreißig Jahre ohne mich überlebt, oder?

Ich hole meine Handtasche von der Couch und überprüfe, ob alles drin ist: Karten, Schlüssel, Geldbeutel, Handy … Dann schließe ich sie, überlege kurz, ob ich mein Ladegerät habe, meinen

Rasierer und mein Shampoo aus der Dusche genommen und keine Wäsche in der Waschmaschine und im Trockner gelassen habe.

Mist. Ich habe vergessen, ihm einen neuen Massagehandschuh zu kaufen. Na ja …

Schließlich hole ich tief Luft, gehe zurück nach draußen, setze ein falsches Lächeln auf und straffe die Schultern. Links von uns geht Kyle Cramer gerade mit ein paar Kindern ins Haus – vermutlich seine –, aber ich suche keinen Blickkontakt. Ich will nicht, dass die Nachbarn neugierig werden.

»Jordan …«, beginnt Pike von Neuem.

Aber ich unterbreche ihn – wieder. »Vielen Dank noch mal. Für alles.«

Ich gehe zur Fahrerseite des Autos, öffne die Tür, und in meinem Magen bilden sich tausend kleine Knoten, die immer enger werden.

»Jordan«, ruft er wieder. »Das Auto ist noch nicht fertig. Dir wird jedes Mal, wenn du anhältst, der Motor absterben.«

Ich lächle ihn schwach an. »Ich kümmere mich darum. Wirklich. Ich bin schon total fertig. Ich denke nicht, dass mich das noch mehr aufregen wird. Ich werde schon klarkommen.«

Ich nehme die Schlüssel und steige ein. »Danke für all die Arbeit, die du schon reingesteckt hast. Das hättest du wirklich nicht alles tun müssen.«

»Warte«, ruft er nachdrücklich.

Ich halte inne, und obwohl ich ihn nicht anschaue, spüre ich, dass er einen Schritt auf mich zugeht. Er zögert, als würde er nach den richtigen Worten suchen.

Ich blicke auf.

»Es ist nur …« Er schüttelt den Kopf und sieht verzweifelt aus. »Leg dein Zeug in meinen Truck. Ich werde dich fahren.«

Ich öffne den Mund, um zu widersprechen, aber er schneidet mir das Wort ab.

»Ich muss den VW erst noch fertig reparieren«, sagt er. »Du musst ihn noch ein paar Tage hierlassen. Und widersprich mir nicht. Oder kannst du dir plötzlich einen Automechaniker leisten?«

KAPITEL 14

Pike

Meadow Lakes. Ich würde am liebsten laut lachen. Hier gibt es keine Wiesen oder Seen, und es gibt definitiv keinen See auf einer Wiese. Es ist ein sechzig Jahre alter Trailerpark voller Blechcontainer auf Betonsteinen.

Ist sie wirklich hier aufgewachsen?

Ich fange langsam an zu glauben, dass Cole es doch nicht so schlecht hatte. Ich schaue mich genauer um. Alte, silberne Airstream-Wohnwagen stehen neben ein paar ausziehbaren Wohnwagen aus den Achtzigern. Die kaputten Jalousien sind hinter den dreckigen Fensterscheiben kaum zu erkennen, und draußen ist alles von Termiten zerstört und moosbewachsen. Dieser ganze Ort wartet nur darauf, abgerissen zu werden.

Ich will nicht, dass sie hier ist. Sie muss ja nicht in meinem Haus wohnen, aber nicht ... hier.

Jordan sitzt auf dem Beifahrersitz, reibt sich langsam die Hände und starrt gedankenverloren vor sich hin. Ich habe das Gefühl, dass sie versucht, so lange wie möglich zu vermeiden, aus dem Fenster zu schauen.

Es ist noch nicht dunkel, aber die Sonne ist schon untergegangen, und ein paar Kinder rennen zwischen zwei Wohnwagen hinter einem Ball her. Ich fahre langsamer, für den Fall, dass sie plötzlich über die Straße laufen.

»Hier ist es«, sagt Jordan und deutet nach links.

Ich folge ihrem Blick zu einem Wohnwagen, der mit schmutzigen, lindgrünen Brettern verkleidet ist, und knirsche mit den Zähnen.

Eine Klimaanlage ist draußen an einem Fenster angebracht, ein

214

klappriger, alter Holzzaun, der teilweise gebrochene Stellen aufweist, umgibt den Trailer, und die Veranda ist voller Schrott, Klamotten und ein paar voller Müllbeutel. Drei Typen stehen auf der Veranda, rauchen und unterhalten sich.

»Hier?«, frage ich und drehe mich zu ihr um.

Aber sie schnallt sich schon ab und will aussteigen.

»Wer sind die Typen?«, will ich wissen.

Sie schaut mich einen Moment an, bevor sie ihren Blick wieder abwendet und ihre Tasche nimmt. »Das ist wahrscheinlich mein Stiefbruder mit ein paar Freunden.«

Ich bleibe vor dem Wohnwagen stehen, da in der kleinen Einfahrt kein Platz mehr ist, und schalte den Motor ab.

»Du hast einen Stiefbruder?« Das hat sie gar nicht erwähnt.

Sie zuckt nur mit den Schultern. »Theoretisch, ja«, sagt sie und grinst schief. »Ich rede nicht wirklich mit ihm.«

»Aber er lebt hier«, erwidere ich und versuche, mir Klarheit zu verschaffen.

Sie nickt, und bevor ich noch etwas sagen kann, steigt sie schon aus dem Truck und nimmt ihre Handtasche mit.

Wie viele Räume kann dieses Ding denn haben, wenn ihr Stiefbruder noch hier lebt? Hat sie überhaupt ein Bett?

Sie zieht einen ihrer Koffer von der Ladefläche, hängt sich ihre Tasche über die Schulter und geht voran. Ich nehme eine Kiste und folge ihr. Dabei presse ich meine Lippen aufeinander, um nichts zu sagen. Ich weiß nicht, ob ich wütend oder besorgt oder was auch immer bin, und ich weiß auch nicht, ob ich das Recht habe, diese Gefühle zu haben, oder ob es einen Grund zur Sorge gibt. Wahrscheinlich wird sie alles im Griff haben. Das ist ihre Familie. Und ich bin nur …

Ich habe das Gefühl, jede Sekunde explodieren zu müssen.

Wir gehen die paar Stufen zur Eingangstür hinauf, und Jordan würdigt ihren Stiefbruder und seine Freunde kaum eines Blickes, als sie die Tür öffnet.

»Ryan, das ist Coles Dad«, murmelt sie. »Pike, das ist mein Stiefbruder Ryan.«

Ich drehe mich zu dem Jungen um, er strafft seine Schultern und reicht mir die Hand. »Hey, Mann.«

Ich verschiebe die Kiste in meinen Armen und schüttle ihm die Hand. »Hi.«

Er ist stämmig und klein für einen Kerl – etwa Jordans Größe –, aber das versucht er mit einem Tattoo am Hals und einer schwarzen Lederjacke wieder wettzumachen.

Im Sommer.

»Du bist also wieder zu Hause?« Mit fragendem Blick nimmt er einen Schluck von seinem Bier.

»Ja.«

Einer von Ryans Freunden stößt ihn an. »Ist das die eine, die strippt?«

Ich kralle meine Finger fester um die Kiste.

Er schnaubt auf und verschluckt sich fast an seinem Bier. »Nein, Mann. Das ist die andere.« Aber dann begutachtet er Jordan grinsend von Kopf bis Fuß. »Die hier kann aber auch ein bisschen tanzen.«

Sie lachen alle auf, und ich spüre, wie mir ein Knurren die Kehle hinaufsteigt. Ich reiße mich zusammen, drehe mich um, öffne die Tür für Jordan und dränge sie hinein.

Ich sollte nachsichtiger sein. Ich war schließlich auch manchmal ein kleines Arschloch als Teenager. Aber woher zum Teufel weiß er, wie sie tanzt?

Ich schüttle mich innerlich und hole tief Luft.

Stell ihr Zeug ab und fahr nach Hause. Sie geht dich nichts an. Das ist ihre Entscheidung.

Und wenn ich sie wäre, würde ich dasselbe tun.

Ich bin sogar ein bisschen stolz auf mich. Sie weiß, wie aufbrausend und bestimmend ich sein kann, aber ich bin erstaunlich ruhig geblieben, wenn man bedenkt, was ich von diesem Viertel hier halte und dass die ganze Situation unerträglich für mich ist. Fünf Minuten länger kriege ich auch noch hin …

Und wenn ich es tatsächlich schaffe, endlich mal meinen Mund zu halten, belohne ich mich auf dem Heimweg mit etwas von Dairy Queen.

Ihr Vater Chip schläft auf einem Fernsehsessel auf der linken Seite, im Fernsehen läuft irgendeine Sitcom in gedämpfter Lautstärke, und ein paar Frauen sitzen am Küchentisch auf der rechten

Seite. Sie rauchen Zigaretten und haben Bierdosen vor sich stehen. Ein Autoradio läuft irgendwo in der Ferne, und draußen gehen ein paar Knaller hoch.

»Brauchst du Hilfe?«, fragt eine Frau mit dunklem Haar vom Tisch aus. Sie nimmt einen Schluck von ihrem Bier und beachtet mich kaum.

Jordan schüttelt den Kopf und geht dann um den Tisch herum in Richtung »Küche«. Sie stellt uns nicht vor, und mir ist es auch wirklich egal. Deine Tochter – oder Stieftochter – kommt mit einem Kerl, den du noch nie gesehen hast, nach Hause, und das wirft keine Fragen auf?

Zumindest vermute ich, dass es ihre Stiefmutter ist. Sie hat dieselben kleinen, braunen Augen wie der Typ da draußen.

Ich atme den Geruch von Putzmittel gemischt mit einem Hauch von Burritos und nassem Boden ein, als wäre etwas nass geworden und würde vor sich hin schimmeln. Wir gehen den schmalen Gang entlang, und unsere Schritte klingen hohl, als wir zu der ersten Tür auf der linken Seite kommen.

»Könnte sein, dass etwas Wäsche drin liegt«, sagt die Frau am Tisch. »Sammle sie auf und schmeiß sie in die Waschmaschine, okay?«

Ich hole wieder tief Luft. Sie wird klarkommen.

Jordan öffnet die Tür, und ich werfe einen Blick in ihr altes Schlafzimmer. Mein Kiefer zuckt.

»Wo ist mein Bett?«, ruft Jordan seufzend.

Aber keiner antwortet.

Der Raum ist zugestellt mit Schrott. Sie hat eine Kommode, bei der Schubladen fehlen, ein Strandhandtuch hängt vor ihrem Fenster, und in den Ecken an der Decke sind Spinnweben. Ich kann den Gestank von dreckiger Wäsche riechen, die in ihrem Zimmer liegt, und betrachte durch zusammengekniffene Augen ein Loch in der Wand.

Nein.

Jordan stellt ihren Koffer ab, dreht sich zu mir um und nimmt mir die Kiste ab. »Keine Sorge«, sagt sie lächelnd, als sie meinen Blick sieht. »Ich komme klar. Du kennst mich. Morgen wird es hier drin blitzsauber sein.«

Aber ich lasse die Kiste nicht los, sondern halte sie fest in meinen Armen. Dabei reiße ich meinen Blick von der Mausefalle neben dem Heizkörper los, über dem kein Gitter ist, um Nagetiere fernzuhalten. Dann blicke ich streng auf sie hinab. »Auf keinen Fall«, knurre ich. »Wir fahren jetzt. Keine Diskussion mehr.«

Mit der Kiste in einem Arm packe ich mit der anderen Hand ihren Koffer, drehe mich auf dem Absatz um und verlasse den Wohnwagen.

»Entschuldige mal«, ruft sie mir völlig perplex hinterher.

Aber ich bin schon weg. Ich ignoriere die Frauen in der Küche und drehe mich auch nicht mehr um, um zu sehen, ob ihr Vater mittlerweile aufgewacht ist, bevor ich durch die Tür trete und an den Jungs vorbeigehe, die immer noch auf der Veranda herumlungern.

»Pike!«, ruft sie mir hinterher.

Auch Jordan ignoriere ich. Ich weiß, dass sie mir folgen wird. Schließlich habe ich ihre ganzen Sachen. Ich lege die Kiste und den Koffer auf die Ladefläche meines Trucks, hole die Schlüssel aus der Tasche und setze mich auf den Fahrersitz.

Jordan geht vorne um den Wagen herum und öffnet die Beifahrertür. Böse funkelt sie mich an. »Was zum Teufel tust du da?«

»Du wirst nicht hierbleiben.« Ich starte den Motor.

»Was ist nur los mit dir?«, schreit sie mich an.

Ich schaue durch das Fenster und sehe, wie die Jungs uns von der Veranda aus neugierig anstarren. »Hat dein Stiefbruder schon mal was bei dir versucht?«, frage ich sie.

»Nichts, was ich nicht im Griff hatte.«

»Und seine Freunde?«

Sie holt tief Luft, und ich sehe, dass sie versucht, ruhig zu bleiben. Meine Sorge nervt sie sichtbar. »Mir wird's gut gehen«, versichert sie mir. »Ich bin nicht deine Tochter. Mein Dad ist da drinnen.«

»Dein Dad ist nicht …« Ich halte inne.

Wenn ich jetzt mit Beleidigungen um mich werfe, kommen wir nicht weiter. Ich lasse mich in den Sitz zurücksinken und umfasse das Lenkrad mit geballten Fäusten.

Ihr Vater ist kein schlechter Mensch. Zumindest von dem, was ich über ihn weiß. Wir haben uns sogar schon ein paarmal im Vorbeigehen unterhalten.

Aber er ist schwach. Er ist Alkoholiker und ein Loser. Er ist der Typ Mann, der im Leben nur das absolute Minimum tut und sich mit Scheiße zufriedengibt, weil er zu faul ist, für etwas Besseres zu kämpfen. Er kann nicht für sie da sein.

»Das ist doch bescheuert«, sage ich. »Du wirst kein perfektes Zuhause in einer schönen, sicheren Nachbarschaft gegen *das hier* eintauschen. Schluck deinen Stolz runter, Jordan.«

»Ich gehöre nicht in dein Haus!« Ihre Augen funkeln wütend. »Und *hier* komme ich her, vielen Dank auch. Cole wird irgendwann zu dir zurückkommen, und er ist dein Sohn. Wie, denkst du, soll das funktionieren mit uns beiden unter einem Dach? Ich habe kein Recht dazu.«

»Das überlegen wir uns dann.«

»Nein«, entgegnet sie. »Das ist nicht deine Sache. Das hier ist mein Zuhause.«

»Es ist kein Zuhause! Du gehörst nicht …«

Ich öffne meinen Mund, um den Satz zu beenden, aber mein Herz klopft so schnell, dass ich Angst vor dem habe, was ich sagen werde.

Mein Atem geht flach und stoßweise, und ich blicke wieder nach vorne und weg von ihr. Mit gesenkter Stimme fahre ich fort: »Du hast in diesem Drecksloch niemanden, der sich um dich kümmert.«

»In deinem Haus schon?«

Ich werfe ihr einen schnellen Blick zu, und die Antwort auf diese Frage liegt mir auf der Zunge. Aber ich sage nichts.

Sie schaut mich eindringlich an, und meine unausgesprochene Antwort hängt zwischen uns. Erst zögert sie, doch dann werden ihre Gesichtszüge sanfter, als sie meine Gedanken liest.

»Steig einfach ein«, presse ich durch meine Zähne hindurch. »Lass uns nach Hause fahren.«

»Aber …«

»Jetzt, Jordan!« Ich schlage mit der Handfläche auf das Lenkrad.

Sie zieht scharf die Luft ein, und ihre Augenlider flattern. Ich weiß nicht, ob ich sie verängstigt habe oder ob sie nicht will, dass ich eine Szene mache, aber sie steigt schnell in den Truck und schlägt die Tür zu. Sie ist angespannt und sauer, und vermutlich bereitet sie sich schon auf eine Diskussion vor, wenn sie weiß, dass uns niemand zuschaut. Aber das ist mir egal. Sie ist eingestiegen, und wir können hier weg.

Ich starte den Motor, wende und trete auf das Gaspedal. Nur weg von hier. Schon bald sind wir wieder auf der Straße, die in die Stadt zurückführt.

Ich habe keine Ahnung, was ihr Stiefbruder oder ihre Stiefmutter jetzt denken, und das ist mir auch egal. Lass sie denken, was sie wollen. Es wird höchstens fünf Minuten dauern, bis sie vergessen haben, dass Jordan existiert.

Kein Wunder, dass sie hier so schnell wie möglich ausgezogen ist. Ich glaube nicht, dass sie misshandelt wurde – solche Art von Gerüchten habe ich nie über ihren Vater gehört –, aber es hat sich definitiv keiner um sie gekümmert. Sie verdient etwas Besseres.

Die Bäume säumen beide Seiten des dunklen Highways, und ich könnte mir selbst in den Hintern treten, weil ich ihr das Ganze schon zu Hause hätte ausreden sollen. Ich wusste, wie es enden würde. Auf keinen Fall hätte ich sie in Meadow Lakes gelassen. Ich habe ihr heute nicht ernsthaft beim Ausziehen geholfen. Ich habe nur Mut gebraucht.

Aber was wäre, wenn sie zu ihrer Schwester gegangen wäre? Oder zu einer Freundin? Ich hätte sie trotzdem daran gehindert. Das weiß ich.

Es ist nicht so, dass sie nicht auf sich selbst aufpassen kann. Ich weiß nur allzu gut, dass sie das kann.

Ich will nur nicht, dass sie das *muss*. Mittlerweile bin ich zu involviert.

Niemand in ihrem Leben kann ihr geben, was sie verdient, und bis sie es sich selbst bieten kann, werde ich eben diese Verantwortung übernehmen.

Scheiß drauf. Sie verdient das Beste. Sie kriegt das Beste.

Ich blicke starr geradeaus, lehne meinen Ellbogen auf die Fahrertür und fahre mir durchs Haar.

Aber das ist nicht meine Entscheidung. Sie herumzukommandieren, macht mich nicht besser als alle anderen Menschen in ihrem

Leben. Und ich will nicht eine weitere Person sein, die sie unterdrückt. Sonst wird sie mich am Ende auch abweisen. Wenn es eines gibt, das ich über Beziehungen gelernt habe – jede Art von Beziehung –, dann, dass keiner die Hosen anhaben sollte. Man muss wissen, wann man stark sein und wann man sich zurückziehen muss. Beide Seiten. Ein Geben und ein Nehmen. Kräfteteilung.

Ich trete auf die Bremse, fahre langsam an den rechten Seitenrand und bleibe stehen, als uns links ein Wagen überholt.

Ihre Augen zucken, aber sie schaut mich nicht an.

Mein Gott, was muss sie jetzt nur denken …

»Es tut mir leid«, sage ich mit jetzt ruhigerem Tonfall. »Ich wollte dich nicht so herumkommandieren.« Ich nehme die Hände vom Lenkrad und versuche, meinen Puls etwas zu beruhigen.

»Cole bleibt bei …« Ich schweife ab und weiß, dass sie weiß, bei wem er bleibt. » … fürs Erste«, beende ich den Satz. »Du wirst deinen Freiraum haben, und du bekommst das andere Gästezimmer. Es gehört dir. Dir gefällt mein Haus doch, oder?«

Sie holt tief Luft und sucht nach Worten. »Ja, aber …«

»Und mir gefällt es, etwas Hilfe zu haben«, erkläre ich ihr. »Und es ist schön, nach Hause zu kommen und nicht jeden Abend essen machen zu müssen. Wir bleiben einfach bei unserer Abmachung.«

Sie zögert, und mir wird mulmig. Vielleicht habe ich sie falsch eingeschätzt. Vielleicht hat sie einfach nur nach einem Ausweg gesucht, mich loszuwerden. Vielleicht will sie gar nicht in meinem Haus bleiben.

»Wirst du glücklich sein? In meinem Haus? Sei ehrlich«, sage ich. »Glücklicher als im Trailerpark?«

Stille legt sich über uns, und ich komme mir langsam blöd vor. Als hätte ich alles komplett falsch verstanden und als hätte sie sich nie wohlgefühlt unter meinem Dach.

Aber immer, wenn ich sie letzte Woche gesehen habe – wie sie ihre Kerzen angezündet und im Garten gearbeitet hat, wie sie ihre Morgenrunde geschwommen ist, in der Küche gekocht hat oder ihren Kopf zu irgendeiner fürchterlichen Band geschüttelt hat –, kam es mir so vor, als würde sie sich wohlfühlen. Sie hat so viel gelächelt, und wir haben uns in der Gegenwart des anderen wohl genug gefühlt, um zu scherzen. Sie war sogar frech genug, mir Bohnen und Avocados auf mein Truthahnsandwich zu schmuggeln, das ich mit zur Arbeit genommen habe.

Ich muss grinsen, als ich daran denke.

Ich will nicht, dass sie das aufgibt, weil sie denkt, dass sie in meinem Haus nicht willkommen oder ein Eindringling ist. Ich will sichergehen, dass sie weiß, dass sie nicht ausziehen muss.

Ich blinzle mehrmals und bin plötzlich erschöpft. Mir gefällt der Gedanke überhaupt nicht, dass sie in diesem Drecksloch lebt, wo niemand zu schätzen weiß, was sie alles tut.

Ich senke meinen Blick. »Bitte lass mich dich nicht mehr dorthin zurückbringen«, sage ich leise.

Ich merke, wie sie ihren Kopf in meine Richtung dreht, und weiß, wie ich klingen muss.

»Bitte«, flüstere ich.

Sie starrt mich von der Seite aus an, aber ich erwidere ihren Blick nicht. Ich habe Angst, dass meine Augen etwas preisgeben werden, das in einer Ecke meines Gehirns vergraben liegt und mit dem ich mich nicht auseinandersetzen will.

Sie ist glücklich in meinem Haus. Sie ist dort sicher, hat ein Bett, und es gibt keine verdammten Mäuse. So einfach ist das.

Ja, so einfach ist das.

Einen Augenblick später höre ich, wie sie ruhig einatmet und sich endlich anschnallt.

Ich muss schlucken.

»Auf Netflix läuft *Fright Night*«, sagt sie. »Halb Peperoni, halb Taco?«

Ich beginne zu grinsen und drehe mich zu ihr um. Ihre blauen Augen strahlen mich mit derselben Belustigung an, mit der sie es getan haben, als wir zusammen die Wassermelone aufgeschnitten haben.

Ich starte den Motor und nicke. »Abgemacht, wir können es auf dem Heimweg mitnehmen.«

KAPITEL 15

Jordan

Wir arrangieren uns neu.

Ich bin jetzt nur noch eine Haushälterin, und obwohl der Sinn der Sache ist, Geld zu sparen, damit ich mir letztendlich meine eigene Wohnung leisten kann, kann ich ihm nicht mehr so auf der Tasche liegen wie bisher. Vielleicht konnte ich noch Ausreden erfinden, als ich Coles Freundin war, aber jetzt muss es fair zugehen. Egal, wie sehr er sich sträubt.

»Ich will deine vierzig Dollar für die Gasrechnung nicht, Jordan.«

»Dann lass mich die Stromrechnung bezahlen.«

»Warum hätte ich dir anbieten sollen, hier zu wohnen, um Geld zu sparen, nur damit du das Geld dann doch ausgibst?«

»Ich spare Geld. Auch wenn ich wenigstens eine Rechnung übernehme, Pike.«

»Oder du könntest überhaupt keine Rechnungen zahlen, noch mehr sparen und dann schneller hier ausziehen.«

Das hat mich sauer gemacht, weil ich den Eindruck bekommen habe, er will mich hier überhaupt nicht haben.

»Nein, warte.« Er ist zusammengezuckt. »Das habe ich nicht so gemeint. Ich will nur … ich will dein Geld nicht, okay? Und jetzt lass uns bitte nicht mehr darüber diskutieren. Bitte.«

Aber wir haben weiterdiskutiert. Wir haben gestritten, bis er schließlich nachgegeben hat und ich die Gasrechnung und die Einkaufsrechnung übernehmen durfte. Aber ich musste ihm versprechen, dass ich seine Snacks nicht durch Biosachen oder fettfreies Zeug ersetze, und ich habe zugestimmt. Wenn er mich dabei erwischt, wie ich Fair-Trade-Kaffee oder Mandelmilch in den Kühlschrank schmuggle, dann sage ich einfach, ich habe es vergessen.

Ich nehme den Besen mit auf die Terrasse, hebe den Fußabtreter hoch und schüttle ihn aus, bevor ich ihn über das Geländer hänge. Draußen regnet es in Strömen.

Ob Pike die Straße gut sehen kann, wenn er nach Hause fährt? Aber es ist erst 13 Uhr und hell – wenn auch ziemlich grau – draußen, also hat es vielleicht schon wieder aufgehört zu regnen, wenn er heimkommt.

Ich fege mit dem Besen über die Veranda, wobei mich die Überdachung davor bewahrt, nass zu werden. Die Luft ist schwer und feucht, und meine Haut fühlt sich klamm an, obwohl mich unter dem Dach kein Regen trifft. Mein T-Shirt klebt etwas an meinem Bauch, und ich streife mir das Haar hinter die Ohren, weil es mich an den Armen kitzelt.

Als ich aufblicke, sehe ich, wie Kyle Cramer seinen BMW in der Einfahrt parkt. Er hält sich seinen Aktenkoffer über den Kopf, während er zu seiner Veranda läuft. Er sieht mich und schenkt mir ein Lächeln, und ich winke kurz zurück. Warum er und Pike sich wohl nicht verstehen? Er verschwindet im Haus, und ich kehre das bisschen Dreck und die Disteln vom Boden, bevor ich die Fußmatte wieder zurücklege.

Abgesehen von der Gas- und Supermarktrechnung habe ich auch noch die Verantwortung für das Erdgeschoss übernommen: wischen und saugen, die Küche sauber halten – obwohl er das Geschirr spülen muss, wenn ich gekocht habe. Ich bin nur dafür verantwortlich, wenn er gekocht hat. Was er in den drei Tagen, seit ich zurückgekommen bin, aber noch nicht getan hat. Mir ist in den letzten Wochen aufgefallen, dass er sich nur Tiefkühlessen aus dem Supermarkt oder Suppen und Eintöpfe in der Dose macht, also habe ich die Verantwortung für das Essen einfach ganz übernommen, und er spült das Geschirr. Das ist okay für mich.

Außerdem kümmere ich mich um den Garten, während er den Rasen mäht, den Pool sauber hält und die Sprinkler wartet. Unsere Zimmer liegen in unserer eigenen Verantwortung, aber ich putze das Bad, und er hält den Keller in Ordnung.

Diese individuelle Aufteilung der Hausarbeiten war fast zu gut, um wahr zu sein. Ich habe gedacht, er würde irgendwann nachlässig werden und am Schluss würde ich Sachen von ihm wegräumen, die er an Stellen liegen lässt, um die ich mich kümmern muss.

Aber das ist nicht passiert. Nach der Arbeit stellt er seine Stiefel in den Schrank, er hebt seine T-Shirts auf, die er auszieht, wenn es ihm zu heiß wird, und ich musste auch noch nie seine Klamotten aus dem Trockner räumen. Erst jetzt wird mir richtig klar, dass ich noch nie mit einem Mann zusammengelebt habe, der zuvor schon alleine gewohnt hat.

Jedenfalls bis jetzt. Pike ist es gewohnt, sich um sich und seine Sachen selbst zu kümmern, weil niemand sonst es für ihn tut. Das ist eine ganz neue Erfahrung für mich.

Ich gehe ins Haus zurück, stelle den Besen in den Schrank und gehe nach oben, um meine schmutzige Wäsche zu sortieren. Coles altes Zimmer – unser altes Zimmer – ist leer. Er war noch nicht wieder hier, seit er ausgezogen ist. Ich weiß nicht, was er in den letzten Tagen angezogen hat, und ich weiß nicht, ob er mit seinem Dad geredet hat, aber eins ist sicher: Er wird irgendwann zurückkommen.

Ich habe so viel hingenommen, weil Cole ein guter Freund und nicht nur ein fester Freund war. Die meisten Mädchen – wenn sie klüger als ich sind, was nicht besonders schwer ist – haben schnell die Nase voll von solchen Versagern. Zu wissen, dass es zwischen ihm und Elena wahrscheinlich nicht lange halten wird, ist der einzige Trost über den Schmerz hinweg. Er ist schließlich direkt aus meinem Bett in ihres gesprungen.

Aber vielleicht hat er mir einen Gefallen getan. Würde ich ihn zurückwollen? Nein. Ich will ihn nicht hassen, und ich weiß, dass er ein guter Mensch ist, aber wir haben es provoziert, weil wir damals beide Halt gesucht haben. Wir haben etwas erzwingen wollen, was nicht da war – nicht weil wir einander brauchten, sondern weil wir *irgendjemanden* brauchten. Als gute Freunde waren wir schon immer besser.

Ich habe das Gefühl, jetzt atmen zu können. Und wenn er ein Problem damit hat, dass ich hier bin, dann soll sein Dad das mit ihm klären.

Ich öffne die Tür gegenüber von Coles Zimmer, hinter der das andere Gästezimmer – mein neues Zimmer – liegt, und ziehe den faltbaren Wäschekorb aus der Ecke.

Ich liebe mein neues Zimmer. Ein Bett war schon drin, also musste ich mir nur neue Bettwäsche kaufen. Ich hätte auch die alte von Coles Bett nehmen können, da es sowieso meine ist, aber ich wollte neu anfangen. Ich wollte nichts, was mich daran erinnert, wer ich mit ihm war. Ich habe den Rest meiner Sachen aus dem Zimmer geholt, die Tür hinter mir geschlossen und war danach nicht mehr drin.

Pike und ich sind zu IKEA gefahren und haben mir eine Kommode – die ich bezahlt habe, aber ich brauchte seinen Truck zum Transportieren –, einen Nachttisch und einen Polsterstuhl gekauft. Es hat mir Spaß gemacht, das Zimmer einzurichten, weil ich auf niemanden außer mir Rücksicht nehmen musste. Ich habe eine blinkende Lichterkette in das Bettgestell aus Eisen gehängt, ein paar lustige Kissen aufs Bett gelegt, eine Lampe auf den Nachttisch gestellt und ein Gemälde an die Wand gehängt, das ich von einem Straßenverkäufer in New Orleans erstanden habe, als ich mit meiner Schwester dort war. Pikes Kumpel Dutch hat sogar einen alten Kassettenrekorder vorbeigebracht, den er vor ein paar Tagen beim Ausräumen der Garage seiner Eltern gefunden hat. Wahrscheinlich hat Pike ihm von den Kassetten erzählt.

»Jordan!«, ertönt ein Schrei von unten.

Ich lasse das weiße Oberteil fallen, das ich gerade in der Hand gehalten habe, drehe mich um und höre, wie unten eine Tür zufällt.

Mein Herz klopft schneller.

Ich haste aus dem Zimmer und renne die Treppe runter. Pike steht an der Tür und nimmt sich eine Jacke aus dem Schrank. Wasser rinnt über sein Gesicht und über die goldene Haut seiner tätowierten Arme, und das Haar klebt ihm am Kopf. Er zieht sich die Jacke über den Kopf und über sein triefend nasses T-Shirt.

»Was ist los?«

»Das Wasser tritt übers Ufer«, sagt er und eilt in die Küche zum Kühlschrank. »Sie brauchen jeden, der helfen kann, Sandsäcke zu verteilen, bevor es die Straßen erreicht.«

Verstanden. Ich hole meine Chucks aus dem Schrank und hüpfe auf einem Bein, während ich mir einen Schuh nach dem anderen anziehe. »Hast du Cole angerufen?«

»Ja, aber er geht nicht ran, vielleicht versuchst du es mal.«

Ich nehme meinen Regenmantel vom Kleiderbügel, schließe den Schrank und setze mir eine Baseballkappe auf. »Wenn er bei dir nicht rangeht, wird er es bei mir erst recht nicht.«

Pike kommt mit fünf Wasserflaschen wieder ins Wohnzimmer und runzelt fragend die Stirn.

Ich verdrehe die Augen. »Ich versuch's im Auto«, versichere ich ihm und öffne die Tür. »Gehen wir.«

Innerhalb kürzester Zeit sind wir an der Flussmündung. Pike hat schon so viele Sandsäcke, wie er hatte, auf die Ladefläche seines Trucks geladen, aber die Stadt hat auch einen großen Vorrat. Viele Trucks mit Sandsäcken sind bereits hier.

Da es diesen Sommer so viel regnet und schließlich auch der letzte Schnee im Norden schmilzt, ist der Fluss eine tickende Zeitbombe. Ich erinnere mich daran, wie vor ein paar Jahren die Häuser auf der Westseite überschwemmt wurden, aber danach war die Stadt vorbereitet. Die Polizei, die Feuerwehr, Mitarbeiter der Stadt und Bürger und Bürgerinnen stehen jetzt zwischen den Steinen der Hochwassersperre, die bereits existiert. Vom Ufer bis zu den Steinen und dem Gras hier oben liegen bereits jede Menge Sandsäcke verteilt. Weniger als hundert Meter voller Büsche, Bäume und Schienen liegen zwischen dem Fluss und den baufälligen Häusern auf der alten Westseite, die den ersten Teil von Northridge bildet. Das Wasser steigt, aber langsam. Wenn die Hochwassersperre nicht reicht, halten die Sandsäcke das Wasser hoffentlich auf. Die Menschen in diesem Viertel können es sich nicht leisten, wegzuziehen, und schon gar nicht, ihre Häuser zu verlieren.

Der Fluss fließt Richtung Süden und nimmt an Geschwindigkeit zu. Ich zittere ein bisschen, weil ich nass bis auf die Haut bin. Der Regen tropft vom Schirm meiner Kappe und läuft meine Beine runter.

»Wasser?«

Pike hält mir eine Flasche entgegen, und ich blicke ihn unter meiner Kappe heraus an, lächle und nehme sie entgegen. »Danke.«

Er dreht sich ohne ein weiteres Wort um, nimmt einen Sandsack und wirft ihn einem Kerl in der nächsten Reihe zu. Wir sind jetzt seit drei Stunden hier, und ich konnte Cole immer noch nicht erreichen. Ehrlich gesagt, habe ich es aber auch nicht lange versucht. Ich will ihn gerade nicht sehen, also habe ich es dreimal läuten lassen und dann aufgelegt.

Mein Mund ist so trocken, dass ich den Verschluss der Flasche aufdrehe, die halbe Flasche austrinke, tief Luft hole und noch zwei weitere Schlucke nehme. Jetzt ist nicht mehr viel übrig, also stecke ich die Flasche in meine Tasche und hebe mir den Rest für später auf.

»Hey, Jordan!«, ruft mir eine fröhliche Stimme im Vorbeigehen zu.

Ich blicke auf und sehe April Lester, die sich gerade Arbeitshandschuhe anzieht und in Richtung der Steine zu Pike geht. Sie hat eine Jeans an, die eng an ihren Beinen anliegt, ein hübsches Camouflage-Oberteil und eine Kappe. Durch das Loch hängt ihr schwarzer Pferdeschwanz heraus.

Sie sieht irgendwie niedlich aus. Ich kenne sie eigentlich nur in ihren »Ausgeh-Klamotten«, die sie in der Bar trägt.

Ich nehme einen zwanzig Kilo schweren Sandsack nach dem anderen von der Ladefläche des Trucks und reiche sie nacheinander an den nächsten Kerl in der Reihe weiter. Jeder Sack wird von Hand zu Hand gereicht, bis er am Ufer ankommt.

April steht in einer weiteren Reihe direkt gegenüber von Pike und redet mit ihm.

Ich versuche, meinen Blick abzuwenden, weil es mich nichts angeht, aber ich ertappe mich dabei, wie ich doch immer wieder zu ihnen rüberschaue. Warum, weiß ich auch nicht.

Mir wird ganz warm in der Brust, und ich spüre, wie mir kalter Schweiß auf die Stirn tritt.

Kennt er sie? Haben sie sich je unterhalten? Ich glaube nicht, dass sie mal miteinander ausgegangen sind. Das kann nicht sein. Pike lebt wie ein Priester. Er ist so verklemmt, und sie trifft einen wie ein Presslufthammer am Kopf. Sie würde ihm Angst einjagen.

Ich benetze meine Lippen, übergebe einen weiteren Sack und schaffe es nicht, meinen Blick von den beiden abzuwenden. Sie lächelt und sagt irgendwas, während er sie anschaut und ihr amüsiert zuhört. Er schenkt ihr ein seltenes, auffälliges und wundervolles Lächeln – *ihr* –, und mein Herz macht einen Sprung.

Ich blicke finster drein und nehme einen neuen Sandsack.

Wird er etwa rot? Er sieht etwas schüchtern aus, aber ihm scheint es nicht unangenehm zu sein, dass sie mit ihm flirtet.

Ich stöhne auf. Komm drüber weg. Er ist ein Mann. Ein immer noch junger und ziemlich fitter Mann. Er hatte Sex mit Frauen – Cole ist der Beweis dafür. Es ist unrealistisch, zu denken, dass er nie Sex hat. Irgendwann wird er eine Frau mit nach Hause bringen. Jeder Mensch hat schließlich Bedürfnisse.

Ich lasse meinen Blick auf seinen Oberkörper fallen. Die dünne, schwarze Regenjacke klebt wie eine zweite Haut an ihm. Seine Ärmel sind hochgekrempelt und entblößen seine Unterarme. Ich könnte schwören, dass ich selbst von hier aus sehen kann, wie der Regen seinen Nacken hinunterläuft. Er ist groß und stark, und ich liebe es, wie perfekt ihm seine T-Shirts und seine Jeans passen.

Wenn ein Mann angezogen so gut aussieht, dann ist klar, dass er auch ausgezogen gut aussieht.

Und wenn er auf der Highschool auch schon so gut ausgesehen hat, dann war mit Sicherheit jedes Mädchen hinter ihm her. Mich würde interessieren, wie er damals war, aber es gibt auch Dinge, die ich lieber nicht wissen will.

Im selben Moment übergibt April ihm einen Sandsack, der ihr aber abrutscht. Er beugt sich schnell vor, um ihn ihr gerade noch rechtzeitig aus den Armen zu nehmen.

Sie lächeln sich an, sind sich ganz nahe. Meine Brust schmerzt.

Als ob er meinen Blick spüren würde, schaut Pike plötzlich auf und mir direkt in die Augen. Für einen Moment verschwindet alles um mich herum.

Ich höre auf zu atmen. *Scheiße.*

Schnell blicke ich weg und nehme noch einen Sandsack.

Ich schaue nicht wieder zurück, kann aber seinen Blick in meinem Rücken spüren.

Als der Truck leer ist, nehme ich meine Wasserflasche und trinke den Rest. Dann gehe ich zu Pikes Truck und werfe sie auf die Ladefläche.

»Fertig?«, höre ich ihn sagen.

Ich drehe mich um und sehe ihn auf mich zukommen. Er zieht sich seine klatschnasse Jacke über den Kopf, wobei sein T-Shirt nach oben rutscht. Ich versuche angestrengt, seine Bauchmuskeln nicht anzustarren.

»Sind wir denn fertig?«, frage ich.

Er wirft seine Jacke auf den Rücksitz und holt noch ein Wasser aus der Kühlbox. »Mehr können wir nicht tun. Wir müssen einfach hoffen, dass es hält.«

Ich blicke mich noch ein letzte Mal um und sehe, dass sich jeder anderen Dingen zugewandt hat. Einige steigen in ihre Autos, andere positionieren noch Säcke oder unterhalten sich.

Ich ziehe ebenfalls meine Jacke aus, lege sie nach hinten und klettere auf den Beifahrersitz.

Dann schließe ich die Tür, er startet den Motor, und augenblicklich machen die Scheibenwischer da weiter, wo sie vorhin aufgehört haben.

Ich blicke aus dem Fenster.

»O Scheiße«, sage ich leise und schaue in die Ferne. Er folgt meinem Blick.

Der Truck ist höher als normale Autos, und wir haben einen prima Blick auf den Fluss unter uns. Eine kleine Inselgruppe in der Mitte des Flusses steht jetzt komplett unter Wasser, und die Häuser auf der anderen Seite stehen mit ihren Stelzen bedrohlich tief im Wasser.

Es fehlt schon noch ein Stück, und der Regen ist auch schon weniger geworden. Hoffentlich geht alles gut.

»Unfassbar, wie hoch das Wasser ist«, sage ich. »Surreal.«

Er dreht sich zu mir. »Du grinst schon wieder.«

Ich schaue ihn an, und mein Gesicht entspannt sich. Habe ich gegrinst? »Das wollte ich eigentlich nicht«, sage ich, muss aber unwillkürlich wieder grinsen. »Ich hoffe wirklich, dass niemand verletzt wird und die Flut nichts überschwemmt, aber …«

»Aber?«

Ich zucke mit den Schultern, fühle mich ein bisschen schuldig. »Es hat mir irgendwie Spaß gemacht, heute zu helfen. Ich mag es, mich dreckig zu machen.«

Er lacht leise und schaltet in den nächsten Gang. »Glaub mir, du bist nicht mal annähernd dreckig«, sagt er. »Schnall dich an.«

Eine halbe Stunde später halte ich mich kreischend am Griff über der Tür fest, während er durch den Schlammkanal rast. Er reißt das Lenkrad herum, damit wir über die Seite wieder nach oben auf ebenen Boden kommen, und ich werde lachend in meinem Sitz umhergeschleudert.

O mein Gott, macht das Spaß. Ich habe das Gefühl, gleich zu sterben. Meine Augen sind voller Tränen, so sehr muss ich lachen.

»Ich kann nicht glauben, dass du das noch nie gemacht hast.« Er schaut mich an, als sei ich das unschuldige, kleine Mädchen vom Dorf. »Zu meiner Zeit musste man die Mädchen hierherbringen, um ihnen zu zeigen, was für ein krasser Typ man in seinem Truck war.«

Ich falle nach links und rechts, als der Truck durch die ganzen Schlammlöcher und Pfützen fährt. Er hat mir die Herrschaft über die Anlage überlassen, und Bruce Springsteens *Glory Days* dröhnt aus dem Radio. »Daran hat sich nichts geändert.« Ich mache lauter und halte mich am Armaturenbrett fest. »Aber heutzutage wird es immer schwieriger für die Jungs, mit denen man ausgeht, den Führerschein zu behalten.«

Er lacht. »Das glaube ich sofort.«

Regen und Schlamm spritzen um uns herum auf und treffen auch den Ärmel meines Regenmantels und meine nackten Oberschenkel. Pike hat darauf bestanden, dass wir die Fenster runterkurbeln, auch wenn das Auto innen dreckig wird. Er meint, dass die Erfahrung nur dann richtig intensiv ist.

»Hast du deine Dates hierhergebracht?«, frage ich.

»Manchmal.«

Ich verziehe meinen Mund zu einem wissenden Grinsen. »Und dann hast du sie ins *Hammond Lock* eingeladen, um mit ihnen rumzumachen?«

Er schaut mich überrascht an. »Woher kennst du das *Hammond Lock?*«

Ich zucke mit den Schultern. »Ach, ich habe nur gehört, dass die alten Leute ihre Dates damals dorthin ausgeführt haben.«

Er schaut mich gespielt böse an, tritt aufs Gas und manövriert uns in ein weiteres Schlagloch. Das Herz rutscht mir in die Hose, und ich schreie erneut lachend auf.

»Stopp!«, flehe ich ihn an. »Wir werden uns noch überschlagen!«

Die vordere Stoßstange taucht in einer Welle aus Schlamm und Wasser unter. Mein Körper wird in den Gurt geschleudert, und ich quietsche vor Begeisterung und schließe meine Augen.

Scheiße!

Aber ich kann nicht aufhören zu lachen. Er hat recht. Warum habe ich das noch nie gemacht? Da habe ich wirklich was verpasst.

Kühler Regen fällt leicht durch das Fenster und auf meine Beine. Ich öffne die Augen wieder, wische mir Schlamm von meinen Wangen.

Als ich zu ihm rüberschaue, treffen sich unsere Blicke, und wir brechen beide in Gelächter aus.

»Okay, jetzt bin ich dran!«, rufe ich begeistert.

Ich schnalle mich ab, fasse an den Türgriff und will aussteigen.

»Nein, rutsch du rüber, ich gehe außenrum.«

Ich halte inne und sehe, wie er die Fahrertür öffnet, sich aber – statt auszusteigen – hochzieht und auf die Ladefläche des Trucks springt. Schnell rutsche ich rüber auf den Fahrersitz. Der Truck ist so alt, dass er eine Sitzbank hat und ich nicht über eine Mittelkonsole klettern muss.

Ich schnalle mich an, schaue durch die Windschutzscheibe und grinse vor Vorfreude.

»Pass auf den Schlamm auf!«, rufe ich ihm durch das Fenster zu.

Ich habe keine Ahnung, wie tief er vor der Beifahrertür ist.

Ich warte, als der Truck unter seinen Bewegungen schwankt, dann wird die Beifahrertür geöffnet, seine Hand erscheint am Griff, und er zieht sich ins Fahrerhaus, ohne einmal den Boden berührt zu haben.

Er setzt sich neben mich, macht die Tür zu und fährt sich mit einer Hand über sein jetzt klatschnasses Haar.

Mein Blick landet auf seinem T-Shirt, das an seiner Brust klebt und sein Schlüsselbein, seine Bauchmuskeln und die breiten Schultern betont.

Er dreht sich zu mir um. »Was?«

Ich blinzle und räuspere mich, um mich aus meiner Trance zu reißen. »Nichts. Du bist noch ziemlich beweglich für dein Alter.«

Seine Augenlider flattern. Er streckt seine Hand nach draußen, zieht sie wieder zurück und wirft mir einen Schlammbatzen ins Gesicht.

Ich schnappe nach Luft, schließe reflexartig die Augen und drehe mich zur Seite. »Aufhören!« Lachend halte ich die Hände vor mein Gesicht, als noch mehr Schlamm auf mich zukommt. »Das war nur ein Scherz!«

»Seit wann ist achtunddreißig Rentenalter?«, knurrt er, aber ich kann die Belustigung in seiner Stimme hören.

Er bewirft mich weiter mit Schlamm, und ich drehe ihm den Rücken zu, um mich zu schützen. »Es tut mir leid! Ich habe es nicht so gemeint!«

Aber ich kann nicht aufhören zu lachen.

Zwei Stunden später ist der Himmel dunkel, und ich bin glücklich und entspannt. Selbst wenn ich wollte, könnte ich keinen einzigen Gedanken mehr fassen. Coles und meine Rechnungen, die sich in meinem Zimmer stapeln, die Studiengebühren, die in ein paar Monaten fällig sind, das Wissen, dass ich mehr Geld verdienen könnte, wenn ich nur den Mut dazu hätte ... all das ist im Moment ganz weit weg. Ich habe das Grinsen den ganzen Nachmittag nicht aus dem Gesicht bekommen.

Wir sind völlig verdreckt, und da ich keine Spuren im Wohnzimmer hinterlassen möchte, habe ich vorgeschlagen, dass wir uns zuerst ein bisschen mit dem Gartenschlauch abspritzen.

Ich schaue Pike an, der auch am Hals Dreck hat, und sein Blick schweift gedankenverloren in die Ferne. Ein Lächeln umspielt seine Lippen.

»Was ist?«, frage ich ihn.

Schließlich blinzelt er, holt tief Luft und schüttelt den Kopf. »Mir ist nur gerade klar geworden, dass ich nie was unternehme«, sagt er, öffnet die Holztür im Zaun und lässt mich zuerst in den Garten gehen. »So habe ich nicht mehr gelacht, seit ... ich weiß nicht, seit wann.«

Mein Herz macht einen Sprung. Ich bin froh, dass ich nicht die Einzige bin, der es solchen Spaß gemacht hat. Ich bin froh, dass er gerne mit mir Zeit verbringt, weil ...

... weil ich mich an ihn gewöhne.

Ich ertappe mich dabei, wie ich jeden Tag auf die Uhr schaue und aufgeregter werde, wenn es auf 17 Uhr zugeht. Ich freue mich auf ihn, und ich wünschte, das wäre nicht der Fall. Ich werde irgendwann ausziehen. Ich will mich hier nicht zu sehr einleben.

Die Dusche kommt mir in den Sinn, und als ich an seinen Massagehandschuh denke, steigt mir die Hitze in die Wangen.

Ich fühle mich gut bei ihm, und es freut mich, dass er sich auch bei mir gut fühlt. Ich darf mich nur nicht *zu* gut fühlen.

Wir gehen hinten in den Garten, und ich bücke mich, um den Wasserhahn aufzudrehen. Wasser strömt aus dem Schlauch, und ich nehme ihn vom Boden.

Dann richte ich mich wieder auf, fasse mit der Hand unter den Schlauch und bin dankbar, dass das Wasser noch warm ist von der Sonne.

Ich reiche ihm den Schlauch.

»Danke, dass du heute mitgekommen bist«, sagt er leise. »Wir haben jede Hilfe gebraucht.«

Ich nicke und ziehe mir meine Schuhe und meine Kappe aus. »Es ist auch meine Stadt.«

Er spritzt sich das Wasser über sein Gesicht, seine Arme, seine Stiefel, und ich beobachte, wie das Wasser an seinen Klamotten runterläuft, die immer noch voller Schlamm sind.

Wir machen es nur noch schlimmer.

»Im Trockner sind ein paar Handtücher«, sage ich abwesend. Er kann reingehen und sich in ein Handtuch einwickeln, während ich draußen bleibe und mich abspritze.

Da zieht er sich sein T-Shirt über den Kopf, ich nehme es und wringe das Wasser aus, während er sich den Schlauch über die Schultern und den Rücken hält.

»Ist der Schlamm ganz weg?«, fragt er.

Er dreht sich um, hält den Schlauch immer noch in der Hand und zeigt mir seinen Rücken. Plötzlich kann ich die Hitze, die sein Körper ausströmt, direkt neben mir spüren. Das Blut unter meiner Haut wird heißer, und ich traue mich nicht, ihn anzuschauen.

»Ja«, sage ich kaum hörbar.

Ich ziehe mir eins der Haargummis aus dem Haar und beginne,

einen Zopf zu entflechten, während meine Haut brennt. Er schaut mich an.

Ich schließe für einen Moment die Augen und genieße es.

Ich will, dass er mich anschaut.

Aber ich höre, wie er leise lacht, öffne die Augen und sehe, dass er meinen anderen Zopf in die Hand nimmt. Er spritzt ihn mit dem Schlauch ab.

Ja, auch mein Haar ist ganz schlammig …

»Das ist deine Schuld«, sage ich in anklagendem Tonfall.

»Du hast darum gebeten.«

Ja, das habe ich. Aber ich ziehe ihn gerne auf.

Bei seiner Berührung prickelt meine Kopfhaut, und obwohl ich jetzt ganz und gar nicht mehr entspannt bin, muss ich wieder lächeln. Er berührt nur meine Haarspitzen, und mir wird schon ganz schummrig.

Ich schlucke den Kloß in meinem Hals runter, drehe mich leise um und flüstere: »Würdest du dir meinen Rücken anschauen?«

Ich warte einen Moment und höre mein Herz schlagen. Das Wasser spritzt aus dem Schlauch auf den Boden.

Aber dann spüre ich ihn. Die sanften, kaum existierenden Berührungen seiner Finger auf meinem T-Shirt und das kalte Wasser, dass durch den Stoff dringt, als er den Schlamm wegreibt.

Er ist so leise, und trotzdem ist es so laut, dass mir die Ohren dröhnen.

Zuerst macht er ganz schnell. Ich verschränke die Arme vor meiner Brust und bin so nervös, als würde mich zum ersten Mal jemand berühren.

Aber dann wird er langsamer. Seine Hand bleibt auf meinem Schulterblatt liegen, und der Druck wird fester, als er meine Kurven nachfährt und seine Finger langsam meinen Nacken und meine Wirbelsäule hinabgleiten, bis sie schließlich auf meinen Hüften liegen.

Jetzt spüre ich meinen Puls auch zwischen den Beinen, und meine Augenlider flattern.

Seine Hand bleibt einen Augenblick auf der nackten Haut meiner Hüfte liegen, und ich atme aus. Ich bin nervös und gleichzeitig erregt.

Das bilde ich mir nicht ein. Ich bilde mir nicht ein, wie sich seine Berührung anfühlt.

Ich schlucke und blicke langsam zur Seite, bis ich ihn hinter mir stehen sehe. Dann fasse ich nach unten, nehme den Saum meines Oberteils in die Hand und zögere nur einen Moment, bevor ich es mir über den Kopf ziehe. Schnell nehme ich mir ein Handtuch von den Stufen und halte es vor meinen Körper.

Ich will, dass er mich anschaut, aber ich habe auch schreckliche Angst, dass er mich zurückweisen wird.

Ich lasse mein nasses T-Shirt fallen und stehe still da, während Angst und Verlangen jeden rationalen Gedanken auffressen. Eine Weile strömt das Wasser nur aus dem Schlauch und gräbt ein Loch in den Boden.

Dann spüre ich es auf mir. Es rinnt mir über die Schultern den Rücken hinab, und seine Hand folgt dem Lauf des Wassers, um den Dreck wegzuwischen, der noch an meinem Rücken haftet. Ich schließe die Augen, und mir wird ganz schwindelig.

Es ist warm an meinem Rücken, und ich spüre, dass er jetzt näher bei mir steht und von hinten über mir thront.

Ich höre, wie er schluckt. »Das Handtuch wird ganz nass«, sagt er mit heiserer Stimme.

Ich muss grinsen, zeige es ihm aber nicht.

Dann öffne ich die Augen, nehme das Handtuch von meinem Körper und werfe es zurück auf die Stufen. Jeder Zentimeter meiner Haut kribbelt, als stünde ich unter Strom. Ich kann mich nicht daran erinnern, schon jemals etwas so sehr gewollt zu haben.

Er säubert meinen Rücken und meine Arme und legt meinen Kopf von einer Seite auf die andere, um sicherzugehen, dass sich auch dort kein Schmutz mehr befindet. Ich habe meine Zöpfe jetzt komplett gelöst, fahre mit den Fingern durch mein Haar und spüre, wie sich die nassen mit den trockenen Strähnen mischen.

Ich will ihn sehen und wissen, was er denkt, aber ich habe Angst, den Bann zu brechen. Wenn ich ihn ansehe, bekommen wir vielleicht beide Angst.

Und das hier fühlt sich so gut an.

»Sind meine Beine auch schon sauber?«, frage ich über meine Schulter hinweg.

Ich weiß, das ist gemein, aber ich will nicht, dass er schon aufhört.

Ich muss nur kurz warten, bis ich das Wasser auf den Rückseiten meiner Beine spüre. Langsam nimmt er ein Knie in seine Hand, um besser sehen zu können.

Ich schließe wieder die Augen und tauche tief in meinen Kopf ein, wo alles, was ich in diesem Moment will, aber was ich mich nicht traue, auszusprechen, sicher ist. Es sind nicht nur seine Berührungen. Es ist die Art, wie er es tut. Die langen, ausgiebigen Liebkosungen an meinen Oberschenkeln, die Art, wie seine Finger nur einen Zentimeter höher gehen, als sie es sollten. Und wie er versucht, die Innenseiten meiner Oberschenkel zu vermeiden, ihnen aber trotzdem so nahe kommt, als würde er sie berühren wollen, während er sich aber gleichzeitig zurückhalten muss.

Als er mit meinen Waden und Füßen fertig ist, schaue ich ihn über die Schulter hinweg an.

»Jetzt bin ich dran«, sage ich.

Er blickt auf, und seine Brust hebt und senkt sich. Sein Mund ist leicht geöffnet, und in seinem Blick kann ich hundert verschiedene Emotionen sehen. Darunter sind auch die gleichen, die ich fühle: Angst und Verlangen, Unruhe und Bedürfnis.

Wir wollen es, wissen aber, dass wir es nicht sollten.

Ich drehe mich um und nehme ihm den Gartenschlauch ab. Dabei fällt sein Blick auf meine Brüste genau vor ihm, die nur von einem dünnen, rosa Spitzen-BH mit Rosen darauf bedeckt werden.

Tief im Herzen bin ich ein Girlie, und ich glaube, das gefällt ihm.

Ohne ein Wort zu sagen, starrt er mich an und zuckt nicht mal, als ich den Schlauch auf ihn richte und anfange, ihn zu waschen. Keiner von uns war unter den T-Shirts so dreckig, dass wir es nicht ins Haus und in die Dusche geschafft hätten, und das wissen wir beide.

Ich fahre mit den Händen über die weiche Haut auf seiner Brust und zeichne das Tribal nach, das über seine Schulter, die Brustmuskeln und seinen Arm hinab tätowiert ist.

Ich schaue ihm nicht in die Augen, aber ich weiß, dass er mein Gesicht betrachtet.

»Hast du die ganzen Tattoos machen lassen, als du jünger warst?«, frage ich leise.

»Die meisten«, sagt er mit belegter Stimme. »Als mir noch nichts anderes eingefallen ist, wofür ich mein Geld ausgeben könnte.«

»Gibt es welche, die du bereust?« Ich sehe Dreck unter seinem Ohr und stelle mich auf die Zehenspitzen, sodass wir jetzt Brust an Brust dastehen.

»Nein, ich ...« Er hält inne, und sein schwerer Atem trifft auf meine Wange, als ich ihm näher komme.

»Du hast da etwas Dreck«, bemerke ich und schaue zu ihm auf, während ich meinen Körper an seinen presse.

Ich lasse mich wieder auf die Füße zurückfallen. »Was wolltest du sagen?«

Er räuspert sich. »Ähm, ja, also ... ich habe mich an einigen von ihnen mittlerweile sattgesehen. Aber damals«, sagt er, »waren sie genau das, was mich ausgemacht hat und was ich über mich aussagen wollte.«

Ich nicke verständnisvoll. Dann gehe ich um ihn herum und wasche seinen Nacken und die Schulterblätter ab und lasse meine Finger über seine Wirbelsäule gleiten. Er schaudert unter meiner Berührung, und ich spüre seine Hitze unter meiner Hand.

Ich bin total erregt. Ich will nicht aufhören, ihn zu berühren, aber nur meine Hände zu gebrauchen, fühlt sich nicht mehr genug an. Ich will seine wieder spüren.

Wie ist Pike Lawson beim Sex?

Er dreht seinen Kopf und fragt mich leise: »Willst du mich gar nicht fragen, was die Tattoos bedeuten?«

Ich trete wieder vor ihn und beobachte, wie meine Finger seinen muskulösen Arm entlangfahren. »Eines Tages«, flüstere ich.

Ich will es wissen. Ich will alles über ihn wissen. Aber wenn wir uns ein paar Dinge für später aufheben, haben wir vielleicht einen Grund, uns wiederzusehen.

In diesem Moment will ich eigentlich nur wissen, was er mit seinem Mund noch tun kann, außer reden.

Berühre mich. Bitte.

Küss mich.

Ich lasse den Schlauch seitlich hängen und fahre mit den Fingern meiner linken Hand über seine Bauchmuskeln. Mein Herz pocht so heftig, dass es schon fast wehtut. Seine Muskeln spannen sich an, als ich mit den Fingernägeln sanft darüber kratze, und ich habe Angst, ihn anzuschauen.

Das ist falsch. Ich weiß, dass es falsch ist.

Aber er fühlt sich so gut an. Ich kann seinen Blick auf mir spüren, und jedes Stück Stoff meines BHs brennt sich in meine Haut. Am liebsten wäre ich jetzt nackt. Ich will, dass er mich sieht.

Ich schließe die Augen. *O Gott.*

»Jordan …« Er packt meine Hand, und ich höre, wie schwer er atmet.

Ich nicke, öffne die Augen, blicke ihn aber nicht an. »Ich weiß«, keuche ich. »Es tut mir leid.«

Ich fühle mich völlig ausgetrocknet, in meinen Augen sammeln sich Tränen, aber ich weiß nicht, warum. Und zwischen meinen Beinen brennt ein Verlangen, das fast schon schmerzhaft ist.

Langsam hebt er mein Kinn an, und ich schaue ihn ebenfalls an. Doch sein Blick liegt gar nicht auf meinem Gesicht. Seine Augen sind gesenkt, und er hat die Augenbrauen wie vor Schmerz verzogen. »Du bist durcheinander«, sagt er leise. »Du vermisst Cole, und ich bin zufällig hier. Ist schon okay.«

Ich bleibe still stehen, meine Finger liegen immer noch auf seinem Bauch, und seine Hand ist immer noch an meinem Kinn. Seine Brust hebt und senkt sich, und für einen Augenblick denke ich, dass ich davonlaufen werde. Er sucht Entschuldigungen für mich. Eine einfache, hinter der ich mich verstecken kann. Es würde Sinn machen, dass ich mich verloren fühle und mich nach jemandem sehne, zu dem ich flüchten kann.

Aber was ist seine Entschuldigung? Ich weiß, dass er mich anschaut. Ich weiß, er tut es, wenn er denkt, ich sehe es nicht. Aber das tue ich.

Noch immer stehen Tränen in meinen Augen. »Deshalb habe ich mich nicht entschuldigt.« Ich hebe den Blick, treffe seinen, und obwohl ich Angst habe, muss ich weitermachen. Ich kann es nicht zurückhalten. »Es tut mir leid, weil …«, flüstere ich mit zittriger Stimme, »weil das nicht das erste Mal ist, dass ich dich berühren will.«

Er erstarrt, lässt mich nicht aus den Augen. Aber außer seiner Brust bewegt sich nichts. Ich habe keine Ahnung, was ihm gerade durch den Kopf geht, aber ich glaube nicht, dass es mir leidtut. Keine Entschuldigungen mehr, dass es hier um Cole geht.

Die Anziehungskraft war schon länger da.

Langsam entfernt er seine Finger von meinem Kinn und ballt beide Hände zu Fäusten. Er beißt seine Zähne zusammen und sieht plötzlich wütend aus.

Reflexartig trete ich einen Schritt zurück, aber ich komme nicht weit. Er packt mich an der Hüfte, zieht mich zu sich, legt einen Arm um mich und nimmt mein Kinn mit der anderen Hand zwischen seine Daumen und die Finger. Ich schnappe nach Luft, liebe das Gefühl von seinem Körper, der sich fest an meinen presst. Aber ich habe auch Angst, weil er so wütend aussieht.

»Nein«, knurrt er zähneknirschend und funkelt mich böse an. »Verstehst du? Das wird nicht passieren. Das bekommst du nicht von mir.«

Tränen treten mir in die Augen, und ich kann ihn kaum noch sehen, als mein Körper von einem Schluchzen geschüttelt wird.

Sein Arm liegt hart wie Stahl um meinen Körper, und ich kann die Hitze seiner Wut auf seiner Haut spüren.

Er schüttelt mich. »Wenn du Sex haben willst, musst du woanders jagen gehen.«

Ich schnappe nach Luft, drehe mich zur Seite und schiebe ihn von mir weg. Er hat recht. Was tue ich hier? Warum sollte ich das wollen? Ich komme mir so dumm vor, bücke mich schnell und hebe mein T-Shirt und meine Schuhe auf.

Aber das habe ich mir nicht nur eingebildet, oder? Da war etwas zwischen uns, und es ging genauso von ihm aus wie von mir. Habe ich nur gesehen, was ich sehen wollte?

Ich würde am liebsten laut schreien. Die Tränen laufen mein Gesicht runter, und er steht immer noch da und starrt mich an.

»Geh in dein Zimmer«, befiehlt er mir.

Ich lache verbittert und ungläubig auf. »Fick dich!« Ich stehe auf und sage mit fester Stimme: »Ich finde heute Nacht woanders ein Bett. Für eine Schlampe wie mich wird sich schon irgendwas finden, oder?«

Ich drehe mich um und will zur Hintertür rennen, aber er packt mich am Ellbogen und zieht mich zurück an seine stahlharte Brust. Ich lasse mein T-Shirt und die Schuhe fallen, als er mich gegen die Hauswand drückt. Ich strecke meine Hände aus und lege sie auf seine Seiten.

Mein Gott.

Ich zittere am ganzen Körper und atme in schnellen, kurzen Zügen ein und aus, während mein Herz rast und das Blut unter meiner Haut zu kochen beginnt.

Was zum ...

Er nimmt mein Gesicht in seine Hand, und ich spüre seinen heißen Atem an meinem Ohr. »Droh mir nicht mit so einer Scheiße. Wenn du dich wie eine freche Göre benehmen willst, sollte ich dich vielleicht auch wie eine bestrafen.«

Ich hätte fast aufgelacht, trotz der Tränen auf meinen Wangen. »Unbedingt!«, erwidere ich sarkastisch. »Ich würde gerne sehen, wie du die Kontrolle über mich bekommst. Du schaffst es ja nicht mal, Cole dazu zu bringen, seine Arbeiten zu erledigen. Und wann hast du das letzte Mal eine Frau in deinem Bett scharf gemacht? Du bist ja gar kein richtiger Mann!«

Er knurrt und schlägt mit der Handfläche an die Hauswand neben mir.

Ich zucke zusammen.

Dann ist seine Hand plötzlich in meinem Haar, er dreht meinen Kopf zur Seite und presst seinen Mund auf meinen.

Ich stöhne auf, und das Gefühl und der Geschmack von ihm überfluten mich so gewaltig, dass meine Klit zwischen den Beinen zu pochen beginnt. *O Scheiße.* Meine Augenlider flattern, und die Hitze und das Adrenalin strömen im Bruchteil einer Sekunde aus meiner Brust in meinen Unterleib.

Er zieht sich zurück. »Fuck.« Dann packt er meine Haare in einer Faust.

Sein Mund legt sich wieder auf meinen, verlangt nach mehr, und ich kriege kaum Luft. Mein ganzer Körper steht in Flammen.

Er schmeckt so gut. Fühlt sich so gut an. Es dauert nur einen Moment, bis mein Gehirn wieder richtig funktioniert. Ich greife um ihn herum, lege meine Hände in seinen Nacken und erwidere seinen Kuss.

Seine Hände packen mich an der Hüfte, und ich kann spüren, wie er seine Finger unter den roten Spitzenriemen meines Slips steckt, das unter meiner Shorts herausragt. Er wickelt den Riemen um seine Finger, als wolle er mir den Slip zerreißen.

Bei dem Gedanken pulsiert meine Klit noch heftiger. Seine Zunge ist heiß und fordernd und spielt in meinem Mund mit meiner. Als er sich nur ein kleines Stück zurückzieht, um an meiner Unterlippe zu saugen, stelle ich mich auf die Zehenspitzen und spüre sofort die warme Feuchtigkeit zwischen meinen Beinen.

O Gott.

Sein Mund wandert von meinen Lippen zu meinen Wangen, dann küsst er mich den Kiefer entlang und runter zu meinem Hals. Ich lege meinen Kopf in den Nacken, um ihm freie Bahn zu gewähren.

Innerlich muss ich grinsen. Er will es. Er will mich.

Meine Haut kribbelt, die Härchen auf meinen Armen richten sich auf, und ich zittere am ganzen Körper, als er mit seinen Händen beginnt, mich genauso zu erforschen wie mit seinem Mund.

Ich drücke mich gegen seinen Unterleib und spüre seinen Penis – hart und verlockend. Er zieht seinen Mund weg und stöhnt bei meiner Berührung auf.

»Jordan«, keucht er mit geschlossenen Augen und schmerzverzerrtem Gesicht. »Verdammt, das können wir nicht machen.«

Ich stelle mich auf die Zehenspitzen, lege meinen Kopf an seine Stirn und meine Hände auf seine Hüften. »Ich weiß«, sage ich. »Ich weiß.«

Mein Gott, warum ist das passiert?

Ich fahre mit meinen Lippen über seine und spüre seinen warmen Atem, in den ich am liebsten eintauchen würde. »Ich weiß«, flüstere ich erneut. »Ich habe es ruiniert, oder?«

Wir sind Opfer der Umstände. Aber wenigstens kann ich sagen, dass ich ihn so oder so anziehend gefunden hätte. Wenn er ein Kerl gewesen wäre, der eines Abends in der Bar aufgetaucht wäre, sich hingesetzt und mit mir geredet hätte, hätte ich ihn auch gewollt. Er kann missmutig sein und weiß nicht so recht, wie man mit Menschen umgeht, aber in seiner Gegenwart bin ich glücklich, und es gefällt mir, dass er auch meine Gegenwart zu brauchen scheint. Er ist hier glücklicher mit mir.

»Du musst mir nichts erklären, okay?«, sage ich. »Ich werde morgen zu meiner Schwester ziehen, und dort wird es mir gut gehen. Du musst dir keine Sorgen um mich machen. Ich hätte nie hierbleiben …«

Aber plötzlich packt er mich an den Oberschenkeln, hebt mich hoch und zwingt mich somit, meine Beine um ihn zu schlingen. Er drückt mich gegen die Wand, schaut mir in die Augen und schüttelt den Kopf. »Du gehst nirgendwohin.«

Dann umschließt er mein Kinn mit seinem Mund. Ich schnappe nach Luft, lasse meinen Kopf zurückfallen und schließe die Augen, während er mich sanft beißt und küsst und sich eine Gänsehaut auf meinen Armen ausbreitet.

Ich halte mich an seinen Schultern fest und gebe nach. Ich winde mich an ihm und sehne mich nach der Reibung, die sein Körper zwischen meinen Beinen verursacht.

Er hält mich mit einem Arm fest, während er mit der anderen Hand den Träger meines BHs runterzieht, damit er meine nackte Schulter küssen kann.

Verzweifelt keuche ich: »Zieh ihn aus. Bitte.«

Seine Hand gleitet auf meinen Rücken, aber anstatt den BH zu öffnen, zieht er an ihm und reißt ihn nach unten. Allerdings ist meine Brust nur einen kurzen Moment entblößt, denn dann hören wir beide im Innern des Hauses eine Tür schlagen und zucken zusammen.

»Dad?«, ruft Cole. »Bist du wach?«

»Scheiße«, zischt Pike mit angehaltenem Atem.

»O Gott.« Ich winde mich aus seinem Griff, und er lässt mich los. Ich bücke mich, hebe mein T-Shirt und meine Schuhe wieder auf und halte sie vor mich, um mich zu bedecken. Durch die Hintertür sehe ich, wie in der Küche Licht angeht, und ich verstecke mich schnell hinter der Hausecke.

Das Herz klopft mir bis zum Hals, und ich kann nicht schlucken. Ich werfe einen Blick um die Ecke zu Pike. Er sieht aus, als wäre er sich nicht sicher, was er tun soll. Aber dann nimmt er schließlich den Gartenschlauch, aus dem immer noch das Wasser läuft, und fährt damit fort, seine bereits sauberen Hände und Arme abzuwaschen.

»Hier draußen!«, ruft er, und sein Adamsapfel hüpft auf und ab.

Ich höre, wie die Fliegengittertür geöffnet wird, und ziehe mich schnell zurück, um nicht gesehen zu werden.

»Hey, was tust du da?«, höre ich Cole fragen.

Schnell ziehe ich mir meinen BH wieder richtig an und schlüpfe in mein nasses T-Shirt.

»Ich wasche mich nur ab«, antwortet Pike. »Der Fluss ist heute fast über die Ufer getreten. Ich habe versucht, dich anzurufen.«

»Ja, tut mir leid.«

Einen Moment herrscht Schweigen, und ich höre nur das Wasser, das auf das mittlerweile überflutete Gras trifft.

»Wo ist Jordan?«, fragt Cole.

»Ich weiß nicht. Drinnen?«

Ich schließe die Augen, und Schuldgefühle überkommen mich. Er muss ihn anlügen.

Ich meine, klar lügt er. Das hätte ich auch gemacht. Aber die Wahrheit ist, ich kann Cole verlassen, und mein Leben wird weitergehen. Pike kann das nicht tun. Er ist sein Sohn.

»Bleibst du?«, fragt Pike ihn.

»Ich hole mir nur ein paar Sachen«, erklärt Cole und klingt ernst. »Ich glaube nicht, dass sie mich in nächster Zeit um sich haben will. Danke, dass sie hierbleiben kann.«

Pikes Stimme ist nicht viel mehr als ein Flüstern. »Kein Problem.«

Wieder herrscht Stille, und dann wird das Wasser abgedreht.

»Sie hat sich wirklich um mich gekümmert, als ich …« Cole schweift ab und fährt dann fort: »… als wir keinen anderen um uns herum ertragen haben. Ich wollte ihr nie wehtun.«

In meinem Hals sticht es wie kleine Nadeln. Alles ist im Moment so durcheinander, und ich weiß nicht, wie wütend ich sein darf.

Er hat mich direkt vor meiner Nase betrogen. Wochenlang.

Aber tief im Herzen war ich ihm auch nicht treu.

Irgendwo in meinem Innern wussten wir beide schon immer, dass es nicht für immer bestimmt war.

»Du kannst nach Hause kommen«, sagt sein Vater leise und fast flehend.

Aber Cole antwortet nicht, und ich wünschte, ich könnte sein Gesicht sehen. Schaut er seinen Vater an? Er kann den Menschen nie in die Augen schauen, wenn er traurig oder wütend ist.

»Was wirst du tun?«, fragt Pike ihn mit Traurigkeit in der Stimme. »Was wirst du mit deinem Leben anfangen?«

Cole seufzt. »Ich werde mit ihr reden. Irgendwann.«

Dann fällt die Fliegengittertür ins Schloss, und ich schiele langsam um die Ecke. Pike steht alleine an der Stelle, an der ich ihn verlassen habe.

Sein Gesicht ist schmerzverzerrt, und er starrt auf den Boden. Dann dreht er seinen Kopf langsam in meine Richtung.

»Er behandelt dich nicht richtig. Das sollte er aber«, sagt Pike mit schuldigem Gesichtsausdruck. »Aber das hier darf nicht passieren, Jordan.«

Ich beiße die Zähne zusammen, und wieder bahnen sich die Tränen ihren Weg.

Ich weiß.

Ich weiß.

KAPITEL 16

Pike

Ich kann sie fühlen. Ihre warmen Beine, wie sie unter der Decke mit meinen verschlungen sind, wie sie sich an mir reibt und zwischen den Beinen heiß und feucht ist. Ich packe sie an der Hüfte, drehe uns beide um, ziehe ihr den Slip runter und beginne, sie zu lecken.

O Gott, ihr Stöhnen klingt so süß, ich will dieses Bett nie wieder verlassen. Ich will nichts anderes, als sie zu fühlen, schmecken, riechen, sie zum Lachen, Schwitzen und zum Höhepunkt zu bringen. Sie gehört mir.

Ich reiße die Augen auf und blinzle in das frühe Morgenlicht. Ich bin allein und atme durch die Nase ein, in der ich immer noch ihren Geruch aus dem Traum habe.

Ich schließe wieder die Augen. »Mein Gott«, stöhne ich und benetze mir meine trockenen Lippen.

Die Hände zu Fäusten geballt, spüre ich immer noch ihren Hintern unter meinen Handflächen, und ich brauche sie. Ich brauche denselben weichen Körper, den ich gestern Abend in den Armen gehalten habe. Ich brauche ihn so sehr, dass mir mein Kiefer vor lauter Anspannung wehtut.

Ich wische mir den Schweiß aus dem Nacken, blicke an mir hinab und sehe, dass mein Penis das Bettlaken feucht gemacht hat.

Verdammt.

Ich brauche Sex. Das ist alles. Jordan ist nichts Besonderes.

Das ist sie nicht.

Sie ist eine scharfe, junge Frau, die in meinem Haus wohnt und mir ständig mit ihren langen Beinen in den kurzen Shorts, dem knackigen Hintern und Lippen, die nach Pfirsich schmecken, vor der Nase herumläuft. Es ist, als würde man einem hungernden Pitbull ein Steak unter die Nase halten und sagen »Nicht anrühren«.

Ich stöhne auf, als mein Penis nur noch härter wird.

Mein Gott, wenn ich sie jetzt rufen würde, würde sie dann kommen? Ich bin versucht, das, was ich gestern Abend gesagt habe, wieder zurückzunehmen, so sehr will ich sie wieder berühren.

Aber nein.

Ich bin bereits von Schuldgefühlen zerfressen, und die Kontrolle zu verlieren und mit ihr noch weiter zu gehen, würde nur Schmerz verursachen. Gestern Abend ist passiert, weil ich so lange keinen Sex mehr hatte. Das ist der einzige Grund.

Mein Gott, sie ist fast noch ein Kind. Wenn sie zwei Jahre jünger wäre, könnte ich ins Gefängnis kommen für das, was ich fast mit ihr gemacht hätte.

Ich muss unbedingt wieder klar denken.

Ich werfe die Decke zurück, kämpfe mich aus dem Bett und ziehe mir Boxershorts und Jeans an. Nachdem ich mir etwas kaltes Wasser ins Gesicht gespritzt, mir die Zähne geputzt und mir etwas Gel in die Haare geschmiert habe, hat sich mein Penis wieder genug beruhigt, dass ich mein Zimmer verlassen kann. Ich ziehe mir ein T-Shirt und den Rest meiner Klamotten an, die ich für die Arbeit brauche, und gehe aus dem Zimmer.

Wenn Cole nicht heimgekommen wäre ...

Ich laufe die Treppe runter und verdränge den Gedanken aus meinem Kopf. Hoffentlich denkt sie nicht, dass sie deshalb hier ausziehen muss. Es wäre wahrscheinlich das Beste, aber ich will nicht zu den Menschen gehören, auf die sie nicht zählen kann.

In der Küche schenke ich mir eine Tasse Kaffee ein und suche im Kühlschrank nach der Milch.

Stirnrunzelnd schiebe ich die Tetra-Paks umher, finde aber nur Mandelmilch. Mit gerümpfter Nase nehme ich sie heraus und betrachte sie. Aus Mandeln wird wirklich Milch gemacht?

Jordan. Ich verdrehe die Augen, öffne die Milch und rieche daran. »Hmm ...« Riecht gar nicht so schlecht.

Schulterzuckend gieße ich sie in meinen Kaffee.

Gerade lehne ich mich gegen die Arbeitsplatte und puste in das dunkle Gebräu, als ich Jordans Schritte auf der Treppe höre. Mein

Magen zieht sich zusammen. Ich blinzle mehrmals und versuche, mich zusammenzunehmen.

Sie kommt in die Küche und schaut mich lange genug an, um mir ein halbherziges Lächeln zu schenken, bevor sie um den Tisch herumgeht und ihr Buch von einem Stuhl nimmt.

Sie scheint es eilig zu haben.

»Entschuldigung wegen gestern Abend«, zwinge ich mich zu sagen. Je schneller wir es hinter uns bringen, desto eher können wir wieder zur Normalität zurückkehren. »Es war meine Schuld, und es hätte nicht passieren dürfen. Okay?«

Mit langsamen Bewegungen kramt sie in ihrer Tasche herum, und ihr Blick wandert von einer Seite zur anderen. Sie schaut mich kein einziges Mal an, als sie den Reißverschluss ihrer Tasche schließt, sich aufrichtet und zum Kühlschrank geht.

»Ich muss los«, sagt sie.

Ich beobachte sie argwöhnisch. Sie scheint nicht böse zu sein. Sie sieht nur nervös aus. Vielleicht hat sie darauf gewartet, dass ich den ersten Schritt mache, damit sie sieht, wie sie mit der Sache umgehen muss.

Oder sie will so tun, als wäre nichts passiert. Vielleicht bereut sie es.

Bereue ich es?

Ja, natürlich bereue ich es.

Aber ich habe es auch genossen. Das Bedürfnis, sie in mein Bett zu tragen und jeden Zentimeter von ihr zu genießen, war gestern Abend wie ein Blick ins Paradies. Ich wollte es. Ich konnte es nicht erwarten.

Und ich hätte auch nicht aufgehört. Allein bei dem Gedanken daran, was ich mit ihr gemacht hätte, schmerzt jeder Muskel in meinem Körper.

Aber auch wenn Cole nicht gekommen wäre – sie ist immer noch halb so alt wie ich. Das ist alles total falsch.

»Du bist ein wunderschönes Mädchen, Jordan«, sage ich fast flüsternd. »Aber genau das – ein Mädchen.«

Sie hält am Kühlschrank neben mir inne, und ich sehe, wie sie schluckt. Sie ist so hübsch. Ihr wallendes, weiches Haar, das dezente Make-up, das nur einen Hauch von Rosa auf ihre Lippen zaubert …

»Ich konnte nicht klar denken«, rechtfertige ich mich. »Wir sind beide einsam, und ich habe es so sehr genossen, dass du hier bist, dass die Grenzen verschwommen sind. Es wird nicht wieder passieren.«

Sie nickt und senkt den Blick. Ich wünschte, ich wüsste, was sie gerade denkt. Es ist untypisch für sie, so still zu sein. Hasst sie mich jetzt?

»Ist schon okay«, sagt sie mit sanfter Stimme.

Aber ich schüttle den Kopf. »Ist es nicht. Das ist es nicht, was ich von dir erwarte. Ich will, dass du das weißt.«

Wahrscheinlich erlebt sie in der Arbeit schon genug solchen Mist.

Sie nimmt einen Apfel und eine Wasserflasche, dreht sich um, geht zum Tisch und greift nach ihrer Tasche. So früh kann sie eigentlich noch keine Kurse haben, aber ich werde auf keinen Fall hinterfragen, was sie tut. Ich habe in den letzten vierundzwanzig Stunden schon genug Schaden angerichtet.

Ich blicke ihr nach, als sie die Küche verlässt, in den Gang geht und ihren Schlüssel vom Haken nimmt. Sie greift nach der Türklinke, hält aber noch mal inne.

»Ich hatte meine Hände auch auf dir«, sagt sie. Dann öffnet sie die Tür, geht raus und schließt sie leise hinter sich.

Ich starre ihr nach. Die Leere um mich herum ist so erdrückend, dass ich sie sofort wieder zurückhaben möchte.

»Sag so was nicht«, murmle ich in das leere Haus.

Wenn ich weiß, dass du mich auch willst – wie soll ich dir dann widerstehen?

»Bist du sicher, dass du nicht mitkommen willst?«, fragt Dutch.

Ich schüttle den Kopf und werfe meine Sachen auf die Ladefläche des Trucks. »Nichts klingt im Moment schlimmer für mich als eine Bar voller Leute und tiefgekühlte Mozzarella-Sticks«, sage ich. »Ich habe ein Date mit einer übrig gebliebenen Calzone im Kühlschrank.«

Todd geht lachend an uns vorbei. »Ich wette, die Calzone schmeckt noch besser, wenn sie eine gewisse Blondine mit nackten Füßen für dich macht.«

Mir wird ganz heiß, als er mich aufzieht. Ich denke nicht, dass irgendjemand weiß, dass Cole gerade nicht bei mir wohnt, aber Jordans und meine Interaktionen sind nicht unbemerkt geblieben. Der Pokerabend, die Unterwäsche-Nacht in der Bar, dass sie mir das Mittagessen hinterhergebracht hat ... Die Jungs ziehen bestimmt ihre eigenen Schlüsse.

Die Calzone ist wirklich noch von einem Abend übrig, an dem wir uns etwas zum Mitnehmen geholt haben, aber Jordan arbeitet heute Abend nicht, und ich kann es nicht erwarten, zu sehen, wie es ihr geht. Und hoffentlich wieder normal mit ihr reden zu können.

Trotzdem habe ich die Jungs heute eine Stunde länger arbeiten lassen, weil ich sie zwar unbedingt sehen will, mir diese Tatsache aber nicht gefällt. Und ich muss beweisen, dass ich mich unter Kontrolle habe.

Dutch setzt sich seine Kappe auf und grinst mich an, als würde er Todd zustimmen. Mit bösem Blick steige ich in den Truck. Ich brauche das Bild von Jordan nicht in meinem Kopf, wie sie mit ihren nackten Füßen in meiner Küche herumläuft, sich bückt, um Dinge zu holen, und sich ihr Haar aus dem Gesicht pustet, woraufhin es immer wieder auf dieselbe Stelle zurückfällt.

Wir können in meinem Haus wohnen, und unser Leben wird weitergehen, bis sie sich eine eigene Wohnung leisten kann. Sie wird zur Uni gehen, arbeiten, und ab und zu wird ein Kerl vorbeikommen, um sie zu einer Verabredung abzuholen. Und ich werde auch weitermachen. Ich bin Single, und sie muss damit rechnen, dass ich auch mal mit einer Frau ausgehen werde. Das ist gut so, und es ist, wie es sein sollte.

Wenn sie allerdings zehn Jahre älter wäre ...

Ich grinse in mich hinein und habe endlich das Gefühl, wieder klar denken zu können. Ich drehe den Schlüssel im Schloss um, starte den Motor und fahre vom Parkplatz Richtung Zuhause.

Ich bin froh, dass ich nicht versucht habe, direkt um fünf von der Baustelle wegzukommen. Alles in allem habe ich es doch richtig gemacht. Ich war derjenige, der die Sache gestern Abend abgebrochen hat, oder? Zweimal? Ich habe ein moralisches Gewissen, und obwohl es kurz gewankt hat, bin ich schließlich doch wieder auf dem richtigen Weg.

Ich bin auch nur ein Mensch. Würde irgendeinem Menschen nicht auffallen, wie schön sie ist?

Ich atme aus, schalte das Radio an und fahre durch die Straßen der Nachbarschaft.

Ich brauche ein Date. Das, was gestern Abend mit Jordan passiert ist, wird einfach ein sechsminütiger Ausrutscher unter dem Vollmond bleiben, und ich werde wieder ihr ... älterer ... Ach, Scheiße. Einfach nur ein verantwortungsbewusster Erwachsener, auf den sie sich verlassen kann. Das ist alles.

Sie ist keine Frau, sie hat noch nicht viele Erfahrungen gemacht, und ich bin nicht der Mann, den sie heiraten und von dem sie Kinder bekommen wird. Ich habe keinerlei Anspruch auf sie.

Ich hole tief Luft und fühle mich bereit, als ich in meine Straße und dann in meine Einfahrt einbiege. Es ist kurz nach sechs, und Jordans VW steht da. Aber das bedeutet nicht, dass sie auch hier ist. Ich habe ihr gesagt, sie soll noch nicht mit ihrem Auto fahren, aber sie könnte auch mit ihrer Schwester unterwegs sein.

Ich parke und nehme meine Lunchbox aus dem Handschuhfach, bevor ich aussteige. Dann hole ich noch meinen Werkzeuggürtel, hänge ihn mir über die Schulter und überquere den Rasen zur Veranda.

Doch dann nehme ich etwas im Augenwinkel wahr, drehe mich um und sehe, wie Jordan gerade aus Kyle Cramers Haus kommt, gefolgt von Kyle, der ihr irgendein Papier gibt und auf sie hinab grinst.

Sie geht weiter, grinst ihn aber an und deutet mit dem Daumen auf mein Haus, während sie beide etwas sagen und nicken. Dann dreht sie sich von ihm weg und kommt auf mich zu. Mein Blick haftet immer noch auf ihm. Er schaut ihr nach und gafft unverblümt auf ihren Hintern.

Sofort erfüllt Hitze jede einzelne meiner Zellen, und meine Instinkte melden sich.

Versuch es gar nicht erst, Arschloch.

Jordan kommt auf mich zu und wird nur kurz langsamer, als sie mich sieht.

Ich deute mit dem Kinn in Cramers Richtung und versuche, meine Stimme ruhig klingen zu lassen. »Was sollte das?«

Sie blinzelt und geht die Stufen hoch. »Oh, er, ähm … er hat heute Abend seine Kinder«, sagt sie. »Aber er hat vergessen, dass er Karten für ein Baseballspiel hat, also hat er mich gefragt, ob ich auf sie aufpassen kann. Ich habe Ja gesagt. Er hat mir nur das Haus gezeigt und mir alles erklärt.«

»Warum du?« Ich folge ihr.

Sie wirft mir einen Blick über die Schulter zu, und mir wird klar, dass das unhöflich geklungen haben muss.

»Ich meine nur, er muss doch ein paar Babysitter in petto haben«, füge ich hinzu. »Ich bin nur neugierig, warum er dich gefragt hat.«

»Ich weiß nicht.« Sie zuckt mit den Schultern, nimmt ihre Tasche und überprüft, ob sie alles hat, was sie braucht. »Vielleicht, weil ich nebenan wohne und er denkt, dass ich immer noch Taschengeld verdienen will«, scherzt sie. »Ist schon okay. Wirklich. Ich habe sonst nichts zu tun. Aber ich werde erst spät wieder zu Hause ein.«

Spät? Das Spiel ist um zehn vorbei.

Wahrscheinlich geht er hinterher noch in die Bar.

Und dann kommt dieser degenerierte Mensch total betrunken zurück zu einer fast noch minderjährigen, scharfen Babysitterin.

Auf keinen Fall.

Sie geht zur Tür, wirft sich ihre Tasche über die Schulter, und ich trete einen Schritt vor.

»Warte …«, sage ich.

Sie dreht sich um, aber ihr Blick bleibt nicht lange auf mir liegen. Sie versucht, mich zu meiden.

»Wenn du willst«, schlage ich großzügig vor, »kannst du die Kinder herholen. Sie können im Pool schwimmen.«

Endlich schaut sie mir in die Augen, und ich sehe, dass ihre Augen rot sind. Sie ist unglücklich, aber sie versucht, es zu verbergen. O Gott.

Sie schüttelt entschuldigend den Kopf. »Du bist gerade erst von der Arbeit gekommen. Du willst dich entspannen, und die Kinder werden laut sein.«

Dann schaut sie nervös auf den Boden.

Liegt es an mir, oder ist es was anderes? Ich habe gestern Abend das Richtige getan. Ich will nicht, dass sie sich zurückgewiesen fühlt, weil sie jeden Mann zum glücklichsten Menschen auf der Welt machen wird.

Eines Tages.

Aber vielleicht ist sie gar nicht sauer, weil ich es abgebrochen habe. Vielleicht ist sie unglücklich darüber, dass es überhaupt passiert ist.

Ich gehe noch einen Schritt auf sie zu und frage sie mit leiser Stimme: »Bist du sauer auf mich?«

Sie schaut mich an und antwortet schnell. »Nein.« Dann ringt sie nach Worten. »Ich versuche nur, ein paar Dinge in meinem Kopf zu ordnen.«

Ich kann sehen, dass ihre Augen sich mit Tränen füllen, und das tut mir im Herzen weh. Warum will ich sie immer so sehr in den Arm nehmen?

Sie dreht den Kopf zur Seite und versucht, die Tränen, die sie nicht zurückhalten kann, zu verbergen. Ich zögere nur einen Moment, bevor ich meine Hand an ihr Gesicht lege. Meine Finger legen sich um ihren Hinterkopf, und sie schiebt mich nicht weg.

»Ich bin hier, okay?«, flüstere ich. »Nichts hat sich geändert. Ich liebe immer noch den Geruch deiner Kerzen und den Klang deiner Musik in meinem Haus.« Ich halte kurz inne und füge dann noch hinzu: »Auch wenn ich kein allzu großer Fan von dem Gurken-Wrap bin, den du gestern in meine Brotbox geschmuggelt hast.«

Sie lacht leise auf, und ihre Schultern zucken.

Ich reibe ihre Wange mit meinem Daumen ab. »Ich gehe nicht weg.«

Dann ziehe ich sie an meine Brust und will nichts weiter, als sie zu beschützen und ihr alles zu geben, was sie nicht hat.

Ich lege meinen freien Arm um sie, und nach einem Augenblick gibt sie nach und legt ihre Arme ebenfalls um mich. Wir halten uns gegenseitig so fest, dass ich nicht weiß, wer jetzt genau wen hält. Aber für einen kurzen Moment habe ich Angst, dass ich falle, wenn ich sie loslasse.

»Bring sie rüber«, sage ich. »Dann stehst du nicht unter Druck, sie beschäftigen zu müssen. Ich werde die Luftmatratzen aufblasen und Pizza bestellen.«

Sie zieht sich schniefend zurück, aber die Tränen sind versiegt, und sie lächelt schon fast wieder.

»Kinder mögen nur Käse auf der Pizza«, sagt sie und scheint sich wieder gefangen zu haben.

»Ja, ich erinnere mich.« Ich glaube, Cole mag immer noch nur Käse auf seiner Pizza.

Sie stellt die Tasche wieder ab und wirft mir noch einen Blick zu, bevor sie geht. Ich glaube, sie hat verstanden, dass ich ihr nicht wehtun werde.

Und wenn ich mich besser von ihr fernhalten kann, als es mir gestern Abend gelungen ist, dann wird das auch nicht passieren.

»Ich kann das nicht!«, ruft Jensen, während ihm das Wasser von den Lippen tropft.

Der Siebenjährige tritt mit den Füßen im Wasser, und die Taucherbrille umfasst beinahe sein ganzes Gesicht. Unter ihm stehen drei Tauchringe senkrecht am Beckenboden, und nachdem ich ihn dazu ermutigen konnte, sich an meinem Nacken festzuhalten, während ich nach ihnen tauche, dachte ich, es ist an der Zeit, dass er es versucht.

Cramer ist ein Idiot, aber seine Kinder sind in Ordnung.

»Dann versuch, mit den Füßen zuerst nach unten zu gehen«, erkläre ich. »Tauch mit dem Gesicht unter und schau mir zu.«

Der Pool ist nur einen Meter achtzig tief, aber ich schwimme trotzdem ein Stück, bis ich über den Ringen bin. Jordan ist mit der zweijährigen Ava im flachen Teil und zeigt ihr, wie man Blasen im Wasser macht. Ich war erleichtert, als sie herausgekommen ist und dieses Mal einen konservativeren Bikini anhatte als beim letzten Mal, aber leider fällt es mir auch bei diesem schwer, meinen Blick abzuwenden.

»Bereit?«, sage ich und reiße mich vom Anblick ihrer nassen Haare, die ihr am Rücken kleben, weg, um Jensen anzuschauen.

Er nickt, als wäre sein Kopf viel zu schwer für seinen Körper, und ich hole tief Luft und tauche mit den Füßen voran unter. Dabei blase ich Luft aus und schiebe das Wasser mit den Händen nach oben.

Meine Füße berühren den Boden, ich greife einen Ring und

drücke mich wieder an die Oberfläche, wo ich nach Luft schnappe. Er streckt seinen Kopf wieder aus dem Wasser und spuckt etwas davon aus.

»Hast du gesehen?«, frage ich und reibe mir über die Augen. »Ich habe Blasen gemacht und das Wasser über mich gedrückt, damit ich auf den Boden sinken konnte.«

Er nickt.

»Willst du es jetzt versuchen?«

Er schüttelt den Kopf.

Lachend werfe ich den Kopf zurück. »Okay, dann vielleicht beim nächsten Mal.«

In diesem Moment trifft mich ein Wasserstrahl im Rücken. Als ich über meine Schulter blicke, sehe ich Jordan, die mit einer Wasserpistole auf mich zielt. Das kleine Mädchen auf ihrer Hüfte lacht, und Jordan rümpft die Nase und macht ein kampfbereites Gesicht, als sie auf meinen Kopf zielt. Ich springe zur Seite und höre das kleine Mädchen hinter mir lauthals lachen.

»Ich will auch eine!« Jensen schwimmt an den Beckenrand und holt sich eine der Super Soakers, die Dutch hiergelassen hat, als er letzten Sommer seine Kinder mal mitgebracht hatte. Ich nehme die andere, Jordan gibt ihre dem kleinen Mädchen und nimmt sich eine neue, und dann stürzen wir uns alle in den Kampf.

Die nächsten zehn Minuten kommen wir kaum zu Luft, während wir lachen, uns angreifen und um den Pool herumlaufen, um den Angriffen der anderen zu entkommen.

Jeder zielt auf jeden. Ava trifft Jordan mitten ins Auge, und Jensen trifft mich am Kopf.

Ich nehme mir das Kleinkind, um es als Deckung zu benutzen, Jordan quietscht auf und taucht unter, um den Schüssen von Jensen, Ava und mir zu entkommen.

Schließlich setzt sich der Junge auf eine Stufe, und Jordan und ich sind völlig außer Puste. Ich setze Ava an den Beckenrand, und sie geht zu einem Tisch, um eine Wassermelone zu essen. Jensen gesellt sich zu ihr und nimmt sich noch ein Stück Pizza.

Plötzlich habe ich ein Déjà-vu. Es überrascht mich, dass ich immer noch die Energie für so was habe. Es kommt mir vor, als wäre eine Ewigkeit vergangen, seit ich Cole das Schwimmen beigebracht habe und er in der Mittelschule seine erste Freundin mit nach Hause gebracht hat, während ich sie heimlich vom Haus aus beobachtet habe. Aber das jetzt mit den Kindern ist irgendwie gar nicht so stressig, wie ich es von damals in Erinnerung habe. Vielleicht, weil ich älter bin.

Oder weil es einfacher ist, wenn sich zwei Erwachsene um die Kinder kümmern anstatt nur einer. Heute hatte ich richtig Spaß dabei.

Ich beobachte Jordan, wie sie aus dem Pool klettert und sich mit den Beinen im Wasser an den Rand setzt. Sie nimmt die Wasserpistolen, leert sie alle aus und legt sie zur Seite.

Ihr Bikini lässt meine Gedanken kreisen, und ich bin ziemlich verwirrt. Ihre Badehose ist schwarz – erwachsen, sexy und wunderschön an ihrer gebräunten Haut. Das Oberteil ist rosa – unschuldig, süß und typisch Jordan, die so ein richtiges Mädchen sein kann.

Ihre gebräunten und glatten Oberschenkel, der niedliche konzentrierte Gesichtsausdruck und die gerunzelte Stirn, während sie ihre Aufgabe erledigt – alles an ihr ist jung.

Nur ihre Augen nicht.

Augen, die so geduldig sein können, weil sie schon viele Jahre lang darin Erfahrung gesammelt haben, enttäuscht zu werden. Aber auch Augen, die wütend sein können, weil ihr Leben vom ersten Tag an so schwierig war und sich das nicht geändert hat.

Man kann sehen, wie ihr Verstand jede Entscheidung und jede Aktion abwägt, weil sie so gut darin ist, die Konsequenzen und Gefahren abzuschätzen.

Sie weiß, dass die Zeit vergeht und ihr Tag kommen wird und dass sie nur durchhalten muss.

Sie hat die weiche Haut und den Körper einer jungen Frau, aber die Augen von einem Menschen, der schon vieles gesehen hat.

Mein Blick fällt auf ihren Mund, und ich erinnere mich daran, wie es sich angefühlt hat, sie zu küssen. Mir wird wieder ganz heiß. Ich drehe mich weg und fahre mir mit der Hand durch mein nasses Haar.

Es war kein Ausrutscher. Ich will sie.

Ich liebe ihren Geruch im Haus, die Art, wie sie neben mir sitzt – hier genauso wie an dem Abend im Kino. Es fühlt sich so einfach und unkompliziert an, als wären wir füreinander gemacht. Ich freue mich jeden Tag, wenn ich aufwache, darauf, sie sehen zu können.

»Mein Gott«, sage ich mit angehaltenem Atem.

Ich glaube, ich bin seit zwanzig Jahren das erste Mal wieder verliebt.

»Was?«, höre ich sie fragen.

Ich hebe meinen Kopf und schaue sie an. Habe ich das laut gesagt?

»Nichts«, antworte ich.

Sie mustert mich, während sie die letzte Wasserpistole leert, und ich ziehe die Schwimmnudeln aus dem Pool und werfe sie an den Rand, um ihrem Blick zu entgehen.

Ich will mehr von dem, was gestern Abend passiert ist, und ich weiß nicht, was ich tun soll.

Auf dem Tisch klingelt erneut ein Telefon, und ich sehe zu ihr rüber. »Dein Handy klingelt schon wieder.«

Sie nickt und schaut düster drein. »Ja, ich weiß auch, wer das ist.«

Ich runzle die Stirn. Wen versucht sie zu meiden?

Das Handy hat schon mehrmals geklingelt, seit ich zu Hause bin, aber sie ist nie rangegangen.

Sie schaut mich an und sieht meinen fragenden Blick.

Da lacht sie nur und erklärt: »Die Jungs in der Stadt denken, dass ich einfache Beute bin, seit Cole und ich nicht mehr zusammen sind.« Sie fährt sich mit den Fingern durchs Haar und entwirrt die nassen Strähnen. »Sie stehen jetzt quasi Schlange, um mich zu *trösten*.«

Das letzte Wort sagt sie mit Gänsefüßchen in der Luft, und sofort schrillen bei mir die Alarmglocken. Sie trösten?

Aber ich zwinge mich, mich zusammenzureißen. Das ist genau das, was ich brauche, um alles wieder ins richtige Licht zu rücken. Sie sollte mit ihren Freunden ausgehen.

»Vielleicht solltest du einem von ihnen eine Chance geben«, sage ich und zwinge die Worte förmlich aus meinem Mund. »Ich will, dass Cole und du wieder Freunde seid, aber du solltest auch ausgehen und Spaß haben.«

Die Worte haben einen faden Beigeschmack in meinem Mund,

aber es fühlt sich gut an, das Richtige zu sagen. Sie wird mit jemandem ausgehen. Ich kann mich mal wieder mit einer Frau treffen. Wir werden uns ablenken und können uns auf neue Menschen konzentrieren.

»Das werde ich«, antwortet sie und reißt mich aus meinen Gedanken. »Carter Hewitt hat mich eingeladen, dieses Wochenende mit ihm zum Tubing zu gehen, und ich habe zugesagt.«

Mir entgleisen die Gesichtszüge. Ich kenne keinen Carter Hewitt, aber …

»Tubing?«, sage ich und versuche, ruhig zu klingen. Dann nähere ich mich dem Beckenrand. »Äh … nein.« Ich schüttle den Kopf. »Nein.«

»Wie bitte?« Sie schaut mich verwirrt an.

»Sechs Stunden auf einem Fluss mit keiner anderen Beschäftigung, als sich zu betrinken?«, entfährt es mir. »Wenn ihr zu seinem Auto zurückkommt, wirst du so betrunken sein, dass du wirklich leichte Beute bist.« Ich lache verbittert auf. »Auf keinen Fall.«

Sie macht große Augen und beißt wütend die Zähne zusammen.

O Scheiße.

»Du bist so …«, flüstert sie mir verärgert zu, damit die Kinder es nicht hören. »So altmodisch!« Mit bösem Blick schaut sie mich an. »Dieses besitzergreifende Alpha-Gehabe, bei dem man seine Tochter einsperrt und sie mit einer Schrotflinte beschützt, ist beleidigend! Ich bin keine Idiotin, und du …« Sie presst die Zähne aufeinander. »Du bist nicht mein Vater.«

Ich ziehe eine Augenbraue nach oben, als sie ihre Beine aus dem Wasser zieht und schnaubend aufsteht. Ich lasse mich zurückfallen und auf dem Wasser treiben.

Glaub mir, das weiß ich. Die Art, wie ich an dich denke, ist nicht im Geringsten väterlich.

»Pack die Pizza in Folie, bevor du sie in den Kühlschrank legst«, befiehlt sie mir. »Leg sie nicht einfach nur auf einen Teller.«

Ich versuche, nicht über ihre Anweisungen zu lachen. Als hätte ich noch nie in meinem Leben übrig gebliebenes Essen eingepackt.

Sie hebt die Taschen und Handtücher der Kinder auf, dann nimmt sie Ava bei der Hand und führt Jensen zum Gartentor. »Ich werde sie nach Hause und ins Bett bringen.« Dann dreht sie sich wieder zu ihnen um. »Was sagt ihr zu Mr Lawson?«

»Danke!«, sagen die Kinder mit ihren Mündern voller Essen.

Ich steige aus dem Pool, nehme mir ein Handtuch und trockne meine Haare ab.

»Mr Cramer hat gesagt, er ist bis spätestens elf zurück«, sagt Jordan. »Aber ich weiß, dass die Männer nach dem Spiel meistens noch in die Kneipe gehen, also könnte es später werden. Ich habe meinen Schlüssel dabei, falls du absperren willst.«

»Ich werde wach bleiben«, antworte ich mit angehaltenem Atem. Ich würde eher einem Junkie meinen Geldbeutel anvertrauen, als Kyle Cramer zu vertrauen.

Ich höre, wie die Holztür aufschwingt und die Kinder ins Haus gehen.

Dann ertönt ihre Stimme. »Ach ja, und du bist ein Idiot.«

Ich werfe ihr einen Blick zu. »Du wirst mir danken, wenn du nicht bei einem Date vergewaltigt wirst.«

Sie verzieht das Gesicht und knallt die Gartentür laut ins Schloss.

Ich schaue ihr nach und muss leise lachen. Sie ist so verdammt niedlich.

Dann verhärten sich meine Gesichtsmuskeln, als mir klar wird, dass ich schon fast liebestoll erscheine. Ich grinse normalerweise nicht so viel, und ich habe meine Quote schon mehr als erfüllt, seit sie in meinem Haus wohnt.

Ich räume den Garten fertig auf, während der Himmel über mir dunkel wird, und packe die Pizza in Folie ein, wie mir befohlen wurde. Der Pool ist aufgeräumt, die Spielsachen und Luftmatratzen wieder da, wo sie hingehören, und der Tisch sauber. Ich nehme die feuchten Handtücher und gehe ins Haus, schließe die Hintertür ab und mache die Poollichter aus.

Dann werfe ich die Handtücher in die Waschmaschine, lasse aber die Klappe offen, damit ich nach dem Duschen meine Sachen auch noch reinwerfen kann.

Aber als ich zur Treppe gehe, klingelt es an der Tür.

Ich durchquere das Wohnzimmer, öffne die Tür und sehe einen jungen Mann durch die Fliegengittertür. Skeptisch drücke ich die Tür nach draußen auf und zwinge ihn, zurückzutreten.

»Hey«, sagt er.

Ich nicke und betrachte den feschen Möchtegern-Verbindungs-studenten, der mir irgendwie bekannt vorkommt. Aber ich weiß nicht, woher ich ihn kenne.

»Erinnern Sie sich an mich?«, fragt er und streckt mir seine Hand entgegen. »Ich bin Jay McCabe. Ein Freund von Cole.«

Ich schüttle seine Hand und begutachte ihn. *Jay* …

»Ist Jordan hier?«, fragt er. »Ich habe gehört, dass sie immer noch hier wohnt.«

Jordan? Was will er von ihr …

Dann fällt es mir wieder ein.

»Jay«, sage ich und verkrampfe mich augenblicklich. »Ihr Ex-Freund?«

Er verzieht den Mund zu einem Grinsen, und seine Augen leuchten auf. »Ja, wir waren mal zusammen.«

Aber ich höre ihm gar nicht mehr zu. Ich streiche mit den Fingern über die Daumen und würde die Hände am liebsten zu Fäusten ballen, während mein Atem schneller geht.

Ich mache einen Schritt aus dem Haus und steuere direkt auf ihn zu. Ich bin nur etwa drei Zentimeter größer als er, aber das soll er auch merken.

Die Gesichtszüge entgleisen ihm, als ich nicht stehen bleibe, und er stolpert rückwärts, um mir auszuweichen.

»Hey«, protestiert er.

Aber ich gehe weiter, bis er die Stufen runtergedrängt wird und auf dem Rasen steht.

Er blickt mich alarmiert an. »Was zum Teufel soll das?«

Ich bleibe vor ihm stehen und verschränke die Arme vor der Brust. »Normalerweise bedrohe ich ein Kind wie dich nicht so, aber ich will eins klarstellen«, zische ich ihn an. »Du magst ja deine kleine Gruppe an Gefolgsleuten haben, die von dir fasziniert sind oder Angst vor dir haben, aber ich …« Ich halte für einen dramatischen Effekt inne. »Ich gehöre zu keinem von beiden. Ich weiß, wer du bist und was du gerne tust. Halt dich von Jordan fern. Und ich wüsste es wirklich zu schätzen, wenn du auch meinen Sohn in Ruhe lässt.« Ich gehe wieder auf ihn zu und zwinge ihn, meinen Rasen zu verlassen. »Setz nie wieder einen Fuß auf mein Grundstück, oder ich vergrabe dich in einem Loch unter nassem Zement und mache dich zu einem Teil vom nächsten Gebäude, das ich baue. Und jetzt verzieh dich.«

Mit dem Kinn bedeute ich ihm, zu verschwinden.

»Was ...?«

»Hast du mich verstanden?!«, schneide ich ihm das Wort ab.

Er atmet jetzt schnell, und sein Adamsapfel hüpft auf und ab. Dann steckt er seine Hand in seine Hosentasche, um seinen Autoschlüssel rauszuholen.

»Kaum zu fassen«, sagt er und steigt ins Auto.

Aber ich sehe nur noch rot. Ich würde ihn am liebsten in Stücke reißen. Wie kann mein Sohn mit so einem befreundet sein?

Er hat Hand an sie gelegt, und er wird sie nie wieder auch nur anschauen, solange ich etwas zu sagen habe.

Ich schaue ihm nach, als er aus meiner Einfahrt auf die Straße fährt und Gas gibt. Es wird nicht lange dauern, bis sich die Angst, die er im Moment verspürt, in Wut verwandelt und er sich selbst einreden wird, dass ich keine Bedrohung für ihn bin.

Ein Teil von mir hofft, dass er umdreht und sein Glück versucht, nur damit ich eine Entschuldigung habe.

Ich werfe einen Blick auf Cramers Haus und sehe, dass die Lichter an sind, sich aber hinter den Gardinen niemand bewegt. Also hat sie ihn hoffentlich nicht gesehen.

Ich gehe wieder ins Haus zurück und schließe die Tür ab. Dann besinne ich mich eines Besseren und sperre sie wieder auf. Nur für den Fall, dass sie schnell ins Haus muss oder so.

Ich verdrehe die Augen. Meine Güte.

Ich gehe nach oben ins große Badezimmer, öffne die Duschtür und drehe das Wasser auf. Schnell füllt sich die Dusche mit Dampf, und ich ziehe meine Badehose aus, trete ein und schließe die Tür.

Das heiße Wasser trifft wie Nadelstiche auf meine Haut, aber schnell fühlt sich die Wärme so gut an, dass mir ganz leicht im Kopf wird.

Ich lege meine Hände an die Wand, tauche meinen Kopf unter den Wasserstrahl und lasse mir das Wasser über den Hinterkopf, den Nacken und den Rücken laufen.

Was für ein Chaos.

Ich komme nicht an meinen eigenen Sohn ran, und wenn er da ist, will er nicht mit mir reden. Es macht die Situation sicher nicht besser, dass ich auf seine letzte Freundin stehe und sie begehre, wie ich noch nie im Leben eine Frau begehrt habe.

Noch schlimmer – jetzt, da sie wieder single ist, wird jedes kleine Arschloch der Stadt vor meiner Haustür rumlungern und versuchen, ihr an die Wäsche zu gehen.

Ich weiß, dass ich sie nicht haben kann, aber es hört trotzdem nicht auf. Das Verlangen.

Ich schließe die Augen, atme langsam aus und fühle sie überall. »Jordan«, flüstere ich.

Sofort schwillt mein Penis an, und ich spüre, wie er nur beim Klang ihres Namens hart wird. Sie hat meinen Kuss gestern Abend erwidert. Sie fühlt sich auch zu mir hingezogen. Träumt sie von mir?

Bei dem Gedanken daran, wie sie in ihrem Bett liegt und an mich denkt, mich will, werde ich noch härter.

Ich umfasse meinen Penis mit der Faust, weil er so schmerzt, aber bei der Berührung stöhne ich auf, weil es sich so gut anfühlt.

Sie ist in meinem Kopf, und ich kann sie fast riechen, so nahe ist sie.

Ich berühre mich selbst und gebe mich meiner Fantasie hin.

Ich bin in meinem Bett, und es ist stockdunkel im Raum. Ein Klopfen ertönt an meiner Tür, und ich setze mich aufrecht hin.

»Ja?«, sage ich und lege einen Arm auf meinem angewinkelten Knie ab.

Jordan macht die Tür auf, und ich erkenne sie nur an dem goldenen Funkeln ihrer Haare.

»Was ist los?«, frage ich zärtlich.

Unter der Decke bin ich nackt, aber sie kann nichts sehen.

»Es gewittert«, sagt sie und bleibt im Türrahmen stehen. »Kann ich bei dir schlafen?«

Draußen zuckt ein Blitz und erhellt ihren Körper. Kurz kann ich ihre nackten Beine und ihr hübsches Gesicht erkennen. Das Wasser strömt immer noch über mich, und mein Penis wird in meiner Hand immer größer. Ich verlasse die Realität wieder und greife nach dem Einzigen, was ich von ihr haben kann.

Meine Träume.

»Komm her«, flüstere ich.

Sie eilt zum Bett, und ich schlage die Decke für sie zurück.

Als sie darunter kriecht und sich an mich kuschelt, lege ich einen Arm um sie und spüre, wie ihr Bein sich über meins legt. Meine Hände gleiten über sie, und ich kann nur noch ihren nackten Bauch und ihre nackten Oberschenkel fühlen. Sie hat fast nichts an.

»Jordan ...«, keuche ich.

Mein Gott, ihre Haut ist so weich, und sie fühlt sich so gut an.

»Mir ist kalt.« Ihr Atem kitzelt mich am Kinn. »Ist das okay?«

Mein Oberschenkel liegt zwischen ihren Beinen, und ich fühle die Hitze, die von ihr ausströmt. Ich ziehe sie fester an mich. »Komm her.«

Ich reibe über ihre Oberschenkel, ihre Hüften und ihren Rücken, während sie ihre Nase in meinem Hals vergräbt. Jeder Zentimeter von ihr zu spüren, fühlt sich an, als ob Stromschläge durch meinen Penis rasen.

Ich reibe ihn langsamer, aber fester, als ich an sie denke.

»Besser?«, frage ich.

Sie nickt, und ihre Lippen sind nur noch wenige Zentimeter von meinen entfernt.

»Aber dein Mund ist noch wärmer«, sagt sie, als sie meinen Atem auf sich spürt. »Er ist der wärmste Teil von dir.«

Ich muss mir ein Grinsen verkneifen. Warum sollte ich meinem Mädchen verwehren, was es braucht?

Ich drehe sie auf den Rücken, streichle weiter mit den Händen über ihren Körper, aber beginne jetzt auch, mit dem Mund über ihre Haut zu fahren. Mein Atem landet heiß auf ihrem Hals und durch ihr bauchfreies, schwarzes Oberteil auf ihren Brüsten und den harten Nippeln, die sich durch den Stoff nach mir ausstrecken. Aber ich widerstehe der Versuchung. Ich gleite mit den Lippen über ihren Bauch und würde sie gerne zwischen meinen Zähnen spüren. Aber sie stöhnt auf, und als ich aufblicke, sehe ich die Wölbungen ihrer Brüste unter dem Saum ihres Oberteils herausschauen.

Das Wasser der Dusche rinnt mir übers Gesicht, und ich wünsche mir, dass das die Realität ist. Verdammt, ich will, dass sie wirklich in meinem Bett liegt.

»Besser?«, frage ich.

Sie nickt und hat die Augen immer noch geschlossen. »Mm-hm«, sagt sie. »Aber kannst du bitte weitermachen? Mir ist immer noch kalt.«

Auf jeden Fall. Ich halte sie an den Oberschenkeln, als ich mich auf den Rücken rolle und sie auf mich ziehe. »Komm her, Baby.«

Ich kann nicht alles von ihr haben, aber das hier werde ich mir nehmen.

Ich reibe ihre Oberschenkel und gleite mit den Händen ihren Körper hinauf bis zum Saum ihres Oberteils. Sie trägt ein schwarzes Shirt und einen schwarzen Slip. »Ich dachte, du magst rosa«, scherze ich.

Ich kann nicht sehen, wie sie grinst, aber ich höre es an ihrer Stimme. »Du willst rosa?«, fragt sie herausfordernd.

Dann zieht sie ihr Oberteil hoch und legt ihre wunderschönen Brüste frei. Sie streicht sich über ihre Nippel und zeigt mir, wo sie rosa ist.

Ich schlinge einen Arm um ihre Hüfte, nehme einen Nippel in den Mund und sauge daran.

Ich spüre, wie das Blut in meinen Penis schießt, und ich bin kurz davor, zu kommen. Ich öffne den Mund, als könnte ich ihre weiche Haut wirklich zwischen meinen Zähnen spüren.

O Gott, ich will wissen, wie sie wirklich schmeckt.

»Wärmer?«, frage ich und weiß ganz genau, dass sie jetzt heiß ist.

Ich spüre, wie sie nickt, und weiß, dass ich aufhören muss. Ich bin schon zu weit gegangen. »Jordan, wir müssen aufhören.«

Aber ich spüre auch, dass sie feucht ist.

Sie beginnt, sich an mir zu reiben, und kreist mit ihrem Hintern. »Es ist okay. Niemand muss es erfahren«, flüstert sie.

Dann bewegt sie sich schneller, ihr Stöhnen wird lauter. Wir sind ganz alleine hier, es ist dunkel, und niemand muss es erfahren.

»Jordan«, keuche ich, und mir wird ganz schwindelig vor Verlangen. »Baby, nicht. Was tust du da?«

»Ich mache ihn hart.«

Ach was.

Ich reibe mich selbst fester und spüre, wie mir die Hitze vom Bauch in den Unterleib schießt.

Sie vergräbt ihre Fingernägel in meinen Schultern, und ich packe sie an der Hüfte, während sie sich auf mir bewegt.

»Baby, du musst aufhören«, flehe ich sie an. O Gott, ich komme gleich.

»Aber er fühlt sich so gut an, wenn er hart ist.«

Ich schüttle den Kopf. »Ich bin nicht der Richtige für dich«, flüstere ich an ihren Lippen. »Ein anderer Mann wird … Wir können das nicht tun.«

»Ich kann nicht aufhören«, flüstert sie gequält. »Bitte verlang nicht von mir, dass ich aufhöre.«

Ihre Brüste sind nach vorne gereckt, ihre Hüften kreisen rhythmisch, und sie ist das Schärfste, das ich je gesehen habe.

Ja, verdammt.

»Gut«, gebe ich schließlich nach, lasse mich zurück aufs Bett fallen und halte sie immer noch an den Hüften fest, als mein Penis zwischen ihren Beinen reibt. »Nimm dir, was du brauchst.«

Sie maunzt wie ein Kätzchen, schließt die Augen, legt ihre Hände wieder auf meine Knie und nimmt sich von mir, was sie will.

Ich drücke sie fest an mich, spüre ihre Hüften in meinen Händen und komme heftiger als je zuvor.

»O fuck. Fuck!«, schreie ich auf. »Scheiße!«

O mein Gott. Ich lasse den Kopf an die Wand der Duschkabine fallen und spritze ab. Meine Muskeln brennen, als auch der letzte Rest Sperma aus mir rauskommt.

»Verdammt noch mal«, knurre ich, benetze meine Lippen und muss schlucken. »Scheiße.«

Ich will mehr.

Ich kann mich nicht daran erinnern, wann ich zum letzten Mal so heftig gekommen bin. Aber trotzdem … Es war immer noch nicht genug.

Ich nehme die Hand von meinem Penis und balle sie aufgewühlt zu einer Faust. Verdammt, das sollte eigentlich helfen. Ich wollte sie aus meinen Gedanken vertreiben.

Ich spüre, wie mein Penis wieder heiß wird, und drücke mich knurrend von der Wand ab. Schnell drehe ich das Wasser eiskalt auf.

Ich muss richtigen Sex haben. Nicht mit ihr. Mit irgendeiner anderen Frau. Ich werde mich mit einer Packung Kondome in einem Hotelzimmer einsperren und sie aus meinen Gedanken vertreiben.

Ja, genau das werde ich tun.

Diese Woche noch.

Ich greife an den Haken in der Dusche, an dem normalerweise mein Duschhandschuh hängt, aber dort ist nichts.

Wenn ich mich recht entsinne, ist er schon seit ein paar Tagen nicht mehr da. Ich runzle die Stirn und schaue mich um. »Wo ist mein verdammter Massagehandschuh?«

KAPITEL 17

Jordan

»Du hast den Taco-Dip gemacht, richtig?«

Ich nicke und scrolle auf dem Beifahrersitz durch meinen Instagram-Account. »Ja.«

»Und die in Bacon eingewickelten Jalapeño-Poppers?«, fragt Pike.

»Ja«, zische ich. »Das hast du mich auch erst zehnmal gefragt.«

Er schweigt einen Augenblick, während er durch ein Viertel nicht weit entfernt von unserem fährt.

Ich meine, von seinem.

Von unserem.

»Sie schmecken mir nur, das ist alles«, sagt er.

Ich muss grinsen und bin ein bisschen stolz. Es gefällt mir, dass er sich nicht nur über Dinge freut. Es freut ihn wirklich, was ich beitrage. Ob es ein Essen oder nur ein Snack ist, den ich nach der Arbeit für ihn auf der Arbeitsplatte liegen lasse, oder die neue Steinmatte, die ich gestern für den Garten gemacht habe. Die hat ihm sehr gefallen.

Die Idee ist mir nach unserer Schlammfahrt gekommen, als ich gesehen habe, wie der Gartenschlauch nur noch mehr Matsch produziert hat. Also habe ich beschlossen, eine Art Steinmatte neben den Schlauch zu legen, auf der wir beim Gießen stehen können, sodass unsere Füße sauber bleiben. Außerdem läuft das Wasser durch sie auch gut ab, was praktisch ist – für unsere nächste Schlammfahrt.

Dieser Abend ist jetzt eine Woche her, und vor sechs Tagen hatten wir Kyles Kinder bei uns zum Schwimmen, und wir haben versucht, das, was zwischen uns passiert ist, als eine Art Ausrutscher darzustellen, weil ich wieder single bin und mich nach Aufmerksamkeit sehne oder so. Aber das, was ich für ihn fühle, ist trotzdem noch gewachsen. Ich bin verliebt. Wir sind zu oft gemeinsam alleine, und es ist nur verständlich, dass wir eine Beziehung aufbauen.

Hoffentlich wird diese Nachbarschaftsfeier und die Tatsache, dass wir aus dem Haus kommen und andere Leute sehen, die Sache wieder auf den richtigen Weg bringen.

»Und es ist kein Truthahn-Bacon, oder?«, fragt er plötzlich.

Was?

»Auf den Jalapeños?«, erläutert er, und ich kann im Augenwinkel sehen, dass er mich anschaut.

Mein Gott, denkt er immer noch über das Essen nach?

»Und du hast nicht wieder so was Seltsames wie Weizenkeim darunter geschmuggelt oder Blumenkohl anstatt Kartoffeln für den Kartoffelsalat verwendet, wie es bei diesen Low-Carb-Diäten verlangt wird, oder?«, fährt er fort.

Ich breche in schallendes Gelächter aus, lasse den Kopf zurück- und das Handy in meinen Schoß fallen und schließe die Augen. O mein Gott.

»Jordan, das meine ich ernst«, sagt er mit besorgter Stimme. »Ich freue mich schon die ganze Woche darauf.«

Lachend schüttle ich den Kopf und grinse ihn an. Er ist so seltsam.

Und ich finde es lustig, dass er das Zeug, das ich mache, so mag.

Schließlich beruhige ich mich wieder und vergrabe die Nase wieder im Handy. »Alles ist fettig, herzhaft und lecker«, versichere ich ihm. »Keine Sorge. Ich gewähre dir heute einen Cheat Day. Du kannst deine Arterien verstopfen, bis der Arzt kommt.«

Ich spüre, wie er nickt. »Gut.« Nach einer kurzen Pause redet er weiter. »Aber wenn du dich nicht wohlfühlst, dann lass es mich wissen, und ich fahre dich nach Hause.«

»Ich komme schon klar«, entgegne ich. »Ich rede auf der Arbeit die ganze Zeit mit Menschen. Ich weiß, wie man Konversation betreibt.«

Dutch und seine Frau haben Pike, Cole und mich eingeladen,

aber Cole hat gesagt, dass er heute eine Extra-Schicht arbeiten muss und nicht kommen kann.

Aber als ich durch meine Feeds scrolle, sehe ich ein Foto vom großen Einkaufszentrum vor der Stadt und erkenne Coles Wagen an der Zapfsäule. Es ist sein Post.

Für einen Tag raus aus der Stadt!!! Woohoo!

Von wegen Extra-Schicht. Aber einen Tagesausflug zu machen, ist ziemlich untypisch für ihn. Überraschenderweise suche ich nicht nach Elena oder irgendeinem anderen Mädchen, mit dem er unterwegs sein könnte, aber ich verspüre einen Stich, weil er einfach so weitermacht, als hätte ich nie existiert. Ich würde zwar gar nicht ans Telefon gehen, aber es wäre trotzdem schön zu wissen, dass er versucht, mich anzurufen. Zu wissen, dass er sich Gedanken darüber macht, wie es mir geht. Vermutlich hat die Tatsache, dass wir zusammengekommen sind, jegliche Freundschaft, die wir mal hatten, ruiniert.

Ich weiß nicht, warum mir das nicht egal ist. Mein Dad, meine Mom, meine Ex-Freunde ... es muss was dran sein, seinen Bekanntenkreis klein zu halten. Ich habe Cam und Shel.

Wir biegen auf die Owens Street ein und sehen sofort Straßenbarrieren vor uns. Pike fährt rechts ran und parkt am Fahrbahnrand. Es ist erst kurz nach 14 Uhr, und obwohl die Party schon vor ein paar Stunden begonnen hat, hat Dutchs Frau uns versichert, dass sie bis spätabends gehen wird, damit die Kinder noch Wunderkerzen anzünden können.

Wir steigen aus und laden das Essen aus. Pike trägt sein wertvolles Tablett mit den Poppers und dem Taco-Dip, während ich die kleine Kühlbox mit Getränken darin und dem Kartoffelsalat obendrauf hinter mir herziehe.

»Hey, Mann«, sagt Dutch und kommt mit einem Bier in der Hand auf Pike zu. Das Bier steckt in einem Getränkekühler mit der Aufschrift *ICH PINKLE IN POOLS*.

»Hey, Pike!«, ruft jemand hinter den Barrieren.

Pike nickt wem auch immer zu, und ich folge den beiden, während Dutch mich anlächelt. Gott weiß, welche Schlussfolgerungen er zieht, warum ich mit Pike hier bin. Warum ich immer mit Pike zusammen bin. Ich bin mir nicht sicher, ob er weiß, dass Cole und ich uns getrennt haben.

Eine hübsche Frau mit dunkelrotem Haar kommt auf uns zu, nimmt Pike das Tablett ab und gibt ihm einen Kuss auf die Wange.

»Wie geht's dir?«, fragt sie und lächelt ihn an.

Er nimmt den Kartoffelsalat für mich von der Kühlbox. »Gut. Und dir?«

»Ach, wir halten uns so über Wasser«, scherzt sie und führt uns zur Party. »Auch wenn dieser Kerl hier«, sie deutet auf Dutch, »jedes Mal ein Bier trinken musste, als er heute Morgen gezwungen wurde, einen Gartentisch aufzustellen.«

Pike lacht, und ich nehme an, dass es Dutchs Frau ist.

»Das ist Jordan«, stellt Pike mich vor. »Coles … ähm … Freundin. Er selbst schafft es heute leider nicht.«

Ich lache in mich hinein, weil er so stammelt. Aber das ist wahrscheinlich eine bessere Erklärung als »Das ist Coles Ex-Freundin, die immer noch bei mir wohnt und mit der ich ständig diskutiere. Und ich hasse ihre Musik, aber schau … der Taco-Dip!«.

»Ich bin Teresa«, sagt sie und rollt dabei das *R*. Sie lächelt mich über die Schulter hinweg an und deutet auf das Tablett. »Sind die mit Frischkäse?«

»Ja.«

»Juhu!«, trällert sie und führt uns zu den mit Essen beladenen Tischen.

Alles ist wie ein Buffet aufgebaut, drei lange Tische stehen nebeneinander und sind mit Essen gefüllt. Am Ende stehen ein paar Kühlboxen, und der Geruch von gegrillten Burgern steigt mir in die Nase. Mir läuft das Wasser im Mund zusammen. Gäste sitzen auf Stühlen in ihren Gärten oder auf der abgesperrten Straße, Kinder rennen herum und spielen Fangen oder rollen sich von Hügeln herunter. Ein paar Teenager, die nicht viel jünger sind als ich, sitzen herum und spielen mit ihren Handys, während die Erwachsenen lachen und reden und ihren Kindern manchmal Befehle zurufen. Dem Kalender nach ist es zwar noch nicht Sommer, aber die Sonne brennt runter und wird nur ab und zu von einer Wolke verdunkelt. Es ist ein wunderschöner Tag.

»Komm mit«, sagt Dutch und nickt Pike zu.

Pike wirft mir einen fragenden Blick zu, um sicherzugehen, dass das okay für mich ist, und stellt schließlich den Salat ab, bevor er weggeht. Er schüttelt ein paar Leuten die Hände und öffnet ein Bier, das ihm jemand reicht.

Ich stelle mich neben Teresa, als sie alles auf den Tisch legt. »Wie lange seid ihr verheiratet?«, frage ich.

Sie seufzt. »Vierzehn Jahre.« Sie schaut mich an. »Und nach drei Kindern will ich ihn immer noch jeden Tag umbringen, aber er kann gute Spaghetti machen, also ...«

Ich pruste los. Ich bin mir sicher, sie macht nur Spaß, weil sie es nicht erklären kann. Sie sieht ziemlich ordentlich aus, während er ein Flanellhemd und Cowboystiefel trägt.

»Das sieht sehr gut aus«, sagt sie, als sie die Folie vom Essen zieht. »Danke, dass ihr so viel mitgebracht habt. Es wird nicht lange überleben.«

In dem Moment erscheint ein Arm zwischen uns, und die Hand daran stiehlt sich vier Jalapeños an Zahnstochern. Ich erkenne die Tätowierung am Arm sofort.

»Hey«, tadle ich Pike, muss aber grinsen.

Er schaut mich unter schweren Augenlidern hervor an und sieht verdammt sexy aus. »Entschuldige«, flüstert er, dreht sich um und geht zu seinen Freunden zurück. Dann wirft er mir einen Blick über die Schulter zu und grinst. Ich erwidere seinen Blick stirnrunzelnd. Ich hätte wissen müssen, dass er Angst hat, dass alle aufgegessen werden, bevor er zuschlagen kann.

»Ich habe gehört, du und Cole wohnt eine Weile bei Pike«, sagt Teresa.

»Ja.« Ich stelle unsere Kühlbox neben die anderen und nehme mir eine Wasserflasche raus. »Scheint so, als wäre es für uns zu erwachsen gewesen, unsere eigene Wohnung zu bezahlen«, scherze ich.

Sie nickt wissend. »Nehmt euch Zeit. Ich wollte unbedingt aus meinem Elternhaus ausziehen, und als ich herausgefunden habe, dass ich kein Geld hatte, weil die Rechnungen doch höher waren, als ich es mir vorgestellt hatte, bin ich wieder nach Hause zurückgegangen.« Sie nimmt sich einen Becher, hält ihn an ihren Mund

und schaut zu den Männern rüber. »Aber ich bin froh, dass Pike jetzt Gesellschaft hat. Dieses Haus ist viel zu groß für eine Person.«

Ich nehme einen Schluck von meinem Wasser und folge ihrem Blick. Der Gedanke daran, dass Pike wieder alleine in dem Haus lebt, wenn ich ausgezogen bin, gefällt mir ganz und gar nicht. Er sollte sein Leben wirklich mit jemandem teilen.

»Ich kenne ein paar Singlefrauen, die nichts dagegen hätten, das zu ändern«, merke ich an und denke an April, meine Schwester und die Hälfte der Mütter in unserer Straße, die mit ihm flirten, wenn sie bei ihren »Joggingrunden« an unserem Haus vorbeikommen.

»Ja, aber er ist ein Einzelgänger«, entgegnet sie.

Ich nicke und grinse zustimmend. »Ja. Langsam beginne ich, das zu verstehen.«

»Er war nicht immer so.« Sie schaut mich an und nimmt einen Schluck von ihrem Getränk. »Früher war er Cole sehr ähnlich. Er hat gefeiert, gelacht, ist zu schnell Auto gefahren, hat Regeln gebrochen … Er hat sogar mal eine Nacht im Gefängnis verbracht.«

Meine Augenbrauen schnellen nach oben. Wirklich?

Ich schaue wieder zu ihm rüber und beobachte, wie er seine Baseballkappe aus der Tasche zieht und sie sich auf sein hellbraunes Haar setzt, während die Muskeln seines tätowierten Arms unter seinem T-Shirt spannen.

»Aber dann kam Cole auf die Welt«, sage ich und vermute, wie die Geschichte weitergeht.

»Ja.« Teresa seufzt und wippt zur Musik, die aus den Lautsprechern in einem der Häuser kommt. »Jemand musste erwachsen sein, und Lindsay …« Sie schweift ab, richtet sich auf und räuspert sich. »Tut mir leid. Ich wollte nicht tratschen.«

»Ist schon okay«, versichere ich ihr. »Er erzählt ja nicht viel.«

Ich habe Coles Mom hier und da mal gesehen, und ich kann sie mir schlecht mit Pike zusammen vorstellen. Sie ist ziemlich auffällig, und der Pike, den ich kenne, würde mit ihrem Tempo gar nicht mithalten.

Nach dem, was Cole mir erzählt hat, hat die Beziehung seiner Eltern nicht lange gehalten, und wenn Cole nicht ein paar gleiche Angewohnheiten wie sein Vater hätte, würde ich mich fragen, ob Pike sich sicher wäre, dass Cole sein Sohn ist. Sie hatte in den letzten Jahren mindestens vier Freunde, mit denen ich sie gesehen habe.

Teresa holt tief Luft und senkt ihre Stimme. »Pike ist der Beweis dafür, dass wir lernen, wenn wir dazu gezwungen werden, und dass Reife eher das Resultat von Erfahrung und nicht von Alter ist«, sagt sie. »Er war der einzige Zwanzigjährige, den ich kannte, der zwei Jobs hatte, ohne auch nur eine Sekunde an all die Freunde zu denken, die er verlieren würde, weil er nicht mehr feiern gehen konnte.«

Ich schaue sie an und will plötzlich alles wissen. Ich will wissen, wie er war, bevor ich ihn kennengelernt habe.

»All seine Freunde haben sich teure Autos gekauft«, fährt sie fort. »Aber er fährt den alten Pick-up seines Vaters, seit ich ihn kenne. Er hat es nie als ein Opfer angesehen, und er hat sich nie die Frage gestellt, ob er sich um Cole kümmern muss. Es braucht schon viel Überzeugung, das zu tun, von dem du weißt, dass du es tun solltest, egal, was du selbst willst.«

Ihre Worte treffen mich, und ich senke den Blick. Das zu tun, von dem du weißt, dass du es tun solltest ...

Plötzlich fühle ich mich schlecht.

Er wollte mich an jenem Abend. Und wenn Cole nicht dazwischengekommen wäre, hätten wir sicher miteinander geschlafen.

Aber Cole *ist* da, zwischen uns, und das können wir nicht ändern. Niemals. Es ist falsch, und egal, wie sehr ich ihn will, er würde sich hinterher nur hassen. Sein Sohn wird ihm immer wichtiger sein als alles andere.

»Er ist ein guter Mann«, sagt sie.

Dann dreht sie sich um, um einen Löffel in den Salat zu stecken, und öffnet die Chips für den Taco-Dip. Ich stehe da und habe das Gefühl, als ob ein Laster direkt auf mich zurast, während ich mich nicht rühren kann.

Er ist ein guter Mann.

Das kann ich nicht ruinieren.

Plötzlich verspüre ich das dringende Bedürfnis, hier wegzukommen. Pike ist nicht meine Familie, und so natürlich es sich in seiner Gegenwart auch anfühlt, es ist geliehene Zeit.

Die nächsten paar Stunden halte ich Abstand zu Pike. Teresa

gibt mir eine Führung durch ihr Haus, ich sitze bei ihr und ein paar anderen Frauen, esse, unterhalte mich, obwohl ich nicht viel sage, und eins von Dutchs Kindern verwickelt mich in ein Völkerballspiel in der Einfahrt. Ich helfe den Kindern, die Wunderkerzen anzuzünden, obwohl es noch nicht dunkel ist, und ich helfe Teresa dabei, die leeren Dosen und Flaschen wegzuräumen.

Ich bin mir nicht sicher, ob Pike mich überhaupt beachtet, weil ich ihm keinen Blick zugeworfen habe. Aber ab und zu spüre ich, wie mein Nacken warm wird oder ich eine Gänsehaut bekomme.

»Oh, hi, Jordan«, sagt jemand, der gerade über meine Beine springt, um nicht zu stolpern. »Ich hab dich gar nicht gesehen.«

Er lacht, und ich blicke aus dem Gras auf, in dem ich liege, und sehe Carter Hewitt, der mir über die Schulter hinweg zugrinst. Ein anderer Kerl und ein Mädchen stehen bei ihm, aber ich kann mich nicht an ihre Namen erinnern, obwohl wir alle unseren Highschoolabschluss zusammen gemacht haben.

Carter und ich wollten eigentlich heute zum Tubing gehen, aber er hat abgesagt, weil seine Eltern ihn gebeten haben, zu diesem Straßenfest mitzukommen. Zum Glück, denn ich musste mich selbst dazu zwingen, nicht abzusagen. Ich wollte Pike den Streit nicht gewinnen lassen, aber er hat recht. Tubing ist eine Ausrede dafür, sich zu betrinken, und dazu war ich nicht in der Stimmung.

Ich richte mich auf und streife mir das Gras von den Armen, das ich als Kissen benutzt habe, um die aufgehenden Sterne zu beobachten. »Hi. Was habt ihr vor?«, frage ich.

»Alles außer das hier.« Er seufzt. »Beim A&W treffen sich ein paar Leute. Willst du mitkommen? Ich lade dich auf einen Root Beer Float ein.«

Ich muss lachen und stehe auf. Das klingt tatsächlich sehr gut.

»Da war ich schon lange nicht mehr«, sag ich. »Warum nicht? Ich sag es nur schnell meiner Mitfahrgelegenheit.«

Er und seine Freunde gehen schon zu ihren Autos auf der Straße, und ich laufe zu den Menschen, die auf Stühlen in der Straßenmitte sitzen. Pike sitzt mit dem Rücken zu mir, neben ihm Dutch mit seiner Frau auf dem Schoß und ein paar andere Männer, die ich von Pikes Pokerabend wiedererkenne.

»Hey«, sage ich zu Pike. »Ein paar Freunde fahren zum A&W.

Root Beer Floats und so. Sie haben mich gefragt, ob ich mitkommen will.«

Ich bitte ihn nicht um Erlaubnis, aber irgendwie kommt es so rüber.

Er schaut mich nicht an, sondern nimmt nur einen Schluck von seinem Bier. »Root Beer Float?«, erwidert er unfreundlich. »Wie alt bist du ... fünf?«

Idiot.

»Nein«, sage ich. »Aber so behandelst du mich manchmal.«

Dutch lacht neben ihm leise auf, sagt aber dann zu meiner Verteidigung: »Hey, ich mag Floats auch immer noch, Mann.«

Ich verdrehe die Augen wegen Pike und schenke Teresa ein Lächeln. »Danke für die Einladung, es war sehr nett.«

»Schön, dass du gekommen bist, Süße. Und danke für das Essen.«

»Wie kommst du nach Hause?«, unterbricht uns Pike, schaut mir aber immer noch nicht in die Augen.

»Ich bringe sie nach Hause.«

Ich sehe Carter neben uns auftauchen, und Pike dreht seinen Kopf nur so weit, dass er einen kurzen Blick auf ihn werfen kann.

Ich verziehe die Mundwinkel zu einem Grinsen und beuge mich zu ihm runter, um ihm ins Ohr zu flüstern: »Wann muss ich zu Hause sein?«

Dutch prustet los, und ich sehe den Anflug von Ärger in Pikes Gesicht, bevor er schnell wieder verschwindet.

»Viel Spaß«, sagt er schroff.

Ich stehe auf, drehe mich um und folge Carter zu seinem Wagen, während sich meine Stimmung hebt.

Pike ist eifersüchtig.

Obwohl ich nicht über ihn nachdenken will, freut es mich, dass er auch versucht, nicht über mich nachzudenken.

Wie viel von dem, was er will, versteckt, vergräbt oder versucht er zu unterdrücken? Wie sieht es aus, wenn er sich nicht mehr unter Kontrolle hat?

»O mein Gott, hast du das von Jillian gehört?« Selena Gardner deutet auf ein anderes Mädchen und kaut dabei unaufhörlich an ihrem

Strohhalm herum. »Erst erzählt sie Dean und Matt, dass einer von ihnen der Vater ist, dann machen sie beide einen Vaterschaftstest, und keiner von ihnen ist es!« Sie lacht.

»O mein Gott!« Das andere Mädchen reißt die Augen weit auf. »Scheiße. Hat sie überhaupt eine Ahnung, wer es ist?«

»Wen interessiert's?« Selena runzelt die Stirn und lehnt sich wieder gegen das Auto. »Ich habe mehr Angst davor, mir was anderes einzufangen als ein Baby. Ich verlasse das Haus überhaupt nicht mehr ohne Kondome. Man weiß nie, wann man sie braucht. Also echt…«

Alle lachen, und ich zwinge mich zu einem Grinsen, um nicht seltsam zu wirken, aber ich glaube, ich habe in den letzten zehn Minuten keine zwei Worte gesagt.

Wir sind vor einer Stunde bei A&W angekommen, und wie erwartet war alles voller Teenager und Familien mit ihren Kindern auf dem Rücksitz. Der Mondschein und die Grillen konkurrieren mit den Scheinwerfern und den Autoradios, und der Geruch von gegrillten Burgern und heißem Asphalt erfüllt die Luft, während Motoren gestartet und Türen zugeschlagen werden.

Ich sehe keine einzige Person, mit der ich öfter als zweimal gesprochen habe, seit ich vor über einem Jahr meinen Abschluss gemacht habe.

»Die gefällt mir«, sagt jemand zu Selena und greift nach ihrer Louis-Vuitton-Tasche. »Wo hast du die her?«

»Ist die nicht toll?« Selena zieht den Riemen über ihren Kopf und zeigt die Tasche stolz herum. »Aber ich komme mir schlecht vor. Ich schulde meinem Dad so viel Geld, konnte aber einfach nicht widerstehen.«

Mein Blick fällt auf die Handtasche, und ich bin gleichermaßen neidisch und verärgert. Natürlich hätte ich auch gern so eine Tasche, und ich hätte gerne ihre Probleme. Ich würde meine Familie gerne anschnorren, weil Familien dafür da sind, wenn man neunzehn ist.

Ein Teil von mir wünscht sich, ich könnte auch so sein. Aber selbst wenn ich meinen Collegeabschluss gemacht habe, werde ich Studentendarlehen zurückzahlen müssen, und so was wie Designer-Handtaschen werden immer noch in weiter Ferne liegen. Aber irgendwie ist das okay für mich. Ich hätte lieber ein funktionierendes Auto. Ein Haus. Die Möglichkeit, meine Rechnungen alle im selben Monat begleichen zu können.

Selena und ich haben vollkommen unterschiedliche Probleme, und ich kann mich jetzt noch weniger in sie hineinversetzen als auf der Highschool. Ich bin mir sicher, dieses Gefühl beruht auf Gegenseitigkeit.

Ohne mir eine Ausrede einfallen zu lassen, drehe ich mich um, gehe zur Seite des Gebäudes und hole mein Handy raus.

»Hey, Jordan. Alles klar?«, höre ich Carter rufen.

Ich drehe meinen Kopf, sehe ihn bei den anderen stehen und nicke. Als ich in einer ruhigeren Ecke angekommen bin, rufe ich Cam an, halte das Handy ans Ohr und werfe meinen leeren Becher in einen Mülleimer.

»Hey.« Sie weiß sofort, dass ich es bin.

»Hey.« Ihre Stimme beruhigt mich augenblicklich. »Arbeitest du? Kannst du mich abholen?«

»Ich arbeite«, antwortet sie. »Aber ich kann eine halbe Stunde Pause machen. Wo bist du? Ist alles in Ordnung?«

Ich höre Musik im Hintergrund, sie ist also im Club.

»Ja, alles okay.« Ich stecke mir eine Haarsträhne hinters Ohr. »Ich bin bei A&W. Aber ich will einfach nur nach Hause.«

Nach Hause.

Ich halte jedes Mal inne, wenn ich das sage, weil ich nur allzu gut weiß, dass es nicht wirklich mein Zuhause ist. Aber es klingt auch komisch »Pikes Haus« oder »das Haus von Coles Dad« zu sagen.

Nachdem ich aufgelegt habe, gehe ich zuerst auf die Toilette und sage Carter dann Bescheid, dass ich mich abholen lasse. Er wirkt kurz enttäuscht, aber ich bin mir ziemlich sicher, dass es nur deswegen ist, weil er seinen One-Night-Stand für heute Nacht flöten gehen sieht. Obwohl ich nicht genau weiß, wie er sich das überhaupt vorgestellt hat, nachdem er mich ignoriert hat, um sich mit den anderen Jungs über Autos zu unterhalten, und mich dann nur allzu bereitwillig zu einer Gruppe von Mädchen geschickt hat, mit denen ich mich nicht mal auf der Highschool unterhalten habe.

Es ist ja nicht so, dass irgendwas nicht stimmt mit Carter oder Selena oder den anderen. Aber wenn sie sich unterhalten, merkt man einfach sofort, dass sie Geld haben. Und ihre Mütter. Sie haben diese Leichtigkeit in ihren Stimmen, die einem verrät, dass sie noch nie aus einer Wohnung geflogen sind oder überlegen, ob sie ihr Smartphone gegen ein normales Handy eintauschen sollen, weil es billiger ist.

Ich bin anders als sie, und das war ich schon immer. Heute Abend hier zu sein, weckt nur all diese Gefühle – Gefühle, die ich in der Highschool gehasst habe. Und wenn ich bei Pike bin, dann …

Ich runzle nachdenklich die Stirn.

Wenn ich bei ihm bin, bin ich in meinem Element.

Und im Moment will ich nichts mehr, als nach Hause zu fahren. Oder dorthin, wo auch immer er ist.

Cam kommt keine fünfzehn Minuten später hier an, ich steige in ihr Auto und beschwere mich nicht, als sie viel zu schnell in Pikes Viertel fährt. Ihr Chef ist sehr nachsichtig, aber je länger sie weg ist, desto mehr Geld geht ihr durch die Lappen, also lasse ich sie rasen.

»Danke«, sage ich. »Tut mir leid, dass ich dich aus der Arbeit geholt habe.«

Sie hat einen schwarzen Mantel an, der ihr bis zu den Oberschenkeln geht und um die Hüfte zugeknotet ist. Wahrscheinlich hat sie darunter nicht viel an und hat ihn sich nur übergezogen, um über den Parkplatz gehen zu können, ohne belästigt zu werden.

»Geht es dir wirklich gut?«, fragt sie wieder.

Ich halte mich mit einer Hand am Armaturenbrett fest, als sie eine scharfe Rechtskurve macht. »Ja.«

»Alles in Ordnung mit dem Dad?« Sie wirft mir einen vielsagenden Blick zu. »Du weißt, dass du jederzeit zu mir kommen und bleiben kannst?«

»Ich weiß.«

Tatsächlich wird mir gerade klar, was wirklich richtig und wichtig ist, und beim A&W abzuhängen, ist es sicher nicht. Ich weiß, was ich will, und ich weiß, warum ich es von Pike nicht bekommen kann. Ich muss nur jemanden wie ihn finden.

Ich halte den Root Beer Float in der Hand, den ich ihm als Gag gekauft habe, als meine Schwester durch die Straßen fährt und schließlich vor Pikes Haus hält.

Ich stöhne auf, weil mein Magen immer noch Purzelbäume schlägt. »Danke.«

Dann steige ich aus dem Auto, greife nach meinem Geldbeutel und schließe die Tür.

»Ist das April Lesters Auto?«, fragt Cam durch das geöffnete Fenster hindurch.

Ich drehe mich um und sehe einen roten Mazda Miata hinter Pikes Auto stehen. Mir rutscht das Herz in die Hose.

Was zum Teufel …? Es ist schon spät.

Ich werfe einen Blick zum Haus hinüber und sehe, dass nirgends ein Licht brennt. Was tun sie da drin im Dunkeln?

Ein Kloß bildet sich in meinem Hals, und ich habe das Gefühl, mich übergeben zu müssen.

»Wahrscheinlich verkauft sie Kekse für die Pfadfinderinnen«, scherzt Cam.

Aber ich schäume vor Wut. »Das ist nicht die Jahreszeit dafür.«

»Ach, Süße, für manche von uns ist immer Kekszeit.«

Ich drehe mich zu meiner Schwester um, die mit ihren Fingern ein V vor ihrem Mund formt und die Zunge dazwischen herausstreckt.

Ich stoße mich von der Tür ab und murmle: »Leck mich.«

Aber sie lacht nur und startet den Motor. »Viel Glü-hück.«

Ich muss zweimal schlucken, als ich zum Haus schaue. Was macht sie hier? Was macht sie im Haus?

Ja, es ist sein Haus, und soweit ich weiß, hat er keine Frau nach Hause gebracht, seit ich vor ein paar Wochen hier eingezogen bin. Er ist jung, er ist single – er hat jedes Recht, Frauen mit nach Hause zu bringen.

Aber das hindert mein Herz nicht daran, zu rasen, oder meinen Magen daran, wehzutun. Ich bin hier. Kann er nicht stattdessen mit zu ihr gehen? Oder in ein Hotel?

Ich steige die Stufen der Veranda hoch, und das Herz pocht mir bis zum Hals. Dann drehe ich den Türknopf, aber es ist abgeschlossen. Pike lässt die Tür für mich fast immer offen. Selbst wenn ich bis 2 Uhr morgens arbeite.

Ich versuche, die Eiscreme-Soda in meiner linken Hand ruhig zu halten, während ich in meiner Hosentasche nach dem Schlüssel suche. Ich ziehe ihn raus, schließe die Tür auf und trete schweren

Herzens ein. Wenn ich sie bei etwas ertappe, weiß ich nicht, ob ich nicht in Tränen ausbrechen oder schreien werde.

Bitte nicht, Pike. Bitte tu das nicht.

Ich betrete das Haus, schließe leise die Tür hinter mir und sperre ab. Ich blicke mich im dunklen Wohnzimmer um und lausche nach etwas, was meine schlimmsten Ängste bestätigen würde.

Langsam gehe ich in die Küche und sehe, dass meine nach Apfel riechende Kerze auf dem Tisch brennt und die Dunkelheit erhellt. Die habe ich nicht angezündet.

Ich presse die Zähne zusammen. Wollte er es stimmungsvoll machen?

Ich schaue durch das Fenster hinter dem Spülbecken in den Garten und sehe, dass die Lichter das Pools an sind, kann aber niemanden erkennen.

Dann kehre ich durch das Wohnzimmer zurück in Richtung Treppe, als ich gedämpftes Lachen höre und stehen bleibe. Ich gehe zur Kellertür, drehe leise den Türknauf um und ziehe langsam die Tür auf. Sofort ertönen ihre Stimmen klar und deutlich.

»Ich will die schwarze einlochen«, jammert April.

»Die schwarze ist die letzte«, erklärt ihr Pike mit tieferer und ausgelassenerer Stimme als sonst. »Wenn du die jetzt einlochst, dann hast du verloren.«

»Was kriege ich, wenn ich gewinne?«

»Was willst du denn?«

Sie lacht leise auf, und ich höre Bewegungen. Ich kann sie nicht sehen, da sie um die Ecke herum am Billardtisch stehen, aber sie tut etwas, und ich kralle meine Hand frustriert um den Türknauf.

Dann höre ich eine gedämpfte Stimme. »Ich glaube, das bekomme ich, wenn ich gewinne«, erwidert er auf das, was sie tut, und ich kann das Lächeln in seiner Stimme hören.

»Mm-hm«, stöhnt sie, und mein Blick fällt auf den Boden. Ich weiß nicht, ob sie etwas mit ihm tut oder andersherum.

Was soll das? Ist das sein Ernst? Wie lange sind die beiden schon hier? Er wusste, dass ich jederzeit heimkommen konnte.

Ich bin Studentin, verdammt noch mal. Wie soll ich mein Unizeug erledigen und ausschlafen, wenn sie es die ganze Nacht miteinander treiben?

Und das ist sicher sein Plan. Wenn er nur hätte Billard spielen wollen, dann wären sie ins *The Cue* gegangen. Er hat sie hierhergebracht, um mit ihr zu schlafen.

Ich marschiere durch die Küche zurück in die Waschküche, reiße die Tür der Waschmaschine auf und werfe die Eiscreme-Soda samt Becher hinein. Dann schlage ich die Tür wieder zu, mache die Maschine an, reiße den Trockner auf, ziehe seine Sachen heraus und schlage diese Tür ebenfalls wieder zu. Wenn er mich wie ein Kind behandeln will, dann kann er das haben.

Ich renne die Treppe rauf in mein Zimmer, schalte den Kassettenspieler auf volle Lautstärke ein und spiele *Bad Medicine* ab, während ich mich ausziehe und in eine Pyjamahose und ein bauchfreies T-Shirt schlüpfe.

Zusammen mit dem Kassettenrekorder begebe ich mich wieder runter in die Küche und setze mich an den Tisch vor mein neuestes Landschaftsmodell, an dem ich für die Uni arbeite. Währenddessen dröhnt neben mir die laute Musik.

Es dauert keine zehn Sekunden, da höre ich Pikes Schritte auf der Kellertreppe, und ich bereite mich innerlich vor.

Er kommt in die Küche, geht direkt zum Tisch und schaltet den Rekorder aus. Sofort wird es still im Haus, und ich schaue mit unschuldigem Blick auf.

»Oh, tut mir leid«, sage ich. »Ich wusste nicht, dass jemand hier ist.«

Pike steht aufrecht über mir und wirft mir einen Blick zu, der mir sagt, dass ich eine schlechte Lügnerin bin.

»Hey, Jordan.« April folgt ihm in die Küche. »Wie geht's?«

Ich setze ein Lächeln auf. »Gut.« Dann richte ich meine Aufmerksamkeit wieder auf das Modell, wo ich mit künstlichem Gras herumspiele.

Pike starrt mich immer noch an, und ein unangenehmes Schweigen breitet sich aus, als April versucht, zu verarbeiten, was hier gerade passiert.

»Ich werde … ähm … dann mal gehen«, sagt sie schließlich.

Pike zögert einen Moment, und ich kann sehen, wie er seine Hand auf der anderen Seite des Tisches um einen Stuhl ballt. Aber ich schaue ihm nicht in die Augen.

Ich weiß, dass ich mich wie eine Rotznase aufführe, und es ist mir ein bisschen peinlich, vor allem, weil er mich durchschaut, aber ...

Er könnte mit ihr überall hingehen. Aber er hat sie hierhergebracht in der Hoffnung, dass ich sie zusammen sehe.

Er bringt sie zur Tür, und ich kann hören, wie sie ein paar leise Worte austauschen. Sobald die Tür ins Schloss gefallen ist, atme ich tief aus.

Sie ist weg.

Er kommt zurück in die Küche, geht zum Kühlschrank, und mir fällt auf, dass er immer noch sein blaues T-Shirt und die Jeans von vorhin trägt. Außerdem hat er noch seine Arbeitsstiefel an. Er hat sich nichts ausgezogen, was ein gutes Zeichen ist.

»Tut mir leid, wenn das unangenehm für dich war.« Er nimmt sich ein Wasser. »Wir sind selbst erst gekommen. Sie wollte ...«

»Es ist dein Haus. Das ist mir egal.« Ich tue so, als konzentrierte ich mich auf meine Aufgabe. »Du kannst tun, was du willst.«

»Bist du sicher?«, fragt er in belustigtem Tonfall. »Du hast um zehn Uhr nachts die Waschmaschine und den Trockner zugeschlagen und die Musik laut aufgedreht. Du kommst mir ... gereizt vor.«

Ich schüttle den Kopf und zucke mit den Schultern. »Das bin ich nicht. Ich erwarte nicht von dir, dass du deinen Lebensstil änderst, nur weil ich hier bin. Mach, was du willst.«

Er sagt nichts, und ich kann ihn aus dem Augenwinkel einfach nur dastehen sehen. Jetzt, da er alleine ins Bett gehen wird, bin ich erleichtert. Ich will, dass er jemanden hat. Jemanden, der ihn liebt und mit dem es ihm gut geht.

Aber ...

Nicht sie.

Und auch keine andere Frau.

Ich verliebe mich in ihn.

Ich will, dass er mich nimmt.

Aber er ist so stur und hat das heute Abend nur gemacht, um zu beweisen, dass er mich nicht will.

»Aber ich finde, du hast einen verdammt schlechten Geschmack, was Frauen angeht«, merke ich an und klebe noch mehr künstliches Gras unter einen künstlichen Baum.

»Wie bitte?«

Ich blicke auf. »Wusstest du, dass sie Marcus Weathers' Ehe zerstört hat?«, frage ich ihn. »Sie hängt in der Bar ab und wartet darauf, dass sie irgendjemand in der Nacht mit nach Hause nimmt. Und sie ist nicht gerade wählerisch. Verheiratete, Vergebene, alles, was sie in die Finger bekommt ...«

»Dann ist es ja gut, dass ich nicht vergeben bin«, entgegnet er gereizt. »Dann gibt es ja kein Problem.«

Ich senke den Blick, schließe die Klebertube und erkenne, dass ich diese Runde verloren habe.

»Du hast was Besseres verdient«, murmle ich schließlich.

Ich hasse April ja nicht. Es war mir bis jetzt egal, was sie mit welcher Ehe getan hat. Dazu gehören immer noch zwei, und Marcus Weathers war genauso schuld.

Aber jetzt ist es mir nicht mehr egal, weil sie in meinen Gewässern fischt. Pike *ist* vergeben.

»Warum interessiert dich das?«, will er wissen und geht zurück zum Tisch. »Ich bin ein erwachsener Mann, der schon Sex hatte, als du noch gar nicht auf der Welt warst. Ich bin es gewohnt, das zu bekommen, was ich haben will, und ich bin dir keine Rechenschaft schuldig, verstanden?« Seine Worte treffen mich hart, und ich komme mir ganz klein vor. »Ich werde tun, was immer ich will, egal, welche Meinung irgendein Mädchen hat, das unter meinem Dach wohnt.«

Das Wort »Mädchen« gibt mir den Rest, und das Herz rutscht mir in die Hose. Ich knirsche mit den Zähnen, und der Schmerz verwandelt sich in Wut.

»Verstanden.« Ich schaue ihn an. »Dann werde ich mal in mein Zimmer gehen.«

Ich erhebe mich von meinem Stuhl, und sein Blick fällt sofort auf meinen nackten Bauch. Das T-Shirt endet weit über meinem Bauchnabel, und ich genieße es, wie sein Körper steif wird und er seinen Blick abwenden muss.

Ich gehe um den Tisch herum Richtung Wohnzimmer, denke aber dann noch an die brennende Kerze. Ich drehe mich um und beuge mich mit viel Elan über den ovalen Tisch. Dabei strecke ich den Rücken durch und spüre, wie meine Shorts so weit nach oben rutschen, dass der rote Riemen meines Tangas herausschaut. Derselbe, den ich auch vor einer Woche im Garten getragen habe.

»Ich habe die Kerze vergessen«, sage ich und funkle ihn böse an. »Aber ich kann sie auch brennen lassen. Ich weiß, dass Rot deine Lieblingsfarbe ist.«

Rote Kerze oder roter Tanga? Man muss kein Hellseher sein, um zu erraten, was gerade seine volle Aufmerksamkeit hat.

Er muss schlucken und lässt das rote Stück Stoff, das aus meiner Hose hervorschaut, nicht aus den Augen. Ich setze ein schiefes Grinsen auf, und er blickt mir in die Augen.

»Du machst mich jede Sekunde wütender.« Sein heiseres Knurren klingt gefährlich. »Du hast mir die Nacht versaut, und ich muss immer noch Dampf ablassen, also sei vorsichtig.«

Ich schließe die Augen, wünsche mir etwas und blase die Kerze aus, bevor ich mich wieder aufrichte.

»Dieses *Mädchen* ist der Grund dafür, warum du so viel Dampf ablassen musst, oder?«, reize ich ihn. »Du bist so ein Heuchler.«

Er strafft seine Schultern und atmet heftig ein. »Geh in dein Zimmer, Jordan.«

»Sehr gern«, entgegne ich spöttisch. »Ich habe dort oben einen Vibrator, der größer ist als dein bestes Stück.«

Er kommt auf mich zu, hebt mich hoch und wirft mich über seine Schulter. Mit einem Schlag entweicht mir die Luft aus meiner Lunge, als seine Schulter sich in meinen Magen gräbt.

Was soll das?

Er stapft die Treppe hoch, und je höher wir kommen, desto größer wird mein Gefühl, zu fallen.

»Pike, lass das!«, rufe ich.

»Dann hör auf, mich zu reizen!«, schreit er zurück und schlägt mir mit der Hand auf den Hintern.

Ich schnappe nach Luft, und meine linke Pobacke brennt. So ein … Ich greife nach hinten, um mich vor einem erneuten Klaps zu schützen.

Es klingt, als würde er meine Schlafzimmertür öffnen, und im nächsten Moment wirft er mich von seiner Schulter auf mein Bett.

Meine Ellbogen graben sich in die Matratze, und ich reiße den Kopf hoch, aber die Haare fallen mir ins Gesicht.

»Und jetzt geh schlafen!«, schreit er mich an.

Ich puste mir die Haare aus den Augen und sehe, wie er das Zimmer verlassen will. »Deckst du mich zu?«

Sein Kopf schnellt herum, und er atmet so schnell, als schäume er vor Wut. »Was ist heute Nacht in dich gefahren?«, fragt er dann aber mit ruhiger Stimme.

Will er mich verarschen?

Ich springe aus dem Bett und baue mich vor ihm auf. »Du hast sie mit hierhergebracht, das ist in mich gefahren!«

»Es ist mein Haus!«

Ich schüttle den Kopf. »Sie wird dich nicht befriedigen«, sage ich. »Sie ist nicht das, was du willst.«

»Du bist also eifersüchtig?«

Ich senke die Stimme und gehe einen Schritt auf ihn zu. »Du hast in diesem Haus alles, was du brauchst. Es gibt keinen Grund, woanders nach dem zu suchen, was du …« Ich lasse den Kopf fallen und komme mir plötzlich kindisch vor. »… was du brauchst«, beende ich den Satz.

Ich bin alles, was er braucht.

Seine Brust hebt und senkt sich vor meinen Augen, und ich atme seinen Duft ein, der so einzigartig ist. Sonne, Holz und die Gerüche seines Shampoos, Duschgels und des Waschpulvers, das er für seine Klamotten benutzt. Er riecht wie eine heiße Sommernacht, und ich sauge alles in mich auf, weil ich weiß, dass er gleich aus dem Zimmer stürmen wird.

»Dann war das also ein kleiner Trotzanfall?«, sagt er, ohne dass es wirklich eine Frage ist. »Weil du heute Nacht diejenige in meinem Bett sein wolltest?«

Ich blicke ihn mit zusammengekniffenen Augen an. »Weil du sie eingeladen hast, um mir wehzutun. Aber ich kenne deine Spielchen, und du wirst verlieren«, entgegne ich.

Ich verkürze den Abstand zwischen uns beiden, und mein Oberteil berührt jetzt seins. Sein Kinn senkt sich, als er auf mich herabschaut, und mein Herz klopft wild in meiner Brust.

»Auch wenn sie geblieben und es die ganze Nacht mit dir getrieben hätte«, fahre ich fort, »wärst du immer noch aufgewacht und hättest an mich gedacht, bevor du dich daran erinnert hättest, dass sie neben dir im Bett liegt.«

Sein Atem geht jetzt noch schneller, und ich kann sehen, wie seine Anspannung nachlässt.

»Du würdest dich fragen, was ich alleine in meinem Bett tue, ob ich wach und warm bin oder ...« Ich stelle mich auf die Zehenspitzen und lege meinen Mund an sein Kinn, während ich flüstere: »... ob ich mich selbst berühre und davon träume, dass du reinkommst und es mir durch meinen Slip hindurch besorgst.«

Er zieht scharf die Luft ein, schließt die Augen, und ich kann durch seine Jeans hindurch spüren, dass er einen Ständer bekommt. »Jordan, bitte«, fleht er mich an und klingt verzweifelt. »Verdammt.«

Ich versuche, mein Grinsen zu unterdrücken, aber ich bin so froh. Ich weiß, dass er mich will.

Ich lege meine Finger an den Saum seiner Jeans und reibe meine Nase an seinem Kinn. »Ich weiß, dass du mich willst«, flüstere ich weiter. »Du würdest mich so gerne packen.«

Ich stehe direkt vor ihm, nehme aber meine Finger wieder weg und stecke sie stattdessen in meinen eigenen Hosensaum. Ganz langsam ziehe ich mir die Shorts aus. Die Hose fällt auf den Boden, und ich balle die Hände zu Fäusten, so erfüllt bin ich von Angst und Verlangen.

Sieh mich an.

Berühr mich.

»Ich will dich so sehr schmecken«, sage ich. »Und dich fühlen. Jeden Tag wird es schwerer und schwerer, zu ignorieren, was mein Körper will. Ich wache jeden Tag so feucht auf, Pike.« Ich bewege meinen Mund über seinem und berühre kurz seine Lippen. »Ich will, dass du mich willst. Ich will *sehen*, dass du mich willst und dass ich dich antörne.«

Ich kann die Feuchtigkeit zwischen meinen Beinen spüren. Sein Atem ist ganz heiß, und ich lasse ihn keine einzige Sekunde aus den Augen.

»Ich mag es, dass du dir Sorgen um mich machst und mich beschützen willst«, sage ich. »Aber ein Mädchen hat auch Bedürfnisse, und irgendwann werde ich mir einen anderen Mann suchen müssen, der seinen Job besser macht als du.«

Ich sehe Wut in seinem erstarrten Blick, aber er bewegt sich nicht.

»Ein anderer Mann wird mich küssen«, keuche ich. »Mir die Klamotten vom Leib reißen und mich in sein Bett tragen – oder unter seine Dusche. Er wird mich über den Küchentisch legen und ...«

Pikes Mund ist zu einer harten Grimasse verzogen, und er atmet schnell aus und ein, während er auf mich herabstarrt.

Es ist da. Ich kann ihn fühlen. Es ist, als wären wir aneinandergeklebt, und die Hitze zwischen uns ist fast erdrückend. Er müsste nur nach vorne greifen und mich in seine Arme nehmen.

Nimm mich.

Ich warte.

Ich gehöre dir.

Streck deine Arme aus und nimm mich einfach.

Aber er tut es nicht.

Er steht einfach nur da und bewegt sich nicht. Tränen treten mir in die Augen. Es bricht mir das Herz.

Ich schüttle den Kopf. »Du hast keine Ahnung, was du mir antust, oder?«

Ich schiebe mich von ihm weg, aber dann packt er mich plötzlich am Arm und zieht mich zu sich. Die grobe Berührung lässt mich nach Luft schnappen. Er legt seine Hände unter meine Arme und hebt mich hoch, damit mein Gesicht vor seinem liegt.

»Ich mag vielleicht etwas außer Übung sein, kleines Mädchen«, zischt er bedrohlich. »Aber ich denke, das werden wir herausfinden.«

Dann küsst er mich so leidenschaftlich, dass mir die Luft wegbleibt und ich nichts weiter tun kann, als meine Beine um ihn zu schlingen und mich festzuhalten.

Ja, verdammt.

KAPITEL 18

Pike

Verdammt sei sie.

Verdammt noch mal. Ich werde nicht aufhören. Scheiß drauf. Ich kann nicht.

Sie hat immer weitergemacht und all die richtigen Knöpfe bei mir gedrückt. Sie hat alles getan, von dem sie wusste, dass es mich hierzu bringen wird. Und ich wollte, dass sie es macht. Tief in meinem Herzen wusste ich, dass ich sie nicht *nicht* haben konnte.

Ich packe ihren Hintern mit den Händen und lasse uns beide auf ihr Bett fallen. Sie schlingt ihre Beine um mich, unsere Lippen bleiben aufeinander. Ich liebe ihren Mund. Heiß und süß und wie sie mich mit dieser Zunge neckt – auf eine Art und Weise, die mich in den Wahnsinn treibt.

»Ich hasse dieses Gefühl«, sagt sie keuchend.

»Welches Gefühl?« Ich gleite mit den Händen über ihren ganzen Körper, packe und drücke sie überall, während sie in meinen Mund atmet, sich an mir reibt und mich schmerzhaft hart werden lässt.

»Eifersucht.«

Ich brauche einen Moment, um mich daran zu erinnern, dass wir wegen April gestritten haben. Ich fahre mit einer Hand unter ihr Oberteil, nehme eine Brust in meine Handfläche, und sie schnappt nach Luft. Ich stöhne auf, als ich sie endlich in meiner Hand halte.

»Ich weiß«, sage ich. »Als du heute mit diesem kleinen Idioten die Party verlassen hast, war ich so sauer.« Zwischen unseren Küssen beiße ich sie sanft in die Unterlippe. »Als wäre ich wieder siebzehn und ein anderer würde mir wegnehmen, was mir gehört.«

Mein Penis schwillt an, und ich kann nicht aufhören, sie zu

berühren. Sie ist so verdammt schön. Ihre weiche Haut und ihr zerzaustes Haar. Das kleine Dreieck aus rotem Stoff zwischen ihren Beinen, an dem ich bereits sehen kann, dass sie nicht gelogen hat, als sie gesagt hat, dass sie feucht ist. Sie ist verdammt feucht, und ich will sie unbedingt schmecken.

Ein anderer Mann macht meinen Job besser ... Blödsinn.

Ich streiche ihr das Haar aus dem Gesicht, als sie sich an mir reibt, und wir halten Blickkontakt. Ihr Blick sagt alles, was ich fühle, und wir sind beide mit Leib und Seele dabei.

Verdammt.

»Was siehst du in mir, Jordan?«, frage ich sie und schüttle leicht den Kopf. Ich konnte kein neunzehnjähriges Mädchen glücklich machen, als ich selbst noch neunzehn war. Denkt sie, ich kann es jetzt?

»Du hast keine Ahnung, oder?« Sie nimmt mein Gesicht in ihre Hände und küsst mich erneut. »Als wir uns kennengelernt haben und den Film zusammen angeschaut haben, habe ich mich so schuldig gefühlt.« Sie gibt mir wieder einen Kuss. »Als du erwähnt hast, dass du dir *Poltergeist* anschauen wirst, da war ich so versucht, weil ich dich wiedersehen wollte«, gesteht sie. »Schon damals war was zwischen uns.«

Ich versinke in ihrem Mund und küsse sie lange und leidenschaftlich, während ich einen Arm um sie lege und sie an mich ziehe. Ich spüre ihre seidige Hüfte unter meinen Fingern und habe sofort das dringende Bedürfnis, mich in ihr zu verlieren.

Aber nein. Für sie wird das am Ende nur eine Affäre sein, und ich werde sichergehen, dass es die beste wird, die sie je hatte.

Ich küsse sie auf den Hals und nage und sauge bis zu ihrem Kinn hinauf, während ich meine Daumen über ihre harten, kleinen Nippel streife.

»Pike ...«, sagt sie flehend. »Bitte sag mir, dass du Kondome hast.«

Ich nicke und bin wieder bei ihrem Mund angelangt. »In meinem Zimmer.«

»Mehr als eins, richtig?«

Ich muss grinsen. »Ja.«

»Hol sie.«

Ich schlinge meine Arme um sie, stehe auf und hebe sie hoch. »Ich habe eine bessere Idee.«

Sie verschränkt ihre Beine hinter meinem Rücken, und ich trage sie aus ihrem in mein Zimmer. Wir brauchen ein größeres Bett.

Die ganze Zeit hört sie nicht auf, mich zu küssen, und ich schließe vor Lust fast die Augen, weil ich nicht glaube, dass ich mich schon jemals so verdammt gut gefühlt habe. Sie wird mich so dermaßen verderben, dass mir hinterher keine andere mehr reichen wird.

Als wir in mein Zimmer kommen, trete ich die Tür hinter uns zu und lege sie auf mein Bett. Aber als ich mich von ihr zurückziehe und aufstehe, protestiert sie. »Nein ...«

Ich gehe rückwärts zur Tür und lasse sie dabei nicht aus den Augen – endlich habe ich sie in meinem Bett und habe das Gefühl, im Lotto gewonnen zu haben.

Ich greife hinter mich, sperre ab und bewundere, wie der Mondschein sie anstrahlt. Sie sitzt mit angezogenen Knien auf dem Bett und stützt sich hinter ihrem Rücken auf ihre Hände. Ihre Lippen sind geschwollen vom Küssen, und ich kann sie mir schon nackt zwischen meinen Bettlaken vorstellen.

»Mein Gott, du bist so unschuldig«, sage ich mit angehaltenem Atem.

Ein schüchternes Lächeln umspielt ihre Lippen. »Nicht wirklich.«

Ich hebe eine Augenbraue. »Aha, was gefällt dir dann?«

»Was kannst du denn?«

So ein kleines Miststück.

Ich gehe zurück zum Bett, beuge mich über sie und nehme ihren Slip in meine Hand. »Du hast gesagt, du willst, dass ich etwas esse«, erinnere ich sie. »Was soll ich denn in den Mund nehmen?«

Sie lässt den Blick auf meine Lippen fallen. »Ähm ...« Sie muss schlucken und fährt mit ihrer Hand die Innenseite ihres Oberschenkels entlang bis zu dem V zwischen ihren Beinen. »Das hier.«

»Und was ist das?« Ich spiele mit ihr und ziehe mich jedes Mal zurück, wenn sie mich küssen will. »Sag es mit erwachsenen Worten, Jordan. Wo soll ich dich küssen?«

»Ähm«, stammelt sie total angetörnt. »An meiner ...«

Meiner …?

Sie nähert sich wieder meinem Mund, aber ich ziehe meinen Kopf erneut zurück, was sie leise brummen lässt.

»Meiner …«

»Ja?«

»Meiner … ähm … an meiner Muschi«, flüstert sie.

Ich ziehe überrascht die Augenbrauen hoch. Dieses Wort hätte ich nicht von ihr erwartet, aber okay.

»Ich will, dass du sie küsst und daran saugst«, keucht sie flehend.

»Bis ich komme?«

Für einen kurzen Moment schließe ich die Augen, und mein Penis schwillt in meiner Jeans noch weiter an.

Fuck.

Alles, was du willst.

Ich fasse ihren Slip fester und ziehe ihn mit einem Ruck runter. Der Stoff reißt auseinander, und ich werfe ihn durch das Zimmer, als sie scharf die Luft einzieht.

Dann ziehe ich mir mein T-Shirt aus und nehme ihre hübsche Klit in den Mund.

»Pike«, stöhnt sie, zieht meinen Kopf an sich und lässt sich auf das Bett zurückfallen.

Mein Gott, bin ich high. Das habe ich mir so lange gewünscht, und endlich liegt sie mit gespreizten Beinen vor mir auf meinem Bett und fleht mich an.

Zuerst sauge ich an ihrer Klit, ziehe sie immer und immer wieder in meinen Mund, bis sie sich unter mir windet und verzweifelt kommen will. Ich lecke sie von oben bis unten, spiele mit meiner Zunge und bin ganz berauscht von ihrem Duft und Geschmack. Nach einer Minute verliere ich die Kontrolle und küsse und sauge überall. Ich lege meinen Arm unter ihre Hüfte und hebe sie etwas an. Sie biegt ihren Rücken durch, als ich sie mit meiner Zunge berühre, und stöhnt laut auf.

Ich mache weiter, bis sie so heftig atmet, dass ich weiß, dass sie gleich kommen wird. Ich nehme eine ihrer Brüste in die Hand und vergrabe meinen Mund tief zwischen ihren Beinen, bis ich spüre, wie ihr Bauch zittert, sie tief einatmet und erstarrt, als der Orgasmus über sie hinwegrollt.

Sie schreit laut auf und lässt sich fallen, während ich mit meiner Zunge so lange weitermache, bis sie sich beruhigt hat.

»Jordan«, flüstere ich gegen ihre Haut. Ich weiß nicht, warum ich ihren Namen sage, aber ich glaube, ich habe Angst, dass das alles nur ein Traum ist.

Sie fährt mit ihren Fingern durch mein Haar, und ich beuge mich über sie. Während ich ihr eine Strähne aus dem Gesicht streiche, blicke ich auf sie hinab und bewundere ihre geröteten Wangen und strahlenden Augen, ihr knappes Oberteil, das ganz nach oben gerutscht ist und jetzt ihre wunderschönen Brüste und die perfekten Nippel entblößt.

Ich nehme einen davon in meinen Mund und sauge so fest daran wie zuvor an ihrer Klit. Sie stöhnt leise auf und legt ihre Hände um meinen Nacken. Ich wechsle zum anderen und streichle sie gleichzeitig am ganzen Körper.

Ich weiß, alles, was wir hier tun, ist falsch, und ich weiß nicht, wie ich das jemandem erklären soll, aber in diesem Moment will ich nirgendwo anders sein. Genau hier in der Dunkelheit der Nacht, in meinem dunklen Zimmer, hinter einer verschlossenen Tür müssen wir niemandem etwas erklären.

Dieser Moment gehört nur uns.

Ich klettere aus dem Bett, stehe auf, öffne meinen Gürtel und meine Jeans. Dann greife ich in die Nachttischschublade, hole ein Kondom aus der Schachtel und blicke auf sie hinab. Ihre Beine sind wieder geschlossen, ein Knie leicht angewinkelt, und ihre Hände liegen auf der Seite und krallen sich in die Decke, während sie mich beobachtet.

»Bist du dir sicher?«, frage ich sie.

Sie nickt.

Ich ziehe meine Stiefel und den Rest meiner Klamotten aus und stelle mich wieder aufrecht hin. Während ich die Packung öffne, schaue ich ihr ins Gesicht, aber ihr Blick liegt jetzt weiter unten, und ihr Atem geht flach. Ich verziehe die Mundwinkel zu einem Grinsen und frage mich, welche sexy Wörter sie wohl noch kennt.

Aber ich habe keine Chance, sie danach zu fragen. Denn schon setzt sie sich hin, schwingt die Beine über die Bettkante und nimmt meinen Penis in den Mund.

Ich stöhne und schnappe gleichzeitig nach Luft, als ihre nasse und heiße Zunge über meinen Schaft fährt und sie an mir saugt.

»Jordan, bitte.« Ich packe sie an den Haaren und ziehe sie sanft von mir weg. »Wenn du das machst, kann ich mich nicht zurückhalten, ich will aber, dass du zuerst kommst.«

Ich drücke sie aufs Bett zurück, lege mich auf sie und küsse sie leidenschaftlich. Ich dränge mich zwischen ihre Beine, und sie stellt die Knie auf, während sie ihre Fingernägel in meinem Rücken vergräbt.

Eine Hand lege ich unter sie und packe ihren Hintern, damit unsere Körper dicht aneinandergepresst sind. Hinter meinen geschlossenen Augen dreht sich alles. Sie unter mir zu haben, Haut an Haut … mein Penis ist so hart, dass ich es nicht mehr aushalte.

Sie gehört mir.

Ich lehne mich wieder zurück und ziehe mir das Kondom über, ohne meinen Blick von ihr abzuwenden.

»Ich habe ein bisschen Angst«, sagt sie und schaut mich beunruhigt an.

Ich halte inne und versuche, meinen Penis in der Hand nicht zu fest zu drücken.

Angst?

»Was, wenn ich zu laut bin?«, flüstert sie.

Ich atme erleichtert auf, weil sie es sich nicht anders überlegt hat. Dann streiche ich über meinen Penis und beuge mich wieder über sie. »Zieh dein T-Shirt hoch, Jordan«, flüstere ich zurück. »Ich will deine Brüste sehen, wenn ich dich nehme.«

Ein Zittern durchfährt ihren Körper, und ein aufgeregtes Lächeln legt sich um ihre Mundwinkel. Aber sie zieht ihr Shirt für mich hoch, und schnell senke ich meinen Kopf und nehme einen ihrer Nippel zwischen meine Zähne.

Sie stöhnt auf und spreizt die Beine weiter, ist so feucht, dass sie meinen Penis wie ein Magnet anzieht.

Ich stütze mich auf einem Arm ab und sauge an ihren Lippen. »Versuch, leise zu sein, okay?«, flüstere ich neckend. »Ich will nicht, dass Cramer herausfindet, was ich mit seiner Babysitterin mache.«

Sie lacht und küsst mich. »Jawohl, Mr Lawson.«

Ich greife zwischen uns und lasse sie nicht aus den Augen, als ich meinen Penis an ihre Spalte führe. Dann packe ich sie an der Hüfte und dringe in sie ein. Sofort bin ich überwältigt von dem Gefühl von ihrem und meinem zitternden Körper.

Sie legt ihren Kopf in den Nacken, schließt die Augen und stöhnt, während ihre Brüste bei jeder Bewegung auf- und abhüpfen.

»O fuck, fuck ...«, schreit sie. »Pike ...«

»Ich weiß, Baby.« Du fühlst dich so gut an.

Ich stoße heftig in sie, während sie sich an meine Hüfte krallt. Dann werde ich etwas langsamer und dringe tief in sie ein. Ich bin wie hypnotisiert von ihrem Körper unter mir. Ich sauge an ihrer Brust, als sie stöhnt und seufzt.

Als ich sie wieder auf den Mund küsse, tut sie etwas mit ihrer Zunge an meiner, und mir wird ganz schwindelig.

»Jordan, verdammt«, keuche ich und dringe tiefer und fester in sie ein, bis das einzige Geräusch, das ich höre, unsere aufeinander-schlagenden Körper sind.

Ihr Stöhnen erfüllt den Raum und wird immer lauter. Ich küsse sie und dämpfe ihre Laute, als sie wieder kommt und ihre Scheide sich um meinen Penis herum zusammenzieht.

Ich schaue auf und sehe uns im Spiegel der Kommode. Der Anblick ihrer Beine um mich herum törnt mich total an. Sie folgt meinem Blick, und ihre Augen blitzen auf.

Sie beugt sich vor und flüstert mir ins Ohr: »Ich will uns zu-sehen.«

Ich lege meinen Arm um ihre Hüfte und drehe uns um, damit sie oben ist. Das T-Shirt fällt ihr wieder über die Brüste, und das Haar legt sich wallend um ihre Schultern. Ich packe sie fest an den Hüften, damit ich ihren Körper intensiv spüren kann, während sie sich auf mir bewegt. Sie schaut mir in die Augen, kreist mit den Hüften, und ihr Hintern bewegt sich vor und zurück, als sie mich reitet.

Dann blickt sie auf, und das Lächeln auf ihren Lippen sagt mir, dass ihr gefällt, was sie im Spiegel sieht.

»Du bist so eng«, stöhne ich.

Sie legt ihre Hand auf meine Brust, vergräbt ihre Fingernägel in meiner Haut und atmet immer schneller.

»Ja«, keucht sie und schließt die Augen. »Ja, o Gott, bitte ...«

Ich packe sie am Hintern, nehme einen Nippel in den Mund, sauge und ziehe daran und gehe dann zum nächsten über. Sie beugt sich vor und wird nicht langsamer. Auf ihrem schlanken Rücken kann ich den Schweiß fühlen.

Ich ziehe scharf die Luft ein, meine Muskeln verkrampfen sich, und ich bin kurz vorm Höhepunkt. Dann drehe ich sie wieder auf den Rücken, weil ich die Kontrolle haben will, und ihr Kopf fällt zur Seite in die Nähe des Nachttisches. Ich stoße ihn grob zur Seite, und die Lampe und alles darauf fällt polternd zu Boden.

Sie winselt und küsst mich und ist genauso in diesem Moment gefangen wie ich.

»Hör nicht auf«, fleht sie mich an. »Hör nicht auf. Ich komme gleich noch mal.«

Ich presse meine Stirn an ihre, und wir sind beide kurz vorm Hyperventilieren, als ich immer und immer wieder zustoße und dabei versuche, an alles andere zu denken, um nicht zu kommen. Aber sie fühlt sich so verdammt gut an, dass ich verloren bin.

»O Pike«, schreit sie. »Genau da. Ja …«

Meine Muskeln brennen, in meinem Kopf dreht sich alles, aber ich werde nicht langsamer. Wenn ich jetzt sterbe, dann will ich es genau so.

»Ah«, stöhnt sie, ihr Körper spannt sich an, und ihr Atem zittert.

Sie wird leise und dann … dann wirft sie ihren Kopf zurück und schreit laut auf. »O Gott!«

Ich küsse sie leidenschaftlich, und sie noch mal kommen zu sehen, reicht mir, um auch mich zum Höhepunkt zu bringen. Ich stoße fest zu, schließe die Augen und komme tief in ihr drin, als der Orgasmus durch meinen Körper rollt und ich gleichzeitig völlig fertig und euphorisch bin.

Scharfe Hitzestrahlen schießen mir durch die Oberschenkel, mein Penis pulsiert, und ich fühle mich wie im Paradies. Alles fühlt sich an, als wäre es das erste Mal.

Langsam beruhige ich mich, lege meine Ellbogen an den Seiten ihres Kopfes ab und streiche ihr das Haar aus dem Gesicht.

Sie ist schweißbedeckt und schaut mich mit geröteten Wangen an. »Du hast sie nicht geküsst, oder?«, fragt sie leise.

Ich muss auflachen. »Das geht dir gerade durch den Kopf?«

Sie verzieht beschämt den Mund, fragt aber trotzdem weiter: »Hast du nicht, oder?«

»Nein«, versichere ich ihr. »Und sie wäre auch nicht über Nacht hiergeblieben. Ich habe versucht, dich und mein Verlangen nach dir aus meinem Kopf zu bekommen, aber es wäre nichts passiert. Du hattest recht. Ich wollte nur dich.«

Ich küsse sie und bin überrascht, dass ich noch nicht mit ihr fertig bin, obwohl ich gerade einen Orgasmus hatte. Ich könnte die ganze Nacht so weitermachen.

»Und dieser kleine Schwachkopf vom Straßenfest?«, frage ich sie. »Mit ihm ist auch nichts passiert, oder?«

Ihre leichten Grübchen werden tiefer.

»Jordan«, warne ich sie und runzle die Stirn.

Sie lacht. »Nein«, sagt sie schließlich. »Er hat nicht deinen Körper«, sie gibt mir einen Klaps auf den Hintern, »und nicht deine Tattoos«, sie küsst mein Kinn, »und nicht deinen Mund«, sie küsst meine Lippen. »Und jedes Wort, das aus deinem Mund kommt, geht mir tief unter die Haut und macht mich im besten Sinne wahnsinnig.«

Ich gebe ihr einen langen und leidenschaftlichen Kuss. Der Schaden ist schon angerichtet. Die Schuldgefühle können gern morgen kommen.

»Eine Sache noch …« Sie zieht ihren Mund von meinem weg, um eine Spur von Küssen auf meiner Wange zu hinterlassen. »Ich weiß, du musst morgen arbeiten und willst wahrscheinlich schlafen. Aber ich habe Hunger. Können wir uns unten ein Eis holen und es dann noch mal tun, bevor wir ins Bett gehen?«

Ich lasse meinen Kopf auf ihre Schulter fallen und lache laut auf. Alles, was du willst, Baby.

Ich drehe meinen Kopf unter dem heißen Wasserstrahl. Jeder einzelne Muskel brennt und tut weh. Ich trainiere so gut wie nie, aber ich sitze kaum, weswegen ich davon überzeugt war, in guter Form zu sein. Aber Jordan hat diese Vorstellung letzte Nacht zunichtegemacht. Ich kann nicht anders, als mir vorzustellen, wie es wohl wäre, jeden Tag mit ihr zu schlafen, so oft ich will, für meine Fitness, versteht sich.

Aber ich weiß, das geht nicht. Wir haben es letzte Nacht noch mal getan und dann geschlafen. Und sosehr ich sie auch heute Morgen wollte – vor allem, da ich jetzt weiß, was ich verpasst habe –, können wir das nicht zur Gewohnheit werden lassen. Es wird schmerzhaft genug sein, wenn es endet.

Ich stelle das Wasser ab und trete aus der Dusche. Dann nehme ich ein Handtuch vom Haken und trockne mir die Haare ab. Das Badezimmer ist dunkel, weil ich mich der Fantasie hingeben wollte, dass die Nacht noch nicht vorüber ist, aber es ist kurz nach fünf, und ich muss in einer Stunde bei der Arbeit sein. Wenn ich sie wiedersehe, wird es helllichter Tag sein, und ich muss damit klarkommen, was ich letzte Nacht getan habe.

Ich trockne mich fertig ab und wickle mir das Handtuch um die Hüfte, bevor ich ans Waschbecken gehe und mir die Zähne putze. Ich versuche, nicht an die scharfe, junge Frau zu denken, die nebenan in meinem Bett schläft.

Wie falsch ist das, was wir tun? Sie ist single. Ich bin single. Wir sind beide erwachsen. Ja, da ist der Altersunterschied, aber es ist ja nicht gerade so, als ob es solche Beziehungen nicht schon gegeben hätte.

Und ich habe sie schon gemocht, bevor ich wusste, wer sie war. Da hat noch niemand eine Rolle gespielt. Und wir wollen ja auch keinem wehtun.

Ich gehe zurück ins Schlafzimmer und betrachte sie in meinem Bett. Sie liegt auf dem Bauch, umarmt eins meiner Kissen, auf dem sie liegt. Ihre Haare sind wie ein Fächer darauf ausgebreitet. Sie trägt eins meiner T-Shirts, und obwohl ich es liebe, wenn sie nackt ist, möchte ich mich nicht beschweren. Ich liebe es nämlich auch, wenn sie meine Klamotten anhat.

Ich gehe auf ihre Seite des Bettes, nehme die Uhr vom Nachttisch – dem, der letzte Nacht nicht umgefallen ist –, lege sie um mein Handgelenk und betrachte Jordan.

Wir kennen uns etwas mehr als einen Monat, und trotzdem habe ich das Gefühl, dass sie schon immer hier war. Als hätte ich diese Seite des Bettes extra für sie aufgehoben.

Ich weiß nicht, ob ich sie liebe, aber ich habe noch nie etwas oder jemanden so sehr gewollt.

Ihr Fuß schaut unter der Decke hervor, und ich muss über ihre rosa Zehennägel lachen. Typisch Jordan.

Sie stöhnt leise, dreht sich im Schlaf um und legt ihren Kopf zur Seite, die Hand daneben auf das Kissen. Die Decke ist ihr über die Hüfte gerutscht, und das T-Shirt entblößt einen Teil ihres Bauches. Ich lasse zu, dass meine Instinkte die Oberhand gewinnen, schließlich ist es draußen noch dunkel. Die Nacht muss noch nicht vorüber sein.

Ich werfe einen Blick unter die Decke und sehe ihren scharfen, rosa Slip. Es macht mir nichts aus, dass sie nicht nackt schläft. Das bedeutet nur, dass ich sie wieder ausziehen kann.

Sanft ziehe ich an ihrer Unterwäsche, klettere über sie, lege ein Knie zwischen ihre Beine und schiebe ihr mit einer Hand das T-Shirt hoch.

Ich berühre und küsse sie sanft, streichle ihr über die Wange zum Ohr und wieder zurück zum Mund.

»Guten Morgen«, flüstere ich, während ich sie sanft wach küsse.

Sie stöhnt erneut und streckt sich meinen Lippen entgegen, die ihren Körper hinabgleiten, über ihren Bauch, ihre Hüften und wieder hoch zu ihren Brüsten.

»Das ist wirklich ein guter Morgen«, murmelt sie scherzhaft.

Ich muss lachen, greife zu meinem Nachttisch, hole ein neues Kondom und streife mir das Handtuch ab. »Nur ein Quickie, okay?«, necke ich sie. »Damit ich durch den Tag komme.«

Sie stöhnt wieder und streckt die Arme hinter den Kopf. »Okay.«

Und ich dringe in sie ein.

Ein paar Minuten später sind wir beide wieder außer Atem und schweißgebadet, und ich müsste eigentlich noch mal duschen, habe aber keine Zeit mehr.

Verdammt, das war gut. Liegt es an mir, oder fühlt sie sich am Morgen noch besser an?

Ich werfe einen Blick auf die Uhr. »Ich muss gehen.«

Aber ich will nicht. Wie schlimm wäre es, wenn der Chef sich krankmeldet, damit er zu Hause bleiben und es den ganzen Tag mit seiner kleinen Mitbewohnerin treiben kann?

Widerwillig steige ich von ihr runter, gehe zu meinem Schrank und hole mir eine Jeans und ein T-Shirt heraus. »Musst du heute Abend arbeiten?«, frage ich.

Sie zieht die Decke über und schaut mich verschlafen an. »Vielleicht.«

Ich schüttle den Kopf. Immer diese Spielchen …

»Vielleicht bin ich zu Hause«, sagt sie, »vielleicht musst du mich auch suchen.«

Ich schließe den Schrank und öffne eine Schublade, um mir Socken zu holen. Dann drehe ich mich mit strengem Gesichtsausdruck zu ihr um. »Ich bin um fünf zu Hause. Und du wirst auch hier sein«, befehle ich ihr. Dann gehe ich in Richtung Tür, drehe mich aber noch mal um und füge mit sanfterer Stimme ein »Bitte?« zu.

Sie grinst, dreht sich zur Seite, umarmt wieder mein Kissen unter sich und schaut mich mit unschuldigem Blick an. »Vermiss mich.«

Das tue ich bereits.

Ich gehe und schließe die Badezimmertür und die Tür ihres Zimmers hinter mir. Nur für den Fall, dass Cole nach Hause kommt, ihr leeres Bett sieht und sich fragt, wo sie ist.

Als ich die Stufen runterlaufe, verspüre ich den Drang, zu grinsen, obwohl mir meine Schuldgefühle ziemlich schwer im Magen liegen. Ich komme mir trotzdem fast normal vor.

Und glücklicher als jeder andere Kerl, den ich kenne. Das Mädchen meiner Träume liegt gerade in meinem Bett, und ich werde später zu ihr zurückkommen. Sie hatte recht. Alles, was ich brauche, ist unter diesem Dach.

Außer mein Sohn. Das ist auch sein Zuhause, und er ist nicht hier. Aber Jordan lässt mich ihn vergessen.

Neunzehn Jahre lang ging es mir immer nur um ihn. Ich habe alles geopfert, um meine Firma aufzubauen, damit ich ihm ein gutes Zuhause und eine hervorragende Schulbildung bieten kann. Und nach allem, was ich mit Lindsay durchgemacht habe, hatte ich entweder Angst vor Beziehungen oder habe Beziehungen scheitern sehen, weil sich keine der Frauen für den Rest ihres Lebens mit der Mutter meines Sohnes herumschlagen wollte. Mein Leben hat sich nur um ihn gedreht, aber egal, was ich getan habe, alles ist den

Bach runtergegangen. Sie hat ihn für sich eingenommen und gegen mich benutzt. Und er weiß nicht, wem er vertrauen soll.

Dass ich selbst mit einer Frau glücklich werden will, ist nicht falsch. Aber dass diese Frau Jordan ist, könnte das letzte bisschen Vertrauen, das er noch in mich hat, erschüttern. Warum kann ich nicht aufhören? Warum tut mir jedes Mal das Herz weh, wenn sie lächelt? Oder wenn sie an ihrem Daumennagel kaut oder sich auf die Zehenspitzen stellt, um in der Küche an etwas ranzukommen?

Ich gehe in die Küche, gieße mir Kaffee in meine Thermoskanne und schraube den Deckel zu. Dann nehme ich meine Lunchbox aus dem Kühlschrank und lege noch ein paar Chips hinein, schließlich hatte ich kein Frühstück.

Plötzlich klingelt es an der Haustür, und ich drehe mich mit finsterem Blick um. Wer taucht denn um diese Zeit hier auf?

Ich gehe zur Tür und schaue aus dem Fenster.

Wenn man vom Teufel spricht …

Meine Ex steht in ihrer Trainingshose und einem passenden Tanktop vor meiner Haustür. Ihr Haar ist zu einem unordentlichen Dutt geknotet, und sie trägt Make-up. Ich kenne sonst wirklich keine einzige Frau, die sich schminkt, wenn sie ins Fitnessstudio geht.

Leise öffne ich die Tür, damit Jordan nicht aufwacht.

»Was willst du?«

»Das ist aber ein freundlicher Empfang«, sagt sie und verschränkt die Arme vor der Brust. »Immer noch dasselbe Arschloch wie früher, nicht wahr?«

Ohne meine Reaktion abzuwarten, tritt sie ein und drückt sich an meinem Arm vorbei.

»Wenn du so früh hier auftauchst, bedeutet das nichts Gutes«, sage ich und schließe die Tür. »Bist du betrunken?«

Sie geht in die Küche, wirft ihre Schlüssel auf meine Arbeitsplatte und dreht sich zu mir um. »Warum wohnt mein Sohn im Haus irgendeines Mädchens und nicht bei dir?«

Ich unterdrücke das Bedürfnis, meine Augen zu verdrehen, weil sie so tut, als würde sie sich Sorgen machen. Das ist nur eine Ausrede dafür, sich einmischen zu können. »Er kann jederzeit zurückkommen«, sage ich, gehe zum Barhocker und nehme mein T-Shirt. »Er ist gegangen.«

»Weil du erlaubt hast, dass Jordan hierbleibt. Warum?«

Ich ziehe mir das T-Shirt über den Kopf. »Wenn du wissen willst, was mit Cole los ist, dann frag *ihn*. Aber wem ich ein Zimmer vermiete, ist allein meine Sache.«

Ich fahre mir mit den Fingern durchs Haar, weil ich vergessen habe, es zu stylen. Einen Moment lang schweigt sie nur, und ich schaue sie nicht an, als ich mein Handy vom Ladekabel nehme und es in meine Tasche stecke.

Dann tritt sie neben mich, nimmt mein Kinn in die Hand und zwingt mich, sie anzusehen.

Ich zucke zurück. »Was?«

»Du bist rot.«

»Es ist warm draußen«, entgegne ich.

Aber das Blut unter meiner Haut kocht förmlich, und mein Herz klopft schneller. Ich nehme meinen Kaffee und trinke vor lauter Nervosität einen Schluck. Diese Frau ist ein Hai. Sie kann Blut schon von Weitem riechen.

»Ich weiß, wie du aussiehst, nachdem du gekommen bist«, sagt sie herausfordernd. »Also, die Frage ist … Ist es die süße, kleine Teenagerin oder eine Neue?«

Mit einem lauten Knall stelle ich meine Kaffeetasse ab und starre sie an. »Das reicht.«

Verdammt noch mal. Ich habe total vergessen, wie gewieft sie ist. Schon der erstbeste Mensch, dem ich begegne, liest mich wie ein offenes Buch. Und dabei habe ich noch nicht mal das Haus verlassen. *Wunderbar.*

Ich gehe zum Tisch, setze mich, ziehe mir die Socken und Stiefel an und sammle alles ein, was ich für den Tag brauche.

»Cole hat seinen Job gekündigt«, erzählt sie mir schließlich. »Vor drei Tagen.«

Ich halte inne und schaue zu ihr auf. Vor drei Tagen?

»Lass mich dir einen Ratschlag geben«, sagt sie. »Die Erziehungsarbeit hat nicht aufgehört, als er achtzehn geworden ist und du kein Kindergeld mehr zahlen musstest. Er braucht dich immer noch.«

»Verzeih mir, wenn ich keine Ratschläge von einer Frau annehme, die nur schwanger geworden ist, damit sie sich den Rest des Lebens durchfüttern lassen kann.« Ich drehe mich zu ihr um und schaue sie böse an. »Vielleicht hat er gekündigt, damit er nicht umsonst arbeitet, weil du ihm eingeredet hast, dass er dir die Hälfte seines Gehalts geben soll.«

Sie schlägt mir ins Gesicht, und mein Kopf wird zur Seite gerissen. Aber ich lache nur. Natürlich mache ich mir Sorgen. Er hat keine Arbeit mehr und war nicht zu Hause, aber von ihr werde ich mir keine Vorträge halten lassen. Sie hat ihn benutzt, und ich habe keinen Bock mehr auf die Scheiße, die sie immer abzieht.

»Das ist der Grund, warum du ihn nicht für mich hast arbeiten lassen, richtig?«, frage ich und lasse nicht locker. »Weil ich dann seine Rechnungen übernommen und ihm Lohn gezahlt hätte, an den du nicht rangekommen wärst. Du scherst dich nur um ihn, wenn er dir Geld bringt.« Ich nehme meine Sachen, gehe zur Tür und reiße sie auf. »Weißt du, auf wen ich wirklich neidisch bin? Auf all die Männer, die dir entkommen sind, bevor du sie mit einem Kind in die Falle locken konntest. Es tut mir nicht leid, dass ich Cole bekommen habe, aber es tut mir leid, dass ich ihn von dir bekommen habe. Raus jetzt.«

Ich bin stolz darauf, dass ich meine Stimme ruhig halten und etwas Kontrolle aufbringen konnte, aber innerlich koche ich. Sie kommt in mein Haus, beschuldigt mich, ein schlechter Vater zu sein, und schlägt mich. Sie ist nicht meine Frau und war es nie. Ich muss mit ihr leben, aber alles muss ich mir nicht gefallen lassen.

Sie steht da und schaut fast belustigt aus. Schließlich geht sie. »Ja«, sagt sie, dreht sich im Gehen aber noch mal um und ruft mir über die Schulter hinweg zu: »Weil dein Haus der einzige Bereich deines Lebens ist, aus dem du mich raushalten kannst.«

Dann wirft sie einen Blick die Treppe rauf und grinst mich böse an.

Sie geht durch die Tür, und ich bleibe still stehen. Alles, was ich noch vor ein paar Minuten in meinem Schlafzimmer gefühlt habe, ist vollkommen erloschen. Cole hat Probleme, und er braucht mich jetzt mehr denn je.

Und Lindsay weiß über Jordan Bescheid. Natürlich nicht mit absoluter Sicherheit, aber ihre Vermutung reicht schon aus. Sie wird Jordan in der Luft zerreißen. Auf keinen Fall kann ich ihr das antun.

Ich wünschte nur, ich hätte sie länger als sieben Stunden für mich haben können.

KAPITEL 19

Jordan

Ich drücke die Steine mit einem Zahnstocher auf die Stufe, nehme den Kleber und verteile ihn in den Ecken, damit die Teile an dem Modell schneller halten. Ich habe das Bedürfnis, schon wieder auf die Uhr an der Mikrowelle zu schauen, aber ich widerstehe dem Drang, weil es erst zwei Minuten her ist, dass ich das letzte Mal geschaut habe.

Es ist nach sechs, und Pike ist zu spät. Er ist eigentlich nie zu spät.

Als die Minuten vergehen, merke ich, wie ich wütend werde, weil er auch nicht angerufen hat. Und er hat mich ausdrücklich gebeten, zu Hause zu sein. Das sieht ihm gar nicht ähnlich, sondern eher allen anderen Kerlen, die ich kenne. Ich war immer das Mädchen, das sie wie Dreck behandeln und warten lassen konnten, weil ich es hingenommen habe.

Für eine Weile jedenfalls.

Die Pizza, die ich bestellt habe – halb Peperoni, halb Taco –, wurde schon vor einer Stunde geliefert und wartet nun im Ofen darauf, gegessen zu werden, während ich meinen Salat sicherheitshalber in den Kühlschrank gestellt habe. Der Fernseher ist bereit, um unseren *The Lost Boys*-Marathon aus den Achtzigern weiterzuführen, aber ich bin alleine.

Wieder mal.

Okay. Er könnte bei der Arbeit aufgehalten worden sein. Das verstehe ich, schließlich bin ich erwachsen. Ich brauche niemanden, der mich an die Hand nimmt. Er könnte auch einen Unfall gehabt haben, aber das wäre extrem, und ich will auch nicht die Art Freundin sein, die ihm hinterhertelefoniert. Er würde denken, dass ich … etwas von ihm erwarte oder so.

Ich klebe die Glaskugeln in das Bett vom künftigen Flusslauf, und mit jeder Minute, die vergeht, nehmen seine Chancen, dass ich nicht noch wütender werde, ab.

Der Tag war so toll. Ich bin total wund aufgewacht, aber es war mir egal, weil die Erinnerungen an letzte Nacht mich ständig haben erröten lassen. Er war ganz und gar nicht aus der Übung, und ich konnte nicht aufhören zu grinsen, als ich die kaputte Lampe aufgehoben und den Nachttisch repariert habe.

Ich habe auch die Überreste des A&W-Bechers aus der Waschmaschine geräumt, worin ich letzte Nacht die Eiscreme-Soda versenkt habe. Gott sei Dank hat er das nicht bemerkt, sonst würde er seine Meinung darüber, wie erwachsen ich bin, wahrscheinlich noch mal ändern.

Nachdem ich das Haus auf Vordermann gebracht habe, wollte ich seinen Geruch eigentlich gar nicht von mir abwaschen, aber ich musste unbedingt duschen. Dann habe ich Cam angerufen, um mir ihr Auto zu leihen und meinen Gehaltsscheck vom *Grounders* zu holen und ein paar Einkäufe zu erledigen. Meine Schwester und Shel haben mich beide ziemlich komisch angeschaut. Vermutlich haben sie sich gefragt, warum ich so aufgedreht bin, aber das war mir egal.

In ein paar Stunden würde sein Blick wieder auf mir haften, ein Gefühl, was ich absolut liebe. Ich habe überlegt, vielleicht heute Abend schwimmen zu gehen oder ein paar Kissen und Decken in den Truck zu werfen, um woanders rumzumachen. Oder vielleicht sogar einen Streit provozieren, damit er mich über den Tisch legen und mir den Hintern versohlen kann.

Dumm von mir. Fantasien und Erwartungen, die nie mit der Realität mithalten können. Ich hätte es besser wissen müssen. Jetzt sitze ich hier und warte darauf, dass er auftaucht.

Nach einer Weile nehme ich mein Handy, um zu überprüfen, ob irgendwelche Nachrichten gekommen sind. Aber nein, immer noch nichts.

Ich werfe einen Blick auf die Uhr, es ist jetzt fast sieben. Zwei Stunden zu spät. Er weiß, was ich von ihm erwarte. Wenn er also nicht anruft, dann ist vielleicht etwas passiert.

Ich wähle seine Nummer in vollem Wissen, dass ich mich jetzt gleich entweder total erbärmlich fühle, weil er eben *nicht* gerade in der Notaufnahme sitzt, oder aber richtig schlecht, weil ich gezweifelt habe.

Aber es geht direkt die Mailbox dran, also lege ich auf. Ich zögere nur einen Moment, dann stehe ich auf, gehe zum Kühlschrank und durchsuche Pikes Telefonnummern. Ich sehe die von Dutch und wähle sie, während ich mir überlege, was ich sagen soll. Schließlich will ich nicht vollends verzweifelt klingen.

Es klingelt dreimal, bevor er rangeht. »Hallo?«

»Hey, Dutch«, sage ich schnell und versuche, fröhlich zu klingen. »Hier ist Jordan. Tut mir leid, wenn ich dich störe. Ich weiß, dass Pike sein Handy nicht immer bei sich hat, aber ich dachte, du vielleicht. Ich will eigentlich zur Arbeit fahren, aber ich habe meinen Hausschlüssel verlegt.« Ich benetze meine trockenen Lippen, und mein Herz rast. »Seid ihr auf der Baustelle schon fertig? Ich weiß nicht, wann Pike nach Hause kommt, und will die Tür nicht einfach offen lassen.«

»Oh, wir haben schon vor zwei Stunden Schluss gemacht, Süße«, sagt er. »Ich bin schon zu Hause, und er ist mit den Jungs auf ein Bier ins *Poor Red's* gegangen. Wenn du ihn anrufst, kommt er bestimmt nach Hause und schließt ab.«

In meiner Kehle wird es eng, und meine Augen brennen. Er ist ausgegangen.

Ich zwinge mich zu einem Lächeln und hoffe, dass er die Wut, die in mir hochkocht, nicht in meiner Stimme hören kann. »Ja, das mache ich. Danke.«

Ich lege auf, schließe die Augen und zwinge mich, mich zu beruhigen. Er ist ausgegangen. Ohne es mir zu sagen. Er hat mich einfach hier sitzen lassen.

Ich blinzle die Wut weg und weigere mich, verletzt zu sein. Er hat mir etwas bedeutet, und ich habe mit ihm geschlafen. Aber ich liebe ihn nicht, und ihm bin ich offensichtlich egal. Er hat bekommen, was er wollte. All diese Besitzgier und das Bedürfnis, auf mich aufzupassen und mich zu beschützen. Das war nur, um mich hierzuhalten, damit er mir an die Wäsche gehen konnte. Er hat mir erst widerstanden, weil er sich schlecht gefühlt hat, aber er hat einfach nur Zeit gebraucht, um sich selbst dazu zu überreden. Es war immer der Plan, mich ins Bett zu kriegen. Jetzt, da er sein Stück vom Kuchen bekommen hat, ist er zufrieden. Und hey, vielleicht ist April heute auch im *Red's*, und sie können dort weitermachen, wo sie gestern aufgehört haben.

Wütend stoße ich den Stuhl weg. Das passiert mir nicht mehr. Das muss unbedingt aufhören. Ich nehme mein Handy und rufe Cam an, als mir einfällt, was heute Abend ist.

»Hey, was ist los?«, fragt sie.

Ich verziehe die Mundwinkel, plötzlich von Mut erfüllt. »Ich glaube, ich mache heute Abend bei meinem ersten Wet-T-Shirt-Contest mit.«

Sie schnappt nach Luft und kreischt dann ins Telefon: »Ja!«

KAPITEL 20

Pike

Um kurz nach neun biege ich in meine Einfahrt und schaue zum Haus. Ich glaube nicht, dass sie jetzt schon schläft, und ich bin in keiner besseren Verfassung, mit ihr zu reden, als ich es vor ein paar Stunden nach der Arbeit war. Aber ich kann es nicht mehr aufschieben. Wir müssen reden.

Ich sehe, dass in der Küche ein kleines Licht brennt, aber das ist wahrscheinlich das über dem Ofen. Der Rest liegt in völliger Dunkelheit, und ein Teil von mir hofft, dass sie tatsächlich schon im Bett ist, weil ich es nicht hinter mich bringen will.

Ich steige aus meinem Truck, schlage die Tür zu und gehe zum Haus. Dann stecke ich den Schlüssel ins Schloss, drehe ihn um, öffne die Tür und betrete das dunkle Wohnzimmer. Nirgendwo brennt Licht, und ich höre auch keine Musik. Mir ist bewusst, dass ihr nicht entgangen ist, dass ich sie versetzt habe. Vor ein paar Stunden hat sie angerufen, aber keine Nachricht hinterlassen. Sie ist ziemlich sicher wütend.

Ich atme ein und habe sofort den Geruch von warmem Käse und würzigem Fleisch in der Nase. Pizza. Sofort gehe ich in die Küche, mache den Ofen auf und sehe eine große Schachtel von *Joe's*. Ich nehme sie heraus, stelle sie auf den Herd und öffne den Deckel. Alle Stücke liegen noch unberührt in der Schachtel.

Ich spüre einen Knoten im Magen und fühle mich schlecht. Natürlich, ich wusste, dass sie was zum Abendessen besorgen würde. Ich gehe ins Wohnzimmer, nehme die Fernbedienung in die Hand und schalte den Fernseher an. Auf Netflix erscheint das Cover zu *The Lost Boys (1987)*. Sie hatte alles für einen Abend zu Hause vorbereitet.

Als ich nach oben gehe und an ihrer Schlafzimmertür stehen bleibe, sehe ich kein Licht darunter hervorscheinen. Ich klopfe zweimal und warte. Als keine Antwort kommt, öffne ich die Tür. Der Mond scheint durch das Fenster in ihr Zimmer, und ich sehe ihr immer noch gemachtes Bett – und einen ansonsten völlig leeren Raum.

Mein Puls geht schneller. Sie hat immer noch kein funktionierendes Auto. Wohin ist sie gegangen? Musste sie doch noch arbeiten? Ich schaue auf mein Handy, ob sie mir eine Nachricht geschrieben hat, aber da ist nichts. Vielleicht hat ihre Schwester sie gefahren. Aber sie hätte mir doch gesagt, wenn sie arbeiten müsste?

Während ich die Treppe runterlaufe, rufe ich Jordan an und schalte den Fernseher im Wohnzimmer wieder aus.

Als sie rangeht, höre ich laute Musik im Hintergrund, zucke zusammen und halte das Handy von meinem Ohr weg.

»Hey«, sagt sie, und ich bin überrascht, dass sie so … ruhig klingt.

»Wo bist du?«

»Weg«, antwortet sie. »Bei mir wird es später.«

»Arbeitest du?«

Sie lacht, und ich höre die Stimme einer anderen Frau und Geplapper im Hintergrund. »Ähm, nein«, antwortet sie schließlich.

Dann höre ich etwas, das nach dem Jubeln von etwa vierzig Männern klingt. Ich versteife mich. Was ist hier los?

»Jordan, es tut mir leid, dass ich zu spät war.«

»Was?«

»Tut mir leid, dass ich zu spät nach Hause gekommen bin!«, rufe ich ins Handy. »Es musste noch Arbeit erledigt werden, und ich musste bleiben.«

»Warum hast du mich dann nicht angerufen?«, fragt sie, und jetzt wird ihre Stimme lauter. »Du warst nicht bei der Arbeit. Du warst im *Red's*, und ich warte nicht auf dich. Nicht mehr. Ich bin mit Freunden ausgegangen und habe meinen Spaß. Warte nicht auf mich.«

Dann höre ich nur noch Musik und sogar die Stimme des DJs in meinem Ohr, bevor die Leitung unterbrochen wird. Sie hat einfach aufgelegt.

Ich starre auf mein Handy. Okay, sie ist also sauer. Glaube ich zumindest. Sie hat gar nicht sauer geklungen. Oder betrunken. Sie klang einfach nur gleichgültig, und aus irgendeinem Grund fühlt sich das schlimmer an. Ich kann mit Wut umgehen, aber nicht damit, dass sie so klingt, als wäre sie mit jeglichen Schlussfolgerungen, die sie gezogen hat, vollkommen zufrieden. Scheiße.

Dann erst wird mir klar, was der DJ im Hintergrund angekündigt hat.

Wet-T-Shirt-Contest im *The Hook*.

Ich reiße die Augen auf. So was Dummes würde sie doch nicht tun, oder?

Verdammt. Was soll ich jetzt machen? Ist sie ausgegangen, um Spaß zu haben, wie sie gesagt hat? Oder will sie mich in die Enge treiben? Versucht sie, mich dazu zu bringen, sie zu holen, indem sie droht, etwas zu tun, was mir nicht gefällt? Oder soll ich einfach hierbleiben, nicht auf ihren Bluff eingehen und abwarten, was passiert? Deshalb kommen Frauen und ich nicht miteinander klar, und meine Beziehungen halten nicht. Ich habe keine Zeit für so einen Blödsinn.

Aber dass sie überhaupt ausgegangen ist, ist meine Schuld. Wenn ich heimgekommen wäre, wie ich es gesagt habe, säße sie jetzt an mich gekuschelt auf der Couch und würde mich mit ihren Augen, ihren Händen, ihrem Geruch und dieser sexy Art, wie sie ihren Rücken durchbiegt, wenn sie sich streckt, in den Wahnsinn treiben.

Ich seufze und schüttle den Kopf. Ich will sie so sehr.

Ich stecke das Handy in meine Tasche, ziehe die Schlüssel heraus und gehe zur Tür. Als ich sie öffne, steht Cole mit ausgestreckter Hand davor, als wolle er sie gerade öffnen. Ich halte inne und runzle die Stirn.

»Hey«, sagt er mit ungewöhnlich freundlicher Stimme.

Ich öffne den Mund, um was zu sagen, verliere aber vorübergehend die Fähigkeit, zu sprechen. Ihn jetzt hier zu sehen, hatte ich nicht erwartet. »H-hey«, stammle ich schließlich. »Ich habe den ganzen Tag versucht, dich zu erreichen. Während meiner Mittagspause war ich sogar bei ein paar deiner üblichen Treffpunkte. Wo warst du?«

»Ja, ich weiß, es tut mir leid.« Er tritt ein und geht in die Küche. »Ich musste ein paar Dinge erledigen.«

Er nimmt sich eine Limonade aus dem Kühlschrank, dreht sich um und lehnt sich ans Waschbecken, während er die Dose öffnet.

»Was ist bei dir los?« Ich stehe an der Kücheninsel. »Deine Mom taucht heute in aller Herrgottsfrühe hier auf und erzählt mir, du hättest deinen Job gekündigt?«

Er schaut mich belustigt an, als würde ich überreagieren.

»Wenn du mich auf dem Laufenden halten würdest, müsste ich jetzt nicht herumnörgeln«, bricht es aus mir heraus, auch wenn ich versuche, es wie einen Scherz klingen zu lassen.

Er blickt hinter sich durch das Fenster, drückt sich vom Waschbecken ab und verschwindet durch die Waschküche in den Garten. Ich folge ihm.

»Mir geht's gut«, ruft er mir über die Schulter hinweg zu. »Ich habe einen neuen Job. Deshalb habe ich den alten gekündigt.«

Er geht zum Pool und fängt an, den Schlauch für den Sauger aufzurollen. Den habe ich total vergessen, und er läuft seit gestern Nachmittag.

»Einen neuen Job?«, frage ich und nehme das leere Ende des Schlauchs hinter ihm in die Hand. »Wo?«

»Das ist eine Überraschung.«

»Ich mag keine Überraschungen. Was ist das für ein Job?«

Er fängt an zu lachen und erntet dafür einen bösen Blick von mir.

»Was gibt es da zu lachen?«, will ich wissen. Weiß er eigentlich, welche Sorgen sich alle um ihn machen? Und jetzt tut er so, als hätte er alles im Griff und wir müssten keine Fragen stellen?

»Weil ich aufgeregt bin«, sagt er. »Ich erzähle es dir bald. Versprochen.«

»Ist es legal?« Ich ziehe am Schlauch und spüre das Gewicht des mit Luft gefüllten Saugers, als er über den Pool zu uns gleitet.

Er lacht wieder auf.

Ich runzle die Stirn.

»Ich verspreche, dieser Job ist so was von legal«, versichert er mir in einem Tonfall, den ich nicht deuten kann. »Ich kriege ein regelmäßiges Gehalt und bin renten- und krankenversichert.« Er schaut mich an. »Ich nehme keine Drogen, und ich stecke nicht in Schwierigkeiten. Mir geht's gut. Es tut mir leid, dass ich nicht heimgekommen bin, aber ich wollte nicht, dass es für Jordan unangenehm ist.«

Ich lasse den Schlauch fallen, weil wir fast am Ende angekommen sind.

»Also geht's dir wirklich gut?«, vergewissere ich mich noch mal.

»Ja.«

»Heißt das, du kommst nach Hause?«

Aber er zuckt nur unsicher mit den Schultern. »Ich glaube, das wäre für alle unangenehm. Ich will, dass Jordan hierbleiben kann, solange sie muss.«

Ich gehe auf ihn zu. Obwohl ich ihn immer noch um ein paar Zentimeter überrage, bin ich jedes Mal, wenn ich ihn sehe, überrascht, wie groß er ist.

Ich zögere, es auszusprechen, weil ich nicht will, dass sie auszieht, aber ich weiß, dass Coles Platz hier ist. »Ich kann eine andere Bleibe für sie finden«, sage ich.

Ich kann mir irgendwas ausdenken, was beiden hilft.

Er scheint aber gar nicht darüber nachzudenken. »Nein.« Er schüttelt den Kopf und strafft die Schultern. »Das wäre es nicht wert. Ich werde sowieso bald meine eigene Wohnung haben.«

»Wirklich?« Jetzt mache ich mir doch wieder Sorgen. Dieser neue Job scheint ein bisschen zu gut, um wahr zu sein. »Du machst mich nervös.«

Aber er lacht nur, wendet sich dann wieder dem Sauger zu, und ich helfe ihm beim Aufrollen.

»Hör mal«, sagt er. »Ich wollte mir mein erstes Tattoo stechen lassen, bevor ich den neuen Job anfange. Ich dachte, wir könnten uns eins zusammen stechen lassen. Würdest du das wollen?« Er wirft mir einen nervösen Blick zu, und ich weiß, dass ihm diese Frage schwergefallen ist. »Nächstes Wochenende zum Beispiel?«

Ein Tattoo?

Ich glaube, bei meinem letzten Tattoo war er zwei Jahre alt. Ich stehe nicht mehr wirklich darauf, aber für ihn würde ich es definitiv machen. Ich bin ja schon froh, dass er mich überhaupt fragt, ob wir was zusammen machen.

»Ja.« Ich nicke. »Klingt gut.«

Ich weiß sogar schon, was ich mir stechen lassen will, so schnell hat sich der Gedanke in meinem Kopf manifestiert.

»Komm«, drängt er mich und zieht an dem Schlauch. »Ich helfe dir hiermit, und dann treffe ich mich noch mit Freunden, okay?«

»Ja.« Ich ziehe den Schlauch vollständig aus dem Wasser, und die Luft entweicht in den Pool.

Ich habe ja auch noch was zu erledigen.

Ich denke nicht, dass unter Zwanzigjährige hier überhaupt reindürfen, außer sie arbeiten hier. Und ich hoffe sehr, dass das nicht auf Jordan zutrifft. Auf dem Weg hierher habe ich kurz überlegt, Mick Chan anzuzeigen, weil eine Neunzehnjährige in seinem Stripclub arbeitet, aber es ist ja nicht so, als hätte ich nicht auch nachsichtige Barbesitzer ausgenutzt, als ich neunzehn war.

Außerdem hätte das Jordan nur noch wütender gemacht. Ihr »Ach so, ich bin alt genug, um dir einen zu blasen, aber nicht alt genug, um Alkohol zu trinken?« klingt schon in meinen Ohren.

Legal gesehen schon. Wenn sie es wirklich wissen will, jedenfalls.

Ich stecke meine Schlüssel in die Tasche, gehe über den Parkplatz und öffne die Tür zum *The Hook*. Die Musik dröhnt von den Wänden und vibriert unter meinen Füßen, und ich atme den vertrauten Geruch von Orchideenshampoo ein, das Mick immer für seine Teppiche benutzt. Es ist der Geruch von Parfüm, der einem immer in die Nase steigt, wenn man ein nobles Casino betritt, das versucht, den Gestank von Zigaretten zu übertönen. Ich war schon lange nicht mehr hier, aber plötzlich bin ich wieder neunzehn Jahre alt.

Ich bezahle meinen Eintritt und gehe rein. An der Bar bleibe ich stehen und betrachte die Menschenmenge in dem Club. Junge Kerle, alte Männer, ein paar Frauen und Paare, lila Lichter unter der weißen Bühne und Rauchschwaden, die aus orange-glühenden Zigarettenenden aufsteigen.

Ich zögere, hätte nicht herkommen sollen. Ich sollte gehen, bevor sie mich sieht. Sie ist erwachsen und hat lange genug auf sich selbst aufgepasst. Diese leise Stimme in meinem Kopf hat recht. Wenn ich sie in mein Bett zerren und sie die halbe Nacht wachhalten kann, dann ist sie auch alt genug, ihre eigenen Entscheidungen zu treffen. Sie sollte mit ihren Freunden ausgehen dürfen. Ich *will*, dass sie mit ihren Freunden ausgeht.

Ich will nur nicht, dass sie hierherkommt, weil ich weiß, dass Mick sie unbedingt haben will. Und weil sie das Geld braucht und ich durch mein Verhalten heute Abend ihre Lage in meinem Haus komplizierter gemacht habe. Was, wenn sie denkt, dass sie jetzt ausziehen muss? Was, wenn sie ein paar Drinks intus hat und beschließt, hier ein bisschen Extra-Geld zu verdienen?

Ich fahre mir mit der Hand durchs Haar und spüre das Gel, das ich mir in die Haare geschmiert habe, um mich für sie herauszuputzen. Sogar meine Klamotten habe ich gewechselt.

Ich schaue auf den blauen Anzug hinab, den ich mir letztes Jahr zu Coles Abschluss gekauft habe. Die Krawatte habe ich allerdings weggelassen. Nur ein weißes Hemd, das oben aufgeknöpft ist, und schwarze Schuhe. Keine Ahnung, warum ich das angezogen habe, vor allem angesichts der Tatsache, dass ich mir jetzt total blöd vorkomme. Ich vermute, ich wollte sie wissen lassen, dass ich kein offenes Buch bin. Ich kann anders sein. Ich kann sie immer noch überraschen.

Ich will gerade gehen und bete, dass sie mich nicht gesehen hat, als die Leute im Club zu jubeln beginnen. Meine Blick schweift zur Bühne, wo eine Gruppe Mädchen in einer Reihe steht.

Sie haben alles an von Jeans über Röcke bis hin zu Flip-Flops, und sie sehen nervös aus, lachen aber gespielt. Ein paar Frauen haben mit dem Wettbewerb schon begonnen, und offensichtlich verlangt einem der Wille, dreihundert Dollar zu gewinnen, mehr ab als noch zu meiner Zeit. Zwei Frauen sind bereits völlig nass, trotzdem schüttet eine ältere Frau eimerweise Wasser über sie. Die beiden greifen in ihre klatschnassen T-Shirts und schütteln ihre Brüste hin und her. Dann drehen sie sich um und wackeln mit ihren Hintern für die johlende Menge. Und noch mehr Wasser wird ihnen über den Rücken gegossen, während sie ihr nasses Haar schütteln. Sie könnten genauso gut nackt sein. Scheiße, sie *sind* praktisch nackt.

Ein paar Typen haben ihre Handykameras gezückt, und obwohl ich mir ziemlich sicher bin, dass das nicht erlaubt ist, interessiert es niemanden. Diese Frauen sind keine Amateure, oder? So was kann Jordan doch nicht tun.

Oder?

In diesem Moment zieht eine Gruppe Frauen eine junge Blondine auf die Bühne, und ich kann sehen, wie Jordan versucht, sich zu wehren. Sie lacht zwar, schüttelt aber nervös ihren Kopf.

Was zum …

Ich kann sie nicht hören, aber ich sehe, wie ihre Lippen immer wieder das Wort *Nein* formen, als sie ihre Absätze in den Boden gräbt und versucht, ihre Arme aus dem Griff ihrer Schwester zu befreien.

Jemand greift von hinten um sie herum und zieht den Reißverschluss ihrer kurzen, weißen Jacke runter. Ich will gerade losrennen, als ein Eimer Wasser über ihre Brust gegossen wird, und sofort bleibe ich wie erstarrt stehen.

Jordan reißt die Augen auf, ihre Kinnlade klappt ihr runter, und sie sieht aus, als stünde sie unter Schock wegen des ohne Zweifel kalten Wassers, als sie mit ausgestreckten Händen und einem jetzt klatschnassen Oberteil dasteht, das ihr über ihre nackten Arme gezogen wurde. Ihre Haarspitzen sind nass, und die langen, sexy Strähnen hängen ihr ins Gesicht. Wasser rinnt ihr über den Bauch, ihre Haut glänzt.

Woher hat sie dieses Top? Es ist cremefarben, spitzenverziert, hat dünne Träger über den Schultern und ist beinahe durchsichtig. Und es klebt wie eine zweite Haut an ihrem Körper. Ihre dunklen Nippel sehe ich sogar von hier, genauso wie die Kurven ihrer Brüste.

Meine Augen brennen, als ich mich im Raum umsehe, wo ihr jeder Mann zujubelt. Das sollte sie in meinem Bett anhaben und nicht auf dieser verdammten Bühne. Ich balle die Hände zu Fäusten.

In dem Moment scheint Jordan aus ihrer Schockstarre zu erwachen, schlingt die Arme um ihren Körper und rennt von der Bühne. Ihre Jacke lässt sie zurück. Die Stufen hinunter und an der Wand entlang hastet sie in Richtung Gang, in dem sich die Toiletten befinden. Einige Mädchen am Tisch greifen nach ihr und rufen ihren Namen, aber sie läuft weiter und lächelt ihre Freundinnen – oder die ihrer Schwester – nur mit hochrotem Gesicht an.

Plötzlich blickt sie auf und sieht mich, bleibt stehen. Die Mädchen am Tisch folgen ihrem Blick und schauen zwischen uns beiden hin und her.

Die zwei vertikalen Grübchen auf beiden Seiten ihres Bauchnabels glitzern und sind mit Wassertropfen bedeckt. Der Anblick ihrer Haut lässt mir sofort das Blut in den Penis strömen.

Sie hat das absichtlich angezogen, was bedeutet, dass sie dort hochgehen wollte. Ich reiße meinen Blick von ihrem Oberkörper und schaue ihr in die Augen. Dabei gehe ich einen Schritt auf sie zu. Sie gehört mir.

Sie geht einen Schritt zurück.

Ich bewege mich weiter auf sie zu, und jetzt bleibt sie stehen.

»Es war ein Unfall«, zischt sie mich mit bösem Blick an. »Sie hat nur Spaß gemacht. Ich muss mich nicht wegen irgendwas belehren lassen, das nicht meine Schuld …«

Ich eile zu ihr, schlinge einen Arm um ihre Hüfte, nehme ihr Gesicht in die andere Hand und senke meinen Mund auf ihren.

Sie schnappt überrascht nach Luft, und es ist mir egal, wer uns in diesem Moment sieht. Ohne den Kuss zu unterbrechen, schiebe ich sie in den Gang zurück um die Ecke.

Sie löst sich von mir. »Was tust du da?«

Aber ich sehne mich so nach ihr, dass ich nicht anders kann, als meine Lippen wieder auf ihre zu pressen, ihre Zunge zu schmecken und ihr mit der Hand durch das weiche Haar zu fahren.

»Nein.« Sie zieht sich zurück.

Ich lasse die Arme sinken, mein Herz rast wie wild, und meine Finger brennen immer noch vom Gefühl ihrer nackten Haut.

»Ich will nicht mit dir streiten«, sage ich schwer atmend zu ihr. »Und ich werde dich nicht bitten, nach Hause zu kommen. Ich will nur sagen, dass es mir leidtut.«

Sie reckt mir scheinbar gleichgültig ihr Kinn entgegen. »Was?«

»Die Pizza, der Film …«

»Dass du mich vergessen hast«, fügt sie hinzu.

Ich gehe auf sie zu, bleibe aber ruhig und fasse sie nicht an. »Ich habe dich nicht vergessen. Ich kann dich nicht vergessen.«

Sie sagt nichts, erwidert nur meinen Blick. Ich habe keinen blassen Schimmer, was gerade in ihrem Kopf vor sich geht, aber ich hatte keine andere Wahl: Ich musste ihr das ins Gesicht sagen. Ich will nicht, dass sie irgendwas Dummes tut, weil sie denkt, dass sie mir egal ist.

Ohne ein weiteres Wort zu sagen, dreht sie sich um und geht den Gang entlang Richtung Ausgang.

»Wohin gehst du?« Ich folge ihr.

»Meine Schwester hat Wechselklamotten für mich im Auto«, antwortet sie, immer noch schwingt ein wenig Ungeduld in ihrer Stimme mit. »Ich werde später nach Hause kommen, okay?«

Sie kommt bei Cams weißem Mustang auf dem vollen Parkplatz an und geht zur Fahrerseite.

»Halt.« Ich lege eine Hand an die Tür vor ihr. »Lass es mich erklären.«

Sie dreht sich zu mir um und schaut mich mitleidig an. »Keine Sorge, ich bin mir sicher, du hast eine gute Ausrede parat. Eine wirklich gute.« Dann dreht sie sich wieder um und greift nach dem Türgriff.

Aber sie muss mir zuhören. Nur eine Sekunde. »Warte. Bitte.« Ich atme tief ein und aus und starre auf ihren Hinterkopf. »Jordan, ich…« Ich muss schlucken und will nur, dass sie sich umdreht und mich wieder mit ihrem süßen Lächeln und den sanften Augen anschaut. »Ich kann ihn nicht verlieren«, flüstere ich kaum hörbar.

Sie hält inne, und ich kann nur ihren Atem hören. Hat sie etwas bereut, als sie heute Morgen aufgewacht ist?

Schließlich dreht sie sich um, schaut mich an und nickt mir ruhig zu. »Ich weiß«, sagt sie leise. »Also musst du mich verlieren. Das verstehe ich. Ich will ihm auch nicht wehtun.«

Sie dreht sich wieder zu der geöffneten Tür um, aber ich vergrabe meinen Kopf in ihrem Hals und schließe die Augen. Sie ist wie Wasser, das mir durch die Finger rinnt, während ich verdurste.

»Ich bin dabei, mich in dich zu verlieben«, flüstere ich.

Langsam dreht sie sich wieder um. Keine Ahnung, ob es richtig war, ihr das zu sagen. Aber als ich sie anschaue, blickt sie mit einem ruhigen Gesichtsausdruck zurück. In ihren Augen kann ich Erstaunen und eine Mischung aus Verlangen und dem Zwang, etwas zurückzuhalten, erkennen.

»Ich wusste, dass du irgendwo da draußen bist.« Ich lächle sie traurig an. »Die Freundinnen, die ich hatte, die Frauen, mit denen ich ausgegangen bin, dann Coles Mutter … Ich wollte nie eine von ihnen heiraten, weil ich wusste, dass sie nicht das waren, wonach ich gesucht habe. Ich habe langsam begonnen, zu denken, dass ich zu hohe Ansprüche hätte und du gar nicht existierst.« Ich packe sie im Nacken und gleite mit den Daumen ihren Hals hinab. »So wie es aussieht, gehört das Mädchen meiner Träume dem einzigen Menschen, für den ich eher sterben würde, als ihm wehzutun.«

Tränen steigen ihr in die Augen, und ich ziehe sie an mich, um sie auf die Stirn zu küssen.

»Ich will dir keine Angst einjagen«, fahre ich fort. »Aber *du* jagst *mir* irgendwie Angst ein … weil ich dich brauche wie die Luft zum Atmen, und …«

Sie nickt. »Es ist kompliziert.« Dann entzieht sie sich meinem Griff, und keiner von uns weiß, was er jetzt tun soll. Das Problem existiert immer noch.

»Ich habe heute Abend Zeit zum Nachdenken gebraucht«, erkläre ich. »Es tut mir leid, dass ich dich versetzt habe.«

»Und zu welchem Schluss bist du gekommen?« Sie senkt ihren Blick, und es zerreißt mir fast das Herz.

Ich zögere nicht, weil ich weiß, dass ich nicht aufhören kann. »Dass ich meine Schuldgefühle bis morgen unterdrücken kann.«

Ich küsse sie leidenschaftlich und spüre, wie sie sich langsam fallen lässt und ihr Körper mit meinem verschmilzt. Hitze durchströmt mich, und mein Penis wird hart. Ich lege meine Hände um ihren Rücken, packe sie am Hintern und hebe eins ihrer Beine in der Kniekehle an. Ich küsse sie auf die Wange und den Hals. Sie lässt den Kopf zurückfallen und gewährt mir freien Zugang, als ich sie gegen das Auto drücke und sanft an ihrem Hals und ihrem Schlüsselbein sauge.

»Pike, uns wird noch jemand sehen«, sagt sie flehend.

Aber ich kann nicht anders, sehne mich so sehr danach. Der Träger ihres Oberteils rutscht über ihre Schulter, und ich ziehe den Cup von ihrer Brust weg. Dann nehme ich den Nippel und die Haut darum in den Mund und sauge fest daran.

Sie schnappt nach Luft. »Pike. O Gott …«

Sie stöhnt, als ich sie küsse und ihren Nippel zwischen meine Zähne ziehe.

»Mein Gott, wir müssen nach Hause fahren«, keuche ich. »Oder ich werde es hier und jetzt mit dir tun.«

»Hey, Pike«, ruft jemand in diesem Moment.

Ich zucke zusammen, Jordan schnappt nach Luft, und ich schlinge die Arme um sie, damit sie sich in meiner Brust verstecken kann und niemand ihren halb nackten Oberkörper sieht.

»Scheiße«, brumme ich und drehe meinen Kopf. Ich sehe Ben Lovell in seinem Polizeiauto neben uns stehen. Warum haben wir ihn nicht gehört?

»Ben«, sage ich schwer atmend. »Was ist los?«

Er schafft es nicht, seine Belustigung zu verbergen, als er antwortet: »Ich drehe nur meine Runden, Mann. Ist das Chip Hadleys Mädchen, das du da hast?«

»Das geht dich nichts an.« Ich drehe mich etwas, um sicherzugehen, dass er Jordan nicht sehen kann.

Aber er versucht trotzdem, einen Blick auf sie zu erhaschen. »Geht es dir gut, Süße?«, fragt er immer noch grinsend.

Sie legt einen Arm um ihren Oberkörper, um ihre nackte Brust zu verbergen, und zwingt sich zu einem Lächeln. »Ja, Sir.«

Er kichert in sich hinein und schüttelt den Kopf. »Verdammt noch mal«, murmelt er, als er wieder in sein Auto steigt und langsam weiterfährt.

Ich warte, bis er den Parkplatz verlassen hat, bevor ich mich zu Jordan umdrehe. »Keine Sorge. Er wird den Mund halten.«

Lovell ist kein Klatschmaul.

Schnell zieht sie sich den Träger ihres Oberteils wieder über die Schulter, verschränkt die Arme vor der Brust und blickt sich nervös um.

»Komm.« Ich nehme sie bei der Hand und führe sie zu meinem Truck. »Fahren wir nach Hause und gehen eine Runde schwimmen.«

»Nackt?«, sagt sie augenzwinkernd.

Ich öffne die Tür für sie und schüttle den Kopf. »Nein«, entgegne ich. »Zieh diesen Muschelschalen-Bikini an. Ich warte schon seit Langem auf die Gelegenheit, ihn dir auszuziehen.«

Sie lächelt und klettert auf den Sitz. Ich gehe ums Auto herum und öffne die Tür. Während ich den Motor starte, schnappt sie sich ihr Handy – vermutlich schreibt sie ihrer Schwester, dass sie nach Hause fährt.

Noch bevor wir vom Parkplatz fahren, rutscht sie neben mich und fängt an, meinen Hals zu küssen.

»Wo wir von ausziehen reden ...« Sie steckt eine Hand unter mein Jackett, um meine Brust zu streicheln. »An diese Aufmachung könnte ich mich gewöhnen.«

»Tu es lieber nicht«, warne ich sie. »Der Anzug ist nur für besondere Anlässe.«

»Und ich bin ein besonderer Anlass?«

»Ich glaube, du weißt, dass du das bist«, ziehe ich sie auf. »Ich öffne meine Komfortzone nicht für jeden.«

Ich grinse sie an und bin nicht im Geringsten darüber verärgert, dass sie meine sorgfältig konstruierte, langweilige Welt völlig auf den Kopf stellt. Ich tue Dinge, die ich normalerweise nicht tun würde, nur um ihr zu gefallen. Allerdings weckt sie auch Gefühle in mir, die ich schon lange nicht mehr hatte. Einige davon noch nie. Ich habe mich sogar dabei ertappt, wie ich mir eine Liste im Kopf erstellt habe von all den Dingen, die ich mit ihr machen will. Sie zu einem Baseballspiel und auf einen Roadtrip mitnehmen zum Beispiel. Verdammt, ich habe sogar auf eBay nach Achtzigerjahre-Kassetten gesucht, mit denen ich sie überraschen könnte, als wäre ich an den Feiertagen und an ihrem nächsten Geburtstag immer noch ein Teil von ihrem Leben.

Sie bringt mich dazu, mich auf das zu freuen, was noch kommen wird. Was immer das auch sein mag.

Ich drehe mich zu ihr um und versuche, weiterhin die Straße im Blick zu haben und sie gleichzeitig zu küssen. Aber es endet nur damit, dass ich lachen muss.

»Schnall dich an. Du bringst mich sonst in Schwierigkeiten.«

Sie rutscht rüber und lässt sich auf ihren Hintern fallen, bevor sie sich anschnallt.

»Ach ja, ich weiß, dass Mick will, dass du für ihn arbeitest. Aber das wirst du nicht tun, verstanden?«

Sie lehnt ihren Kopf nach hinten an den Sitz und schaut durch die Windschutzscheibe. »Ach, stellst du jetzt die Regeln auf?«

»Ich möchte mir keine Sorgen mehr machen. Wir klären das jetzt.«
Ich glaube nicht, dass sie es ernst meint, aber ich habe die Regeln gerne in Stein gemeißelt.

Sie zuckt nur mit den Schultern. »Meine Schwester verdient gutes Geld und tut niemandem weh. Und ich will mich von niemandem unterstützen lassen.« Sie hält kurz inne, bevor sie fortfährt: »Ich werde wohl tun, was ich tun muss, und dafür brauche ich deine Zustimmung nicht.«

Ich runzle die Stirn, weil mir diese Aussage gar nicht gefällt. Aber dann fällt mir ein, wie die Mädchen sie heute Abend auf die Bühne zerren mussten, weil sie anscheinend beschlossen hat, dass ein Wet-T-Shirt-Contest doch nichts für sie ist – egal, ob sie sich dafür angezogen hat oder nicht.

Ich schnaube auf, als ich daran denke, wie sie protestiert hat. »Ich weiß gar nicht, worüber ich mir Sorgen mache«, sage ich mit Belustigung in der Stimme. »Du bist ein gutes Mädchen. Du hast es nicht in dir, dort zu arbeiten.«

»Ich bin kein Mädchen.«

Ich presse die Lippen zusammen, um nicht zu grinsen, aber es fällt mir schwer. Ich weiß, ich weiß, sie ist eine *Frau*.

»Und wenn Dutch oder dieser kleine Bastard Jay oder einer der Jungs, die für mich arbeiten, reinkommt?«, frage ich. »Bringst du es fertig, hinter der Bar einen Bikini zu tragen und ihnen Drinks zu servieren? Oder schlimmer noch – dich auszuziehen und für sie zu tanzen? Damit sie sich beim Gedanken an dich einen runterholen können? Auf ihren Schößen zu sitzen und dich für vierzig Dollar an ihnen zu reiben?«

Ich lache mit angehaltenem Atem über diese lächerliche Vorstellung. Fall sie ernsthaft darüber nachdenkt und sich mal mental in diese Lage versetzt, muss sie wissen, dass es absurd ist.

Sie schaut mich an. »Lachst du mich aus?«

»Ich will nur sagen, dass ich dich kenne«, sage ich in ernstem Tonfall. »Du und ich wissen beide, dass du das genauso wenig tun würdest wie ich. Also lass uns keine Zeit damit verschwenden, über etwas zu streiten, was nie passieren wird.«

Sie blickt nach vorne und sagt nichts, aber ich sehe, wie sich ihr Kiefer anspannt, als sie aus dem Fenster schaut. Anzunehmen, dass ich sie besser kenne als sie sich selbst, ist vielleicht anmaßend, aber sie verhält sich kindisch und will die Fassade aufrechterhalten. Sie hat mehr Verstand, als sie zugibt, und ich mag diese Spielchen nicht. Sie weiß, dass sie niemals mit diesen Kunden zurechtkommen würde, und sie kann auf keinen Fall strippen und nackt tanzen. Das wäre ihr wahrscheinlich so peinlich, dass sie auf der Bühne in Tränen ausbrechen würde.

Sieben Minuten später biege ich in die Einfahrt, und sie springt aus dem Auto, noch bevor ich den Motor ausgemacht habe.

»Jordan?«, rufe ich und reiße meine Tür auf.

Was ist denn jetzt schon wieder los? Wir haben doch nicht gestritten, oder?

Auf dem Weg zur Veranda wirft sie mir einen Blick über die Schulter zu. »Ich ziehe mir nur meinen Bikini an.«

Ich stehe da und spiele mit dem Schlüsselring an meinem Finger. Ooookay. Meine Nackenhaare stellen sich auf, und ich drehe mich um, um in der Straße nach Coles Auto oder dem seiner Mutter Ausschau zu halten. Dann fällt mein Blick auf die Fenster der Nachbarhäuser, und ich suche nach zurückgezogenen Vorhängen und Bewegungen an den Fenstern.

Ich bin mir sicher, dass die Leute in der Nachbarschaft mittlerweile reden.

Nachbarn entgeht einfach nichts, und Cole ist kaum noch hier, während seine Freundin und ich ständig zusammen sind. Es wird nicht lange dauern, bis die Leute ihre eigenen Schlüsse ziehen.

Als ich im Haus ankomme, ist von Jordan weit und breit keine Spur. Ich gehe hoch, an ihrer geschlossenen Zimmertür vorbei und in mein eigenes Zimmer, um mir meine Badehose anzuziehen. Sie ist immer noch in ihrem Zimmer, als ich rauskomme, und ich gehe wieder runter, um ein paar Wasserflaschen aus dem Kühlschrank zu holen und die Lichter im Garten anzumachen. Der Pool wird angestrahlt, und ich schalte das Radio unter dem Glasschrank an, auf dem Jordan bereits ihren Sender eingestellt hat. Irgendeine Sängerin singt was von *Guys My Age*.

Auf meinem Handy ertönt ein ungewohnter Klingelton, und ich gehe zur Kücheninsel und nehme es in die Hand.

Jordan. Warum ruft sie mich per Videocall an?

Als ich rangehe, erscheint sie auf dem Display, aber sie blickt auf mich hinab, als läge ihr Handy irgendwo unter ihr. Auf ihrem Schreibtisch oder so. Das Haar fällt ihr über die Schultern, aber ich kann nicht wirklich etwas anderes sehen als das Licht über ihrem Kopf.

»Was tust du da?«, frage ich und nehme mein Handy mit ins Wohnzimmer.

Aber sie sagt nichts.

Ich setze mich auf die Couch, stütze meine Ellbogen auf die Knie und betrachte sie. Sie hat ein Lächeln auf den Lippen, und sie bewegt ihren Kopf nach rechts und links. Ich weiß, dass sie mit mir spielt. Sie stellt sich aufrecht hin, und ich sehe nicht mehr ihr Gesicht, sondern ihren wunderschönen Körper, der in ihrem rosa Muschelschalen-Bikini steckt.

Mein Herz macht einen Sprung, und ich muss ein Grinsen unterdrücken. Ihre Brüste schauen ein bisschen hinter dem rosa Stoff hervor, und die dünnen Träger sehen auf ihrer Haut ganz zart aus. Ich will sie bitten, sich umzudrehen, aber noch lieber hätte ich sie hier unten.

Das Display bewegt sich, und ich sehe, dass sie das Handy weiter wegstellt. Als sie wieder in meinem Blickfeld auftaucht, kann ich einen Teil von ihrem Schreibtisch, ihren Körper und jetzt auch ihr Gesicht sehen. Sie beugt sich über den Schreibtisch und schaut mich flirtend an. Dabei drückt sie ihre Arme gegen ihren Körper und ganz zufällig auch gegen ihre Brüste.

Ich muss grinsen. »Ja, Jordan?«

»Ich bin kein Kind mehr«, sagt sie, und ihr Lächeln verschwindet plötzlich.

Mich überkommt ein Gefühl von Angst, und ich wusste, dass es zu gut war, um wahr zu sein. Sie törnt mich an und wird nicht runterkommen.

Ich seufze und lehne mich auf der Couch zurück. »Dann hör auf, dich wie eins zu benehmen«, entgegne ich.

Sie schaut mich mit trotzigem Blick an. »Ich bin kein Kind!«

Gebannt beobachte ich, wie sie in ihren Nacken und hinter ihren Rücken greift und an beiden Trägern zieht. Das winzige Stück Stoff fällt zu Boden.

Bei ihrem Anblick muss ich schlucken.

Verdammt, das wollte *ich* tun.

Ihre harten Nippel recken sich mir entgegen, und die Haut an meinen Händen kribbelt bei der Erinnerung an sie in meinen Händen. Mein Magen verkrampft sich, und mein Penis schwillt vor Lust bereits an.

Bitte, tu mir das nicht an.

Aber ich kann nicht wegschauen. Ich kann die Musik in ihrem Zimmer hören, oder vielleicht hört sie meine in der Küche, aber sie beginnt, sich zu bewegen und mit ihren Hüften zu kreisen, schließt die Augen und fährt mit den Händen über ihren Körper, ihr Gesicht und ihre Haare. Sie beißt sich auf die Unterlippe, während sie mit mir spielt. Dann liebkost sie ihre Brüste, legt ihre Hände auf den Bauch und spielt mit dem Saum ihres Slips, der langsam nach unten zu gleiten droht.

Sie verführt mich mit ihrem Blick und dem Versprechen, etwas Gutes zu sehen zu bekommen. Wie eine Stripperin.

Jetzt wird mir plötzlich klar, was sie da tut. Ich schüttle den Kopf, und mein ganzer Körper steht in Flammen. »Das kannst du nicht tun«, fordere ich sie heraus.

Sie kann sich nicht ausziehen und nackt tanzen.

»Du hast recht«, sagt sie und schaut mich über ihre Schulter hinweg an. »Ich kann es nicht. Ich bin nur ein kleines Mädchen, richtig? Ein dummes, kleines Mädchen.«

Sie schaut mich wieder an und schenkt mir ein schüchternes Lächeln, als sie das Display nach unten dreht. Ich sehe, dass sie über der runden Ecke ihres Schreibtisches steht. Sie legt eine Hand auf den Tisch und die andere an die Wand. Die Ecke des Schreibtisches liegt zwischen ihren Beinen.

Und dann beobachte ich sie dabei, wie sie sich an dem Holz reibt. Ihre Hüften kreisen, und ihr Bauch bewegt sich vor und zurück, während ihr Hintern über die Tischplatte gleitet. Ich kann hören, wie der Stoff ihres Slips am Holz reibt.

O Gott. Meine Brust hebt und senkt sich, als ich ihr dabei zusehe, wie sie das Schönste tut, das ich je gesehen habe. Verdammt, ich liebe es, ihr zuzuschauen. Ihre Brüste hüpfen bei jeder Bewegung auf und ab, als sie schneller wird, und mein Mund ist so trocken, dass ich nicht schlucken kann.

»Willst du mir dabei zusehen?«, neckt sie mich, und ihre großen, runden Augen sagen mir, dass sie sehr wohl weiß, dass mir gefällt, was ich sehe.

»Hör auf, mit mir zu spielen, und komm runter.«

Statt meiner Aufforderung nachzukommen, wirft sie ihren Kopf in den Nacken und lässt ihre Finger über ihr Gesicht und ihren Körper gleiten. Sie drückt eine Brust, bevor ihre Hand den Bauch hinabfährt.

»Ich habe dir ja erzählt, dass ich einen Vibrator habe«, sagt sie und schaut mir wieder in die Augen. »Aber ich werde ihn nicht benutzen.« Sie bewegt sich schneller, und ich kann hören, dass die Reibung fester wird. »Ich habe gerne die Kontrolle. Ich mag es, dafür zu arbeiten, als würde ich es wirklich mit jemandem treiben.«

Ich benetze meine Lippen. »Jordan ...«

»Pst ...« Sie öffnet ihren Mund, stöhnt auf und hebt dann ein Knie an, damit sie mit gespreizten Beinen über ihrem Schreibtisch steht. Schweiß rinnt mir über die Augenbraue, ich setze mich aufrecht hin und beuge mich vor.

»Ich mag es, wenn du mir zusiehst«, sagt sie. »Du hast mich immer angeschaut, oder? Du wolltest immer deinen Spaß mit mir haben.«

Ich weiß, dass sie recht hat. Ich wollte sie seit dem ersten Moment, in dem ich sie gesehen habe.

»Ist schon okay«, flüstert sie. »Ich wusste es immer, und es hat mir immer gefallen. Schauen Sie mir weiter zu, Mr Lawson.«

Ich muss schlucken, und mein Mund ist immer noch trocken. »Das tue ich«, keuche ich.

»O Gott«, stöhnt sie.

Meine Augen brennen, aber ich will nicht blinzeln, weil ich meinen Blick nicht von ihr abwenden kann. Ich kann es fast fühlen. Als wäre die Kante des Schreibtisches meine Finger und sie würde ihre weiche Haut an meiner Hand reiben. Oder an meinem Mund, verdammt, das ist mir egal. Ich war noch nie so eifersüchtig auf ein lebloses Objekt.

»Leg das Handy auf dein Bett«, weise ich sie an. »Ich will dich von hinten sehen.«

Sie wird langsamer, zittert und atmet schwer. Ich weiß, dass sie kurz davor war, zu kommen. Jetzt wird es länger dauern, bis sie diesen Punkt wieder erreicht.

Jordan bringt das Handy zum Bett, lehnt es irgendwo dagegen und geht schnell zwischen dem Display und dem Tisch hin und her, um zu überprüfen, ob ich alles im Blick habe. Dann stellt sie sich wieder an die Ecke des Schreibtisches.

Sie fährt sich mit den Fingern durch ihr Haar, wirft mir einen Blick über die Schulter hinweg zu und grinst mich an. Ich balle die Hände zu Fäusten, würde nichts lieber tun, als diesen knackigen Hintern unter meinen Fingern zu spüren.

Aber bevor sie wieder ein Knie anhebt, steckt sie ihre Finger unter ihren Slip und zieht ihn sich unter die Pobacken.

Dort lässt sie ihn hängen. Dann stützt sie sich mit den Händen auf dem Schreibtisch ab, beugt sich vor, hebt ein Knie an, über- dehnt ihren Rücken für mich und streckt mir ihren Hintern ent- gegen, während sie sich wieder an der Kante ihres Schreibtisches reibt.

Ihre Rückseite, das Haar, das ihr über den Rücken fällt, die Art, wie sie sich bewegt und mich verführt … ich greife zwischen meine Beine, wo mein Penis jetzt schmerzhaft angeschwollen ist. Sie so zu sehen, treibt mich in den Wahnsinn.

»Mmm, das gefällt mir«, keucht sie und schaut mich über die Schulter hinweg an. »Sieh mich an. Schau mir zu, wie ich es mir selbst besorge. Ich werde tun, was immer du sagst. Alles nur für dich.«

Ihre Bewegungen werden schneller und fester, und ich weiß nicht, ob ich zuerst an ihrer Klit saugen oder direkt in sie hinein- dringen will. Ich werde sie heute Nacht von hinten nehmen. Ich werde dafür sorgen, dass ihr das gefällt.

»Jordan …« Das Handy knackt in meiner Hand.

»Gefällt es dir?«, fragt sie neckisch. »Gefällt es dir, wenn ich für dich an mir selbst rumspiele?«

»Baby.« Ich stehe von der Couch auf. Ich brauche sie.

»O ja, mir gefällt es, wenn du mir zuschaust«, stöhnt sie. »Mache ich das gut?«

Ich wende meinen Blick nicht von ihr ab, als ich die Treppe hinaufgehe.

»Ich wünschte, mir würden noch viel mehr von dir zuschauen«, sagt sie. »Und mich wollen.«

Wenn es mehr von mir gäbe, hätte sie heute Nacht ein großes Problem.

»Pike, ich bin so feucht. Du könntest sofort in mich eindringen.«

Mein Penis zuckt und pulsiert, und ich fasse an ihren Türknauf und will ihn drehen.

»Gefällt es dir?« Sie bewegt sich noch schneller. »Ich bin so heiß und feucht für dich.«

Die Tür ist abgeschlossen, und ich rüttle daran. »Jordan?«, rufe ich, und meine Geduld ist dahin. »Mach die Tür auf.«

»O Pike. O mein Gott.«

Ich blicke auf das Display und sehe, wie ihr Haar fast ihren Hintern berührt, als sie ihren Kopf in den Nacken wirft und es mit dem Schreibtisch treibt. Mein Gott, ihr Hintern …

»Mehr, mehr, mehr, mehr …«, fleht sie. »Ich komme. O mein Gott, ja!«

»Jordan, Scheiße …« Ich rüttle an der Tür und würde sie am liebsten eintreten. »Mach die Tür auf.«

Komm nicht ohne mich.

»Besorg es mir!«, schreit sie, stöhnt auf und schnappt nach Luft. »Ja! Ja … ja, ja, ja.« Ihre Stimme wird leiser und ruhiger, als ihr Orgasmus abebbt und sie auf der anderen Seite der Tür ohne mich kommt.

»Jordan?«

Verdammt, sie kann jetzt noch nicht befriedigt sein.

Aber die Tür öffnet sich nicht, und als ich auf das Handy schaue, sehe ich, dass ihre Bewegungen sich verlangsamen und sie gerade fertig wird.

Ich werde sie jetzt über genau diesen Schreibtisch werfen. »Mein Gott, Jordan, mach die Tür auf«, knurre ich.

Sie richtet sich auf, stellt ihren Fuß zurück auf den Boden und zieht ihren Slip wieder an. Dann geht sie zum Bett, beugt sich hinunter und schaut mich mit verträumtem Blick an. »Es freut mich sehr, dass du das genossen hast«, sagt sie mit zufriedenem Gesichtsausdruck. »Es gefällt mir, dass ich deine volle Aufmerksamkeit habe. Und ich *kann* es nicht nur tun, Pike, ich denke, es hat mir sogar gefallen.«

Sie verzieht ihre Lippen zu einem Grinsen.

Ich rüttle wieder an der Tür. »Jordan, mach die verdammte Tür auf.«

Sie schnaubt nur auf. »Das würde ich ja gerne, Baby, aber …« Sie seufzt. »Der Tanz ist vorbei, und du darfst die Mädchen nicht anfassen.« Dann zwinkert sie mir zu. »Gute Nacht, Süßer.«

Das Licht auf dem Display erlischt, als sie den Anruf beendet, und plötzlich wird der ganze Flur dunkel. Meine Gedanken überschlagen sich. Wird sie jetzt wirklich das tun, von dem ich denke, dass sie es tun wird? Dann erlischt auch das Licht unter ihrer Türschwelle, und mir wird klar, dass sie ins Bett geht.

Ich klopfe an die Tür. »Jordan«, rufe ich. »Was soll das?«

Ich höre, wie eine Schublade geöffnet und wieder geschlossen wird und das Bett unter ihrem Gewicht knarzt. Einen Augenblick später höre ich nichts mehr, und mein schlimmster Albtraum ist wahr geworden. Ich habe einen unfassbaren Ständer. Was würde sie tun, wenn ich jetzt die Tür eintreten würde? Scheiße!

Ich lege meine Stirn an die Tür und würde am liebsten weinen. »Wenn ich dich in die Finger kriege, wirst du es bereuen«, warne ich sie. »Das ist ein Versprechen. Freu dich drauf.«

Mein Handy piept, ich wische über das Display und lese die Nachricht, die sie mir gerade geschickt hat.

Geh ins Bett.

Mein Magen verkrampft sich. Ich bin kurz davor, runterzugehen und die Musik so laut aufzudrehen, dass sie nicht schlafen kann, während ich Dampf ablasse und ein paar Runden im Pool drehe oder einen weiteren Streit vom Zaun breche, um sie aus dem Bett zu holen.

Aber es ist spät, und wenn ich jetzt Sport mache, werde ich stundenlang nicht schlafen können. Ich habe meine Hand und das Internet, richtig? Obwohl ich keinen Porno brauche, wenn nur die Erinnerung an sie dazu führt, dass ich immer noch hart bin.

Ich gehe in mein Zimmer, schlage meine Tür hinter mir zu und lasse mich aufs Bett fallen. Dann reibe ich meinen schmerzenden Penis.

Ein weiteres Piepen ertönt.

Und hol dir keinen runter.

Ich knirsche mit den Zähnen, werfe das Handy weg und höre, wie es von der Kommode abprallt und auf dem Boden landet.

Sie täte gut daran, morgen früh auf meinem Penis zu sitzen, wenn ich aufwache. Sonst ist morgen keiner vor mir sicher.

KAPITEL 21

Jordan

Gestern Abend bin ich viel schneller eingeschlafen, als ich gedacht hätte. Einen Augenblick nachdem ich ihm die letzte Nachricht geschickt hatte, habe ich in Pikes Zimmer etwas gegen die Wand schlagen hören, und obwohl ich mich ein bisschen schlecht gefühlt habe, musste ich auch grinsen, weil ich mir so überlegen vorkam. Spielchen mit ihm zu spielen, war nicht mein Plan, obwohl es mir gefällt, dass wir uns gegenseitig so unter die Haut gehen.

Ich wollte ihm einfach nur zeigen, dass ich zu mehr fähig bin, als er denkt, und dass ich es gar nicht schätze, wenn man mir sagen will, was in meinem eigenen Kopf vor sich geht.

Als er dann versucht hat, in mein Zimmer zu kommen, wollte ich ihn so sehr – seine Hände, seinen Mund, seine Worte –, aber ich verzeihe immer viel zu schnell, und dieses Mädchen will ich nicht mehr sein. Auch wenn Pike einer von den Guten ist – was er ziemlich sicher ist –, musste ich mir selbst beweisen, dass ich es wert bin. Dass man für mich kämpft und auf mich wartet. Es war absolut nötig, dass ich meine Maßstäbe höher gesetzt habe und nicht jedem so schnell das gebe, was er will. Ich habe mich lange genug herumschubsen lassen. Von Jay, von Cole, von meinen Eltern …

Und als ich eingeschlafen bin, war ich stolz darauf, so stark geblieben zu sein.

Aber heute …

Heute kann er mich haben, sooft er will, weil ich auch nicht mehr warten kann. Nachdem ich ihm gestern Abend gesagt habe, dass er sich keinen runterholen soll, habe ich mich den ganzen Tag dazu gezwungen, dasselbe zu tun. Und das Erste, was ich tun werde, wenn ich ihn heute sehe, ist, ihm das T-Shirt vom Leib zu reißen, weil ich den Anblick von ihm nur in Jeans so liebe.

Es ist warm heute, aber trotzdem leicht bewölkt, was die Hitze erträglich macht, und ich liege draußen im Gras auf dem Bauch und lausche der Don-Henley-Kassette, während ich durch den Herbstkatalog der Kurse an meiner Uni blättere. Ich habe mich bereits für das nächste Semester eingeschrieben, aber vielleicht belege ich noch einen weiteren Kurs.

Meine Beine, die an den Fußgelenken überkreuzt sind, schwingen vor und zurück, als mein Handy läutet. Ich hebe es aus dem Gras auf und runzle die Stirn, als ich auf das Display schaue.

Was will Dutch von mir?

Ich gehe ran und halte mir das Handy ans Ohr. »Hey«, sage ich. »Ist alles in Ordnung?«

Ich stelle mir sofort das Schlimmste vor – dass Pike einen Unfall mit irgendeiner Maschine hatte, mit denen sie arbeiten.

»Äh, ja, sorry, dass ich dich störe«, sagt er. »Weißt du, was heute mit Pike los ist?«

»Wie meinst du das?«

»Er hat 'ne fürchterliche Laune«, beschwert er sich. »Keiner traut sich, ihm nahe zu kommen. Er schreit jeden an, hat ungefähr achtzig Nägel in jede einzelne Rigipsplatte geschlagen, die er aufgehängt hat, und dann hat er aus Versehen die falsche Holzlieferung angenommen, woraufhin er einen Aufstand wie meine zwölfjährige Tochter gemacht hat. Das passt gar nicht zu ihm.«

Ich pruste los, schlage mir aber schnell die Hand vor den Mund, damit er mich nicht hört.

»Ähm …« Ich suche nach Worten, während ich mir angestrengt das Lachen verkneife. »Keine Ahnung.«

Ich weiß sehr wohl, was mit ihm los ist.

»Na ja, sei auf der Hut, Süße«, sagt er. »Er ist auf dem Heimweg, und ich weiß nicht, was er für ein Problem hat.«

Mein Körper wird von stillem Lachen geschüttelt, dann sehe ich Pikes Truck die Straße runterkommen. Sogar der Motor seines Wagens klingt sauer.

»Okay«, sage ich zu Dutch. »Ich muss auflegen.«

Ohne seinen nächsten Kommentar abzuwarten, lege ich auf und

beobachte, wie Pike in die Einfahrt biegt und mit quietschenden Bremsen hält. Ich blicke auf mein Handy und sehe, dass es erst 16 Uhr ist. Er ist viel zu früh.

Er sieht mich im Gras liegen, und in seinem Blick liegen Wut und Eindringlichkeit, als würde er mir gleich so richtig den Hintern versohlen, wie ich es verdient habe.

Ich setze ein unschuldiges Lächeln auf und strecke mich, während ich meinen Hintern vom Boden abstoße und meine Beine ausstrecke, damit seine Aufmerksamkeit auf meinen ganzen Körper gelenkt wird.

Er steigt aus dem Truck aus und schlägt die Tür zu. Ich kann mir ein spöttisches Grinsen nicht verkneifen, als er auf mich zukommt. Keiner von uns beiden schaut weg.

»Ich lache nicht«, sagt er streng. »Und jetzt geh rein und zieh deine Klamotten aus. Ich hatte einen ganzen Tag lang Zeit, mir vorzustellen, was ich heute Abend mit deinem Körper anstellen werde, Kleine.«

Ich kann vor Erregung kaum atmen. Sein Blick verrät mir, welche Versprechen alle vor mir liegen, und ich kann und will nicht mehr mit ihm spielen. Ich will es auch.

Ohne ihn aus den Augen zu lassen, stehe ich auf, und seine Augen gleiten über meinen Körper, als ich langsam zum Haus zurückgehe.

Er folgt mir.

Aber dann höre ich eine Stimme hinter ihm, die uns unterbricht.
»Pike, hi!«, ruft eine Frau.

Wir bleiben beide stehen, und ich sehe Mrs Taft, eine der Nachbarinnen, hinter ihm.

»Wie geht's dir?«, fragt sie.

Er fletscht die Zähne, schließt die Augen und sieht aus, als würde er am liebsten auf etwas einschlagen. In mir baut sich ein Lachen auf, das ich aber nicht rauslasse.

Er dreht sich schnell um und lächelt sie gezwungen an. »Constance, hi«, sagt er und klingt fast fröhlich. »Mir geht's gut. Ich bin nur … beschäftigt.«

Sie nickt und wirft einen Blick um ihn herum. »Hey, Jordan.«
»Hi, Mrs Taft.«

Ich stelle mich neben Pike und stecke die Hände in die Hosentaschen.

Sie glättet sich mit einer Hand ihren Pferdeschwanz und hält in der anderen die Leine ihres King-Charles-Spaniels, mit dem sie Gassi geht, seit ich vor einer halben Stunde in den Garten rausgekommen bin, um mich hier ins Gras zu legen. Sie schaut Pike an. »Ich habe deinen Jungen in letzter Zeit kaum noch gesehen.«

»O ja, er ist auch … ziemlich beschäftigt«, stammelt Pike auf der Suche nach einer Ausrede. »Was gibt's?«

»Ich habe gehört, dass Jordan auch babysittet.« Sie wirft mir einen Blick zu. »Interesse? Am anderen Flussufer findet heute eine Hauseinweihungsparty bei den Kuhls statt«, sagt sie zu Pike. »Du solltest mitkommen und dich etwas entspannen. Ich brauche nur jemanden, der auf die Kinder aufpasst.«

»Heute Abend?«, entfährt es ihm.

Aber sie antwortet ihm nicht, sondern wendet sich wieder mir zu. »Wie sieht's aus, Jordan? Ich weiß, du bist keine fünfzehn mehr, aber ich dachte, es wäre einen Versuch wert.«

»Ja, klar …«

»Nein«, unterbricht Pike mich.

Ich schließe für einen kurzen Moment die Augen. Mein Gott, Pike. Das war wirklich clever und überhaupt nicht offensichtlich.

Constance schaut ihn überrascht an.

»Sie hat morgen früh Kurse«, erklärt er schnell.

Ja klar, ich habe am Sonntag Kurse.

»Ach ja, und sie hat im Haushalt noch was zu erledigen«, fügt er hinzu und wirft mir einen strengen Blick zu. »Um das sie sich bis jetzt noch nicht gekümmert hat.«

Ja, Mrs Taft, nachdem ich den Abwasch erledigt habe, muss ich mich um Mr Lawson kümmern, also …

»Tut mir leid«, sagt er zu ihr.

Sie schaut zwischen uns beiden hin und her und weiß, dass etwas nicht stimmt, weil er sich total seltsam benimmt. Aber sie reagiert mit Stil. »Okay, alles klar«, trällert sie. »Vielleicht beim nächsten Mal.«

Ich lächle sie an und nicke, während ich versuche, mich von dieser peinlichen Situation zu erholen, und bin dankbar, als sie endlich geht.

Pike und ich stehen einen Moment lang da, und ich versuche, mir vorzustellen, wie die Nachbarschaft jetzt über uns reden wird, wenn sie es nicht vorher schon getan hat.

»Mr Lawson«, zwitschere ich und schüttle den Kopf.

Ich drehe mich um und gehe auf das Haus zu. Als ich zurückschaue, folgt er mir und durchbohrt mich mit seinem Blick.

»Die Leute beobachten uns«, sage ich. »Du folgst mir jetzt besser nicht ins Haus. Das würde seltsam aussehen.«

Ich sehe, wie er nach links und rechts blickt und die Nachbarn sieht, die in ihren Gärten arbeiten, mit ihren Kindern spielen oder auf ihren Verandas sitzen. Mir ist es eigentlich egal, aber ich weiß, dass es ihm nicht egal ist.

Mit schnellen Schritten hat er mich eingeholt, und mein Körper kribbelt überall, als ich hastig die Tür öffne und eintrete. Sein Körper drängt mich ins Haus und schirmt mich von der Außenwelt ab. Dann dreht er mich um und nimmt mich in seine Arme. Ich habe nur einen kurzen Augenblick, um Luft zu holen, bevor sein Mund auf meinem landet, eine seiner Hände an meinem Hinterkopf liegt und die andere an meiner Hüfte, damit er mich so fest an sich pressen kann, dass mir das Atmen schwerfällt.

Aber das interessiert mich nicht. Mir ist heiß, ich bin umgeben von seinem Geruch, und er ist schon so bei der Sache, dass er mich mitreißt. Ich schlinge meine Arme um seinen Hals und spreize die Beine, als er mich hochhebt, damit ich sie hinter seinem Rücken überkreuzen kann.

»Scheiße, Baby. Ich bin völlig verdreckt«, sagt er, während er mich küsst. »Ich sollte erst duschen.«

»Wir duschen hinterher«, stöhne ich und ziehe meinen Kopf nur ein bisschen zurück.

Er trägt mich in die Küche und setzt mich auf den Tisch. Ich ziehe ihm das T-Shirt über den Kopf, unterbreche unseren Kuss nur kurz, bevor ich meine Arme wieder um seinen Nacken schlinge. Er beugt sich über mich und drängt mich ein Stück zurück, als sein Kuss leidenschaftlicher wird.

»Ich konnte es nicht erwarten, nach Hause zu kommen«, flüstert er. »Du hast ja keine Ahnung, wie viel Selbstbeherrschung mich der heutige Tag gekostet hat.«

»Wie viel denn?« Ich nestle an seinem Gürtel herum, um ihn schnellstmöglich auszuziehen.

»Ich war heute unheimlich schlecht gelaunt«, knurrt er. »Ich habe dich nicht aus dem Kopf gekriegt. Alles, was ich wollte, war das hier.« Seine Hände gleiten über meine Rippen, er drückt mich nach hinten und zieht mir das Oberteil und den BH über die Brüste. Ich falle auf den Tisch zurück, und er beugt sich zu mir, um an meinen Nippeln zu saugen.

Ich schließe die Augen und stöhne, winde mich unter ihm und strecke meinen Rücken durch – nicht sicher, ob ich seinem Mund näher kommen will oder ob es zu viel für mich ist. Ich kann seine Lippen bis in meine Zehenspitzen spüren.

Hitze breitet sich zwischen meinen Schenkeln aus, und ich schaue dabei zu, wie seine heiße Zunge über meinen harten Nippel fährt. Meine Klit pocht so heftig, dass ich nicht mehr atmen kann. Ich zittere am ganzen Körper, und eine Explosion der Lust durchfährt mich und setzt mich in Flammen. Meine Augen rollen in ihren Höhlen zurück, und ich schreie laut auf.

Scheiße! Scheiße, Scheiße, Scheiße …

Zitternd öffne ich die Augen und stehe ein bisschen unter Schock.

Ich blicke nach unten und sehe, dass Pike mich anstarrt. »Bist du gerade gekommen?«, fragt er mit überraschtem Gesichtsausdruck.

Ich muss schlucken, weil mein Mund plötzlich ganz trocken ist, und nicke. »Ja, ich glaube schon.«

Er zieht die Augenbrauen hoch. »Du magst es, wenn ich deine Brüste küsse, wie?«

»Ich mag es, wenn du alles von mir küsst.«

Er steht auf, zieht mich auf die Füße und schaut mir in die Augen, als er meine Shorts aufknöpft. »Du warst so gut gestern Abend.«

Meine Augen funkeln. »Ich war also gut, ja?« Vielleicht bin ich doch ein Showtalent.

Aber er runzelt die Stirn. »Komm nicht auf dumme Gedanken. Mit anderen wird das nicht so sein.«

Meine Hose fällt auf den Boden, er dreht mich herum, und ich lege die Hände auf den Tisch, um mich abzustützen. Ich höre ein

Rascheln und dann das Klicken seines Gürtels, als er seine Jeans öffnet. Meine Oberschenkel zittern in Erwartung dessen, was gleich kommen wird. Zum Glück sind die Rollläden geschlossen.

Ich strecke meinen Rücken durch, spreize die Beine für ihn und werfe ihm einen Blick über die Schulter zu. »Es tut mir leid, was ich dir gestern Abend angetan habe«, sage ich.

Er zieht seinen Penis aus der Jeans, streift sich ein Kondom über, tritt näher, legt eine Hand um meinen Hals und gibt mir einen gierigen Kuss.

»Na ja, vielleicht auch nicht«, sage ich nach Luft schnappend. »Das hier war es wert.«

Ja, verdammt. Er ist gerade so heiß. Ist er immer, aber …

Er zieht mir den Slip aus, packt mich am Becken und führt seinen Penis zwischen meine Beine. Er zieht mich an den Hüften nach hinten, und ich werde entzweigerissen, schnappe nach Luft und zittere, als er tief in mich eindringt.

»O mein Gott«, keuche ich und lasse den Kopf fallen, weil ich so heftig zittere.

Er gibt mir keine Zeit, mich zu erholen, und ich kann mich nur am Tisch festkrallen, während er mich hält und von hinten nimmt. Ich ziehe ein Knie auf die Tischkante und beuge mich noch etwas vor, damit sein Penis noch tiefer in mich eindringen kann, und stöhne laut auf.

Er stößt fest zu, keucht mir ins Ohr, und seine Hände sind überall. Er fasst mit einer um mich herum, um meine Brust zu massieren, und mit der anderen greift er mir zwischen die Beine, um meine Klit zu reiben.

»Du kannst später noch mal, oder?«, frage ich über meine Schulter hinweg.

»Willst du mich beleidigen?«, knurrt er mir ins Ohr. »Denkst du, ich kann nicht mit dir mithalten?«

»Ich will nur wirklich gerne …«

»Was?«

»Ich will dir einen blasen«, flüstere ich und fahre dabei sanft mit meinen Lippen über seine, necke ihn, während unsere Körper wieder und wieder aufeinandertreffen. »Ich will dich in meinem Mund spüren.«

Er atmet tief ein und aus, presst die Zähne aufeinander und schließt die Augen. »Jordan ...« Dann schüttelt er fast warnend den Kopf.

Ich küsse ihn, und Schweiß rinnt mir den Rücken herab. »Willst du deinen Penis in meinen Mund stecken?«, flüstere ich

Er beißt mir sanft in die Unterlippe und lässt sie wieder los. »Sag das noch mal.«

»Ich will dir einen blasen.«

Sein Penis trifft mich wie ein Hammer, und meine Zehen verkrampfen sich, als ich spüre, wie sich der Orgasmus aufbaut.

»Ich will dich lecken«, flüstere ich, »und schmecken und dich zum Höhepunkt bringen.«

Seine Finger graben sich tief in meine Haut, und meine Oberschenkel schmerzen an der Stelle, an der sie gegen den Tisch gedrückt werden. Aber er bringt mich erneut zum Höhepunkt, und nichts auf der Welt hat sich jemals so gut angefühlt. Ich bin gleich so weit.

Ich fahre mit meiner Zunge über seine und spüre, wie sich ein Feuer in meinen Oberschenkeln ausbreitet und mein Innerstes nach außen stülpt. »Bitte?«, flüstere ich und drücke mein Hinterteil gegen seinen Penis, damit ich ihn noch tiefer in mir spüre. »Spritzt du mir heute Nacht in den Mund?«

»Jordan, o Gott!«, ruft er und packt mich an der Schulter. Er stößt so fest zu, dass ich nichts mehr sagen könnte, selbst wenn ich wollte.

Wir kommen beide im selben Moment, und meine Knöchel werden weiß, als ich meine Fingernägel in den Holztisch kralle und sich jeder Muskel in meinem Körper anspannt. »Pike!«, schreie ich. »O Gott.«

Ich lasse mich auf den Tisch sinken und schließe die Augen, fühle, wie er in mir kommt. Seine Hand liegt neben meinem Kopf, und er dringt noch ein paarmal schwer atmend in mich ein.

Ich will, dass er in mir abspritzt, und ich will es fühlen. Ich nehme die Pille und bin gesund. Wenn ich weiß, dass er es auch ist, werde ich ihm sagen, dass er die verdammten Kondome in den Müll werfen kann.

Vielleicht mache ich ihn noch mal per Videoanruf so an, wenn mich sein aufgestauter Frust so zum Höhepunkt bringt.

Ein paar Augenblicke später hat sich mein Atem wieder beruhigt, und ich bin völlig ausgelaugt.

»Du weißt, dass ich dich nur aufziehe, oder?«, sage ich. »Ich würde nur für dich tanzen.«

Seine Hand gleitet über meinen verschwitzten Rücken, und ich höre, wie er Luft holt, als wolle er etwas sagen. Aber in dem Moment ertönt ein Klopfen an der Tür.

»Jordan!«, höre ich eine Stimme rufen. »Jordan, bist du da oder nicht?«

Wir springen beide auf, und mein Herz macht einen Satz. Cam. Pike zieht sich aus mir zurück, ich ziehe mir meinen Slip hoch und greife hastig nach meinem BH und meinem Shirt. Ich höre, wie der Mülleimerdeckel geschlossen wird, und dann steht Pike neben mir, schlüpft schnell in sein T-Shirt und hilft mir in meine Klamotten.

Aber in dem Moment geht die Eingangstür auf, und ich höre Cams Stimme. »Jordan!«, ruft sie in das Haus hinein.

»Was zum Teufel …?«, knurrt Pike mit angehaltenem Atem und wirft mir einen verzweifelten Blick zu, als Cam in die Küche schlendert.

Pike geht ein paar Schritte von mir weg und fährt sich mit der Hand durchs Haar, während ich meine Hose zumache.

Cam starrt uns an, ihr Blick schweift zwischen Pike und mir hin und her, und mit Sicherheit kann sie unsere Verwirrung sehen.

»Hey«, sagt sie skeptisch.

Ich benetze meine trockenen Lippen und versuche, ruhig zu atmen. »Hey«, erwidere ich. »Stürmst du immer einfach so in die Häuser anderer Leute?«

»Ich habe an die Tür geklopft und geklingelt«, sagt sie und scheint sich jetzt sehr zu amüsieren. »Ich habe eure beiden Autos draußen gesehen, also wusste ich, dass du zu Hause sein musst.«

Es folgt ein unbehagliches Schweigen, als sie Pike grinsend und mich mit hochgezogenen Augenbrauen anschaut.

Pike sieht aus, als würde er am liebsten flüchten. Er streckt sich und deutet mit dem Daumen in den Garten. »Ich werfe ein paar Hotdogs für das Abendessen auf den Grill.«

Schnell holt er ein Päckchen aus dem Kühlschrank und verschwindet in den Garten.

Sobald er weg ist, öffnet Cam ihren Mund und starrt mich mit aufgerissenen Augen an. »O mein Gott!«

»Pst …«, warne ich sie und werfe einen besorgten Blick in Richtung Garten.

»Ist das dein Ernst? Wie war es?« Sie kommt zu mir und wischt mit dem Daumen über meine verschwitzte Stirn. »So gut, hm?«

Ich kann nicht anders, als leise aufzulachen, weil ich nicht weiß, was ich sonst tun soll. Ich kann gerade nicht klar denken und bin sicherlich knallrot im Gesicht.

Sie schaut mich liebevoll an und reibt meinen Arm. »Ich freue mich für dich. Es ist fantastisch, oder? Mit jemandem Sex zu haben, der wirklich gut darin ist?«

Ja. Nicht, dass Cole per se schlecht war. Es ist nur anders mit Pike. Er geht mir nicht mehr aus dem Kopf.

»Dann hab deinen Spaß!« Sie geht zum Kühlschrank und holt sich eine Limo heraus. »Aber lass dich nicht schwängern, okay?«

»Warum?«, entfährt es mir, aber dann wird mir klar, wie das geklungen haben muss. »Ich meine, nicht, dass ich das vorhätte. Ich bin neunzehn.« Ich gehe zu ihr. »Aber das hast du bis jetzt noch nie zu mir gesagt, also bei meinen anderen Freunden. Warum bei Pike?«

»Weil ihr euren Spaß habt.« Sie schließt den Kühlschrank und dreht sich zu mir um. »Und dabei sollte es auch bleiben. Sei einfach vorsichtig.«

Die Worte treffen mich wie eine Rasierklinge. Hat sie recht? Ist das alles, was wir haben?

»Du kommst in den Genuss eines gestandenen Mannes, der einen Job und gleichzeitig einen gültigen Führerschein hat«, erklärt sie mir. »Und er kriegt ein scharfes, junges Mädchen in sein Bett. Genieße es, solange es andauert. Bis zum Abwinken.« Sie nimmt mein Kinn in ihre Hände, als wäre ich fünf Jahre alt. »Mach dir nur keine großen Hoffnungen. Bleib auf der Hut.«

Mir keine großen Hoffnungen machen. Ich glaube, meine Hoffnungen sind schon in den Himmel geschossen, als ich nicht aufgepasst habe.

Ich rieche den Grill im Garten, habe aber keinen Hunger mehr.

KAPITEL 22

Jordan

Am folgenden Donnerstag beginnt mein Sommerkurs, und Pike lässt mich mit seinem Truck fahren. Er ist schon die ganze Woche mit Dutch zur Arbeit gefahren, damit ich ein verlässliches Auto habe, das ich benutzen kann. Er hat sogar erwähnt, dass er sich vielleicht noch ein zweites Auto kauft, unter dem Vorwand, dass er einen hübscheren Wagen für besondere Anlässe braucht. Aber ich weiß, dass es nur eine Ausrede ist, um mir etwas Besseres als den VW bieten zu können.

Ich habe abgelehnt. Er hat mein Auto fast repariert, also werde ich es bis dahin noch aushalten und mich dann damit befassen.

Ich fahre an den Straßenrand und parke den Truck an der Seite. In der Einfahrt sehe ich Dutch und Pike an meinem Wagen arbeiten. Das heißt, Pike arbeitet daran. Dutch sitzt auf einem Campingstuhl und hält ein Bier in der Hand.

Ich nehme meinen Rucksack und gehe über die Straße in unsere Einfahrt.

»Hey, Jungs«, sage ich fröhlich. »Wie geht's?«

Pike wirft mir einen Blick über die Schulter zu und mustert mich von Kopf bis Fuß. Ich verkneife mir ein Grinsen, genau wie er, als er sich schnell wieder umdreht und unter der Motorhaube verschwindet.

Ich bin heute Nacht um 2 Uhr davon aufgewacht, dass sein Mund auf meinem Bauch war und dann zwischen meinen Beinen, wo er geblieben ist, bis ich zweimal gekommen bin.

Dann haben wir bis 4 Uhr nicht mehr geschlafen. Dieser Mann hat mehr Energie, als ich aushalten kann, und ich bin heute so verdammt müde. Aber auf die beste Art und Weise, auf die man müde sein kann. Jeder Zentimeter meines Körpers fühlt sich ausgelaugt an, und es fällt mir schwer, mich auf etwas anderes zu konzentrieren außer auf das Verlangen, bei ihm zu sein, wenn ich es nicht bin.

Ich will mich nicht in ihn verlieben.

Also, ich will es schon, aber nicht, bevor ich nicht genau weiß, was das zwischen uns ist. Cam könnte recht damit haben, dass es nur eine kleine Affäre ist.

»Uns geht's gut, Kleine«, antwortet Dutch und stellt sein Bier auf einem Knie ab. »Wir sind bald fertig.«

Ich gehe um den Wagen herum und sehe, dass Pike irgendwas mit einem Schraubenschlüssel anzieht oder lockert.

»Wirklich?« Ich schaue ihn fragend an. »Ist es bald repariert?«

Pike lächelt mir zu. »Bald, ja.«

Endlich. Ich freue mich darauf, mich nicht mehr auf andere verlassen zu müssen, die mich fahren. Für eine Weile jedenfalls.

»Danke«, sage ich an beide gerichtet und wende mich dann an Dutch. »Was kann ich für dich tun? Ein Sandwich? Bier? Kostenloses Babysitten?«

Er lacht nur. »Ach, ist schon okay. Ich habe gesehen, wie toll das Haus aussieht. Pike muss dich schon ziemlich hart rannehmen hier.«

»Oh, du hast ja keine Vorstellung«, sage ich scherzhaft. »Ich muss in letzter Zeit bis spät in die Nacht hart arbeiten.«

Der Schraubenschlüssel fällt Pike aus der Hand, und er wirft mir einen strengen Blick zu.

Ich grinse in mich hinein, als ich mich umdrehe, die Stufen zur Veranda hochgehe und im Haus verschwinde.

Ich trage meinen Rucksack in die Küche und stelle ihn neben mein Modell auf den Tisch. Dann nehme ich mir eine Flasche Wasser aus dem Kühlschrank und begebe mich nach oben, wo ich mir ein Handtuch aus dem Schrank im Flur hole und durch Pikes Zimmer ins große Bad gehe. Das andere Bad ist zwar schon fertig gefliest, aber ich habe meine Sachen immer noch nicht aus diesem hier rausgeholt. Und das habe ich auch in nächster Zeit nicht vor.

Ich schließe die Tür, ziehe mich bis auf die Unterwäsche aus, mache die Musik auf meinem Handy an und putze mir zu *Hurts So Good* die Zähne.

Dann wird die Tür aufgerissen, und ich zucke erschrocken zusammen, bis ich sehe, dass es Pike ist.

Er schließt die Tür hinter sich. »Das war nicht komisch.« Er wirft mir einen strengen Blick zu.

»Ich wollte dich auch nicht zum Lachen bringen«, murmle ich durch die Zahnbürste hindurch.

Seine Mundwinkel verziehen sich belustigt, als er hinter mich tritt, mich umdreht und mich gegen das Waschbecken drückt. »Dann hast du also nur versucht, mich aus meiner Komfortzone zu holen?«

Ich muss grinsen.

»Das tust du oft«, sagt er tadelnd, aber ich weiß, dass er nicht sauer ist.

Ich zucke mit den Schultern, drehe mich wieder um und spucke die Zahnpasta ins Waschbecken, um mir den Mund auszuwaschen.

»Ich kann nichts dagegen tun«, sage ich, trockne mir den Mund mit einem Handtuch ab und schaue ihn im Spiegel an. »Ich mag deine Komfortzone nicht. Sie ist zu eng für uns beide.«

Er legt seine Hände um meinen Bauch und zieht mich an seine nackte Brust, während er mich im Nacken küsst. »Ich mag enge Orte«, flüstert er.

Ich drehe mich um und schaue ihm in die Augen. »Du musst dringend duschen«, sage ich, während ich seinen Gürtel öffne. »Ist er noch hier?«

Er hält meine Hand fest. »Ja, leider …«

Ich gehe zur Dusche, öffne die Tür und drehe das Wasser auf.

»Weißt du«, setze ich an, »wenn ich dir hier im Weg bin, kann ich dich auch in Ruhe lassen. April hat mich heute angerufen und mir ein Angebot gemacht.«

Er dreht sich zu mir, verschränkt die Arme vor der Brust und lehnt sich gegen das Waschbecken. »April?«, wiederholt er. »Woher hat sie deine Nummer? Und was für ein Angebot?«

Ich öffne meinen BH, lasse ihn auf den Boden fallen und schiebe den Slip meine Beine hinab. Sein Blick bleibt auf meinen Brüsten haften – die Körperstelle, die er am liebsten mag –, und ich fahre fort.

»Ihrem Bruder gehört ein Haus, das er nicht vermietet kriegt«, erkläre ich. »Sie hat vorgeschlagen, dass ich dort einziehe. Die Miete ist günstig, wenn ich das Haus im Gegenzug sauber halte. Ein ganzes Haus für mich allein.«

Ich trete in die Dusche, aber als ich die Tür hinter mir zuziehen will, hält Pike sie fest.

»Das war aber nett von ihr«, sagt er, sieht allerdings nicht gerade glücklich aus.

Dann beginnt er, seine Jeans aufzuknöpfen, und hat anscheinend doch beschlossen, dass ihm eine Dusche guttun würde.

Ich nicke unschuldig. »Mm-hm«, sage ich. »Sie ist ein Engel. So selbstlos.«

»Genau.« Er zieht eine Augenbraue hoch, geht in die Duschkabine und schließt die Tür hinter sich.

Wir wissen beide verdammt gut, dass ich ihr die Nacht vermasselt habe, als sie letztens hier war. Sie kann also ihre »Hilfe« anbieten, so viel sie will. Was sie wirklich vorhat, ist, sich selbst zu helfen, indem sie mich aus der Bahn schafft.

»Und was hast du gesagt?«, fragt er und hält seinen Kopf unter den Wasserstrahl, um sich die Haare nass zu machen.

»Ich habe gesagt, dass ich es mir überlege.«

»Aber du kannst mehr Geld sparen, wenn du noch eine Weile hierbleibst«, sagt er. »Ich denke, das ist das Beste. Meinst du nicht?«

Ich lache und seife meinen Duschhandschuh ein. Seine Motive sind auch nicht gerade selbstlos.

»Sie hat sich Sorgen gemacht, dass es hier für mich unangenehm ist«, erkläre ich. »Wir beide alleine zusammen …«

Er drückt mich mit dem Rücken gegen die Wand, und ich ziehe scharf die Luft ein und lasse den Duschhandschuh fallen. Seine Hand fährt zwischen meine Beine, und er hebt mein Knie an, um mich für sich zu öffnen. Langsam und sanft reibt er in kreisenden Bewegungen um meine Klit, was meinen Puls in die Höhe treibt und meine Knie weich werden lässt.

»Ist es dir hier unangenehm?«, fragt er mit tiefer und heiserer Stimme.

»Nein.« Meine Stimme zittert. »Aber vielleicht vermisst du es, das Haus für dich alleine zu haben? Vielleicht hat sie gedacht, ich sei dir im Weg.«

Seine stechenden Augen bohren sich in meine, und er schüttelt langsam den Kopf. »Wenn du ausziehst, habe ich nicht mehr alles in diesem Haus, was ich brauche.«

Seine Bewegungen werden schneller, er legt seinen Mund auf meinen, und dann dringt er mit einem Finger in mich ein.

Ich stöhne auf, schließe die Augen, und er küsst mich sanft und langsam, während er mit dem Finger immer und immer wieder rein- und rausgleitet.

Seine Zunge fährt über meine Oberlippe, dann flüstert er: »Wie könnte ich nicht jeden Tag zu dem hier nach Hause zurückkommen wollen? So verdammt süß.«

Er zieht seinen Finger aus mir heraus, nur, um dann mit zwei Fingern wieder in mich einzudringen. Ganz langsam und sanft, während er mich gegen die Wand drückt. Ich lasse meinen Kopf nach hinten fallen und stöhne, während er mich beobachtet.

Mein Gott, er ist gut. Ich greife nach unten zwischen uns und streichle seinen Penis.

»Sie hat recht, wenn sie sich um dich sorgt, Jordan«, sagt er und beißt mir sanft in die Unterlippe. »Du bist viel zu jung für all das, was ich mit dir anstellen will.«

»So jung bin ich nicht mehr«, sage ich. »Tatsächlich bin ich alt genug für viele Dinge.«

»Ach ja?« Er stöhnt auf, und sein Penis wird in meiner Hand groß und hart. »Warte, Baby.«

Er zieht seine Finger aus mir heraus, packt mich an den Rückseiten meiner Oberschenkel, hebt mich hoch und drückt mich gegen die Wand. Sein Penis ist lang und hart und bereit, und ich kann ihn bereits an meinem Eingang fühlen.

Ja.

»Hey, Pike!«, ruft Dutch.

Wir heben beide unsere Köpfe, Pike lässt mich auf den Boden gleiten und dreht dann seinen Kopf, um durch die Glasscheibe zu schauen.

»Ich bin in der Dusche!«, ruft er und schirmt meinen Körper ab.

»Ja, Mann«, sagt Dutch, sein breites Grinsen ist deutlich zu hören. »Dein Handy hat ein paarmal geklingelt. Ich glaube, es war Lindsay. Ich lege es hier auf das Regal.«

Pike presst seinen Körper an mich, damit Dutch nur seinen Körper sieht, falls er zur Dusche schaut. »Ja, danke«, sagt er kurz angebunden.

Ich beiße mir auf die Unterlippe und komme mir unanständig vor. Ich schmiege mich an ihn, küsse sein Kinn und streichle ihn.

»Jordan ...«, sagt er zähneknirschend.

Ich lache leise auf.

»Pst...«

»Ich werde jetzt das Spiel einschalten«, ruft Dutch. »Ich warte unten auf dich.«

»Okay.«

Eine kurze Pause entsteht, bevor Dutch noch was sagt. »Ähm, wo ist Jordan eigentlich hingegangen? Ich habe sie hier unten gar nicht gesehen.«

»Woher soll ich das wissen?«, entgegnet Pike gereizt und verliert langsam die Geduld. »Würdest du jetzt bitte rausgehen?«

»Okay, schon gut«, sagt er. Aber dann fügt er noch hinzu: »Sag ihr einfach, sie soll nicht vergessen, ihre Klamotten vom Boden aufzuheben, wenn sie mit dir aus der Dusche kommt, okay?«

Ich reiße die Augen auf, mir klappt die Kinnlade runter, und ich vergrabe mein Gesicht in Pikes Brust, um mein Lachen zu dämpfen. O Scheiße.

Die Badezimmertür wird geschlossen, Pike lässt seinen Kopf auf meine Schulter fallen, und unsere Erregung von vor einem Moment wird durch Scham ersetzt, die meine Wangen erröten lässt.

Vielen Dank auch, Dutch.

Ich wache spät auf und werde von dem Gefühl, zu fallen, aus dem Schlaf gerissen. Als ich die Augen aufmache, sehe ich, dass ich in Pikes Armen liege. Mit einem Arm unter meinem Rücken und einem in meinen Kniekehlen, hat er mich hochgehoben.

»Was tust du da?«, frage ich, schließe die Augen wieder und kuschle mich an ihn.

»Schläfst du bei mir?«, fragt er.

Bei ihm schlafen? Warum fragt er mich das überhaupt? Einige Nächte bin ich schon bei ihm eingeschlafen, aber größtenteils habe ich versucht, die meiste Zeit in meinem eigenen Bett zu schlafen, falls Cole heimkommt und mich sucht. Oder schlimmer, falls er in das Zimmer seines Dads geht und mich dort vorfindet. Ich will, dass Cole es weiß – ich will es vor niemandem mehr verstecken –, aber wir haben beide beschlossen, dass er es nicht so herausfinden muss.

Er legt mich in sein Bett, und ich ziehe mir die Bettdecke über meinen Slip und BH.

»Willst du mich nackt?«, frage ich herausfordernd.

»Nein, bitte nicht.« Er schließt die Tür ab, geht dann um das Bett herum und steigt auf der anderen Seite ein. »Ich brauche tatsächlich etwas Schlaf, und es wird schon schwer genug werden, keinen Ständer zu bekommen, obwohl du nicht nackt neben mir liegst.«

Er hebt seinen Arm und bedeutet mir, zu ihm zu kommen. Ich kuschle mich an ihn und lege meinen Kopf auf seine Schulter.

Eine innere Ruhe überkommt mich. Das fühlt sich so gut an.

Ich streichle mit den Fingern über seine Brust und seinen Bauch und male dann Kreise auf seinen Arm, während ich ihn im Dunkeln betrachte.

Er und ich sind an zwei völlig unterschiedlichen Stationen unseres Lebens. Er hat mich mal gefragt, was ich in ihm sehe. Ich könnte ihn dasselbe fragen.

»Warum starrst du mich so an?«, will er wissen.

Ich lege meinen Kopf in den Nacken, fahre mit den Lippen über seine Haut und denke nach. »Ich beneide dich.«

»Warum?«

Ich zucke mit den Schultern. »Du hast schon herausgefunden, wer du bist. Ich noch nicht«, sage ich. »Ich mache mir über alles Gedanken. Werde ich meinen Uniabschluss schaffen? Werde ich sein, wer ich sein will? Werde ich Freunde haben und auf der Welt etwas beitragen, oder werde ich am Schluss eine Arbeit haben, die ich hasse, wie meine Schwester und mein Vater und jeder, den ich sonst kenne?« Ich schaue ihn wieder an. »Jeder außer dir. Du vermittelst mir den Eindruck, dass du genau da bist, wo du sein willst, und dass du nichts bereust. Ich bereue alles.« Ich lache leise auf. »Na ja, nicht alles«, korrigiere ich mich. »Aber ich komme mir oft dumm vor. Wegen Dingen, die ich tue. Wegen Entscheidungen, die ich treffe. Wegen Worten, die aus meinem Mund kommen, bevor ich nachdenke. Andauernd hinterfrage ich mich selbst. Vielleicht wäre ich glücklicher, wenn ich einfach meinen verdammten Mund halten und still sein würde.«

Seine Arme legen sich um mich. »Glücklicher oder sicherer?«

Ist das nicht dasselbe?

Aber nein, ich weiß, was er sagen will. Ein Schiff im Hafen ist sicher, aber dafür sind Schiffe nicht gebaut.

»Ich glaube, du hast Angst, weil die Menschen in deinem Leben alles dafür getan haben, dich glauben zu lassen, dass du ihre Aufmerksamkeit nicht wert bist, Jordan«, sagt er. »Deine Eltern, dein Ex-Freund aus der Highschool … selbst Cole. Du hast Menschen eine Chance gegeben, und sie haben das ausgenutzt. Das ist ihre Schuld, nicht deine.« Er hebt mein Kinn an, damit ich ihm in die Augen schaue. »Rede dir nicht ein, dass das irgendwas mit dem zu tun hat, wer du bist. Und lass nicht zu, dass dir irgendjemand Angst vor dir selbst macht. Du bist unglaublich.«

Ich kann mir ein Lächeln nicht verkneifen, und obwohl mir tausend Zweifel durch den Kopf gehen, wohin das zwischen uns führen soll, nehme ich die heutige Nacht, wie sie ist. Das musste ich hören, und der einzige andere Mensch, der so mit mir redet, ist meine Schwester.

Aber Pike ist besser, weil ich ihn auch küssen kann.

»Und ich bin geworden, wer ich heute bin, weil ich keine andere Chance hatte«, sagt er. »Wenn die Dinge anders gelaufen wären, wäre ich gerne aufs College gegangen, wäre gereist und würde jetzt vielleicht einen Job haben, für den ich einen Anzug tragen muss.« Sein Körper versteift sich. »Ich beneide dich. Du bist immer noch am Erwachsenwerden, und du kannst immer noch alles werden, was du willst. Du hast noch alle Möglichkeiten vor dir.«

Darüber habe ich noch nie nachgedacht – wie anders sein Leben verlaufen wäre, wenn Cole nicht gekommen wäre.

»Der Gedanke an dich in diesem Anzug«, sinniere ich. »Du solltest mich darin mal zu einem Date ausführen. Du hast mich noch nie in einem Kleid gesehen.«

Er sagt nichts und reibt mit seinem Daumen meinen Arm auf

und ab. Ich weiß, was er nicht sagen will. Er kann mich nicht ausführen, außer wir fahren irgendwo aus der Stadt raus.

Ich hole tief Luft und schiebe den Gedanken in die hinterste Schublade meines Gehirns.

»Als ich dich zum ersten Mal gesehen habe, hatte ich das Gefühl, jemand hätte mir einen Schlag versetzt«, flüstert er. »Du hast einen Körper, der mir das Gefühl vermittelt, in einer Achterbahn zu sitzen, wenn ich ihn berühre.«

Ich lächle und ziehe meinen Slip aus, bevor ich mein Bein über ihn lege und mich auf ihn setze.

Er atmet aus und packt mich an den Hüften. »Aber dann kamen all die kleinen Dinge, die du tust – mir mein Mittagessen bringen, mir in dem Lagerraum der Bar die Meinung geigen – zweimal! –, mich zum Lachen bringen mit deinem Vortrag darüber, dass ich wie eine Höhle bin ...« Er lacht. »Du lässt mein Herz so schnell schlagen, dass es wehtut, Jordan. Du, dein Mund und wer du bist – all das bringt mich dazu, dich berühren zu wollen. Es bringt mich dazu, nicht zu wollen, dass es endet.«

Er schaut mir in die Augen und streicht mir das Haar hinter mein linkes Ohr. »Bereust du mich?«, fragt er.

Ich schüttle den Kopf.

»Ist schon okay«, versichert er mir. »Du kannst ehrlich sein. Auch wenn es nur ein kleiner Teil in dir tut. Ich würde es verstehen.«

»Ich bereue, dass ich nicht aufhören konnte, dich anzustarren, als du an dem Tag, an dem ich eingezogen bin, ein paar meiner Kisten ins Haus getragen hast.« Ich beuge mich runter und lege eine Hand neben seinen Kopf. »Wie sehr ich es liebe, dass du nicht viel sagst und dass du gerne Filme mit mir anschaust. Ich bereue, wie mein Magen einen Purzelbaum schlägt, wenn ich höre, wie du dich morgens in deinem Zimmer bewegst und ich weiß, dass ich dich gleich sehen werde.« Ich streichle mit meiner Hand über seine Brust und seinen Hals. »Und ich bereue, dass ich mich nach dir umschaue, wenn ich in einen Raum komme, und wie ich noch mal unter die Dusche muss, wenn du zur Arbeit gehst, um es mir selbst zu besorgen, weil ich nicht aufhören kann, an dich zu denken, und ich zu angetörnt bin, um darauf zu warten, dass du von der Arbeit nach Hause kommst.« Seine Bauchmuskeln spannen sich an, als er sich ein bisschen aufrichtet und seinen Penis an mich drückt.

»Und ich bereue, dass ich nichts anders machen würde«, fahre ich fort. »Ich könnte es nicht ertragen, das alles nicht zu fühlen.«

Ich schwinge mein Bein wieder über ihn, drehe mich um und setze mich jetzt rückwärts auf ihn. Ich ziehe mir das Oberteil über den Kopf und lasse mein Haar über meinen nackten Rücken hinabfallen. Dann schaue ich ihn über die Schulter hinweg an und flirte mit ihm.

Unter mir schwillt sein Penis an, und ich beginne, meine Hüften kreisen zu lassen.

»Du versuchst, mich umzubringen«, stöhnt er.

Ich fahre mir mit den Fingern durch die Haare und spüre, wie seine Hände über meinen Körper gleiten und sich von hinten um meine Brüste legen.

»Mit wie vielen Frauen hast du schon geschlafen?«, frage ich ihn.

»Mit wie vielen Männern hast du schon geschlafen?«, entgegnet er. »Nein, warte. Ich will es nicht wissen.«

Grinsend antworte ich ihm dennoch. »Vor dir? Mit zwei.«

»Mehr als zwei«, lautet seine Antwort.

»Gibt es etwas, das ich nicht tue, das du aber gerne von mir hättest?« Ich bewege mich weiter auf ihm, und sein Blick haftet an meinem Hintern.

»Warum fragst du das?«

»Ich frage mich nur, wie ich mit einem Mann mithalten soll, der so viel mehr Erfahrung hat«, erkläre ich.

Er schaut mir ins Gesicht. »Erstens ist es nicht viel mehr Erfahrung. Und zweitens gibt es viele Dinge, die wir noch nicht getan habe, die ich aber mit dir tun will, sobald wir uns etwas beruhigt haben und uns nicht in der ersten Sekunde, in der ich nach der Arbeit das Haus betrete, die Klamotten vom Leib reißen«, brummt er scherzhaft.

Ich lege mich rückwärts auf ihn, meinen Kopf neben seinen, und seine Hände fassen zwischen meine Oberschenkel.

»Hör auf, dich so gut anzufühlen, dann kann ich mich zusammenreißen«, sage ich.

Er küsst mich und schaut mir mit ernstem Blick in die Augen. »Denk nicht über andere Frauen nach, das tue ich auch nicht.«

Mir geht das Herz auf, als ich ihn anschaue, und mir liegen so viele Dinge auf der Zunge, die ich nicht sagen kann.

Ich … Ich öffne den Mund. Ich … Ich küsse ihn und fühle die Stoppeln um seinen Mund herum. Sein Geruch ist wie Heimat für mich. Ich kann dich nicht lieben. Ich liebe dich nicht, oder? Es ist nur ein Impuls. Das wird er sagen. Er wird sagen, dass ich noch ein Kind bin. Dass es nicht real ist.

Ich liebe dich.

»Mein Gott, Jordan«, keucht er und vertieft unseren Kuss. »Was machst du mit mir?«

Das Gleiche, was du mit mir machst.

Sein Handy beginnt zu läuten. Wir versuchen, es zu ignorieren, und küssen uns weiter, aber schließlich seufzt er und zieht sich widerwillig zurück.

Er nimmt das Handy und schaut auf das Display.

»Scheiße«, murmelt er.

Ich küsse ihn erst auf die Wange, dann auf sein Kinn.

»Baby, nur einen Moment.« Er setzt sich auf, und ich rutsche von ihm runter und lasse ihn rangehen.

Er schwingt beide Beine über die Bettkante und nimmt den Anruf entgegen. Ich ziehe die Decke über mich.

»Hey«, höre ich ihn sagen.

Am anderen Ende der Leitung höre ich eine laute, männliche Stimme, die sich anhört wie Coles.

»Ja«, antwortet Pike, streckt seinen Rücken durch und rauft sich die Haare. »Ja, tut mir leid, ich hatte zu tun. Mir war nicht klar, dass es wichtig ist.«

Cole redet wieder, und ich glaube, Pike hält die Luft an.

»Cole, ich …«

Cole schneidet ihm das Wort im Mund ab, und Pike hört ihm schweigend zu.

»Nein, ich denke nicht, dass das eine gute Idee …«

Er wird wieder von Cole unterbrochen.

Nach einem Moment sehe ich, wie Pike tief Luft holt und nickt. »Ja«, sagt er. »Okay … ja. Gut. Wir sehen uns morgen.«

Er legt auf und wirft sein Handy aufs Bett. Dann lässt er sich auf den Rücken fallen und reibt sich mit der Hand übers Gesicht.

»Was ist los?«, frage ich.

»Du meinst, außer dass ich mit meinem Sohn telefoniere, während seine Ex-Freundin nackt neben mir im Bett liegt?«

Ich runzle die Stirn.

Er hebt den Kopf und schaut mich an. »Wir haben ein viel größeres Problem als das. Mach dich auf was gefasst.«

KAPITEL 23

Pike

»Ich habe Bettlaken und Decken auf die Couch gelegt«, sage ich und gehe in die Küche. »Der Kühlschrank ist voll. Fühlt euch wie zu Hause.«

Cole und seine Mutter folgen mir ins Haus, und ich schließe hinter ihnen die Tür. Mir ist bewusst, dass ich mich alles andere als gastfreundlich anhöre. Cole ist hier mehr als willkommen, aber sie würde ich in ein Hotel verfrachten, wenn ich könnte.

Aber Cole redet mir Schuldgefühle ein.

»Ich werde nicht auf der Couch schlafen«, erklärt Lindsay mir und lässt ihre Handtasche auf die Kommode fallen. »Ich brauche Privatsphäre. Ich bin eine erwachsene Frau.«

Jordan betritt leise hinter ihnen das Zimmer, verschränkt die Arme vor der Brust und lehnt sich gegen den Türrahmen. Ihr Blick ist gesenkt, und ich glaube, sie hat mich nicht mehr angeschaut, seit Cole letzte Nacht angerufen hat. Heute muss ich arbeiten, und sie hat die Tagesschicht in der Bar übernommen. Dazwischen hat sie ihre Sachen aus meinem Bad geholt und sich in ihrem Zimmer verkrochen, um wer weiß was zu tun, während ich ihr Auto fertig repariert habe. Wir haben nicht viel miteinander geredet. Wahrscheinlich weiß sie genauso wenig wie ich, was sie noch sagen soll.

Ich schaue Lindsay an. Ihr dick aufgetragener, roter Lippenstift passt zu dem roten Spitzen-BH, der unter ihrer schwarzen Seidenbluse hervorschaut, und vor zwanzig Jahren habe ich sie fünf Minuten lang für scharf und selbstbewusst gehalten. Jetzt finde ich sie nicht mehr im Geringsten attraktiv, weil ich weiß, was sich unter der Fassade verbirgt.

Hoffentlich muss ich nur eine oder zwei Nächte mit ihr leben.

Cole ist vor ein paar Tagen wieder zu ihr gezogen, aber die Sturmfenster in ihrer Wohnung müssen repariert werden, also brauchen sie einen Platz, an dem sie wohnen können, bis die Handwerker fertig sind.

»In einem Hotel kannst du so viel Privatsphäre haben, wie du willst«, erinnere ich sie. »Ich habe dir angeboten, es zu bezahlen.«

»Dad, komm schon«, murmelt Cole und geht zum Kühlschrank, um sich etwas zu trinken zu holen.

Er wirft einen kurzen Blick zu Jordan, aber sie weicht seinem Blick aus.

Ein unbehagliches Schweigen legt sich über den Raum.

Ich räuspere mich. »Nun ja, wenn du dir kein Zimmer mit Cole teilen willst«, sage ich zu Lindsay, »dann bleibt nur noch der Keller übrig.«

»Was ist mit dem Gästezimmer?«, erwidert sie.

»Das ist Jordans Zimmer.«

»Jordan sollte überhaupt nicht hier wohnen«, sagt sie fast schnippisch und wendet sich Jordan zu. »Kannst du dir bitte ein paar Nächte ein Zimmer mit meinem Sohn teilen, damit ich ins Gästezimmer kann?«

»Es ist kein Gästezimmer mehr«, zische ich, und mein Puls schnellt in die Höhe. »Es ist *ihr* Zimmer.«

Auf keinen Fall ...

»Das ist doch lächerlich.« Lindsay funkelt mich böse an. »Ich bin die Mutter deines Sohnes, und ich brauche ein Zimmer.« Dann schaut sie wieder Jordan an. »Du hast schon jede Menge Zeit in Coles Bett verbracht. Eine oder zwei weitere Nächte werden dich nicht umbringen, oder?«

Ich mache einen Schritt nach vorne und lege meine Hände auf die Kücheninsel. »Sie schläft nicht bei Cole. Die beiden sind nicht mehr zusammen. Das ist unfair.«

»Es ist nur ein Bett«, mischt Cole sich schließlich seufzend ein. »Und wir schlafen nur darin. Das kriegen wir schon hin.«

Ich blicke zu Jordan und warte darauf, dass sie mir bei dieser Sache hilft, aber sie hebt nur die Augenbrauen, schaut mich an und sagt nichts. Als wäre ich derjenige, der dafür verantwortlich ist, und als warte sie nur darauf, dass ich etwas tue.

Wenn sie sich nicht auf meine Seite stellt, dann sieht es blöd aus, wenn ich ihre Ehre verteidige. Sie ist erwachsen. Sie werden nicht verstehen, warum ich der Einzige bin, der hier protestiert.

Jetzt habe ich Angst.

Ich will, dass sie und Cole sich eines Tages wieder vertragen, aber ich will nicht, dass sie die ganze Nacht alleine miteinander verbringen. Sie waren mal ein Paar, verdammt. Er kennt ihren Körper genauso wie ich. Was, wenn die alten Gefühle wieder hochkommen? Wie am Anfang, als alles noch gut war? Was, wenn sie anfängt, sich zu denken, dass sie einen … Jüngeren braucht? Sie haben eine gemeinsame Vergangenheit.

Ich werde nicht eifersüchtig auf meinen Sohn. Wir konkurrieren nicht. Aber er kennt sie schon viel länger, verdammt. Was, wenn sie sich unterhalten und wieder zusammenkommen?

Es liegt mir auf der Zunge: Sie gehört mir, und sie wird sich das Bett nicht mit einem anderen Mann teilen.

Aber dann schaue ich zu Lindsay und denke daran, was sie in den letzten sechs Jahren alles kaputt gemacht hat. Und wie er sich immer wieder auf ihre Seite gestellt hat. Immer hat sie das Opfer gespielt und ihm Schuldgefühle eingeredet, damit er für sie Partei ergreift. Und das wird er wieder tun, weil er weiß, dass ich alleine zurechtkomme. Es würde ihr einen Heidenspaß machen, wenn sie herausfindet, dass ich hinter seinem Rücken mit Jordan schlafe. Sie sucht nur nach einem Hassobjekt, und dem werde ich Jordan nicht aussetzen.

Ich senke meinen Blick und sage zähneknirschend: »Jordan, auf der Couch liegen Decken. Lass mich wissen, wenn es dir zu kalt wird.«

Ich will gerade aus dem Zimmer gehen, als Jordan endlich etwas sagt. »Nein, Cole hat recht«, antwortet sie. »Es ist nur ein Bett, und wir schlafen nur darin. Und es ist nur für eine oder zwei Nächte. Ist schon in Ordnung.«

Ich bleibe stehen und schaue sie an, aber sie blickt konzentriert und so ruhig wie möglich geradeaus. Ich balle meine rechte Hand zu einer Faust und verlasse das Zimmer, um nach oben zu gehen. Es ist 19 Uhr an einem Freitagabend, aber wenn ich jetzt nicht alleine bin, werde ich was Dummes tun.

Zum Beispiel vor allen anderen einen Streit mit ihr vom Zaun brechen.

Irgendwann nach Mitternacht schlafe ich ein. Ich war heute Abend ein Dutzend Mal kurz davor, uns beide zu verraten, aber das Risiko, es hinterher zu bereuen, war zu groß. Nicht jetzt. Nicht vor meiner Ex.

Das ist eine Affäre. Eine schäbige Affäre, richtig? Zumindest wird das jeder denken.

Und es würde Cole das Herz brechen. Ich bin sicher, er geht davon aus, dass sie irgendwann wieder einen anderen Freund hat. Er hat sich schließlich nicht mehr viel um sie gekümmert, seit er ausgezogen ist.

Aber zu wissen, dass ich eingestiegen bin und mit einem seiner Spielsachen gespielt habe, zu wissen, dass die Möglichkeit besteht, dass ich sie glücklicher machen kann ... ja, ich spreche aus Erfahrung, wenn ich sage, dass man immer das Gefühl hat, dass man mehr Recht auf die Ex-Freundin hat als andere – auch wenn die Trennung schon länger her ist. Er wird es als Verrat ansehen. Er wird denken, ich hätte mich auf ihre Seite gestellt und würde versuchen, besser zu machen, was er nicht konnte.

Und er hätte recht. Ich würde jedes einzelne Gefühl von ihm verstehen.

Ich werde wieder zur Vernunft kommen. Irgendwann. Sie wird erkennen, dass ich zu alt – zu sesshaft – bin und dass sie mehr will. Es wird nicht halten.

Dieses Wissen hält mich aber nicht davon ab, sie zu wollen. Sie zu vermissen und sie zu brauchen.

Neben mir senkt sich die Matratze, und ich öffne blinzelnd die Augen. Da ist jemand bei mir im Zimmer. Es dauert einen Moment, um das zu verarbeiten, aber dann überkommt mich Erleichterung, und ich greife hinter mich und ziehe sie an mich.

Jordan.

Doch dann runzle ich die Stirn, und mein Puls beginnt zu rasen, als mir der Geruch von Victoria's Secrets *Heavenly* in die Nase steigt. Ich fühle ein Bein, das nicht dieselben Kurven und dieselbe Haut hat, die ich in letzter Zeit jeden Tag begehre.

Ich richte mich ruckartig auf, schaue zur Seite und sehe einen vertrauten Umriss neben mir, aber nicht den, den ich will. »Was soll das?«

Ich werfe die Decke zurück, mache das Licht an und starre Lindsay an. Sie trägt ein rotes Seiden-Negligé.

Was zum Teufel denkt sie sich?

»Ist das dein Ernst?« Sie schaut mich überrascht an, als wäre das nicht die Reaktion, die sie erwartet hätte. »Tu doch nicht so, als würdest du dich nicht mehr daran erinnern, Pike. Wenn eine halb nackte, geile Frau in deinem Bett auftaucht, dann weist du sie nicht zurück.«

Sie beugt sich vor, presst ihren Körper an mich und legt ihren Mund an meinen Hals.

»Hör auf.« Ich stehe auf, nehme meine Jeans vom Stuhl und sehe sie an. »So verzweifelt bin ich noch nicht.«

»So muss es nicht sein, Pike.« Sie seufzt, rutscht auf den Knien näher und steckt sich das dunkle Haar hinters Ohr. »Ich war jung. Ich war dumm. Und ich war egoistisch«, bettelt sie. »Ich habe nicht gesehen, was für ein guter Mann du bist. Wie viel Glück ich hatte, so einen ehrgeizigen, verantwortungsbewussten und stabilen Mann zu haben. Ich will dich.« Sie legt ihren Kopf schief und schaut mich flehend an. »Es war ja auch nicht alles schlecht. Erinnerst du dich nicht mehr? Daran, wie scharf wir aufeinander waren?«

Ich greife in die Schublade meines Nachttisches und sehe die neue Packung Kondome, die ich kaufen musste, weil Jordan und ich die letzte schneller leer gemacht haben, als ich erwartet hätte. Schnell nehme ich eine Zigarre aus der Box und ein Feuerzeug und schließe die Schublade wieder, damit Lindsay die Kondome nicht sieht und neugierig wird.

»Ich hatte damals keine andere Wahl«, zische ich sie an. »Jetzt schon.«

»Du bist einsam«, sagt sie. »Ich will es noch mal versuchen. Für Cole. Du weißt, wie viel es ihm bedeuten würde, uns zusammen zu sehen? Er war zu jung, um sich zu erinnern.«

Ich lache gehässig auf. Zum Glück kann er sich nicht mehr erinnern. Von einer Doppelschicht nach Hause zu kommen, einem Babysitter sechzig Dollar zu zahlen und den Rest der Nacht damit zu verbringen, vielleicht eine Stunde Schlaf zwischen Coles Fütterungszeiten zu kriegen, während sie beim Feiern ist.

»Bist du es nicht leid, alleine zu sein?« Sie steigt aus dem Bett und kommt auf mich zu. »Du siehst all deine Freunde mit ihren Familien und Häusern und Urlauben. Das könnten auch wir sein. Ich bin erwachsen geworden. Ich könnte für dich da sein, auf dich aufpassen und mich um dieses Haus kümmern.«

Dieses Haus. Sie meint unser Haus. Sie will hier leben.

Der Gedanke daran, sie in meinem Haus zu haben, in dem sie sich bewegt, als wäre es ihres, lässt Übelkeit in mir aufsteigen. Das ist nicht ihr Haus. Es wird nie ihres sein. Es ist …

Ich mache nicht weiter, weil ich es nicht in Worte fassen muss. Es gibt nur eine Frau, die ich mir in diesem Haus vorstellen kann.

Ich gehe zur Tür. »Lass mich raten … und im Gegenzug würde ich dieses Arrangement finanziell unterstützen, richtig?«

»Ich könnte dich glücklich machen«, sagt sie. »Das habe ich schon mal getan.«

Ich senke den Blick und muss nicht mal über ihre Bemerkung nachdenken. Vor einem Monat noch hätte ich vielleicht zugestimmt. Vor langer Zeit waren wir kurz mal glücklich. Ein paar Tage oder Stunden. Aber jetzt weiß ich, dass es nicht mal annähernd Glück war. Das ist nicht zu vergleichen mit dem, was ich in den letzten Wochen hatte.

»Geh zurück in dein Zimmer.« Ich stürme raus, lasse die Tür offen und füge noch über die Schulter hinweg zu: »Ich meine, in Jordans Zimmer.«

Ich eile den Flur entlang und werde langsamer, als ich an Coles Zimmertür vorbeikomme und versucht bin, sie aufzureißen. Das da drinnen gehört mir. Was für ein Mann bringt seine Frau in so eine Situation? Was für ein Mann hat nicht den Mumm und nimmt sich, was ihm verdammt noch mal gehört?

Ich muss nachdenken, laufe die Treppe runter durch die Küche und die Waschküche, und jeder Moment des Wartens macht mir bewusster, dass ich das nicht ertragen kann. Ich weiß, sie wird nicht zulassen, dass etwas passiert. Aber ich will sie da rausholen.

Aber sobald ich in den Garten gehe, sehe ich, dass sich das Problem bereits von selbst gelöst hat. Zumindest für den Moment. Sie sitzt am Beckenrand und lässt ihre Beine ins Wasser baumeln. Als ich in ihre Nähe komme, sieht sie mich an.

Ich halte kurz inne, und ihre blauen Augen sind kalt und abweisend. Ich weiß, dass Lindsays Zimmer – Jordans Zimmer – auf den Garten hinausgeht und sie uns vielleicht sehen könnte.

Lässig trete ich zum Gartentisch, zünde meine Zigarre an, lege das Feuerzeug ab und ziehe an der Zigarre, bis das Ende orange glüht. Der süße Duft steigt mir in die Nase, ich blase den Rauch aus und fühle sofort ein Kribbeln in meinem Kopf. Ich gehe auf die andere Seite des Pools gegenüber von ihr und schaue sie an. Sie hat eine Art Pyjamahose und ein schwarzes Tanktop ohne BH an.

Die harten Knospen ihrer Nippel sind bis hierher sichtbar.

Ich presse meine Zähne aufeinander. »Darin schläfst du?«, murmle ich, ohne die Lippen zu bewegen, und halte meine Stimme so leise wie möglich.

»Er hat mich schon in weniger gesehen.«

Ich schnippe die Asche der Zigarre mit dem Mittelfinger weg. »Und?«

»Und was?«

Ich runzle die Stirn. »Hat er dich angefasst?«

Ich höre, wie sie leise lacht. »Vielleicht.« Dann schaut sie mich mit zusammengekniffenen Augen an. »Und vielleicht habe ich ihn gelassen. Er ist schließlich ganz der Vater.«

Mein Kiefer schmerzt, und sie dreht sich kopfschüttelnd von mir weg.

Ich weiß, dass sie wütend ist. Ich weiß, warum sie wütend ist. Und ich weiß, dass wir alle dumme Dinge tun, wenn wir wütend sind. Sie weist mich von sich, und ich brauche nur Zeit zum Nachdenken. Nur ein bisschen Zeit.

»Tu das nicht«, sage ich.

»Dann stell mir keine dummen Fragen.«

Ihre Brust hebt und senkt sich bei jedem Atemzug, und sie sieht unglücklich aus. Ich weiß nicht, was ich tun soll.

»Das hier bringt mich um«, flüstere ich und werfe einen Blick zu ihrem Fenster, um sicherzugehen, dass Lindsay uns nicht beobachtet. »Es bringt mich um, zu wissen, dass du in seinem Bett liegst.«

»Dann hättest du ihnen die Wahrheit sagen sollen«, entgegnet sie. »Dass sie mein Zimmer haben kann, wenn sie will, weil ich jetzt in deinem Bett schlafe.«

Sie stemmt sich hoch, und ich kann ihr nicht in die Augen schauen. Sie schläft jetzt in meinem Bett. Ja, das tut sie.

Und dort will ich sie jetzt mehr als alles andere haben.

»Wenn du mich willst, dann müssen wir es ihnen früher oder später sagen«, stellt sie klar. »Du kannst mich nicht die ganze Zeit hier verstecken, Pike. Ich will Sachen mit dir unternehmen, mit dir ausgehen, essen gehen, dich küssen und mir keine Gedanken darüber machen, ob die Tür abgesperrt ist, wenn ich das tue.«

Ich bin einen Moment lang leise, und sie wartet nicht auf eine Antwort. Sie geht Richtung Haus zurück, und ich schaue schnell noch mal zu ihrem Fenster, bevor ich ihr nachrenne. Ich packe ihre Hand und ziehe sie um die Hausecke, wo ich sie gegen die Mauer drücke.

»Das können wir nicht«, sage ich flehend und starre sie an. »Noch nicht. Was wir tun, ist nicht richtig. Alle werden reden. Cole wird es nicht verstehen.«

In ihren Augen schimmern Tränen, als sie mich anschaut, aber ihre Gesichtszüge sind angespannt vor Wut.

Ich trete einen Schritt zurück und raufe mir die Haare. »Was, wenn es nach zwei Wochen vorbei ist und ich das bisschen Beziehung, das ich zu meinem Kind habe, zerstöre, weil ich meine Hosen nicht anbehalten konnte?«, frage ich sie. »Ich hätte die Hände von dir lassen sollen! Warum konnte ich nicht widerstehen? Sag es mir!«

Das ist eine rhetorische Frage, aber es ist die Wahrheit. Ich hätte meine Hände von ihr lassen sollen. Wer weiß, wie Cole das aufnehmen wird? Wie viel tiefer könnte Lindsay ihre Klauen in ihn senken? Alles, was ich in meinem Leben getan habe, habe ich für ihn getan. Ich bin nicht aufs College gegangen, weil sie nicht arbeiten wollte und wir das Geld brauchten. Ich habe mir den Arsch aufgerissen, damit ich ihm alles bieten konnte, was er braucht. Er geht endlich wieder einen Schritt auf mich zu, und das hier könnte alles ruinieren.

Sie sagt eine Weile gar nichts, und das gefällt mir nicht. Ich will wissen, was sie denkt, und wenn sie wütend ist, dann weiß ich wenigstens, dass sie streiten will. Aber jetzt atmet sie ruhig und langsam und schaut mich einfach nur an. Zu ruhig.

Sie nickt. »Das ist es nicht wert«, sagt sie schließlich. Dann entfernt sie sich langsam von mir. »Ich weiß, dass du recht hast.«

»Jordan ...«

»Nein, ist schon okay.« Sie bleibt stehen. »Ich verstehe es. Ich wusste, dass meine Schwester recht hatte. Das hätte nie funktioniert.«

Das habe ich nicht ...

Aber das habe ich gemeint, oder? Wenn ich es ihm jetzt nicht sagen kann, werde ich es dann jemals können? Wann wird es einfacher sein? Nachdem sie schon ein paar Jahre getrennt sind?

Als ich nicht antworte, schaut sie mich an. »Wir sehen uns morgen.«

Sie geht zur Hintertür, und ich habe das Gefühl, als hätte mir jemand einen Schlag in die Magengrube verpasst, als würde ich sie nie wiedersehen.

Ich laufe ihr nach, packe sie an der Hand und halte sie auf. »Nicht«, flehe ich sie an. »Mein Gott, das habe ich nicht so gemeint, Jordan. Ich ... du bist es mir wert. Es ist nur ...« Ich schüttle den Kopf. »Keine Ahnung.«

»Ist schon in Ordnung«, sagt sie und klingt so ruhig, dass es mir Angst einjagt. »Wirklich. Ich sollte dir eigentlich dankbar sein. Ich habe anscheinend jahrelang versucht, die Art Frau zu sein, die ich bewundere, und plötzlich habe ich das Gefühl, diese Frau zu sein. Ich weiß, dass ich es wert bin. Aber du bist es nicht.«

Sie will weitergehen, aber ich halte sie zurück. »Jordan.«

Dieses Mal dreht sie sich mit erhobenem Kopf auf dem Absatz um und reißt sich von mir los. »Dann sag es ihnen jetzt«, verlangt sie von mir.

Dieses Ultimatum presst mir sämtliche Luft aus der Lunge.

»Sag es ihnen jetzt mit mir zusammen«, sagt sie, »damit ich mit dir ins Bett gehen kann, wir schlafen und morgen nach vorne schauen können, weil wir uns keine Gedanken mehr machen müssen.« Sie schaut mich herausfordernd an. »Sag es ihnen jetzt.«

Ich öffne den Mund, um etwas zu sagen. Ich will ihr sagen, dass ich es tun werde. Ich werde jetzt da reingehen und meinem Sohn die Wahrheit sagen. Dass ich denke, dass ich sie liebe, und dass es mir leidtut und ich ihn nicht verletzen wollte.

Aber ich weiß, dass ich recht habe. Sie wird in zwei Monaten wieder Vollzeit auf dem College sein und Typen kennenlernen, die gebildet sind und ihr ganzes Leben noch vor sich haben. Ich werde meinen Sohn nicht unglücklich machen, wenn ich noch nicht weiß, wo das hier hinführen soll. Sie hat kein Recht, das von mir zu verlangen.

Langsam geht sie rückwärts, und ihre blauen Augen sind kalt wie Eis.

»Es ist unglaublich, wie schnell so was passiert, oder?«, sagt sie, als sie mich langsam verlässt. »Dass ich plötzlich überhaupt nichts mehr für dich empfinde.«

KAPITEL 24

Jordan

»Du siehst gar nicht gut aus, Süße.«

Ich blicke vom Kühlschrank auf, in den ich gerade Bier aus einem Kasten stelle, und lächle Grady halbherzig an. »Nichts, was eine Packung Minzkaugummis nicht richten könnte«, versichere ich ihm.

Oder eine Dose Eiscreme oder Pike, der jetzt hier reinkommt, mich vor allen anderen in seine Arme nimmt und mir sagt, dass er mich liebt.

Gott, ich bin so müde. Und erschöpft. Ich konnte ihm letzte Nacht nicht in die Augen schauen, und ich wollte nichts mehr, als weit weg von ihm und seinem Leben zu sein.

Ich habe meinen frisch reparierten VW genommen und bin zu meiner Schwester gefahren. Dann bin ich um zehn hierhergekommen, um mich für die Mittagsschicht fertig zu machen. Und jetzt bin ich seit zwölf Stunden hier und viel länger geblieben, als der Arbeitsplan es eigentlich vorsieht.

Meine Wut und meine Entschlossenheit sind immer noch da, aber die Traurigkeit ist es jetzt auch. Ich vermisse ihn.

Aber ich hasse mich selbst mehr.

Ich liebe ihn und will ihn, aber … kann nicht in seiner Nähe sein.

Er bringt mich zum Lachen, und wenn ich bei ihm bin, fühle ich mich zu Hause. Als wäre er das Einzige in meinem Leben, das ich verstehe.

Aber ich verstehe mich selbst nicht mehr, möchte, dass jemand zur Abwechslung mal um mich kämpft.

Ich werde keinen einzigen Schritt zurück machen.

»Du hast letztes Mal ausgestempelt, ohne die Kasse zu schließen, bevor du gegangen bist«, sagt Grady und zieht Geld aus seinem Geldbeutel. »Hier ist dein Trinkgeld.«

Er schiebt ein paar Zwanziger über den Tresen, und ich schließe den Kühlschrank und lache leise auf, während meine Augen mir fast vor Müdigkeit zufallen.

»Grady, das ist mir gar nicht aufgefallen«, erwidere ich. »Kümmere dich nicht um solche Sachen. Ich bin froh, dass du hier bist.«

Und das ist die Wahrheit. Er rettet mich davor, mich mit anderen Leuten unterhalten zu müssen, während ich arbeite. Er flirtet nicht mit mir und macht keine anzüglichen Bemerkungen, und ihm gefällt, was ich aus der Jukebox aussuche.

Ich lasse das Geld auf dem Tresen liegen und räume seine leere Flasche weg, bevor ich eine neue öffne und vor ihn hinstelle.

»Hey, kann ich zwei Buds haben?«, ruft jemand und hält mir Geld entgegen.

Ich gehe rüber, höre, wie das Telefon klingelt, und sehe, dass Shel rangeht, während ich den Kühlschrank öffne und zwei Buds herausnehme.

»Jordan?«, wiederholt Shel ins Telefon, als ich die zwei Bier gerade vor dem Typen abstelle.

»Wer ist dran?«, fragt sie.

Ich schaue zu ihr rüber, lasse sie nicht aus den Augen, und mein Atem geht schneller, als ich das Geld von dem Kerl nehme und seine Getränke eintippe.

»Pike?«, sagt sie.

Sie wirft mir einen fragenden Blick zu, und ich schüttle den Kopf. Es ist spät, und ich bin seit letzter Nacht weg. Eigentlich überrascht es mich, dass er nicht schon hier aufgetaucht ist, um mir seine üblichen Vorträge zu halten.

»Nein, sie ist nicht hier«, lügt Shel. »Ihre Schicht ist schon vorbei. Versuch es auf ihrem Handy.«

Sie legt auf und wartet nicht darauf, dass er noch was sagt. Und sie weiß natürlich nicht, dass Pike heute schon mehrmals versucht hat, mich auf dem Handy zu erreichen, aber nie eine Nachricht hinterlassen hat. Und er hat auch nichts geschrieben.

Sie kommt zu mir. »Was ist los?«

»Nichts.«

Sie legt ihren Kopf schief, glaubt mir offensichtlich kein Wort. »Du siehst erschöpft aus.« Sanft streicht sie mir das Haar hinters Ohr, während ich den Tresen wische. »Hast du heute überhaupt schon was gegessen?«

»Passt schon«, versichere ich ihr. »Bin nur müde.«

»Macht Cole dir Probleme?«

Ich seufze und spüre, wie sich mein Magen verkrampft. Ich möchte mit jemandem reden, aber ich bin es leid, das Mädchen mit den Problemen zu sein. Ich bin es leid, dass Shel sich um mich Sorgen macht, und ich will nicht, dass sie es weiß. Sie hält Pike bereits für ein Arschloch, und aus irgendeinem Grund gefällt mir das nicht. Ich will ihr nicht noch mehr Gründe liefern.

»Warum ruft sein Vater dich an?«, will sie wissen.

Ich weiche ihrem Blick aus, lasse den Spüllappen in einen Eimer mit heißem Wasser fallen und nehme mir einen neuen, mit dem ich dieselben Flaschen abwische, die ich schon heute Nachmittag abgewischt habe.

Ich spüre ihren Blick auf mir. »Jordan, in was hast du dich da reinmanövriert?«

Mein Kinn zittert, und Tränen brennen in meinen Augen. »In nichts«, sage ich und schaue sie immer noch nicht an. »Es wird alles gut.«

Eine Kellnerin kommt mit Essen aus der Küche, und ich gehe einer der Barkeeperinnen aus dem Weg, die mit einer neuen Flasche Captain Morgan aus dem Lagerraum kommt. Einen Augenblick lang überlege ich, was ich als Nächstes tun könnte, und bücke mich schließlich, um eine Packung mit Servietten aus dem Schrank zu holen. Ich reiße sie auf und fülle die Serviettenhalter auf dem Tresen.

»Geh nach Hause«, sagt Shel und legt ihre Hand über die Servietten. »Schlaf dich aus.«

»Mir geht's gut. Ich bin lieber hier.«

»Wenn du nicht nach Hause willst, dann geh zu deiner Schwester«, schlägt sie vor. »Aber du musst dich ausruhen. Wenn du noch länger arbeitest, wirst du heute gar nicht mehr nach Hause fahren können. Wir sehen uns morgen.«

Ich öffne den Mund, um ihr zu widersprechen, aber sie schüttelt nur den Kopf, weiß, was ich sagen will.

»Ich bin nicht deine Mom«, stellt sie klar. »Aber so gut wie. Du brauchst Schlaf. Nimm dir etwas Essen aus der Küche und geh. Bitte.«

Ich tue, wie Shel mir befiehlt, mache mir selbst ein Sandwich, auf das ich keinen Hunger habe, steige in mein Auto und starte den Motor. Ein Song von Alice Cooper läuft auf dem Achtzigerjahre-Sender, den ich eingestellt habe, aber ich schalte ihn aus, bin einfach nicht in der Stimmung dafür.

Nach Hause. Ich fahre gut zwanzig Minuten ziellos durch die Gegend, völlig in Gedanken versunken, bevor ich mir eingestehe, zu wessen Haus ich fahren muss. Ich brauche Klamotten und meine Unibücher, und obwohl ich weder Pike noch Cole noch seine Mutter sehen will, kann ich das Make-up meiner Schwester keinen Tag länger mehr tragen. Überall ist Glitzer drin.

Als ich in die Straße einbiege, sehe ich lauter Autos am Straßenrand und in Pikes Einfahrt stehen. Ein paar Fahrzeuge erkenne ich, manche nicht, aber ich finde eine Lücke zwischen zwei Autos vor Cramers Haus und sehe Lichter aus Pikes Garten kommen.

Scheinbar schmeißt Cole gerade eine Party. Klasse.

Ich lasse meine Handtasche im Auto, nehme meinen Schlüssel, sperre das Auto ab und würde am liebsten überall anders sein als hier, aber ich muss das hinter mich bringen. Meine Haut kribbelt vor Aufregung, und ich kriege Gänsehaut an den Armen, als mir die Musik in den Ohren dröhnt. Aber ich gehe die Stufen zur Veranda hoch. Ich trage immer noch die rückenfreie Bluse aus der Arbeit und ziehe meinen Pferdeschwanz fester. Inständig hoffe ich, dass Pike und Cole mich bei all den Leuten hier nicht kommen und gehen sehen.

Ich betrete das Haus und schaue mich um. Die Hintertür wird gerade geschlossen, als jemand hinausgeht, dann höre ich die Badezimmertür zufallen. Unter der Tür zum Keller scheint Licht hindurch, und die Unterhaltungen draußen sind fast so laut wie die Musik. Wenigstens schafft Cole es, die Leute größtenteils aus dem Haus zu halten. Pike wird ziemlich sicher nicht schlafen können.

Leise gehe ich die Treppe hoch und den Flur entlang. Als ich an Pikes Zimmertür vorbeikomme, sehe ich, dass sie geschlossen ist und kein Licht brennt. Coles Tür ist ebenfalls geschlossen, und ich öffne meine, werfe einen Blick in das Zimmer und stelle erleichtert fest, dass es leer ist. Coles Mutter hat mein Bett seit letzter Nacht nicht gemacht, und ich blicke mich in dem schwachen Licht, das von draußen eindringt, um. Ich sehe keine von Lindsays Sachen hier, also ist die Wohnung wahrscheinlich schon fertig. Ohne das Licht anzumachen, nehme ich meine Ledertasche und stecke die Bücher und Blöcke vom Schreibtisch hinein. Dann packe ich meine Reisetasche mit Klamotten und allem, was ich sofort brauche.

»Dachte ich mir doch, dass ich jemanden gehört habe«, sagt eine Stimme hinter mir.

Mir bleibt das Herz stehen, und ich zögere, weil ich diese Stimme sofort erkenne. Ich schließe die Augen, will, dass er verschwindet.

Cole hätte ihn nicht eingeladen. Er muss also von selbst auf die Party gekommen sein.

Auf dem Schreibtisch vor mir liegt eine Schere, und mein Instinkt setzt ein.

»Cole hat mit Elena Schluss gemacht«, fährt Jay fort. »Wirst du ihm eine zweite Chance geben?«

Schluss gemacht? Waren sie wirklich zusammen? In der Dunkelheit betrachte ich meinen Daumen mit der kleinen Narbe und fühle fast nichts mehr dabei. Er hatte immer einen Platz in meinem Herzen, aber jetzt scheint es Jahre her zu sein, dass ich Cole etwas bedeutet habe. Ich kann heute Nacht nicht mal einen Funken von Sehnsucht nach der Verbindung, die wir hatten, entfachen.

Der Überlebensinstinkt hat eingesetzt. Mein Verstand hat jetzt die Kontrolle übernommen, und er wird mir die Schlüssel zu meinem Herzen erst dann wiedergeben, wenn er sich sicher ist, dass ich auch wirklich damit umgehen kann.

»Willst du zuerst noch Rache an ihm üben?«, fragt Jay höhnisch, und ich kann hören, dass er näher kommt. »Komm schon, Jordan. Ich werde es dir hier und jetzt so richtig gut besorgen.«

»Also nicht so schlecht wie sonst immer?«, entgegne ich.

Er erwidert nichts, aber ich kann mir das fiese Grinsen auf seinen Lippen gut vorstellen. Und das Zucken in seiner Hand, das er verspürt, um mich für diese Bemerkung zu bestrafen.

Ich nehme die Schere in die Hand, drehe mich um und spiele mit ihr zwischen den Fingern, als ich ihn ansehe.

Er steht neben der Tür, gekleidet in Jeans und T-Shirt, und starrt mich mit seinen kalten Augen unter den dunklen Augenbrauen an.

»Was du dir alles eingeredet haben musst, um dein erbsengroßes Gehirn davon zu überzeugen, dass du es mir gut besorgt hast«, sage ich kühl. »Die drei Male, die wir es miteinander getrieben haben, waren so schlecht, dass ich erst völlig verwirrt dagelegen bin, dann amüsiert war, bevor ich schließlich in Tränen ausgebrochen bin, weil du einfach nichts an dir hast, das nicht absolut erbärmlich ist.«

Seine Oberlippe zuckt, und ich weiß, dass er sich in diesem Moment überlegt, wie wahrscheinlich es ist, mit mir anstellen zu können, was er will, ohne dass ein Garten voller Zeugen etwas mitkriegt.

»Jetzt habe ich einfach nur Mitleid mit den Mädchen, die ich mit dir sehe«, fahre ich fort. »Aber insgeheim grinse ich in mich hinein, weil ich weiß, dass sie – nachdem sie dir vorgegaukelt haben, wie gut du im Bett warst – ins Badezimmer gehen und sich noch mal selbst befriedigen, während sie an jeden Jungen in der Stadt denken, nur nicht an dich.«

Er macht einen Schritt nach vorne, und ich spanne all meine Muskeln an und umfasse die Schere fester. Seine Augen landen auf der »Waffe«, und er hält inne.

»Raus aus meinem Zimmer«, sage ich mit ruhiger Stimme zu ihm. »Und sprich mich nie wieder an.«

Er zögert einen Moment.

»Jetzt«, sage ich.

Seine Brust hebt und senkt sich, so schwer atmet er, und ich kann fast hören, wie er vor Wut schäumt. Wie er mich so gerne schlagen würde.

Aber ich habe keine Angst. Ich fühle gar nichts.

Stolz, wie er ist, braucht er einen Moment, um zu begreifen, dass er nicht weit kommen würde, sollte ich anfangen zu schreien. Aber einen Augenblick später geht er zurück, dreht sich schließlich um und verschwindet im Flur. Seine Schritte hallen auf den Stufen wider, und ich warte, bis ich höre, wie er die Hintertür schließt, bevor ich es wage, mich zu bewegen.

Er wird mir nicht ewig aus dem Weg gehen, aber irgendwann muss er einsehen, dass ich für seine Erfolgsbilanz nicht mal den geringsten Aufwand wert bin, bevor er sich auf ein anderes Mädchen konzentriert. Hoffen wir mal, dass er das bald tut.

Ich packe meine Tasche fertig und husche leise ins Badezimmer, wo ich meine Zahnbürste, meinen Rasierer, mein Shampoo und alles andere hole und in der Tasche verstaue. Ich werfe sie mir über die Schulter, verlasse das Zimmer, widerstehe dem Drang, noch mal zurückzublicken, und gehe die Treppe runter ins Wohnzimmer.

Aber Pike steht mitten in der Eingangstür, und ich erstarre. Unsere Blicke treffen sich.

Scheiße. Ich war fast draußen.

»Ich habe nach dir gesucht«, sagt er. »Ich wollte wissen, ob es dir gut geht.«

Sein Blick fällt auf meine Tasche, und seine Finger schließen sich fest um den Schlüssel in seiner Hand. Leise flüstert er: »Nein. Bitte nicht.«

»Was bitte nicht?« Ich bewege mich langsam auf ihn zu. »Geh nicht oder erzähl es Cole nicht?«

Die Party ist draußen in vollem Gange, und wir stehen in dem dunklen Raum und führen einen innerlichen Krieg, den keiner gewinnen kann. Die Frage ist nur, wer verletzt wird, und er denkt immer noch, er kann sich dieser Entscheidung entziehen.

Er will mich, aber er ist ein Feigling.

»Das zwischen uns kann nicht funktionieren, richtig?«, presst er zwischen seinen Zähnen hervor, damit nur ich es hören kann. »In zehn Jahren bin ich fast fünfzig. Das will ich dir nicht antun. Es war nie für die Ewigkeit bestimmt. Das weißt du.«

Ich weiß es jetzt. Meine Augen brennen, und die Tränen bahnen sich ihren Weg. Aber es ist seltsam: Ich weiß nicht, ob ich traurig bin. Was er sagt, klingt fast tröstlich, weil ich diese Geschichte kenne. Ich bin daran gewöhnt.

Ich mache mich in Richtung Tür auf.

»Warte. Ich bin noch nicht bereit, dich gehen zu lassen.« Er versperrt mir den Weg. »Noch nicht. Ich bin noch nicht fertig

damit …« Er sucht nach den richtigen Worten. »Mit dir zu reden
und … dich zu lieben.« Er packt mich an den Schultern, schiebt
uns hinter die Tür und drückt mich gegen den Schrank. »Lass uns
irgendwo hingehen. Nur wir zwei. Heute Abend läuft ein Spätfilm
im Kino. Lass uns hingehen. Für ein paar Stunden weg von hier.
Dann können wir reden.«

Ich blicke zu ihm auf. »Irgendwohin, wo es dunkel ist, richtig?«
In ein Kino, wo uns keiner sieht?

Er schaut mich an, als hätte er genau das gedacht und als täte es
ihm leid. Aber es ist nun mal so. »Wir werden eine Lösung finden.«
Er legt seine Hände neben meinem Kopf an die Tür hinter mir und
beugt sich vor. »Nur noch nicht jetzt. Verlass mich noch nicht.«

Die Taubheit, die ich seit letzter Nacht verspüre, bröckelt, und
ich höre seine Stimme in meinen Kopf. Ich gehe nirgendwohin …

Ich zweifle nicht daran, dass das wahr ist. Und immer wahr sein
wird. Pike läuft nicht vor seinen Verpflichtungen davon. Er wird
immer auf mich aufpassen. Aber ich will für ihn keine Verpflichtung sein. Ich kann nicht wie Cole oder sein Job oder dieses Haus
oder seine Rechnungen sein. Ich will keine Last für ihn sein.

Ich will alles andere sein.

»Liebst du mich?«, frage ich. »Bist du in mich verliebt?«

Er hält meinem Blick stand, und sogar in der Dunkelheit kann
ich sehen, dass seine Augen gerötet, müde und verletzt sind. Aber
als er seinen Mund öffnet, kommt kein Wort heraus.

Ich schüttle den Kopf. »Wahrscheinlich spielt es keine Rolle.«
Ich gebe auf. »Du hast den Mut nicht dazu, also wirst du nicht
für immer bei mir sein.« Ich richte mich auf und greife den Riemen meiner Tasche fester. »Und am Ende wirst du nur eine Zeitverschwendung gewesen sein.«

Seine Gesichtszüge entgleisen ihm, und er sieht vollkommen am
Boden zerstört aus. Er hat nicht die Kraft, irgendwas zu tun, er
weiß nur, dass er nicht will, dass ich jetzt gehe.

»Oh, das ist perfekt«, sagt jemand. »Darauf stehst du also, Jordan?«

Pike und ich drehen unsere Köpfe und sehen, wie Jay gerade
aus der Küche kommt und ins Wohnzimmer tritt. Pike lässt seine
Hände sinken, versteift sich und fixiert Jay mit eisernem Blick.

»Komm schon, Baby«, sagt Jay verführerisch, und ich kann seinen alkoholgeschwängerten Atem bis hier riechen. »Ich werde dein Daddy sein, und du kannst die Beine auch für mich spreizen.«

Pike stürzt sich auf ihn, und ich schnappe nach Luft. Er packt Jay am Kragen und wirft ihn durch die Fliegengittertür. Jay zuckt kaum mit der Wimper, weil er das wahrscheinlich hat kommen sehen. Mein Herzschlag setzt aus, und ich sehe, wie er auf die Veranda taumelt und Pike ihm hinterherläuft. Sie fallen beide die Stufen hinunter, und ein paar Leute stehen auf dem Rasen verteilt, weil sie entweder die Party gerade verlassen oder aus ihren Autos ins Haus gehen wollen.

Jay schubst Pike weg, aber Pike packt ihn am Arm, reißt seine Faust zurück und trifft ihn wie ein Hammerschlag mitten ins Gesicht. Jay geht zu Boden. Ich folge ihnen auf die Veranda und sehe, dass ein paar Leute stehen bleiben, während andere etwas rufen.

»Was zum Teufel ist hier los?«, fragt Cole, der auf der Seite des Hauses steht.

Ich trete ans Geländer und beobachte, wie Pike Jay hochzieht und ihn dann gegen ein Auto schleudert.

»Dad!«, ruft Cole und eilt zu ihm.

Aber keiner von beiden scheint es zu bemerken.

»Keine Sorge.« Jay lacht Pike aus, während ihm Blut von der Lippe tropft. »Wir können uns die kleine Schlampe teilen.«

Cole dreht sich zu mir um. »Hat Jay dir wehgetan?«

Es war wohl nicht schwer für ihn, sich auszumalen, wer die »Schlampe« ist, die Jay erwähnt hat. Ich sage nichts.

Jay schreit mich an: »Warum erzählst du Cole nicht, wie gemütlich du und sein Dad es hier hatten, als er weg war?«

»Was?« Cole schaut zwischen uns hin und her, und die Verwirrung ist ihm ins Gesicht geschrieben.

»Wir sehen uns, Jordan!«, ruft Jay, schiebt Pikes Hand zur Seite und zieht seine Autoschlüssel aus der Tasche. »Du wirst eines Tages im *The Hook* arbeiten wie deine Schwester. Und dann werde ich kommen und deinen Arsch kaufen. Das ist ein Verspr…«

Eine weitere Faust landet in seinem Gesicht, aber diesmal nicht Pikes. Cole hat sich auf ihn gestürzt und ihn zu Boden gerissen.

Jay stöhnt auf, spuckt auf den Boden und legt seine Hand an die Lippen, bevor er sie wieder wegzieht und inspiziert.

»Du hast mir einen Zahn ausgeschlagen!«, schreit er.

»Verschwinde von hier!«, ruft Cole mit ausgebreiteten Armen. »Geh!«

Schweiß glitzert auf Pikes Augenbrauen, und er schaut mich mit demselben Blick an, mit dem er mich angesehen hat, als wir zum ersten Mal miteinander geschlafen haben. Als ich mich auf meinem Bett auf ihn gesetzt habe und er nachgegeben und mir alles gegeben hat, was er hatte.

Alles um uns herum verschwindet. Er ballt die Hände zu Fäusten, und sein Körper versteift sich, als würde er mich gleich in seine Arme nehmen und mich von hier wegtragen.

»Ihr zwei?«, höre ich Cole fragen.

Ich blinzle, und Pike senkt den Blick, dann ist der Bann gebrochen. Cole steht zwischen uns und schaut vom einen zum anderen, während die Leute um uns herum langsam verschwinden. Ich sehe, wie er eins und eins zusammenzählt, weil ihm unsere Blicke gerade eben nicht entgangen sind.

»Jordan?« Cole drängt mich zu einer Antwort, aber ich senke nur den Blick und kann ihm nicht in die Augen schauen.

Pike schluckt und atmet schwer. »Cole ...«

»Fick dich.« Cole macht einen Schritt zurück.

Pike geht auf ihn zu, aber Cole dreht sich um und läuft aus dem Garten die Straße hinunter.

Pike folgt ihm nicht. Er kennt seinen Sohn mindestens genauso gut wie ich, und Cole wird sich heute Nacht nichts sagen lassen. Und was könnte Pike schon sagen, um es besser zu machen? Der Schaden ist angerichtet.

Pike steht da, starrt Cole hinterher und sieht aus, als wäre alles Leben aus ihm entwichen. Was hat er jetzt noch?

Ich hole meine Schlüssel aus der Tasche, eile die Stufen der Veranda runter und zu meinem Auto. Ich zögere nicht und bleibe auch nicht stehen, als ich an Pike Lawson vorbeigehe.

Und er folgt auch mir nicht.

Ich weiß, dass er gemeint hat, was er letzte Nacht gesagt hat. Ich bin es nicht wert.

Ich weiß, das alles ist ein furchtbares Chaos. Bitte glaub mir, dass es keine Racheaktion war. Es ist einfach passiert, und es tut mir leid.

Ich starre seit zwanzig Minuten auf mein Handy und überlege, was ich zu Cole sagen soll. Ich habe mich aus allen Social-Media-Kanälen abgemeldet und rede nur noch mit meiner Schwester und ein paar ausgesuchten Menschen. Ich brauche eine Weile Ruhe und Frieden. Ich wollte nur nicht verschwinden, ohne ihm etwas zu schreiben.

Mir tut nicht leid, was passiert ist, mir tut nur leid, wenn es ihn verletzt hat. Ich weiß, dass er mich betrogen hat und ich ihm nichts schulde.

Aber ich will nicht, dass es so endet. Ich komme damit klar, dass ich gehe. Ich will ihn jetzt nicht sehen.

Ich will nur, dass er weiß, dass es nichts mit ihm zu tun hatte.

Seine Antwort kommt prompt.

Liebst du ihn?

Ich spüre ein Stechen im Hals und schalte mein Handy aus.

Dann schlucke ich den Kloß in meinem Hals hinunter, stecke das Handy in die Seitentasche meines Rucksacks und schließe die Augen, um die Tränen zurückzudrängen.

Shel kommt in den Lagerraum, wo ich vor einem Stapel Bierkisten stehe, und statt mir den Gehaltsscheck zu geben, wegen dem ich gekommen bin, steckt sie mir ein Bündel Scheine in die Tasche, ohne ihn mir zu zeigen.

Nachdem ich letzte Nacht bei meiner Schwester geschlafen habe, bin ich heute hergekommen, um mein Gehalt abzuholen. Aber dem Geldbündel nach zu urteilen, das sie gerade in meiner Tasche versteckt hat, hat sie mir mit Sicherheit viel mehr gegeben, als ich verdient habe.

Ihr zu widersprechen, wäre reine Zeitverschwendung. Ich muss daran denken, ein paar Stunden extra zu arbeiten, wenn ich zurückkomme. Wann immer das sein mag.

»Was wirst du tun?«, fragt sie, legt ihre Hand an die Hüfte und schaut mich an.

»Keine Ahnung.«

»Wohin fährst du?«

»Ich weiß es nicht.«

Sie seufzt, und ich schwinge mir die Tasche über die Schulter.

»Normalerweise würde mir das Angst einjagen, aber ...« Ich schweife ab und überlege. »Ich will nichts mehr von dem tun, was ich gerade tue. Ich will einfach nur morgen aufwachen und nichts in meinem Leben wiedererkennen.« Ich schaue sie an. »Und bitte, halte mir keinen Vortrag über Davonlaufen, Ins-Schwimmen-Geraten und anderen die Kontrolle über meine Gefühle zu geben ...«

Sie packt mich an den Schultern und sagt mit ernster Stimme: »Lauf. Lauf weit weg. Geh einfach. Und ruf mich an, wenn du irgendwas brauchst, okay?«

Ich nicke und bin dankbar, dass sie mich versteht. »Kannst du Cam sagen, dass sie sich keine Sorgen machen soll? Dass es mir gut geht und ich mich bei ihr melden werde?«

»Du wirst nicht mit ihr reden?«

Tränen brennen in meinen Augen, und ich winde mich aus Shels Griff und verlasse den Lagerraum. »Ich kann nicht.«

Wenn ich zu lange nachdenke oder ihr ins Gesicht blicke, dann wird mich der Mut verlassen. Pike hat mir mal gesagt, ich soll das tun, was ich will. Wahrscheinlich hat er es nicht so gemeint, wie ich es jetzt auslege, aber ich werde es tun.

Jordan Hadley kündigt ihren Job nicht. Sie steigt nicht einfach in ein altes, unzuverlässiges Auto und fährt ohne Ziel los. Und sie hat mit Sicherheit viel zu viel Angst, um alleine zu sein.

Wenn ich nachdenke, werde ich es nicht tun. Also gehe ich, drehe mich nicht um. Vielleicht komme ich morgen zurück, vielleicht übermorgen, vielleicht auch nächste Woche. Aber je länger ich meinen Fuß auf dem Gaspedal halte, desto weiter komme ich.

Ich bleibe am Tresen stehen und nehme mein Sweatshirt, das ich dort auf einen Barhocker gelegt habe.

»Ich weiß, es tut weh«, sagt Shel und tritt hinter mich. »Du warst glücklich.«

»Mir wird's gut gehen.« Ich lege das Sweatshirt über meine Tasche und meide ihren Blick. »Er war nicht mein Erster.«

»Doch, das war er.«

Ich halte inne und schaue sie an. Der Knoten in meinem Magen zieht sich weiter zusammen.

»Du musst nichts sagen, aber du weißt ...«, fährt sie fort, »dass du das bei Cole oder Jay nicht gefühlt hast.«

Ich schaue wieder weg und beiße mir auf die Wange, um meine Gefühle im Zaum zu halten.

Ich werde über ihn hinwegkommen. Und schon bald wird die Erinnerung verblassen, all seine Worte und wie er sich angefühlt hat. Alles wird verblassen.

»Aber lass mich dir eines sagen«, fährt sie fort und spricht leise, damit die wenigen Kunden, die in der Bar sind, sie nicht hören können. »Was du für ihn oder für irgendeinen anderen empfindest, ist nicht das, was du brauchst. Das hier ...« Sie tippt mir auf die Brust über meinem Herzen. »Das, was du genau hier fühlst, in diesem Moment, ist das Beste, was dir passieren kann. Denn wenn sich alle Teile deines Herzens wieder zusammenfügen – und das werden sie –, dann werden sie stärker sein. Und viel schwieriger für jemanden, sie wieder zu erobern.« Sie streicht mir das Haar hinters Ohr, wie sie es immer tut. »Du kannst dir also sicher sein, wenn es einer schließlich schafft, hat er hart dafür gearbeitet. Um zu überleben, brauchen wir nicht zwingend Essen – aber unser Herz muss mindestens einmal gebrochen werden. Und das Beste daran ist, das erste Mal ist immer das schlimmste Mal. Es wird sich nie wieder so schlimm anfühlen.«

Dafür bin ich dankbar.

Aber ich frage mich auch ... wenn mein Herz nie wieder so schlimm brechen wird, werde ich dann jemals wieder jemanden so sehr lieben wie Pike Lawson?

KAPITEL 25

Pike

Ich fahre zu Lindsays Wohnung und schaue mich auf dem Parkplatz nach Coles Challenger um. Ich sehe ihn nicht, was kein Wunder ist bei dem Regen. Die letzten vierundzwanzig Stunden habe ich versucht, ihn und Jordan zu erreichen, aber jetzt halte ich es nicht mehr aus. Wenn er Zeit braucht, kann ich sie ihm geben. Wenn er seinen Freiraum braucht, bekommt er ihn.

Aber ich muss mich persönlich bei ihm entschuldigen. Er muss wissen, dass ich ihn liebe und dass ich nicht wollte, dass das passiert.

Nicht, dass er mir zuhören würde – wahrscheinlich würde er mich durch seinen Zorn hinweg nicht mal verstehen –, aber ich kann nicht mehr nur rumsitzen.

Ich steige aus meinem Truck, gehe zu Lindsays Tür unter der überdachten Veranda und klopfe mit der Faust. Es regnet schon den ganzen Tag, und obwohl ich den Jungs für heute freigegeben habe, bin ich trotzdem zur Baustelle gefahren und habe mich um alles gekümmert, um die Zeit totzuschlagen, bis Cole heute Feierabend hat. Das heißt, falls er seinen neuen Job schon angefangen hat.

Lin öffnet die Tür. Sie trägt immer noch ihren Bleistiftrock aus dem Büro, ist aber barfuß und hat die Bluse rausgezogen. Spöttisch grinst sie mich an und verschränkt die Arme vor der Brust.

»Ich will mit ihm reden.«

»Du hast schon genug angerichtet«, zischt sie und zieht den Haargummi aus ihrem strengen Pferdeschwanz. »Mein Gott, und ich dachte, ich wäre der schlechte Elternteil. Was hast du dir dabei gedacht? Dir seine Ex-Freundin zu schnappen, als gäbe es keine anderen Frauen in dieser Stadt, mit denen du ins Bett gehen könntest?«

»So war es nicht.«

»Erspar mir die Details.« Sie greift nach einem Glas mit einem Getränk, wahrscheinlich Wodka mit Orangensaft, das in der Nähe auf einem Tisch steht. »Sie ist auch nichts anderes als das, wofür du mich gehalten hast. Sie hat dich benutzt, Pike. Benutzt für einen Platz zum Leben und alle möglichen Annehmlichkeiten. Ach, und was hast du noch gemacht? Ihr Auto repariert?« Sie schüttelt den Kopf und lächelt bittersüß. »Sie hat ihre Chance genutzt und musste dafür nur die Beine breit machen. Mein Gott, ihr Männer seid wirklich dumm, wenn ein hübsches Gesicht ins Spiel kommt.«

Mein Kiefer verkrampft sich. So ist Jordan nicht. Sie ist nicht annähernd so wie du. Aber ich bin nicht hier, um über sie zu reden.

»Du hast ja keine Ahnung«, presse ich zwischen meinen Zähnen hervor.

»Ach, wart ihr beide etwa verliebt?«

Mein Herz klopft jetzt zweimal so schnell, und mir entgleisen die Gesichtszüge, als ich daran denke, wie sie vor drei Nächten am Pool gestanden und mich gebeten hat, es Cole zu erzählen, damit ich sie dann mit in mein Bett nehmen kann – in unser Bett.

Ich vermisse sie so sehr, dass mir schlecht wird.

»O mein Gott, du liebst sie«, sagt Lindsay und schaut mich an, als müsse sie sich das Lachen verkneifen.

Aber bevor sie noch was sagen kann, reiße ich mich wieder zusammen. »Wo ist er?«

»Weg«, sagt sie, lehnt sich an den Türrahmen und nippt an ihrem Drink. »Die nächsten acht Wochen.«

»Was?«

»Na ja, vielleicht hättest du deinem Sohn mehr Aufmerksamkeit schenken sollen als diesem weggeworfenen Stück Dreck. Dann wüsstest du, dass er vor über einer Woche seine ärztlichen Untersuchungen und die ganzen anderen Tests fürs Militär gemacht hat«, erzählt sie mir und ist sichtlich erfreut, mir alles, was ich nicht weiß, unter die Nase reiben zu können. »Er hat sich bei der Navy beworben, Pike. Anscheinend hat er sich nach Führung gesehnt, die er von dir definitiv nicht bekommen hat. Das Schiff hat heute Morgen abgelegt.«

Mir klappt die Kinnlade runter. »Was?«, schreie ich schon fast.

Die Navy? Man geht nicht einfach so zur Navy. Es dauert Monate, um sich einzuschreiben. Ich muss es schließlich wissen. In seinem Alter hätte ich es auch fast getan.

Als könne sie meine Gedanken lesen, fährt sie fort: »Er plant es schon seit einer Weile. Er ist verloren und braucht ein Ziel«, sagt sie, als würde sie einen Einkaufszettel vorlesen. »Er hatte Angst, es jemandem zu erzählen, weil er vieles nicht durchzieht. Er wollte uns damit überraschen, wenn er sich sicher war, dass es klappt. Nachdem er seine Tests bestanden hatte, wollte er es dir erzählen, aber anscheinend hat er dazu keine Gelegenheit bekommen.«

Ich kann kaum atmen und lasse den Kopf hängen. Meine Kehle brennt, und Tränen treten mir in die Augen. Das kann nicht sein. Er hätte so was nicht getan. Cole ist nicht ... diszipliniert. Würde er so was freiwillig durchmachen? Was hat er sich dabei gedacht?

»Er ist in der Naval Station Great Lakes«, sagt sie. »Er wird in zwei Monaten wieder zurück sein. Schau dir seinen Instagram-Account an, wenn du es mir nicht glaubst. Er hat heute Morgen seinen letzten Post veröffentlicht.«

Instagram? Ich habe kein ... Mein Gott.

Sie schlägt mir die Tür vor der Nase zu und sperrt sofort ab. Jetzt stehe ich draußen vor der Tür, der Regen fällt um mich herum zu Boden, und die letzten Tage gehen mir durch den Kopf, als ich nach Hinweisen suche, die Cole mir vielleicht zu seinen Plänen gegeben haben könnte. Er hat mir erzählt, dass er seinen Job gekündigt hat, dass er einen neuen, gut bezahlten in Aussicht hat ... er wollte ein Tattoo.

Dieser geheime neue Job war eine große Sache. Ist er wirklich dem Militär beigetreten?

Ich gehe zu meinem Truck zurück, steige ein und schlage die Tür zu. Dann schaue ich auf mein Handy, ob ich neue Nachrichten oder Anrufe habe. Aber immer noch nichts. Weder von Cole noch von Jordan.

Wusste sie davon?

Nein, das hätte sie mir erzählt.

Ich denke daran, was Lin gesagt hat, und tippe »Cole Lawson« und »Instagram« in die Suchleiste meines Handys. Sofort ploppen ein paar Accounts auf. Ich finde einen mit seinem Foto und sehe, dass der erste Post der neueste ist. Es ist nur ein Foto von einer offenen Bustür, durch die er offenbar einsteigen will. Darunter steht: »Ich hätte die blaue Pille schlucken sollen.«

Was soll das heißen? Dann erinnere ich mich an *Matrix*. Einer seiner Lieblingsfilme, als er klein war.

Ich raufe mir die Haare und könnte aus der Haut fahren, verdammt. Warum hat er mir nicht wenigstens eine Nachricht geschrieben? Ich verstehe ja, dass er nicht mit mir reden will, aber er muss doch wissen, dass ich mir Sorgen mache. Mich acht Wochen lang mit all diesen Fragen alleine zu lassen …

Ich setze mich in den Truck und verbringe die nächste halbe Stunde damit, Websites und Eltern-Blogs zu durchforsten, in der Hoffnung, herauszufinden, wie ich ihn erreichen kann. Während der Grundausbildung sind keine Handys erlaubt, und erreichen kann ich ihn nur, wenn es ein Notfall ist. Und selbst dann müsste ich ihn über das Rote Kreuz kontaktieren.

Verdammt. Ich komme mir vor, als wäre ich gerade in der Twilight Zone. Er ist weg. Ohne die Möglichkeit, ihn in den nächsten acht Wochen zu erreichen. Wir haben in den letzten Jahren nicht viel Zeit miteinander verbracht, aber er war immer nur einen Telefonanruf entfernt. Ich kann das alles nicht acht Wochen auf sich beruhen lassen.

Ich suche die örtliche Rekrutierungseinrichtung und rufe im Büro an. Vielleicht bekomme ich seine Adresse, wenn er erst mal seiner Dienststelle zugeordnet wurde.

Aber es geht keiner ran, also werde ich es morgen noch mal versuchen.

Verdammt noch mal. »Scheiße!«

Ich fühle mich so wahnsinnig hilflos.

Obwohl ich weiß, dass sein Handy mittlerweile wahrscheinlich schon konfisziert wurde, versuche ich es trotzdem und halte mir das Handy ans Ohr. Sofort geht die Mailbox ran.

»Cole«, sage ich und muss schlucken, um meine Kehle zu befeuchten. »Ich … ich …« Ich schüttle den Kopf und schließe die Augen. »Ich liebe dich«, sage ich. »Und ich bin immer für dich da. Ich weiß, ich … ich weiß, es gibt keine Entschuldigung. Ich wollte nur …« Tränen brennen in meinen Augen, und ich weiß nicht, was ich sagen soll außer der Wahrheit. »Ich habe versucht, mich nicht in sie zu verlieben. Ich habe es wirklich versucht. Es tut mir leid.«

Ich lege auf, werfe das Telefon auf den Beifahrersitz und fühle mich vollkommen leer. Ich will nicht, dass die beiden irgendwo da draußen sind, ohne zu wissen, dass ich sie liebe.

Ich bin wieder allein. Und ich will sie nur zurück. Sie sind alles für mich.

Jordan hatte recht. Ich hätte es ihm einfach sagen sollen. Ich hätte es hinter mich bringen müssen, und er hätte es irgendwann akzeptiert. Ich hätte sie nie freiwillig aufgegeben. Wie lange wollte ich ihn anlügen? Selbst wenn wir uns am Ende getrennt hätten, hätte ich es ihm irgendwann sagen müssen.

Ich mache den Motor an, lege den Rückwärtsgang ein und fahre vom Parkplatz. Schnell fahre ich zurück auf die Straße und durch die Stadt. Hin und wieder schaue ich auf mein Handy und hoffe auf Nachrichten.

Jordan hat fast alles in meinem Haus gelassen. Sie hat ein paar Klamotten, ihre Bücher und ein paar persönliche Sachen mitgenommen, aber ihre Modelle, ihr Bett, ihre Möbel und das Gemälde sind immer noch da. Sie wird irgendwann zurückkommen, oder? Es ist noch nicht alle Hoffnung verloren. Ich werde sie wiedersehen.

Aber ich habe sie nirgendwo in der Stadt gesehen. Sie war nicht in der Arbeit, und ich habe auch ihr Auto nicht gesehen. Wo ist sie?

Sie war so ruhig am letzten Abend. Unheimlich ruhig. Als wäre ihr alles egal.

Ich werde nie aufhören, mich selbst zu hassen, falls ich sie zugrunde gerichtet habe. Mein wunderschönes, glückliches, sexy Mädchen, das mich mit seinem Lächeln und den Scherzen um den Verstand bringt.

Ich fahre auf den Parkplatz vom *The Hook*, steige aus und gehe durch den Regen zum Club.

Keiner steht an der Tür, um Eintritt zu verlangen, aber ich wäre sowieso nicht stehen geblieben. Ich gehe rein und halte kurz inne, als ich ein Déjà-vu habe. Dasselbe Lied, das Jordan bei ihrem kleinen Videotanz für mich abgespielt hat, kommt aus den Boxen, während zwei Frauen auf der Bühne an den Polestangen tanzen. Die Erinnerung an ihren wunderschönen Körper, der sich nur für mich bewegt, trifft mich wie ein Blitz, und mir wird fast schlecht, wenn ich daran denke, wie dumm ich bin und was ich verloren habe.

Auf der linken Seite sehe ich Cam. Ich gehe zu ihr rüber, und es ist mir egal, dass sie gerade auf irgendeinem Kerl sitzt und ihre Arme auf seinen Schultern liegen hat.

»Wo ist sie?«, will ich wissen.

Cam dreht ihren Kopf in meine Richtung, schaut mich mit hochgezogenen Augenbrauen an, macht aber keine Anstalten, aufzuhören.

»Ich will nur mit ihr reden, okay?«

Cam beendet ihre kleine Show für den Kerl, flüstert ihm was ins Ohr, steht auf und geht an mir vorbei.

Ich folge ihr. »Kann ich wenigstens wissen, ob es ihr gut geht?«, frage ich ruhig. »Es sind schon Tage vergangen. Ist sie in Sicherheit? Sie hat fast alles zurückgelassen, also kann sie keine neue Wohnung haben.«

Cam geht weiter, und ich folge ihr, auch wenn es mir ein bisschen unangenehm ist, mit ihrer Netzunterwäsche, die sie um ihren Hintern herum trägt. Sie gibt der Barkeeperin ein Zeichen, die dann in den Kühlschrank greift, eine Flasche Wasser für sie rausholt und sie ihr hinschiebt. Aber statt stehen zu bleiben, nimmt sie das Wasser, dreht sich um und läuft weiter vor mir weg.

»Mein Gott, Cam!«, rufe ich, nehme meinen Geldbeutel und ziehe Geld heraus. »Hier sind hundert Dollar für fünf Minuten deiner Zeit!« Ich klatsche den Schein auf den Tresen. »Ich will nicht, dass du für mich tanzt, ich will nur ...«

Sie dreht sich auf dem Absatz um, und ich habe keine Zeit zu reagieren, bevor sie mir ihr Knie direkt zwischen die Beine kickt und mich zu Fall bringt.

Ich stöhne auf und schnappe nach Luft, als mir ein glühender Schmerz durch meinen Unterleib, die Oberschenkel und den Magen fährt. Ich presse die Augen zusammen, stütze mich auf einem Knie ab, und kalter Schweiß bricht mir am ganzen Körper aus.

Ich höre eine entfernte Stimme in meinem Ohr. »Ich würde

nicht für dich tanzen, wenn du mir eine Million Dollar bieten würdest und dein Penis nach Kirschlollis schmecken würde«, zischt sie. »Halt dich von mir und meiner Schwester fern. Vergiss, dass sie existiert.«

Mir wird schlecht, und es dauert eine Weile, bis ich wieder normal atmen kann. Als ich endlich wieder dazu in der Lage bin, aufzustehen, ist Cam weg.

Und meine hundert Dollar ebenfalls.

»Liebst du sie etwa wirklich?«, fragt Dutch.

Ich staple weiter die Kisten in meiner Garage auf – mein viertes Projekt in dieser Woche, um mich abzulenken, wenn ich nicht bei der Arbeit bin.

Dutch sitzt auf einem Campingstuhl vor der Garage, stützt sich auf seine Ellbogen und schaut mich an wie einen Elefanten im Porzellanladen, der jeden Moment alles kaputt machen wird.

Es ist jetzt neun Tage her, seit ich meinen Sohn oder Jordan das letzte Mal gesehen habe, und mit jedem Tag, der vergeht, habe ich das Gefühl, dass sie sich weiter von mir entfernen. Als würde ihr Leben weitergehen und als hätte ich für sie nie existiert.

Jegliche Hoffnung, die ich anfangs noch hatte, schrumpft immer mehr. Ich habe beide angerufen, ihnen geschrieben und Nachrichten hinterlassen. Und die einzige Spur, die ich habe, ist eine Adresse, an die ich Cole schreiben kann, die ich aus seinem Rekrutierer herausgekriegt habe. Gestern habe ich meinen ersten Brief abgeschickt.

Was Jordan angeht, weiß ich von Dutch, dass Shel seiner Frau erzählt hat, dass Jordan in einer anderen Stadt Freunde besucht und dass es ihr gut geht. Das ist die einzige Gewissheit, die ich habe.

Aber wird sie zurückkommen?

Nach ein paar Tagen habe ich aufgehört, sie anzurufen, weil sie ganz offenbar nicht reden will, und ich versuche, ihren Wunsch zu respektieren, aber ... wenn sie jetzt anrufen würde, würde ich sie von überall abholen und ihr alles geben, was sie will. Für den Rest meines Lebens kann sie alles von mir haben, was sie sich wünscht.

»Pike, du kannst sie nicht heiraten«, sagt Dutch, als könne er meine Gedanken lesen. »Das weißt du, oder?«

Ich drehe ihm den Rücken zu, hänge Werkzeug zurück an die Werkbank und räume langsam den Tisch auf.

Vor neun Tagen hätte ich ihm zugestimmt. Ich hätte gesagt, dass er recht hat.

Die Leute werden reden. Sie reden wahrscheinlich jetzt schon. Sie würden es als schäbig und falsch darstellen, und ihre Freunde aus der Highschool würden sie auslachen, und keiner würde uns ernst nehmen. Alles, was sie sehen würden, wäre ihr Alter und wie sie vom Sohn zum Vater gesprungen ist. Es wäre das Gesprächsthema der Stadt.

Aber jetzt bin ich mir nicht mehr so sicher. Wen interessiert es, was sie denken? Wir würden es aushalten, und Jordans Freundeskreis ist genauso klein wie meiner. Ihr wäre es egal, was irgendwelche Fremden über uns sagen. Wir wären verdammt glücklich, und die Leute würden irgendwann aufhören zu reden.

Sie wollte mich. Sie wollte, dass ich sie liebe. Sie war bereit für uns.

Ich schüttle den Kopf und widerspreche: »Sie ist anders.«

»Nein, ist sie nicht«, entgegnet Dutch. »Sie ist jung und voller Träume. Wie wir damals waren.«

Ich drehe mich langsam um und schaue ihn an. Es ist untypisch für ihn, dass er mir widerspricht.

Aber ich höre ihm zu, als er fortfährt: »Für sie ist alles neu und frisch«, sagt er. »Sie freut sich auf das Leben, und sie erinnert dich daran, wie sich das angefühlt hat. Bevor wir erwachsen geworden sind und erkannt haben, dass wir keine Kampfpiloten werden, die die Welt retten, oder Könige der Wall Street, die in ihren Limousinen durch die Straßen kutschiert werden.« Er lacht mit angehaltenem Atem und lehnt sich in seinem Stuhl zurück. »Bevor wir Rechnungen bezahlen mussten und sich die Verpflichtungen mit den Jahren gestapelt haben.«

Er senkt den Blick, und all meine Emotionen spiegeln sich in seinem Gesicht wider. Er hasst sein Leben nicht, und er verehrt seine Frau und Kinder, aber wenn wir noch mal zurückgehen und wenigstens eine Sache anders machen könnten, dann würden wir es beide tun.

Jetzt sitzen wir hier und wissen nicht mehr genau, auf was wir uns noch freuen sollen.

»Hör mal.« Er schaut mich wieder an. »Du hattest Spaß mit ihr. Ich sage ja nicht, dass du was Falsches getan hast. Wenn der Sex gut ist, dann genießt es beide. Aber du musst an die Zukunft denken, und du weißt, dass es nicht immer so sein wird.« Er hält inne und runzelt die Stirn. »Sie wird in zehn Jahren aufwachen und online ein Foto von einer Highschoolfreundin sehen, die gerade durch Nepal wandert oder so. Und sie wird auf ihr eigenes Leben blicken und sich denken, warum sie in dieser kleinen Stadt mit zwei Kindern und einem Mann festsitzt, der fast fünfzig ist und dessen Leben schon zur Hälfte vorüber ist.«

Ich sage nichts, denn seine Worte liegen mir wie Steine im Magen.

»Denkst du, sie wird es nicht eines Tages bereuen, sich für dich entschieden zu haben, wenn sie erkennt, dass ihre besten Jahre fast vorbei sind?«, fragt er.

Aber ich habe keine Antwort darauf. Ich weiß, dass er recht hat. In zehn Jahren wird sie immer noch jung und wunderschön sein, und dann werde ich sie noch weniger verdient haben als jetzt schon. Ich kann ihr nicht alles geben, was sie will, ganz egal, wie sehr mich mein Ego vom Gegenteil überzeugen will.

Sie ist für andere Dinge gemacht. Sie ist klug und stark, und sie verdient die Welt. Sie verdient ein Leben, das ich schon vor langer Zeit hinter mir gelassen habe.

Ein anderer Mann wird für sie das sein, was ich nicht bin und nie sein werde, und auch wenn dieser Gedanke wie Säure in meiner Kehle brennt, wird sie glücklicher damit sein. Und das ist alles, was ich will. Sie wird mit einem anderen Mann wachsen, und das ist das Leben, das sie verdient.

Dutch macht sich auf den Heimweg, und ich schließe die Garage ab, gehe ins Haus und sofort nach oben. Ich bleibe vor Jordans Zimmer stehen. Die Tür ist geöffnet, und eine leichte Brise weht die Blätter an dem Baum vor ihrem Fenster hin und her. Ihr verblassender Geruch hängt immer noch in der Luft.

Aber ich gehe nicht rein. Es ist nicht mein Zimmer, nicht mehr mein Mädchen. Sie ist irgendwo da draußen und lebt ihr Leben weiter. Und ich muss dasselbe tun.

Es reicht. Tu endlich das Richtige.

Ich greife nach dem Türknauf und atme noch ein letztes Mal ihr Parfüm ein.

Dann schließe ich die Tür.

KAPITEL 26

Pike

Zwei Monate später

Ich wickle das dünne, weiße Seil um das Rädchen, ziehe daran und sehe, wie es über den Seilzug in meine Richtung kommt. Ich gehe zu dem anderen Holzpfosten, den ich in den Garten einbetoniert habe, und ziehe wieder am Seil, um es zu überprüfen.

Ich habe keinen blassen Schimmer, warum ich Wäscheleinen aufbaue. Ich weiß nur, dass mir langsam die Ideen ausgehen. Ich habe schon einen Picknicktisch aus Holz mit einer Bierhalterung in der Mitte gebaut, ihn lackiert und Bänke dazu gezimmert. Außerdem habe ich eine Feuerstelle errichtet, einen Steinweg, der vom Gartentor zur Hintertür des Hauses führt, ich habe Mulch in die Blumenbeete gefüllt, Fackeln rund um den Pool aufgestellt, eine Pergola gebaut, eine Hängematte aufgehängt und einen kleinen Teich mit Steingarten errichtet. Ich hetze von einem Projekt zum nächsten, damit ich keine Zeit habe, darüber nachzudenken, dass ich nichts von alldem benutzen werde. Ich denke, ich werde es genießen, wenn ich fertig bin.

»Sieht irgendwie anders aus hier«, höre ich jemanden rufen.

Ich blicke auf. Kyle Cramer steht auf dem Balkon seines Schlafzimmers und schaut in meinen Garten.

Steht dieser Kerl auf mich, oder was? Warum will er sich immer mit mir unterhalten?

»Sie haben zu viel Zeit, oder?«, sagt er. »Mir ist aufgefallen, dass es in den letzten Wochen hier viel ruhiger geworden ist.«

Ich lächle ihn gezwungen an. Vielleicht lässt er mich in Ruhe, wenn ich ihn nicht beachte.

Und ja, es ist ruhig geworden. Bis jetzt.

»Also, ähm«, beginnt er, und ich stöhne innerlich auf. »Ich habe Sie und Jordan eines Nachts gesehen.«

Ich halte inne und starre ihn an. Bei dem Klang ihres Namens steigt mir die Röte in die Wangen. Ich habe jetzt seit über einem Monat mit niemandem mehr über sie geredet.

»Meine Küche liegt gegenüber von Ihrer«, erklärt er. »Es war spät, und Sie beide waren am Waschbecken.«

Mir wird ganz heiß, als ich mich daran erinnere. Der Anblick, wie sie eines Nachts nackt in die Küche gegangen ist und ich ihr keinen Mitternachtssnack gewährt habe, bevor ich nicht meinen bekommen hatte. Sie war so wunderschön.

Ich straffe die Schultern und knirsche mit den Zähnen. »Sie haben uns zugeschaut?«

»Nein«, ruft er, als würde ihm das niemals einfallen. Dann zuckt er mit den Schultern. »Na ja, das hätte ich vielleicht, wenn Sie sich nicht plötzlich auf den Boden und aus meinem Blickfeld gelegt hätten.«

Er lacht, und wenn ich fliegen könnte, wäre ich in Sekundenschnelle auf der anderen Seite seines Zaunes und würde ihn erwürgen.

Er scheint meine Wut zu bemerken und versucht, mich zu beschwichtigen. »Hören Sie, ich wollte nichts sehen, okay? Sie sollten einfach versuchen, von den Fenstern wegzubleiben.« Er schüttelt den Kopf. »Ich will nur sagen, dass es, glaube ich, das erste Mal war, dass ich Sie lächeln gesehen habe. Sie schien Sie glücklich zu machen. Obwohl ich mir nicht vorstellen kann, dass es einen Mann gibt, den sie nicht glücklich machen würde.«

»Halten Sie den Mund«, brumme ich, bücke mich und hebe mein Werkzeug auf, um es in den kleinen Koffer zu legen.

Wirklich? Wie konnten wir so unvorsichtig sein? Er ist der letzte Mensch, dessen Blick ich auf ihr sehen möchte.

»Wo ist sie hingegangen?«, fragt er. »Hat es nicht funktioniert mit Ihnen beiden?«

Ich ignoriere ihn und räume meine Sachen zusammen, damit ich reingehen kann.

»Wie haben Sie das versaut, Mann?« Lachend nimmt er einen

Schluck von seinem Bier. »Wenn man eine Frau wie diese bekommt – jung und scharf und mit so einem Körper –, dann lässt man sie nicht gehen.«

Ich werfe meinen Schraubenschlüssel auf den Boden und gehe einen Schritt nach vorn, ohne zu wissen, wo ich hinwill. »Scheiße, ich werde dir so was von in den Arsch treten. Halt die Klappe.«

»Sie ist also jetzt wieder zu haben, richtig?«

»Scheißkerl«, knurre ich.

Er lacht nur. Offenbar findet er mich wahnsinnig witzig.

»Das ist wirklich traurig«, sagt er. »Es ist gar nicht so schwer, Frauen glücklich zu machen, wenn man nur halbwegs denken kann.«

»Dazu bin ich auch in der Lage«, zische ich ihn an. »Aber das ist nicht der Punkt. Junge Frauen gehören zu jungen Männern. Vergessen Sie das verdammt noch mal nicht, wenn Sie das nächste Mal auf eine treffen. Sie verdient jemanden in ihrem Alter.«

Er nickt nachdenklich. Dann wirft er mir einen vielsagenden Blick zu. »Ihr Sohn war in ihrem Alter, richtig? Hat er sie besser behandelt, als Sie es getan haben?«

Ich hole tief Luft, sage aber nichts. Er grinst mich überheblich an und kehrt ins Haus zurück.

Darum geht es nicht, Arschloch.

Ja, ich kann definitiv sagen, dass ihre Beziehungen mit Kerlen in ihrem Alter nicht gerade gut funktioniert haben, aber …

Aber was? Bin ich nicht dazu in der Lage, ihr alles zu geben, was sie will? Kann ich mich nicht mit ihr zusammen weiterentwickeln? Kann ich in meinem Alter nicht noch mal von vorne anfangen und eine Familie gründen?

Vor zwei Monaten wären das für mich realistische Argumente gewesen, aber mit der Zeit fühlen sie sich weniger überzeugend an. Vielleicht ist es gar nicht in Stein gemeißelt, wer und wo ich in meinem Leben bin. Ich kann mich immer noch verändern.

Ich schüttle den Kopf. Ich weiß es einfach nicht.

Nein, ich habe das Richtige getan. Ich habe seit zwei Monaten nichts mehr von ihr gehört. Sie hat mich offensichtlich hinter sich gelassen.

Aber ich vermisse sie immer noch sehr. Ich habe das Gefühl,

ständig Hunger zu haben, aber kein Essen kann mich sättigen. In mir ist eine Leere, die ich nicht alleine füllen kann.

Ich nehme den Werkzeugkoffer und will zum Haus gehen, aber als ich aufblicke, sehe ich Cole in der offenen Hintertür stehen.

Ich halte inne. Mein Gott. Wie lange steht er da schon?

Der Werkzeugkasten fällt mir fast aus der Hand, als sich unsere Blicke treffen, und ich bin völlig überrumpelt, ihn hier zu sehen.

»Ich habe dich bei der Abschlusszeremonie gesehen«, sagt er mit den Händen in den Hosentaschen.

Seine Abschlusszeremonie vom Boot Camp war gestern. Ich habe ihm den ganzen Sommer über geschrieben, um Kontakt zu halten, und seinen Rekrutierer vermutlich in den Wahnsinn getrieben. Aber ich musste ihn sehen. Das konnte ich nicht verpassen. Es war ein Meilenstein für ihn.

Langsam mache ich ein paar Schritte auf ihn zu und kann meinen Blick nicht von ihm abwenden. Er sieht unglaublich aus. Größer und stärker. Ein langer Sommer im Boot Camp hat seine Haut gebräunt und sein Haar blonder werden lassen. Er trägt seine grüne Camouflage-Uniform mit der Mütze in der Hand, während er am Türrahmen lehnt.

»Ich wollte dich nur sehen«, erkläre ich. »Ich war mir nicht sicher, ob du oder dein Rekrutierer mich auf die Gästeliste geschrieben habt, aber du hast nicht auf meine Briefe geantwortet, also war ich mir nicht sicher, ob du mich dabeihaben wolltest.«

Nach der Zeremonie wollte ich zu ihm gehen und mit ihm reden, aber seine Mom stand mit ihrem neuesten Freund bei ihm, und er war von ein paar Freunden umringt, die extra gekommen waren, um ihn zu sehen. Das wollte ich nicht ruinieren, also bin ich gegangen. Ich wusste, dass er jetzt, da er sein Handy wiederhat, all meine Nachrichten und Anrufe sehen würde. Und mich schon wissen lassen, wann er bereit ist.

Er senkt den Kopf und blickt vor sich auf den Boden. »Ich habe deine Briefe alle bekommen. Danke für die Telefonkarten.«

Du meinst, diejenigen, die du nicht benutzt hast, um mich anzurufen? Aber ich nehme es ihm nicht übel. Ich bin froh, dass er alles bekommen hat und wusste, dass ich an ihn denke.

»Wie geht's dir?« Ich stelle den Werkzeugkasten ab, gehe zu ihm und wische mir die Hände an einem Lappen ab, den ich in der Hosentasche habe.

Er sagt nichts und holt tief Luft. Schließlich schaut er mich mit seinen blauen Augen an. »Hast du ein Bier?«

Ich nicke freundlich und gehe vor ihm in die Küche. Die Klimaanlage kühlt den Schweiß auf meinem Rücken, und ich bin so nervös, dass ich kaum atmen kann. Aber nicht so nervös, wie ich dachte, dass ich in diesem Moment sein würde. Er schreit mich nicht an, das ist schon mal ein gutes Zeichen.

Ich öffne zwei Flaschen Corona, und die späte Nachmittagssonne verschwindet vom Küchentisch, als sie sich hinter ein paar Wolken versteckt.

Er setzt sich hin, und ich tue es ihm gleich. Aber als er nichts sagt, wird mir klar, dass ich anfangen muss.

»Bist du glücklich?«, frage ich ihn. »Beim Militär?«

Ich hatte Zeit, mich an den Gedanken zu gewöhnen, vor allem, nachdem sein Rekrutierer mir versichert hat, dass es ihm gut geht. Aber ich muss es von ihm selbst hören.

»Ja.« Er stellt sein Bier auf den Tisch, lässt die Flasche aber nicht los. »Ich weiß nicht, ich glaube, ich habe das gebraucht. Noch mal runtergezogen und wieder neu aufgerichtet zu werden.«

Ich warte darauf, dass er weiterspricht.

»Ich kann nicht mehr verschlafen«, sagt er. »Ich kann nicht betrunken auftauchen, und ich kann mich nicht krankmelden, weil ich an dem Tag einfach zu faul bin. Das ist hart, aber ich habe einen Job und Geld auf dem Konto. Eine Karriere. Das fühlt sich ziemlich gut an.« Schließlich blickt er mich an. »Ich habe eine Zukunft, und für jemanden, der nie wusste, wo sein Platz im Leben war, ist es irgendwie beruhigend, das Militär für dich entscheiden zu lassen und dir eine Richtung zu geben.«

»Bist du sicher?« Ich nehme meine Flasche und trinke einen Schluck.

Es gefällt mir, dass er was aus sich macht, aber ich will auch, dass er seinen eigenen Weg geht.

Er fährt fort: »Deshalb haben Jordan und ich nie zusammengepasst. Sie hatte ihren eigenen Kopf, und wenn ich mit ihr zusammen war, habe ich meinen ausgeschaltet, weil ich nie wusste, was ich wollte.« Er seufzt auf. »Ich war nicht auf ihrem Level, war nie gut genug für sie. Ich wäre nie so willensstark. Manche von uns sind einfach nicht so.«

Beim Klang ihres Namens macht mein Herz wieder einen Sprung, aber das ignoriere ich. Ich bin nicht davon überzeugt, dass zum Militär zu gehen, wirklich das war, was er in seinem Leben wollte, aber ich bin mir sicher, dass er in dieser Stadt keine Antworten gefunden hätte. Zumindest war ihm *das* bewusst.

Er war willensstark genug, um diesen Schritt zu machen.

»Du hast es geschafft, oder nicht?«, frage ich. »Du hast die Ausbildung bestanden. Ich bin stolz auf dich.«

Ich sehe, wie sein Adamsapfel auf- und abhüpft und die Muskeln in seinem Kiefer zucken. Er nimmt noch einen Schluck und schaut mich nicht an.

»Wo ist sie?«, fragt er und wirft einen Blick ins Wohnzimmer hinter sich, als wäre sie immer noch im Haus.

»Ich weiß es nicht.« Ich schüttle den Kopf. »Sie ist gegangen, nachdem du weg warst. Ich habe sie seit zwei Monaten nicht mehr gesehen.«

Jetzt schaut er mich besorgt an.

»Ich habe mit ihrer Schwester geredet«, versichere ich ihm. »Es geht ihr gut. Wo immer sie ist.«

Meine Antwort scheint ihm zu reichen, denn er nimmt einen weiteren Schluck Bier. Aber jetzt bin ich auch ein bisschen beunruhigter als noch vor einem Moment. Dann hat sie sich auch bei Cole nicht gemeldet. Nicht, dass ich gedacht hätte, sie würden nach alldem in Kontakt bleiben, aber sie waren Freunde. Es gab eine Zeit, da waren sie der Rettungsanker für den jeweils anderen. Je mehr Bindungen sie kappt, desto weniger Gründe hat sie, wieder zurückzukommen.

»Hast du eine andere Freundin?«, fragt er.

»Nein, noch nicht.« Ich nehme noch einen Schluck. »Ich konzentriere mich nur auf das Haus und meine Firma.«

»Ja, ich bin Dutch auf dem Weg in die Stadt begegnet, und er hat mir erzählt, dass ihr zwei Monate voraus seid mit der Arbeit.«

Ich muss lachen. »Na ja, so viel nicht …«

Obwohl wir wirklich sehr gut in der Zeit liegen. Man kriegt viel

Arbeit erledigt, wenn man nicht jeden Tag pünktlich nach Hause geht, um die Frau zu sehen, die einen in Flammen setzt.

»Hast du mit ihr Schluss gemacht oder sie mit dir?«, fragt Cole und bringt Jordan wieder ins Spiel.

Ich schaue ihn an. Darüber will ich nicht reden. Ich will einfach nur, dass es ihm gut geht. Ich will, dass er mit mir über alles andere redet.

Aber vor allem, weil ich nicht stolz auf meine Antwort bin. Wenn Jordan nicht gegangen wäre, hätte ich sie so lange behalten, wie sie gewollt hätte. Ich hätte sie für ihn aufgeben sollen, und das habe ich nicht getan. Und ich bin mir nicht sicher, ob ich es tun würde, wenn ich noch mal vor derselben Wahl stünde.

»Es tut mir leid«, sage ich stattdessen. »Du hast keine Ahnung, wie leid es mir tut.«

Sein Blick haftet auf mir, und eine Flut an Emotionen, von denen ich nicht weiß, ob ich sie aushalten kann, rollt über sein Gesicht. Schmerz, Enttäuschung, Verwirrung, Einsamkeit...

Aber auch Ruhe, Entschlossenheit und Akzeptanz.

»Als ich dich gestern bei der Abschlusszeremonie gesehen habe, wollte ich immer noch wütend auf dich sein«, sagt er. »Und ich war sauer, dass ich es nicht war.« Er senkt den Blick, und seine Gedanken kreisen. »Es ist wohl was dran an Zeit und Entfernung.« Er lächelt mich traurig an. »Man bekommt viele Perspektiven aufgezeigt, viel Zeit zum Nachdenken.«

Ja.

»Als ich sechs war«, fährt er fort, »hast du einen Auftrag verloren, weil du stattdessen zu meinem Spiel in der Little League gekommen bist. An meinem zehnten Geburtstag hast du meine Party verlegt und dafür gezahlt, dass wir stattdessen in den Go-Cart-Palast gehen können, weil Mom sich zu Hause mit ihren Freunden gestritten und mich vor allen Gästen blamiert hat. Als ich meinen Highschoolabschluss gemacht habe, hast du einen zweiten Kredit aufgenommen, um fürs College zu zahlen, das ich so richtig verkackt habe.«

In meinem Hals formt sich ein Kloß. Das weiß er alles noch?

»Alles zu tun, um mich glücklich zu machen, egal, welches Opfer du dafür bringen musstest, schien für dich nie eine schwere

Entscheidung zu sein.« Er schaut mich voller Mitgefühl an. »Etwas zu tun, von dem du wusstest, dass es mich verletzen könnte, war also mit Sicherheit keine leichte Entscheidung für dich«, sagt er. »Ich weiß, dass du mich liebst.«

Ich beiße die Zähne zusammen, um ruhiger zu atmen, und Erleichterung überkommt mich.

»Ich weiß nicht, wie es mir mit alledem geht, aber …« Er nickt. »Ich weiß, dass du mich liebst.«

Ich bin sprachlos. Es bricht mir fast das Herz, meinen Sohn anzuschauen und mich zu fragen, ob ich irgendwas damit zu tun hatte, wie toll er geworden ist. Ich kann nicht glauben, dass er gerade hier sitzt, vor allem, weil ich mir nicht sicher war, ob er mich überhaupt jemals wieder anschauen würde.

»Liebst du sie noch immer?«, fragt er.

Ich zögere einen Moment und suche nach den richtige Worten. Ja, ich liebe sie noch immer, aber … »Sie ist besser dran ohne mich.«

Er belässt es dabei und bohrt nicht weiter nach. »Ich muss morgen Abend zurück sein. Ist es okay, wenn ich heute Nacht hierbleibe?«

»Natürlich.«

Er steht auf und geht mit seinem Bier ins Wohnzimmer. »Die Twins spielen heute Abend gegen die Cubs«, sagt er. »Wollen wir uns das Spiel ansehen?«

Ich hole tief Luft und atme aus, weil ich das Gefühl habe, dass sich mein Körper das erste Mal seit Monaten wieder etwas entspannt. »Klingt gut. Ich bestelle uns Pizza.«

»Nur Käse«, erinnert er mich.

Ich lache in mich hinein. »Ja, ich weiß.«

Ich nehme das Handy aus der Tasche und beginne, die Nummer von *Joe's* zu wählen, aber dann höre ich seine Stimme.

»Und Dad?«, sagt er.

Ich blicke auf.

»Ich liebe dich, und niemand ist besser dran ohne dich.«

In dieser Nacht wache ich vom Donnergrollen in der Ferne auf. Ich öffne die Augen nicht, weil mir das Gewicht des langen Tages auf der Baustelle die Lider runterdrückt. Ich drehe mich zur Seite und weiß, dass ich gleich wieder einschlafen werde.

Die Innenseite meines Arms brennt von dem Tattoo, das ich mir heute Abend habe stechen lassen. Cole und ich haben beschlossen, nach der Pizza nach Rockford zu fahren und uns tätowieren zu lassen. Er hat sich für einen Anker mitten auf dem Rücken entschieden, verziert mit einem Kompass und einem Anglerknoten mit dem Motto »Von der See geschmiedet« außenrum. Aber bis jetzt sind es alles nur Umrisse. Er meinte, er würde es ausmalen lassen, wenn er es sich verdient hat.

Ich nehme an, das bedeutet, nach seinen ersten sechs Monaten auf See.

Die Kerze auf meiner Haut fühlt sich an, als würde sie tatsächlich brennen. Der Rauch, der vom Docht aufsteigt, führt meinen Arm entlang bis zu meinem Ellbogen. Seit Cole vor zwei Monaten erwähnt hat, dass er sich tätowieren lassen möchte, weiß ich, dass das Einzige, was ich für den Rest meines Lebens auf meinem Körper haben möchte, etwas ist, das Jordan repräsentiert. Das »Birthday Girl« und ihre Wünsche. Sie wird immer ein Teil von mir sein.

Ich atme tief ein, und obwohl ich die Bettwäsche schon ein paarmal gewaschen habe, seit sie gegangen ist, kann ich ihr Haar immer noch auf meinen Kissen riechen.

Und wenn ich mich ganz fest konzentriere und meine Augen geschlossen lasse, liegt sie immer noch neben mir.

In Gedanken lege ich einen Arm um ihren Körper, ziehe sie an mich und vergrabe meine Nase in ihrem kühlen Haar.

»Habe ich geschnarcht?«, flüstert sie.

Ich grinse und versuche, nicht zu lachen. »Nein.«

Sie ist so unsicher, was unglaublich süß ist. Ich umarme sie und bin überglücklich, weil alles, was ich brauche, hier und jetzt in meinen Armen liegt. Ihre Kurven passen sich meinem Körper perfekt an, und ich fühle mich komplett. Meine Brust füllt sich mit etwas, das fast zu viel ist, als dass ich es halten könnte.

Sie atmet ruhig, und ich fahre mit meiner Hand über ihren nackten Bauch. Mein Körper wird durch sie zum Leben erweckt. So einfach ist es immer bei ihr.

Plötzlich dringt ihre leise Stimme wieder durch den stillen Raum.

»Ich bin schwanger«, flüstert sie.

Ich erstarre. Was hat sie gesagt?

Nein, das kann nicht sein. Wir haben aufgepasst.

Als ich nichts sage, dreht sie sich um und schaut mir ins Gesicht. Ihre Augen bohren sich in meine. »Ich habe letzte Woche meine Periode nicht gekriegt«, sagt sie schüchtern. »Heute früh habe ich zwei Tests gemacht. Ich denke, ich bin im ersten Monat.«

Ich schließe die Augen. O mein Gott. Ein Baby?

Mein Baby.

»Ich hoffe, sie hat meine Augen«, sagt sie.

Ich öffne meine. »Deine Augen?«

»Na ja, sie wird eine Mischung aus uns beiden sein«, erklärt sie. »Und ich will, dass sie dein Lächeln bekommt. Das gleicht es doch aus, oder?«

Ich berühre ihr Gesicht. »Bist du sicher? Wir kriegen ein Baby?«

Sie nickt. »Ich bin mir sicher.« Sie schaut mich besorgt an. »Ist das okay?«

Ich öffne den Mund, aber es kommen keine Worte raus. Ein Baby? Ich stelle mir mich selbst vor, mit Kindersitzen und Zeichentrickserien und wie ich mitten in der Nacht mit einem Säugling aufwache, und bin überwältigt. Aber seltsamerweise fühle ich mich … so glücklich mit ihr, dass mich der Gedanke daran, dass mein Kind in ihrem Körper heranwächst, nicht erschreckt.

Aber ich wollte, dass sie eine Wahl hat. Will sie das wirklich?

Das Einzige, das ich weiß, ist, dass ich sie will. Ich will alles mit ihr, und für sie wünschte ich, es wäre noch nicht jetzt passiert. Aber letztendlich habe ich mir das mit ihr auch gewünscht.

»Ich liebe dich«, flüstere ich. »Ich liebe dich so sehr.«

Sie atmet aus und lächelt, als hätte sie die ganze Zeit den Atem angehalten. Dann klettert sie auf mich und setzt sich.

»Ich liebe dich auch.« Sie küsst mich und presst ihren nackten Körper an meinen. »Ich war so nervös. Ich wusste nicht, ob du noch mehr Kinder haben willst, oder …«

»Pst, Baby.« Ich küsse sie und halte ihr Gesicht. »Ich liebe dich. Ich will nur …« Dann halte ich inne, blicke ihr in die Augen und fahre fort: »Jetzt bist du an mich gebunden, ist dir das klar?«

Sie schenkt mir ein Lächeln, und ich nehme ihren Hintern in meine Hände.

»Ich habe schon viel schlechte Liebe gesehen, Pike«, sagt sie. »Das

haben wir beide, oder?« Dann reibt sie sich ganz leicht an mir, und mein Körper reagiert sofort darauf. »Das hier ist gute Liebe. Wenn man sie findet, muss man sie behalten. Nichts ist wichtiger.«

Ich kriege einen Ständer, als sie sich auf mir bewegt, und schaue ihr tief in die Augen.

»Liebst du mich?«, fragt sie.

»Ich werde nie aufhören, dich zu lieben.«

Sie legt ihren Mund auf meinen und küsst mich zärtlich. »Dann bin ich glücklich«, flüstert sie. »Dann sind wir beide glücklich.«

Ich vergrabe meine Hände in ihr und ziehe sie fester an mich, aber plötzlich ist da nichts mehr. Ich öffne blinzelnd die Augen und sehe, dass meine Arme leer sind. Es war ein Traum, und ich kann meinen Atem nicht beruhigen. Ich schiebe die Decke von mir, setze mich aufrecht hin, schwinge die Beine über die Bettkante und lege meinen Kopf in die Hände.

»Fuck«, entfährt es mir, und meine Stirn ist schweißbedeckt.

Ich bin immer noch hart, und das Blut rauscht mir durch den Penis, weil ich sie immer noch wie vor zwei Monaten spüren kann. Ich würde alles geben, sie jetzt in meinen Armen zu halten.

Ich stehe auf, ziehe mir meine Jeans an und verlasse das Zimmer. Ich gehe an Coles Zimmer vorbei, wo er schläft, und öffne leise Jordans Tür. Ihr Zimmer war jetzt acht Wochen lang geschlossen, und ich werde sofort überwältigt, als ich es betrete. Sie ist überall. Ich schließe die Tür und mache das Licht an.

Ihre Haus- & Gartenmagazine liegen am Bettende, und als mein Blick auf den Schreibtisch fällt, erinnere ich mich daran, wie wunderschön sie an diesem einen Abend war. Der Kassettenrekorder, den Dutch ihr gegeben hat, steht darauf, und ich gehe hin, drehe die Lautstärke runter und drücke auf Play. Ich erkenne Bruce Springsteens *I'm On Fire* wieder, das aus den Boxen dröhnt. Ich mache leiser, um Cole nicht zu wecken.

Dann trete ich zum Bett, setze mich und lausche dem Lied, während ich mich umschaue. Ich komme nicht von ihr los, und das werde ich auch nie. Es gab mal eine Zeit, als ich dachte, dass ich in Lindsay verliebt war, aber das war ich nicht. Das war nicht so wie das hier.

Und ich habe es ihr nicht mal gesagt. Sie weiß nicht, dass ich sie liebe. Ich hätte nie gedacht, dass ich das mal sagen würde, aber Cramer hat recht. Ich hätte sie mit allem, was ich habe, geliebt. Sie war für mich gemacht. Ich hätte alles getan, um sie für den Rest ihres Lebens glücklich zu machen.

Aber ich habe es versaut.

Auf dem Nachttisch steht ein Glas mit der Aufschrift *Träume*. Ich nehme es in die Hand und betrachte die paar Dutzend Zettel, die darin liegen. Alle haben eine andere Farbe und sind mit einem goldenen Band zusammengerollt.

Das Herz klopft mir bis zum Hals, weil ich nicht in ihre Privatsphäre eindringen will, aber ich muss es wissen. Ich muss wissen, dass ihre Träume nichts mit mir zu tun haben oder mit dem, was ich ihr bieten kann. Sie war blind vor Liebe. Aber was sie aufgeschrieben hat, wird die Wahrheit sein.

Ich schraube den Deckel auf, leere das Glas auf dem Bett aus und nehme mir einen Zettel. Ich ziehe das Bändchen ab und rolle das Papier nervös auseinander.

Meine eigene Weihnachtstradition schaffen.

Ich lächle, weil das typisch für sie ist. Sie ist kreativ, und ich würde gerne sehen, was sie sich einfallen lässt.

Ich nehme den nächsten Zettel und falte ihn auf.

Bei Regen ein Cabrio mit offenem Verdeck fahren.

Ja, ich kann mir richtig vorstellen, wie sie mich aus dem Haus zieht, um mich zu so was zu bringen und ein bisschen Spaß zu haben.

Mit trockenem Mund nehme ich den nächsten Zettel und mache mich darauf gefasst, etwas zu lesen, was mir nicht gefallen könnte. Mein Puls rast.

Eines Tages eine Bibliothek im Haus haben. Einbaubücherschränke, Blätter wehen draußen im Wind und ein Plüschsofa mit gemütlichen Decken.

Ich lasse den Zettel fallen und nehme schnell den nächsten.

Ich frage mich, ob ich Pike an einem verregneten Tag dazu bringen kann, den ganzen Tag im Bett zu bleiben und Filme zu schauen.

Ich garantiere dir, Filme schauen wäre nicht alles, was wir einen ganzen Tag lang im Bett machen würden.
Ich rolle den nächsten Zettel auseinander.

Mit einem Heißluftballon fliegen.

Mein Atem geht schneller, als ich einen nach dem anderen lese.

Einen Hund adoptieren.

Wie braut man sein eigenes Bier? Das würde ich gerne mal versuchen.

Mit meinen Kindern im Sommer Ausflüge zum See machen.

Eine Wäscheleine im Garten meines zukünftigen Hauses anbringen.

Niemand hat die heutzutage noch!
Ich muss blinzeln. Ich habe gerade eine Wäscheleine angebracht. Sie hat jetzt eine.
Ich lese weiter.

Bei einem Marathon mitlaufen.

Für ein spontanes Picknick eine Decke im Kofferraum haben.

Bei einer Parade zuschauen.

Lernen, Chili zu kochen.

Quad fahren.

Im Meer schwimmen.

Kissen und Decken in Pikes Truck legen, damit wir wegfahren
und irgendwo Sterne beobachten können.

Ich lese Zettel um Zettel, bis ich schließlich nicht mehr kann und
sie wegschiebe.

»Verdammt«, keuche ich, und meine Augen brennen.

Ich könnte ihr all das geben. Jede einzelne Sache – ihre Träume,
das Leben, das sie sich wünscht – könnte ich ihr geben. Einfach
alles.

Was habe ich mir nur gedacht? Dass sie sich Reichtum, Ruhm
und Ehre wünscht? Was hat sie an einem ihrer ersten Abende hier
gesagt?

Ich mache mir nichts aus einer Hochzeit. Ich will einfach nur
das Leben.

Sie will ein Zuhause. Sie will Menschen, die sie lieben.

Sie wollte, dass ich sie will. Mehr nicht.

Tränen, die ich nicht weinen möchte, treten mir in die Augen.
»Was habe ich nur getan, verdammt?«

KAPITEL 27

Pike

Ich hole tief Luft und halte sie an, als ich nach der Türklinke vom *Grounders* greife. Ich habe versucht, Cam anzurufen, und bin sogar noch mal ins *The Hook* gefahren, aber ich konnte sie nicht finden. Also bleibt mir vermutlich nur noch Shel. Ich bin mir nicht sicher, ob es Zeitverschwendung ist – die Frau hat mich vom ersten Moment an gehasst –, aber ich bin verzweifelt.

Ich ziehe die Tür auf, trete ein und bin sofort von Musik und dem Geruch von frittiertem Essen umgeben. Shel steht hinter der Bar und hat nur drei Kunden vor sich. Ich blicke mich in der Kneipe um und sehe, dass nur ein paar wenige Tische besetzt sind. Es ist ein ziemlich ruhiger Montagabend.

Ich straffe die Schultern und gehe zum Tresen.

Sie sieht mich sofort und hört damit auf, das Glas in ihrer Hand abzutrocknen, als sie sich versteift. »Cam, kannst du dich um den Kerl kümmern?«, ruft sie.

Ich schaue ans andere Ende des Tresens und sehe, dass Jordans Schwester dort lehnt. Scheinbar übernimmt sie Jordans Schichten, während sie weg ist.

Cam hat den Kopf in die Hände gestützt, während sie mit einem Kunden redet, aber in dem Moment, in dem sie mich sieht, richtet sie sich auf, und ihr Lächeln verschwindet aus dem Gesicht.

Shel geht davon.

»Warte«, sage ich und halte sie auf. »Ich will nicht hierbleiben.«

»Gut.«

»Ich will nur …«

»Ich werde dir nicht sagen, wo sie ist«, schneidet sie mir das Wort im Mund ab.

Ich sehe, dass Cam uns beobachtet, hole noch mal tief Luft und straffe die Schultern. »Ich will nur wissen, ob es ihr gut geht.«

»Es geht ihr gut«, antwortet sie schroff. »Und es wird ihr noch besser gehen, wenn sie sich von dir und dieser Stadt fernhält.«

Ich unterbreche sie mit leiser Stimme: »Ich muss sie sehen, bitte.«

»Du hattest deine Chance.«

Ihre Augen werden fast vollständig von den langen, schwarzen Zöpfen verdeckt, aber ich kann den Hass in ihrem Blick trotzdem problemlos erkennen.

Ich will Jordan nicht belästigen. Sie ist nicht zurückgekommen, und ich habe nichts mehr von ihr gehört. Das sagt mir, dass ich das Richtige getan habe. Es geht ihr gut, und sie ist glücklicher so.

Aber ich bin es nicht. Für mich ist es noch nicht vorbei. Man braucht sein Herz, um in der Früh aus dem Bett zu kommen, zu gehen, zu reden, zu arbeiten und zu essen. Aber sie hat meins mitgenommen, als sie gegangen ist. Ich war nicht viel, bevor ich sie kennengelernt habe, aber das bisschen, das ich in mir hatte, hat sie mit sich genommen. Mir geht es einfach nur scheiße.

»Bitte sag ihr ...« Ich halte inne und spreche das, wovor ich immer Angst hatte, laut aus. »... dass ich sie liebe.«

Shel erwidert nichts, und ich kann ihr nicht in die Augen schauen, weil ich weiß, dass alles, was sie denkt, stimmt. Ich habe es versaut.

Ich will gerade gehen, als Cam sich einmischt.

»Es ist jetzt zwei Monate her«, sagt sie zu Shel. »Und er sieht immer noch wie ein Stück Scheiße aus.«

»Das ist nicht Jordans Problem.«

»Und wir sind nicht Jordans Aufseher«, entgegnet Cam. »Sie ist einmal fortgegangen, und sie kann wieder fortgehen, wenn es das ist, was sie will. Wir müssen sie nicht beschützen.«

Shel zögert, wirft mir einen bösen Blick zu und gibt schließlich auf. Sie geht zu Cam ans andere Ende des Tresens.

»Wir wissen nicht genau, wo sie ist«, wendet sich Cam an mich. »Aber sie ruft alle paar Wochen an. Sie hat eine Freundin, deren Familie ein Motel in Ost-Virginia leitet. Sie wollte schon immer, dass Jordan sie mal besucht, und hat ihr sogar schon mal einen Sommerjob angeboten.« Sie zögert und zuckt dann mit den Schultern. »Ohne viel Geld kann ich mir nicht vorstellen, dass Jordan woanders hingegangen sein könnte.«

Virginia. Das ist zwölf Stunden weg. Hätte sie das mit ihrem VW getan?

Wenn Cam sagt, dass sie sich regelmäßig meldet, geht es ihr offenbar gut. Mehr werde ich von ihr nicht erfahren. Jordans Kurse beginnen in einer Woche, und wenn sie zurückkommen würde, hätte sie das mittlerweile getan, oder? Sie hätte ihre Sachen aus meinem Haus geholt und sich eine neue Wohnung gesucht. Hatte sie überhaupt vor, wieder zurückzukommen?

Ich muss sie finden. Ich kann nicht mehr warten.

Ich will schon gehen, drehe mich aber noch mal um. »Wie ist der Name des Motels?«, frage ich Cam.

Aber sie seufzt nur. »Hm, ich kann mich nicht erinnern«, verarscht sie mich. »Aber ich denke, wenn du sie wirklich finden willst, dann findest du sie auch.«

Dann geht sie davon und ist bestimmt ziemlich zufrieden mit sich selbst, dass sie es mir noch schwerer gemacht hat. Ich könnte in jedem Motel anrufen, aber sollte ich sie tatsächlich finden, könnte sie auch einfach auflegen. Ich muss zu ihr fahren.

Ich muss sie wenigstens noch einmal sehen, um ihr zu sagen, dass ich sie liebe und dass sie alles für mich ist.

Und dass ich ohne sie nicht leben kann.

KAPITEL 28

Jordan

Ich klicke auf die Maus und bewege die rote Herz-Sechs und alle Karten darunter zur schwarzen Kreuz-Sieben. Dann drehe ich die neue Karte um, klicke zweimal und beobachte, wie das Ass automatisch in ein freies Kästchen rutscht.

Nach neun Wochen bin ich ziemlich gut geworden in diesem Spiel. Danni sagt immer wieder, ich soll Poker oder Blackjack lernen und vielleicht online mit Menschen aus aller Welt spielen, aber so cool bin ich nicht. Ich spiele lieber alleine. Einfach nur, um mein Gehirn zu beschäftigen. Es war ein ziemlich aufregender Sommerurlaub. Von vierhundert Spielen habe ich ungefähr dreihundertfünfzig gewonnen, und die wenigen habe ich meist nur deswegen verloren, weil ich zu lange gespielt habe, eingeschlafen bin oder der Akku leer geworden ist.

Wenn ich darüber nachdenke, wie ich die Stunden dieses schönen Sommers verbracht habe, komme ich mir ziemlich mitleiderregend vor. Aber dann fange ich schnell ein neues Spiel an und höre auf, darüber nachzudenken.

Die Glocke über der Lobbytür läutet, und ich blicke auf. Ein junger Mann in schwarzem Pullover und Jeans kommt rein und geht zur Rezeption.

Ich stehe vom Stuhl auf. Ich bin immer nervös, wenn so spät noch Gäste kommen. Das Motel liegt an einem alten Highway ohne viele Geschäfte oder Lichter. Die meisten Leute bleiben auf der Interstate, vor allem, wenn es draußen schon so dunkel ist. Über diejenigen, die es nicht tun, muss ich mich immer wundern.

Aber Geschäft ist Geschäft.

»Hi.« Ich lächle ihn an. »Willkommen im *Blue Palms*.«

Er geht auf den Tresen zu, und das Lächeln vergeht mir, als ich die riesige Tätowierung auf seinem Hals mit den Worten »Der Teufel schläft nicht« sehe. Das ist eine ziemlich konservative Gegend. Ganz offensichtlich ist er nicht von hier.

»Hi.« Er schaut mir nur kurz in die Augen. »Wie viele Zimmer habt ihr noch frei?«

»Ähm ...« Ich zähle die Schlüssel, um sicherzugehen. »Sechs«, lasse ich ihn wissen.

Er nickt und greift in seine Hosentasche. Wahrscheinlich, um seinen Geldbeutel rauszuziehen. »Ich nehme fünf. Für eine Nacht, bitte.«

Fünf? Ich glaube nicht, dass wir schon mal so belegt waren, seit ich hier bin. Wozu braucht er so viele Zimmer?

Aber ich will mich nicht beschweren. Wir brauchen das Geld.

Das *Blue Palms*, das meiner Freundin Danni und ihrer Familie gehört, liegt an einer fast verlassenen Straße, und seit die neue Interstate vor zwanzig Jahren gebaut wurde, läuft das Geschäft gar nicht mehr gut. Die einzigen Leute, die zu wissen scheinen, dass es uns gibt, sind die Einheimischen, die Verwandten der Einheimischen, die zu Besuch kommen, und Motorradfahrer, die auf der Suche nach mehr Abenteuer sind und deshalb lieber auf alten Highways fahren.

Aber ich bin froh, dass ich gekommen bin, um auszuhelfen. Danni hat schon seit Jahren gesagt, dass ich sie mal besuchen kommen soll, und es war eine Reise in die Vergangenheit, noch mal einen Sommer mit ihr zu verbringen. Sie und ich haben ein Stipendium für ein Sommercamp gewonnen, als wir zwölf waren, und seitdem sind wir in Kontakt geblieben. Ich wollte den Ort, wo so viele ihrer schrulligen und sexy Geschichten herkommen, schon immer mal mit eigenen Augen sehen.

Der Gast gibt mir seinen Ausweis.

»Danke«, sage ich und lege ihn neben die Tastatur, um die Zimmer zu buchen.

Plötzlich schwingt die Tür auf, die Glocke läutet, und ich höre eine fordernde Stimme: »Wir brauchen Essen!«

Ich blicke auf und sehe drei Frauen in der Tür und noch mehr draußen stehen. Andere Männer sehe ich nicht. Mein Blick fällt auf ihre Klamotten, und verglichen mit ihnen erscheinen die Klamotten meiner Schwester vom *The Hook* geradezu prüde. Die Haare, das Make-up, die Absätze ...

Ich werfe dem Kerl einen fragenden Blick zu und sehe, dass er mehrmals blinzelt und genervt dreinblickt. Er nimmt sich ein paar Flyer von Essenslieferanten, die in einer Halterung an der Wand stecken, und blättert sie durch.

»Liefern diese Restaurants auch?«, fragt er, legt die Flyer ab und zieht ein paar Geldscheine aus seinem Geldbeutel.

»Ja, alle.«

Er hält die Flyer mit dem Geld in die Luft, und eins der Mädchen läuft auf ihn zu und reißt sie ihm aus der Hand.

»Ich will die Rechnung und das Wechselgeld«, befiehlt er, ohne sie anzuschauen.

Sie schneidet hinter ihm eine Grimasse und verschwindet dann draußen bei den anderen.

Ich habe das Bedürfnis, ihn vorzuwarnen. Dieses Motel hat einen inoffiziellen Verhaltenskodex, und Danni ist ziemlich streng, was Spielereien angeht. Das Motel ist schon lange im Familienbesitz, aber die Stadt würde das Grundstück gerne bebauen, also dürfen sie keine Probleme machen.

»Das ist ein ziemlich ruhiges, familienorientiertes Motel.« Langsam tippe ich Name und Adresse ein. »Partys sind nicht erlaubt, also nur zu Ihrer Info ...«

Er schaut mich mit seinen dunkelbraunen Augen fast amüsiert an. »Das sind meine Schwestern«, sagt er.

Ich verkneife mir ein Lachen und konzentriere mich auf meine Arbeit. Klar. Wenn das seine Schwestern sind, dann bin ich seine Mom.

Aber er scheint auf jeden Fall so genervt von ihnen zu sein, wie es ein Bruder wäre.

Ich lege die Schlüssel auf den Tresen – mit den altmodischen, runden Diamanten als Schlüsselanhänger – und drucke den Vertrag aus, den er unterschreiben muss.

»Der Pool schließt um zehn«, informiere ich ihn. »Die Eiswürfel- und Snackautomaten befinden sich zwischen den zwei Gebäuden, und gegenüber gibt es eine Waschmaschine.« Ich schaue ihn an und deute nach draußen. »Die Rezeption ist vierundzwanzig Stunden geöffnet. Lassen Sie uns wissen, wenn Sie etwas brauchen. Das macht zweihundertacht Dollar und zweiundvierzig Cent, bitte.«

Aber als ich den Schlüssel auf den Vertrag lege und auf eine Antwort warte, sehe ich, dass er mir gar nicht zuhört. Er starrt auf das Neonschild rechts von ihm an der Wand, auf dem steht:

Well, they're nothing like Billy and me ...

Während er das Schild betrachtet, beginnt er plötzlich zu grinsen, als wäre er in eine Erinnerung vertieft. Ich werfe ebenfalls einen Blick auf das Schild, das Dannis Vorliebe für die Musik aus den Neunzigern widerspiegelt – womit sie mir den ganzen Sommer über auf die Nerven gegangen ist. Es ist ein Zitat aus einem Song von Sheryl Crow, und ich habe sie nie gefragt, was es bedeuten soll, denn sonst hätte sie mir den Song vorgespielt, und ich hätte wieder leiden müssen.

»Sir?«, sage ich.

Er blinzelt und sieht für einen Moment desorientiert aus.

»Geht's Ihnen gut?«

Er schüttelt sich und nimmt seinen Geldbeutel in die Hand. »Wie viel?«

»Zweihundertacht Dollar und zweiundvierzig Cent«, wiederhole ich.

Er gibt mir drei Hundert-Dollar-Scheine, und obwohl wir ein Schild aufgestellt haben, dass wir keine Scheine über fünfzig Dollar annehmen, lasse ich es gut sein, als ich die vielen Geldscheine in seiner Geldbörse sehe. Ich nehme das Geld und hole sein Wechselgeld.

Während er wartet, tippt er zu den Klängen von *The Distance* von Cake auf den Tresen, das Danni aus den Boxen in der Lobby laufen lässt.

»Oh, tun Sie das nicht«, scherze ich und gebe ihm sein Wechselgeld. »Sie ermutigen damit nur die Besitzerin. Ich versuche immer, sie davon zu überzeugen, dass ihre Playlist uns die Kunden vergrault.«

Er nimmt das Geld und wirft mir einen seltsamen Blick zu. »Die

Musik aus den Neunzigern ist die beste. Damals haben die Menschen noch die Wahrheit gesagt.«

Ich verziehe die Mundwinkel und widerspreche ihm nicht. Er hat ganz offensichtlich das gleiche Zeug wie Danni geraucht.

»Danke«, sagt er und nimmt die Schlüssel.

Ich gebe ihm seinen Ausweis zurück und schaue ihm hinterher. Draußen verteilt er die Schlüssel an die Frauen, und einen Moment später gehen sie alle in ihre Zimmer. Ich bin versucht, ans Fenster zu treten und zu schauen, ob er mit einer von ihnen mitgeht. Oder mit allen fünf. Sehr interessant.

»War das ein Gast?«, fragt Danni, als sie hinter mir das Büro betritt. Ihre Wohnung, in der sie mit ihrer Großmutter lebt, liegt hinter dem Büro. Sie kommt also öfter mal vorbei, um nach dem Rechten zu sehen.

»Ja, er hat fünf Zimmer für die Nacht gemietet, und er reist mit mindestens einem halben Dutzend Frauen. Viel Spaß also bei der Nachtschicht.«

Sie schnaubt auf und liest sich den Vertrag durch. »Tyler Durden?«, liest sie den Namen vor und blinzelt durch ihre Brille.

Ich nicke und ziehe ein braunes Haar von ihrem Flanellhemd. Sie kleidet sich sogar wie in den Neunzigern.

»Hast du dir nicht seinen Ausweis geben lassen?« Sie schneidet eine Grimasse. »Das ist ein falscher Name.«

»Auf seinem Ausweis stand Tyler Durden«, entgegne ich. »Warum denkst du, dass es ein falscher Name ist?«

»Tyler Durden ist ein Hauptcharakter aus *Fight Club*«, erklärt sie mir, als wäre ich eine Idiotin. »Der beste Film aus den Neunzigern und definitiv das beste Buch überhaupt. Es ist sehr verstörend, dass du es nicht kennst, Jordan.«

Ich schüttle lachend den Kopf. Sie ist zwar nur ein Jahr älter als ich, aber wenn es um unsere Interessen geht, könnten wir unterschiedlicher nicht sein.

Fight Club.

Mein Lächeln verschwindet, ich senke den Blick und drehe mich wieder zum Computer um. Ich habe den Film gesehen, aber der Name ist mir nicht mehr eingefallen. Und ich habe ihn erst vor Kurzem noch mal angeschaut, mit Pike …

Ich muss schlucken, und mein Herz wird schwer. Verdammt. Ich habe es in den letzten paar Wochen ziemlich gut geschafft, mich auf andere Dinge zu konzentrieren, damit ich nicht an ihn denken muss. Am Anfang war es hart, aber ihn nicht jeden Tag zu sehen, hat es leichter gemacht. Es war richtig, dass ich gegangen bin.

Aber ab und zu taucht er in meinem Kopf auf. Wenn ich während einer langen Samstagsschicht einen Taco-Dip für Danni mache, zum Beispiel. Oder wenn ich ein bestimmtes Lied höre oder meinen Regenmantel sehe, auf dem immer noch Schlammspritzer von unserem Ausflug sind. Ich habe nicht einmal mehr Kerzen angezündet, weil ich nicht wüsste, was ich mir wünschen soll, wenn ich sie ausblase.

Mir zu wünschen, mich wieder so zu fühlen wie mit ihm, gibt ihm wieder Macht über mich. Aber tief in meinem Herzen ist das immer noch alles, was ich will.

Mich wieder gut fühlen.

Ich muss dieses Gefühl nur bei einem anderen Menschen finden.

»Also ...« Danni zieht sich einen zweiten Stuhl heran. »Beginnen deine Kurse nicht bald?«

Ich klicke das Kartenspiel auf dem Computer weg und weiche ihrem Blick aus. »Ja.«

Sie wartet darauf, dass ich das noch weiter ausführe, aber ich weiß nicht wirklich, was ich sagen soll. Die finanziellen Hilfsmittel für mein Studium sind angekommen, also sind die Kurse bezahlt, und ich habe genug Geld, um mir zu Hause eine neue Wohnung zu mieten. Aber irgendwie fühlt es sich an wie ein Schritt zurück. Er hat angerufen, als ich gegangen bin, aber nach ein paar Tagen hat er damit aufgehört, und seitdem habe ich nichts mehr von ihm gehört.

Ich gebe es nur ungern zu, aber ich frage mich viel zu oft, was er gerade tut, ob er mit jemandem zusammen ist, ob er mich vermisst ...

Wenn ich wieder nach Hause gehe, werde ich ihm wahrscheinlich über den Weg laufen. Wie wird das sein?

Ich bin stolz darauf, dass ich weggegangen bin, aber es ist mir immer noch peinlich, dass ich die ganze Zeit an ihn denken muss. Ich bin noch nicht über ihn hinweg, und bis ich wieder eine Kerze ausblasen kann und einen besseren Wunsch dafür habe, denke ich nicht, dass mein Kopf schon dazu bereit ist, zurückzugehen. Ich habe Angst.

»Du weißt, dass du auch hierbleiben kannst«, fährt Danni fort. »Das meine ich ernst. Mein College ist auch nicht schlecht. Du könntest wechseln.«

»Danke, aber ich muss wieder nach Hause. Das weiß ich. Ich habe nur aufgeschoben, darüber nachzudenken.«

»Du willst ihn nicht sehen.«

Ich erwidere ihren Blick, und ihre Brille mit dem schwarzen Rahmen rutscht ihr wieder über die Nase.

»Ich will nicht mehr die sein, die ich war, als ich gegangen bin«, stelle ich klar.

»Das bist du nicht.« Sie stützt sich mit den Ellbogen auf dem Tresen ab und legt ihr Kinn in eine Hand. »Du darfst dir erlauben, verletzt zu sein. Aber du darfst nicht zulassen, dass es dich runterzieht«, sagt sie. »Das ist es, was uns stark macht. Du hast ihn nicht angerufen, und wir hatten Spaß zusammen. Er hat dir deinen Sommer nicht ruiniert, weil du es nicht zugelassen hast.«

Ja. Wir haben uns am Weiher betrunken, haben zu schlechter Musik abgerockt und sind mit ihrem '92 Pontiac Sunbird Cabrio durch die Stadt gedüst. Hin und wieder haben wir hier auch Poolpartys veranstaltet. Ich hatte ein bisschen Spaß.

»Und es ist ja auch nicht so, als wäre er mir nachgekommen …«, sage ich. »Wir wussten wahrscheinlich beide, dass es nur geborgte Zeit war. Nur eine Affäre. Er hatte recht.«

Eine Affäre.

Eine coole Geschichte, auf die ich mal zurückblicken kann, wenn ich ihn nicht mehr liebe, und die ich wegen dem guten Sex, den ich hatte, zu schätzen wissen kann.

Ich spüre ihren Blick auf mir, weil sie weiß, dass ich mich selbst belüge, aber als meine Freundin lässt sie mir meine Illusionen. Wir brauchen manchmal Lügen, um zu überleben, denn die Wahrheit schmerzt manchmal zu sehr.

Vielleicht wäre ein Collegewechsel gar keine so schlechte Idee.

Ich stehe auf. »Der Drucker braucht neues Papier.« Ohne sie anzusehen, gehe ich nach hinten ins Büro und blinzle die Tränen weg, bevor sie sie sieht. Ich werde nicht weinen. Ich kann mich hier schließlich nicht ewig verstecken. Northridge ist meine Heimat, meine Familie lebt dort, und ich muss irgendwann zurückgehen. Ich kann das schaffen.

»Hi«, höre ich Danni fröhlich sagen. »Willkommen im *Blue Palms*.«

Ich muss insgeheim lachen. Die blauen Palmen sind ein paar künstliche Neonpalmen draußen, die mit Sicherheit nicht aus Virginia stammen. Aber mir gefallen die tropischen Farben dieses Motels, das altmodische Rosa und Blau und der altmodische Strand-Charme. Es mag nicht die Annehmlichkeiten eines der größeren Hotels bieten, aber es ist familiär, sauber und nostalgisch. Es hat Charakter.

»Ähm, danke«, sagt eine männliche Stimme. »Ähm …«

Ich öffne den Schrank und hole eine neue Packung Druckerpapier heraus, während ihre gedämpften Stimmen durch die Lobby klingen. Ich hoffe, er braucht nur ein Zimmer, denn sonst sind wir zum ersten Mal ausgebucht.

»Jordan Hadley?«, sagt Danni lauter, als würde sie ihn wiederholen.

Ich halte mit dem Papier in der Hand inne, der Schrank steht immer noch offen.

»Ja«, sagt der Mann, und ich gehe näher zur Tür, um ihn besser hören zu können. »Es tut mir leid, wenn ich Sie störe. Arbeitet sie hier? Mir wurde gesagt, dass sie in einem Motel in der Gegend arbeitet, und ich war fast schon in jedem.«

Mein Herz beginnt, wie wild zu pochen, und ich kann nur noch in kleinen, schnellen Zügen atmen.

»Und Sie sind?«, will Danni wissen.

»Pike Lawson«, antwortet er. »Ein Freund.«

Meine Arme geben nach, und ich lasse fast den Papierstapel fallen.

»Pike …«, wiederholt sie. »Wie in *Buffy – Der Vampir-Killer*?«

»Was?«

»Ein Kultklassiker von 1992?«, erklärt Danni. »Luke Perry? Im Film hieß er Pike.«

Normalerweise hätte ich über ihre Erklärungen gelacht, aber in meinem Kopf dreht sich alles, und mein Magen schlägt Purzelbäume. Er ist hier? Er ist wirklich hier?

Einen Moment lang herrscht Schweigen, dann fragt Pike: »Also arbeitet Jordan hier? Ich muss sie wirklich sehen.«

Er klingt so verletzlich, und als ich seine Stimme höre, wird mir klar, dass ich ihn sogar noch mehr vermisst habe, als ich gedacht habe.

Aber irgendwo in meinem Innern wächst eine Stärke heran, und ich richte mich auf. Ich bin bereit, ihm zu zeigen, dass ich mich nicht vor ihm verstecken werde. Ich weiß nicht, warum er hier ist. Aber falls er versucht, wieder Forderungen zu stellen, wie er es gemacht hat, als ich zu meinem Dad zurückziehen wollte, dann wird es mir dieses Mal nicht schwerfallen, ihm zu widersprechen. Das fühle ich.

Er wird mir nicht sagen, was ich zu tun habe. Egal, wie sehr er es auch versucht.

Ich trete um die Ecke, gehe in die Lobby und sehe Pike am anderen Ende des Tresens stehen. Sein Blick landet sofort auf mir.

Er holt tief Luft, versteift sich und starrt mich an.

Er trägt ein schwarzes T-Shirt, und seine Haut ist tief gebräunt, als hätte er im Sommer viel draußen gearbeitet. Mein Herz flattert beim Anblick seiner stechenden, liebevollen haselnussbraunen Augen und seiner großen Hände, die mich schon ein halbes Dutzend Mal getragen haben. Er sieht größer aus, aber natürlich weiß ich, dass er nicht gewachsen ist.

Danni springt von ihrem Stuhl auf. »Ich werde … mal nach meiner Großmutter sehen.« Leise geht sie an mir vorbei zu ihrem Apartment.

Pike steht zwischen Eingangstür und Rezeption, hat die Hände an beiden Seiten zu Fäusten geballt und sieht aus, als würde er einen Schritt nach vorne machen, tut es aber nicht.

Ich gehe zum Tresen und lege das Papier ab. »Was?«, frage ich.

Aber er steht einfach nur da, als wäre er in Trance.

Schweiß bricht mir im Nacken aus, und ich werde nervös. Warum steht er einfach nur da und starrt mich an? »Was willst du?«, frage ich schroff.

Er öffnet den Mund, schließt ihn aber wieder und schluckt.

»Mein Gott, Pike …«

»An dem Tag, an dem du gegangen bist«, presst er hervor, und ich halte inne, warte und höre ihm zu, während er mich ängstlich anschaut. »Das Haus war so leer«, fährt er fort. »So ruhig war es noch nie zuvor. Ich konnte deine Schritte nicht mehr hören oder deinen Föhn. Oder wie du ins Zimmer kommst. Du warst weg. Alles war ...« Er senkt den Blick. »Weg.«

Ein Kloß formt sich in meinem Hals, und ich spüre, dass die Tränen im Anmarsch sind, weigere mich aber, sie rauszulassen.

»Aber ich konnte dich immer noch spüren«, flüstert er. »Du warst immer noch überall. Die Dose mit den Keksen im Kühlschrank, der Fliesenspiegel, den du ausgesucht hast, die Art, wie du all meine Fotos an die falsche Stelle zurückgestellt hast, nachdem du das Regal abgestaubt hast.« Er lächelt in sich hinein. »Aber ich konnte sie nicht wieder richtig hinstellen, weil du die Letzte warst, die sie berührt hat. Und ich wollte, dass alles so bleibt, wie du es gemacht hast.«

Mein Kinn zittert, und ich verschränke die Arme vor der Brust, damit er meine geballten Fäuste nicht sieht.

Er macht eine kurze Pause, bevor er weiterredet. »Nichts sollte mehr so sein, wie es war, bevor du in das Haus gekommen bist. Das wollte ich nicht.« Er schüttelt den Kopf. »Ich bin zur Arbeit gefahren, ich bin nach Hause gekommen, und dort war ich jede Nacht, das ganze Wochenende, jedes Wochenende, weil wir dort zusammen waren. Dort konnte ich dich immer noch spüren.« Er geht einen Schritt auf mich zu und fährt mit gesenkter Stimme fort: »Dort konnte ich mich dir hingeben und am letzten Faden in diesem Haus hängen, der bewies, dass du für kurze Zeit einmal mir gehört hast.«

Seine Stimme klingt belegt, und ich sehe Tränen in seinen Augen.

»Ich dachte wirklich, ich hätte das Richtige getan.« Er runzelt die Stirn. »Ich dachte, ich würde dich ausnutzen, weil du jung, wunderschön und so glücklich und hoffnungsvoll warst, obwohl du schon so viel durchmachen musstest. Du hast mir das Gefühl gegeben, dass die Welt wieder ein toller Ort ist.«

Mein Atem geht schneller, und ich weiß nicht, was ich tun soll. Ich hasse es, dass er hier ist. Ich hasse es, dass ich liebe, dass er hier ist. Ich hasse ihn.

»Ich konnte dir doch nicht dein Leben stehlen und dich für mich behalten, verstehst du?«, erklärt er. »Aber dann wurde mir klar, dass du nicht glücklich oder hoffnungsvoll warst oder mir so ein gutes Gefühl vermittelt hast, weil du jung bist. Du bist einfach so, und du kannst diese Dinge, weil du ein guter Mensch bist. Das ist dein Charakter.«

Eine Träne befreit sich und rinnt mir die Wange hinab.

»Baby«, flüstert er, und seine Hände zittern. »Ich hoffe, du liebst mich, denn ich liebe dich wahnsinnig, und ich werde dich den Rest meines Lebens wollen. Ich habe versucht, mich fernzuhalten, weil ich dachte, es wäre das Richtige, aber ich kann es einfach nicht. Ich brauche dich, und ich liebe dich. Das passiert mir kein zweites Mal, und ich werde nicht noch mal so dumm sein. Das verspreche ich dir.«

Mein Kinn zittert, und in meiner Kehle baut sich etwas auf, das ich nicht zurückhalten kann. Ich kann mich nicht mehr zusammenreißen und drehe mich von ihm weg. Die Tränen strömen wie ein verdammter Wasserfall aus meinen Augen, und ich hasse ihn. Ich hasse ihn, verdammt noch mal.

In Sekundenschnelle spüre ich seine Arme um mich, als er mich von hinten umarmt und sein Gesicht in meinem Nacken vergräbt.

»Es tut mir leid, dass ich so lange gebraucht habe«, flüstert er mir ins Ohr.

»Das hast du«, weine ich. »Du hast verdammt lange gebraucht.«

»Ich werde es wiedergutmachen.« Er dreht mich zu sich um und nimmt mein Gesicht in beide Hände. Dann presst er seine Lippen an mein Ohr. »Ich verspreche es.«

Eine Weile hält er mich einfach nur, ganz fest, und mein Stolz sagt mir, dass ich nicht nachgeben darf. Dass ich niemanden mehr in mein Herz lassen und keine zweiten Chancen mehr geben sollte.

Aber ich bin mir nicht sicher, ob ich an seiner Stelle nicht genauso gehandelt hätte. Cole, Lindsay, Shel, meine Schwester, Dutch, die ganze Nachbarschaft … sie werden alle reden. Einige werden ihn deswegen verurteilen. Seine Angst ist gerechtfertigt.

Aber sie wissen es nicht. Sie wissen nicht, wie glücklich wir zusammen sind und wie sich das anfühlt.

Ich liebe ihn.

Ich ziehe mich von ihm zurück. »Und ich habe die Bilder nicht an die falsche Stelle zurückgestellt«, sage ich und wische meine Tränen an seinem T-Shirt ab. »Da gehören sie hin.«

Er lacht, wischt mir die Tränen aus dem Gesicht, zieht mich zu sich und küsst mich. Alles ist wieder da – sein Mund, weich, aber stark, und sein Geschmack –, und ich erwidere seinen Kuss, stelle mich auf die Zehenspitzen, um ihm noch näher zu sein.

»Braucht ihr ein Zimmer?«, höre ich jemanden fragen. »Da seid ihr hier richtig.«

Ich ziehe mich zurück, und Pike räuspert sich, als Danni hereinkommt und sich wieder auf einen Stuhl setzt.

»Pike, das ist Danni«, sage ich. »Danni, Pike.«

»Schön, dich kennenzulernen«, sagt sie.

»Ja, freut mich ebenfalls.« Er streckt ihr seine Hand entgegen, und sie schüttelt sie.

»Wollt ihr jetzt ein Zimmer?«, fragt sie wieder. »Aufs Haus?«

Sie nimmt den letzten Zimmerschlüssel vom Haken und hält ihn mir hin.

Er beugt sich vor und nimmt ihn. »Danke, das wäre wirklich toll.«

Sie schaut mich an, und ich weiß, dass sie in meinem Blick nach einer Bestätigung sucht, dass alles okay ist. Ich nicke ihr beruhigend zu.

»Dann mal Gute Nacht«, sagt sie. »Wir sehen uns morgen.«

Pike nimmt meine Hand, und wir gehen nach draußen, wo die feuchte Augustluft sich sofort auf meine Arme legt. Er hält mich fest, als könnte er mich sonst verlieren, als wir zu seinem Truck gehen, wo er eine Reisetasche und ein kleines Päckchen rausholt. Ich lache, als ich sehe, dass seine Reifen und Türen immer noch voller Schlamm sind.

Als wir zu unserem Zimmer gehen, passieren wir die fünf, die ich an »Tyler« und seine Damen vermietet habe. Aus einigen von ihnen kann ich Musik, Gerede und Gelächter hören, während bei einem die Vorhänge zugezogen sind, wobei das Licht vom Fernseher durch den Stoff dringt.

Auf dem Bürgersteig geht einer der Einheimischen, Peter, mit einem Schwert über seinem nackten Rücken hängend zum Cola-Automaten. Unten hat er seine übliche schwarze Lederhose an.

»Wer zum Teufel ist das?«, murmelt Pike und schaut ihn an.

»Das ist Peter«, sage ich und bewundere das schwarze Haar, das ihm fast bis zur Hüfte reicht. »Er ist jedes Wochenende hier zum LARP.«

Pike schaut mich fragend an.

»Live-Rollenspiele«, erkläre ich. »Manchmal bringt er eine wunderschöne Elfenprinzessin mit, und sie werden pervers. Man kann sie durch die Wände hindurch hören.«

Er prustet los, als wir bei unserem Zimmer ankommen, und sperrt die Tür auf. Ich trete ein, gehe zum Nachttisch und mache das Licht an, während er die Tür abschließt.

»Kann ich dich morgen mit nach Hause nehmen?«, fragt er. »Ich bin ganz unruhig.«

Ich schaue ihn an. »Weswegen?«

Er grinst mich an. »Wegen allem, glaube ich.«

Er wirft mir das kleine Päckchen zu, und ich fange es auf.

»Was ist das?«, will ich wissen.

»Mach es auf.«

Ich gehe zum Waschbecken, schaue in den Spiegel und reiße den Tesafilm ab. Dann öffne ich die Schachtel, in der drei Kassetten liegen, und muss von einem Ohr zum anderen grinsen.

»Ich habe Musik aus den Achtzigern für dich gefunden, die ich nicht ertrage.« Er tritt hinter mich, während ich den Neuzuwachs zu meiner Kassettensammlung inspiziere.

»AC/DC«, lese ich. »Metallica … Beastie Boys.«

Ich blicke zu ihm auf, und er bückt sich, um mich zu küssen. Ich schließe die Augen, und mir wird ganz schwindelig. Ich frage mich, wie viel Mühe es ihn gekostet hat, die zu finden. Ich hoffe, viel.

Meine Zunge spielt mit seiner, und unser Kuss wird immer leidenschaftlicher. Ich schlinge meine Arme um seinen Hals und lasse ihn nicht wieder los.

Er saugt die Luft zwischen seinen Zähnen ein, und ich spüre durch seine Jeans hindurch, wie er hart wird.

»Baby, ich bin durch ganz Virginia gefahren«, keucht er. »Ich brauche eine Dusche.«

»Wir können hinterher duschen«, sage ich und erinnere mich an unser Techtelmechtel am Küchentisch vor zwei Monaten, als er eigentlich auch zuerst duschen wollte.

Ich lege die Kassetten auf die Arbeitsfläche und presse mich stöhnend an ihn.

Er küsst mich und zieht sich nur kurz zurück, um mir in die Augen zu schauen. »Es gab keine andere, seit du gegangen bist.«

Ich blinzle ihn an. »Ich weiß. Allerdings kann ich das von mir nicht behaupten.«

Die Gesichtszüge entgleisen ihm, und sein Kiefer verspannt sich.

Ich schaue ihn reumütig an. »Ich habe dich so vermisst, also habe ich am vierten Juli ein bisschen zu viel getrunken und hatte ein kleines Techtelmechtel mit der Schreibtischkante in Zimmer 108«, sage ich. »Das war ziemlich scharf.«

Sein ganzer Körper bebt vor Lachen.

Das habe ich natürlich nicht getan, aber manchmal war ich schon versucht. Aber immer, wenn ich die Augen geschlossen habe, habe ich nur ihn gesehen, und ich fand es erbärmlich, mich zur Erinnerung an einen Mann selbst zu befriedigen, von dem ich dachte, dass er mich nicht will.

Also bin ich keusch geblieben und jetzt mehr als bereit, durchzudrehen.

Ich drehe mich um, er hebt mich hoch, und ich schlinge meine Beine um seine Hüfte, als er mich zum Bett trägt. Er lässt mich zurückfallen, zieht sich das T-Shirt über den Kopf und schaut mich an, während er seinen Gürtel öffnet.

Plötzlich ertönt ein sehr lautes und schnelles Klopfen an der Wand hinter unserem Bett. Lautes Stöhnen und Seufzen dringt in unser Zimmer. Wir halten beide inne und lauschen, als Peter und seine Prinzessin im Nebenraum zur Sache kommen und nicht nur ihres, sondern auch unser Bett heftig zum Wackeln bringen.

Er reißt die Augen auf. »O ja, sie *sind* laut.«

Hab ich doch gesagt.

Dann grinst er mich herausfordernd an. »Das können wir toppen.« Er packt meine Knie, zieht mich ans Bettende, und ich kreische laut auf, als er sich auf mich stürzt.

KAPITEL 29

Jordan

Ein Jahr später

»Ich lerne es gleich ohne dich, wenn du nicht aufhörst, mir ständig reinzureden!«, schimpfe ich und versuche, Pikes Hände von meinen Griffen zu schieben.

Er sitzt hinter mir auf unserem neuen Allrad-Quad und gibt Gas, um uns die Rampe hoch- und aus dem Schlamm rauszubringen. Ich schnappe nach Luft und werde gegen ihn gedrückt, während mir der Magen eine Etage tiefer rutscht und ich mich an seine Unterarme klammere, um nicht runterzurutschen. Ich muss lachen.

»Wenn du einen Helm tragen würdest …«

»Mit dem Helm kann ich nichts sehen.«

Wir sind wieder beim Schlamm-Bogging. Und wir fahren ja hier draußen keine 50 km/h. Dafür brauche ich keinen Helm. Außerdem lerne ich heute erst, wie man Quad fährt. Er hat Glück, wenn ich es schaffe, zwanzig zu fahren.

Aber wenn ich keinen Helm aufsetze, dann will er mich nicht alleine fahren lassen, bis ich es richtig kann. Deshalb der Fahrunterricht.

Wir fahren über die weite Fläche, und der Schlamm spritzt über mein neues, rotes Quad, über meine Stiefel und über meine Jeans. Außerdem spüre ich immer wieder, wie etwas Kaltes auf meinen Haaren landet, das ich mir mit einer Baseballkappe aus dem Gesicht halte, und auf meinem T-Shirt.

Diese Woche hatte ich meine Abschlussprüfungen, und ich hatte dauernd nur Kopfschmerzen, weil ich kaum geschlafen habe. Aber heute geht es mir viel besser. Ich bin froh, dass er mich damit überrascht hat. Ein Tag mit ihm, voller Spaß und an der frischen Luft, ist alles, was mir gefehlt hat.

Er war wirklich toll und hat meine schlechten Launen in den letzten Wochen geduldig ertragen, während ich gelernt habe. Er hat mir Snacks gemacht und mich nicht abgelenkt, damit ich meine Arbeit fertig bekomme.

Obwohl er ab und zu in die Bibliothek – mein altes Zimmer – gekommen ist und versucht hat, mich zu einem Quickie zu verführen, weil ich eine Lernpause bräuchte.

Ja, genau.

Ich grinse und erinnere mich daran, wie er reingekommen ist, während ich meine Nase in einem Buch vergraben hatte, sein T-Shirt ausgezogen und mir erzählt hat, dass er jetzt eigentlich duschen gehen will, aber ich wüsste, was er wirklich will, denn er weiß, dass der Anblick von ihm, nur mit Jeans bekleidet, mein einzig wahrer Porno ist. Ich habe keine Diskussion angefangen. Das tue ich nie. Ich will ihn genauso sehr wie er mich.

Aber jetzt sind die Prüfungen rum, und ich habe bis zum Herbst keine Kurse mehr. Also gehöre ich ganz ihm.

Sein Truck steht vor uns, und sein glänzender Quad steht immer noch auf dem Hänger.

Er hält an, macht den Motor aus, vergräbt seine Lippen in meinem Nacken und küsst mich.

»Ich habe ein Geschenk für dich«, sagt er verführerisch.

Ich drehe mich um und küsse ihn auf die Wange. »Du hast mir schon was geschenkt.« Ich fahre mit den Fingern über mein neues Quad und muss gleichzeitig an den Orgasmus denken, den er mir heute Morgen um 6 Uhr beschert hat. Bis jetzt war mein Geburtstag schon ziemlich gut.

»Das Quad war nur eine Ausrede, mir selbst auch eins kaufen zu können«, gesteht er.

Ich fahre mit den Lippen sanft über sein Kinn. »Was ist es dann? Noch mehr Antiquitäten für meine Sammlung?«

»Kassetten sind keine Antiquitäten, Jordan«, verkündet er ernst.

Ich muss lachen. »Ja, du hast recht. Das sind Klassiker. Wie über dreißig Jahre alte Autos. Wie du!«, ziehe ich ihn auf. »Du bist auch ein Klassiker.«

Er legt mir die Hand über den Mund, unterdrückt mein Lachen und schüttelt den Kopf. Meine Scherze über sein Alter machen ihm nichts aus. Ich ziehe ihn nur auf, weil er immer noch denkt, dass es ein Thema ist. Ich versuche nur, die Stimmung zu lockern.

Für ein paar Leute in der Stadt ist es auch noch immer seltsam. Aber sie bedeuten uns nichts. Cole, meine Schwester und Shel haben sich alle daran gewöhnt. Cole zwar etwas langsamer als die anderen, aber nur diese Menschen zählen.

Ich beiße spielerisch in seine Finger über meinem Mund, aber plötzlich hält er ein kleines, schwarzes Lederkästchen vor mir hoch, und ich halte inne.

Die Gesichtszüge entgleisen mir, und jetzt lache ich nicht mehr.

Er nimmt die Hand aus meinem Gesicht und sagt nichts, während ich das Kästchen anstarre und mir tausend Gedanken durch den Kopf gehen. Aber ich kann ihnen kaum folgen, weil mir der Puls so in den Ohren dröhnt.

O mein Gott. Das ist kein … Ring, oder? Darüber haben wir noch nie geredet.

Ich habe immer gehofft, dass es dazu kommen würde, aber Pike macht keine großen Schritte ohne Anleitung. Ich hatte ja keine Ahnung …

Langsam nehme ich ihm das Kästchen aus der Hand und öffne es. Als ich den Diamantring darin sehe, wird mein Mund augenblicklich staubtrocken. Tränen brennen mir in den Augen, und die Kinnlade klappt mir runter.

Es ist eine Rose. Wie die Rosen auf meinem Geburtstagskuchen, den er mir letztes Jahr geschenkt hat, und wie die Blumen, die ich diesen Frühling rund um das Haus herum gepflanzt habe. In der Mitte der Platinblüte sitzt ein großer Diamant, der selbst noch mit kleinen Steinchen verziert ist. So was Schönes und Besonderes, das vollkommen zu mir passt, habe ich noch nie gesehen.

Er will mich heiraten?

Ich schluchze kurz völlig überwältigt auf. »Willst du mich jetzt verarschen?«, keuche ich. »Ich bin vollkommen mit Schlamm bedeckt!«

Er macht es *jetzt?* Dabei haben wir im letzten Jahr gefühlt hundert Mal im Bett gefrühstückt und zu Abend gegessen, und jedes Mal war ich hübsch und sauber!

Ich spüre, wie er sich hinter mir vor Lachen ausschüttet, dann schlingt er die Arme um meine Hüfte. »Du bist wunderschön.«

Ich reibe mit dem Daumen über den großen Stein. Er ist real. Alles hier ist real.

»Ich habe das schon seit langer Zeit geplant«, sagt er. »Man sollte meinen, ich wüsste, was ich jetzt sagen oder tun muss, aber ich kann gerade nicht klar denken.« Ich spüre seinen Atem in meinem Haar, als er flüstert: »Wahrscheinlich hätte ich auf ein Knie gehen sollen, oder?«

»Nein, lass mich nicht los.« Meine Stimme zittert.

Ich schlucke den Kloß in meinem Hals runter, hole den Ring aus der Schachtel und probiere ihn an. Er passt perfekt. Ich nehme seine Hand und lege sie mit meiner darauf an den Lenkergriff.

An seinem Finger befindet sich noch kein Ring, als ich unsere Hände ineinander verschränke.

Aber bald.

Ich habe das Gefühl, als ob mein Herz vor lauter Glück gleich aus meiner Brust springt, und bin sprachlos. Das war tatsächlich eine Überraschung. Ich kann nicht glauben, dass er das getan hat, ohne dass ich vorher irgendwas davon mitgekriegt hätte.

Ich starre auf unsere miteinander verflochtenen Hände, lehne mich mit dem Rücken an ihn und freue mich jetzt noch mehr auf alles, was vor uns liegt. Ich glaube, ein Teil von mir – ein kleiner Teil – hat immer noch auf ihn gewartet. Ganz hinten in meinem Verstand war diese Angst vergraben, dass er vielleicht immer noch das Gefühl hat, dass ich zu jung und nicht bereit hierfür oder für ihn bin. Aber ihm muss doch klar sein, dass … ich jeden Tag glücklich bin. Es gibt nichts, was sich besser anfühlt als er.

Ein paar Regentropfen fallen auf meinen Arm, die Wolken über uns werden dunkler, und schließlich komme ich wieder zu Atem und hole tief Luft.

»Also, sagst du jetzt Ja …« Er beendet den Satz nicht.

Ich höre die leise Angst in seiner Stimme, weil ich so lange geschwiegen habe, und muss lächeln. »Ja.« Ich drehe mich zu ihm um und küsse ihn. »Du machst mich so glücklich. Ich liebe dich.«

Er legt seine Stirn an meine. »Ich liebe dich so sehr, dass es weh-tut, Baby.«

Sein Mund senkt sich wieder auf meinen, und er nimmt mein Gesicht in seine Hände, küsst mich und spielt so mit meiner Zunge, dass ich es überall spüre. Mein Atem geht schneller, und ich würde am liebsten vorschlagen, dass wir das in den Truck verlegen, weil wir hier draußen ganz alleine sind. Aber der Regen wird stärker und prasselt jetzt schneller auf meinen Körper.

Ich breche den Kuss ab, schaue nach oben und schirme meine Augen gegen den Regen ab. Die Wolken über uns sind Gewitter-wolken. Die Unwetter kommen in diesem Jahr ziemlich früh.

Er steigt ab, hilft mir runter, und wir laufen beide zur Beifahrer-seite des Trucks, wo er mir die Tür öffnet.

»Können wir es heute tun?«, frage ich und nehme meinen brand-neuen, unbenutzten Helm vom Beifahrersitz und lege ihn auf den Boden.

»Heiraten?«, fragt er. »Du machst dir wirklich nichts aus einer Hochzeit, wie?«

Ich schaue ihn grinsend an, als er sein dreckiges T-Shirt auszieht und es auf die Ladefläche des Trucks wirft.

Ich stehe in der geöffneten Tür und zucke mit den Schultern. Als ich aufgewachsen bin, ist es mir nie in den Sinn gekommen, mir etwas aus Partys und schicken Klamotten zu machen. Während andere junge Mädchen von ihren Farbschemen für die Hochzeit und Brautjungfernkleidern träumten, wollte ich nur alles danach. Den Ehemann, die Kinder, das Haus mit dem Geruch von Keksen nach der Schule, Picknicks und Wochenendausflüge …

Ich will gerade in den Truck klettern, aber er zieht mich wieder zurück und hält mich ganz fest. Ich falle gegen seine nackte Brust und schlinge meine Arme um seinen Hals.

»Ich mache mir aber was daraus«, gibt er zu und blickt fast ent-schuldigend drein. »Ich war auch noch nie verheiratet, und ich würde dich liebend gerne in einem Kleid sehen.«

Wie könnte ich dazu Nein sagen? Ich nicke und küsse ihn wie-der. Eigentlich könnte es ganz lustig werden. Hochzeitsfotos im Schlamm? Auf jeden Fall.

»Ich habe an Mexiko gedacht«, sagt er und schaut auf mich

hinab. »Ein Strand am Golf von Kalifornien, nur du und ich und unsere Liebsten?«

Ich lächle ihn an. »Klingt gut.«

Ich denke, das passt genau zu uns. Ruhig, privat und perfekt. Und ich würde lügen, wenn ich sagte, ich würde mich nicht darüber freuen, mal wohin zu kommen, wo ich noch nie war. Ich bin kaum je aus dieser Stadt gekommen, und der Gedanke daran, einen Reisepass zu kriegen, ist fast so schön wie der Gedanke daran, in einem Laden ein Kleid auszusuchen, in dem Pike mich unwiderstehlich finden wird.

Ich bin schon ganz aufgeregt, wenn ich nur an seinen Gesichtsausdruck denke, den er haben wird, wenn er mich sieht.

Er schaut mich an und fragt mit ruhiger und ernster Stimme: »Du willst Kinder, oder?«

Mein Herz macht einen Sprung, weil ich weiß, dass das ein sehr heikles Thema ist.

»Eins zumindest?«, deute ich schüchtern an. »Ist das okay?«

Ich verstehe, dass es viel von ihm verlangt ist, noch mal von vorne zu beginnen, aber ich hätte liebend gern ein Baby von ihm.

Irgendwann.

Zu meiner großen Überraschung zögert er kaum, bevor er nickt. »Das ist okay für mich«, antwortet er. »Aber wir können damit nicht mehr allzu lange warten, sonst kann ich bei der Abschlussfeier meines Kindes gleich meinen Renteneintritt feiern.«

Ich breche in schallendes Gelächter aus.

»Aber erst musst du deinen Abschluss machen«, sagt er. »Abgemacht?«

»Abgemacht.«

Ich setze mich auf den Sitz, ziehe mir die dreckigen Stiefel aus und werfe sie zu Pikes T-Shirt auf die Ladefläche. Dann nehme ich meine Kappe ab, und die Haare fallen mir übers Gesicht.

»Weißt du …«, beginne ich. »Ich bin ein bisschen nervös.«

»Warum?«

Ich schüttle abwehrend den Kopf. »Einen älteren Mann mit so viel Erfahrung zu heiraten …«

Er packt mich bei den Hüften und zieht mich zu sich an den Rand des Sitzes. Ich fahre mit den Händen über seine nackte Brust.

»Ich brauche keine Frau, die weiß, was andere Männer mögen«, stellt er klar. »Nur, was ich mag.«

Meine Augenbrauen schnellen hoch, als mir eine Idee kommt. Langsam knöpfe ich das Hemd auf, das ich trage, und sehe, wie er große Augen macht, als er sieht, dass ich darunter nichts anhabe. Ich öffne es etwas, damit sein Blick auf meine nackten Brüste fallen kann.

»Und was magst du?«, frage ich herausfordernd, wie damals in der Nacht in der Küche, als ich ihm das Pflaster angelegt habe.

Sein Blick hängt an meinen Brüsten, und ich lasse das Hemd über meine Arme gleiten. Meine Nippel sind hart von der kalten Regenluft.

Ich senke meine Stimme zu einem Flüstern. »Ich glaube, ich brauche mehr Übung.«

Seine Augen werden dunkel und sind voller Verlangen, als er mich anschaut. Dann klettert er in den Truck aus dem Regen heraus und stellt sich über mich. Ich lasse mich im Sitz zurückfallen und spreize meine Beine für ihn, als er sich daranmacht, seinen Gürtel zu öffnen.

Unsere Lippen treffen sich.

»Was immer mein Birthday Girl will«, flüstert er.

EPILOG

Pike

Neun Jahre später

Lauter Donner durchbricht die Stille, und blinzelnd öffne ich die Augen, als ein Blitz durch das Zimmer zuckt. Ich seufze und reibe mir mit den Fingern die Augen.

Noch mehr Regen, verdammt.

Nein. Ich muss mir für die nächsten zwei Wochen darüber keine Gedanken machen, also werde ich es auch nicht. Dutch kommt damit klar. (Daran muss ich einfach glauben.)

Jordan und ich fahren morgen früh hier weg, und er hat die Verantwortung für die Baustelle, solange ich weg bin. Ich habe ihr versprochen, dass sie und die Jungs meine volle Aufmerksamkeit genießen werden, während wir weg sind, wenn sie im Gegenzug ihren Laptop daheim lässt und nicht versucht, irgendwas für die Arbeit nachzuschauen. Das Problem bei ihr ist, dass ihre Arbeit auch ihr Hobby ist, und ich hatte fast ein schlechtes Gewissen, von ihr zu verlangen, etwas liegen zu lassen, was sie gerne tut.

Aber sie hat recht. Die Kinder müssen uns mal sehen, ohne dass unsere Augen auf irgendeinem Bildschirm haften.

Ich drehe meinen Kopf und sehe sie an. Sie liegt zusammengekauert auf der Seite, und ihre Nase und Lippen sind in meinem Arm vergraben, während sie eine Hand über meine Brust und Schulter gelegt hat. Ihr schulterlanges Haar ist auf dem Kissen ausgebreitet, und ich ziehe ihr die Decke über ihre nackten Beine und den weißen Slip. Sie trägt das gelbe T-Shirt, das sie sich in unseren Flitterwochen in Mexiko gekauft hat, und ich kann immer noch nicht sehen, dass sie im vierten Monat mit unserem zweiten Kind ist. Unser Erster, Jake, schläft in seinem Zimmer den Gang runter. Jake Ryan Lawson. Sie hat ihn nach irgendeinem Kerl in einem Teenie-Film aus den Achtzigern benannt, aber das werde ich niemandem erzählen. Sie kann es erzählen, wenn sie will, aber ich werde das sicher nicht tun.

Ich lege meine Hand auf ihren Oberschenkel und starre an die Decke.

Ich bin achtundvierzig Jahre alt. Wie kann ich einen sechsjährigen Sohn haben, und ein zweites Kind ist unterwegs?

Aber was soll's? Ich bin glücklich.

Der Regen prasselt gegen die Fenster, und ich spüre, wie Jordan friedlich neben mir ein- und ausatmet. Ich schließe meine Augen. Meins. Mein Haus, meine Frau, meine Familie … meins. Manchmal bin ich so überwältigt von der Tatsache, dass ich so glücklich bin, dass ich gar nicht glauben kann, dass das alles real ist. Ich kann immer noch nicht aufhören, sie anzufassen, wenn sie in meiner Nähe ist, oder mich darauf zu freuen, abends zu ihr ins Bett zu kriechen und zu wissen, dass wir endlich alleine sind.

Plötzlich fällt mir die Wäsche auf der Wäscheleine im Garten ein, und ich springe aus dem Bett. »Scheiße«, murmle ich und ziehe mir eine Jogginghose an.

Ich gehe aus dem Zimmer den Gang entlang und bleibe vor Jakes Tür stehen, die ich leise öffne. Er schläft in seinem Bett, während Parker, Coles Sohn, neben ihm liegt. Die beiden sehen aus wie ein Spinnennetz aus Armen und Beinen, und ich lache leise auf. Wir haben ihnen erklärt, dass Jake Coles Bruder ist, was ihn zu Parkers Onkel macht, aber es ist schwer zu verstehen für sie, wo sie doch im gleichen Alter sind.

Jedes Mal, wenn ich sie so sehe, zerspringt mir fast das Herz. Mein zweiter Sohn und mein Enkelsohn sind eher wie Brüder, und es ist mir wirklich egal, was andere darüber denken, weil wir eine glückliche Familie sind.

Cole hat seine Frau Kotori kennengelernt, als er in Okinawa stationiert war, und die beiden besuchen gerade irgendeine Convention ihrer Firma in Las Vegas. Wir haben vorgeschlagen, dass Parker ein paar Wochen zu uns kommen kann, damit sie alleine dorthin fliegen können.

Ich schließe die Tür, renne die Treppe runter, vorbei an all unseren Familienfotos, auf denen ich fast überall zu sehen bin, und eile durch die Küche in die Waschküche. Dort nehme ich einen Wäschekorb vom Trockner und gehe in den Garten. Es regnet nicht stark, aber dafür prasseln die Tropfen schnell und spitz auf meinen Rücken. Ich renne zur Wäscheleine und reiße Strandhandtücher und andere Klamotten runter, die Jordan unbedingt gewaschen haben wollte, damit wir sie morgen in unsere Koffer packen können. Wahrscheinlich haben wir mehr als genug für unseren Urlaub im Norden eingepackt, aber bei meinem Glück kommen wir an dem Seehaus an, und sie ist zwei Wochen lang sauer, weil ihr das eine rosa Oberteil fehlt, das besser zu ihren Turnschuhen passt, die sie damals bei diesem einen bestimmten Wochenendausflug gekauft hat.

Als ich alle Klamotten abgehängt habe, stecke ich die Wäscheklammern in den Beutel und trage den Wäschekorb ins Haus. Ich öffne den Trockner, stopfe alles rein und schalte ihn ein, damit er fertig ist, wenn wir morgen aufwachen.

Dann gehe ich wieder hoch, schließe unserer Schlafzimmertür hinter mir und klettere zurück ins Bett. Jordan findet mich sofort im Schlaf und kuschelt sich an mich. Ich lege meinen Arm um sie.

»Alles okay?«, fragt sie verschlafen.

»Ja.« Ich küsse sie auf die Stirn und ziehe die Decke über uns. »Schlaf weiter. Morgen ist ein wichtiger Tag.«

»Du weißt, dass ich bei Gewitter nicht schlafen kann.«

Ich muss lachen, weil sie so eine schlechte Lügnerin ist. Ihre Schlafprobleme bei Gewitter waren in unserem Bett nie ein Thema. Neben mir schläft sie wie eine Tote, und darauf bin ich mächtig stolz.

Plötzlich will ich ihr Gesicht sehen, also greife ich mit meiner freien Hand zum Nachttisch, nehme die Streichhölzer und zünde die Kerze an, die darauf steht. Ich lösche das Streichholz, und der Raum erstrahlt in sanftem Licht. Ich betrachte ihr Gesicht, das immer noch im Schatten liegt, aber jetzt ein bisschen besser zu sehen ist.

Ihre langen Wimpern und ihre wunderschöne Haut. Ihre rosa Lippen, die ich tausendmal tausend Stunden lang geküsst habe.

Ihr Körper, den ich seit über zehn Jahren auf tausend verschiedene Arten liebe. Man sollte meinen, dass ich mich langsam daran gewöhnt hätte, aber mein Penis wird immer noch steif, wenn ich nur daran denke, wie sie sich auf mich setzt.

Plötzlich schnellt ihr Kopf hoch, und sie schaut sich gehetzt um. »O nein, die Wäsche«, ruft sie.

»Hab ich reingeholt«, beruhige ich sie und tätschle ihr Bein. »Keine Sorge.«

Sie entspannt sich, nickt und gähnt gleichzeitig.

»Geht es den Kindern gut?«, fragt sie und legt ihren Kopf zurück auf meine Brust.

»Ja, sie schlafen wie die Babys.«

Ich reibe ihr über den Rücken und versuche, sie wieder zum Einschlafen zu bringen, da spüre ich, wie sie ihr Bein über meins legt. Sofort spüre ich die Wärme zwischen ihren Oberschenkeln auf mich übergehen. Mein Penis beginnt zu zucken.

»Bist du nervös?«, flüstere ich.

»Ein bisschen.«

Sie hält morgen einen Vortrag bei der Eröffnung des Botanischen Gartens, den sie für das neue Museum in Rockford entworfen hat. Nach dem College hat sie mehrere Jahre für eine Firma gearbeitet, aber letztes Jahr dann beschlossen, ihre eigene zu gründen. Das Museum war ihr erstes, großes Soloprojekt, und nicht nur die Kunden sind extrem begeistert von ihrer Arbeit, sie hat auch schon weitere Projekte in Auftrag. Sie ist eine Künstlerin.

Aber eine Künstlerin, die es hasst, vor der Öffentlichkeit zu reden. Also wird es morgen kurz und schmerzlos werden, denke ich.

»Denk einfach daran ...« Ich küsse ihr Haar. »... dass wir danach ins Auto steigen und losfahren.«

Sie umarmt mich fester. »Ich kann es kaum erwarten.«

Nach dem Vortrag fahren wir nach Minnesota, wo wir für zwei Wochen ein Haus am See gemietet haben. Ihre Schwester Cam und ihr neuester wohlhabender Freund haben sich ebenfalls ein Haus in der Nähe gemietet und nehmen Cams Sohn mit. Wir haben also Gesellschaft, wenn uns danach ist ... und jemanden, der uns die Kinder abnimmt, wenn wir mal für eine Nacht allein sein wollen.

Ihre Finger gleiten über meine Brust, und sie kratzt sanft mit den Nägeln über meinen Bauch. Sofort reagiert mein Körper auf ihre Berührungen, und ich glaube nicht, dass ich wieder einschlafen kann, bevor nicht was dagegen getan wird.

»Jetzt bist du also wach?«, frage ich neckisch.

Sie nickt. »Du?«

»Es ist schwer, zu schlafen, wenn du das tust.«

Sie lacht, richtet sich auf, schwingt ein Bein über meinen Körper und setzt sich auf mich. »Ach, Süßer.«

Dann zieht sie sich ihr T-Shirt über den Kopf, und sofort berühre ich ihren Bauch und spüre die harte, kleine Beule, unter der mein Sohn oder meine Tochter liegt.

Sie grinst auf mich herab, legt ihren Kopf verführerisch in den Nacken, und ich sehe immer noch das Mädchen vor mir, das im Kino vor mir auf dem Boden gekrabbelt ist. Schon damals war ich ihr verfallen.

»Ich liebe dich.«

Sie beugt sich über mich und schaut mir tief in die Augen, als meine Hand nach ihrer Brust greift.

»Oh, warte.« Sie richtet sich wieder auf und will die Kerze ausblasen.

»Nein, lass sie brennen«, stöhne ich und kreise meine Hüften unter ihr. »Ich will dich sehen.«

Sie blickt auf mich hinab. »Hast du die Tür abgeschlossen?«

Ich verziehe das Gesicht. »Scheiße!«

Warum vergesse ich das immer wieder? Ich hatte ja nur ein halbes Leben lang Kinder um mich.

»Wir wollen doch nicht, dass sie uns sehen, oder?«, tadelt sie mich, grinst aber dabei.

Dann beugt sie sich wieder zur Kerze, schließt die Augen und überlegt einen Augenblick. Als sie sie wieder öffnet, pustet sie sachte die Kerze aus. Im Zimmer ist es jetzt ganz dunkel, abgesehen vom Mondschein, der den Regen an unserer Wand reflektiert, und ich sehe ihren Umriss wieder über mir.

Ich drücke ihre Hüften und spüre, wie sie sich an mir reibt. »Wirst du mir je erzählen, was du dir immer wünschst?«, frage ich sie.

Sie küsst mich und flüstert gegen meine Lippen: »Das bringt Unglück.«

Dann fährt sie mit dem Mund meinen Hals entlang, ich lege den Kopf in den Nacken, schließe meine Augen und lasse sie gewähren.

»Aber ich kann dir verraten«, fährt sie fort und küsst mein Kinn, »dass ich mir immer dasselbe wünsche und dass es jeden Tag aufs Neue in Erfüllung geht.«

ENDE

Playlist

»Addicted To Love« von Robert Palmer
»All She Wants To Do Is Dance« von Don Henley
»Bad Medicine« von Bon Jovi
»Glory Days« von Bruce Springsteen
»Guys My Age« von Hey, Violet
»Hurts So Good« von John Mellencamp
»I Love Rock 'n Roll« von Joan Jett & The Blackhearts
»I'm On Fire« von Bruce Springsteen
»Jessie's Girl« von Rick Springfield
»Pity Party« von Melanie Martinez
»Poison« von Alice Cooper
»Pour Some Sugar on Me« von Def Leppard
»Run to You« von Bryan Adams
»The Girl Gets Around« von Sammy Hagar
»The Distance« von Cake

Contentwarnung

Dieses Buch enthält Szenen und Beschreibungen,
die bei manchen Menschen traumatische Erinnerungen auslösen
können. Bitte entscheide selbst, ob du emotional
mit folgenden Themen umgehen möchtest:

*Sexueller Inhalt, explizite sexuelle Sprache, emotionales und
körperliches Fremdgehen, Slutshaming, (einvernehmliche) intime
Beziehung zwischen einem älteren Mann (fast 40) und einer
jungen Frau (fast 20), toxische Beziehungen, Missbrauch
durch Intimpartner in der Vergangenheit, häusliche Gewalt,
Vernachlässigung durch Eltern, Tod eines Freundes,
Alkoholmissbrauch.*

Bitte lest dieses Buch nur, wenn ihr euch emotional
dazu in der Lage fühlt. Falls es euch mit diesen (oder anderen)
Themen nicht gut geht, findet ihr unter der Nummer der Telefon-
seelsorge rund um die Uhr kostenlose und anonyme Hilfe.

TelefonSeelsorge Deutschland | 0800/111 0 111 · 0800/111 0 222 ·
116 123 | https://www.telefonseelsorge.de/

TelefonSeelsorge Österreich | Notruf 142 |
https://www.telefonseelsorge.at/

Schweizer Verband Die Dargebotene Hand | Notruf 143 |
https://www.143.ch/

Euer *everlove*-Team